谨以此作助力邢台市第四届旅游产业发展大会，献礼新中国成立 70 周年和中国共产党建党 100 周年。同时将此作献给所有抗击新冠肺炎疫情的全体医护工作者以及党政干群。

情醉渭水·古今诗文初录

王延庆 ◎ 主编

一册佳作在手　沙河美景心中留

国际文化出版公司
·北京·

图书在版编目（CIP）数据

情醉㴒水：古今诗文初录/王延庆主编. -- 北京：国际文化出版公司，2020.5

ISBN 978-7-5125-1198-9

I.①情… II.①王… III.①中国文学 – 作品综合集 IV.① I211

中国版本图书馆 CIP 数据核字（2020）第 024125 号

情醉㴒水：古今诗文初录
―――――――――――――

主　　编	王延庆
责任编辑	宋亚昍
策划编辑	周立峰
特约编辑	贾喻翔
封面设计	李　莹
版式设计	姚建坤
出版发行	国际文化出版公司
经　　销	全国新华书店
印　　刷	永清县晔盛亚胶印有限公司
开　　本	787 毫米 ×1092 毫米　　16 开 23 印张　　　　　　　　　469 千字
版　　次	2020 年 5 月第 1 版 2020 年 5 月第 1 次印刷
书　　号	ISBN 978-7-5125-1198-9
定　　价	88.00 元

本书编辑委员会

策　　划：孙凤梧　张富民　乔志峰　高子英　周志英　赵孟魁　王雪娇
执行策划：任长龙　王志华　陈相涛　张永贤　霍增保　王会林　任晓华
特邀顾问：刘果芳　王文玉　闫士杰　傅五魁　张益禄　贾兴安　王学新
　　　　　梁剑章　范根群　张从海　王丽格　杨献平　王富友　范峻海
　　　　　杜福贞　禹振民　潘　虹　韩　刚　刘林朝　徐占魁　张认书
　　　　　朱如森　姚凤芳　常谈林　李　博　李建敏　岳梅露　李建纲
　　　　　赵利忠　刘　元　袁鹏飞　周玉香　李军兴　王日照
顾　　问：马佩荣　睢金山　董竹林　秦增群　郝占云　韩建元　郑　力
　　　　　赵海萍　苏有郎
主　　任：岳　杰　傅五魁　苗全生　赵素英
副 主 任：韩晓琴　栗建胜　王秋舵　艾连彬
荣誉主编：王清海　胡运增　傅恒杰　张军朝
主　　编：王延庆
副 主 编：胡正芹　岳晓阳　郭振英　韩翠萍　元巨超　杨建入　韩　刚
编 委 会：张认书　岳连婷　闫春英　许蓝翔　郭振英　李保江　元巨超
　　　　　韩　刚　梁剑章　范峻海　潘　虹　张益禄　禹振民　王丽格
　　　　　赵海萍　杨献平　郑　力　苏有郎　董竹林　秦增群　张从海
　　　　　韩翠萍　李建民　杨建入　秦增春　郭　静　石增印　王清海
　　　　　胡运增　傅恒杰　赵瑞花　宋　敏　魏　征　王延庆　王熙然
　　　　　王雅静　王墨轩　张清春　刘世红　岳梅露
责任校对：王熙然　王晓怡　王晓雪　王晓钰

凡　　例

一、选稿原则

（1）坚持思想性、艺术性有机统一的原则，弘扬正能量。

（2）本书侧重于吟咏沙河人文山水历史文化经济社会等方面的作品。诗词文赋古代部分一般只要与沙河有关作品都入选。

（3）对同一处风景名胜的当代吟咏作品实行总量调控。

二、作品分类

本诗集分诗词文赋和散文、现代诗歌两部分。诗词文赋又分为古代部分和现当代部分。古代部分为先秦至清末的作品。现当代部分为1919年"五四"新文化运动以后迄今的作品。

三、作者排序

（1）古代部分作者排序，按照朝代排序，同一朝代内人物排序为随机编排，不分先后。

（2）现当代部分和散文、现代诗歌部分同样为随机编排，不分先后。

四、作者简介

古代部分作者简介由编者根据资料编写。现当代部分的作者简介，原则上由本人提供，经编委会审订。对于已故作者和部分诗坛名家，由编者根据资料撰写。

五、作品注释

注释力求简练。对多个作者吟咏同一个景观、史迹、人物的注释，只要作品达到较高水平，一般都要入选。

2019年1月1日

序

沙河市位于河北省西南部，太行山东麓，总面积999平方公里，以境内横贯东西的大沙河而得名。

沙河古称"湡水"，历史悠久，文化灿烂，诗韵悠长。古往今来，因其灵动的山水景观，因其雄厚的历史文化积淀，成为无数文人墨客吟咏歌颂的对象。早在远古时期，这里就已经出现人类居住的踪迹，章村仰韶文化遗址，就是最好的证明。先秦时期的诗歌《击壤歌》以及《丘陵歌》中就有生动的表述。春秋战国时期，沙河作为赵国陪都信宫的一部分，巍峨高耸的檀台曾经吸引了诸多诗人歌咏，留下了千古传唱的杰作。唐宋时期，因梅花亭和宋璟碑，更让沙河在中国文学史上，蜚声海内外。凭借文学自身那种推波助澜的超强震撼力，从巍峨壮丽的北武当山到闻名遐迩的小西天；从风景秀丽的秦王湖到魅力四射的王硇古寨；从柳暗花明的桃花源到山重水复的峡沟村……一时间，朝拜者，络绎不绝，摩肩接踵。桃李不言，下自成蹊。从宋初三先生之一的石介，到元初的紫金山五杰；从明代后七子领袖的李攀龙到一代廉吏的于成龙；从《项脊轩志》的归有光到《邢州道中》的袁宏道；从归隐广阳山的老子到在渡口体验生活的乔羽……不胜枚举。

文章合为时而著，歌诗合为事而作。唐代著名的大诗人白居易曾经提出了自己的文学创作主张。每一个时代的文学创作，都会留下典型的时代烙印。社会生活是文学创作的源泉，文学作品源于生活，根植于现实，但是又高于现实，通过文学宣传更好地服务于现实生活。几千年来，文学爱好者们，以一种自觉的文化担当，薪火相传，辛勤创作，为繁荣中华文学做出了巨大贡献。这是中华民族贡献给全世界的文艺瑰宝，具有永恒而独特的文化魅力。即使在经济腾飞物质生活飞跃发展的现代社会，它的存在对于引领人们降低浮躁，弘扬社会正能量，获得满足，追求高品位的精神生活享受，贡献社会力量具有至关重要的作用。

为了再现沙河历史之久远，文化之灿烂，使大家全面了解沙河市的旅游资源，赏析美景，品味古村落，感悟历史文化，我市文化工作者倾心致力，以我市民建会员和文学爱好者为主体，结合民建邢台市委挖掘地方文化助力全域旅游主题调研，在浩繁卷帙的文学典籍里，皓首穷经，搜罗整理，集腋成裘，组织编著了《情醉湡水》这本横贯古今的诗词文赋作品。这部著作包含了近百位著名诗人学者和文学爱好者的两千多篇作品，涵盖了沙河广大村庄风景名胜古迹，以文学的形式对沙河的历史文化名胜做了一番比较全面优美而生动的介绍。这些作者中，有名扬中外的著名作家；有敬业奉献的报社记者；有救死扶伤的白衣天使；更有甘为人梯的人民教师；还有勤劳善良的农民和吃苦耐劳的工人以及退休后发挥余热的公务员等。虽说职业不同，但他们满腔热血，字如珠玑，文思泉涌，通过作品表达了对沙河人文历史、山水名胜的热爱之情。

书中许多作品在《人民日报（海外版）》《北京文学》《西南军事文学》《燕赵都市报》《长城》《诗刊》《诗选刊》《中华诗词》《散文百家》《牛城晚报》《读者》《邢台日报》《沙河市报》等近百家媒体发表过。他们高瞻远瞩、无私奉献，以一种自觉的文化担当为我们奉上一份文化大餐。力争使阅读到这部书籍的人们，欣然获得"一册佳作在手，沙河美景心中留"的审美享受。

习近平同志在党的十九大报告中指出："文化兴国运兴，文化强民族强"文化是一个国家、民族生存发展的根脉，文化自信是一个国家、一个民族发展中更基本、更深沉、更持久的力量。没有高度的文化自信，就没有文化的繁荣昌盛，就没有中华民族的伟大复兴。"作为新时代的文化工作者，就要把握时代脉搏，深入挖掘中华优秀传统文化蕴含的思想观念、人文精神、道德规范，结合时代要求继承创新，让中华文化展现永久魅力和时代风采，这是我们义不容辞的责任。

中共沙河市委书记　刘果芳
中共沙河市委副书记、市长　王文玉

序

一部歌咏沙河人文资源的书《情醉湡水》即将付梓，幸甚，幸甚。

我在沙河市工作多年，对沙河市的一山一水，一草一木是有感情的。那些年，奔波在沙河的山乡古镇，对沙河的人文地理及蕴藏的古老文化了解颇多，深知沙河地域文化的博大精深，有诸多可打造之处，弄好了，对沙河市的经济发展会大有裨益。

沙河古称温阳、温州，位于冀南之地。清代名臣于成龙在《沙河县志序》有言"沙河为古温州，道通九省，亦要区也。绵亘奥衍，形胜甲天下，非外郡所能比也！"此言甚是。沙河市西依太行，群峰竞秀；东枕平原，交通便利；北连邢襄，物资丰富。自然名胜、人文景观星罗棋布。广阳山、红枫山、大安山、武当山、封峦寺、甄泽观、磬口山、红石沟、宋璟碑，闻名遐迩。沙河市地形自西向东依次为山地、丘陵、平原，地形多样，西部盛产优质苹果、板栗、核桃，中部丘陵地带是工矿业区域，煤铁等矿藏丰富，东部是重要经济聚集区，近几年设立的沙河市经济开发区，有"中国玻璃城"的美誉。可谓区位优越，得天独厚。古称沙河是"赵北之咽喉，襄南之藩蔽"，是沟通晋、冀、鲁、豫的交通枢纽。现在京广铁路、京广高铁纵贯市区，褡午铁路西延中部，邢和铁路、邢黄铁路沟通东西，京珠高速、107国道以及邢都、邢峰、平涉、褡花公路等纵横交错，沙河机场距市区5公里，形成铁路、公路、航空为一体的立体交通网络，是华北平原和晋冀鲁豫交通枢纽。

沙河历史悠久。有十几处古代文化遗址，其中磁山文化和仰韶文化遗址更是全国有名。胡服骑射、大儒纵盗、有脚阳春、石勒兴赵等历史典故传唱不衰；九百九十九平方公里土地上，走出了许多仁人志士，孟昶、宋璟、张文谦、朱裳等。沙河又是富有光荣传统的革命老区，是朱德、彭德怀、刘伯承、邓小平、范子侠等老一辈革命家浴血奋战的地方。

沙河文脉渊远流长。流传于中部丘陵地带的民歌《击壤》，即是中国古代文化的代表作之一，历代诗人无限向往这一湡水之地，趋之若鹜，老子、佛图澄、慧觉禅师、归有光、袁宏道、申涵光、方豪等都曾游临沙河，或主政一方，或吟咏唱和，为沙河文化增光添彩，此所谓地灵人杰也！沙河也养育了大批本土诗人，张文谦、朱裳、宋璟以及近代的梁实秋等。所有这一切都是我们沙河经济发展可以资借的文化资源。如何运用好这一丰富的文化资源，是摆在我们面前的一个重要课题。

近年来，沙河市委市政府在文化与旅游融合发展上也做了许多工作，取得了显著的成绩，坚持以文促旅，以游带农，互相激励，实现跨越发展的基本战略。沙河市承办了邢台市第二届旅游发展大会。为迎接大会到来，沙河文化界人士踔厉奋进，勤奋创作。或邀请全国各地名人采风创作、或举办书画等文学赛事，为宣传沙河，把沙河市文化旅游上升到"推出去，引进来"的良性循环互动中，为即将到来的邢台市第四届旅游产业发展大会注入新的活力和动力，功不可没。

　　文化是民族的灵魂，是一个地域综合实力和持续发展的象征。一个地区的经济发展如果有丰厚的文化后盾，无疑奠定了经济发展的可持续性基础。因此，重视文化，利用文化，打文化牌，是地方政府在经济发展战略中不可忽视重要方面。在沙河市委市政府的引领下，沙河市的文人们，以文化兴邦为己任，以一种自觉的文化担当为追求。以弘扬社会正能量为天职，著书立说，采风编撰，创作编撰了许多好作品。彰显了当代文化界人士崇高的思想道德情操，体现"文以载道"的精神操守的同时，也为沙河市的经济发展做出了自己的贡献。

　　承载着责任和使命，为体现文化自信，释放文化能量。将文化的博大精深以典籍形式展现在世人面前，德泽后世，薪火相传，继承和发扬地域文化。在沙河市委、市政府的大力支持下，结合民建邢台市委文化旅游主题调研成果，本书编者广泛联系沙河市乃至全国的作家诗人及文学爱好者，历时四年，校改百遍，编撰成了这部《情醉渚水 古今诗文初录》。该书工程浩繁，编者在征集、编辑，出版过程中付出了大量汗水和心血。这是一项在沙河市文化史上填补空白的大型精品工程，也是一件功在当代、利在千秋、德泽后人的盛事。出版之后，必将使大家充分获得"一册佳作在手，沙河美景心中留"的审美体验；对我市的经济发展社会进步具有重要的历史意义和现实意义。

邢台市政协副主席、民建邢台市委会主委　刘勇

目 录

上卷　诗词文赋

古代部分

◎击壤歌（先秦）无名氏……… 2
◎采薇（先秦）伯夷、叔齐……… 2
◎赐左丞相说、右丞相璟、太子少傅
　乾曜，同日上官命宴
　（唐）李隆基……… 2
◎赐宋璟手制（唐）李隆基……… 2
◎梅花赋（唐）宋璟……… 2
◎奉和圣制送张说巡边（唐）宋璟… 3
◎奉和圣制同二相已下群官乐游园宴
　（唐）宋璟……… 3
◎奉和圣制答张说扈从南出雀鼠谷
　（唐）宋璟……… 3
◎奉和御制与张说源乾曜同日上官命
　宴都堂赐诗应制（唐）宋璟……… 3
◎送苏尚书赴益州（唐）宋璟……… 3
◎蒲津迎驾（唐）宋璟……… 4
◎《桃花赋》序（唐）皮日休……… 4
◎大唐故尚书右丞相赠太尉文贞公宋公
　神道之碑（唐）颜真卿……… 4
◎奉使至邢州赠李八使君
　（唐）窦牟……… 7
◎献权舍人书（唐）刘禹锡……… 7
◎与石昼秀才过普照寺
　（唐）朱庆馀……… 8
◎连昌宫词（节选）（唐）元稹…… 8
◎官箴（五代）孟昶……… 8
◎玉楼春·夜起避暑摩诃池上作
　（五代）孟昶……… 8
◎封峦寺碑文（宋）石介……… 8

◎《牡丹记叙》节选（宋）苏轼……… 10
◎别镇阳监仓陈荐秘丞（宋）韩琦… 10
◎资善堂御筵奉诏送陈资政出守邢州
　（宋）陆佃……… 10
◎六言杂兴（宋）陆游……… 10
◎夜渡沙河（宋）洪皓……… 10
◎遣兴（宋）范浚……… 10
◎周世宗（宋）王十朋……… 11
◎蝶恋花·送彭舍人罢徐
　（宋）陈师道……… 11
◎邢台怀古（宋）洪迈……… 11
◎石虎礼佛图（宋）刘克庄……… 11
◎曹国舅赞（宋）白玉蟾……… 11
◎送陈真谷赴邢州幕
　（宋）家铉翁……… 12
◎题赵信国墨梅后书宋广平赋（二首）
　（宋）仇远……… 12
◎宋璟（宋）徐钧……… 12
◎题石勒问道图（宋）钱选……… 12
◎题石勒参佛图澄手卷六首
　（宋）叶颙……… 12
◎信都送李嘉甫（金）吕中孚……… 13
◎宋文贞公（金）周昂……… 13
◎下黄榆岭（元）元好问……… 13
◎石勒问道图（元）元好问……… 13
◎故光禄大夫太保赠太傅仪同三司
　谥文贞刘公行状（元）张文谦…… 13
◎李白《上阳台帖》跋曰
　（元）张晏……… 15
◎府后亭（元）刘德渊……… 15
◎南吕·干荷叶（元）刘秉忠……… 15
◎过沙河（元）王恽……… 16
◎酹宋文贞公（二首）
　（元）王恽 ……… 16

◎无题（明）朱禋…………………… 16
◎南郭留别 （明）汪文盛……… 16
◎谒宋文贞公墓（明）黄谏……… 16
◎可坐轩（明）沙东………………… 16
◎谒宋文贞公墓文（明）归有光 … 16
◎跋广平宋文贞公碑（明）归有光 17
◎宋文贞公赞（明）王骥 ………… 17
◎谒宋文贞公墓（明）方豪 ……… 18
◎漆泉寺（三首）（明）方豪 …… 18
◎应漆泉寺僧官请而作（明）方豪 18
◎梦回沙河（明）方豪……………… 18
◎梧桐沟（明）方豪………………… 18
◎赠朱公垂（明）康海……………… 18
◎朝觐途中偶书（明）朱裳………… 18
◎和映江楼壁间韵（明）朱裳……… 19
◎捞盐诗（明）朱裳………………… 19
◎严光辩（明）朱裳………………… 19
◎赠棠陵公诗（明）王守仁………… 19
◎送沙河方令（明）何景明………… 19
◎宋文贞公（明）孙承恩…………… 19
◎沙河县（明）杨慎 ………………… 20
◎登邢台（明）李攀龙 ……………… 20
◎登黄榆、马陵诸山，是太行绝顶处(八首)
　（明）李攀龙 …………………… 20
◎广阳山道中（明）李攀龙 ……… 21
◎沙河道中用王太史韵
　（明）王维桢 …………………… 21
◎春登广阳山次萧侍御韵（二首）
　（明）赵完 ……………………… 21
◎沙河县（明）郭谏臣 …………… 21
◎过顺德饮李于鳞郡斋得难字
　（明）吴国伦 …………………… 21
◎入太行遇风雨回望中原即景有述
　（明）王世贞 …………………… 21
◎约于鳞游西山不至（明）王世贞 … 22
◎题画梅寄吴江赵令君季兆君广平人也宋
　广平尝赋之故云（明）王世贞…… 22
◎早发临洺行沙河道中忆两兄弟
　（明）袁宏道 …………………… 22

◎邢州道上大风（明）袁宏道……… 22
◎至日读武别驾闇斋题宋璟赋梅花处诗答
　和二首（明）王应斗……………… 22
◎宋璟（明）郭之奇………………… 23
◎谒宋文贞公墓（明）束英………… 23
◎题莲花池（明）李廷修 ………… 23
◎谒宋文贞公墓（明）宋琰 ……… 23
◎游漆泉寺（明）张时 …………… 23
◎游漆泉寺同陶魏二学博（二首）
　（明）史与禄…………………… 24
◎登广阳山（明）史与禄 ………… 24
◎望太行（明）史与禄 …………… 24
◎送石少府之京时运马价
　（明）史与禄 …………………… 24
◎青界道中见桃花开口占一首
　（明）史与禄 …………………… 24
◎署中桃花志感（明）史与禄 …… 24
◎沙河道中（明）史与禄 ………… 24
◎感税（明）史与禄 ……………… 24
◎道中有感（明）史与禄 ………… 25
◎冬至过沙河暖甚志喜（明）刘龙 25
◎过漆泉寺（明）刘良卿 ………… 25
◎沙河公署（明）刘良卿 ………… 25
◎老君洞（明）萧泮 ……………… 25
◎沙河晓行（明）傅振商 ………… 25
◎沙河晚渡（明）孙昌……………… 25
◎赫山九龙潭（明）陈荩 ………… 26
◎赋温泉寺（明）陈荩 …………… 26
◎望太行山（明）莫是元 ………… 26
◎响堂（明）祁司员 ……………… 26
◎沙河即事（明）丘兆麟 ………… 26
◎曲洞飞云（明）马健 …………… 26
◎沙夜有感（明）任环……………… 27
◎无题（明）张惟恕………………… 27
◎宋璟（明）林光…………………… 27
◎莲花池（明）管昌………………… 27
◎同方名府谒宋文贞公墓次韵
　（明）鲁铎……………………… 27
◎谒宋文贞公墓次方棠陵韵

◎（明）高壁 …………………… 27
◎赠邢栖梧（明）佚名 …………… 28
◎邢州诗（清）顾炎武 …………… 28
◎岁壬午腊月七日，李如英裨将招同宋完宇妹丈、武举学海弟、球馨侄两茂才、冀子婿天符、刘道人明顺，游封峦寺
　　（清）李芳莎 ………………… 28
◎桃源洞（二首）（清）魏裔介 … 28
◎春日望西山（清）魏裔介 ……… 28
◎挽同年杨贤甫少司马
　　（清）魏象枢 ………………… 28
◎苗大生督府枉顾赋谢
　　（清）魏象枢 ………………… 29
◎寄怀殷伯岩（清）杨思圣 ……… 29
◎追愤（清）杨思圣 ……………… 29
◎便道过里（清）杨思圣 ………… 29
◎寄怀南亭诸友（清）杨思圣 …… 29
◎广羊绝顶同伯岩作（二首）
　　（清）申涵光 ………………… 29
◎狮子瑙访殷伯岩（二首）
　　（清）申涵光 ………………… 30
◎悬壶瑙谒张尚书湛虚先生
　　（清）申涵光 ………………… 30
◎漆泉寺（清）申涵光 …………… 30
◎郡中怪张覆舆自西山来
　　（清）申涵光 ………………… 30
◎望西山有怀伯岩、覆舆
　　（清）申涵光 ………………… 30
◎与殷伯岩约今夏至西山封峦寺避暑，伯岩久客宁夏，予难独往，怨而作诗
　　（清）申涵光 ………………… 30
◎信都（清）屈大均 ……………… 31
◎梅花亭次励太常韵（二首）
　　（清）王祖庚 ………………… 31
◎乾隆甲戌夏上念沙河、内丘地多积沙，雨未沾足，特命侍臣诣郡祷，乃获大沛甘霖感而恭记。（清）王祖庚 … 31
◎过沙河大尹招饮梅花亭（二首）
　　（清）励宗万 ………………… 31

◎宋璟祠（清）爱新觉罗·弘历 … 31
◎梅花亭诗（二首）
　　（清）爱新觉罗·弘历 ……… 32
◎御书《梅花赋》跋
　　（清）爱新觉罗·弘历 ……… 32
◎重宿沙河县（清）张晋 ………… 32
◎梅花亭（清）王调 ……………… 32
◎闻顺德徐省庵太守新筑鸳水梅花二亭告成题诗寄怀（清）朱一蜚 … 32
◎过沙河县（清）夏子龄 ………… 33
◎新筑鸳水梅花二亭告成，晋藩朱公浣桐题诗见寄，各次韵一首奉答
　　（清）徐景曾 ………………… 33
◎太行叠巘（清）李京 …………… 33
◎龙岗霜月（清）李京 …………… 33
◎檀台烟雨（清）李京 …………… 33
◎广阳洞（清）李京 ……………… 34
◎由汤山道抵红山即事
　　（清）金奇逢 ………………… 34
◎奉陪郡司马丁韦斋先生邑候谈九乾周白门洛阳村观梨花用分韵
　　（清）金奇逢 ………………… 34
◎沙河秋涨（清）周诰 …………… 34
◎赫山庙（清）周诰 ……………… 34
◎咏渔樵用八音字二首
　　（清）周诰 …………………… 34
◎得泉亭（清）周诰 ……………… 35
◎又（清）周诰 …………………… 35
◎雨中游梅花亭和励太常原韵
　　（清）杜文瀛 ………………… 35
◎登小西天有感（二首）
　　（清）吴琏 …………………… 35
◎驿马（清）黄远芳 ……………… 35
◎广阳山访殷伯岩不遇
　　（清）张盖 …………………… 35
◎广阳岭下瞰漆泉寺（清）张盖 … 36
◎山居秋夜同友人坐月
　　（清）张盖 …………………… 36
◎九日同殷宗山登悬壶访张湛虚先生

（清）张盖 …… 36	书院用东坡陌上花歌韵
◎七里峡（清）张盖 …… 36	（清）谈九乾 …… 43
◎梅花亭（清）傅玉露 …… 36	◎陪郡司马韦斋先生及金子逊修洛阳村观
◎赠沙河谈震方同学	梨花用放翁大雪歌韵
（清）丁克懋 …… 37	（清）谈九乾 …… 43
◎出郭（清）丁克懋 …… 37	◎得雨志喜用少陵苏端薛复遥简薛华诗歌
◎村行即事（清）丁克懋 …… 37	韵（清）谈九乾 …… 43
◎凭阑（清）丁克懋 …… 37	◎饮宋文贞祠和壁间石刻原韵两首
◎过宋文贞公璟墓（清）丁克懋 … 37	（清）谈九乾 …… 44
◎苏秦亭（清）丁克懋 …… 38	◎预登高小黄粱雅集同学诸子及舍弟分韵
◎赠黄岩寺闻方上人	得登字二首（清）谈九乾 …… 44
（清）丁克懋 …… 38	◎西村山行（清）谈九乾 …… 44
◎沙河道中（清）丁克懋 …… 38	◎上赫山祁龙王庙毕观澄潭石柱诸胜
◎谒宋文贞公墓和碑阴刘友光韵	（清）谈九乾 …… 44
（清）陈志源 …… 38	◎出赫山道中作（清）谈九乾 …… 44
◎梅花亭和石门劳都谏	◎题借树轩并小序（清）谈九乾 … 44
（清）陈志源 …… 38	◎暮山溪（清）谈九乾 …… 45
◎宰相茔（清）张汝功 …… 39	◎双双燕（清）谈九乾 …… 45
◎沙河县早行（清）百龄 …… 39	◎勘荒至沙河与谈令（清）鲁禧 … 45
◎沙河八景诗（清）鲁杰 …… 39	◎得泉亭歌（清）张筠修 …… 45
◎赴赫山九龙大王庙祈雨途中口占	◎送谈未庵之任沙河（清）鲁三 … 45
（清）鲁杰 …… 40	◎政论诗□□□□□□□吟望早霜天
◎励衣园先生奉使过沙河小驻梅花亭见赠	（清）鲁三 …… 46
数什依韵谨和（二首）	◎登淮提阁（清）夏之章 …… 46
（清）杜灏 …… 40	◎题梵爱寺凤凰柏（清）夏之章 … 46
◎温泉赋（清）杜灏 …… 40	◎借树轩杂感十二首之二
◎咏文贞公墓（清）胡士焕 …… 41	（清）夏之章 …… 46
◎太行晚翠（清）魏裔鲁 …… 41	◎用渭南楼上醉歌韵留别未庵明府
◎青龙潭（清）孙眉 …… 41	（清）车德辅 …… 47
◎梅花亭（清）张橪 …… 41	◎扫花游（清）车德辅 …… 47
◎谒宋文贞公祠（清）韩珣 …… 41	◎过滹沱河（清）谈九叙 …… 47
◎重修沙河县志序（清）于成龙 … 41	◎憩赵州观定州府方向晨栾城至此已行
◎宋广平祠次碑荫韵	四十里（清）谈九叙 …… 47
（清）陈廷敬 …… 42	◎南归留别大兄（清）谈九叙 …… 47
◎赫山行（清）谈九乾 …… 42	◎谒唐丞相文贞公祠（清）石渠 … 48
◎望寨怀子要（清）谈九乾 …… 43	◎梅花亭（清）石渠 …… 48
◎读郡司马丁韦斋先生赠同学周白门诗	◎过烈女王玉梅墓（清）樊建周 … 48
和韵（清）谈九乾 …… 43	◎漆泉寺庙皈依（清）樊建周 …… 48
◎暮春郊望奉巡宪胡存人先生橄校士温阳	◎八声甘州（清）佚名 …… 48

◎笔架耸翠（清）佚名 …… 48
◎乾隆丁亥春仲过梅花亭敬瞻御书梅
　花赋并御书梅花一本兼制诗句恭赋
　（清）德保 …… 48
◎过梅花亭诗并序（清）朱珪 …… 48
◎雍正庚戌八月二十二，奉命查赈过沙河，
　谒吾宗唐相文贞公祠墓
　（清）宋韦金 …… 49
◎过梅花亭（清）刘世澍 …… 49
◎梅亭夕照（清）马俊元 …… 49
◎温泉清流（清）马俊元 …… 49
◎题大流村梁茂才别业
　（清）马俊元 …… 49
◎过坚固村登清凉洞口占
　（清）马俊元 …… 49
◎愍卢忠烈（清）韩对扬 …… 49
◎卢公祠怀古（清）马汝霖 …… 50
◎洛阳梨花（清）石璠 …… 50
◎宋墓烟树（清）张辉 …… 50
◎河堤晓月（清）赵可成 …… 50
◎卢少师象升（清）严遂成 …… 50

上卷　诗词文赋

现当代部分

◎登北武当山　刘果芳 …… 52
◎梅花公园寻梅　马佩荣 …… 52
◎栾卸银杏　马佩荣 …… 52
◎初夏宿王瑙村　马佩荣 …… 52
◎问道广阳山　马佩荣 …… 52
◎游峰峦寺　张清春 …… 52
◎题广神岩苍松　张清春 …… 52
◎题太行山中　刘章 …… 52
◎春日太行山行　刘章 …… 53
◎颂地雷大王王来法　刘小云 …… 53
◎太行吟　刘连茂 …… 53
◎题红叶　刘国震 …… 53
◎明长城　刘国震 …… 53

◎咏张文谦　邓垞 …… 53
◎九龙庙沟拾趣　王玉民 …… 53
◎宋璟碑　王叔衅 …… 54
◎沙河古村北盆水游记三首　王叔衅 …… 54
◎游沙河广阳山老君洞　王叔衅 …… 54
◎卜算子·菊心有梦　王叔衅 …… 54
◎秦王湖　王学新 …… 54
◎桃花源风景区　王学新 …… 54
◎红石沟休闲生态农场　王学新 …… 55
◎追寻乔羽渡口的足迹　王学新 …… 55
◎水调歌头·广阳胜境　王清海 …… 55
◎次韵（明）萧泮《老君洞》
　王清海 …… 55
◎垂钓秦王湖　王清海 …… 55
◎登太行五指山　王清海 …… 55
◎过小仓村　王清海 …… 55
◎题丹阳摄渡口川云海　王清海 …… 55
◎玻璃富沙河　王清海 …… 56
◎秋访王瑙　王清海 …… 56
◎题太行高速渡口川大桥　王清海 …… 56
◎登太行五指山有题　王清海 …… 56
◎沙河九龙庙沟　王清海 …… 56
◎沙河东五指山遥望　王清海 …… 56
◎题沙河西部明长城　王清海 …… 56
◎游秦王湖　王清海 …… 56
◎秦王湖垂钓　王清海 …… 56
◎游静峪寺和药翁　王清海 …… 57
◎题渡口老字号丰盛和醋　王清海 …… 57
◎春日回乡　王清海 …… 57
◎陋室芳园　王清海 …… 57
◎忆儿时采摘　王清海 …… 57
◎小西天看红叶　王清海 …… 57
◎梅花亭　王清海 …… 57
◎游沙河市梅花公园　王清海 …… 57
◎谒范子侠将军墓　王清海 …… 57
◎沙河花木道中　王清海 …… 58
◎红石沟农业生态园　王清海 …… 58
◎车过渡口赛道思乔羽　王清海 …… 58
◎登广阳山老君岩　王清海 …… 58

◎重登广阳山　王清海…………… 58	◎乔羽在渡口　王清海…………… 63
◎沙河市封峦寺　王清海………… 58	◎渡口元宵灯会　王清海………… 63
◎沙河北武当　王清海…………… 58	◎渡口古庙会　王清海…………… 63
◎漆泉寺　王清海………………… 58	◎记渡口抗日剧团　王清海……… 63
◎重访漆泉寺　王清海…………… 59	◎渡口古镇赋　王清海…………… 63
◎次韵国印周先生题太行大渡槽	◎秦王湖　顾淑惠………………… 64
王清海………………… 59	◎秦王湖高山牡丹　顾淑惠……… 64
◎携友登沙河北武当　王清海…… 59	◎九龙庙沟　顾淑惠……………… 64
◎初夏携友人登广阳山和国印周先生	◎再游兴龙寺　马洪仕…………… 65
王清海………………… 59	◎拜甄泽观夷叔像　马洪仕……… 65
◎再访大坪古村落　王清海……… 59	◎桃花源　苗萍…………………… 65
◎南水北调感赋　王清海………… 59	◎鹧鸪天·情醉桃花源　苗萍…… 65
◎谒静峪寺　王清海……………… 59	◎栾卸小镇三首　王富友………… 65
◎访静峪寺和丛谷　王清海……… 60	◎栾卸小镇漫笔　王富友………… 65
◎鼎梅山　王清海………………… 60	◎过沙河百里国际自行车赛道
◎小苍古村游　王清海…………… 60	王富友………………… 65
◎晚聚北武当文化书院　王清海… 60	◎题秦王湖　王富友……………… 66
◎登沙河北武当感怀　王清海…… 60	◎车过广阳山下　王富友………… 66
◎过秦王湖　王清海……………… 60	◎红石沟生态园即兴　王富友…… 66
◎题温泉山庄　王清海…………… 60	◎游红石沟　元巨超……………… 66
◎望映雪湖　王清海……………… 60	◎大安山赏红叶　元巨超………… 66
◎映雪湖暮色　王清海…………… 61	◎感文友至邑采风三首　元巨超… 66
◎渡口晨晓　王清海……………… 61	◎太行大渡槽　元巨超…………… 66
◎故乡梦儿时　王清海…………… 61	◎登广神岩　元巨超……………… 66
◎公园晨步　王清海……………… 61	◎沙河赛道组诗　元巨超………… 67
◎论剑广阳山　王清海…………… 61	◎三行静峪寺四首　元巨超……… 67
◎题秦王湖次韵和岳连婷　王清海… 61	◎瓮州城　元巨超………………… 67
◎谒沙河甄泽观伯夷叔齐二贤殿	◎营房行二首　元巨超…………… 67
王清海………………… 61	◎南五指行三首　元巨超………… 67
◎题沙河广神岩二首　王清海…… 62	◎丙申收官游　元巨超…………… 68
◎渔家傲·游沙河梅花公园	◎令公洞　元巨超………………… 68
王清海………………… 62	◎柳泉游三首　元巨超…………… 68
◎瞻颜真卿书宋璟碑　王清海…… 62	◎秦王寨行四首　元巨超………… 68
◎瞻杨春增烈士陵园（新韵）	◎游黑瑙　元巨超………………… 68
王清海………………… 62	◎游鸡冠山三首　元巨超………… 69
◎访樊下曹古村落得庆礼兄讯有感	◎五仓沟题图　元巨超…………… 69
王清海………………… 62	◎北武当山林场游拈青字六首
◎题册井春秋牡丹园　王清海…… 62	元巨超………………… 69
◎故乡春　王清海………………… 62	◎游孔庄峡　元巨超……………… 69

◎黑龙潭　元巨超……… 70	◎五指山上望秦王湖　齐荣景…… 76
◎月牙峡　元巨超……… 70	◎北武当山感怀　齐荣景…… 76
◎孔庄峡奇石　元巨超……… 70	◎浪淘沙·咏秦王湖忆友人
◎游峡等风光　元巨超……… 70	齐耀增…… 76
◎游大安山封峦寺步韵杜工部《蜀相》	◎太行春感　朱德…… 76
元巨超……… 70	◎出太行　朱德…… 76
◎封峦寺二首　元巨超……… 70	◎宿太行山中　李树喜…… 77
◎谒范将军墓　元巨超……… 70	◎访沙河静峪寺　李保江…… 77
◎登广阳山五首　元巨超……… 70	◎沙河桃花源　李保江…… 77
◎雨中陪诸贤游北盆水　元巨超…… 71	◎甄泽观怀古　李保江…… 77
◎龙泉寺　元巨超……… 71	◎登西五指山　李保江…… 77
◎罗汉洞　元巨超……… 71	◎游五仓峰　李保江…… 77
◎渐凹行三首　元巨超……… 71	◎过王瑙古村　李保江…… 77
◎九龙沟　元巨超……… 71	◎游西沟　李保江…… 77
◎九龙庙　元巨超……… 72	◎登明长城　李保江…… 77
◎甄泽观　元巨超……… 72	◎游绿水池村　李保江…… 78
◎秦王寨观日出　元巨超……… 72	◎访水磨头村　李保江…… 78
◎秦王峡　元巨超……… 72	◎游渐凹村　李保江…… 78
◎春望太行　元巨超……… 72	◎游桃花源　李保江…… 78
◎游八里闯　元巨超……… 72	◎红枫山看红叶　李保江…… 78
◎广阳醋泉铭　元巨超……… 73	◎梅花公园赏梅　李保江…… 78
◎柿外桃源赋　元巨超……… 73	◎柿外桃园　李保江…… 78
◎登小西天　白根路……… 74	◎柳泉村居　李保江…… 78
◎秋游北武当山　白根路……… 74	◎渐凹煮茶　李保江…… 78
◎临江仙·登小西天　白根路…… 74	◎泽丰园赋　李保江…… 78
◎沙河行　任征……… 74	◎白塔镇赋　李保江…… 79
◎沙河太行渡槽　任征……… 74	◎孔庄大峡谷赋　李保江…… 80
◎游秦王湖……… 74	◎秋日太行行吟　李剑方…… 81
◎宋墓丰碑（宋璟碑）任征……… 74	◎太行山感赋　李青葆…… 81
◎东川口水库　乔羽……… 75	◎题太行大渡槽　李勤绍…… 81
◎赠孙清贵　乔羽……… 75	◎登广阳山怀老子　李勤绍…… 81
◎挑水歌　乔羽……… 75	◎广阳山草帽洞　李勤绍…… 81
◎歌咏县长王永淮　乔羽……… 75	◎眼儿媚·东五指山骋目　李勤绍… 81
◎上山种树　乔羽……… 75	◎登北武当山　李勤绍…… 82
◎改造荒山　乔羽……… 75	◎太行山居赋　李勤绍…… 82
◎登沙河五指山不至　齐荣景…… 75	◎春探太行　张新华…… 82
◎题太行第一大渡槽　齐荣景…… 75	◎五仓峰　张益禄…… 82
◎风入松·游广阳山　齐荣景…… 76	◎山寨古堡　张益禄…… 82
◎题沙河市国学文化研究会　齐荣景 76	◎冶炼遗址　张益禄…… 82

◎广神岩　张益禄……………… 82	◎锣鼓山　张益禄……………… 86
◎漆泉寺　张益禄……………… 82	◎梧桐沟　张益禄……………… 86
◎佛岩寺　张益禄……………… 83	◎张沟古槐　张益禄…………… 86
◎秦王湖　张益禄……………… 83	◎大欠瀑布　张益禄…………… 87
◎映雪湖　张益禄……………… 83	◎菩萨罗汉洞　张益禄………… 87
◎峡沟水库　张益禄…………… 83	◎千佛岩　张益禄……………… 87
◎太行渡槽　张益禄…………… 83	◎文谦墓　张益禄……………… 87
◎北武当山　张益禄…………… 83	◎璐王碑　张益禄……………… 87
◎广阳山　张益禄……………… 83	◎册井村　张益禄……………… 87
◎小西天　张益禄……………… 83	◎温家沟村　张益禄…………… 87
◎封峦寺　张益禄……………… 83	◎后渐寺村　张益禄…………… 87
◎观音寨　张益禄……………… 83	◎乔羽故居　张益禄…………… 87
◎娲皇宫　张益禄……………… 84	◎唐柏碑　张益禄……………… 87
◎圣母宫　张益禄……………… 84	◎檀台　张益禄………………… 88
◎大裂峡　张益禄……………… 84	◎章村遗址　张益禄…………… 88
◎九龙沟　张益禄……………… 84	◎苏秦亭遗址　张益禄………… 88
◎梅花亭　张益禄……………… 84	◎南山牡丹苑　张益禄………… 88
◎宋璟碑　张益禄……………… 84	◎北武当山林场　张益禄……… 88
◎范子侠墓　张益禄…………… 84	◎大瑙村　张益禄……………… 88
◎明长城　张益禄……………… 84	◎张沟村　张益禄……………… 88
◎孔庄峡　张益禄……………… 84	◎将军墓村　张益禄…………… 88
◎册井土地庙　张益禄………… 84	◎白错将军府　张益禄………… 88
◎绿水池村　张益禄…………… 85	◎卢生祠　张益禄……………… 88
◎渐凹村　张益禄……………… 85	◎梅花公园　张益禄…………… 89
◎大坪村　张益禄……………… 85	◎峡沟村　张益禄……………… 89
◎上申庄村　张益禄…………… 85	◎云上人家　张益禄…………… 89
◎樊下曹村　张益禄…………… 85	◎汤山温泉　张益禄…………… 89
◎磬口山　张益禄……………… 85	◎马峪水库　张益禄…………… 89
◎延庆寺　张益禄……………… 85	◎孔庄惨案遗址　张益禄……… 89
◎龙泉寺　张益禄……………… 85	◎西五指山　张益禄…………… 89
◎石岭水库　张益禄…………… 85	◎钟表山　张益禄……………… 89
◎宋墓烟树　张益禄…………… 85	◎棒槌山　张益禄……………… 89
◎河堤晓月　张益禄…………… 86	◎大瑙云海　张益禄…………… 89
◎西山积雪　张益禄…………… 86	◎石岩沟瀑布　张益禄………… 90
◎梅亭夕照　张益禄…………… 86	◎笔架山　张益禄……………… 90
◎唐柏耸翠　张益禄…………… 86	◎佛祖洞　张益禄……………… 90
◎温泉清流　张益禄…………… 86	◎红石沟　张益禄……………… 90
◎龙潭瀑布　张益禄…………… 86	◎渡口川雪景　张益禄………… 90
◎洛阳梨花　张益禄…………… 86	◎埋兵岭　张益禄……………… 90

◎板栗树王　张益禄…………90	◎临江仙·栾卸的银杏　王英革……96
◎彭瑙村　张益禄…………90	◎杏花天·秦王湖空中牡丹　王英革…96
◎北盆水村　张益禄…………90	◎沁园春·沙河风光（新韵）
◎杏花庄村　张益禄…………90	孟耕文……………96
◎秤湾村秋景　张益禄…………91	◎沁园春·情醉桃花源（新韵）
◎绿水池村红叶　张益禄…………91	孟耕文……………96
◎㳙水"张家界"　张益禄…………91	◎题太行大渡槽　孟耕文…………96
◎官印山　张益禄…………91	◎登广阳山——步韵和国印老师
◎南五指山　张益禄…………91	孟耕文……………97
◎秦王峡　张益禄…………91	◎浣溪沙·游北武当山　孟耕文……97
◎静峪寺　张益禄…………91	◎畅怀五仓沟　孟耕文…………97
◎牛神口　张益禄…………91	◎游秦王湖　孟耕文…………97
◎南干渠　张益禄…………91	◎大安山赏红叶　孟耕文…………97
◎石门沟村　张益禄…………91	◎过封峦寺　孟耕文…………97
◎西沟村　张益禄…………92	◎题北武当书院　孟耕文…………97
◎挂壁公路　张益禄…………92	◎柳泉驿（新韵）　孟耕文…………97
◎游王瑙　李金挺…………92	◎踏莎行·映雪湖拾趣　孟耕文……97
◎广阳山　李金挺…………92	◎孟石岗村　孟耕文…………98
◎春日游太行山　张博生…………92	◎李石岗村　孟耕文…………98
◎太行秋韵　张博生…………92	◎南石岗村　孟耕文…………98
◎望远　陈耕…………92	◎刘石岗村　孟耕文…………98
◎思念　陈耕…………92	◎后石岗村　孟耕文…………98
◎清明　陈耕…………93	◎春到秦王湖　孟庆菲…………98
◎远征歌　陈耕…………93	◎老君台秋色　孟庆菲…………98
◎读家谱感言　陈子文…………93	◎梅花亭赏雪　孟庆菲…………98
◎夜读　陈国和…………93	◎鹧鸪天·太行渡槽　孟庆菲………98
◎游梅花公园赏红梅　陈国和………93	◎凤凰山铁矿览胜　孟庆菲…………98
◎咏梅花公园蜡梅　陈国和…………93	◎水调歌头·登老君台　孟庆菲……99
◎伯夷叔齐颂　陈逸卿…………93	◎西河·太行山览胜　孟庆菲………99
◎过太行山书怀　陈毅…………94	◎车到下关　孟庆菲…………99
◎题太行红叶　杨庆凯…………95	◎木兰花·参观刘石岗乡中教学楼
◎古郡桃花源　杨庆凯…………95	孟庆菲……………99
◎㳙水梅情　王应民…………95	◎玉楼春·车过梨花村——兼寄从海同志
◎咏小西天　王应民…………95	孟庆菲……………99
◎咏沙河北武当山　王应民…………95	◎虞美人·长相忆　孟庆菲…………99
◎游沙河孔庄大峡谷　张少崎………95	◎寄从海　孟庆菲…………99
◎题秦王洞　张少崎…………95	◎宋璟碑　孟庆菲…………100
◎题广神岩　张少崎…………96	◎广阳山（二首）　郑力…………100
◎题小西天　张少崎…………96	◎小东沟村　郑力…………100

◎小东沟村后登山　郑力⋯⋯⋯⋯ 100
◎王瑙村　郑力⋯⋯⋯⋯⋯⋯⋯⋯ 100
◎漆泉寺故迹（三首）　郑力⋯⋯ 100
◎沙河采风途中口占　郑力⋯⋯⋯ 100
◎《塔子峪村古槐》题　郑力⋯⋯ 100
◎渐凹村　郑力⋯⋯⋯⋯⋯⋯⋯⋯ 101
◎春游王瑙村　郑力⋯⋯⋯⋯⋯⋯ 101
◎渡口村古醋坊　郑力⋯⋯⋯⋯⋯ 101
◎登东五指山观秦王湖　郑力⋯⋯ 101
◎甄泽观拜伯夷叔齐二贤像　郑力⋯ 101
◎范子侠将军墓　郑力⋯⋯⋯⋯⋯ 101
◎大安山红叶　郑力⋯⋯⋯⋯⋯⋯ 101
◎石盆村　郑力⋯⋯⋯⋯⋯⋯⋯⋯ 101
◎柴关乡山中见牧羊人　郑力⋯⋯ 102
◎访静峪寺（二首）　郑力⋯⋯⋯ 102
◎广阳山　郑力⋯⋯⋯⋯⋯⋯⋯⋯ 102
◎大坪古村　郑力⋯⋯⋯⋯⋯⋯⋯ 102
◎北武当山　郑力⋯⋯⋯⋯⋯⋯⋯ 102
◎西园故居　郑力⋯⋯⋯⋯⋯⋯⋯ 102
◎雨后太行山中　郑力⋯⋯⋯⋯⋯ 102
◎九龙庙沟　王军平⋯⋯⋯⋯⋯⋯ 102
◎和群主及诸诗友登五指山
　　王军平⋯⋯⋯⋯⋯⋯⋯⋯⋯ 103
◎丙申岁腊月十七日随群主及诸位诗友北盆水采风有吟　王军平⋯⋯⋯ 103
◎和群主及诸诗友游西沟芦花四首
　　王军平⋯⋯⋯⋯⋯⋯⋯⋯⋯ 103
◎游石盆村二首　王军平⋯⋯⋯⋯ 103
◎秦王湖桃花源三首　王军平⋯⋯ 104
◎雨中登封峦寺　王军平⋯⋯⋯⋯ 104
◎太行题图　王军平⋯⋯⋯⋯⋯⋯ 104
◎甄泽观二首　王军平⋯⋯⋯⋯⋯ 104
◎论剑广阳山　王军平⋯⋯⋯⋯⋯ 104
◎鹧鸪天·游孔庄　李军兴⋯⋯⋯ 105
◎题红叶　李军兴⋯⋯⋯⋯⋯⋯⋯ 105
◎雾笼千山　李军兴⋯⋯⋯⋯⋯⋯ 105
◎咏蜡梅　李军兴⋯⋯⋯⋯⋯⋯⋯ 105
◎沙河长城杂咏　李军兴⋯⋯⋯⋯ 105
◎燕歌行·秦王峡　李军兴⋯⋯⋯ 105

◎登广阳山　梁剑章⋯⋯⋯⋯⋯⋯ 106
◎水调歌头·广阳山　梁剑章⋯⋯ 106
◎秦王湖　梁剑章⋯⋯⋯⋯⋯⋯⋯ 106
◎燕春台·东五指山　梁剑章⋯⋯ 106
◎题大坪古村落　梁剑章⋯⋯⋯⋯ 106
◎满庭芳·游红石沟农业生态园
　　梁剑章⋯⋯⋯⋯⋯⋯⋯⋯⋯ 106
◎红石沟　梁剑章⋯⋯⋯⋯⋯⋯⋯ 107
◎太行大渡槽　梁剑章⋯⋯⋯⋯⋯ 107
◎沙河行组诗之一　国印周⋯⋯⋯ 107
◎初夏携友人登广阳山　国印周⋯ 107
◎游广阳山怀河朔诗派　国印周⋯ 107
◎登沙河市五指山　国印周⋯⋯⋯ 107
◎北武当山绝顶远眺　国印周⋯⋯ 107
◎踏莎行·游映雪湖二首　国印周⋯ 107
◎过秦王湖　国印周⋯⋯⋯⋯⋯⋯ 108
◎望小西天　国印周⋯⋯⋯⋯⋯⋯ 108
◎夜宿北武当文化书院　国印周⋯ 108
◎由牛城去朱庄水库　范峻海⋯⋯ 108
◎上太行　范峻海⋯⋯⋯⋯⋯⋯⋯ 108
◎太行抒怀　范峻海⋯⋯⋯⋯⋯⋯ 108
◎观沙河国际公路自行车赛道
　　范峻海⋯⋯⋯⋯⋯⋯⋯⋯⋯ 108
◎红石沟樱花岛　范峻海⋯⋯⋯⋯ 108
◎题红石沟　范峻海⋯⋯⋯⋯⋯⋯ 109
◎题太行渡槽　范峻海⋯⋯⋯⋯⋯ 109
◎去五指山　范峻海⋯⋯⋯⋯⋯⋯ 109
◎北武当山　岳连婷⋯⋯⋯⋯⋯⋯ 109
◎秋游王瑙红枫山　岳连婷⋯⋯⋯ 109
◎封峦寺　岳连婷⋯⋯⋯⋯⋯⋯⋯ 109
◎静峪寺　岳连婷⋯⋯⋯⋯⋯⋯⋯ 109
◎军民抗洪　岳连婷⋯⋯⋯⋯⋯⋯ 109
◎极顶五指山　岳连婷⋯⋯⋯⋯⋯ 109
◎登悬壶瑙感怀　岳连婷⋯⋯⋯⋯ 110
◎甄泽观二首　岳连婷⋯⋯⋯⋯⋯ 110
◎行吟红石沟兼寄园主人　岳连婷⋯ 110
◎过秦王湖　岳连婷⋯⋯⋯⋯⋯⋯ 110
◎孔庄峡　岳连婷⋯⋯⋯⋯⋯⋯⋯ 110
◎峡里水库　岳连婷⋯⋯⋯⋯⋯⋯ 110

◎綦村凉水泉　岳连婷…………110
◎媒婆峰　岳连婷…………110
◎月牙峡　岳连婷…………111
◎七仙峡　岳连婷…………111
◎赏李府牡丹兼送主人　岳连婷……111
◎秦王湖　岳连婷…………111
◎大安山行　张认书…………111
◎秦王湖向晚　岳振恩…………111
◎全呼春行　岳振恩…………111
◎九龙沟兴吟　岳振恩…………112
◎登小西天　胡湛…………112
◎游广阳山　胡运增…………112
◎追思范子侠将军　胡运增…………112
◎游园所感　胡运增…………112
◎游九龙沟　胡运增…………112
◎册井　胡运增…………112
◎后渐寺　胡运增…………113
◎王瑙　胡运增…………113
◎绿水池　胡运增…………113
◎大坪　胡运增…………113
◎渐凹　胡运增…………113
◎渡口　胡运增…………113
◎北盆水　胡运增…………114
◎上申庄　胡运增…………114
◎王茜　胡运增…………114
◎樊下曹　胡运增…………114
◎安河　胡运增…………114
◎西沟　胡运增…………115
◎温家沟　胡运增…………115
◎口上　胡运增…………115
◎赞老年大学　赵素英…………115
◎登北武当山　赵素英…………115
◎游东五指山　赵素英…………115
◎鹧鸪天·广阳山采风　赵素英…………115
◎沙河兴龙寺　赵素英…………115
◎紫荑香慢·秋游太行山兼寄不知名
　紫花　赵海萍…………116
◎秋游封峦寺　赵海萍…………116
◎桃花源　赵海萍…………116

◎临江仙·登北武当山杂感　赵海萍116
◎临江仙·秦王湖感怀　赵海萍…………116
◎咏南水北调工程　赵海萍…………116
◎登小西天半道折回有寄　赵海萍…117
◎梦游小西天　赵海萍…………117
◎游广阳山"老聃修行处"　郭振英117
◎"恒利"赏菊偶占　郭振英…………117
◎柿外桃源——柳泉驿　郭振英…………117
◎柿外桃源——涌泉池　郭振英…………117
◎红枫山初秋　郭振英…………117
◎大瑙绝顶偶占　郭振英…………117
◎俯瞰峡沟水库　郭振英…………118
◎望北武当山　郭振英…………118
◎望东五指山　郭振英…………118
◎题"大瑙云海"图　郭振英…………118
◎登广阳山悬壶瑙　郭振英…………118
◎太行渡槽　郭振英…………118
◎黄背岩长城　郭振英…………118
◎大岭口长城　郭振英…………118
◎峡沟水库采风偶占　郭振英…………118
◎题东五指山拥抱石　郭振英…………119
◎渐凹梯田　郭振英…………119
◎广阳山殷家寨偶成　郭振英…………119
◎赏大安山红叶缅怀范子侠将军
　郭振英…………119
◎题渡口"王家老陈醋"　郭振英…119
◎题后王峪果农　郭振英…………119
◎过漆泉寺遗址　郭振英…………119
◎题轿顶山　郭振英…………119
◎瞻仰"大坪古村"129师先遣支队
　司令部旧址　郭振英…………119
◎访北盆水村　郭振英…………119
◎题朱庄水草石　郭振英…………120
◎题西五指山　郭振英…………120
◎千佛岩寺遗址有思　郭振英…………120
◎西寨峡天路　郭振英…………120
◎桃花源望湖亭偶占　郭振英…………120
◎秦王洞偶成　郭振英…………120
◎题塔子峪手织布传习馆　郭振英…120

◎题册井李洪春牡丹园　郭振英……120
◎登天顶山　郭振英……120
◎太行崖菊　郭振英……120
◎谒范子侠将军墓　郭振英……121
◎探访落丝岩佛窟　郭振英……121
◎再访静峪寺　郭振英……121
◎谒漆泉寺遗址　郭振英……121
◎初访兴龙寺　郭振英……121
◎雪后初晴回故乡渐凹村　郭振英…121
◎读《血染的峡谷》，谒"埋兵岭"
　　郭振英……121
◎夜宿沙河北武当书院　郭振英……121
◎广阳山寄怀　郭振英……122
◎浣溪沙·谒漆泉寺遗址　郭振英…122
◎浣溪沙·"恒利"雨中赏菊有寄
　　郭振英……122
◎浣溪沙·游孔庄峡　郭振英……122
◎浣溪沙·大安山红叶　郭振英……122
◎浣溪沙·峡沟行　郭振英……122
◎浣溪沙·红石沟偶占　郭振英……122
◎清平乐·乙未清明凭吊"孔庄惨案"
　　遗址　郭振英……122
◎虞美人·西山咏雪　郭振英……123
◎临江仙·谒静峪寺　郭振英……123
◎临江仙·九龙庙沟　郭振英……123
◎喝火令·咏恒利银杏园　郭振英…123
◎浣溪沙·谒甄泽观　郭振英……123
◎梅花公园赏梅偶占　郭振英……123
◎咏广神岩　郭振英……123
◎西寨古村偶占　郭振英……124
◎故乡渐凹"七步三眼井"有寄
　　郭振英……124
◎浣溪沙·题故乡渐凹古戏楼
　　郭振英……124
◎浣溪沙·东五指山怀古　郭振英…124
◎忆秦娥·故乡雪夜偶占　郭振英…124
◎题太行渡槽　郭振英……124
◎谒秦王湖致当年修建东石岭水库万
　　千将士　郭振英……124

◎论剑广阳山和六脉神剑、广阳樵客老师
　　及诸诗友　郭振英……124
◎宋璟碑　甄德圣……125
◎小西天木鱼石　雷芳……125
◎小西天对语峰　雷芳……125
◎题沙河宋璟碑　路焕京……125
◎谢池春·朱庄水库　熊东遂……125
◎秦王湖　杜福贞……126
◎桃花源　杜福贞……126
◎广阳山　杜福贞……126
◎太行渡槽　杜福贞……126
◎题崿山　崔维军……126
◎全呼八景　崔留柱……126
◎七绝山巅杏花　张富民……127
◎沙河市国际自行车赛有感组诗
　　张富民……127
◎访静峪寺　张富民……127
◎游大安山　张富民……128
◎观图忆雨中游梧桐沟　张富民……128
◎西沟行　张富民……128
◎乙未秋登柴关大瑙观云海霜林（新韵）
　　张富民……128
◎秤湾采风　张富民……128
◎题沙河故河道骑行　张富民……128
◎浪淘沙·忆秋日红枫山采风
　　张富民……128
◎七绝秋日红枫山　张富民……128
◎浅吟四首绝句以奉和　刘江申……129
◎初冬日游红枫山奶奶庙　刘江申…129
◎题王瑙石楼　刘江申……129
◎笔架山　刘江申……129
◎渡仙桥　刘江申……129
◎登罗锅寨　刘江申……129
◎题九龙庙沟　刘江申……129
◎甄泽观诗二首　刘江申……129
◎赏大安山红叶感怀　韩翠萍……130
◎再访封恋寺　韩翠萍……130
◎登五指山兼寄旧友　韩翠萍……130
◎广阳山怀古　韩翠萍……130

◎广神岩　韩翠萍……………130
◎甄泽观抒怀　韩翠萍…………130
◎红枫山奶奶顶抒怀　韩翠萍………130
◎王瑙　韩翠萍………………130
◎陪同省诗词协会一行走国际自行车
　赛道采风有感　韩翠萍………131
◎九龙庙沟　韩翠萍……………131
◎峡沟水库　韩翠萍……………131
◎赏大安山红叶兼祭范子峡将军
　　韩翠萍…………………131
◎太行渡槽　韩翠萍……………131
◎游孔庄峡　韩翠萍……………131
◎访古村落北盆水有感　韩翠萍……131
◎乱石潭访千佛岩　韩翠萍………131
◎太行崖菊　韩翠萍……………131
◎再访静峪寺　韩翠萍…………132
◎落丝岩洞桑葚　韩翠萍………132
◎题赛道　韩翠萍………………132
◎梅花公园赞　韩翠萍…………132
◎广神岩　杨建入………………132
◎苍松翠柏　杨建入……………132
◎游塔子峪村二首　杨建入………132
◎观漆泉寺遗址　杨建入…………132
◎游五仓沟　杨建入……………133
◎北武当山感赋　杨建入…………133
◎题广神岩　杨建入……………133
◎梅花公园（新韵）　杨建入……133
◎临江仙　甄泽观　姜立凭………133
◎甄泽观　戴金勇………………133
◎采薇　张蕾……………………133
◎秦王峡　石增印………………133
◎雨登太行渡槽丰碑台观景　石增印…134
◎题太行渡槽　石增印…………134
◎咏柳泉村　石增印……………134
◎广阳山怀古　石增印…………134
◎渡口村　石增印………………134
◎黑龙潭　石增印………………134
◎游孔庄峡　石增印……………134
◎广阳山　石增印………………134

◎沙河市赋　王延庆……………135
◎崿山赋　王延庆………………135
◎王瑙村赋　王延庆……………136
◎北方"小布达拉宫"赋　王延庆…137
◎登小西天有感　王延庆………138
◎古石楼赞　王延庆……………138
◎自行车赛道有感　王延庆………138
◎崿山九龙庙　刘林朝…………138
◎册井土地庙风景区赞　刘林朝……138
◎九龙阁记　刘林朝……………139
◎甄泽观二首　牛军营…………139
◎美丽太行我的家　韩刚………139
◎游静峪寺　胡正芹……………139
◎广阳山　胡正芹………………139
◎赛道美景　胡正芹……………139
◎广神岩古松　胡正芹…………140
◎游桃花源玻璃观光台有感
　　胡正芹…………………140
◎梅花公园踏春　胡正芹………140
◎小西天　胡正芹………………140
◎观高速大桥建设工地　胡正芹……140
◎王瑙古石楼群感怀　秦增群……140
◎九龙庙沟行　秦增群…………140
◎谒范子侠将军墓　秦增群………140
◎登赵国长城有感　秦增群………140
◎梅花亭怀古　秦增群…………141
◎广阳山登临　秦增群…………141
◎春游封峦寺　秦增群…………141
◎封峦寺凭吊　秦增群…………141
◎秦王湖放歌　秦增群…………141
◎册井风景区抒怀　秦增群………141
◎太行山颂　秦增群……………141
◎致孟庆菲老师　张从海…………142
◎游大安山古寺　郭静…………142
◎游九龙庙沟　郭静……………142
◎丁酉菊月笔架山赏红叶　郭静……143
◎随友桃花源闲游　郭静………143
◎杏花庄　郭静…………………143
◎忆江南·梅园　郭静…………143

标题 作者	页码	标题 作者	页码
◎题广神岩　郭静	143	◎游沙河千佛岩有感　赵丽芳	149
◎绝句两首　郭静	143	◎游广阳山　李生民	149
秋游太行　郭静	144	梅花雪　李生民	149
映雪湖记　郭静	144	◎题兴龙寺　李生民	149
◎太行崖菊赋　郭静	144	新孔庄峡　李生民	149
渐凹古戏楼　施书霞	145	◎大岭口长城　李生民	149
◎大安山　施书霞	145	古村北盆水　李生民	149
◎广神岩　施书霞	145	◎游漆泉寺　李生民	150
◎塔子峪传习坊　施书霞	145	静峪寺　李生民	150
雨中游梅花公园　施书霞	145	◎大坪村　李生民	150
红枫山下王瑙石楼群　施书霞	145	◎五指山　李生民	150
◎游王瑙古村　程丽萍	145	观册井春秋园牡丹有感　李生民	150
◎登红枫山　程丽萍	145	咏秦王湖　李连彬	150
咏野菊　程丽萍	146	◎秦王湖晚景　王日照	150
初秋游杏林园　程丽萍	146	◎登北武当山　王日照	151
游小水村诗二首　程丽萍	146	◎题静峪寺　王日照	151
小城仲夏夜　程丽萍	146	◎游杏花庄　王日照	151
◎登广阳山　程丽萍	146	题西毛村兴龙寺　王日照	151
月夜访梅园　程丽萍	146	◎登红枫山抒怀　王日照	151
游北武当感怀　程丽萍	146	◎题封峦寺　王日照	151
荡舟秦王湖　程丽萍	146	题普照寺　王日照	151
游戏九龙湖　程丽萍	147	秦王湖小景　王日照	151
游插旗瑙二首之一　程丽萍	147	◎游大坪　王日照	151
杏花沟　程丽萍	147	◎闲题北武当山　王丽格	152
◎周末秦王寨采风作业　程丽萍	147	◎秦王湖偶记　王丽格	152
◎重阳节登高感怀　程丽萍	147	◎初逢广阳山　王丽格	152
西五指山秋韵（之一）　程丽萍	147	◎拜谒观音寨　王丽格	152
西五指山秋韵（之二）　程丽萍	147	◎闲步九龙沟　王丽格	152
甄泽观怀古　程丽萍	147	误入桃花源　王丽格	152
◎观国际自行车赛道有感　樊延军	147	◎筑梦封峦寺　王丽格	152
去马沟过赛道一路好景　樊延军	148	甄泽观游记　王丽格	152
◎大安山　樊延军	148	◎闲跂梅花亭　王丽格	153
登红石沟茅亭有感而发　樊延军	148	漫行王瑙村　王丽格	153
◎登康源西顶水池有感　樊延军	148	◎初遇映雪湖　王丽格	153
雨中过秦王湖　樊延军	148	观太行渡槽记　王丽格	153
◎甄泽观诗二首　樊延军	148	◎峡沟行　王闫之	153
◎小城雨后　赵丽芳	148	◎广神岩　逸人	153
◎清平乐·赏梅　赵丽芳	148	◎咏文谦湖　王莎莎	153
◎渔歌子·游园　赵丽芳	149	◎赏安山红叶　王丽媛	153

◎封峦古寺　王丽媛……………154
◎游秦王湖　王丽媛……………154
◎九龙庙沟　王丽媛……………154
◎西沟秋韵　王丽媛……………154
◎王瑙　赵庆勋…………………154
◎封峦寺、大安山游记　赵庆勋……154
◎长城吟　赵庆勋………………154
◎美丽的古渔村（渐滩）　郝四凤…154
◎忆范子侠将军　韩建元………154
◎梅花亭　韩建元………………155
◎游王瑙村　张生平……………155
◎北武当山赋　张锐峰…………155
◎九龙沟赋　戴俊宝……………156
◎汤山观景　秦增春……………157
◎观九龙庙飞瀑　解双喜………157
◎太行颂　郝占云………………157
◎西毛村兴龙寺　郝占云………157
◎览胜五指山秦王湖　郝占云…157
◎周六穿越鹤度岭　唐书海……157
◎王瑙古村　唐书海……………158
◎秋雨北武当山登山赛　唐书海……158
◎沙情河趣　韩景哲……………158
◎广神岩　韩景哲………………158
◎初谒静峪寺　韩景哲…………158
◎梅园春　王久玉………………158
◎长相思·游梅园　王久玉……158
◎梅园七律　王久玉……………158
◎老年大学赞　李建民…………159
◎水调歌头·游漆泉寺　李建民……159
◎谒静峪寺　李建民……………159
◎谒兴龙寺　李建民……………159
◎活泉杨林　李存召……………159
◎宋璟岗梅花　崔继东…………159
◎兴龙寺　崔继东………………160
◎南水北调中线家乡段通水　崔继东…160
◎冀南武当山　崔继东…………160
◎游漆泉寺——和秦增群先生
　　王三秋………………………160
◎册井八景　张月民……………160

◎秋游九龙峡　李现祥…………161
◎秋吟四首　李现祥……………161
◎七律——绿水池赞　王新华……161
◎水调歌头·观玉皇顶怀古　王新华　162
◎水调歌头·重游笔架峰暨王瑙
　古石楼　王新华………………162
◎念奴娇·峡沟巉嵯埋兵岭吊喑十八
　无名烈士　王新华……………162
◎甄泽观二首　王新华…………162
◎映雪湖四题　韩建民…………162
◎梅花公园两首　赵金海………163
◎沙河赋　戴召民………………163
◎老爷山　武彦书………………163
◎游五指山　武彦书……………163
◎广神岩　武彦书………………164
◎登麦秸垛　武彦书……………164
◎冀之南——题沙河甄泽观二贤殿
　谢良喜…………………………164
◎谒甄泽观夷叔像　赵丁………164
◎甄泽观　武忠阳………………164
◎游栖凤坡有感　刘玉贵………164
◎土地庙抒怀　秦昌增…………164
◎题沙河市广阳山老君洞　霍宝印…165
◎咏沙河太行渡槽　胡桂君……165
◎访广阳山　胡桂君……………165
◎登东五指山　胡桂君…………165
◎宿北武当山书院　胡桂君……165
◎登北武当　胡桂君……………166
◎过秦王湖　胡桂君……………166
◎咏渐凹村　郑建军……………166
◎邢台太行山行记　潘泓………166
◎望海潮·邢台红石沟速写　潘泓…166
◎沙河行　杜荣升………………166
◎《我的祖国》词生地　杜荣升……166
◎采风路上所见　陈益德………167
◎游览秦王湖　陈益德…………167
◎陶醉红石沟　陈益德…………167
◎眺望渡槽遐想　陈益德………167
◎秦王湖览胜　田伟……………167

◎踏莎行·太行国际自行车赛道
　　田伟……………………167
◎红石沟抒怀　田伟………………167
◎游秦王湖　巨志更………………167
◎参观利多公司大棚蔬菜　巨志更…168
◎沙河市红石沟　巨志更…………168
◎沙河太行渡槽　巨志更…………168
◎老子广场讲经　段飞……………168
◎沙河行　段飞……………………168
◎鹧鸪天·乔羽沙河渡口下乡
　　段飞……………………168
◎鹧鸪天·红石沟　段飞…………168
◎题太行渡槽　王志霞……………168
◎游沙河北武当山　王志霞………169
◎游广阳山一组　王志霞…………169
◎临江仙·晚春路宿秦王湖　周新沙…169
◎浣溪沙·王瑙村行　周新沙……169

下卷　散文、现代诗歌

◎啊！父老乡亲　石顺义 ………172
◎说句心里话　石顺义……………172
◎白发亲娘　石顺义………………172
◎大北方　石顺义…………………173
◎过生日　石顺义…………………173
◎旱烟袋上的太阳　石顺义………174
◎爷爷奶奶和我们　石顺义………174
◎沙河谣　乔羽……………………174
◎太行情　车行……………………175
◎美丽的太行川寨　车行…………175
◎神奇的太行川寨　古柳…………175
◎知遇　张军昱……………………176
◎沙河白错：将军府前听古戏
　　张军昱……………………176
◎大坪：石板上的太行村庄
　　张军昱……………………177
◎美丽的太行川寨　韩刚…………179
◎质感王瑙　傅恒杰………………179

◎千年绝恋，梦回温阳　李保江……180
◎你若要来，沙河在这里等你
　　李保江……………………182
◎大美沙河　李保江………………183
◎探秘古石楼群　王雅静…………184
◎秤湾，一幅山居图　闫春英……186
◎王瑙的春天　闫春英……………186
◎我的故乡——东户村　闫春英……189
◎一个人与一个城　闫春英………194
◎秦王湖王者归来　闫春英………197
◎夜晚，在建设路　闫春英………198
◎行走沙河感知沙河　闫春英……199
◎走进石岩沟——感受爱意深秋
　　闫春英……………………200
◎在孔庄峡谷　闫春英……………202
◎渐凹村：太行深山的"布达拉宫"
　　张子乾……………………202
◎数道岩上的"长城"　李军兴……203
◎新康源游记　樊延军……………205
◎樊下曹拉死鬼　樊延军…………206
◎高庄村的庙会　田园……………208
◎太行崖菊，我真的爱你　李俊叶…209
◎用一颗火热的心，拥抱生活
　　——红石沟寄语　李俊叶………211
◎五指山，将我们相拥入怀　李俊叶…211
◎鸡冠山的枫叶红了　李俊叶……212
◎我的家乡　张军朝………………213
◎建设路的林荫道　赵丽芳………214
◎宋璟街的早晨　赵丽芳…………214
◎我是渴水人　赵丽芳……………214
◎中唐古村——后渐寺　张会武…214
◎王瑙行记　庞利鹏………………216
◎重游桃花源　徐若水……………218
◎渐凹村的古戏楼　施书霞………219
◎绿水池光影流离　李海毅………220
◎石门沟古宅大院　李海毅………220
◎西沟村座座石桥　李海毅………221
◎彭瑙村九龙庙沟　李海毅………221
◎安河村四大庄园　李海毅………222

◎梅花公园二题　董竹林……… 223	◎深入群众当学生辛勤耕耘结硕果——
◎舍得"东南缺"　董竹林……… 227	乔羽同志在沙河体验生活片段
◎家乡的驴肉香肠　董竹林……… 228	禹振华……… 273
◎重游和尚山记　元巨超……… 229	◎古村王瑙春日行　王新芳……… 275
◎老道岔旯黄榆岭穿越记　元巨超… 229	◎麦秸垛　武彦书……… 275
◎青岗树下抖清风　元巨超……… 230	◎王瑙纪行　刘秀清……… 276
◎穿越广阳山记　元巨超……… 231	◎一条大河的思念　戴召民……… 277
◎千佛岩趣事　王新华……… 232	◎沙河次序村名趣闻　胡运增……… 279
◎摘星楼记　王新华……… 234	◎广阳山下的五春秋　胡运增……… 281
◎故乡的水筲　张富民……… 235	◎故乡的表　胡运增……… 284
◎文化白塔　苏有郎……… 237	◎深秋山庄水池边　胡运增……… 285
◎金色沙河　尉克冰……… 242	◎太行奇葩——广阳山　胡运增……… 286
◎苏秦亭与食膳铺　刘顺超……… 245	◎长城壮歌行——访沙河县明长城
◎洛阳梨花马场梨　刘顺超……… 247	胡运增……… 288
◎谈封峦寺的文化内涵　秦增群…… 247	◎九龙沟探幽　胡运增……… 289
◎㵲水放歌　岳晓阳……… 250	◎十里亭前话苏秦　王延庆……… 290
◎沙河建市三十周年感怀　韩翠萍… 250	◎云里人家渐滩村　王延庆……… 291
◎沙河綦村——綦毋怀文灌钢术的	◎人间福地绿水池　王延庆……… 291
发祥地　王三秋……… 251	◎西南重镇册井村　王延庆……… 292
◎追寻御路登九龙　王三秋……… 255	◎闲话古镇全呼村　王延庆……… 293
◎㵲水欢歌　苏坤……… 258	◎石岗岭上好风光　王延庆……… 295
◎蝉房美　石鑫……… 259	◎画里人家北盆水　王延庆……… 295
◎故乡的辘轳　禹振民……… 260	◎国树放彩栾卸村　王延庆……… 296
◎美在西沟　郭健芳……… 261	◎长风破浪三王村　王延庆……… 297
◎赫山九龙潭　张月民……… 262	◎梨花重围石门沟　王延庆……… 298
◎九龙阁记　刘林朝……… 264	◎梅龟寨下话蛇身　王延庆……… 299
◎广阳山赋　刘林朝……… 264	◎山水画廊西沟村　王延庆……… 300
◎故乡的春节　杨献平……… 264	◎宰相故里话许庄　王延庆……… 300
◎中国玻璃城　许蓝翔……… 267	◎抚摸柴关古石桥　王延庆……… 301
◎在王瑙，抒写红色石头的辽阔	◎太行明珠王茜村　王延庆……… 302
（外四首）　许蓝翔……… 267	◎大方无隅褡裢村　王延庆……… 303
◎秦王湖，我终于找到你的下落	◎水天一色话霞渠　王延庆……… 304
许蓝翔……… 268	◎至人无己福益村　王延庆……… 304
◎一条金色河流的走向　许蓝翔…… 269	◎梅花亭下话春秋　王延庆……… 305
◎登北武当山　姚斌杰……… 269	◎秤湾，您从未走远　王延庆……… 306
◎雨中游秦王湖　姚斌杰……… 270	◎渡口遐想　王延庆……… 307
◎沙河赞歌　姚军红……… 271	◎勇闯"三关"　王延庆……… 307
◎我的沙河　姚军红……… 271	◎匍匐宋璟碑　王延庆……… 308

◎塔子峪印象　王延庆……………309
◎秤湾之歌　王延庆……………310
◎风雨孔庄　王延庆……………311
◎"变脸"红石沟　王延庆………312
◎功德汪的手工挂面　王延庆……313
◎一个人的村庄（葛村）　王延庆…315
◎口上村行　王延庆……………316
◎风云南汪　王延庆……………317
◎妲己故里话美女——苏庄
　　　王延庆……………………317
◎兴固之美　王延庆……………318
◎瞻仰范子侠将军墓地有感
　　　王延庆……………………319
◎小仓村的前世今生　王延庆……319
◎卓文君祖籍沙河小考　王延庆……320
◎相约沙河　王延庆……………323
◎踏访沙河的"红旗渠"　胡英军…324
◎九家一夜　贾志英……………327
◎我的家乡我的城　宋爱亲………330
◎探问王瑙　宋秋梅……………331

上卷　诗词文赋

古代部分

◎ 击壤歌

（先秦） 无名氏

日出而作，日入而息。
凿井而饮，耕田而食。
帝力于我何有哉。

◎ 采薇

（先秦） 伯夷、叔齐

登彼西山兮，采其薇矣。
以暴易暴兮，不知其非矣。
神农、虞、夏忽焉没兮，我安适归矣？
于嗟徂兮，命之衰矣！

注释：本文选自《史记·伯夷列传》，沙河西南有首阳山，相传为伯夷叔齐采薇之地。沙河赵泗水等地建有纪念他们的庙宇。

伯夷、叔齐是孤竹君的两个儿子。相传其父遗命要立次子叔齐为继承人。孤竹君死后，叔齐让位给伯夷，伯夷不受，叔齐也不愿登位，两人都逃到周国。武王灭商后，他们耻食周粟，采薇而食，饿死于首阳山。

◎ 赐左丞相说、右丞相璟、太子少傅乾曜，同日上官命宴

（唐） 李隆基

赤帝收三杰，黄轩举二臣。
由来丞相重，分掌国之钧。
我有握中璧，双飞席上珍。
子房推道要，仲子讶风神。
复辍台衡老，将为调护人。
鹓鸾同拜日，车骑拥行尘。
乐聚南宫宴，觞连北斗醇。
俾予成百揆，垂拱问彝伦。

◎ 赐宋璟手制

（唐） 李隆基

所进之言，书之座右。
出入观省，以诫终身。

李隆基，唐玄宗。先天元年（712年）至天宝十五年（756年）在位，因安史之乱而退位，是唐朝在位最长的皇帝，亦是唐代极盛时期的皇帝。

◎ 梅花赋

（唐） 宋璟

垂拱三年，余春秋二十有五。战艺再北，随从父之东川授馆舍。时病连月，顾瞻危垣，有梅花一本，敷荣于榛莽中。喟然叹曰："呜呼斯梅！托非其所，出群之姿，何以别乎？若其贞心不改，是则足取也已！"感而乘兴，遂altic赋曰：

高斋寥阒，岁晏山深，景翳翳以斜度，风悄悄而乱吟。坐穷檐而后无朋，进一觞以孤斟。步前除以彳亍，荷藜杖于墙阴。蔚有寒梅，谁其封植？未绿叶而先葩，发青枝于宿枿，擢秀敷荣，冰玉一色。胡杂遝乎众草，又芜没于丛棘，匪王孙之见知，羌洁白其何极？！

若夫琼英缀雪，绛萼著霜，俨如傅粉，是谓何郎；清馨潜袭，疏蕊暗臭，又如窃香，是谓韩寿；冻雨晚湿，宿露朝滋，又如英皇泣于九嶷；爱日烘晴，明蟾照夜，又如神人来自姑射；烟晦晨昏，阴霾昼闭，又如通德掩袖拥髻；狂飙卷沙，飘素摧柔，又如绿珠轻身坠楼。半开半合，非默非言，温伯雪子，目击道存；或俯或仰，匪笑匪怒，东郭顺子，正容物悟。或憔悴若灵均，或欹傲若曼倩，妩媚若文君，或轻盈若飞燕，口吻雌黄，拟议殆遍。

彼其艺兰兮九畹，采蕙兮五柞。缉之以芙蓉，赠之以芍药。玩小山之丛桂，掇

芳洲之杜若。是皆出于地产之奇，名著于风人之托。然而艳于春者，望秋先零；盛于夏者，未冬已萎。或朝开而速谢，或夕秀而遄衰。曷若兹卉，岁寒特妍，冰凝霜沍，擅美专权？相彼百花，孰敢争先！莺语方蛰，蜂房未喧，独步早春，自全其天。

至若托迹隐深，寓形幽绝，耻邻市廛，甘邀岩穴。江仆射之孤灯，向寂不怨栖迟；陶彭泽之三径，投闲曾无悁结。贵不移于本性，方有俪于君子之节。聊染翰以寄怀，用垂示于来哲。

从父见而勗之曰："万木僵仆，梅英载吐；玉立冰洁，不易厥素；子善体物，永保贞固"！

◎ 奉和圣制送张说巡边

（唐）　宋璟

帝道薄存兵，王师尚有征。
是关司马法，爰命总戎行。
画阃崇威信，分麾盛宠荣。
聚观方结辙，出祖遂倾城。
圣酒江河润，天词象纬明。
德风边草偃，胜气朔云平。
宰国推良器，为军抱壮声。
至和常得体，不战即亡精。
以智泉宁竭，其徐海自清。
迟还庙堂坐，赠别故人情。

◎ 奉和圣制同二相已下群官乐游园宴

（唐）　宋璟

侍饮终酺会，承恩续胜游。
戴天惟庆幸，选地即殊尤。
北向祗双阙，南临赏一丘。
曲江新溜暖，上苑杂花稠。

亹亹韶弦屡，戈戈贲帛周。
醉归填畛陌，荣耀接轩裘。

◎ 奉和圣制答张说扈从南出雀鼠谷

（唐）　宋璟

秦地雄西夏，并州近北胡。
禹行山启路，舜在邑为都。
忽视寒暄隔，深思险易殊。
四时宗伯叙，六义宰臣铺。
征作宫常应，星环日每纡。
盛哉逢道合，良以致亨衢。

◎ 奉和御制璟与张说源乾曜同日上官命宴都堂赐诗应制

（唐）　宋璟

丞相邦之重，非贤谅不居。
老臣慵且惫，何德以当诸。
厚秩先为忝，崇班复此除。
太常陈礼乐，中掖降簪裾。
圣酒山河润，仙文象纬舒。
冒恩怀宠锡，陈力省空虚。
郭隗惭无骏，冯谖愧有鱼。
不知周勃者，荣幸定何如。

◎ 送苏尚书赴益州

（唐）　宋璟

我望风烟接，君行霰雪飞。
园亭若有送，杨柳最依依。

◎ 蒲津迎驾

（唐）　宋璟

回銮下蒲坂，飞旆指秦京。
洛上黄云送，关中紫气迎。
霞朝看马色，月晓听鸡鸣。
防拒连山险，长桥压水平。
省方知化洽，察俗觉时清。
天下长无事，空馀襟带名。

宋璟（663年-737年），历仕五朝，一生为振兴大唐励精图治，与姚崇同心协力，促成"开元盛世"。去世后归葬沙河，在东户和十里铺遗留有宋璟碑和梅花亭。

◎ 《桃花赋》序

（唐）　皮日休

余尝慕宋广平之为相，贞姿劲质，刚态毅状，疑其铁肠石心。不解吐婉媚辞，然睹其文，而有《梅花赋》，清便富艳。

皮日休（约838年-约883年），唐末著名诗人、文学家，字袭美，或逸少，襄阳人。

◎ 大唐故尚书右丞相赠太尉文贞公宋公神道之碑

（唐）　颜真卿

於戏！逆鳞剚上，匡救之义深；守死不回，臣人之致极。况乎文章风雅，道济生灵，建一言而天下倚平，含九德而三光式序。超无友而独立者，其惟广平公乎？

公讳璟，字（阙二字），邢州南和人。其先出於殷王元子。七代祖弁，魏吏部尚书，袭列人子。祖钦道，北齐黄门侍郎。并事迹崇高，各见本传。高祖元节，定州田曹。曾祖宏俊，大理丞。祖务本，皇栎阳令。父元抚，卫州司户，赠户部尚书。自田曹至於尚书，皆实浮於名，而位不充量，事见许公苏颋所撰《神道碑》。

公七岁能属文，一遍诵《鹏鸟赋》。丁尚书认君忧，水浆绝口者五日。八九岁时，尝梦大鸟衔书，吐公口中，公吞之，遂乘而直上。倏忽惊寤，犹若下在胸间，自后藻思日新，襟怀益爽。年十六七时，或读《易》旷时不精，公迟而览之，自亥及寅，精义必究。明年进士高第，补上党尉，转王屋主簿。相国苏味道为侍御史出使，精择判官，奏公为介。公作《长松篇》以自兴，《梅花赋》以激时，苏深赏叹之，曰："真王佐才也！"转合宫尉。

长寿三年从调，判入高等，有司特闻，天后亲问所欲。公以代为唐臣，不求荣达，诡奏云："家本山东，愿得魏之一吏。"遂手诏授录事参军，拜舞趋出。后异而召还，又手诏拜监察御史里行。寻丁齐国太夫人忧，服阕，筑室反耕，志图不起。俄而即真，迁殿中侍御史。同列有博於台中者，将责名品而黜之，博者惶恐自匿。翌日，公独正辞引过。天后悦而释之。迁天官员外郎、凤阁舍人、御史中丞，乃谓所亲曰："吾比欲优游自免，不图要近。骤至於斯，其敢废所职乎？"乃悉心纳忠，无所回避。时张易之、昌宗兄弟，席宠胁权，天下侧目。公危冠入奏，奋不顾身，天后失色，苍黄欲起。公叩头流血，誓以死争。拾遗李邕奏曰："陛下坐则天下安，起则天下危。"内史令敕公出，公曰："天颜咫尺，亲奉德音。不劳宰臣，擅宣王命。"词气慷慨，左右震悚。遂俱摄诣台，庭立切责，二竖股栗气索，不敢仰视。自朝至於日昃，敕使驰救之，公不得已而罢。又令诣公谢罪，公拒之。后有惨恤，二竖来吊，公辞曰："贵近不宜与执法通同。"假满，朝士慰公。二竖又欲序进，公举板迎揖之，不得成礼而去。

神龙之兴复也，公实佐其谋，及当畴庸，让而不受，曰："清宫问罪，事出五王。祀夏中兴，功归明主。非曰逃赏，谁敢贪天？"俄拜朝散大夫吏部侍郎兼谏议大夫，迁黄门侍郎。尝遇梁王武三思於朝，三思方欲言事，公正色谓之曰："当今复子明辟，王宜以侯就第，何得尚干朝政？"三思惭惧而退，请急累月。俄而兼摄尚书左丞。中宗将幸西蜀，深虞北鄙，乃兼检校并州大都督府长史，又改兼贝州刺史。与数人同辞，三思独揖公住，公顾谓之曰："诸人已出，不可独留。"遂揖之而去。属年谷不登，国租罢入。三思食邑，公悉蠲之。既屡挫其锋，亦处之自若。俄而真拜，转杭州，又复迁相州，寻入为洛州长史。唐隆初拜吏部尚书同中书门下三品，粤五日兼右庶子，寻加银青光禄大夫。

玄宗之在储闱镇国，太平长公主潜谋废立，尝於光范门内坐步檐中，讽宰臣以此旨，诸相失色，莫敢先言。公盛气诘之曰："东宫有大功，宗庙社稷主也。安得异议？"遂奏妇人干政，恐生祸阶，请不乏朝谒。俄而男又纵横，公奏之，繇是贬楚州刺史，主亦竟以凶终。无何，复拜银青，历魏、衮、冀三州兼河北按察使。寻迁幽州都督兼御史大夫，复为魏州，入为国子祭酒、东都留守。

开元二年寻拜御史大夫兼京兆尹，贬睦州刺史。转广州都督，充按察经略讨击使，又兼御史大夫，特许便宜从事。前是首领桀骜，多据洞不宾，公之下车，无敢不蕆。彼之风俗，竞趋苟简，茅茨竹檐，比屋鳞次，火灾岁起，煨烬无馀。公教之度材，变以陶甓，千甍齐翼，万堵皆兴，於今赖焉，燕国公张说著为《碑颂》。无何，使中官杨思勖召公，公拜恩而就马便行，在路竟不交一言。思勖以将军贵幸，泣诉於帝，帝嗟叹久之。拜刑部尚书。

四年，迁吏部兼黄门监，监修国史。五年，改号侍中。明年，驾幸东都。至三崤，驰道险隘，行不得前，河南尹李朝隐、知顿使中丞王怡并坐当降黜。公奏曰："必若致罪二臣，将来必受其弊。"遂命公舍之，曰："陛下责之，以臣免之，是过归於上。恩由於下，臣请使且待罪，然后俾其复职。"遂嘉而从之。

玄宗尝命公名诸皇子及公主邑号，既而又令各定一美名。公奏称："七子均养，鳲鸠之德，锡以名号，不宜有殊。若母宠子爱，恐非正家之道、王化所宜。"玄宗悦而从之。

八年，拜开府仪同三司，晋爵广平郡开国公，策勋上柱国。狂竖权梁山构逆长安，有司深探其狱，敕公按覆。如京兆司录李如璧等百馀家，皆以借宅假器，悉当连坐。公以婚姻假借，天下大同，至於京城，其例尤众。知情即是同反，无罪不合论辜，凶渠之外，一切原免，天下欣服焉。

中书令河东张公，杰出将明之材，独运庙堂之上。镜机朗澈，见事风生，求公规模，悉阅堂案。每至危言谠议，执正守中，未尝不废卷失声，汗流浃背。其为通贤所服也如此。

十三年，驾幸东都，以公为西京留守。公极言得失，无有所隐。玄宗感悦，制曰："所奏之言，置之座右。出入观省，以诫终身。"因赐彩物二百匹。明年又兼吏部。

十七年，拜尚书右丞相。雅善戏谑，不常矜庄，与故户部尚书王晙为莫逆之友，晚而弥笃。凡所诙谐，人辄疏取。端五日蒙赐钟乳，命医归炼，或以为上药异味，不宜委之。公曰："推诚求信，犹惧不应。猜以待人，信其可得？"闻者惭退。

二十一年，抗疏告老，至于再三，手诏优许，遂特给全禄，赐绢五百匹，还东京。公以为大臣归休，不宜关通人事，遂杜绝宾客。其年，驾幸洛阳。公迎拜道左，元宗亲驻龙跸，使荣王琬劳问者数四。自后中使往来，赏赍不绝，方崇乞言之典，以极师臣之敬。

二十五年仲冬月十九日，寝疾薨於东都明教里第，享年七十五。天下失声，玄宗震悼，追赠太尉，谥曰文贞公。赗物米粟，常数有加，丧葬官供，仍诏河南少尹崔释之充监护使。夫人齐国夫人博陵崔氏，沧州长史艺之女。淑慎严整，高明柔克，训诸屯而慈且有威，佐丞相而德无违者。门内之理，一以见咨，俾公而殁，允终偕老。

呜呼！公有七子：复，同州司功，先公而卒，昇，尚书郎太仆少卿。尚，汉东太守。浑，职方郎中、谏议大夫、御史中丞、东京畿采访使、太子左谕德。恕，都官郎中、延原少尹。华，判入高等，登封尉、尉氏令。

衡，右散骑常侍兼御史中丞，河西节度行军司马。或肃或文，或哲或乂，克笃前烈，以休令闻。以戊寅岁五月二十九日，虔奉遗约，归葬公於沙河县太尉乡丞相原之先茔，夫人合而祔焉，礼也。

惟公间气降神，应期杰出，生知礼度，天纵才明。玉立殿天子之拜，介然秉大臣之节。震电凭怒，谠言而不有厥躬；鼎镬沸前，临事而义形于色。蠡迪捡押，难常情之所易；志深直谅，易古人之所难。外其身而富贵不离，行其道而死生勿替。非夫含一之德，格於皇天。不二之心，形於造次，则何以异是乎？允所谓振古之元龟、皇王之威宝者矣！且夫公之德烈，充塞寰宇；公之谋猷，著明日月。

大历五年冬十二月，孙俨惧遗盛美，不远求蒙。以真卿天禄校文，叨太仆之下列；宪台执简，承谕德之深知。虽青史传信，实录已编於方册；而丰碑勒铭，表墓愿备於论撰。谨凭吏部员外郎卢僎所上行状，略陈万一，多恨阙遗。其辞曰：

天命玄鸟，降而生商。

汤孙之绪，微子分疆。
词招正则，蔚翼文皇。
吏部黄门，纷纶耿光。

忠贤世出，信史相望。
笃生丞相，祚我有唐。
文明纯嘏，毅烈坚刚。
恒卫间气，星辰降芒。

巍然山立，铿尔金锵。
忠孝之盛，人伦纪纲。
垂髫能文，梦鸟发祥。
通昔究易，冲龄擅场。

胜冠结绶，历政洋洋。
乃尉合宫，贰绍琅琊。
赋嗤梅艳，篇美松长。
苏公嗟称，才必佐王。

满岁从调，试言高骧。
登闻黼扆，骤列绣裳。
簉迹天官，如圭如璋。
司言凤阁，纶綍煌煌。

乃作中丞，威棱莫当。
志除凶狡，廷劾二张。
天后愕眙，百寮震惶。
公独凛然，出身激昂。

义形言色，精贯穹苍。
皇室中兴，嘉谟克彰。
功成牢让，事轶屠羊。
贰职选曹，谏议是匡。

载清流品，屡奏封章。
乃侍琐闱，时维夕郎。
悉心纠正，庶绩咸康。
三思睢盱，席宠干常。

责之就第，惭惧靡亢。
左曹摄辖，大卤于襄。
兼刺贝丘，朋辞雁行。
三思挥语，公独循墙。

处之不怍，转莅于杭。
既迁邺城，遂尹洛阳。
乃作家宰，讦谟庙堂。
俄兼宫相，亚绾银黄。

玄宗登储，镇国是遑。
潜谋废立，谣诼相翔。
厥男挠政，累奏愈殃。
聿临楚邦，荐察冀方。

总督幽蓟，翻飞国庠。
亚相烈烈，尹京趣趣。
旋临建德，欻莅南荒。
俚帅咸莸，茅榜是攘。

张公颂德，隽咏甘棠，
所忠来召，拜命即装。
略无交言，帝用式臧。
载司刑史，八座抑扬。

兼监黄枢，钧轴是将。
匪躬蹇蹇，终始洸洸。
乃拜仪同，允厘保障。
河东阅故，汗洽流浆。

狂竖犯关，凶渠既臧。
命公覆狱，咸脱死亡。
乃陟右揆，谠论泱泱。
每谑王君，岂常矜庄。

悬车告老，庶保康强。
方崇馈酳，孤映缣缃。
天不慭遗，萎哲坏梁。
一人震悼，九有凄凉。

市既罢贾，春仍绝粮。
乃赠太尉，饰终礼滂。
返葬沙河，羽仪央央。
阖朝倾祖，河尹护丧。

生荣死哀，行路感伤。
令人孺慕，攀泣喤喤。
高坟崔嵬，巨鹿郡旁。
森梢宰树，缭绕连冈。

呈嗟广平，宅此不旸。
孝孙翼翼，论撰靡忘。
丰碑碣竖，万古訾相。

<small>颜真卿（709年–784年），唐代著名书法家，官至吏部尚书，太子太师，封鲁郡公，人称颜鲁公。</small>

◎ 奉使至邢州赠李八使君

（唐）　窦牟

独占龙冈郡，深持虎节居。
尽心敷吏术，含笑掩兵书。
礼饰华缨重，才牵雅制余。
茂阴掩驿路，温液逗官渠。
南亩行春罢，西楼待客初。
瓮头开绿蚁，砧下落红鱼。
牧伯风流足，辀轩苔涩虚。
今宵铃阁内，醉舞复何如。

<small>窦牟（749年–822年），字贻周，窦常弟。贞元年间进士，《全唐诗》录诗21首。</small>

◎ 献权舍人书

（唐）　刘禹锡

昔宋广平之沉下僚也，苏公味道时为绣衣直指使者，广平投以《梅花赋》，苏盛称之。自是方列于闻人之目，名遂振。鸣呼！以广平之才，未为是赋，则苏公未暇知其人邪！将广平困于穷？厄于踬，然后为是文邪！是知英贤卓荦，可外文字，然犹用片言借说于先达之口，席其势而后骧首当时，矧碌碌者，畴能向异？

刘禹锡（772年-842年），字梦得，唐朝彭城（今徐州）人。祖籍洛阳。唐朝文学家，哲学家，有"诗豪"之称。

◎ 与石昼秀才过普照寺

（唐）　朱庆馀

问人知寺路，松竹暗春山。
潭黑龙应在，巢空鹤未还。
经年为客倦，半日与僧闲。
更共尝新茗，闻钟笑语间。

朱庆馀，生卒年不详，名可久，以字行。越州（今浙江绍兴）人。宝历二年（826年）进士，官至秘书省校书郎，见《唐诗纪事》卷四六、《唐才子传》卷六，《全唐诗》存其诗两卷。沙河市赵泗水有普照寺，也说佛济寺。

◎ 连昌宫词（节选）

（唐）　元稹

......
翁言野父何分别，耳闻眼见为君说。
姚崇宋璟作相公，劝谏上皇言语切。
燮理阴阳禾黍丰，调和中外无兵戎。
长官清平太守好，拣选皆言由相公。
开元之末姚宋死，朝廷渐渐由妃子。
禄山宫里养作儿，虢国门前闹如市。
......

元稹（779年-831年），字微之，河南府河南（今河南洛阳）人。唐朝宰相、著名诗人。

◎ 官箴

（五代）　孟昶

朕念赤子，旰食宵衣。
托之令长，抚养安绥。
政在三异，道在七丝。
驱鸡为理，留犊为规。
宽猛所得，风俗可移。
毋令侵削，毋使疮痍。
下民易虐，上天难欺。
赋舆是切，军国是资。
朕之爵赏，固不逾时。
尔俸尔禄，民膏民脂。
为人父母，罔不仁慈。
特为尔戒，体朕深思。

◎ 玉楼春·夜起避暑摩诃池上作

（五代）　孟昶

冰肌玉骨清无汗，水殿风来暗香暖。
帘开明月独窥人，欹枕钗横云鬓乱。
起来琼户寂无声，时见疏星渡河汉。
屈指西风几时来，只恐流年暗中换。

孟昶（919年-965年），初名孟仁赞，字保元，祖籍邢州龙岗（今河北省沙河市孟石岗人）。生于太原（今山西太原西南）。

◎ 封峦寺碑文

（宋）　石介

夫心之所存，则佛之所存也；求之于心，则佛斯见矣。五蕴皆空，然后可以破重昏而摇火宅耳；六尘俱脱，然后可以离爱海而超情。宇宙为大千之广，碎为微尘，纷纷万有咸归无相，心苟不动，风幡自息。

身非有物，尘埃安著？是能凭五衍而登彼岸。茂三明而诣禅理。盖栖神虚静，遂亡有为，思议精寂，咸乃入无生之域。则林泉之间，岩石之下必有开士修行，宴坐圆对冥立，以味空空之间者。沙门释守仁年二十一于东京左街天清寺、无量寺院舍家，礼僧惠臻为师，二十七受具戒。仁师凤植善根，早悟真谛。襟怀爽迈，识趣高远。周旋辇毂，颇猾汗杂。素缁将弊，京洛发风尘之多，池笼攸萦，江山动画鸟之思。且且英俊之域，摇晃所兴，朱门煌煌，金戟荧荧，盍冠履之所回薄也，河郾汹汹，万商憧憧，尽贵贱之所交易也。诏嚣嚣犯虑非所以息奔，竞黼黻悦目非所以忌欲。乃拂衣阛阓，振锡山林，祊灵岩造绝境，则得邢州大安山焉。是山也，储天垂之英，聚毛实之秀，面夹坛皆□明，舒夕雾而吸朝霞，轶浮云而清倒影。千岩竞秀，万壑争流。则会稽不足竟其名，道不桂森梃，五芝晨敷则天台□不足侔其胜，概实灵仙之所窟宅，神明之所扶持也。山旧有寺，寺旧有基桩废，兹久基构尽坠。国师托迹云境庵其间，盖将以□□谢俘荣而企真理，释常□而远世伦。自是人事都指薰修，陈至烦想一濯色空俱泯。游□澄默，专求不二之法。适意恬淡日未无生之□，□篇诵□□□书经，习国明论日月至焉。朝夕匪懈颠沛□于是风雨不逾讫无俗外之交，殆绝人迹之不至，焚修精进，功行圆满。尚以方丈不饰经像网庇，寂寞山阿阒其无人。咸平中，有邑人赵训、石兰者服师之德被师之化，乐输众力共成胜象，鸠材庀工，堂构斯立，栋宇眈眈，庆岩岩于青霄，而切紫氛兹其旺也。华丹焕焕，金碧烂烂，灿朝霞而耀白日，兹其丽也。鹭峰并峙，云剥相高，叠巘千寻，揭来宝地绝壁万仞，侧布金日。祥符初，国家升中礼毕，赐号封峦。大像之所兴焉，众僧之所依焉。善建为辇系师是赖前，夫荫兹云于岩曲照慧日于山扃，觉路有开迷津，利涉则宜乎！众生之所向慕，一乡之所归依也。尔其涧泉漱玉，松风入琴，寒秋万籁之向永夕，孤猿之吟，然杂昼诵之语□飘号和秘兄之音足以适萧机而忘世。□□入岑寂而室机心，东则大成之所磐礴也。有凭观远望之，适南则延龙之所耸峙也，有真赏胜游之乐；西视道人山层峰削成，霞驳云蔚；北望大安，岭危峦秀，出日居月，诸信可以洗涤襟灵，澄清耳目，深超十地高谢四流发五盖之游，家开八正而大庇者矣。则知涅槃之蕴，不可以意生，及如来之道，不可以音声。求师至行内修微猷，弥畅释域中之大患。接方外之真游缘庆或亡此焉。攸托兴夫饰虚名事巧辩。处帝室皇都之内，游王侯戚里之门，兴时浮说射财乾没，雕墙峻宇空食稻粱肥焉。□□□□轻裘外骄意气者异矣。夫前所谓心之所存则佛之所存，求之于心则佛斯见矣者，其师之谓乎？介名簿位疏无闻于时，见托斯文谱不获免，抽毫摭实，聊叙梗概。铭曰：佛本乎心，心静佛存，六尘既脱，五蕴不梦。思悟真谛，必断情根，可澄爱海，已塞贪门。不摇大宅，冥解世纷，伟哉仁师，植性敦远，早悟诠理，坐务勿问，扣其空空，已达彼岩，久隐上郡，□侈□□，增□□□，拂衣王门，飘然无绊，心与云闲，择乎林泉，庵于大安，心神保全，一钵日足，万虑都捐，四方信士，归依竟先，广尔梵宇，庶旹众观，鸠材聚赀，人力吾弹，功德圆满，轮焉奂焉，赫哉师誉，芬馥芳郁，永鲜！

石介(1005年-1045年)，字守道，一字公操。兖州奉符(今山东省泰安市岱岳区徂徕镇桥沟村)人。北宋初学者，思想家，宋理学先驱。著有《徂徕集》二十卷。

◎ 《牡丹记叙》节选

（宋） 苏轼

然鹿门子常怪宋广平之为人，意其铁心石肠，而为《梅花赋》，则清便艳发，得南朝徐庾体。今以余观之，几托于椎陋以眩世者，又岂足信哉！

苏轼（1037年-1101年），字子瞻，又字和仲，号东坡居士，世称苏东坡、苏仙。北宋眉州眉山（今属四川省眉山市）人。祖籍河北栾城，北宋著名文学家、书法家、画家，与黄庭坚并称"苏黄"。词开豪放一派，与辛弃疾同是豪放派代表，并称"苏辛"；其散文著述宏富，豪放自如，与欧阳修并称"欧苏"，为"唐宋八大家"之一；苏轼亦善书，为"宋四家"之一；工于画，尤擅墨竹、怪石、枯木等。有《东坡七集》、《东坡易传》、《东坡乐府》等传世。

◎ 别镇阳监仓陈荐秘丞

（宋） 韩琦

一纪帅三垂，待士敢不至。推诚以求应，百不得一二。彦升其应者，所应由道义。幕中六七年，始卒无少异。严霜摧万木，老柏弥苍翠。烈火炽三日，良玉自温粹。奉亲不可留，含笑就委吏。须代处洺邑，洁羞勤以遂。我病来相台，去客无所觊。彦升两见过，顾旧不顾利。言别之远官，驽枥饲骐骥。蹄啮慎勿较，所困非吾类。自古贤者为，争免不肖忌。坐待天衢亭，万里观腾辔。

韩琦（1008年-1075年），字稚圭，相州（今河南安阳）人。北宋政治家，与范仲淹率军防御西夏，人称"韩范"。有《安阳集》。

陈荐，字彦升，邢州沙河（今沙河市朱金紫村）人。举进士，从韩琦定州、河东幕府，后累进资政殿学士，封颍川郡开国侯、光禄大夫。《宋史》有传。

◎ 资善堂御筵奉诏送陈资政出守邢州

（宋） 陆佃

共辅龙飞与五蛇，一时恩礼有谁加？
华堂玉椀更传酒，便殿金瓶独赐茶。
宝带光芒腰下印，绣衣形影幕中花。
平生自与韩公合，名德应归太史夸。

陆佃（1042年-1102年），字农师，号陶山，越州山阴人，拜尚书右丞，有《埤雅》《陶山集》等。陈资政即陈荐。

◎ 六言杂兴

（宋） 陆游

广平作梅花赋，少陵无海棠诗。
正自一时偶尔，俗人平地生疑。

陆游（1125年-1210年），字务观，号放翁，越州山阴人。尚书右丞陆佃之孙，南宋文学家、史学家、爱国诗人。

◎ 夜渡沙河

（宋） 洪皓

秋声已策策，行役敢迟迟。
潦涨流偏急，舟横岸自移。
披襟从露浥，揽辔觉神疲。
晓入邯郸道，黄粱熟未知。

洪皓（1088年-1155年），字光弼，饶州鄱阳人，谥忠宣。有《鄱阳集》《松漠纪闻》等。

◎ 遣兴

（宋） 范浚

翻云覆忽雨，昨火今已冰。

三涂九州险，未似今人情。
人言余耳事，令我不忍听。
嗟哉泜水上，刎颈遂寒盟。

范浚（1102年-1151年），字茂明，号香溪，婺州兰溪人，有《香溪集》。

◎ 周世宗

（宋）　王十朋

高平决战破刘旻，北取三关速若神。
大业未成天命改，殿前点检是真人。

王十朋（1112年-1171年），字龟龄，号梅溪，温州乐清人。高宗绍兴二十七年进士第一。孝宗立，累官侍御史，有《梅溪集》等。

周世宗，柴荣（921年-959年），后周皇帝，被郭威收为养子，郭威驾崩，继位为帝。在位六年，政治清明，曾西败后蜀，南摧南唐，北破契丹。庙号世宗，谥号睿武孝文皇帝。

◎ 蝶恋花·送彭舍人罢徐

（宋）　陈师道

九里山前千里路。流水无情。只送行人去。路转河回寒日暮。连峰不许得回顾。
水解随人花却住。衾冷香销，但有残妆污。泪入长江空几许。双洪一抹无寻处。

陈师道（1053年-1102年），字履常，一字无己，号后山居士，彭城（今江苏徐州）人，著有《后山先生集》，词有《后山词》。九里山，在沙河市西南一带，盆水村与令公村、临川村交界，山南是韩信葬母处，遗留有石棺等物。

◎ 邢台怀古

（宋）　洪迈

蕞尔邢侯国，巍然昭义军。
未能为晋重，忽已被梁分。
壤沃连三郡，时移出四君。
苍茫怀古意，群丑谩纷纭。

注：邢侯国，邢台在西周时为邢侯封国。四君，指五代时期出自邢台的郭威、柴荣、孟知祥、孟昶四位帝王。孟昶为沙河市孟石岗村人。

洪迈（1123年-1202年），字景卢，号容斋，饶州鄱阳人，有《野处类稿》《夷坚志》《容斋随笔》，编纂《万首唐人绝句》。

◎ 石虎礼佛图

（宋）　刘克庄

一虎虽凶暴，其尊孔释同。
矫情馈夫子，合爪礼澄公。

石虎，字季龙，石勒养子，后赵皇帝，都襄国（今邢台市），性残暴。

澄公，高僧浮图澄，曾在襄国广传佛法，长期在沙河的漆泉寺修行。

刘克庄（1187年-1269年），字潜夫，号后村居士，莆田人。淳祐六年，赐同进士出身，官至龙图阁学士，有《后村长短句》。

◎ 曹国舅赞

（宋）　白玉蟾

窃得玉京桃，踏断金华草。
白云满蓑衣，内有金丹宝。

曹国舅，宁晋人，传说中的"八仙"之一，因系宋曹太后之弟，故称"曹国舅"。相传曾经在沙河市封峦寺出家。

白玉蟾(1194年-？)，字如晦，号海琼子，福建闽清人。宁宗嘉定中诏征赴阙，命馆太乙宫，封紫清道人。有《海琼集》《罗浮山志》等。

◎ 送陈真谷赴邢州幕

（宋）　家铉翁

嗟余伏节五寒暑，岂不欲归迷归路。
天涯获识我辈人，乃是三生林壑侣。
病身不死赖公药，僦屋无人因公户。
萧然一身水上萍，惟公为我北道主。
前晨除书到里门，虽为公喜惜公去。
明朝欲别更凄然，谁为我依有文度。
公身方健供时需，人生富贵在迟暮。
衣锦归来定何年，我帆已落吴松浦。
再见便作来生期，临分哽咽不得语。

家铉翁（约1213年-1297年），号则堂，眉州人。有《则堂集》。

◎ 题赵信国墨梅后书宋广平赋（二首）

（宋）　仇远

一

广平铁石清便赋，信国水墨横斜枝。
总是平生和鼎手，更凭谁写简斋诗。

二

素衣喜不污缁尘，贞女江头见似人。
桃李门墙零落尽，江南犹有一枝春。

仇远（1247年-？），字仁近，钱塘（今浙江杭州）人。度宗咸淳间以诗著，与白珽合称"仇白"，有《金渊集》。

宋广平赋，指宋璟的《梅花赋》。

◎ 宋璟

（宋）　徐钧

一片刚方铁石心，梅花冷淡独知音。
君王外貌虽加敬，卖直谁知内忌深。

徐钧，字秉国，号见心，浙江兰溪人。曾据《资治通鉴》为史咏一千五百三十首。

◎ 题石勒问道图

（宋）　钱选

磊落为人天下奇，来参佛法始知机。
一言能悟圆通理，却笑刘聪事事非。

钱选（1239年-1299年），字舜举，号玉潭，宋元间湖州吴兴人。入元不仕。

刘聪，前赵皇帝。

◎ 题石勒参佛图澄手卷六首

（宋）　叶颙

一

石勒亡宗怨季龙，虎于冉闵恨何穷。
佛图果有仙人见，尽把深机悟二公。

二

刘曜成擒一语中，沤麻老秃亦英雄。
可怜只办平常事，忘却中原逐鹿功。

三

何须倾意扣图澄，眼见狂刘一鼓擒。
绝胜沤麻池水上，老拳毒手日相寻。

四

推恩忘怨沤麻池，便是刘郎就缚时。
成败当年人尽识，未应唯有一僧知。

五

擒刘奇策算无遗，石氏存亡必已知。
三十六孙同日死，佛图何不预言之？

六

东门倚啸声音远，西域参陪礼义专。
折节李阳吾未论，并驱光武孰先鞭。

叶颙（1107年—1195年），字景南，金华人。元末隐居不出，有《樵云独唱》。

组诗写后赵兴废之事。古时沙河属后赵。

◎ 信都送李嘉甫

（金）　吕中孚

溪水碧于草，溪边送客行。
写诗传别意，把酒听歌声。
去路青天远，归心白羽轻。
樽前折杨柳，一一是离情。

吕中孚（约1170年—1230年），字信臣，南宫人，累举不第，以诗文自娱。有《清漳集》《中州集》。

信都，秦置信都县，治所在今邢台西南。

◎ 宋文贞公

（金）　周昂

开元不动四荒尘，柱石中原有老臣。
襄土一丘松柏暗，长安三日荔枝新。

周昂，字德卿，真定（今河北正定）人。初任南和主簿，后迁良乡令，入拜监察御史。

◎ 下黄榆岭

（金）　元好问

北崖玄武暮，默黑如积铁。东崖劫火余，绚烂开锦缬。就中岭头一峰凸朴奇，剩有寒云几千叠。摩崖可望不可到，青壁无梯猿叫绝。林烟日射彩翠新，跬步疑有黄金阙。画工胸次墨汁满，哪得冰壶贮秋月。直须潮阳老笔回万牛，露顶张颠挥醉帖。石门细路无涧泉，行人饥渴挽不前。辛苦黄榆三十里，岂知却有看山缘。

◎ 石勒问道图

（金）　元好问

轻比韩彭作李阳，高僧久已笑君狂。
中原果有刘文叔，肯说铃声替庾冈。

元好问（1190年—1257年），字裕之，号遗山，太原秀容（今山西忻州）人。金末著名文学家、历史学家，有《元遗山先生全集》《遗山乐府》。

◎ 故光禄大夫太保赠太傅仪同三司谥文贞刘公行状

（元）　张文谦

公讳侃，更名秉忠，字仲晦，自号曰藏春。其先仕辽，为当时大族，世居瑞州之刘李村一门之内，居显列者甚众。金初，公之曾祖袭世业，累迁邢州节度副使，丁母忧，乃还瑞州。留一子于邢，名泽，即公之祖也，因而家焉。为人倜傥有大志，乡里甚畏重之。娶邢台张氏女，生一子，名润，即公之父也。通音律，慈祥长者，与物无忤。庚辰岁，天兵南下，太师国王经略河朔，邢遂举以降，留官镇守。以草昧之际，听便宜行事，遂立都元帅府，众推润为副都统，寻升都统。事定之后，署本郡录事，为政宽简，不立威严，凡民有斗讼者，既伏其罪，则必以善言教戒而遣之，终不忍鞭扑也。时西山诸堡寨未附，寇盗充斥，录事公时或暮夜醉归，虽凶恶辈必相与扶送至家而去。累任巨鹿、内丘提领，又以宽仁得众心。年甫六旬，村居不仕，生二子，长即太保公也，次曰秉恕，公生而秀异，丰骨不凡，在嬉戏中便为群儿所推长，或举之为帅，或拜之为师。居然受之不疑，随即教令，挥斥之性，刚而有断，非理不屈于人。母马氏，严整有法度，凡起居饮食，必责公以正理，不为姑息之爱。八岁入学，诵书为诸生称首。年十三，以父为录事，为质于元帅府。元帅一见，即云此儿骨格非常，他日必贵，命僚佐教之文艺，不使列质子班，置之幕司。公遂立志为学，诗文字书，与日俱进，同辈生莫得窥其涯际也。年十七，节使赵公引置幕下，甚爱重之。时方在贫乏中，一介不以取诸人，好贤乐善，而居常裕如也。丙申岁，丁母忧，毁瘠骨立，疏食水饮，哀思无穷，恒衣一绵裘，昼夜不解带者三年，见之者无不感叹也。戊戌春，遂决意逃避世事，遁居于武安之清化，迁滴水涧，苦形骸，甘澹泊，宅心物外，与全真道者居，复欲西游关陕。天宁虚照老师闻之，爱其才而不能舍，遣弟子辈诣清化就为披剃，与之俱来。秋七月，大蝗，居人之乏食者十八九。虚照老因妹婿之请，就熟云中，挈公同往。己亥秋，虚照老还邢，公因留住南堂，讲习天文阴阳三式诸书。会海云大士至，一见奇其才。时上在藩邸，遣使召海云老北上，因携公偕行。既至，见公洒落不凡，及通阴阳天文之书，甚喜。海云老南归，公遂见留。自是礼遇渐隆，因其顾问之际，遂辟用人之路，暇中则读书穷易，讲明圣人学。丙午冬，其父录事，公之哀闻至，上闻之，召入，温言慰谕。

丁未春，赐以黄金百两，遣使送还。六月，至邢州依通礼行素志。冬十月，葬祖父母及父母于邢台之贾村。戊申冬十二月，上遣使召公。己酉春，至王府。庚戌夏，上万言策，所陈数十余条皆尊主庇民之事，首言正朝廷，振纪纲，选相任贤，安民固本，执牍以奏。上皆嘉纳之。甲寅秋，上征云南，以神武不杀之心，所向克捷，算无遗策，其所全活者不可胜数。公夙夜勤劳，以副上意，未尝少怠。己未秋，六军渡江，公潜赞神机，孜孜匪懈，一如云南之行。庚申春，上正位宸极，召公命之曰：凡天下之大经，养民之良法，，卿其议拟以奏。公即上采祖宗旧典，参以古制之宜于今者，条列以闻，深称上意，诏下之日，纲举目张，一时人材咸见录用，文物粲然一新。先是，上命有司择上都南山之胜地，营建庵舍而居公焉。公号其山曰南屏。中统五年秋八月，改元至元。翰林学士承防王鹗奏，公当正衣冠，且曰鹗尝劝焉，亦尝见许，乞赐特防以遂众望。诏从之以光禄大夫太保参领中书省事，更名秉忠。公既大拜，报国之心益切。上命公议建国号，定都邑，颁章服，举朝仪。事无巨细有关时政之得失者，公知无不言。七年，庚午，上从诸臣之请，遣礼部侍郎赵秉温，礼择翰林侍讲学士窦默之次女以配公。窦氏贤而有文，御下以宽。车驾岁时行幸两都，公必随之。十一年夏，斋戒沐浴於南屏之静舍，秋八月，壬戌夜谓侍者：我欲静坐，不召勿来，侍者皆退，长歌至鸡鸣乃止，迟明，侍者入御，端坐而薨，如假寐然。颜色累日不变，识者知公坐脱也，享年五十有九。犹子兰璋嗣焉，上遣礼部侍郎知侍仪司事兼秘书少监赵秉温，择以冬十月壬申葬于大都之西南，凡所营葬之资，一出于内帑。十二年，春正月，诏赠太傅仪同三司文贞公。帝曰：朕惟秉忠始终逾三十年随行跋涉，虽祁寒暑雨未尝有倦意，而又言无隐避，一皆出于忠诚，其天文卜筮之精，朕未尝求于他人也，此朕之所自知，人皆莫得与闻。今其亡也，了无遗恨。特命学士王磐撰碑铭：公博学无方，明通而溥，其勋业之著见於世，昭昭然不可掩也。论艺业，则字画出鲁公笔法，草书二王、三昧、发邵氏皇极之奥旨，改前代已差之历法，得琴阮徽外之遗音，至天文卜筮算数皆有成书，无一不极其至。诗章乐府又皆脍炙人口。公之弟秉恕，累任礼部侍郎、顺德安抚使、彰德怀孟淄莱顺天路总管。其母张氏，赋性勤俭，笃于谨严。公平生之嘉言善行播在天下者甚多，姑录已之所知者，以道出处之大概云。至元乙亥春正月张文谦拭泪书。

张文谦（1216年–1283年），字仲卿，邢州沙河（今邢台沙河市）人。元代大臣，元初紫金山学派的代表人物，元世祖忽必烈幕府重臣。历任中书左丞、御史中丞等，赠太师、开府仪同三司，追封魏国公。

◎ 李白《上阳台帖》跋曰

（元）　张晏

谪仙（李白）尝云："欧、虞、褚、陆真奴书耳。自以流出于胸中，非若他人极习可到。"观其飘飘然有凌云之态，高出尘寰得物外之妙。尝遍观晋、唐法帖，而忽展此书，不觉令人清爽。

张晏（约1236年–1313年），字彦清，顺德府沙河（今邢台沙河）人。张文谦之子，有奎章阁学士、翰林待制虞集撰写的张氏新茔记，今墓地已毁。

◎ 府后亭

（元）　刘德渊

两河节镇首邢襄，城郭盘盘自尔昌。
千里恩波沐鸳水，四围形势看龙冈。
人才自古推三相，物产十全冠八方。
桑梓由来恭敬止，敢将微意寓诗章。

刘德渊（1209年–1286年），字道济，号鲁亭，内丘人。

◎ 南吕·干荷叶

（元）　刘秉忠

干荷叶，色苍苍，老柄风摇荡。减了清香，越添黄。都因昨夜一场霜，寂寞在秋江上。

干荷叶，映着枯蒲，折柄难擎露。藕丝无，倩风扶。待擎无力不乘珠，难宿滩头鹭。

根摧折，柄欹斜，翠减清香谢。恁时节，万丝绝。红鸳白鹭不能遮，憔悴损干荷叶。

干荷叶，色无多，不奈风霜锉。贴秋波，倒枝柯。宫娃齐唱《采莲歌》，梦里繁华过。

南高峰，北高峰，惨淡烟霞洞。宋高宗，一场空。吴山依旧酒旗风，两度江南梦。

夜来个，醉如酡，不记花前过。醒来呵，二更过。春衫惹定茨蘼科，绊倒花抓破。

干荷叶，水上浮，渐渐浮将去。跟将你去，随将去。你问当家中有媳妇？问着不言语。

脚儿尖，手儿纤，云鬓梳儿露半边。脸儿甜，话儿粘。更宜烦恼更宜忺，直恁风流倩。

注：刘秉忠法号普通，曾经约好友到普通店莲花池一带游学。有感于莲池内荷花之盛，于

是做《干荷叶》词牌名。据说刘秉忠法号就是普通店村庄名称的由来。

◎ 过沙河

（元） 王恽

昨夜清霜北雪寒，凋残林木柳宜先。
朝来信马沙河道，一一风前翠影圆。

◎ 酹宋文贞公（二首）

（元） 王恽

一

山立扬休七十春，闲中今古醉中真。
伤心丽泽堂前日，空照先生漉洒巾。

二

一代波澜独老成，百年人物见耆英。
茂陵身后多遗藁，一赋梅花到广平。

王恽（1227年-1304年），字仲谋，号秋涧，河南卫州汲县人。在邢州曾撰《重修普门塔记》。

◎ 无题

（明） 朱禋

茫茫高冢卧麒麟，曾是唐朝第一人。
天宝年间君不死，潼关那得有胡尘。

朱禋，海阳人。曾任太仆寺丞。此诗选自古本《沙河县志》。

◎ 南郭留别

（明） 汪文盛

旌旗遥宿沙河县，三晋尘销爱晚凉。
皂盖城南迁百骑，清风楼上累千觞。
霞光东望摇沧海，云气西来拥太行。
自笑长途犹发白，漫挥短剑倚斜阳。

汪文盛（？-1543），湖北崇阳人，字希周。正德六年进士，官至大理寺卿。

◎ 谒宋文贞公墓

（明） 黄谏

客途此日事幽寻，唐相佳城草树深。
碑碣有文书茂绩，祠堂无主锁秋阴。
才猷能补开元治，忠毅还同铁石心。
不是丹诚昭日月，遗踪安得到于今？

黄谏（1403年-1465年），字廷臣，号兰坡，今甘肃永登县人。有《诗经集解》《使南稿》《兰坡集》等。

◎ 可坐轩

（明） 沙东

玉筯高题可坐轩，柏花倒影壁光翻。
主人尚忆沙河尹，醉对西江酒一尊。

沙东，生卒年不详。此诗选自古本《沙河县志》。

◎ 谒宋文贞公墓文

（明） 归有光

维年月日，具官归有光，谨以瓣香，拜谒唐宰相宋文贞公之墓。唐有天下三百年,惟贞观、开元,号为盛治。贤相并称姚、宋,而屹然正直之气,可与公媲者,独始兴文献公而已。有光自初束发,知读唐史。叹天宝以后,何其乱也!生民之祸极矣!使公与曲江尚在。匡持之,唐之国祚,历年岂可量哉?信乎,国以一人而兴也。今者备员兹土,下车之初。以吏事过南和,闻公墓在此乡,而鲁公碑刻尚存。因迁道斋宿县邸,来致景仰之私。嗟夫!公之直道,有国者一日而无此,则相率靡靡以驯至于乱亡而不觉。三季之后,若同一轨。此予心之耿耿,徘徊于公之墓下而不忍去也。谨告。

◎ 跋广平宋文贞公碑

(明) 归有光

右广平宋文贞公碑,颜鲁公书,在今沙河县之东。康陵丁丑之年大水,方思道为沙河令,碑已断没,出之土中,熔二百斤铁,贯而续之。今方公所为修复,封树皆无存矣。唯此碑屹立于风霜烈日之中,恐亦不能久也。欧阳文忠公谓,鲁公真迹今世在者,得其零落之余,尤足以为宝。今此碑剥蚀犹少,况以广平之重,使欧公得之其为珍宝,尝倍他书矣。

归有光(1507年—1571年),字熙甫,又字开甫,世称"震川"先生。江苏昆山人。明代"唐宋派"代表作家。方思道即方豪,曾任沙河县令。

◎ 宋文贞公赞

(明) 王骥

维兹关府,辅相有唐。
文明纯嘏,毅烈刚方。
恒卫间气,星辰降芒。
巍然山立,铿尔金锵。
忠孝之盛,人伦纪纲。
垂髫能文,冲龄擅场。
胜冠结绶,历政洋洋。
赋嗤梅艳,篇美松长。
登闱黼扆,遂列绣裳。
簪迹天官,如圭如璋。
司言凤阁,论劾煌煌。
乃作中丞,盛棱莫当。
志除凶狡,廷綍二张。
介然大节,奋身激昂。
义形言色,精贯穹苍。
唐室中兴,嘉谋克彰。
贰职选曹,谏议是匡。
乃迁侍闱,时维夕郎。
三思睚眦,席宠干常。
俾之就第,渐惧靡亢。
佐曹摄辖,大卤于襄。
兼刺杭贝,历尹洛阳。
乃迁冢宰,讦谟庙堂。
兼兹官相,亟绾银黄。
太平挠政,不利储皇。
潜谋废立,谣诩相翔。
直言累奏,不用是怏。
出刺楚地,荐察冀方。
总督幽蓟,乃迁国庠。
亚相烈烈,留守帝乡。
载司吏刑,八座抑扬。
兼监黄枢,钧轴是将。
匪躬謇謇,终始洸洸。
乃拜仪同,允厘保障。
乃陟右揆,右揆泱泱。
悬车致政,用宝康强。
伟哉功业,信史相望。
遗容俨若,烈日秋霜。
衣冠辉辉,仪度端庄。
载瞻载拜,景仰曷忘。
绥尔后人,千古流芳。

王骥(1378年—1460年),字尚德,保定府束鹿(今河北辛集)人。明代名将。

◎ 谒宋文贞公墓

（明）　方豪

丞相坟前草树荒，登临与客及重阳。
秋风仿佛梅花韵，樽酒殷勤菊蕊香。
古刻断碑埋赑屃，败垣遗址牧牛羊。
徘徊不尽怀贤意，夜半归来月满床。

◎ 漆泉寺（三首）

（明）　方豪

一

漆泉如漆黑，古寺若垂云。
踏雪登危塔，燃薪打冻碑。

二

僧忙翻爱客，山好欲谋基。
石几炉薰烬，开帘恨月迟。

三

天近云长住，山深雪未消。
残更寒月上，自起踏琼瑶。

◎ 应漆泉寺僧官请而作

（明）　方豪

酌酌漆泉泉，上上漆泉岭。
倦来隶作舆，险处僧为梃。
天寒乐转凄，日出酒初醒。
柏根发古香，塔尖堕清影。
上可扪九重，下可瞰千顷。
游览岂无人，无人来此顶。

◎ 梦回沙河

（明）　方豪

一生不定何所似，长雁孤旅任东西。
何时梦回涠水边，放马太行观雪霁。

◎ 梧桐沟

（明）　方豪

梧桐鸣凤集仙沟，霸业原来钟牧牛。
若果瑶池恒可乐，怎垂王事上千秋。

方豪（1482年-1530年），字思道，号棠陵。浙江开化县人。正德十一年任顺德府沙河县知县，有《洞庭烟雨编》《蓉溪书屋集》等。

◎ 赠朱公垂

（明）　康海

我欲山中去，闻君浙上行。
青袍半生隐，豸服十年荣。
冀北故人意，关西循吏名。
便宜沽酒坐，不必计深更。

康海（1475年-1540年），字德涵，号对山、沜东渔父，陕西武功人。弘治十五年（1502年）状元，任翰林院修撰。武宗时宦官刘瑾败，因名列瑾党而免官。以诗文名列"前七子"之一。所著有诗文集《对山集》、杂剧《中山狼》、散曲集《沜东乐府》等。

◎ 朝觐途中偶书

（明）　朱裳

诸侯万国赴长安，敢道龙光似昔贤。
记得于公世句好，清风两袖去朝天。

◎ 和映江楼壁间韵

（明）朱裳

友朋何事共升楼，相送贤劳非漫游。
近览江山知海角，远观云气见天头。
眼前佳景早堪乐，陌上穷氓亦可忧。
欺世欲济仁寿域，大舟休要在渚流。

◎ 捞盐诗

（明）朱裳

二州十县，盐丁万余。
夏五六月，临池吁且。
临池吁且，炎暑熏灼。
且勤且惧，手足俱剥。
手足俱剥，亦既劳止。
载饥载渴，亦既病止。
亦既病止，公事靡盬。
彼此想念，马敢辞苦。
岂敢辞苦，不日不月。
岂不怀归？宪法明切。
宪法明切，岂敢离伍。
陟彼条山，瞻望父母。
瞻望父母，谁共饔飧？
弱妇稚子，忧心如醮！
忧心如醮，何云归哉！
我心悲伤，莫知我哀！

◎ 严光辩

（明）朱裳

扫叶煎茶摘叶书，心闲无梦夜窗虚。
只因光武恩波晚，岂是严君恋钓鱼。

朱裳，明代沙河人。字功垂，号安贫子、安斋。成化十八年进士，曾任监察御史等职。

◎ 赠棠陵公诗

（明）王守仁

方子岩廊器，兼负云霞恣。
每逢泉石处，必刻棠陵诗。

注：棠陵公即沙河县令方豪。

王守仁（1472年-1529年），汉族，幼名云，字伯安，别号阳明。浙江绍兴府余姚县（今属宁波余姚）人，因曾筑室于会稽山阳明洞，自号阳明子，学者称之为阳明先生，亦称王阳明。

◎ 送沙河方令

（明）何景明

野旷孤城出，山高上党分。
春沙平落日，古树密屯云。
桃李今年种，弦歌此地闻。
未须愁簿领，应不废诗文。

何景明（1483年-1521年），字仲默，号大复，河南信阳人。弘治十五年进士，"前七子"领袖，与李梦阳并称"何李"，有《大复集》等。

方令，沙河县县令方豪。

◎ 宋文贞公

（明）孙承恩

抗颜伪武，合志闻元。
挺挺谔谔，切论危言。
清介之守，刚正之气。
卓哉相业，吁其难继。

孙承恩（1485年-1565年），字贞父，号毅斋，松江（今上海）华亭人。官至礼部尚书。有《历代圣贤像赞》《让溪堂草稿》等。

◎ 沙河县

（明）　杨慎

空碛少人烟，孤城大道边。
平沙盘马路，残雪射雕天。
野日三竿上，河冰百片穿。
条风将变柳，客思感流年。

杨慎（1488年–1559年），字用修，号升庵，四川新都人。有《升庵集》。

◎ 登邢台

（明）　李攀龙

郡斋西北有邢台，落日登临醉眼开。
春树万家漳水上，白云千载太行来。
孤城自老风尘色，傲吏终惭岳牧才。
便觉旧游非浪迹，至今鸿雁蓟门回。

◎ 登黄榆、马陵诸山，是太行绝顶处（八首）

（明）　李攀龙

一

黄榆高不极，临眺亦奇哉。
河势中原折，山形上党来。
白云横塞断，寒峡倚天开。
摇落清秋色，多惭作赋才。

二

不尽寒云外，青峰落照多。
秋阴生大陆，木叶下滹沱。
巨壑藏风雨，飞梁挂薜萝。
重关三辅地，跃马意如何？

三

振衣岩木下，倚杖白云层。
落日悬狐塞，清秋度马陵。
千峰寒自出，大泽莽相仍。
左瞰邢襄郡，分符忆股肱。

四

秋色自冥冥，风烟接井陉。
关门开落日，山路出寒星。
太守方乘障，清时敢勒铭。
杉松回朔气，哀壑未堪听。

五

太行山色倚巑岏，绝顶清秋万里看。
地坼黄河趋碣石，天回紫塞抱长安。
悲风大壑飞流折，白日千崖落木寒。
向夕振衣来朔雨，关门萧瑟罢凭栏。

六

西岭秋高大陆前，马陵寒影踏遥天。
群峰不断浮云色，绝嶂长留落日悬。
地险关门衔急峡，山奇峭壁挂飞泉。
何人更遇青泥饭？有客空歌白石篇。

七

西来山色照邢襄，北走并州拥大荒。
巨麓秋阴沙渺渺，石门寒气雨苍苍。
天边睥睨悬句注，树杪飞流挂浊漳。
摇落故人堪极目，朔风千里白云翔。

八

千峰郡阁望嵯峨，此日褰帷按塞过。
落木悲风鸿雁下，白云秋色太行多。
山连大陆蟠三晋，水划中原散九河。

回首蓟门高杀气,羽林诸将在横戈。

◎ 广阳山道中

（明） 李攀龙

出峡还何地,松杉郁不开。
雷声千嶂落,雨色万峰来。
地胜纡王事,年饥损吏才。
难将忧国意,涕泣向蒿莱。

李攀龙(1514年-1570年),字于鳞,号沧溟,山东历城（今济南）人。明代著名文学家、诗人,曾任顺德（今邢台市）知府。为"后七子"领袖,有《沧溟集》。

◎ 沙河道中用王太史韵

（明） 王维桢

晓日平郊远色分,皇家千嶂抱诸坟。
沾花车骑香闻露,过水冠裳润带云。
绣壁斜翻丹凤势,回沙细拥白蛇文。
词臣预喜瞻依地,宝篆穿牌七帝勋。

王维桢(1507年-1556年),号槐野,明朝华州平定里（今华县）人。署南京翰林院事、南京国子监祭酒。

◎ 春登广阳山次萧侍御韵（二首）

（明） 赵完

一

烟霞萝薜护经堂,迢递岩前度石梁。
春日登临清兴洽,衔杯长啸对斜阳。

二

岩涂春色似高秋,宵伴黄冠客思悠。
石皙烟浮烹雀舌,此中清胜洞边游。

赵完(1521年-?),字本固,号华野,山阴人。万历二年任顺德府通判,官至简州（今简阳）知府。

◎ 沙河县

（明） 郭谏臣

邢台南望路迂斜,一县周围尽白沙。
日映郊原铺玉雪,风生林木缀琼花。
霜前早起应迷鹭,月下归来只辨鸦。
试问当年檀道济,唱筹量得几多车?

郭谏臣(1524年-1580年),字子忠,号方泉,苏州府长洲人。官至江西参政。有《郭鲲溟集》。

◎ 过顺德饮李于鳞郡斋得难字

（明） 吴国伦

马度洺州杀气残,逢君落日且留欢。
邢台徙倚黄云过,楚客悲歌白雪寒。
万里雄心摧说剑,千秋傲骨强弹冠。
清樽一解风尘色,握手相怜行路难。

吴国伦(1524年-1593年),字明卿,江西兴国人。名列明代"后七子",有《甔甀洞稿》。

洺州即洺河,沙河南边。

◎ 入太行遇风雨回望中原即景有述

（明） 王世贞

百盘天益孟门雄,赵魏山川指掌中。
一柱雨缭穿落日,千岩云脚断回风。

黄龙倒挟河流上，白马俄惊练影空。
自是壮游尊驭在，不将愁向阮车穷。

◎ 约于鳞游西山不至

（明） 王世贞

就约神飞动，青云未易窥。
岂无堪并马，只是自吟诗。
物态吾宁薄，山灵尔向知。
转应疑夙昔，风雨太行期。

◎ 题画梅寄吴江赵令君季兆君广平人也宋广平尝赋之故云

（明） 王世贞

空庭一树影横斜，玉瘦香寒领岁华。
解道广平心似铁，古来先已赋梅花。

王世贞(1526年-1590年)，字元美，号凤洲，又号弇州山人，江苏太仓人。"后七子"领袖。官至刑部尚书。有《弇山堂别集》《弇州山人四部稿》等。

◎ 早发临洺行沙河道中忆两兄弟

（明） 袁宗道

昏昏寒月夜方冥，驱马长亭复短亭。
十里奔风吹积砾，千秋篝火乱残星。
鞭梢漠北烟沙黑，梦里江南果树青。
驿路飘零哪可问，挑灯何日对原鸰？

袁宗道(1560年-1600年)，字伯修，湖北公安人。万历十四年会试第一，与弟宏道、中道世称"三袁"。为文尚本色，时称"公安体"。有《白苏斋类稿》。

◎ 邢州道上大风

（明） 袁宏道

南风卷地昏，拗折道旁树。
吹面如有痕，欲拔髭须去。
此地尽黄沙，易做风神怒。
冈岭忽变迁，老马不识路。
日暮憩邮亭，颜面却非故。
盆水贮渗泥，双目出烟雾。
诘旦过沙河，未至心先怖。
何事太行山，酬我了不寤。
岂无一掬波，浣此秋空污。
梦中排九阊，芒履沾云絮。
投椎击眠龙，惊起如飞鹜。

袁宏道(1568年-1610年)，字中郎，万历年间进士。有《瓶花斋杂录》《破砚斋集》《袁中郎集》。此诗描绘的是过大沙河的景象。

◎ 至日读武别驾闇斋题宋璟赋梅花处诗答和二首

（明） 王应斗

一

山城阳动日初长，快对飞鸿锦字香。
玄酒载赓康节咏，梅花新赋广平章。
堪知吸露冰为骨，想见凌霜铁作肠。
最是陇头无限思，一枝分得满庭芳。

二

累岁牢骚志未平，欣逢佳咏发幽贞。
字霏雪调争梅放，句洒冰壶映玉清。
推出百花良有意，分来三径更多情。
知君不浅扬州兴，东阁诗才久著名。

王应斗(1594年-1673年)，字天喉，号北垣，湖北崇阳人。崇祯元年任云南道监察御史。

◎ 宋璟

（明）　郭之奇

序：名义至重，鬼神难欺。壮哉广平！虽未扣阁力争，而已生万代之瞻仰矣。迹其卿易之而奴郑果，庭立而按昌宗，正色而拒三思，罢斜封官，绝请谒路，在途不与内侍交言，对仗仍依史官故事。后之郎所虚而揖者，此一人；帝之奴所不能致者，亦此一人耳。刚直之操，老而弥贞，致仕归东，去荣若浼。有唐第一流，舍公而谁属哉！与张说、源乾曜同日上官。其诗曰："丞相邦之重，非贤谅不居。"张与源有惭德矣。唐世贤相，后称姚宋之应变成务，不若公之守法持正也。惟苏颋与公最厚，每论事，则颋助公。至于韩休峭直不阿，公窃叹曰："不意韩休乃能如是！"求公之亚，其苏与韩乎？若夫守正不二，风度并推文贞，畏友独有文献。

当今第一人，已从卑位觉。
虽迟裂脑恨，应使祸心厲。
思勋何为者，远度安能捉。
维风绝爱碑，宰论空齷齪。
方开对伏弹，岂畏优人诼。
辞冕入东都，振衣昭华岳。
从兹取客卮，未烦日中濯。
何必赋梅花，始见冰心邈。

郭之奇（1607年–1662年），字仲常。崇祯元年进士，累迁至詹事府詹事。有《稽古篇》。

◎ 谒宋文贞公墓

（明）　束英

唐贤坟上草离离，断础残碑岁月移。
欲吊英灵无觅处，西风落叶更堪悲。

束英，山东汶上人。成化二十三年任顺德府通判。

◎ 题莲花池

（明）　李廷修

数亩芳池万柄莲，不知开凿是何年。
红花出水浑如锦，翠叶浮波恰似盘。
绿柳黄芦依岸长，紫鸳白鸟向河眠。
渔歌疑令声闻远，菡萏香中泛钓船。

李廷修，福建人。官太仆寺卿。

莲花池，据徐景曾《顺德五泉记》：乃达活泉比邻又一泉。指的是沙河市普通店村南莲花池，古代为一方胜景。

◎ 谒宋文贞公墓

（明）　宋琰

广平神道对南和，遥望穿碑感慨多。
关月夜飞华表鹤，塞秋风老墓田莎。
文贞赐谥名犹在，开国垂勋事岂磨？
心逐孤云看渐远，不胜清泪欲如何？

宋琰，字廷书，宋璟第十七世孙，浙江奉化人。永乐年间进士，官至兵部侍郎。

◎ 游漆泉寺

（明）　张时

五马驱驰到漆泉，巍巍宫殿上齐天。
寺边老树无今古，洞口闲云任往还。
护法青龙当牖见，忘机白鹿向窗眠。
吾今已被功名绊，不假从容问老禅。

张时，宣德年间任顺德府知府。

漆泉寺之名得于寺旁漆泉，《沙河县志》载，"漆泉寺，在广阳山，唐贞观年建"。现存残址。

◎ 游漆泉寺同陶魏二学博（二首）

（明）　史与禄

一

山削芙蓉碧霭攒，空王台殿隐千盘。
香炉缥缈诸天迥，石壁阴森五月寒。
花雨纷飞清磬落，松风暗度午钟残。
秦碑汉碣荒烟里，遍剔苍苔立马看。

二

精舍迤逦紫翠深，喜随二妙共登临。
慈云遍覆青莲座，慧日常悬祇树林。
丹壑呈姿驯野性，漆泉含影静禅心。
葵蔬茗饭支公石，此地悠然惬素襟。

◎ 登广阳山

（明）　史与禄

一啸穷崖万木巅，俄惊鼓吹入风烟。
穿云磴坼丹梯隐，漱石泉飞玉乳悬。
三晋峰阴摇剑外，二漳练影落樽前。
狂来莫漫谈冲举，瑶草纷纷古洞边。

◎ 望太行

（明）　史与禄

城外太行山，城里太行色。
举头望白云，低头忆亲舍。

◎ 送石少府之京时运马价

（明）　史与禄

黄金收汗血，赤尉走风尘。
海内兵戈满，樽前感慨频。
映袍春草色，拂绶陌花新。
突兀燕王馆，谁为市骏人？

◎ 青界道中见桃花开口占一首

（明）　史与禄

一雨郊原春万家，碧桃临水澜朝霞。
居人错拟当年事，为道河阳满县花。

◎ 署中桃花志感

（明）　史与禄

乡关远道叹羁栖，况复乾坤厌鼓鼙。
无赖桃花春烂漫，教人却忆武陵溪。

◎ 沙河道中

（明）　史与禄

沙积高于屋，雪飞大如瓦。
乘雪渡沙河，垂鞭信瘦马。

◎ 感税

（明）　史与禄

野哭荒原暮，哀哀是处村。
无年愁岁月，有税到鸡豚。
不独忧三辅，凭谁叩九阍？

普天思战斗,何计向乾坤!

◎ 道中有感

（明） 史与禄

承恩使者天下书,处处山灵惨不舒。
何日乾坤销战代?无劳开采佐军储。

史与禄,龙阳人。万历二十五年任沙河县知县。

◎ 冬至过沙河暖甚志喜

（明） 刘龙

至日常言最苦寒,今年冬至可衣单。
垂杨冻解将窥绿,硕果春回欲吐丹。
稚子骑随欢意恰,老妻兴卧病怀宽。
天公似为穷途助,恐被人间冷眼看。

悠悠旌旆卷尘沙,出处人生自有涯。
千里一封辞雨露,百年霜鬓老烟霞。
尊卢江左归张翰,儿女长安忆杜家。
画绵还乡仍给传,涓埃无补愧高衙。

刘龙（1173年-1246年）,字舜卿,山西襄垣人。曾任兵部尚书。

◎ 过漆泉寺

（明） 刘良卿

丹峰翠壁小禅林,石磴崚嶒古木阴。
钟磬数声烟火寂,满廊风过落花深。

◎ 沙河公署

（明） 刘良卿

花县逢饶令,藩厘话旧游。
笑谈殊味至,淡泊更无求。
日静廉垂地,诗成酒满瓯。
行看凫鸟起,枳棘岂能留。

刘良卿,陕西巡按,监察御史。

◎ 老君洞

（明） 萧泮

万仞当空壁立秋,水声山色自悠悠。
何如谢却人间事,赤脚骑牛洞口游?

萧泮,字汝化,今湖南湘阴人。隆庆五年任沙河县知县,官至监察御史。

老君洞,在广阳山,正德年间,将附近太上老君塑像移至洞中。

◎ 沙河晓行

（明） 傅振商

漠漠瘠原飞乱沙,孤城烟冷噪寒鸦。
鸣驺遥看朝暾影,野水平分万道霞。

傅振商（1573年-1640年）,字君雨,明代河南汝阳西南70里傅家堂人,祖籍湖广麻城（今属湖北）。

◎ 沙河晚渡

（明） 孙昌

夕阳西下水云乡,一㳠川流势恤茫。
待使人从沙土立,栖芦雁下岸边翔。
沙滩明灭渔钟起,舟楫纵横水手忙。

渡罢揽船称怕处，家花映月上危樯。

孙昌，生卒年不详。

◎ 赫山九龙潭

（明）　陈荩

深幽蛇径入窝来，藏窠周遭锁庙台。
双壁虽分疑欲合，半天似闭忽微开。
崖淋清滴池为壑，洞吐汹涛石乱排。
可是巨灵经擘画，应蟠神物不须猜。

◎ 赋温泉寺

（明）　陈荩

为修雩祀事，先濯此温泉。
逝者如斯水，蒸人若有烟。
不唯祛夙垢，人可涤残癫。
即是真三昧，何须问陇山。

陈荩，河北大名人。崇祯辛未进士，官御史。

◎ 望太行山

（明）　莫是元

太行雄朔郡，终古屹如斯。
表里称天险，东西划地维。
疏峰云不断，绝磴马堪迟。
望望心应折，愁闻出塞诗。

莫是元，明代文人，华亭（今上海）人。万历年间任内丘县知县。

◎ 响堂

（明）　祁司员

胜地仙都俨逼真，一时清兴俱南陈。
千年金像昭灵贶，万古苍生仰至仁。
云物远移山影动，风光几换化工新。
登临偶值公余乐，不厌东山齿屐频。

祁司员，字宗规，浙江山阴人。成化十四年进士，曾任唐山县知县，官至池州知府。

沙河西南有响堂山。

◎ 沙河即事

（明）　丘兆麟

皇华取道赴春明，到处追寻盛有情。
南陌一骑花里出，东风十日柳边行。
浔时草色衢从合，未雨流雪为生赢。
得归途中春自揽，不须更任揽春名。

丘兆麟，字毛伯，号太邱，江西临川腾桥村邱家排人。明代后期文学家。官拜云南道御史、河南巡抚。

丘兆麟与祝徽、帅机并称为临川"三大名士"，又与汤显祖、祝徽、帅机被誉为"明代临川前四大才子"。

◎ 曲洞飞云

（明）　马健

白云深处洞门开，光射山头玉作胎。
待得飞龙雷电霁，葱葱笼笼气佳哉。

马健，唐山县人。曾任辽州知州。

注：沙河市西南有白云洞，洞前有村曰石门沟。

◎ 沙夜有感

（明）　任环

碌碌奔驰岁已更，愧无毫发益苍生。
西山地瘠忧离窜，南野途长痛送迎。
征派频来冲苦处，催科愁听泣悲声。
何人肯赐调停手，扶起颓残做治平。

任环（1519年-1558年），字应乾，山西长治人。曾任沙河知县。

◎ 无题

（明）　张惟恕

晚夏奔驰暮，停骢此暂游。
深亭花影乱，高树鸟声求。
避暑琴三弄，宁神茗一瓯。
明辰封事急，未许独迟留。

张惟恕，明嘉靖年间上蔡人。曾经巡查沙河时，作此诗。

◎ 宋璟

（明）　林光

宋公在唐鲜匹俦，开元胡事刺睦州。
监杖杖轻亦细故，朝堂执法那容优？
御史大夫遂落职，天教贤牧兹来游。
当时政绩必可纪，史家脱略难搜求。
范公诗咏宋开府，乾坤仰止何能休。

林光（约1435年-1516年），字缉熙，广东东莞人。成化元年举人，官至襄王府左长史。

◎ 莲花池

（明）　管昌

甘家高冢御河滨，故老相传耿贵人。
千载淑魂应有意，芙蓉开处现前身。

管昌，临清人。此诗题的是普通店村南莲花池，今已不存。

◎ 同方名府谒宋文贞公墓次韵

（明）　鲁铎

桑枣沙村小径荒，同寻古墓近斜阳。
断碑偶续千年石，远道刚持一瓣香。
卓鲁贤声君发韧。伊周相业此存羊。
夜深更知登临句，残烛淋漓向苇床。

鲁铎（1461年-1527年），景陵人。明正德年间，曾任国子监祭酒。

◎ 谒宋文贞公墓次方棠陵韵

（明）　高壁

若堂封在半城荒，无记招魂学诳阳。
百尺祠前碑更续，千年地下骨还香。
真才蚤见长松咏，正气曾惊一角羊。
仰止高风因座久，时时不觉徒胡床。

丞相高名动八荒，开元佳政日当阳。
梅花有赋心如铁，天宝无公治不香。
殁后定知心化斗，坟前犹刻石为羊。
细看行业真难得，应愧当时手摸床。

高壁，明代文人。

◎ 赠邢栖梧

（明）　佚名

其一

谩诩居丧善，栖梧实冠之。
遥传亲卒日，几欲断魂时。

其二

孝友更兼慈，栖梧信有之。
人统推义士，志恰在家时。

◎ 邢州诗

（清）　顾炎武

太行从西来，势如常山蛇。
邢洺在其间，控压连九河。
唐人守昭义，桀骜不敢过。
凭此制山东，腹心实非他。
事已溯悲风，芒然吹黄沙。
乞食向野人，从之问桑麻。

顾炎武（1613年–1682年），原名绛，字忠清、宁人，明亡后改名炎武，江苏昆山人。

◎ 岁壬午腊月七日，李如英禆将招同宋完宇妹丈、武举学海弟、球馨侄两茂才、冀子婿天符、刘道人明顺，游封峦寺

（清）　李芳莎

册井之人皆好佛，携我封峦看异物。
泉清如镜声如琴，叠嶂谾豅气蓬郁。
南寺北寺隔红沟，小桥度处僧房幽。
西有古寺在山麓，巍巍蜃气吐珠楼。
碑文创自宋康定，古槐双夹当中径。
树根崛肿埋龟趺，莓苔字剥难雠订。

李芳莎（1602年–约1655年），字台辰，直隶广平府（今河北）永年县人。有《准敕草》《威如堂诗集》。

封峦寺，建于宋初，在沙河市册井乡白庄村西的大安山脚下。

◎ 桃源洞（二首）

（清）　魏裔介

一

山中寂寂何所有，古洞苍岩老树枝。
忽听鸟鸣惊晓梦，桃花开落几多时？

二

何人移植武溪花，石径盘迴静不哗。
灵洞千年藏岁月，幽岩一曲抱烟霞。
因笈象子来猿窟，贪访云根到鹤家。
回忆当时灯火处，依稀篆草护笼纱。

◎ 春日望西山

（清）　魏裔介

西望见雪山，山色同一色。
春来雪尽融，山光净如拭。

魏裔介（1616年–1686年），字石生，号贞庵，柏乡人。顺治三年进士，史称"乌头宰相"。晚年以著书自娱，谥文毅，有《兼济堂文集》。

◎ 挽同年杨贤甫少司马

（清）　魏象枢

携得高吟去国门，思君常傍九重阍。

济人古道追前辈，醒世名言布圣恩。
身后始知司马重，朝班不见侍郎尊。
素车白马何时吊，泪洒畿南日已昏。

杨贤甫，即杨时荐（1598年-1666年），字仲升，号贤甫，巨鹿人。顺治三年进士，官至兵部右侍郎。

◎ 苗大生督府枉顾赋谢

（清） 魏象枢

用节行边素雨秋，北门锁钥见风流。
冰衔旧领山公署，甲帐新添叔子裘。
故想清班联豸角，曾陪高一集龙楼。
停军若问山中事，菽水欢然托庄猷。

魏象枢（1617年-1687年），字环溪，号庸斋，晚称寒松老人。有《寒松堂全集》。

苗澄，字大生，任县人，曾任直隶总督、四川总督、兵部尚书等职。

◎ 寄怀殷伯岩

（清） 杨思圣

策杖同听山寺钟，几年相忆采芙蓉。
归田真见陶元亮，入洛虚传陆士龙。
薄命一官仍短褐，胜游五岳有孤筇。
广阳石室依然在，他日芒鞋许再逢。

◎ 追愤

（清） 杨思圣

我家漳水南，别业在广阳。
自从遭羁绊，故垒但空桑。
子弟婚嫁毕，亲戚尽老苍。
昨日寄书来，苦道田地荒。

何如早归去，披发耕山冈？

注：广阳即沙河市渡口村南的广阳山。

◎ 便道过里

（清） 杨思圣

归客惭司马，曾无四壁留。
残书遗鼠啮，野稼任人收。
狂益亲知怪，贫添儿女忧。
哪堪行又别，明日是长游。

◎ 寄怀南亭诸友

（清） 杨思圣

岁暮风霜逼，天涯思正繁。
诸生犹褆褐，大隐已金门。
命相文章妒，阴阳雷雨屯。
何年星海驾，刷羽向昆仑？

杨思圣（1617年-1661年），字犹龙，号雪樵，今巨鹿县城关镇杨氏街人。官至四川左布政使。与魏裔介以文章同负重名，时称"杨魏"，有《且亭诗》。

◎ 广羊绝顶同伯岩作（二首）

（清） 申涵光

一

绝巘秋烟合，苍茫一气中。
此行将筑舍，万事已惊弓。
雨没遥山树，霜催昨夜风。
陶潜归去早，履迹有人同。

二

久别山园路，空惭避世心。
乱离尘日短，高卧野堂深。
酌酒依红树，看棋坐碧岑。
桃源开复闭，此地可重寻。

注：广羊即广阳山。

◎ 狮子瑙访殷伯岩（二首）

（清）　申涵光

一

不谓层霄上，微茫有路通。
水沙遥岸白，霜树野榴红。
陟险随高鸟，行迟愧小童。
坐看天地外，为觅采芝翁。

二

昨日郡中望，此峰当夕阳。
拨云寻逸老，踏雨到山堂。
地隔烽烟尽，人传我辈狂。
试看空外雁，秋至已高翔。

◎ 悬壶瑙谒张尚书湛虚先生

（清）　申涵光

结茅飞鸟上，秋色满悬壶。
白发增幽事，黄冠屈壮图。
琴樽山月好，风雨老臣孤。
莫讶披云至，浮名此地无。

◎ 漆泉寺

（清）　申涵光

乱木山腰寺，人来问漆泉。
水声喧彻夜，松影静诸天。
薄劣惭为客，艰危易入禅。
愿将初义了，稽首石桥边。

◎ 郡中怪张覆舆自西山来

（清）　申涵光

何世须城郭，人间复见君。
全家依涧草，短褐带山云。
薄俗居难定，忘形鹿可群。
四方多战伐，羡尔未全闻。

注：张覆舆，即张盖。

◎ 望西山有怀伯岩、覆舆

（清）　申涵光

抱膝层云外，应怜人世劳。
路深红叶满，日落紫山高。
岁月今何世，林泉见尔曹。
秋风丛桂发，可许醉松醪。

◎ 与殷伯岩约今夏至西山封峦寺避暑，伯岩久客宁夏，予难独往，怨而作诗。

（清）　申涵光

天气已炎热，山行事又无。
非缘百里远，其奈一人孤？
绝巘看横黛，阴泉想喷珠。
寄言塞上客，竹杖待同扶。

申涵光(1618年-1677年)，字孚孟，号凫盟、聪山，直隶（今河北）永年人。与殷岳、张盖合称"畿南三才子"，是清初"河朔诗派"领袖。与其友长期隐居于广阳山悬壶瑚。著有《聪山集》《荆园小语》等。

◎ 信都

（清） 屈大均

歇马风门望，襄州秋色开。
太行盘巨鹿，漳水绕邢台。
间里聊为侠，皇天不爱才。
当时赵几霸，谁继武安来？

屈大均（1630 年 –1696 年），字介子，号翁山，广东番禺人。与陈恭尹、梁佩兰称"岭南三家"。有《翁山文外》《翁山诗外》等。

◎ 梅花亭次励太常韵（二首）

（清） 王祖庚

一

梅花已去留荒圃，今日重开故相亭。
草木自沾新雨露，春风和月到疏棂。

二

亭前来往淡相遭，疏柳依依覆板桥。
咫尺高陵千古事，鲁公残碣草萧萧。

◎ 乾隆甲戌夏上念沙河、内丘地多积沙，雨未沾足，特命侍臣诣郡祷，乃获大沛甘霖感而恭记

（清） 王祖庚

渥泽难周睿虑度，灵坛特萧贝多宣。
九重霄旰民依切，一念精诚内使传。
乍喜膏霖敷瘠土，即看稻黍兆沙阡。
小臣奉职渐无状，仰慕泽恩庆有年。

内府奇珍海上乘，神光上烛九天开。
能将圣德通间阓，载得仁膏遍草莱。
达活泉边流法雨，沙邱台畔绝氛埃。
黄童白叟齐庆祝，四野欢声动若雷。

王祖庚（1700 年 –1762 年），字孙同，松江府（今上海）金山县人。雍正五年进士，曾任顺德府知府、宁国府知府。

◎ 过沙河大尹招饮梅花亭（二首）

（清） 励宗万

一

广平作赋巴江上，此地无梅却有亭。
不见梅花见疏柳，几枝残绿上窗棂。

二

回廊曲径绕周遭，细水涓涓跨小桥。
尽日无人喧鸟雀，白杨风战叶萧萧。

励宗万（1705 年 –1759 年），字滋大，号衣园，直隶静海人。官至光禄寺卿。

◎ 宋璟祠

（清） 爱新觉罗·弘历

驿路秋风度古襄，丛祠遥见柏苍旁。
生平事业期房杜，身后调和恨李杨。
三代斯民由直道，千秋名相示周行。
鲁公响榻碑重读，气味相投要在刚。

◎ 梅花亭诗（二首）

（清）　爱新觉罗·弘历

跋

梅花品格最胜，冰姿玉骨，铁干古心，迥非凡卉之匹。唐臣宋璟赋此，盖以自况也。予时巡中土，驻跸于兹，遥企名贤，缅怀往迹，感兴成吟，并手写古梅一本，摹勒廊壁，以志清标，庶使千载，下睹兹树，犹景其人焉。

一

重吟赋句忆前贤，便是无花地亦仙。
剩有亭名传故里，因教画意补东川。
宛然疏影临清水，行矣明朝隐断烟。
俯仰漫须陈迹惜，风华尔许在诗编。

二

东川成赋已，此处得停留。
梓里余风远，梅花古调幽。
谁欤凭点缀，乍可适歌游。
绕砌寒英绽，平池活水流。
才华唐岂乏，忠亮世稀俦。
俪句寻廊读，端知气味投。

梅花亭，在沙河十里铺村，为纪念宋璟而建，得名于宋璟《梅花赋》，西距宋璟墓约二里。乾隆十五年，知县孙凤立大加开拓，别建回廊曲栏，初具规模。乾隆皇帝巡幸河南途中曾驻跸于此，遥企名贤，缅怀往迹，遂吟诗画梅，摹勒廊壁。

◎ 御书《梅花赋》跋

（清）　爱新觉罗·弘历

巡豫返辔，驻跸于此，载稽德迹，乃唐宰臣宋璟故里。后人慕具德建兹亭，以璟曾赋梅花，即以梅花名之。

惜其赋空传，未经贞石，亦一阙略也。予尝读是赋，心企其人。今适与地会，辄手书一通，俾勒陷壁间，即补前此所未备，亦以寓旌贤之意云。

爱新觉罗·弘历（1711年－1799年），雍正帝第四子，建元乾隆，庙号"清高宗"。有《乐善堂全集》《御制诗》。

◎ 重宿沙河县

（清）　张晋

又走沙河道，依然十里沙。
驱车心早怯，觅宿日初斜。
官驿摇疏柳，荒城集暮鸦。
广平今不信，何处问梅花？

张晋（1764年－1819年），字隽三，山西阳城人。有《艳雪堂诗集》。

◎ 梅花亭

（清）　王调

开元贤相首推君，何事荒亭锁暮云。
香雪梅花心铁石，千秋争喜诵高文。

王调，清代文人。

◎ 闻顺德徐省庵太守新筑鸳水梅花二亭告成题诗寄怀

（清）　朱一蜚

赋梅人去剩空斋，索笑巡檐一水涯。
不必有花皆雪意，即教无月见风怀。
连昌宫已埋荒草，凝碧池空落古槐。
唯有广平心铁石，未随蓁莽没草荄。

朱一蜚，浙江嘉善人。高宗乾隆二年（1737年）任临潼知县，博学能文，在公余之暇，即与诸生讲说《诗经》、《礼记》等。又对"横渠书院"进行整修，并与书院内设置灯烛，延请教师讲学。当时，渭河南北，均苦于天旱，辈教农民制作水车，于各井上汲水灌田，使农民至感便利，后升任山西布政使。

◎ 过沙河县

（清）　夏子龄

乱辙临河整复斜，一鞭著力马喷沙。
荒城避寇官招吏，野寺无僧佛破家。
尚有军书传契箭，从无烽堠响悲笳。
哀鸿饥雁知多少，漂泊于今未有涯。

夏子龄（1806年－1870年），字百初，号祝三，晚号憩园，江苏江阴人。道光丙申进士，官直隶候补知府。有《莞尔轩诗存》。

◎ 新筑鸳水梅花二亭告成，晋藩朱公浣桐题诗见寄，各次韵一首奉答。

（清）　徐景曾

梅花亭拟读书斋，仿佛当年锦水涯。
宋璟名高公可并，卢谌书在我空怀。
暗香浮动依疏竹，生意婆娑对古槐。
倘向陇头逢驿使，即无枝干有心荄。

徐景曾，江苏武进人。乾隆十二年进士，以翰林院庶吉士任顺德知府。曾撰《顺德府志》。

◎ 太行叠巘

（清）　李京

太行万里也，自龙门至医无闾，绵亘万里，皆太行也。中条、王屋、玄岳、五台、福地洞天，不可胜数。大河北之干龙，东西界之襟带，控燕、韩、晋、赵、郑、卫、齐、梁。在顺德则屏障西北，近入几案，视他郡为密迩。支颐丽瞩，以供朝夕。诗曰：

迎眸爽气自西来，紫翠重重次第开。
不尽云霞时隐见，无穷岁月漫徘徊。
此中是有桃源洞，世上何多滟滪堆？
但得纸驴张果赠，太行朝去暮邢台。

◎ 龙岗霜月

（清）　李京

龙岗，西城外城西北隅起，西南隅止，长五里，高五丈，厚二丈许，土龙也，如绳如带，如龙如蛇，后周以此名县。无林木蔽，少农牧践。八九月，霜月凝空，城头下瞰，蜿蜒蠕蠕，似动似走，似起似卧，有五色云护之。元儒董朴结庐其傍，讲周、程、张、朱之学教士，隐居五十年，号龙岗先生。诗曰：

郁郁葱葱五里长，城头远眺小平冈。
晓风浮动黄如雾，夜月轻微淡似霜。
高不居村分土聚，逶迤近郭护金汤。
回旋龙脉饶形胜，北拱皇都控大荒。

◎ 檀台烟雨

（清）　李京

顺德，信都也，即邢侯国城，为卧牛城。首西南昂然，尾东北伏然。牛首下有石如柱，立土中数丈，不得根，名栓牛石。地多榆、柳、槐、枣，蒙密蓊蔚，杂果树更伙。肖然土丘，相传战国时，赵成侯都邢，魏献"荣椽"，因筑檀台，以朝诸侯。今烟雨之朝，林莽中犹见台也。诗曰：

高台原在此邢州，不见荣椽空土丘。
衰草萋萋迷故址，荒林莽莽尽耕畴。
淡云疏雨流霜月，穴兔栖狐卧喘牛。
感慨西风凭吊者，谁人能说赵成侯。

◎ 广阳洞

（清）　李京

百丈悬崖万岭围，半天瀑布雨霏霏。
日光水影碧空落，疑是春山上下飞。

李京，顺德府人。顺治年间的恩贡生，曾任湖广岳州府（湖南）巴陵县知县。协助顺德知府殷作霖重修《顺德府志》。

广阳洞，在沙河市的广阳山上，相传为老子闭关修行处，也称金牛洞。

◎ 由汤山道抵红山即事

（清）　金奇逢

太行势西来，危峦互倚伏。
相传红山尊，插天一峰独。
三十六峰纤，崩崖挂飞瀑。
俯视一切山，罗列等臣仆。
譬若将军营，刀剑森银竹。
又若晦暝时，云龙争驰逐。
更若大江滨，千樯栉舳舻。
峭壁削寒青，烟雨渥新沐。
所惜大嵯岈，未免螺痕秃。
绀祠回层巅，钟声出杪木。
碧霞事无稽，宫妆盛帔服。
想属掌阴教，往往显威肃。
告虔藉瓣香，三日先斋宿。
舍身大不经，亦怵人耳目。
愚夫轰如雷，千里纷蹄毂。
兹游岂随众，寄兴在林麓。
温泉距数武，洗我尘万斛。
回瞻扪萝处，孤绝不可复。
安得沧州师，生绡图十幅。

◎ 奉陪郡司马丁韦斋先生邑候谈九乾周白门洛阳村观梨花用分韵

（清）　金奇逢

洛阳梨花白欺客，围校遍开洁似雪。
草肥野兔遍地奔，玉容寂寞垂将折。
朝花夕谢欲何求，吾今把计问酒楼。
不用吏队略世法，短笺着墨化飞蝶。
暖日寒霜留不得，苍苔都染桃脂赤。
可怜浮云也伴残，红委沙河君不见。
春园花发千人观，武陵豪客黄金鞍。
此村凉落旧如此，花亦无聊对农子。

金奇逢，清代文人。

◎ 沙河秋涨

（清）　周诰

于沙襟开水东流，谁砥狂澜障晚秋。
鸥鹭自来还自去，一声渔唱满江红。

◎ 赫山庙

（清）　周诰

庙古冈峦抱山深，紫气氤氲九天浮。
瑞霭万壑耸奇峰，日射松门影云重。
涧幽欲封千年灵，驭阆惆怅鼎湖龙。

◎ 咏渔樵用八音字二首

（清）　周诰

其一

金鳞换酒板桥湾，石浦风清短棹还。
丝网且从芦荻晒，竹竿聊伴野鸥闲。
匏瓢聚饮舟为室，上缶和音日在山。

革世不由名利经，木根系缆俗清删。

其二

金斧生涯亦有年，石岩绝顶日盘圆。
丝绳着露冲风湿，竹好为缀觅伴先。
匏甾冽泉解暑热，登山喜观艳阳天。
革除山径豺狼迹，木柴驭肩载歌还。

◎ 得泉亭

（清）周诰

历代荒沙地，胡为泉有亭。
邑候莅兹土，古鬵照廉心。
灌树能成荫，临渊可鉴形。
往来频颔首，留墨刻石铭。

◎ 又

（清）周诰

无意犁荒土，清芬得古泉。
覆亭存往迹，作赋望名贤。
邑宰鸠工毕，中丞建节还。
从来湮没者，冈不借人传。

◎ 雨中游梅花亭和励太常原韵

（清）杜文瀛

久曾读过梅花赋，今日方来憩此亭。
亭畔茂林新着雨，风吹滴滴洒窗棂。
雨丝风片两相遭，柳拂浓烟带小桥。
先我有人游胜地，满林秋色正萧萧。
立名何得到千秋，赖有文章堪久流。
清友自经贤相赋，芳声应许至今留。

仙才挥翰制新辞，潇洒风流特见奇。
有意巡檐索此笼，无梅聊作访梅诗。

杜文瀛，清代诗人。

◎ 登小西天有感（二首）

（清）吴琏

一

直上太行顶，奇峰孤接天。
云闲连远岫，路险拥轻烟。
虎豹成山势，风雷绕座前。
恍然尘世外，高卧定登仙。

二

不与众峰伍，高深锁万螺。
云肥山骨瘦，鸟静客踪多。
古寺藏幽僻，乔松挂薜萝。
有缘千里至，甚日复重过？

吴琏，康熙二十六年举人，衡山知县。

◎ 驿马

（清）黄远芳

龙岗驿置几经秋，南接邯郸北内丘。
凡马已甘辕下死，孙阳何处问骅骝？

黄远芳，清代文人。

◎ 广阳山访殷伯岩不遇

（清）张盖

尔从南方来，衣裘带江色。
舍舟入故山，倦游聊憩息。
我住君山南，君住吾山北。

相隔十里云，欲见何由得？
今晨动幽兴，独访漆泉侧。
危桥上古寺，径转长松直。
山僧五六人，亭午会法食。
清斋到鄙夫，益我筋生力。
老翁气忽壮，果腹取岩崱。
初瞻意崒崣，绝顶无难陟。
扪萝才跻攀，寸步成匍匐。
天畔石房古，仰望不可极。
山叟何时还，再欲窥堂阈。
三步一回头，皓鹤烟中翼。

◎ 广阳岭下瞰漆泉寺

（清） 张盖

山顶日瞳昽，山腰寺溟蒙。
石泉秋更黑，霜树晚多红。
古刹存僧服，孤怀托梵宫。
晨钟消万虑，萧飒满寒空。

◎ 山居秋夜同友人坐月

（清） 张盖

客宿楞伽宫，秋深白露中。
云归千涧满，月出万山空。
兵甲何时息，琴樽此夜同。
张华有宝剑，醉拔舞雌雄。

◎ 九日同殷宗山登悬壶访张湛虚先生

（清） 张盖

白云红树绕山秋，共上悬壶上石楼。
九日茱萸留故事，万方烽火送新愁。
休思雁足传书信，且插花枝照酒瓯。
明日醉醒成雨散，断猿孤月助离忧。

◎ 七里峡

（清） 张盖

朝下悬壶顶，暮行寒峡中。
壶形犹迤逦，峡势已巃嵸。
岂假随刊力，当知造化功。
水声流太古，石色耸遥空。
重碧涵砂砾，深红缀薜丛。
暗崖回北雪，高岫阻南风。
山鬼宜幽僻，神鱼老混濛。
依稀闻唳鹤，仿佛见奔狨。
闻道瞿塘好，常思滟滪雄。
干戈妨历览，舟楫废疲癃。
此谷聊堪隐，前山幸可通。
杖藜五指外，借骑广阳东。
附葛缘明月，披烟坐晚枫。
回瞻长啸处，何异在崆峒？

张盖，字覆舆，号箬庵，河北永年人，与申涵光、殷岳并称"畿南三才子"。卒后，申涵光刊其遗诗，曰《柿叶庵诗选》。

悬壶顶，即广阳山悬壶瑙。

◎ 梅花亭

（清） 傅玉露

开元遗迹半消沉，独有寒梅亘古今。
要为乾坤争气节，不教壑谷委萧森。
花开尚带冰霜色，赋就何惭铁石心。
徒倚空亭更怀古，一声长笛暮云深。

傅玉露，字良木，号玉笥、阆林，浙江绍兴人。有《玉笥山房集》。

◎ 赠沙河谈震方同学

（清） 丁克懋

谈侯大雅材，香名动京华。
昂昂鸡群鹤，矫矫骥中骅。
诸公求识面，委巷尝回车。
梁园抽秘思，东阁敷奇葩。
新诗间乐府，落纸人争夸。
不挥玉堂翰，却种可阳花。
相见即倾倒，恨晚频咨嗟。
投赠得杰作，绚烂烝云霞。
眉山与宛陵，较量何争差。
奖许太溢情，惜哉白璧瑕。
我亦弄篇什，挦扯惭大家。
属思更迟钝，羡彼午八叉。
黄钟久毁弃，繁缛悲淫哇。
开简应绝倒，满幅看涂鸦。

◎ 出郭

（清） 丁克懋

百亩争收穮秠红，鸣臯无惊乐年丰。
沿溪委辔行行柳，对景哦诗得得工。
黯淡青山茅店雨，漂萧黄叶酒旗风。
岂惟夏淡胜春日，似此秋光更不同。

◎ 村行即事

（清） 丁克懋

小雨霏微不做泥，蜿蜒沙路高且低。
旋做新晴豁倦眼，顿如刮膜施金鎞。
一老苍头两童子，空囊唯有破砚赍。
岂特人喜马亦乐，迎风振鬣声骄嘶。
疏林架梯竞摘柿，远陌负笼争收梨。
枯荷折苇气萧瑟，时或散乱飞凫鹥。
满前好景谁摹写？妙手徒忆吴与倪。
犹恨快意欠岩岫，鼓勇直追穷攀跻。
酒徒词客命俦侣，淋漓百榼倾玻璃。
忽见孤村炊烟起，参差茆屋临清溪。
吠犬狺狺闯篱落，飞蝶翩翩寻菜畦。
老翁白头腰脚健，行类奔鹿不杖藜。
我欲借炊充饥腹，欣然见许无诃诋。
小妇拾樵大妇汲，旋蒸黑黍烹黄鸡。
茆柴苦硬却易得，亦与从事同道脐。
携家思向此中住，连墙接栋成幽栖。
金多位重总梦幻，人生万事随云霓。
据鞍欲发未忍去，回看落日平岗西。

◎ 凭阑

（清） 丁克懋

迎日阑干特地凭，寒同援脚负暄蝇。
交友旧少今逾少，面目人憎我亦憎。
湍合奇花占谷妍，雅宜卖药走兰陵。
摩挲奖向枯筇道，栲栳红休恨未登。

◎ 过宋文贞公璟墓

（清） 丁克懋

乳鸦翻绿树，细草迷连冈。
经过广平墓，驻马心彷徨。
断碑纪大历，高文久煌煌。
公本王佐才，千载钦刚方。
德业塞寰宇，彪炳史册光。
中兴数贤相，媲美杜与房。
岂惟蔑思勖，宁止轻诸张。
谄佞取容悦，任彼呼五郎。
义烈得如公，无惭缩银黄。
至吟梅花赋，句句带花香。
孰意婉姆语，乃吐铁石肠。
昔公沉下僚，无由自激昂。

往见苏摸棱，奖借名始彰。
以公尚尔尔，显晦曾何常。
世多出群姿，芜设安可量。
杂沓渊榛莽，畴能别孤芳。
低徊独凭吊，泪下沾衣裳。

◎ 苏秦亭

（清）　丁克揆

堂下招来激辱年，暗资车马及金钱。
苏君谁说倾危甚，已视听谗楚相贤。

◎ 赠黄岩寺闻方上人

（清）　丁克揆

黄岩寺僧双眼碧，少曾劈面呼于顿。
於今懒慢万缘休，逃入深岩口挂壁。
岩前虎迹如碗大，往往归樵胆惊破。
老僧畏人不畏虎，七尺绳床同起卧。
自来未省游城中，枯藤挂遍岩西东。
沿溪一带种桃树，几番笑指桃花红。
我非居士老庞蕴，白社从教却灵运。
偶尔相逢忽相契，瞠然无答亦无问。

◎ 沙河道中

（清）　丁克揆

一

似砥驱车道，如镰割面风。
远山依半约，枯柳腹全空。
岁序严凝候，人家笑语中。
丹楼欣在望，隐隐隔深丛。

二

比户闻机杼，侣阎带古风。
卧畦看麦润，得雪喜蝗空。
马踏疏林外，裘添野店中。
劳劳今老大，难入少年丛。

丁克揆，字筠雪，丁思孔之子。奉天北镇人。康熙二十五年（1686年）任顺德府同知。

◎ 谒宋文贞公墓和碑阴刘友光韵

（清）　陈志源

怀古探幽意惘然，平沙断碣借遥天。
千年老鹤归华表，一树梅花泾墓田。
铜甀偏回女主惑，板章未□宰臣宣。
夜来石马嘶风雨，遗恨还召天宝年。

莫问开元几叶孙，昆明那复劫灰存。
祠宫尚对昭陵路，宰木空啼望啼魂。
日落虚灯寒晃壁，雨余芳藓暗侵门。
只看十丈丰碑字，龈血苍凉照北原。

注：刘友光，湖广长沙府攸县人，举人。康熙十年任沙河县知县。

◎ 梅花亭和石门劳都谏

（清）　陈志源

漠漠沙痕阔，迢迢辇路平。
亭空花婉娩，人去骨峥嵘。
香泄苏公简，春连石勒城。
独留碑版在，千古见真卿。

陈志源，会稽人。康熙四十八年任沙河知县，后升任大名道。

◎ 宰相茔

（清）　张汝功

宰相茔边树，棠梨叶正红。
尚余翁仲在，千载冷霜风。

张汝功，清代文学家。

◎ 沙河县早行

（清）　百龄

初阳散林麓，川路曲随堤。
人影倚驴背，沙痕留马蹄。
杂花农圃外，归雁戍楼西。
望望清秋景，翛然入品题。

百龄，字子颐，号菊溪，汉军正黄旗人。乾隆三十七年进士，官至顺天府丞。

◎ 沙河八景诗

（清）　鲁杰

宋墓烟村

食膳铺西里许，有唐宋文贞公墓，前为飨堂，四围茂林，云烟弥漫，堪入画图。

远瞻华表竖平冈，草色青青老树苍。
指点浓烟深护处，开元丞相旧祠堂。

河堤晓月

南关河堤铺外，平沙浩浩，垂柳依依。过客晓征，望残月一钩，合吟鸡声茅店之句。

沙涌河堤一望遥，晓风杨柳舞千条。
多情更有溶溶月，伴送行人过短桥。

西山积雪

县西境皆山，千峰依日，万嶂插天，雪后西望，樵客牧童朗朗如玉山上行。

西山排就好班联，雾髻烟鬟共斗妍。
昨夜天公酣玉戏，琼瑶堆满白云巅。

梅亭夕照

梅花亭，为宋广平建，虽无疏影横斜、暗香浮动，而古木寒鸦，夕阳返照，亦觉别有幽趣。

孑立长安大道旁，梅花亭子未全荒。
暮云归去余霞散，剩有寒鸦噪夕阳。

唐柏耸翠

县治西北隅，有寺名梵爱，旧有古柏数株，相传种自唐代。观其霜皮溜雨，黛色参天，自是千百年物。惜无杜少陵为制古柏行一章。

几株翠柏欲参天，种自前唐岂浪传？
怪底古香兼古色，饱餐霜雪已千年。

温泉清流

汤山之下有泉，四时皆温，不但浴之可以疗疾，临流掬水，澈底澄清，亦足以涤烦襟而释尘虑。

剧爱温泉暖气浮，邑名端合号温州。
斜阳笛里沧浪曲，一脉融融镇日流。

龙潭瀑布

赫山之巅有九龙潭，峰间细流下注，涓涓不绝，一经雨后，如垂白练一条，亦瀑布之奇者也。

深潭自有老龙潜，绝顶飞泉试仰瞻。
想见空山新雨后，斜垂一幅水晶帘。

洛阳梨花

城西洛阳集梨花，每当春暮，花开如雪，不下三十里，亦邑中之佳景也。考河南洛阳记，洛阳梨花时，人多携酒树下，曰为梨花洗妆。本邑洛阳集似亦因梨花得名也。

梨花本是洛阳芳，此地居然号洛阳。
一路香风三十里，也应载酒洗春妆。

◎ 赴赫山九龙大王庙祈雨途中口占

（清）鲁杰

侧闻圣王祷桑林，守土何人不望霖。
百里龙潭亲奠祝，千寻鸟道强登临。
微臣哪有回天力，上帝岂无爱物心。
原得乘时膏泽遍，归途甘受雨淋淋。

鲁杰，江夏人。道光二十一年至二十五年间任沙河县知县。曾主修《沙河县志》。

◎ 励衣园先生奉使过沙河小驻梅花亭见赠数什依韵谨和（二首）

（清）杜灏

一

鲁公碑碣迷荒草，故相风流剩此亭。
一自天公为点缀，暗香疏影入窗棂。

二

送迎郊外几周遭，使节争看驻短桥。
一曲梅花吹玉笛，满亭明月马萧萧。

◎ 温泉赋

（清）杜灏

尔其浴日，浮烟含珠喷玉，砌石磴以流红，拟沧州而泻绿；星分胃毕镇兀邢南，地控幽燕源分赵北；缅承乏乎此邦，爰进民而访俗，惟此邑之西偏等鉴湖之一曲，厥有温泉。其流净渌蜿蟺漓渐，欝炎蒸歊，注峪而盈，不火而燠。岂鹬乌之拂羽，抑应龙而堕烛，春风习习疑荧惑之乍经，池水汤汤翳祝融之所浴。顾吾闻天下之泉不一名，而温泉之名以七数，容湖圩汝之滨，银草青莲之宇。香炉峰下汤泉偕瀑布争飞，玉立溪头，遗翠与断鸿交舞。骊山复道，金鸭长浮，良月华清，万花并吐，以至骆谷烟液，华阳滴乳，挥毫则百斛玑珠，赐浴则千山簪组。或选胜于幽人，或铺张于世主，斯泉水涓涓泓泓、漓漓融融，壤虽连于日下，名不播于寰中。

云叶葳蕤接岚光兮，缘褋绿阴卉吸藉草色兮，笼苁岂泉流亦有所不幸，而显晦固有所难同。奈何过无乎子赋，少杨雄铜乌怒兮气欝，律若木曜兮影曈昽，然而奇由境辟，物以人探，曲水何名，价重鼠须之礼品，泉无主经传鸿渐之谈，况乃冠裳容与雨露，濡涵丹砂衍溢黄硫。吐含春岩绿兮新涨，秋草碧兮澄潭，砂石烂兮不加沸，溪冰琢兮复如炎玉，并生烟漱暖玉兮，光晔晔汤名出日，沐兰汤兮发毿毿，不必待璇，琼珌照华而始显，即埋没于黄沙白苇而奚惭。且夫，江湖足以济舟楫，洄酌亦以溉釜鬻，苟握奇而无用亦何羡乎？登临则有支流溅沫，沃畦灌町，翠浪如烟给青氓之抱瓮，黄云似锦，佐碧落之甘霖。更若齐侯病疥，越写悲吟，濯彼清涟捐兹疢淋，讵长桑之池水，同苏耽之井阴，实能博施而济众，岂徒烁石以流金。于是，山人墨客、赵女燕姬玉楼方醉，金勒初嘶唏吾发兮，旸谷与汝浴兮咸池，掬白云兮纤手，架蕙绸兮琼枝。乳燕啼黄，神潢比莲花而馥郁，秋芜渗绿，沸潭偕豆蔻以迷离，嗤未央之五蕴，浣切云于九嶷。鹢舫遥来何须金镂，羊车若到尚控青丝。若乃胜会不常，盛衰莫定，玉甃石上空留人月之痕，绣岭峰前莫溯断凫之胫。甫刻翠而题红，倏灰飞而雾暝，独斯泉欣赏未盈。寂寥奚病类钴鉧兮无称，渺沧浪兮独醒，是以苍其地者，无今昔之嗟，而挹斯泉者，少菀枯之竞，泂可为轩冕之桃源，而风尘之竹径，守土于是屏，玉虹试水客陟泉，原广诹度进如玉之恭。人访阳春之有脚，窥火井兮复燃，沃焦山兮方灼盥，玉体于涟漪，随寒泉之洛泽，汲来仙吏未许怀金去。此余波尚清，民瘼揽荫，喝于斯潭可临流而勿药，爰俪笔以述辞，与斯民而同乐。

<small>杜灏，今江苏无锡人。任沙河县知县，曾续修《沙河县志》。</small>

◎ 咏文贞公墓

（清） 胡士焕

文贞古墓洺之滨，遗迹荒芜锁棘榛。
只有当年翁仲在，坟前细数看碑人。

<small>胡士焕，晚清文人。</small>

◎ 太行晚翠

（清） 魏裔鲁

太行蜿蜒镇金天，万里晴霞冒陌阡。
中有高人拾橡栗，岂无杰士隐林泉？
云连秦晋飞朝月，地接幽并下夕烟。
西望三峰频驻马，虬松古木已多年。

<small>魏裔鲁，字竟甫，号曦庵，魏裔介长兄。官至山东盐运使。</small>

◎ 青龙潭

（清） 孙眉

见说青龙从此去，乱山留得一潭清。
云浓如见飞腾势，夜静犹闻风雨声。
吐纳自能随物理，昕寒无不慰民情。
好同知己携樽酒，领略溪光到月明。

<small>孙眉，字子白，蓟州（今北京）平谷县人。</small>

◎ 梅花亭

（清） 张橒

赋梅原自在东川，此处无梅亦可传。
千古高风依澧水，空亭寂寂月涓涓。

<small>张橒，南和县东南张村人。顺治丁酉科举人，官至国子监助教。有《史断》《易山堂诗文集》。梅花亭，位于沙河市食善铺村。</small>

◎ 谒宋文贞公祠

（清） 韩珣

昔读《旧唐书》，相业仰宋公。今来谒祠宇，咫尺面遗容。公也伊吕俦，奚啻匹姚崇？闲情及羯鼓，白雨舆青峰。何怪铁石人，梅花赋偏工。宋台城东南，千载鲜遗踪。怀古一长啸，独柏忧天风。

<small>韩珣，河北昌黎人，举人，任南和教谕。</small>

◎ 重修沙河县志序

（清） 于成龙

昔有虞氏封山浚川，肇十有二州，冀为首壤。环沧海而拥太行，枕居庸而襟河济，夏商以来绵亘奥衍，形胜甲天下。

秦置郡县，随其所在山川土田绘图入册，汉就而因之。尝考《天文志》，昴毕为冀分野，而《春秋元命苞》云：北地上应天街，盖赤县神州密迩京师，诚非外郡所可并论也。余膺命节钺兹土，日以厘剔激扬为任，自尝旁烛幽隐，广搜载籍，正从前之对错以澄风土之浇漓，固分宜然耳。丙寅冬巡南四府，单车就道，路经邢襄，吏肃民安。丁卯戊辰冬春间，自楚复命，凡三过其地。沙河谈令走谒于黄沙白草间，地方情形一一陈悉，复以县西界壤误刊，山石朦胧至今，将来鲁鱼亥豕所关非细，力以改正为请。

余慨然曰："沙河为古温州，道通九省，亦要区也。今圣天子文德武功凌厉百代，山陬海澨尽入版舆，尤期炳蔚石渠，永垂奕禩。特谕部阁翰苑诸臣，纂修《一统志》书，各省督抚而下绘注分界里数，装裱进呈藏之内庑。讵沙河一邑纰缪传讹，上有违于令甲，而下无以为法守也，可乎哉。"爰命谈令亲诣五指山石盆村处所，披榛跻岭，按亩稽查，咨询父老，咸曰："此岩以外接邢台山村，原与山西和顺杳无关涉。"详情至再而三，遂特疏具题，得奉谕旨，发图校正。厥后复取《县志》，次第而芟铺之，俾翼信史，虽九封下乘，自可仰佐熙朝盛典，所谓地辅京师，非外郡所可并论者欤。书既就，以一编呈余，山川土田朗若眉目，余亦乐观厥成焉。

故因谈令之请而为之序。

<small>于成龙(1617年－1684年)，字振甲，号如山，汉军镶黄旗人。原籍辽东盖州，徙居广宁，清军入关后落籍于古北口外潮河川南关（今河北省丰宁县黑山嘴镇八间房村）。时人为区别清初另一名臣于成龙，又称他为"小于成龙"。</small>

◎ 宋广平祠次碑阴韵

（清）　陈廷敬

凤阁衣冠古庙荒，关山秋晚更斜阳。
一时神仙原春色，千古梅花自异香。
转恨君臣空蔓草，独看垅墓下黄羊。
鲁公遗迹驳回久，新月冷冷映石床。

<small>陈廷敬(1638年－1712年)，字子端，号说岩，晚号午亭，清代泽州府阳城（山西晋城市阳城县）人。顺治十五年（1658年）进士，后改为庶吉士。初名敬，因同科考取有同名者，故由朝廷给他加上"廷"字，改为廷敬。</small>

◎ 赫山行

（清）　谈九乾

瞻彼赫山，巉岩天际。僻还西偏，去县百里。而神之灵，风迅云驶。朔日奉享，神威心悒。端阳之晨，偶扶鸾儿。事虽涉诞，然实骇异。神来凭鸾，大书姓氏。厥系曰何，厥讳尚恕。独忠将军，受魏之赐。代传有明，褒封崇祀。遂为龙神，权司行雨。蛟螭之族，咸听驱使。以神明威，应时普被。迨神宗庙，怒攫逆妇，野血腥原，入庙战惧。相沿至今，年年敕祭。沙邑弹丸，浅薄贫苦。禳患捍灾，独赖神尔。胡天降殃，旱魃为厉。昨闻村畴，飞蝗忽至。惟旱酿蝗，雨则蝗死。老农之言，当亦有理。乾本庸儒，策名筮仕，奉天子命，来牧兹土。治民事神，夙夜寅畏。窃愧无能，此衷自矢。冰糵惟甘，苞苴屏弃，乃顾哀黎，焦苗残黍。黄雾昏霾，黑风号鬼。螽斯诜诜，一生百子。蒿目徒劳，绘图无计，神果显灵，宜早闵北。敢乞片云，立沛甘澍，淹尽蘖蝗，减灭种类。迫不容迟，望若救火。缕缕愚忱，神早鉴予。

◎ 望寨怀子要

（清） 谈九乾

紫峰肃穆淡晴高，仰看憾神怀俊豪。
山下深泉寒不冻，终年清澈逝阴曹。

◎ 读郡司马丁韦斋先生赠同学周白门诗和韵

（清） 谈九乾

才不能兼长，物不能两大。
譬若侍尊行，勿敢轻噫欸。
长吉一古襄，士龙三间廨。
卓然建诗城，群筑受降塞。
胡为韩起衰，乃向寒郊拜。
薰旧岂同根，亟甲欲无断。
须知惺惺惺，此衷有微会。
公才如具区，万壑齐奔汇。
有时流文澜，偶一而且再。
牛斗触星芒，江溃鼓鳞怪。
嗟彼专家言，固疾不复瘥。
也曾识宫商，蔓长未割爱。
源从北地来，沿流数十倍。
声既类寒蝉，色更矜迷蔡。
商音千载余，竟被乃公败。
今幸逢宗工，孰不愧形秽。
周郎诗凤耽，虚怀尚自悔。
偏惭簿书吏，日日同群碎。
上林满苑花，池草亦生剐。
苴苒跳双龙，畴肯世垒坏。
翠柳插蝉光，青山迥螺黛。
秋容日夕佳，高寄风尘外。
盥手读公诗，告我诗三昧。
气则有盛衰，理则无支派。
两贤洵相须，盟主惟公赖。
汤汤濠水间，当今已无辈。

◎ 暮春郊望奉巡宪胡存人先生檄校士温阳书院　用东坡陌上花歌韵

（清） 谈九乾

城南泺漫十里沙，城中民舍环官衙。
一城径开南北路，春深不见骄春花。
凭高四眺郊外色，新绿荫中三两家。
盈盈寒食捻桑女，续魂月明啼树鸦。
无端一夜青苹起，铺台绕砌琼瑶葩。
流华迁忽双丸跳，撷菜才过又采茶。
堪惭鞅掌薄书吏，晓排日日鼓三过。
河阳未种春先去，垢衣尘面谁为爬。
两从书院课文艺，见猎心喜犹咨嗟。
上林奉信年年早，好向宫池看绮霞。

◎ 陪郡司马韦斋先生及金子逊修洛阳村观梨花

用放翁大雪歌韵

（清） 谈九乾

昨岁冬暄仅微雪，寒过寒食雪已绝。
沙村梨花赛雪开，赏花喜插角巾折。
千株冷色侵衣裘，遐瞩独惜无高楼。
布簾苇箔张漫野，邀陪杖履耽清游。
兔葵燕麦觅未得，枉劳老圃双脚赤。
半畦黄韭新试芽，邻家瓮醅不满石。
吏况应作如是观，当风雪鬓疲吟鞍。
花亦不幸生长此，村人贱花贪结子。

◎ 得雨志喜

用少陵苏端薛复遥简薛华诗歌韵

（清） 谈九乾

一城两关跨孔道，吏牍无多衙放早。
骄阳虐久川将竭，安得藕花生雨草。
民间禁屠官食肉，也设空坛祷空昊。
那知载道尽流亡，丁夫携筐妇襁褓。
此时旧种尚难播，奚异新秔半湿捣。

官司居然大张告，谬称日夕闵苗槁。
偶尔巡乡声劝农，枉费郊迎惊野老。
予每见此深刻责，敢谓大惭博大好。
是月望后有二日，迅雷骤点翻盆倒。
访之邻境仅霢霂，何独我邑邀神保。
赫山云气自西来，肸饗曾瞻醉酒杯。
而况殊恩特肆赦，王言如纶诚大哉。
须知灵雨由人咸，岂但凉沁滋阶苔，
昔贤首重茕独哀。

◎ 饮宋文贞祠和壁间石刻原韵两首

（清）　谈九乾

苍藤翠柏两森然，又见黄催篱菊天。
石藓有情留断字，梅花无主冷秋田。
官跻凤阁心如水，老健开元发未宣。
寂寞祀宫瞻正气，村邻伏腊自年年。
莫论帝子共王孙，劫火昆明有几存。
三杰诗篇酬国士，千秋碑版续贞魂。
孤村野犊眠沙草，衰柳寒蝉咽墓门。
凭吊不妨杯酒奠，已弃十日学平原。

◎ 预登高小黄粱雅集同学诸子及舍弟分韵得登字二首

（清）　谈九乾

其一

缥缈祠宫最上层，茱萸未插约先登。
鬓尘羞惯劳人染，酒债催客傲吏能。
地暗黄沙千树柳，天留苍雪一枝藤。
夜凉不比寻常月，犹带疏星淡玉绳。

其二

谁言良会酒如渑，问有游仙梦未曾。
锻树可能容叔夜，啸莺元是旧孙登。

秋衔芦塞平沙雁，官类花溪遏院僧。
恰喜池塘新草色，浊醪清间共凭陵。

◎ 西村山行

（清）　谈九乾

两度寻山策杖行，竹兜芒屩踏沙平。
旧时绿雨封苔滑，今日红绡剪叶轻。
拳石每临灿树出，髻螺疑点秃毫成。
独惭老吏无良状，也费村农道左迎。

◎ 上赫山祀龙王庙毕观澄潭石柱诸胜

（清）　谈九乾

巉屼天削列诸峰，幽壑徐来何处钟。
铁瓦千年寒朔气，石潭一柱锁云封。
敢言抚字哀鸣雁，应有甘霖起蛰龙。
直上重岩跨健步，不须小队吏人从。

◎ 出赫山道中作

（清）　谈九乾

穿尽回峰又一峰，新莺剪舌弄疏钟。
人行山脚烟还隔，马踏沙头土不封。
十室已知迎雅客，谈公卜乩筮潜龙。
故园弁岘青如黛，斜阳吐丹映双峰。

◎ 题借树轩并小序

（清）　谈九乾

西廯荒留片地存，邻家老树送青痕。
敢言小筑耽幽赏，矮屋三间白版门。
浓云如幄雨如丝，塘映文纱绿映卮。

回首上林烟树里，曼容心事有谁知。

◎ 暮山溪

（清）　谈九乾

平沙荒漠，不忍与君别。联句小黄粱，最销魂临歧分，处深宵无梦。便笺也难寻，恰寄我，入行书，恍到怀州去。桐疏夜露重，犀利芭蕉雨，寒暑易听秋声，暗凝愁丽别绪。醮更鼓罢，闻公余吟啸，定亦念穷交。隔不断，太行峰，烟锁相思缕。

◎ 双双燕

（清）　谈九乾

自南至北，按程计三千，邈同河汉。壮志未酬，风萧萧骚如卷。谁道花栽何年？又恰逢金风送爽，菊吐秋芳莫但，临渊鱼羡练影，芳径劳雁归来，山有泉才半。就别四载，尘鞍未换，谈笑去，愁眼还，回首年时魂断，见回亲人何其难。而今携手相视，忍不住泪涟涟。

谈九乾，字震方，号未庵，浙江德清县人。康熙十五年进士，沙河知县。著有《淮浦诗》等。

◎ 勘荒至沙河与谈令

（清）　鲁禧

农夫终岁勤，篝车虔小祝。
天胡久乾封，烧原等回禄。
一座惭作刺，四望徒蒿目。
臣罪民何辜，斯言可三复。
南郭黄沙铺，西岭青螺秃。
单车咨疾苦，悲风萧寒谷。
蓝衫趋道旁，有吏颇不俗。
愿广饥溺心，牛羊在刍牧。

鲁禧，东吴剑南人。生卒年不详，曾经担任顺德知府。

◎ 得泉亭歌

（清）　张筠

朝来策马温州路，野雾垂垂锁芳树。
路旁有井覆新亭，道是邑侯涂丹垩。
邑侯政绩本循良，龚黄召杜岂能方。
中丞有命委贤俊，奉命种树皆成行。
树木由来资灌溉，穿井便民民爱戴。
无心掘地得甘泉，古甃未审成何代。
人传此井不记年，中有神龙井底眠。
澄澈照人眉宇动，潜芬可比邑侯贤。
邑侯建此惠良簿，行人饮之如钟乳。
地因得泉始建亭，亭名得泉放喜雨。
亭成正值中丞来，下马注视青眸开。
于公谈公两心赏，手凭栏槛滋徘徊。
於今朝野重名宿，於今补衮微良牧。
指日丹阳下九重，封事据陈朝野肃。
如公政声岂能多，如公遗爱岂能磨。
往来行役感君恩，仰止高风共放歌。

张筠，清代文人。

◎ 送谈未庵之任沙河

（清）　鲁三

十载知君乍识君，金台春色晓氤氲。
丽中白雪谁能和？江左风流自不群。
藜火旧鲁公碑揭，练就妙手握丹文。
河桥折柳难为曲，执手惜别泪洒巾。
盼君寄柬谈明府，未庵同思患难情。
倚门送尔沙河日，初愁别几落花魂。
君去令宰州与县，花连抚字皆新政。

论诗不合平仄韵，痴心吟望早霜天。

◎ 政论诗□□□□□□□吟望早霜天

（清）　鲁三

旧友皆星散，当时兴不孤。
会从年尾数，酒犯深夜沽。
出宰中州隔，还乡下第俱。
苦思陈十一，书札近来无。

鲁三，清代文人。

◎ 登淮提阁

（清）　夏之章

涉彼婆娑境，邈焉足空悟。
何当曲径幽，翁郁蔽山陆。
清飙拂紫栏，黄云罩白屋。
茂树冬不凋，栋花晚犹簌。
中有老黄冠，闲倚黄庭读。
门余剥琢声，沙鸥惊朴漉。
还做鸟投林，那堪鱼缘木。
缘木非所期，投林不相属。
山人与野叟，语言颇踯躅。
小阁日以圮，衰草冷庭麓。
蹲趾忘汉绵，邋遢挨榛伏。
篱落几人存，白眼何痴愗。
我已惘惘然，终惭蓬天六。
未遂天台游，恍投石桥宿。
风声乱人耳，花影搅人目。
穿林踏青苔，击筦惊眠鹿。
猥以风尘姿，周道叹短无。
辑手净禅心，人生了不悟。
乃信宇宙阔，自拟鹰蝇族。
闲云任舒卷，坐看柿青熟。

◎ 题梵爱寺凤凰柏

（清）　夏之章

其一

森森百尺凌苍天，虬龙蟠结历有年。
藓苔遗痕雅客来，手指田鸾作神仙。
烟云寒空穹庐低，须冠盘旋如乘船。
噫嘻！
瞳眬晓日羽仪成，崷檐长忆岐山鸣。

其二

风前队听鸾鸣铁，峥嵘轮囷倒竖戟。
凡鸟潜踪拱德辉，有时光怪天地窄。
残碑剥落绘其形，煌煌邑乘书竹帛。
噫嘻！
青葱嘉树托遐芜，霜皮蚀尽须眉苍。

◎ 借树轩杂感十二首之二

（清）　夏之章

一肩诗思束空囊，不见襄南旧草堂。
倚马远输喂犊惯，画眉那敌掠须唱。
意将伴君簾前月，舍却余生鬓里霜。
曾忆长安润笔札，故人犹在赋沧浪。

玉架牙签烂漫游，论诗还须到随州。
坐怜老眼如花簇，梦绕溪田为鹤谋。
医俗未能搜笼药，送穷何处解书囚。
清风六月吹官署，尚有蓑翁着蔽裘。

夏之章，清代文人。

用渭南楼上醉歌韵留别未庵明府

（清）　车德辅

长安三上不得意，慷慨直欲碎琴市。
出燕惘惘之晋都，蹇鞍崎路多憔悴。
温阳故人署若冰，卷帘种花邀客醉。
何当乍逢别又易，垂杨乱洒征夫涕。
古墓探梅吊广平，伏龙野碛夜蟾明。
嵇康颓癖政已成，桃花潭水悲江生。

扫花游

（清）　车德辅

琴斋小住喜旧雨，论心又逢今雨。主人暇否？恰早衙放后，约寻花去。浓绿稀红，仿佛江南水树。更廷伫望，缥缈烟中乱山如许。萝迳携酒处，扫片石盘陀碧苔无数。醉吟缓步，忽见苍云气霎时迷路，归迹银蟾沙浦。光燿三字韵，把酒邀白门，正当春暮。

<small>车德辅，举人，清代文人。</small>

过滹沱河

（清）　谈九叙

一宵寒雨溜初浑，天外秋容净客魂。
断岸平芜纤马迹，浮梁密柱激潮痕。
悲风霜冷茱萸鬓，带月人归杨柳村。
漫说冰坚曾问渡，功成身后复何论？

憩赵州观定州府方向晨栾城至此已行四十里

（清）　谈九叙

丈夫事四方，志不欲填壑。
岂为行役劳，原言寄托所。
九月秋渐深，霜重冷烟薄。
山鸟啼轲辀，木叶纷零落。
旷野生戒心，五更风又恶。
强行四十里，兀顿鞍马缚。
微明穿路岐，依稀赵州郭。
指点宿烟中，崒庵界林薄。
散步入禅门，徐徐活双脚。
老僧尚未起，高梁喧鸟雀。
何以撑饥肠？前村烟火错。
浊酒沽一杯，朴夫亦曰诺。

南归留别大兄

（清）　谈九叙

才惊络纬咽，秋堂草木前。
哀哀雁南归，揖别心犹煎。
客溪少梦里，踯躅乡离远。
朝辞渭水去，暮宿黄河边。
酒酿霜半明，征途归计短。
战事催鞍马，沙场走烽烟。
挥戈旌旗亭，慷慨赴离筵。
把袂当临风，刁斗映雪寒。
鸟喧日更高，裘敝薄装绵。
蓬蒿闭户怜，丽日依人看。
春辉一线好，相见订明年。
修禊约梨花，春雨杏花天。

<small>谈九叙，德清人。沙河庠生，清代文人。</small>

◎ 谒唐丞相文贞公祠

（清）　石渠

苍苍双柏隐高魂，一丘枫林醉欲醺。
忠烈千年留庙貌，梅花亭畔有余辉。

◎ 梅花亭

（清）　石渠

开元贤相首推君，何事荒亭锁暮云。
香雪梅花心铁石，千秋争喜诵高文。

石渠，贡生，清代文人。

◎ 过烈女玉梅墓

（清）　樊周建

荒台寂寂记何年，侠骨贞魂千载传。
行至坟头惊勒马，碧云犹傍朔风寒。

◎ 漆泉寺庙皈依

（清）　樊周建

为爱枫林好，离家望漆泉。
抛却功名欲，方觉天地宽。
鸟道通金刹，羊径度远禅。
钟磬颂梵呗，木鱼击迷暗。

樊周建，清代文人。

◎ 八声甘州

（清）　佚名

问山灵，有意染春图，无情绾春归。

看螺痕凝碧，岚光叠翠，澹映晨晖。短短桃化红绽，玉洞是非也？堪问劳尘久，到此忘机。记取西江西畔，望匡庐正侧，浪雪烟霏。追今越数载，清梦也应稀，迓篮舆临流，濯桥对廉泉，初志莫相违。寻梦里，柳绵折起，乱我单衣。

佚名，清代文人。

◎ 笔架耸翠

（清）　佚名

三峰卓绝翠横敷，笔架较量总弗殊。
烟雨溟蒙扶杖过，迷离疑对辋川图。

佚名，清代文人。

◎ 乾隆丁亥春仲过梅花亭敬瞻御书梅花赋并御书梅花一本兼制诗句恭赋

（清）　德保

广平相业重明皇，赋笔梅花品共芳。
古干千年邀御墨，名臣异代动天章。
亭栏雅忆冰霜凝，石壁还留字句香。
过客停车寻胜迹，漫空生气溢长廊。

德保，吉林人。督学。

◎ 过梅花亭诗并序

（清）　朱珪

荒园闭宿雪，梅花名孤亭。
其人不可见，余风思古馨。
当时高寒骨，不嗅妖卉腥。
坐压倾城姣，低首羞聘婷。
苞辞韵铁石，赋手调登铏。
岂知两千载，忽做虬鸾青。
嵩山候日驾，洛水回龙停。

正笔和琘美，欹枝糁珠荧。
纬天耿五字，希世光三庭。
虹白射飞昂，雨黄拜号萍。
恭惟旌遗直，侧见虚天听。
圣情伫嘉实，谁与抱翠茔。
芹暄尚有献，何以当阶蓂。

<small>朱珪（1731年-1807年），字石君，清顺天大兴人，今北京人，号南崖，乾隆年间进士。曾任广东巡抚、大学士等职。</small>

◎ 雍正庚戌八月二十二，奉命查赈过沙河，谒吾宗唐相文贞公祠墓

（清） 宋韦金

朝过留客小村东，丞相祠堂一径通。
温水润生襟带外，禾山青到几筵中。
垂勋碣石邻高冢，作赋梅花逐断蓬。
同是殷王元子后，溪毛采采荐秋风。

<small>宋韦金，河南商丘人。任监察御史。</small>

◎ 过梅花亭

（清） 刘世澍

北地无梅自古然，宋公做赋本东川。
讵因墓碣夸梅艳，遂有红亭照野田。
强种腊英终恨赝，别栽山杏更疑嬛。
不如仍构三楹屋，榜做怀贤自可传。

<small>刘世澍，湖南湘潭人，举人。乾隆十年任沙河知县。</small>

◎ 梅亭夕照

（清） 马俊元

梅花晓筑一亭孤，赋笔清新味最腴。
古木斜阳相映处，不知曾有暗香无？

◎ 温泉清流

（清） 马俊元

汤山泉涌净於银，邑号温州信有因。
每就清流资洒濯，令人共说四时春。

◎ 题大流村梁茂才别业

（清） 马俊元

雨中路过大流村，麦陇青连白板门。
柳绿微添葱茜色，桃红半露浅深痕。
勾留客兴迟周道，漏世春光隔短垣。
闻说牡丹开最富，偷间过访话晴轩。

◎ 过坚固村登清凉洞口占

（清） 马俊元

从今莫笑石跫跫，剔透玲珑更有情。
最好清凉山洞里，天然楼阁一卷成。

<small>马俊元，儒学教谕，天津人。</small>

◎ 愍卢忠烈

（清） 韩对扬

卢公受命任专征，白衣誓师三军惊。
壮事老谋运帷幄，风云也禀咤叱声。
尚方剑辞提南服，荆襄一带寇氛平。
如何天心未厌乱，中原逐鹿转纵横。
入卫京师方振旅，屹然巨岳一长城。
最恨嗣昌真误国，枢珰同掣阃外兵。
屡檄关宁不赴援，贾庄力竭陨孤真。
一腔热血成恨血，死后犹然污蔑生。
天下奇才邀帝鉴，止今常留竹帛名。
况是天威亲战处，龙岗册井刁斗鸣。

我来沙河访古迹，闻说忠烈泪欲倾。
幸有杜公残碣在，当做雁门尚书行。
韩对扬，广平府人，儒学训导。

◎ 卢公祠怀古

（清）　马汝霖

盖世奇才镇大名，摩天一战庆生成。
旌旗到处山河动，气概能叫闯献惊。
父老赍粮守德泽，沙场舍死泣精诚。
至今奉祀盈邢卫，直道斯民胜有明。
马汝霖，邑贡生，清代文人。

◎ 洛阳梨花

（清）　石璠

梨花扰扰遍沙村，错似河阳旧迹存。
亭畔春深梅共语，堤前晓霁月无痕。
清标暗度霜禽梦，冷艳潜销粉蝶魂。
愿嘱孤芳休自赏，相携桃李在公门。
石璠，邑诸生。

◎ 宋墓烟树

（清）　张辉

名相荒村郭外寻，墓门遥锁白云深。
青松翠柏交加处，带出千秋铁石心。

◎ 河堤晓月

（清）　赵可成

征车催发听鸣鸡，水静沙明晓雾迷。
最喜多情堤上月，一钩间挂柳梢低。
赵可成，清代文人。

◎ 卢少师象升

（清）　严遂成

书生上马能杀贼，青龙冈巅箭中额。
刃又及鞍以手掣，进虢虎跳退兔脱。
贼谛视之公何物，白晰矍然膊独骨。
天雄移军东南行，赐尚方剑赐节钺。
是时大帅新车殁，营门绝粮闭三日。
慷慨洒泣继以血，有剿无堵或迎截。
歼其精骑七顶山，前阻汉江伏当设。
封疆夫岂一人事，郧抚湖抚坚不出。
转战功多反被揭，迁之朔方计良失。
从此秦楚蜀之交，杀贼者凶求贼吉。
主抚主款大辱国，天兵从天骑用铁。
卖卜瞽人事荧惑，赤发于颊经面折。
孤军夜战嵩水桥，鼓声已死阵云热。
监军坐拥关宁兵，距五十里遥邈秦越。
莽莽遗骸何处收，瘢痕刻划麻衣雪。
此吾公也众肃拜，验颢□迟敛逾月。
明主直与忠臣雠，安得明年国犹活。
家中望祭空招魂，魂归湄隐园之侧。
为读张公岳公传，英姿飒爽动毛发。
桃溪夜半月光寒，如见五明骥跃沙河阔。

严遂成(1694年—?)清乾隆初(1736年前后)在世，字崧占（一作崧瞻），号海珊，乌程（今浙江湖州）人。雍正二年（1724年）进士，官山西临县知县。乾隆元年（1736年）举"博学鸿词"，值丁忧归。后补直隶阜城知县。迁云南嵩明州知府，创办凤山书院。后迭历雄州知州，因事罢。在官尽职，所至有声。复以知县就补云南，卒官。

上卷　诗词文赋

现当代部分

◎ 登北武当山

刘果芳

悦耳声声黄鹂鸣,清风相伴慢攀登。
南连北峰天一线,极目浩荡化鲲鹏。

刘果芳,河北隆尧人,曾任威县县长等职务,现任沙河市委书记。

◎ 梅花公园寻梅

马佩荣

向晚独偷闲,寻梅入园中。
簇簇凌寒流,俏俏迎春风。
红尘掩寂寂,哗然赞声声。
不见危垣梅,长喟忆宋公。

◎ 栾卸银杏

马佩荣

秋来栾卸风景异,万亩银杏独称奇。
龙凤岭上染金黄,太极湖里映天碧。
黄蛱片片迎风舞,紫气袅袅绕村倚。
太行福地谁堪写,诗情画意神来笔。

◎ 初夏宿王瑙村

马佩荣

昼里初暑夜犹凉,一路西进宿太行。
寒暄乡音独有韵,石楼川寨举无双。
漫步街巷寻古趣,登高红枫放眼长。
月朗山黛真水墨,只借王瑙纸一张。

◎ 问道广阳山

马佩荣

徘徊老君洞,俯仰渡口川。
霞光凝紫气,白云闲晴天。
西来湖中水,东润农家田。
青牛知何处,独留广阳山。

马佩荣,邢台县人。曾任邢台市政协常务副秘书长,现任沙河市委副书记。

◎ 游峰峦寺

张清春

峰峦古寺万山朝,漫漫林海起波涛。
桥小普渡四海客,路弯善引十方骄。
炎宋子孝题碑在,张氏丹青域内飘。
佛光永照千年后,再观池鱼化龙蛟。

◎ 题广神岩苍松

张清春

铁壁虬枝龙几盘?断崖夹缝根透天。
横空舒臂迎远客,常青四季度尘凡。

张清春,现退休,爱好传统文化,伤口被《百泉诗词》《温阳文苑》,碑刻和地方志史等录入。

◎ 题太行山中

刘章

日观松色夜听泉,一句诗成一管弦。
好水好山看不厌,袖中偷得白云还。

◎ 春日太行山行

刘章

千树山花不用栽，浅紫深红次第开。
翠壁丹崖真画境，小溪流出柳荫来。

刘章，原名刘玺，字尔玉，别号燕山痴子，河北省兴隆县上庄村人。著有诗文集《燕山歌》等30余部。

◎ 颂地雷大王王来法

刘小云

东洋犯我好河山，万里烽烟似火燃。
血泪横流云水怒，军民奋起日酋顽。
雷声滚滚连天吼，倭寇惶惶满地翻。
试问功勋谁显赫，英雄来法智谋先。

刘小云，女，山西人。王来法，沙河市人，后居山西。

◎ 太行吟

刘连茂

群峰兀突起，邢境太行头。
山裂悬崖险，壁围深壑幽。
雾生成峡絮，水漱现龙湫。
古道奇岩垒，南门胜迹留。
谷迷闻鸟语，峡宥贯川流。
远岫天穹近，层岩植被稠。
甘霖石滴翠，神树嶂蒙麻。
造化模型似，自然地理周。
天梁云泛浪，峙侣鹊联俦。
气势中华毓，共和概九州。

刘连茂，辽宁盖州人。中泰集团工会主席，《诗词月刊》盖州工作站站长。

◎ 题红叶

刘国震

沐雨经霜情更炽，丹心似火不违时。
敢与西岭分秋色，一树红枫一树诗。

◎ 明长城

刘国震

骄龙云上卧，岁久更峥嵘。
萧瑟秋风起，犹闻战马鸣。

刘国震，河北省南宫市人。邢台市诗词协会副会长、《百泉诗词》副主编，邢台市第六届社会科学优秀青年专家，鲁迅文学院首期公安作家研修班学员。

◎ 咏张文谦

邓垲

相随世祖鼎新际，官至左丞御史台。
郊野行家总时有，朝堂言路不常开。
一朝伯乐双睛启，千里麒麟四海来。
若舍先生培植力，郭公何以展雄才？

邓垲，南宫县（今南宫市）中学高级教师。退休后将发表的主要诗文结集为《两纪回眸》，曾参与《邢台历史文化词典》的编辑工作。

◎ 九龙庙沟拾趣

王玉民

下得斜坡罂里行，石开地裂数风情。
龙王居壑沟成秀，雅士封神渊出名。
聊野史，读碑铭。洞天一片物峥嵘。
藤花葛树无为友，鹂鹊鲵蛙世外朋。

王玉民，原名王裕民，笔名喻民，河北省巨鹿县人，出版《匆忙间的俯拾》等诗歌、散文专集五种。

◎ 宋璟碑

王叔翀

碑昭烈士气铿锵，一曲梅花赋玉琅。
有脚阳春来盛世，天光开处晒邢襄。

◎ 沙河古村北盆水游记三首

王叔翀

一

山老由来轶事多，三皇五帝任消磨。
前朝天赐一盆水，浇绿太行四面坡。

二

情驻古屯非醉古，登高原为一偷闲。
心中但有凌云志，不向山神把腿弯。

三

莫说山家黍酒浑，开怀高饮两三樽。
但离闹市纷纭乱，不愿回头作囿魂。

◎ 游沙河广阳山老君洞

王叔翀

众眇之门，广阳渡口，三教同伍。仙洞神台，烟封雾锁，老子经行处。风云竹屋，青萤烛火，邀月漫歌轻舞。天苍苍、阴阳万物，圣贤几断今古？晨钟暮鼓，声声难唤，世上痴男怨女。你隐他闲，离俗避乱，谁解人间苦！书生意气，文心诗胆，敢越秦川汉谷。倩谁圆、华胥一梦，国人拭目。

◎ 卜算子·菊心有梦

栾卸做郊游，摄影留花讯。万朵枝头已胜春，未纳西风聘。

执念为初心，纵使寒霜劲。寿客年年圆梦迟，扣上芳菲印。

王叔翀，字进章，河南省南乐县人。邢台钢铁有限公司退休干部。

◎ 秦王湖

王学新

蓝天连碧水，满目竞葱茏。
西岭岚烟翠，东坡秋叶红。
峰峦千仞秀，栈道半山雄。
十里平湖景，迷君入画中。

◎ 桃花源风景区

王学新

危岩裂峡气雄哉，云脊天梯一线开。
瀑布层层珠玉落，山花阵阵晚香来。
灯笼结彩呼明月，湖水扬波照镜台。
崔郎陶令两相约，到此题诗又放怀。

◎ 红石沟休闲生态农场

王学新

千年乱石沟，草棘载人愁。
改革推新策，扶贫运远谋。
造田千万亩，播绿十三秋。
花果清香送，登高一望收。

◎ 追寻乔羽渡口的足迹

王学新

寻访方知隐大贤，几回渡口续情缘。
田间坡岭觅新句，土炕油灯谋玉篇。
彩蝶织成春晚梦，长河架起月琴弦。
放怀心曲一千首，何日君来再手牵。

王学新，高级政工师，国企金牛能源集团原组织部长。河北省诗词协会会长。著有《古赵新吟》《古韵新语》《王学新诗词百首名家书法集》等。

◎ 水调歌头·广阳胜境

王清海

巍崛壮豪气，奇洞蕴仙风。山青水碧天湛，灵鹫傲长空。绝壁凌云千丈，幽洞岩成万载，造化韵无穷。沥沥漍河水，奔涌大洋东。

凭仙洞，修德道，问时空。老聃至善精论，哲理启洪蒙。玉阁君台极目，南岭东湾积翠，村野胜仙穹。情洒故乡韵，千里任鹏鸿。

◎ 次韵（明）萧泮《老君洞》

王清海

独立家山万仞秋，洪荒千古自悠悠。
赋闲喜作渔樵客，抱月偕星云汉游。

◎ 垂钓秦王湖

王清海

秦湖三月下渔舟，碧水清波石上流。
昔日群雄征战地，今朝任自钓春秋。

◎ 登太行五指山

王清海

危峰深壑自悠然，古柏虬松不计年。
左望秦湖论旧事，心随五指向云天。

◎ 过小仓村

王清海

风清日丽草萋萋，杏苑花开醉鸟啼。
牧笛一声林岫下，残红吹涨小村溪。

◎ 题丹阳摄渡口川云海

王清海

云海观涛万马奔，广阳山看百山沦。
巅峰不隐曦光灿，问道长天远俗尘。

◎ 玻璃富沙河

王清海

思路长开财路通，新区崛起老城东。
不依煤铁一枝秀，玻业催生百业雄。

◎ 秋访王瑙

王清海

望眼峰峦抱古村，漫天红叶醉人心。
石楼逸荡抗倭韵，包谷堆成灿灿金。

◎ 题太行高速渡口川大桥

王清海

飞架长虹跃大川，丹青凝彩广阳山。
通途直向瑶天上，渡口京都一瞬间。

◎ 登太行五指山有题

王清海

嵚崟五指向天遒，槐李花繁青杏幽。
俯瞰秦湖多旧事，大仓堆满小仓流。

◎ 沙河九龙庙沟

王清海

地裂天开造化功，幽深古庙画檐重。
攀阶千步千层梦，播雨行云问九龙。

◎ 沙河东五指山遥望

王清海

云梯蹬道入苍烟，仰望娲皇万众牵。
五指高擎嵌五色，可清妖雾亮青天？

◎ 题沙河西部明长城

王清海

太行壁立入霄空，古隘长城舞大龙。
风卷松涛犹战马，残关映入夕阳中。

◎ 游秦王湖

王清海

碧波荡漾映峥嵘，白鹭先春戏翠清。
舴艋翩翩彩云绕，人间天上任君行。

◎ 秦王湖垂钓

王清海

一

莺啼蝶舞竞芳芬，智水仁山向日昕。
恍见澄瀛风浪动，一竿钓起九天云。

二

群山叠翠水粼粼，人近空蒙月近人。
若此风情谁解语？青莲与我共垂纶。

◎ 游静峪寺和药翁

王清海

赴约莲花聚我侪，参禅悟道远尘霾。
药翁一济良方妙，阵阵清香入客怀。

◎ 题渡口老字号丰盛和醋

王清海

槐花灿烂蝶蜂陪，客满山庄共品杯。
魏武如知丰盛液，当年止渴不须梅。

◎ 春日回乡

王清海

春深日丽醉神怡，田绿人勤杨柳低。
悄望街头闲友少，声轻步怯乱莺啼。

◎ 陋室芳园

王清海

老房虽陋竹兰香，平仄对粘敲键忙。
精彩芳园不须大，银屏盈尺地盈方。

◎ 忆儿时采摘

王清海

槐花五月漫山香，邀伴攀枝摘采忙。
苦累凉调滋味美，犹欣又省半天粮。

◎ 小西天看红叶

王清海

秋砺清霜景不同，半山苍翠半山红。
鬓斑犹染多情色，一放豪怀灿烂中。

◎ 梅花亭

王清海

一

名相刚贞辅盛唐，少年英气起邢襄。
高贤妙赋乾隆墨，瑞雪梅花共一香。

二

遥瞻丽赋隐亭廊，草色氤氲柳色苍。
千载开元说姚宋，梅花岁岁发幽香。

◎ 游沙河市梅花公园

戊戌初春陪清河县段飞会长、陈益德副会长一行十余诗友于沙河梅花公园赏梅有题

王清海

共赴梅园问浅春，天香遥递醉游人。
花仙似见当年我，粉面羞红半掩巾。

◎ 谒范子侠将军墓

王清海

雄师劲旅战倭禽，铁骨丹心浩气存。
屹立太行松柏翠，满山红叶血凝魂。

◎ 沙河花木道中

王清海

绿水青山一路行，民居靓丽百花明。
渡槽飞峙霓虹架，仙苑镶嵌玉带迎。
湖浪澄莹王者气，广阳逸荡道家情。
轻云更醉长天碧，林鸟欣和拍照声。

◎ 红石沟农业生态园

王清海

山野谁将七彩渲？春风秋月共佳篇。
攒花常绽千丛翠，蔬果随收百味鲜。
摘采幽情心欲醉，观光妙趣韵生缘。
荒滩一改当年色，规律谙知自胜天。

◎ 车过渡口赛道思乔羽

王清海

赛道通灵雀鸟喧，弥天七彩写山峦。
情怀祖国声威壮，韵唱大河波浪宽。
笃寄苍民奔共富，清吟劲赋乐同欢。
沧桑历尽歌犹亮，湡水今朝更好看。

◎ 登广阳山老君岩

王清海

绝壁悬崖半亩笺，广阳胜境远尘烟。
岩熔紫气百重色，道解丹经万类缘。
宇宙冥茫同冷热，天人和合自娇妍。
渔樵得伴清音久，也作云心看大千。

◎ 重登广阳山

王清海

崟崟绝壁鹤云幽，湡水清波向日流。
洞解乾坤金石鉴，经明道德玉规筹。
秦湖西照映辰月，紫气东来别帝州。
闲伴青牛怡碧野，豪吟小赋胜王侯。

◎ 沙河市封峦寺

王清海

久寄巍峨觅圣宗，大安山麓蕴松风。
一碑犹记宋时景，千载因思石介公。
国宝终彰昭识者，禅台时慕望豪雄。
双槐但得长相守，邀月封峦看玉宫。

◎ 沙河北武当

王清海

玉柱冲天刺碧空，太行绝巘武当雄。
丛林万亩松涛吼，古刹千年紫气融。
天宝余音蕴钟鼓，太平玄影渺穹空。
凡身自有乾坤在，闲看白云舒卷中。

◎ 漆泉寺

王清海

广阳西麓玉湖东，古寺千年遗圣风。
唐代碑铭留史迹，尉迟敬德有监功。
残垣尚在盘荒野，漆水犹存映碧穹。
何日禅堂得善复，定邀会首庆德洪。

◎ 重访漆泉寺

王清海

微车曲径峻山盘，魂系禅宗觅故泉。
云绕群峰千嶂暗，垣遗断壁百重残。
鉴唐证宋唯碑影，凭古思今叹夙缘。
凝目风霜生块垒，惟祈野草作香贤。

◎ 次韵国印周先生题太行大渡槽

王清海

2017年5月13、14日，和印周先生及荣景、勤绍、桂君、志霞诸友，在沙河市赵素英、岳连婷等陪同下，到沙河市太行渡槽、广阳山、五指山、北武当山、秦王湖、映雪湖、文化书院、温泉山庄等处采风小聚，实是难得，有题。

仙子瑶台理素纱，长虹织就气如华。
飘然玉带惊千壑，奔涌金流暖万家。
春月白倾龙井雪，秋风丹染凤林花。
前贤彩绘云霄上，灿亮心中一抹霞。

◎ 携友登沙河北武当

王清海

手握晨曦慢步登，回音数绕鸟偕鸣。
知常便览嵚崟胜，格物长随散淡倾。
道步嵯峨度今古，诗敲平仄问渔耕。
松涛遍饮清风老，点亮心神日月明。

◎ 初夏携友人登广阳山
　　和国印周先生

王清海

嵚岑飞岇白云横，偕友重来画里行。
日照君台曜仙府，月收函谷度虬经。
嵁岩遗刻凭君鉴，河朔流馨任自评。
涠水诗林风劲起，悬壶璐上看峥嵘。

◎ 再访大坪古村落

王清海

五指凌云罢，古村盘径长。
过塘分翠色，穿阁憩高场。
雏燕争新翅，虬檐炫彩坊。
露餐尝野趣，诗酒共幽香。

◎ 南水北调感赋

王清海

水净明辰月，风清绿柳林。
南来凭汉系，北去送京斟。
路次赊甘露，雁过留好音。
澄流饴万古，滴滴入民心。

◎ 谒静峪寺

王清海

一

青山凭古寺，亭树半凌云。
钟鼓梵音漾，烟岚翠羽分。
相知清雅意，偏爱静闲氛。
问菊余心醉，蝉鸣香自焚。

二

寺鉴开元盛，碑瞻万历风。
枕流听石磬，酾酒醉山空。
欲去凡根净，神清禅意通。
善行非为果，云卷有无中。

◎ 访静峪寺和丛谷

王清海

寻幽盘九曲，峪净一方天。
紫气飞崖上，银溪落洞前。
檀荣丹壁隙，客卧庆云边。
远望空山寂，心清自有禅。

◎ 鼎梅山

王清海

鼎梅峰岭寒，晴雪跃云端。
百丈天梯耸，千年古庙盘。
风吟滴血树，月韵攒花峦。
山色羞东岳，琼灵秀可餐。

◎ 小苍古村游

王清海

十里盘梯路，迢迢云上村。
泉飞苔石壁，草翠绿柴门。
耆老闲如鹤，儿童疾似狲。
山家无限好，尺野即乾坤。

◎ 晚聚北武当文化书院

王清海

武当临日暮，书院入轻烟。
竹酒薰骚客，松林弄锦弦。
香飘葱岭外，丹抹野筵前。
兴洽庭台论，云深犹未眠。

◎ 登沙河北武当感怀

王清海

岩峣望太清，一刃九霄擎。
嗓吊朝云散，峰回宿鸟惊。
松花侵古道，桥壑秀新萌。
太极生心底，由凭日月更。

◎ 过秦王湖

王清海

5月14日与国印周、赵素英、岳连婷等一行登完北武当，路过秦王湖畔小览，因要赶往映雪湖温泉山庄未能多游，有题。

兜率辞云际，飞车望碧流。
此行难尽意，来日待谁游？

◎ 题温泉山庄

王清海

翠竹牵幽境，春光绿蚁斟。
笑惊窗外雀，澄碧洗尘心。

◎ 望映雪湖

王清海

石渺知山远，源长识水深。
鼎梅晴雪境，梦里细追寻。

◎ 映雪湖暮色

王清海

蝉鸣湖畔柳，雀噪店前桐。
水纳云天锦，心随落日红。

◎ 渡口晨晓

王清海

雨奏青荷韵，风弹绿柳琴。
鸡鸣晨晓月，曦伴种春人。

◎ 故乡梦儿时

王清海

平房烧火炕，野菜溢清香。
紫燕梁间绕，青山入梦乡。

◎ 公园晨步

王清海

修篁入云绿，晓日挂枝红。
目绕林间雀，心鸣松鹤风。

◎ 论剑广阳山

次韵六脉先生
——兼寄巨超、连婷、振英、翠萍、增印诸诗友

王清海

（一）

蓬莱无觅处，明世几人逢？
未解山中道，独尊心上峰。
广阳云锁碧，河朔月留踪。
欲向悬壶瑶，行吟笃扣钟。

（二）

群贤凌万仞，憾未与倾壶。
岁月雕皴皱，风霜鉴冀图。
宦游襄府久。剑啸鄢身孤。
客梦烟霞里，纤尘顾有无。

（三）

家山存圣境，久赴滞征尘。
本是渔樵客，痴追翰墨人。
无心问愚智，有字任清贫。
常忆芦沟月，书生意气频。

（四）

寺遥唐宋月，夕照仄平身。
壁断残幽境，泉深映劲榛。
寻真碑石古，饮醉玉壶春。
极目思云远，千山半隐沦。

◎ 题秦王湖次韵和岳连婷

王清海

云磨玉镜映崚嶒，岁月长凝崖万层。
荡漾湖波移月影，翻飞思绪乱心灯。
扁舟难觅初唐韵，题壁常怀醉素僧。
但作渔樵耕读客，广阳山野任凌腾。

◎ 谒沙河甄泽观伯夷叔齐二贤殿

王清海

伯叔风遗尧舜贤，神仪甄泽越千年。
志贞仁让赊孤竹，情执采薇易洛天。

峻礼萦怀心不惑，清魂守制意犹坚。
功名利禄知非祸？多少乌纱狱内煎。

◎ 题沙河广神岩二首

王清海

一

钟鼓悠扬寺外闻，氤氲紫气照重门。
松虬古刹韶风旺，洞启危岩灵气存。
笃意修身云度众，贞心救主月留痕。
离经谎语唯成是，千古仙班独一尊。

二

宝殿灵岩香火焚，沧桑古柏记奇神。
机言巧度千军去，功就贞观一圣君。

◎ 渔家傲·游沙河梅花公园

王清海

连日虔将春信寄，相偕淯水琼灵地。雅聚仙园乾有意，贞心系，林家碧玉及笄未？

出浴含羞娇旖旎，馨风明月晶莹递。共赏颜碑沉绿蚁，微风泪，骚人已倚梅亭醉。

◎ 瞻颜真卿书宋璟碑

王清海

笔老醇香任自行，此尊书法愈峥嵘。
丰腴劲健雄魂壮，疏朗纯真气韵精。
宋璟梅花开盛世，鲁公遗墨醉清明。
沧桑真迹唯其四，多少名家笃意倾。

◎ 瞻杨春增烈士陵园（新韵）

王清海

翠柏苍松猎猎风，丰碑屹立傲苍穹。
援朝抗美卫家国，鏖战守坚彰烈雄。
向我开炮声贯耳，捐躯为义志精忠。
铮魂血染中朝谊，豪气长存映彩虹。

◎ 访樊下曹古村落得庆礼兄讯有感

王清海

雕楼画阁靓东门，槐茂街幽旺古村。
天赐一方安阜地，脉连百代俊贤根。
耕勤学苦承先哲，戎壮廉清砺后昆。
揖别沧桑逾六秩，音通千里乐心魂。

◎ 题册井春秋牡丹园

王清海

村野贤斋绘锦章，春秋园里蝶蜂忙。
仙葩风展宫中韵，墨客情浓天上香。
曾伴玄宗开盛世，今归李府绽芬芳。
举杯醉赏真国色，华贵娇娆福瑞长。

◎ 故乡春

王清海

村边古柳吐烟霞，河畔新茵点翠芽。
绝壁君台升紫气，梨园沟岭竞春华。
朝吟破雾人勤早，暮赏穿枝鹊韵佳。
仙境桃源何处觅？广阳渡口是余家。

◎ 乔羽在渡口

王清海

年轻英武志鸿博，渡口多番细体磨。
贴近英模诗意盛，投身实际锦篇多。
心怀大众听民意，情系祖国唱赞歌。
岁月峥嵘屹大地，词坛巨子仰巍峨。

◎ 渡口元宵灯会

王清海

元宵之夜赛花灯，千户新奇万户精。
王母瑶池开盛宴，仙翁琼阁聚群英。
梅开西岭翔金凤，涛涌东溟跃玉龙。
笑靥映红天上月，童心直入碧霄宫。

◎ 渡口古庙会

王清海

渡口世传三庙会，山珍百货畜粮全。
佳肴待客唱梆戏，美酒迎宾舞旱船。
姑嫂挑簪挑锦缎，弟兄易具易粮棉。
广集两府八方客，商贯山西渡口川。

◎ 记渡口抗日剧团

王清海

古镇悠悠锁大川，山清水秀胜仙垣。
洞幽钟磬清风溢，岩峻峰巍紫气旋。
老聃遗迹传千古，道德经论昭万年。
河朔自成诗立派，涵光引领赋铭山。
日寇铁蹄侵宝阙，卢沟桥畔起狼烟。
毛公陕北大旗举，赤子太行怒火燃。
驱寇激扬浴战火，创团宣振作营盘。
众推父森肩团长，党遣茂林特派员。
道具服装巧手就，宫商剧目众人编。
曾经调寄大梆戏，后继腔行四股弦。
儿女英雄入剧目，法均土地演台前。
保留名剧白毛女，常演民情血泪篇。
二黑小芹婚自主，李香王贵破篱藩。
支前常把军鞋唱，战地随将快板传。
武安涉县广平府，龙岗沙河晋冀边。
小剧誉扬根据地，大名传遍太行山。
奋起家山奔铁马，高歌共唱灭倭蕃。
扬旌劲扫疯狂寇，击鼓铮扬振奋鞭。
备战求精功苦练，随军鼓气战犹酣。
振戈痛打皇协狗，荡寇争烧膏药幡。
顺德邢台首归璧，永年广府再攻坚。
元氏克坚石壁固，石门解放大城先。
鼓歌战地功勋立，送幛授枪旗帜颁。
抗日剧团豪气在，驱倭功绩史碑镌。
长江后浪推前浪，时代新风再举帆。
题刻摩崖说乔羽，地灵人杰忆仁贤。
求是寻真兴特色，改革开放正航船。
歌扬大众英雄谱，曲奏中华盛世篇。
众韵铮声抒壮志，双馨德艺振金弦。
国强民富家家乐，康寿福祥岁岁添。
物质精神同步跃，道德文化共登攀。
百花竞放千般秀，华夏文明万代传。

◎ 渡口古镇赋

王清海

千古太行，漳水涌川。百里波涛，渡口锁关。西通三晋之咽喉，东接商都之莽原。南望梨园，梯耸罗锅古寨。北收漳水，波荡广阳名山。将军之墓，昭彰豪气。八里之庙，尊崇仁贤。浩茫兮澄湖，秦王挥鞭。焯赫兮漆泉，敬德谨监。古洞幽幽兮，精镌罗汉。君台煌煌兮，尊修老聃。其背亦巍兮，峻拔武当。其魂亦壮兮，帅统三关。

镇之古也！上逾千年。东有东大阁，

镇之门户。下层洞门，二层飞檐，登临凭栏，美景尽瞻。西有关帝庙，民之保安。千年古槐，庙前耸繁，五人合抱，蔚为壮观。东有东戏楼，对土地之庙；西有西戏楼，对火神庙前；北有奶奶大殿，盖乃千载胜观。皆雕梁画栋，吻兽飞檐，古建辉煌，易之堪怜。尚欣关帝古庙，依然屹立，香火犹盛，当慰前贤。

美也！村依地脉，其形布字如山。峰绕盆地，其境宛若桃源。渠引秦湖，有梨园沟之茂林，清溪叠瀑，水渠飞涧，桃杏梨柿，花果满山；有东湾西园之良沃，杨柳依依，荷莲田田，鱼鸭芦蒲，粮棉满川。山开广阳，有老君岩之形胜，通灵古洞，修道论禅，经扬四海，著续函关；有悬壶瑙之灵秀，幽居河朔，隐哲藏贤，风开一脉，韵誉尧天。

壮哉！十四年抗战，曾为抗倭前哨；击鼓壮歌，开创抗日剧团。唤起民众，曲荡根据地；宣传抗日，歌扬晋冀边。随军战地，鼙鼓震寰；长我之气，灭敌之焰。痛打皇协狗，怒烧膏药幡。振戈勋立，授旗奖颁；剧团豪气，辉煌史镌。宣传队伍，再续前贤；一脉相承，后世之范；志士仁人，代代相传。

盛哉！古镇庙会，世传有三。春有三月十五，春光烂漫，易畜修辕；备耕添具，踏青登山。夏有六月廿三，荷花荡漾，瓜果梨甜；花簪锦缎，男女相牵。秋有九月廿六，红叶喜庆，丰易粮棉；玩拳唱戏，登高问天。庙会之盛，人山人海，客商之广，晋冀延绵。更有元宵佳节，烟花灿烂，游街灯会，景象万千。

伟哉！渠水悠悠，波清浪宽，乔羽三驻，妙著佳篇。太行渡槽，工精艺美，清流向日，滋润良田。而今全街硬化，楼舍摩天，村容靓丽，绿化游园。更鉴太行高速，渠水横跨。东出淞沪，西至新甘；北上京畿辽黑，南下港澳广滇。畅达万里，气壮河山。连九州之贸易，接世贸之新篇。噫吁嚱！古镇前程广矣！正雄鹰展翅，直向遥天。

王清海，号广阳樵客，沙河市人。原任邢台市规划局副处级总工程师，邢台市规划委员会委员。系中华诗词学会会员、河北省诗词协会理事、散曲研究会顾问、邢台市诗词协会副会长、《百泉诗词》主编、《燕赵诗词》编辑、沙河市文化研究会顾问、中华诗词论坛"燕赵风骨"特邀版主。出版有诗词专著《广阳集》《渠水秋韵》。

◎ 秦王湖

顾淑惠

翠岭裁云去，春愁逐水流。
人生难尽意，明岁待谁游。

◎ 秦王湖高山牡丹

顾淑惠

相去白云上，不关尘世长。
南坡春更晚，终老亦花王。

◎ 九龙庙沟

顾淑惠

林深幽蔽日，曲径直相愁。
敝邑逢神佑，九龙藉此虬。
平明寻未见，何幸得今游。
且享攀援趣，还望清瀑流。

顾淑惠，河北新乐人。现住邢台，业医，钟爱古诗词，为邢雅诗社副社长。

◎ 再游兴龙寺

马洪仕

枫栌皆著色，来去两重肠。
曲径徊同柱，青松与度霜。
云浮无一事，鲤动下深塘。
看水还依旧，莲幽别有香。

◎ 拜甄泽观夷叔像

马洪仕

孤竹辞来复避周，花深不隐向时忧。
或怜绝粟三千岁，九转大河呜咽流。

<small>马洪仕，网名醉翁之意，原籍河北承德，现籍邢台，喜诗文。</small>

◎ 桃花源

苗萍

千载桃源五柳名，堪留一梦慰平生。
朝寻玉露推窗去，暮把金樽秉烛行。
欲扫纤尘云满袖，但题小字韵多情。
人间自是多佳境，柯栏敞庐对月倾。

◎ 鹧鸪天·情醉桃花源

苗萍

也比崔郎醉小桃，花荫十里发城郊。
东风剪剪遗红雨，姝丽翩翩秀锦袍。
春日暖，楚天高，门前魅影正夭夭。
香痕遍绕秋千架，小院清歌按玉箫。

<small>苗萍，南宫市人。</small>

◎ 栾卸小镇三首

王富友

游银杏山谷

碧湖翠柳小荷红，漫步青山淡淡风。
醉我首当银杏谷，林涛飒飒伴莺鸣。

观山溪白鹅

山前笑看小流河，十万白鹅正咏歌。
想必早知来客意，徘徊几度戏清波。

访村民别墅

弯弯石径步匆匆，林媚花娇醉老翁。
自在彩蝶争引路，小楼竟在绿葱中。

◎ 栾卸小镇漫笔

王富友

赫赫名村历日长，排楼秀丽绿中藏。
坡涵鸿运植银杏，家有高枝引凤凰。
昔日满坡狐兔乱，今朝遍野果蔬香。
青川曾洒群英汗，换得银山富裕庄。

◎ 过沙河百里国际自行车赛道

王富友

路在奇花异草间，风光一赏一新鲜。
门临大道常来客，车过芳村别有天。
入眼晴波诗外韵，开心霞彩画中篇。
此方应是江南地，近看澄湖远看山。

◎ 题秦王湖

王富友

重波叠翠秀山川，湖地秋光别有天。
更喜操舟开玉镜，探听兵马剑声喧。

◎ 车过广阳山下

王富友

清溪两岸花，彩舍沐朝霞。
啼鸟房前树，声声百姓家。

◎ 红石沟生态园即兴

王富友

丽园已改乱石沟，花绽葱林掩彩楼。
明月中秋多美景，清风澍雨少闲愁。
时来度假聚亲友，更喜观光戏鹭鸥。
几片轻云盈醉眼，兴来直欲放声讴。

王富友，河北省清河县人。原任邢台市农业开发办主任。系中华诗词学会会员、河北省诗词协会理事、邢台市诗词协会副会长兼秘书长。

◎ 游红石沟

元巨超

早变前年红石沟，芬芳十里向澄幽。
花迷日月冬成夏，果乱林田年在秋。
吟客栏飞樽底月，游人亭醉画中楼。
是谁宁伴山翁倒，懒去六朝邀郡侯。

◎ 大安山赏红叶

元巨超

封峦古寺倚栌嵩，拾级千寻到梵空。
神识分明无色界，何来四极尽成红。

◎ 感文友至邑采风三首

元巨超

一、登五指山

家山已是著秋红，因友乘风五指东。
百啭正朝新凤集，锵锵返赞老梧桐。

二、登广阳山

前贤诚告不虚登，非独广阳开远凭。
善问老聃皆有答，一明恍惚在何层。

三、红石沟

文苑采风多女流，太行顺下百花沟。
秋红今日究何事，千顷赧然低了头。

◎ 太行大渡槽

元巨超

登桥方识大山形，最适详观太白青。
云露源成东灌水，迢迢何苦化为零。

◎ 登广神岩

元巨超

古道没青岑，岩廊掩柏深。
旷门因地势，层殿入玄荫。

檐仁吟星客，洞圆悲世心。
唐风欣未去，雨沐自登临。

◎ 沙河赛道组诗

元巨超

一、感赛事

力把青山换彩装，坦途百里尽花廊。
堪夸当数好儿女，涠水自今胜丽乡。

二、沙河赛道

天险从来数太行，通幽名胜尽羊肠。
而今八达阳关道，羡得七洲车赛忙。

三、观车赛

青霄骤降疾飞鹰，忽做群龙湖畔升。
呼啸已遥云电外，怅留观众上千层。

◎ 三行静峪寺四首

元巨超

一

森林莽莽已成关，老柏新藤交自闲。
古寺已忘何处隐，周环唯峙四平山。

二

水远林高道渐深，寺残像剥面无金。
一眸已尽陋中美，还笑千层不二心。

三

寺南野饮夏初凉，林洒阳光做味香。
弥勒羡吾迟忌酒，尽情为那世情长。

四

大修土木碍闲行，转做森森凉下清。
头上黄鹂终未见，铃音时洒两三声。

◎ 瓮州城

元巨超

瓮城岩似臂环池，凝冽不流瀑落丝。
仰视恰如天做泪，伤看下界女儿痴。

◎ 营房行二首

元巨超

一、营房沟

莲峰尽翠峰，幽壑狭溪重。
阴曲透红日，林高隐赤松。
涛吟时洒句，气袭每开胸。
因反暖晴雪，已无二老踪。

二、边疆岩怀古

扼险兵营悬峭空，残墙断戟诉精忠。
一杯浊酒酹雄鬼，大勇急需烟岛东。

◎ 南五指行三首

元巨超

一、登和尚山

偷得闲心谒石僧，南阴阻雪北阳登。
一程已瞰西天外，尚在琼峰最下层。

二、望茶壶山

登山已是落红霞，口渴身疲漫想茶。
香气氤氲谁可醉，西天远去二三鸦。

三、感和尚问壶

底事山僧对茗求，襄南万里涸源头。
大开自当倾渭水，何必勤勤对赵州。

◎ 丙申收官游

元巨超

一从心迹泯江湖，云水吟纯入画图。
四季风光难揽尽，留山春色伴星孤。

◎ 令公洞

元巨超

太行横断隔天阖，云气西来一洞吞。
人赞令公沧海量，兼容宋室八千孙。

◎ 柳泉游三首

元巨超

一、涌泉池

清浅方塘老柳边，涟纹汩汩隐泠泉。
文思虽羡清波涌，沉意却悲邃百川。

二、荷花塘

偕星皓月隐荷深，清韵浣时自下沉。
除却蛙鸣铃入耳，醉人谁敢做声吟。

三、柳泉驿

古道重游一马先，柳泉驿畔翳人烟。
桃源虽美远山水，三碗醒来好入川。

◎ 秦王寨行四首

元巨超

一、秦王寨

背依群峭恰成关，护寨长河环做湾。
莫道天时资霸业，捷斯地利换江山。

二、感窦王

窦王柱在太行雄，胡不依山傲远东。
一举平戎千戟力，长安不复有唐宫。

三、感广神

一句谎言为救人，谁知得利竟王秦。
易来如是治天下，当识今朝大语频。

四、野餐

深山老到自然荒，冬暖罕逢九未凉。
莫叹广阳凫绝迹，清风酬我不空觞。

◎ 游黑瑙

元巨超

小村远在白云边，轻步日升山顶前。
大美周环三道岭，如今已是一家田。

◎ 游鸡冠山三首

元巨超

一

仙鸡果不类凡鸡，云外危冠群峭低。
长夜沉沉谁早醒，东明全凭一声啼。

二

正冠堪向九霄红，矢志代天鸣日东。
底事不询人道变，百衙羞尔向高穹。

三

我求雄起向天啼，日月嵌镶耀眼低。
从此人间皆朗夜，免于暗里摸东西。

◎ 五仓沟题图

元巨超

五谷尖仓向壑倾，连珠洒下带金声。
玉溪不向人间去，串做九潭为我明。

◎ 北武当山林场游拈青字六首

元巨超

一、北武当山

崔嵬环百里，峰上会神灵。
小殿连高阁，长亭接短亭。
凝檐悬日月，叹柱炳丹青。
莫若直心去，三询太白星。

二、林场林荫道

翠微舒绿屏，再蹈老曾经。
闹市人陶暑，林间杏始青。
仰高芳露气，筛下透身泠。
伊语兄归矣，我留终百龄。

三、林边杏

老根苍劲尽龙形，叶下羞红带雪青。
牵我垂枝终不去，似言人世旧曾经。

四、道旁杏

枝下半红半隐青，春心几度失曾经。
缘来不放七贤去，且待吟时仔细听。

五、鸡狗山

峰前鸡犬已通灵，尽职看山求晏宁。
何事对吾频嘱意，始知不独守神庭。

六、林荫道偶得

我去不需寻冢茔，留丛小草自青青。
纵然来客误芳语，好伴孤明洒夜亭。

◎ 游孔庄峡

元巨超

溯远向西天，千重一顶悬。
直斜光不入，横竖壑交连。
湍缓皆澄碧，合开满荫鲜。
即缘陶意去，不做阮身还。

◎ 黑龙潭

元巨超

瀑垂万刃落幽塘，穿石千年洞北洋。
水墨苔青砭冷气，影中明灭黑龙王。

◎ 月牙峡

元巨超

鬼谷洞天仰月开，筛珠垂瀑落云台。
已然一掬成仙骨，锥子飘飘游说来。

◎ 孔庄峡奇石

元巨超

奇石千姿妙韵丰，赏观把玩细无穷。
疑为六代良师迹，尽蕴花花一峡中。

◎ 游峡等风光

元巨超

长峡久闻上法台，百花迎客竟先开。
最难痴意莫轻改，无限风光我等来。

◎ 游大安山封峦寺
  步韵杜工部《蜀相》

元巨超

华夏灵机世外寻，大安山麓气幽森。
莲开九合将军墓，龙啸双飞菩萨音。
寺隐朝皇先觉迹，碑昭明理老儒心。
紫光来远垂还去，胸敞祥云住满襟。

◎ 封峦寺二首

元巨超

一、西江月·杏园

寺住三春景色，山开百亩花园。
黄莺一早绕林欢，红杏枝枝挂满。
篱内果香四溢，栅边参客环观。
怎能跨越那围栏，还得心中细算。

二、清平乐·无心桥

轻车雨住，林荫无尘路。
众愿寻来通幽处，涉入清溪止步。
寺隐老木森森，紫阁飘绕梵音。
弥勒迎门笑我，过桥可是无心？

◎ 谒范将军墓

元巨超

忠骨藏山麓，其峰自泰清，
单枪驱众寇，孤石也长城。
宁尽汗青节，不为箕豆争。
大安何翠槭，英烈血陶成。

◎ 登广阳山五首

元巨超

一、步冰心悬壶瑙

结伴白云上，春光始出壶。
诚心明旧事，知友析原图。
风雨广阳道，地天高节孤。
复前人路远，返后鸟途无。

二、殷家寨

人指殷家寨，孤松飞鸟前。
折虬横僻野，落节直层巅。
未料今时路，依然做古缠。
但登僧帽顶，环望五千年。

三、广阳山

东上青阶峰外明，西望绿浪画中清。
若非通气真山水，大道何因初此行。

四、悬壶山

悬壶竟是桂垂壶，登顶方知四远孤。
环坐涵光台石上，漫和松影话虚无。

五、老君洞

大道始明时，其情也可悲。
无为传百世，几个无不为。

◎ 雨中陪诸贤游北盆水

元巨超

半老心闲频觅真，山河相转乐为邻。
雨中取道北盆水，浣毕新尘浣老尘。

◎ 龙泉寺

元巨超

禅机得气老龙泉，泉脉源源泽普贤。
盆水静观深似海，岛浮小寺向人前。

◎ 罗汉洞

元巨超

一行问道小湖东，羽士遥遥指棘丛。
迎面赫然罗汉洞，千姿百态示神通。
日忧东远蛟难蜇，岁憾南遥狮尚眠。
愿向新坯倾老意，亟将块块学园迁。

◎ 渐凹行三首

元巨超

一

遥遥龙脉至斯斜，八里闯边尽植花。
千载古村多妙迹，欣然行进举人家。

二

十里绿坡环镇斜，蓄清潋潋向低洼。
明泉五眼终年满，顺石长流百姓家。

三

老葱泉水煮羊汤，循道直飘云外香。
非是山翁诚兴发，此珍实在暖肝肠。

◎ 九龙沟

元巨超

四壁嶕峣潭壑空，环澄绿荫闷龙宫。
是谁厚得真山水，引翼远来沧海东。

◎ 九龙庙

元巨超

前帘瀑隐后帘萝，苍劲九盘危皓皤。
轻问和风调润雨，深山千载那因多。

◎ 甄泽观

元巨超

一

唯将仁悌煮薇纯，道气化来方为真。
恒泽斯民恩法雨，襄南无处不熙春。

二

几人舍得帝台空，孰质能令财粟穷。
大道何来肥泗水，机前谁可告由衷。

◎ 秦王寨观日出

元巨超

暗中叠嵌骇阴森，浩诡寒身悚不禁。
转盼东天燃一缕，霎时灿艳万条金。

◎ 秦王峡

元巨超

一

到此方知绝俗埃，新桥老径尽青苔。
深潭巉峭直相闭，幽洞天光突豁开。
岭外三程还踏濑，林边四望再登台。
石榴相顾笑歪口，那代遗民七个来？

二

积翠通幽入杳冥，多芳多色绝尘听。
垂阴覆至双眉绿，爽气熏成六腑青。
春梦觉时归绮梦，清灵舍却是空灵。
欲醒得意山为我，再乏他乡可忘形。

三

湖边胜景早曾闻，一峡盘深千壑分。
身困日斜穿不出，忽窥峰口豁浮云。

四

罕见春霖绵不停，停时已是满山青。
应她百遍何迟入，入画争如赏画屏。

◎ 春望太行

元巨超

难得新晴信步春，湿山浣体两无尘。
风前林动悟屏假，雨后帘飞知水真。
全是游人全是景，半成亭榭半成茵。
平湖谁造已舟满，可载愚公一缕辛？

◎ 游八里闯

元巨超

春明放目大山东，深闯回穿野棘丛。
偶邀三声云霓鸟，别清一格石桥风。
行趋险处沿溪折，踏至平时汇峡通。
更有午餐能返老，椹枝坠染白头翁。

◎ 广阳醋泉铭

元巨超

太行千山，广阳独名。
无量洞天，惟此最灵。
北有漆泉，隐隙相通。
漉久而畅，彼涸此盈。
水德上善，而趋下行。
长川脉气，一穴汇呈。
尽沥百草，墨绿澄滢。
四气兼备，五味咸融。
滑润清冽，采醴一泓。
掬之泠神，鉴之毕形。
先民食饮，酣然长生。
酿醯益人，始自大明。
祖传道艺，妙手天工。
择物列序，精益求精。
选料赤粟，耕之云岭。
大忌厩肥，专施纯圊。
三时浇淋，全赖天命。
早种晚熟，收则近冬。
碎之百目，三煮三蒸。
醅之定日，嫩醅浆红。
过杓贵匀，上下翻腾。
露底贵勤，以促酸升。
封醅贵严，密不透风。
淋汁贵细，三汇有成。
浓缩控温，大热大冷。
存之六甲，佳酿告封。
绵而不腻，粘而不浓。
沾唇温润，入舌释冰。
熏而微紫，铿而浅红。
净而溢洁，通体清莹。
香超老陈，醇匹保宁。
镇江之甘，永春之功。
香飘十里，气贯长风。
醇醉行客，味迷凡圣。
思则垂涎，含则津盛。
细嚼慢品，食欲倍增。
见肥化腻，消脂宽胸。
入淡益羸，目明耳聪。
芳沁五内，气畅烦膺。
酸敛真阴，甘滋髓精。
至纯祛浊，至微升清。
百脉通顺，一体轻松。
善解诸毒，百菌不生。
瘫痨臌噎，无影无踪。
泽被乡里，惠及百姓。
街坊群戏，九秩玩童。
机逢盛世，国运中兴。
珍赠四海，五州共荣。

◎ 柿外桃源赋

元巨超

夫星灿四围，而拱辰北。政乃挈纲，以兴海内。芳台虽近月于新，人文必得天之厚。世兴先成，荣乎斯辈。盖夫南疆北域，东低西高。若依雄峻，必旁林皋。因涉百里长岭，而仰千峰松涛。源汲太行，泽此十顷乐苑；文系唐隋，标斯一代旌旄。观夫绿篱屏东，彩壁罩外。堤柳周环，路杨连带。回廊穿荫之翠排，广场覆亭于华盖。小院四合之静谧，祥此民安；大街中开而繁华，兆斯镇泰。至其一泓绿水，千眼清泉。洒珠万斛，流莺百篇。潾潾蜿蜒之逝湾，融融渐漓而浮烟。纤手掬云，遍洒百顷之绿；碎玉灌地，盈收五仓于田。逮及柿红挂堤，溪清拂柳。灯朗客前，帘隐人右。乘阴凉之随意，食甘甜于信手。置身柿外，方识之人间青红；融意柳中，永灭乎世上良莠。且复桃开妖艳，气蔚芬芳。环岚一色，围村百行。气染四垂之紫蔼，香溢八达之长廊。似醉似痴，望破三千赤子；如梦如幻，感伤八百儿郎。兼复东华人文，西胜名迹。

客疲遥途，身逸芳驿。大道通太行之巅，小径捷秦湖之碧。夏远防湖光之渴，晨亭满杯；冬归暖山色之寒，晚室围席。诚是前人树，后人园。虽远灵杰，而识泉源。承三世于花果，安万代之黎元。

　　元巨超，网名丛谷遗叟，河北省沙河市人。沙河市人民医院主治中医师、沙河市渭水诗社会员、三人行诗社会员、河北省诗词学会会员。

◎ 登小西天

白根路

蓬莱光景小西天，一片烟云万仞山。
古木含风常带露，高崖无语漫和禅。
路嵌峭壁彩霞里，峰立平芜锦绣间。
信步凌霄重吐纳，我为俗子我为仙？

◎ 秋游北武当山

白根路

青山邀约哪辞忙，腰挎秋风上武当。
岭上松涛壮声色，溪间泉窦捉迷藏。
两峰夹岸合云壑，一线扶梯上石梁。
缓步林前探幽趣，鸟儿领过旧山庄。

◎ 临江仙·登小西天

白根路

今日谁生天问趣？西峰领取风流。步云万仞莫回眸。俗尘方越，人在九霄楼。
　　休道文园多病客，眼前碧叶清流。通灵大觉不言愁。晴光揽尽，含蓄紫毫头。

　　白根路，系中华诗词学会会员、河北省作家协会会员、邢台市诗词学会常务理事、临城山

荆诗社副社长兼秘书长、《山荆》诗刊主编。著有诗集《云水吟》。

◎ 沙河行

任征

沙河八月菊初黄，百里长衢百里香。
云岭新花展嫩蕾，广阳古洞吐重光。
秦王河映秦王剑，红石沟披红石装。
最是蝉房看不足，满山林果秀轩廊。

◎ 沙河太行渡槽

任征

谁引瑶池水，日浇千顷田。
长虹起峡谷，王母亦陶然。

◎ 游秦王湖

任征

水自银河来，潺潺入广阳。
悬崖捧玉镜，飞瀑秀玄黄。
舟拥千层绿，花飘十里香。
秦王留圣迹，诗画话沧桑。

◎ 宋墓丰碑（宋璟碑）

任征

文治武功称大唐，开元贤相出和阳。
忠言屡逆帝王意，惠政深谙百姓肠。
颜氏挥毫碑作史，清君泼墨赋为觞。
德高自有民心在，人与梅花一样香。

　　任征，原任邢台市政府副秘书长、邢台市

诗词协会会长。现任邢台市诗词协会名誉会长、《百泉诗词》名誉主编。

◎ 东川口水库

乔羽

一带山色明镜里，几叶扁舟彩云间。
天惊犹记石如雨，又见鸳鸯自在眠。

◎ 赠孙清贵

乔羽

有土之处皆种树，有山之处尽成林。
蚕桑已超江南胜，夭桃独占江北春。
桃林擎天张华盖，苹果遍地隐诗人。
行者到此莫夸量，葡萄美酒醉众神。

注：孙清贵，邢台县人，当时为乔羽下乡时的劳动模范。

◎ 挑水歌

乔羽

一条扁担，两个青罐。
你说担的是水，我说挑的是棉。
这话你要不信，秋后再来看看。

◎ 歌咏县长王永淮

乔羽

王永淮，像春蚕，年年月月不离山。
春蚕吐丝只几日，永淮辛苦几十年。
他跟群众心连心，人民和他心相连。

◎ 上山种树

乔羽

千军万马进山川，誓将荒山变果园。
桃三杏四梨五年，枣树当年就来钱。

◎ 改造荒山

乔羽

今朝多流几滴汗，造福后代千百年。
想过去，荒山秃岭和尚头。
老天下雨满山流，不是冲了地，就是涮了沟。
望将来，春天花开满山头，秋天苹果香满沟。
你要走路不小心，核桃栗子碰破头。

乔羽，山东济宁人。中国音乐文学学会主席，第八届全国政协委员。代表作有《让我们荡起双桨》《我的祖国》等，著有歌词集《小船儿轻轻》，电影剧本《刘三姐》《红孩子》等。

◎ 登沙河五指山不至

齐荣景

惧高畏险弃攀行，峰下空望峰上亭。
旅友归来说风景，一边后悔一边惊。

◎ 题太行第一大渡槽

齐荣景

长虹横卧际天涯，引渡银河穿紫霞。
翠麓滋田三十里，瑶池捶鼓一村蛙。
欲骑龙背看风景，已陷云头裹碧纱。
东指湡溪出红日，催开次第太平花。

◎ 风入松·游广阳山

齐荣景

进山先拜柳之仙，问道尊前。天空云白山林绿，何处是、无有生缘。老子五千经卷，春秋长入轮年。

广阳高耸入云端，仰望蓝天。于无声处听雷响，似遥远、又在心间。此道谁能悟得，湡河逝水涟涟。

◎ 题沙河市国学文化研究会

齐荣景

国学遭逢世纪门，乘虚西教渐风云。
从来灭族先亡史，自古兴兵必檄文。
樵野欲当匡救任，匹夫敢做治危君。
众筹建馆招贤士，以壮山河万里垠。

◎ 五指山上望秦王湖

齐荣景

出霄五指望秦湖，疑是瑶池入画图。
碧色连山山倒影，粼光映日日沉珠。
含天只为胸怀阔，镶地全因蓄势殊。
我与白云先约定，比肩明镜照相扶。

◎ 北武当山感怀

齐荣景

山蕴乾坤气，四时承旷恩。
走云千乘马，落鹜一霞村。
极顶风无迹，来时路有痕。
如何知武当，浩浩化鹏鲲。

齐荣景，网名木影，原为中华诗词论坛"燕赵风骨"版首席版主。现任隆尧县诗词协会副会长、邢台市诗词协会常务理事、《百泉诗词》副主编、河北省作协会员、河北省诗词协会会员、中华诗词学会会员。出版诗集《追太阳的孩子》，诗词集《东坡竹》《太行吟草》等。

◎ 浪淘沙·咏秦王湖忆友人

齐耀增

碧水映夕霞，独钓浮槎。翠峰倒影见人家。一阵山风挟骤雨，万点珠花。

岁月逝韶华，大浪淘沙。当年率众战高峡。露宿风餐学大寨，意气风发。

齐耀增，河北省隆尧县人，研究生学历。曾任邢台市人大主任，邢台市诗词协会名誉会长、顾问。

◎ 太行春感

朱德

远望春光镇日阴，太行高耸气森森。
忠肝不洒中原泪，壮志坚持北伐心。
百战新师惊贼胆，三年苦斗献吾身。
从来燕赵多豪杰，驱逐倭儿共一樽。

◎ 出太行

朱德

群峰壁立太行头，天险黄河一望收。
两岸烽烟红似火，此行当可慰同仇。

朱德，字玉阶，曾任中共中央副主席、全国人大常委会委员长。十大元帅之首。著有《朱德诗选集》。

◎ 宿太行山中

李树喜

尘世争分秒，山中不计年。
鸟喧人未醒，窗外水潺湲。

李树喜，河北省安平县人。著有《李树喜诗词三百首》《诗词之树》。系中华诗词学会副会长、《中华诗词》编委。

◎ 访沙河静峪寺

李保江

红绿扶春恣肆夸，娇妍明媚映山家。
远峰绝壑惊天宝，近水遥岑赏物华。
唐石清辉风影荡，明碑幽韵月光斜。
菩提妙趣度人性，般若依窗静听蛙。

◎ 沙河桃花源

李保江

还怜细雨当春润，小径香馨有似无。
最忆桃林留浅笑，明眸流转晕红初。

◎ 甄泽观怀古

李保江

登彼首阳采色薇，抱怀守志显光辉。
相逢我亦输贤德，挥手西山雁雀飞。

◎ 登西五指山

李保江

有怀无杖迈峰巅，腰系流云雾比肩。
荒径万条非蜀道，多行一步可登天。

◎ 游五仓峰

李保江

五仓峰上燕儿飞，红石墙青横翠微。
却看炊烟山色远，牧童吹笛唤牛归。

◎ 过王瑙古村

李保江

拐弯抹角醉夕阳，石磨碾过旧时光。
小窗风景依然好，古松树下卧阿黄。

◎ 游西沟

李保江

小桥流水意态闲，犹支红石屋三间。
只听白云与雁语，携友村外望青山。

◎ 登明长城

李保江

此地曾经战鼓隆，旌旗招展在苍穹。
逢人道尽英雄事，满山开花别样红。

◎ 游绿水池村

李保江

烟笼远树雁栖沙，一片升光见晚霞。
照与游人堤岸过，清风竹院是谁家。

◎ 访水磨头村

李保江

小桥流水又向东，槐香缕缕飘风中。
莫说山村无景赏，南峰飞处有青松。

◎ 游渐凹村

李保江

小桥流水绕人家，墙里梧桐院外花。
柳笛齐鸣惊鹤舞，山歌回荡染云霞。

◎ 游桃花源

李保江

桃花开遍君未来，偏惹红颜兀自猜。
细雨只劳堤柳系，紫燕衔泥剪云开。

◎ 红枫山看红叶

李保江

远在深山悦鸟音，身披红霞染层林。
虽遭冷露欺筋骨，却与秋光汇成金。

◎ 梅花公园赏梅

李保江

不向东君展笑颜，凌风傲雪气高坚。
群芳谱里争魁首，我若屈尊谁敢先？

◎ 柿外桃园

李保江

柿外桃园日欲斜，粗茶淡饭有农家。
游人不管谁斟酒，也学陶翁醉菊花。

◎ 柳泉村居

李保江

霞映竹篱绕水堤，一泉分柳两东西。
稚儿呼友村南外，却摸鱼儿弄小溪。

◎ 渐凹煮茶

李保江

蝴蝶翩翩伴彩霞，炊烟升处有人家。
回看屋后储泉水，犹喜香生再煮茶。

◎ 泽丰园赋

李保江

水聚多以称泽，盛大满乃入丰。家之大可为园，人超凡乃入圣。泽丰一意，家园能并，挺陶公之高才，辉桃园而标映。泽形丰韵，堪萃聚于一经；桃花园记，遂播流于万姓。是以世怀淡雅之心，人见淳朴之性。五指翠竹，炊烟静散晨窗；武当菊黄，飘影轻传晚磬。漆泉有声，俱讲佛中之言；广阳布善，足资悟道之证。泽之水也，秦湖之深；丰之盛也，仓满之久。秦湖大坝，经汗水之砥砺，因万民而抖擞。于是乎拦坝建湖，聚河水而崇源，汇山前而平沟。其名也，原石岭大水库；其大也，平方公里有九。乃西峡而寻幽；致湖泊有飞鸥。九曲双亭；势通中极之霄；十里丹崖；云抱秦湖之柳。月上狮峰；恢邢襄之雄风；金猴望日；览秦王而未朽。圣僧送晚；青山拈花而含笑。柳潭落雁；碧水舞袖而凝眸。欣栈道之美景，观牡丹之繁稠。泽丰之氤氲，催红唤紫；对湖水之旷荡，舞鹤翔鸥。若夫当百五日之花信，携二三子而进园。融初熏之春意，去久积之悠愁。于是摆青盏，致玉瓯，注酒声之滚滚，飘饭香之悠悠。遂津生而缓啜，忽情动而难收。因指园谓友曰："饭菜可口，茶香盘喉。酒穿肠道，六脉通透。虽品杯而有醉，皆得一而无悠。固悠闲而雅契，亦何劳乎旁求？"至若耳闻鸟鸣之时，相亲相爱之人。陟斯园而盎然，凭栏柱而随扪。俯身披石，邈焉可掬；摸虾捉蟹，笑声堪闻。鸟栖巢而有定，花近我而成邻。于是酒菜香而紫霭腾，从容待品；幽境迷而本心露，恍惚归淳。因举杯而笑曰："饭香渐去，酒气仍存。若万杯而不醉，犹未失其本真。道蕴动而含静，理淡物而备身。斯会心而有得，暂相忘于形神。"复作歌曰：泽兮水兮，一方翘楚。丰兮盛兮，求道斯睹。进园品食，有甘有苦；忘我观物，孰宾孰主？

◎ 白塔镇赋

李保江

书法之乡，文化韵存。东接新城而成邻，南眺黄虎之岚真。西毗石岗为宝麟，北依黑山之芳林。街巷井然，承三千之店铺，地域丰泽，育五万之淳民。实乃邢襄之奇葩，诚然燕赵之重镇。

白塔形胜，地貌淙淙。受封采邑，道佛敷荣。王母相偎，佛爷颂箜。溪谷三向而三背，山岭五伏而五崇。山岭横亘，连接石岗，宛如兴龙之腾空。交通便利，四纵三横，犹若浮云之彩凤。

养河迥阔，山高水东。水转浅井，分五色而映红；燕戏塔峪，留倩影而排风。下曹古村，傩戏非同。今日故人，秦庄桃花粉融；明朝贾庄，山村竹叶郁葱。对金紫而光动，敲晨钟而声洪；寻沟中之红石，辨唐宗之美功；肃舍利于章村，壮白塔于神通。舒丹霞于石外；含古色于村中。

七彩镇南，恒利堪闻，若夫银杏，荡涤胸襟。望之金黄，寻之有垠。积彩疏脉，摄影之滨。于是才子佳人，时徂南极北，时徂西极东，时出没于后山之阳，时显隐于大楼之阴。或去湖边，或在泉旁，或漫步于西岭墅新，或喜登于楼阁中心。恒利山庄，村有宝瓶之美，凭栏柱而随春。北山顶而突起，迎朝霞而可晨。登跻下临，定于形神。坪草蔚以延绿，银杏美而果新。

望镇西北，下曹之岭，宝晟丽彩，漆泉涛尘。七村之西，有沟红石，盘古开天之艳色，老子传道之奇音。上兴云而滴岚，下激水而瀑珍。沟内湖水，玉带盘绕；沟中农舍，棋布星陈。森林公园，水清石净；百亩花海，树茂草青。潇洒摄影红石，竟显浪漫风情。

若夫观山，陶情适性。顾三关之寨美，散药王之苍青。眺柳园之流水，听马刨之泉声。东有黄虎，山中有灵，沙武交界，泾渭分明。南筑玉石，岩含晶色。蕴人体貌，焕诗兴情。西拜佛爷，俗念除尘。斯山殊小，有仙则名。北靠兴龙，以度来人。南有圣母、真武、都司三庙，北则有仙家、龙神、三官、元君之四祠。

镇域之内，万亩之庭，品类非一，百花相迎。镇内则有樱桃、苹果、仙桃、喜柿、蜜枣、核桃、大杏、葡萄、鸭梨，远望硕果累累，近观山木盈盈。岭上草木皆仙药，有柴胡、知母、槐米、酸枣、祁菊、金银花、丹参，诸药省域特有。枸杞、葛根、银杏、杜仲、黄芩、王不留、天麻，数药燕赵冠名。

草芳三春，樱桃红而立，草莓甘而平。夏来六月，荷花戏波缭绕，莲藕水底纡行。天改桂色，红鱼戏萍出波。瓜果口里细嫩。寒收北陆，冬桃似白雪，喜柿如红灯。

山禽则兔跑狗追，燕舞莺鸣。黑雁叫月，野猪狂奔。彩羽鸿雁，云中排人。绣翼野雉，舞影呼群。斑鸠呼晴，布谷催耕。众鸟振翅刷羽，以来以嬉，来如云集，去如烟空。

今日白塔，蓝天碧波，天垂霓虹。歌舞升平，霞满苍穹；时代庄园，盛世凌云之势；金马开发，经济效益之丰。旧镇改造，镇展市区之形。白塔座跨于两路，店面旁达于四街，道路远畅于两省。恒利应银杏之倾，海生有玻璃之彩。金隅咏宁，多渠道融合；宝晟开发，农产类经营。安仁有限，运行恒速；泰成水泥，经久耐用。国源逐利，凭牧事而破浪；妙珍裨益，借生态以冲风。恒利别墅，获人居之典范；下曹四村，得古村之美称。红石山青，四季有景；宝晟海生，业绩传名。于其时，白塔相望，关阁相属，镇借孝义尚武基建，士仰书法之乡美名，民耕先辈之遗亩，商遵世代之诚信。各行各业者，各得其所，各得其赢。邢襄之美，迹于白塔，沙河之美，在于白塔。今白塔之美十分写其一二，终不可遍举也。

◎ 孔庄大峡谷赋

李保江

开辟鸿蒙，元古梦幻。去市百里，有小西天。五省善庙，道佛同源。地灵人杰，人文萃集之地。道源鹤鸣，仙人辈出之乡。雾中唐寺，佛教静峪首站。建德屯兵，窦王寨墓为祭。秦王游邀，藏兵广阳青山。千年古镇，古物遗落成片。浴沐温泉，身爽神清心甜。地因人显，慌神蛩声宇寰。

进南岭木，心悸魄动，令人悚然。岩壑幽深，绝壁千仞，浓雾弥漫，阴风惨惨！雾里安辨日月，幽深岂见光天。峰回路转，何来天香扑鼻？时方三月，但桃花朵朵，蜂蝶翻飞。芳香扑鼻，金蕊灿烂迷人眼？桃源村前，古木见参天，苍苔老干，枝挂长藓。犹似天公画笔，喜看王母摆宴。奇峰似桃，摆在眼前。

越红门庙，白云出岫，溪唱如弦。凉水有泉，喷出龙潭。三色有石，碑注喉咽。飞流直下三千尺，岂是银河落九天？声如豹啸，心悸魄动。巨龙势欲离潭，鸡血化石般般。

抵达凉水泉，又见兀兀奇观。何来天方怪树？态势磋峨，檀树奇桩，千姿百态。高广丈余，蹲坐成型。鬼斧神工，驱山走海，千百盆景，何其壮观。

登临奶奶极顶，卓然玉立伟岸。俯看群山，抚武当为小弟。瞩目邢襄，乃苍茫之群峦。东观湡水，玉带神女舞练。西仰太行，燕赵山脉发源。北挽碧湖，雪映邢襄一景。南牵青牛，老君仙台炼丹。玉柱峰高，独蟠然而凸显。神猴拜月，遥遥相对山川。其钟神之独秀兮？何造物之有偏。

喜迎八方游子，共赏峡谷奇观。崇岳衍其千峰之峻，巨峡蕴其万壑之涵。而八里峡、映雪湖、南天门、奶奶顶、黑龙潭、媒婆峰、七仙峡、南岭木、玉柱峰、藏兵洞、神牛岭、神猴拜月乃若明珠于皇冠，则媲浓墨之丹青。峭石之形鬼怪，深潭之影渊澄。宇群昭乎千秋之懿，传说布其百事之灵。尔乃斯域幽邃而秀美，险峻而壮观，旷远而苍古，奇特而雄宏。遂小西天孔庄大峡谷，为邢襄之阆苑，燕赵之蓬瀛也。

李保江，河北省沙河市白塔镇人。现任白塔镇政府民政所长，代表作有《农家小院》、《秋日访石榴山庄》等，其中《农家小院》荣获全国现代诗词大赛优秀奖。

◎ 秋日太行行吟

李剑方

巍巍太行，雄冠昆冈。洪炉始开，炼石娲皇。星辰相伴，阅尽沧桑。襟抱北岳，脉连燕梁。精华汇聚，广蓄博藏。繁衍万物，泽被四方。绵延起伏，龙腾凤翔。深植厚德，竞秀穹苍。绿涛葱葱，云海茫茫。钟灵造化，仙境梦乡。江山永固，福祉绵长。壮哉神州，华夏永昌。

李剑方，河北省任县人。中华诗词学会会员。曾任邢台市政法委书记，省扶贫办主任。现任省政协社会和法制委员会主任。

◎ 太行山感赋

李青葆

壁立苍穹气自扬，万山如剑斩东洋。
风云含恨起焦土，刘邓挥师挺脊梁。
日落神州星月亮，戈操陋室父兄殇。
心中有梦不畏险，千里红旗展太行。

李青葆，浙江省青田县人。《诗词月刊》青田工作站站长。

◎ 题太行大渡槽

李勤绍

青峰耸峙绕云纱，天堑飞虹气势加。
涧水深难润荒野，石槽高可渡仙槎。
东迎红日田生玉，西接瑶池浪吐花。
一任政声留热土，丰碑千载共烟霞。

◎ 登广阳山怀老子

李勤绍

一花一树静中观，古洞岩崖别有天。
云借仙风生万象，山因道骨立千年。

◎ 广阳山草帽洞

李勤绍

雨雪风霜侵道台，老君赐帽避天灾。
预留一顶含深意，知我两千年后来。

◎ 眼儿媚·东五指山骋目

李勤绍

大千处处弄虚玄，五指巧连环。云横苍岭，藤垂峭壁，猿啸崖巅。

好奇常把贪心诱，戮力奋登攀。倚岩四顾：神驰绝顶，身陷重峦。

◎ 登北武当山

李勤绍

久慕武当名，今登千仞峰。
重峦浮晓雾，古寺荡钟声。
崖陡藤垂壁，林幽鸟抚筝。
欲穷山野趣，直上望云亭。

◎ 太行山居赋

李勤绍

一

东篱秋色醉陶公，烟雨蘋洲属放翁。
僻野无巢容我踞，太行有隙筑茅棚。
背依枫岭修篁翠，门对松溪流韵清。
最是子岚三五夜，苍山隐隐月朦胧。

二

幽居疏懒忘晨昏，叶落花开冬复春。
雪舞千峰银甲灿，莺啼万壑绿云深。
品茗邀月怡心性，越涧攀葛舒骨筋。
陶令何时如羡我，可来岩下做芳邻。

李勤绍，河北平乡县人。现为中华诗词学会会员、河北省诗词协会会员、邢台市诗词协会常务理事、平乡县诗词学会会长兼《滏漳诗苑》主编。曾任"燕赵风骨"首席版主。

◎ 春探太行

张新华

八百太行春日荣，千沟万壑郁葱葱。
休言陌路君来早，不老青山任客行。

张新华，河北省宁晋县大陆村人。县人大副主任，宁晋县凤来仪诗社首任社长，邢台市诗词协会副会长、河北省诗词协会会员、中华诗词学会会员。

◎ 五仓峰

张益禄

五仓峰奇白云悠，鲜花野果遍壑沟。
飞瀑层叠彩岩上，疑是屯满金谷流。

◎ 山寨古堡

张益禄

石堡雄踞悬崖边，猎猎旌旗伴雨烟。
晓风卷走昨日梦，唯留残垣守青山。

◎ 冶炼遗址

张益禄

开矿凿石震西东，炉火映红綦阳城。
江山须有钢铁铸，辉煌尘封遗址中。

◎ 广神岩

张益禄

虎头做枕象寻门，山环水绕奉广神。
繁茂古松绝壁挂，洞堂紧连九曲回。

◎ 漆泉寺

张益禄

盘踞广阳罩圣光，暮鼓晨钟落秋霜。

泉荡禅韵山涧绕，情浓如漆染梓桑。

◎ 佛岩寺

张益禄

半是庙墙半是岩，古槐虬枝遮龙泉。
或隐或现云雾里，钟声悠扬遍山川。

◎ 秦王湖

张益禄

峡谷幽深树木葱，瀑布垂帘洞朦胧。
十里碧波飘玉带，两岸奇崖展丹青。

◎ 映雪湖

张益禄

绿水如蓝连翠峰，春光秋色景不同。
莫叹冬来帆影远，但看瑞雪落湖中。

◎ 峡沟水库

张益禄

大坝雄壮锁隘关，碧水吟歌动三川。
双崖陡峭相对峙，十里行舟难见天。

◎ 太行渡槽

张益禄

两崖相望千年愁，跨跃险壑梦寐求。
鬼斧神工石槽渡，不尽清波天上流。

◎ 北武当山

张益禄

庙宇巍峨矗峰巅，天桥凌空绝壁间。
求道登攀羊肠道，游客恍若云中仙。

◎ 广阳山

张益禄

峻峰突兀耸云端，山脚河流弹琴弦。
老聃修道崖洞处，凭栏俯仰坤与乾。

◎ 小西天

张益禄

日落霞飞鼎梅峰，柿树高挂万盏灯。
攀岩祈福西天上，共与奶奶摘月星。

◎ 封峦寺

张益禄

峰峦叠翠山溪流，紫云蒸腾沟壑幽。
大安脚下千年寺，晨钟依旧诉春秋。

◎ 观音寨

张益禄

峰崖顶端坐莲花，俯视红尘撩雾纱。
青山未老观音在，普度川寨百姓家。

◎ 娲皇宫

张益禄

宫殿悬挂岩壁间，上接苍穹下接川。
女娲钟爱灵山秀，开采炼石补残天。

◎ 圣母宫

张益禄

群山环绕碧水深，古树参天罩福荫。
秦王降旨香火旺，报得圣母救命恩。

◎ 大裂峡

张益禄

雷霆万钧裂崇山，双壁对峙一线间。
峡上有峡悬石卧，步步惊心别洞天。

◎ 九龙沟

张益禄

峭壁忽开似又封，赫山深处藏巨龙。
欲意腾空翅未展，留恋谷幽潭水清。

◎ 梅花亭

张益禄

池塘如镜映亭廊，御笔书画闪灵光。
历尽沧桑石刻在，梅花绽放满园香。

◎ 宋璟碑

张益禄

石碑三绝傲野荒，龙腾凤翥荡回肠。
情系先贤千古祭，秋雨潇潇落邢襄。

◎ 范子侠墓

张益禄

苍天泪雨洗墓碑，群峰低首祭英魂。
血染太行耀青史，换得华夏万年春。

◎ 明长城

张益禄

连绵起伏接云天，残阳斜照古雄关。
琴泉弹奏千秋曲，风景独秀黄背岩。

◎ 孔庄峡

张益禄

峭壁相对咫尺间，蜿蜒十里入深山。
满谷乱石缘何处，昔日应有惊涛翻。

◎ 册井土地庙

张益禄

庙宇恢宏松柏青，土地镇守南山中。
年年岁岁香火旺，福降三川为苍生。

◎ 绿水池村

张益禄

龙池碧泉小桥边，古楼古庙大树间。
座座庭院红石垒，峰似翠屏三面环。

◎ 渐凹村

张益禄

依山而上叠层层，近看屋舍远似宫。
莫道此为渐凹地，奇美风光在高峰。

◎ 大坪村

张益禄

绿树婆娑白云悠，池塘蛙声扰小楼。
古村坐落石板上，无根无基更风流。

◎ 上申庄村

张益禄

两条古街穿西东，一座拱桥伴雨风。
岁月沧桑多轶事，堂燕绕梁别有声。

◎ 樊下曹村

张益禄

砖青瓦灰宅院深，四面村口矗阁门。
戏楼演绎兴衰史，古槐繁茂冠福荫。

◎ 磬口山

张益禄

气势雄伟形似磬，亘古横在半空中。
常有仙女来弹奏，山壑处处荡回声。

◎ 延庆寺

张益禄

大雄宝殿耀金辉，松柏参天呈墨云。
钟声悠悠心境阔，来雁深情望红尘。

◎ 龙泉寺

张益禄

背靠山峦向南天，上下两院石阶连。
溪水潺潺寺前过，丛林深处藏龙泉。

◎ 石岭水库

张益禄

暴雨倾盆自穹天，岩崩石裂水库悬。
决战洪峰惊魂魄，大坝依旧锁雄关。

◎ 宋墓烟树

张益禄

三绝墓碑映乾坤，松柏苍苍漫烟云。
名相魂兮归故里，皇上祭拜将诗吟。

◎ 河堤晓月

张益禄

拂晓空阔云朦胧，长堤轻荡杨柳风。
一钩残月沉碧水，旭日普照万里红。

◎ 西山积雪

张益禄

昨夜寒风袭梦乡，大雪飞舞皆茫茫。
红花绿枝悄然去，千山万壑换银装。

◎ 梅亭夕照

张益禄

曲径通幽连回廊，梅花争艳古亭旁。
霞光万缕夕阳照，满园春色染池塘。

◎ 唐柏耸翠

张益禄

唐柏苍翠耸云天，绿荫遮蔽半亩田。
石碑铭刻风和雨，梵爱寺内呈奇观。

◎ 温泉清流

张益禄

浮气蒸腾绕峰头，贤客慕名至温州。
洗涤人间疾与痼，但愿清泉永世流。

◎ 龙潭瀑布

张益禄

赫山谷底镶碧潭，始有九龙总踞蟠。
千条银瀑崖上落，恰似玉宫挂垂帘。

◎ 洛阳梨花

张益禄

暮春梨树绽芬芳，世间难得此风光。
游客如潮花似海，故乡洛阳更洛阳。

◎ 锣鼓山

张益禄

浑圆突兀鬼斧工，枫林似火映天红。
战鼓架在绝壁上，谁敢擂响谁敢登。

◎ 梧桐沟

张益禄

两壁相对一线天，石洞奇特深又宽。
五指山峰巍然立，明代长城留残垣。

◎ 张沟古槐

张益禄

两棵古槐齐参天，经风沐雨六百年。
牵系世代苦和乐，绿荫浓浓洒家园。

◎ 大欠瀑布

张益禄

远离尘嚣沟壑幽，峰岩叠嶂藏源头。
千条银练穿石下，溪水淙淙林间流。

◎ 菩萨罗汉洞

张益禄

石桥横跨山路弯，草木深处有洞天。
菩萨慈悲佛光照，罗汉守护展威严。

◎ 千佛岩

张益禄

红石崖下悬庙亭，佛像姿态栩栩生。
山壑空寂云雾绕，远处走来少林僧。

◎ 文谦墓

张益禄

松柏挺拔尽沧桑，神道碑刻字铿锵。
老臣功高耀日月，黎民同祭万炷香。

◎ 璐王碑

张益禄

揭开旧幕抖封尘，字字滴血璐王碑。
大祸突降铜锅碎，丞相后裔落申村。

◎ 册井村

张益禄

槽碾街上人马喧，四面桥阁别洞天。
土地庙里香火旺，古井日夜涌甘泉。

◎ 温家沟村

张益禄

古巷古房绕古槐，辘轳摇醒石井台。
红衣少女街头舞，总与山花竞相开。

◎ 后渐寺村

张益禄

上有清泉下有湖，绿荫浓浓人影疏。
寺庙钟声已渐远，百年石房好如初。

◎ 乔羽故居

张益禄

老宅寻梦始未休，几度风雨几度秋。
情思常伴漆泉涌，喜看花开满山头。

◎ 唐柏碑

张益禄

枝叶繁茂半亩荫，主干粗壮七人围。
风雨沧桑碑上刻，千年唐柏动鬼神。

◎ 檀台

张益禄

君王沙河筑高台，睥睨天下展雄才。
社稷仍须兴与固，铁马萧萧又重来。

◎ 章村遗址

张益禄

台地灰坑见日天，红陶黑陶和玉环。
祖先为谁传宝藏，一等就是五千年。

◎ 苏秦亭遗址

张益禄

茫茫河山任纵横，六国抗秦终结盟。
曾有良计亭旁酿，宰相力挽大厦倾。

◎ 南山牡丹苑

张益禄

阔别庄园恋太行，绽放险处更风光。
国色应融山色里，天香就在云天香。

◎ 北武当山林场

张益禄

油松挺拔叶茂繁，绿荫森森罩峰峦。
霞光尽洒仙境地，林海苍莽连云天。

◎ 大瑙村

张益禄

古村盘踞在峰端，静观白云舒与翻。
遥知众亲红尘去，独有一人能成仙。

◎ 张沟村

张益禄

山坡连绵沟纵横，两河交汇自向东。
炊烟又起夕阳下，柿树枝头万盏灯。

◎ 将军墓村

张益禄

名曰墓地亦为村，几重迷雾几重云。
故土当被鲜血染，但看花红野草肥。

◎ 白错将军府

张益禄

砖墙斑驳古宅深，槐树繁茂承祖荫。
迎风剪雨飞燕至，依旧绕梁话将军。

◎ 卢生祠

张益禄

一座庙宇掩树丛，幸有八仙伴睡公。
不恋黄粱心高远，铁马金戈入梦中。

◎ **梅花公园**

张益禄

轻舟横自拱桥旁，石亭倒映碧水塘。
满园梅花皇家赐，历经千年亦芬芳。

◎ **峡沟村**

张益禄

绿树参天云徘徊，炊烟袅袅柴门开。
三面崖壁一面水，唯借山洞入村来。

◎ **云上人家**

张益禄

山崖顶端坐村庄，白云飘渺绕屋旁。
夜来仙客摘星月，清晨早沐万缕光。

◎ **汤山温泉**

张益禄

汤山深处涌热流，八方宾客聚温州。
洗尽尘世疾与苦，岁月沧桑情不休。

◎ **马峪水库**

张益禄

两崖对峙锁碧流，树影摇曳显清幽。
云缠雾绕梦境里，笛声柔婉自小舟。

◎ **孔庄惨案遗址**

张益禄

魔鬼凶残绝人寰，血流成河尸遍川。
一碑铭刻仇与恨，千峰化剑舞长天。

◎ **西五指山**

张益禄

群山峥嵘岁月稠，风景独秀不胜收。
五指挥动召天下，唤君来我故乡游。

◎ **钟表山**

张益禄

一柱擎天似表针，惊雷骤雨不可摧。
执着围绕太阳转，分分秒秒系乾坤。

◎ **棒槌山**

张益禄

拔地而起耸云天，雄壮圆浑且弥坚。
洗得四面山野翠，棒槌声声伴清泉。

◎ **大瑙云海**

张益禄

大瑙为大亦为高，这边风景总娇娆。
最是云海波涛涌，崇山朦胧似岛礁。

◎ 石岩沟瀑布

张益禄

石沟蜿蜒向顶峰，水流飞泻叠层层。
莫道此间瀑布小，独具神韵别有声。

◎ 埋兵岭

张益禄

春雨潇潇花草新，杜鹃啼血空谷音。
四面青山肃然立，日日夜夜守英魂。

◎ 笔架山

张益禄

红枫似火映蓝天，笔架摆在峻岭巅。
恭候千年唤圣手，绘就万里好河山。

◎ 板栗树王

张益禄

枝干遒劲叶茂繁，傲踞深山擎云天。
历经沧桑仍未老，再领风骚五千年。

◎ 佛祖洞

张益禄

绿树摇晃石洞开，佛祖慈祥坐莲台。
大爱洒向红尘去，千丘万壑入胸怀。

◎ 彭瑙村

张益禄

背靠山峦坐古村，红墙绿瓦沐朝辉。
四周都是好风景，块块梯田块块金。

◎ 红石沟

张益禄

天渠引来碧水流，荒坡野岭披彩绸。
鸟鸣蝶舞秋风醉，千树万树红石沟。

◎ 北盆水村

张益禄

寺庙未老泉未衰，石屋错落树影歪。
谁家闲憩桥头上，绵羊列队出村来。

◎ 渡口川雪景

张益禄

雪花纷纷自九天，银装素裹扮峰峦。
冬来万物皆寂寞，唯有松柏能胜寒。

◎ 杏花庄村

张益禄

沟壑歪斜贯村庄，院落古朴横两旁。
春风相伴杏花舞，漫山遍野飘芬芳。

◎ 秤湾村秋景

张益禄

绿树参天庭院深，阳光洒满小山村。
又是一年秋收展，家家屋顶堆黄金。

◎ 绿水池村红叶

张益禄

石道弯弯景未穷，仙客止步却又行。
折柳观赏池水绿，翻山忽见枫叶红。

◎ 浕水"张家界"

张益禄

群峰如林耸云天，绿枝繁茂挂壁岩。
浕水也有张家界，赏景何须下江南。

◎ 官印山

张益禄

借得鬼斧与神工，大山雕成正方形。
巍巍官印无穷韵，盖在百里画卷中。

注：官印山在王瑙村东，因形似官印而得名。

◎ 南五指山

张益禄

山巅之上又有峰，伟岸奇崛四顾惊。
巨手伸向九天去，拨云破雾缚苍龙。

◎ 秦王峡

张益禄

两崖对峙九曲弯，怪石嶙峋遮洞岩。
螺旋瀑布尽情舞，绿树红花满谷川。

◎ 静峪寺

张益禄

和尚岭连道士峰，龙潭龙泉碧水清。
寺庙相距红尘远，天籁俱寂静与空。

◎ 牛神口

张益禄

野河狂奔出太行，隘口奇险雾茫茫。
神牛至此亦愁虑，不敢入川赏风光。

◎ 南干渠

张益禄

十万愚公战山川，恢宏悲壮凯歌还。
干渠蜿蜒东南向，碧波深深报桑田。

◎ 石门沟村

张益禄

石街石屋石门开，翠峰环绕云低徊。
树影摇晃野花乱，条条溪水山涧来。

◎ 西沟村

张益禄

古村横卧沟壑间，两条溪流荡壁岩。
石屋躲在树丛里，凤凰翱翔绕山巅。

◎ 挂壁公路

张益禄

下接清波上有峰，悬挂丹崖峭壁中。
洞道蜿蜒云深处，忽明忽暗幕幕惊。

张益禄，笔名驿路，艺路，河北省沙河市人。曾任河北省教育厅副厅长。曾在《人民日报·海外版》《诗刊》《诗选刊》及人民网、新华网、搜狐网、新浪网、腾讯网、中国网、光明网等媒体发表诗歌530多首。出版诗集《遥远的山泉》等。

◎ 游王瑙

李金挺

缺位东南寨有仪，红枫鸡冠两峰奇。
绕廓溪水潺缓淌，唤雨山莺自在啼。
人道风光如画美，谁知烽火当年急。
他时若许寻幽胜，快马一鞭柴关西。

◎ 广阳山

李金挺

褡裢西去广阳山，苍翠直插霄汉间。
古道羊肠老树蔽，知州提句峭壁前。
佛光宝刹存三教，澄碧秦湖汇百川。
先圣已乘神兽去，幸留仙洞供人观。

李金挺，邢台市新华书店副总经理。

◎ 春日游太行山

张博生

瑞气氤氲罩太行，清泉潋滟润山庄。
山花簇簇戏姣女，鹭影翩翩醉紫阳。
翠柳临风增秀色，青松沐雨见刚强。
峰高自有羊肠路，看似崎岖通八荒！

◎ 太行秋韵

张博生

奇峦险壑千峰秀，霞蔚云蒸万谷幽。
遍野红灯悬柿树，满山绿果挂高楼。
苍竹劲柏雯间绕，碧水银泉石上流。
明月清风眷故土，高歌一曲太行秋。

张博生，山东聊城人，高级工程师。邢台市城市规划学会副秘书长。河北省作家协会会员、河北省诗词协会会员、中华诗词学会会员。

◎ 望远

陈耕

面向太行山，心思银河天。
愿做一颗星，好风送行远。

◎ 思念

陈耕

户外语声脆，如闻故友音。
出门追身影，方知是他人。

◎ 清明

陈耕

凤舞梨花又清明，游子偷闲出京城。
四野春色无心顾，千里故园祭祖陵。

◎ 远征歌

陈耕

只身河西故乡遥，石油与共乐魂销。
世人皆说江南好，吾愿远征关外老。

陈耕，字子成，河北省沙河市人。曾任中国石油总公司总经理、董事长。出版有诗集《拾闲集》。

◎ 读家谱感言

陈子文

古槐繁茂映云霞，荫庇千秋稽读家。
代代标新尧舜日，清香缕缕遍中华。

陈子文，中共党员，安河村人，中学高级教师。

◎ 夜读

陈国和

代代哺育薪火传，捧读家谱泪潸然。
三晋漂泊浮笔底，太行耕织到灯前。
踏平苦难成坦道，挑尽忧愁铸铁肩。
披衣拍栏仰天望，银河横天正灿烂。

◎ 游梅花公园赏红梅

陈国和

柳未泛绿草不孽，冲寒怒放清晨雪。
疏条瘦萼铜铁枝，嫩瓣鲜蕊胭脂色。
壮如普罗盗来火，烈如文水铡下血。
力斡春回东君处，万紫千红颂恩切。

◎ 咏梅花公园蜡梅

陈国和

条条疏枝静晨昏，串串风铃挂黄金。瑞雪飞舞添俏气，万木枝秃衬坚贞。冷艳断续送香气，铃声隐约出霜唇。生不争时开三九，居不择地处荒滨。自恃才貌睨邪曲，心怀耿介让秋春。不赖东君排座次，傲骨刚肠立冬辰。

陈国和，中共党员，安河村人，中学高级教师。

◎ 伯夷叔齐颂

陈逸卿

山河陵替，孤节铭世。
元亨利贞，汉家门第。
得贵者人，兴周者势。
操守可持，大川难济。
一脉遗风，传诸旧制。
殷鼎铭旌，德循谱系。
生发者根，固芳者蒂。
大木仪仪，永垂荫翳。

陈逸卿，辽宁锦州人。有诗集《澡雪集》《逸卿辞赋集》即将出版。

◎ 过太行山书怀

陈毅

太行山似海，波澜壮天地。
山峡十九转，奇峰当面立。
仰望天一线，俯窥千仞壁。
外线雾飘浮，内线云层积。
山阳薄雾散，山阴白雪密。
溪流走山谷，千里赴无极。
清漳映垂柳，灌溉稻黍稷。
园田村舍景，无与江南异。
我行半中国，廿年不暖席。
五岭度三载，罗霄岁余寄。
武夷品新茶，仙霞曾游击。
突围到章贡，埋伏到九嶷。
黄山观云海，茅山竖战戟。
风驰万壑开，云卷千峰集。
殊多友姿态，林泉更幽僻。
此日见太行，险峻称第一。
我初入山来，麻田度良夕。
六年战平原，山居睡沉寂。
朝来启户牖，山光照四壁。
迎面仙人峰，侧观似飞骑。
又似南面朝，又似相让揖。
又似张锦屏，榜题挥彩笔。
又似三人会，俯首方对弈。
又似故友逢，抵掌谈昔昔。
众山齐南向，万马奔飞檄。
忽然一转折，昂首与天逼。
相看长不厌，万幻数难悉。
因念抗战中，华北阻寇骑。
平型雁门捷，阳堡显奇迹。
妙峰战北平，冀东敌逃逸。
大军出雄关，满蒙斧初劈。
东进抵渤海，齐鲁喜洋溢。
南进战苏皖，淮泗波涛激。
西征向郑洛，中原撑半壁。
江淮与河汉，四望红旗立。
南去海南岛，珠江风暴急。
敌后三战场，驰骋羽书疾。
决策赖延安，太行天下脊。
一九四二年，苦战破铁壁。
主力与民兵，敌军尽战栗。
始知不义战，厥功永难毕。
人心有向背，所到皆振臂。
政治尊民主，联合定大计。
经济重生产，首事减租息。
文化归大众，工农兵统一。
民间艺术源，提炼显神迹。
教条毒害多，新旧皆有弊。
惟在实践中，创造合实际。
请看解放区，人足家自给。
盗匪告肃清，乞丐无处觅。
稼墙与工商，生产事蓄积。
在在无贫乏，耕三而余一。
大同尚有期，小康已中的。
华夏五千年，治隆谁能匹？
以此言抗战，到处破强敌。
以此言建国，扫除苛政迹。
可怜顽固派，摩擦空费力。
可怜敌与伪，泥足危岌岌。
人民革命军，狂潮如卷席。
沛然谁能御？四海望宁一。
辛勤四年来。收功在近纪。
　　吁嗟乎！
黄河东走汇百川，自来表里太行山。
万年民旅发祥地，抗战精华又此间。
山西在怀抱，河北置左肩。
山东收眼底，河南示鼻端。
长城大漠作后殿，提携捧负依陕甘。
更有人和胜天时，地利攻守相攸关。
创业不拔赖基地，我过太行梦魂安。

　　陈毅，字仲弘，四川省乐至人。中国十大元帅之一，曾任国务院副总理兼外交部长。著有《陈毅军事文选》《陈毅诗词选集》《陈毅诗稿》等。

◎ 题太行红叶

杨庆凯

一

万木枝头试斗葩，美如锦绣灿如霞。
太行难忘三秋日，霜叶红于二月花。

二

正是深秋九月时，漫山枫叶竞新姿。
且看流彩飞丹处，一片深红一首诗。

◎ 古郡桃花源

杨庆凯

一

三月谁倾酒几瓢，千枝万树尽妖娆。
浅红初上女儿面，羞煞西施并二乔。

二

日丽风和柳叶新，桃源十里火烧云。
莫言仙境无寻处，此地恰如武陵春。

杨庆凯，河北省平乡县人。曾任平乡县人大常委会副主任。现为平乡县诗词协会名誉会长、邢台市诗词协会常务理事。

◎ 浕水梅情

王应民

千年浕水润新芽，玉骨冰姿清气佳。
剪取仙宫一段锦，妆成宝地百重霞。
东川御笔随人事，高殿臣心转岁华。
道是今朝春更好，人人争与赋梅花。

◎ 咏小西天

王应民

曲水重山绝世尘，佛光普照复冬春。
雨虹似画依山挂，晴雪如诗带水吟。
一片毛石千古趣，几株血树百年魂。
但凭身手凌绝顶，俗子翻为天上人。

◎ 咏沙河北武当山

王应民

耸峙奇峰破九重，堪于此地上天宫。
真君布道传说在，大帝传经古道通。
紫气深林卧白虎，红光绝顶起青龙。
临风俯瞰三千里，可悟玄机一梦中。

王应民，秦皇岛市抚宁区第九营村人。现任抚宁区老年大学诗词教师，抚宁区诗词学会副会长、《骊城诗词》编辑、中华诗词学会会员、秦皇岛市优秀诗人。

◎ 游沙河孔庄大峡谷

张少崎

幽幽峡谷登天路，异景从来引客寻。
疑是乾坤劈两段，应愁奇险慑千魂。
一线青天成野趣，几潭静水沐凡心。
忽逢境外桃花笑，十里春风接彩云。

◎ 题秦王洞

张少崎

往事悠悠千古梦，当年烽火记封侯。
皆因此洞临明主，才有大唐美誉留。

◎ 题广神岩

张少崎

由来何故广神岩？道主曾经救圣贤。
积善恢宏通野陌，施恩浩荡遍关山。
三堂老子读书处，一井甘霖引客泉。
更有玲珑盘古柏，巍然郁葎耸青天。

◎ 题小西天

张少崎

堪比蓬莱游客醉，人称仙境小西天。
奇石百态奇峰险，古木千姿古寺悬。
泉水潺潺滋血树，山花灿灿笼龙潭。
秋霜红叶题诗处，如梦如痴不记年。

张少崎，河北省秦皇岛市海港区石门寨镇顺城街村人，中学高级教师职称。秦皇岛市诗词学会理事、中华诗词学会会员、中国楹联学会会员。

◎ 临江仙·栾卸的银杏

王英革

栾卸山间银杏好，羽衣惊艳流金。不凡神韵已光临。百年修上品，一念记初心。
曾是春风吹绿户，南枝常住鸣禽。白云明月也来寻。时光观底蕴，过往显胸襟。

◎ 杏花天·秦王湖空中牡丹

王英革

杨柳婀娜东风暖，赏花去、呼朋引伴。跋山涉水初登岸，惊艳牡丹璀璨。
簇簇倩，紫柔粉软；<u>丛丛</u>香，沁心醉面。芳姿雅韵情款款，幽谷吉祥弥漫。

王英革，河北省巨鹿县人。中华诗词协会会员、邢台市诗词协会副秘书长、常务理事。现为"燕赵风骨"版主，《百泉诗词》编辑。

◎ 沁园春·沙河风光（新韵）

孟耕文

锦绣沙河，琳琅满目，五彩纷呈。看茵茵芳草，苍山翠翠，微微细浪，秀水盈盈。南北莺歌，东西燕舞，京广横穿路路通。
梅花赋，有乾隆御笔，魅力无穷。风光远近闻名。休闲处、怡情到此行。立秦王湖畔，清风缕缕，老君台上，香火腾腾。宋璟家乡，文谦故里，明代长城气若虹。赏奇景，望云天一线，绝壁双峰。

◎ 沁园春·情醉桃花源（新韵）

孟耕文

三月桃源，四海宾朋，十里小村。
赏东坡美景，玲珑剔透，西湾秀色，五彩缤纷。婉转莺歌，呢喃燕语，百草如茵万象新。悠悠趣，在花<u>丛</u>里觅，紫陌中寻。
欣欣大地回春，放眼望韶光总醉人。胜蓬莱仙境，撩思惹绪，琼阁玉宇，绕梦牵魂。丽日当空，清风拂面，袅袅岚烟飘入云。通幽处，享安恬静谧，爽目怡神。

◎ 题太行大渡槽

孟耕文

神韵云缠雾笼纱，凌空曼舞映朝霞。
丹青妙手描风采，鬼斧神工造物华。

二岭联姻圆美梦，一桥牵线富农家。
潺潺流水撩情趣，笔下欢腾泛浪花。

◎ 登广阳山
——步韵和国印周老师

孟耕文

清风相约慕名来，踏着霞光上九陔。
望远纵情将影摄，登高随意把云裁。
神坛袅袅紫香雾，仙洞幽幽长绿苔。
鸟在耳边喃细语，悠然自得笑盈腮。

◎ 浣溪沙·游北武当山

孟耕文

悦耳声声翠鸟鸣，清风相伴慢攀登。悠然宛若画中行。
霞蔚云蒸烟袅袅，莺歌燕舞水灵灵。一花一草尽含情。

◎ 畅怀五仓沟

孟耕文

神仙也羡五仓沟，七绕八缠曲径幽。
青翠一山迷俊鸟，芳菲十里醉清眸。
白云袅袅空中舞，绿水潺潺脚下流。
惬意和风轻拂面，频撩雅兴纵情讴。

◎ 游秦王湖

孟耕文

波光潋滟趣无休，相约闲云结伴游。
小棹轻摇寻远古，诗心随着水前流。

◎ 大安山赏红叶

孟耕文

谁把丹枫信笔涂？西风泼墨画廊殊。
诗心醉在安山上，情也痴痴意也酥。

◎ 过封峦寺

孟耕文

曲径通幽气宇清，远离喧闹远离城。
参佛问道听禅语，醒世晨钟暮鼓声。

◎ 题北武当书院

孟耕文

书香缕缕系情缘，墨韵盈盈把梦牵。
难得赊来闲半日。不知不觉醉颠颠。

◎ 柳泉驿（新韵）

孟耕文

古驿重游胜似仙，散心遣兴好消闲。
花香鸟语添情趣，掬捧清泉满口甜。

◎ 踏莎行·映雪湖拾趣

孟耕文

婉转莺歌，翩跹燕舞，云霞相伴悠闲渡。盈盈秀水叩心怀，轻轻笑语惊鸥鹭。
一派风光，万般情愫，恍如误入瑶台处。半湖烟雨半湖诗，千重碧浪千重趣。

◎ 孟石岗村

孟耕文

亚圣遗风处处扬，追随先祖耀家乡。
仁德作本传村久，礼义为天继世长。

◎ 李石岗村

孟耕文

玉宇琼楼扮靓村，欢歌笑语喜盈门。
新天新地新风尚，鸟语花香紫气临。

◎ 南石岗村

孟耕文

一片生机满目新，欢天喜地度光阴。
谁不说俺家乡好，振业兴村富庶民。

◎ 刘石岗村

孟耕文

文明久远好村风，十里八乡誉美名。
东有小桥三拱秀，西邻碧水一池清。

◎ 后石岗村

孟耕文

周边环路地生金，村落居中聚宝盆。
戮力同心图大业，扬鞭策马小康奔。

孟耕文，网名亦风，邢台市文化交流协会沙河分会副会长。作品散见于《中华诗词》等全国各地报刊。

◎ 春到秦王湖

孟庆菲

群山着绿列侍卫，秦王捧出酒一杯。
牡丹艳妆接远客，琼浆玉液迎春归。

◎ 老君台秋色

孟庆菲

寻胜远上广阳山，古洞仰望半空悬。
欲睹道祖修经处，漫山红叶醉流丹。

◎ 梅花亭赏雪

孟庆菲

雪落亭园天地白，宋相梅花玉壁开。
当年弘历亲挥毫，今朝墨客寻诗来。

◎ 鹧鸪天·太行渡槽

孟庆菲

一桥仰望横碧空，登临始见游银龙。东望昔日黄土坡，遍野铺绿禾苗青。观奇景，忆英雄，当年苦干抒豪情。巨石万块筑天梯，茧手铁臂出神工。

◎ 凤凰山铁矿览胜

孟庆菲

凤凰山上寻凤凰，凤去名留地呈祥。
千年孤村涌新人，万古荒岭献宝藏。
车辆穿梭凰尾舞，井架扶云凤首扬。

钢铁铸出新华夏，凤鸣凰舞看回翔。

◎ 水调歌头·登老君台

孟庆菲

昔过广阳山，今登老君台。眼收渡口山川，脚下春云白。悬崖奇石嶙岣，山壁鸟语回荡，桃李天际开。岩洞访传说，道君安在哉。询众口，问壁画，觅诗材。

煤祖播煤地下，神话传千载。作恶祸世遭咒，造福于人收敬，人心是仲裁。先哲留胜迹，游客拾阶来。

◎ 西河·太行山览胜

孟庆菲

峦峰高，巍峨直插云霄。碧空红日山下雨，正好登眺。层层石阶上天梯，送人攀登虹桥。望辽阔，数英豪；韩帅魏武牛皋？抗日军民歼倭寇，地动山摇，柱天峦峰矗丰碑，独领人间风骚。风光春游最窈窕。丛林翠，莺飞歌飘。游人队队如潮。览今忆昔，先烈丹血，染得山花分外娇。

◎ 车到下关

孟庆菲

绿野乘风送远山，车到下关不见关。
欲寻昔日歼敌处，唯见大路平又宽。
两旁丛楼比高下，夹道百货赛时鲜。
当年先烈战血红，染出今朝艳阳天。

◎ 木兰花·参观刘石岗乡中教学楼

孟庆菲

昔日矮挤执教地，巍峨层楼拔地起。
攀登累出一身汗，参观看满两眼喜。
当年激战歼顽敌，鲜血已酹奠基礼。
一代新人任更重，要让先烈听笑语。

◎ 玉楼春·车过梨花村
　　　——兼寄从海同志

孟庆菲

北行车过梨花村，故地重见触目亲。
忆昔日晚夏锄归，草篓如山不见人。
昔日创业人儿勤，茧手要换新乾坤。
人面梨花两不见，雪压大地白如银。

◎ 虞美人·长相忆

孟庆菲

春到梨乡花满地，令人长相忆。粪担如弓歌声脆，梨园走出风华新一辈。梨果随着春风长，扁担挑理想。秋风邀我进梨园，谁料三十年后心犹甜。

◎ 寄从海

孟庆菲

三十年前一段梦，白发揩之亮如镜。
花木河水润文渴，石岗电灯照诗兴。
挂牌遥闻开发部，卧病等读《梨花颂》。
金菊何曾喜秋萧，清香敢与梅比浓。

◎ 宋璟碑

孟庆菲

遥看一碑立势峨，千年风雨未摧磨。
石坚缘自人忠直，字永情因笔不阿。
宋相峥嵘皆敬重，颜书浑厚总临摹。
莫言双绝世间少，自古冀南名胜多。

孟庆菲，沙河市孟石岗人。中华诗词协会会员，2011年把《山教词》《读史札记》《夕照吟》三部诗词稿合编为《晚霞韵语》出版。

◎ 广阳山（二首）

郑力

万灵呵不起，猛志与谁言。
欲抱穹天去，苍山伫古原。

天披云作壁，山举日为梯。
抟土真无用？空持暮影低。

◎ 小东沟村

郑力

悠然隐士家，不用种桃花。
种得云烟去，山高日影斜。

◎ 小东沟村后登山

郑力

不去凡尘外，空望云汽清。
欲凭高绝处，先自俯身行。

◎ 王瑙村

郑力

岭下闻鸡犬，凭高不见村。
层田如浪举，暖树作云屯。
镂户花无谢，巢泥燕有痕。
负暄才过午，闲里说儿孙。

◎ 漆泉寺故迹（三首）

郑力

薄暮循幽径，停车读古碑。
鸦回无寺火，僧去有村炊。
一掬泉亲我，相期山与谁。
何睁天眼看，高挂月如眉。

照雪残垣念尉迟，如何龙象付巢枝。
若教无寺人参去，不枉泉清似旧时。

记得初唐布金地，残阶岁久掩蓬踪。
积林雪色随山起，山影谁持问玉龙。

◎ 沙河采风途中口占

郑力

彩蝶莫怜花事晚，桃花不去杜鹃迟。
太行川寨随君访，处处风情四季诗。

◎ 《塔子峪村古槐》题

郑力

历劫皴深犹不悔，经冬雪抱却无情。
蚁藏龙隐凭谁问，要待春雷唤一声。

◎ 渐凹村

郑力

松禽与世两无涉，只有高村住影时。
漠漠云生烟火色，斜阳带岭去迟迟。

◎ 春游王瑙村

郑力

尽日催春春却懒，清明过了燕才飞。
梨花风与杏花雨，藏到山村不肯归。

◎ 渡口村古醋坊

郑力

古道春风广阳下，鸡鸣只复起耕桑。
槐花簌簌吹成米，酿出山家米醋香。

◎ 登东五指山观秦王湖

郑力

秦王战阵眼前开，猛嶂雄峦各使才。
旷代闲愁谁顾我，翠簪一缕束青来。

◎ 甄泽观拜伯夷叔齐二贤像

郑力

其一

此生误我尽萧闲，世事何当垂拱间。
只恨途穷无去处，夷齐尚有首阳山。

其二

不见武王能下士，后人一例置清评。
独怜五百秦儒骨，哪共夷齐留姓名。

其三

歌邈卿云尧舜远，空留河洛解人稀。
凤鸣鹿逐王图继，龙隐麟殇吾道非。
弃国于时悲不遇，履忠自古慕同归。
千年甄泽神仪在，多少功名愧采薇。

◎ 范子侠将军墓

郑力

炮火连天挺进东，荡倭百战想英风。
苍山于此留忠骨，晚霞红作战旗红。

◎ 大安山红叶

郑力

山欲成云云欲燃，遍摇火树不飞烟。
拈花千载封峦寺，唤我同参红叶禅。

◎ 石盆村

郑力

远近鸡声报晓联，农时催起北窗眠。
流花处处清溪水，早把桃源世外传。

◎ 柴关乡山中见牧羊人

郑力

一径萦回嵌壁深，千山不裹晓寒侵。
飘然几点白云去，只叠枫崖无处寻。

◎ 访静峪寺（二首）

郑力

一

始出红尘半世违，白云先我访禅扉。
檀黄桑紫知人意，为道春阴更晚归。

二

百里峡清藏古寺，垂衣花雨袅纷纷。
天龙邈作潭中影，石燕翻为洞底云。
迹往开元寻殿瓦，碑从万历辨苔文。
息心但在安禅处，不用深山隐鹿群。

◎ 广阳山

郑力

大道何寻玄牝里，只教千载说无为。
挂冠世外谁能见，垂拱朝中未有期。
日举赤岩光射紫，春浮白水夜悬箕。
此来我亦出尘客，不欲穷经学仲尼。

◎ 大坪古村

郑力

小村漠漠春才扣，农历徐徐石径斜。
犹见梅窗栖老蝶，凭深石臼落槐花。
牛犁长没垄头草，蚁迹还萦梦里家。
暮色漫持孤旅去，也随尘海涉无涯。

◎ 北武当山

郑力

天台缥缈居真武，骑鹤一飞鸣九天。
雷引青云参百箓，霞蒸紫气洗千川。
松阴但枕北窗际，石髓由生太古年。
尽问三丰成道处，尔来兴废只如烟。

◎ 西园故居

郑力

箪瓢幸与此衡门，傍得绳衣柳半髡。
总为书多怜睡晚，不妨月好代灯昏。
专城守过雪非扫，长者车回青有痕。
最喜春深来旧燕，雨寮新补护雏温。

◎ 雨后太行山中

郑力

未破鸿蒙何有世，若行人后岂留踪。
凭谁商略浮生里，却置云山又一重。

郑力，邢台市人。承社、邢雅诗社社长，"兴雅杯"全国近体诗大赛创办人。参与编辑出版有《国诗》第一辑、第二辑。

◎ 九龙庙沟

王军平

紫烟升野涧，石磴接岩扉。
龙已化无际，松多列百围。

红颜催皓首，静处坐玄机。
但觉清风老，疏钟况久违。

◎ 和群主及诸诗友登五指山

王军平

穹庐极长目，乾坤未掩藏。
悲时弹剑铗，避世锁诗囊。
今古烟霞色，浮沉寒木香。
何如尘外月，与我两相忘。

◎ 丙申岁腊月十七日随群主及诸位诗友北盆水采风有吟

王军平

（一）涌泉庵

残垣断壁匿空王，夔龙凤吻旧碑廊。
比丘已死烟尘里，唯有清风比日长。

（二）马趵泉

古寺泉清洗劫灰，人传神骏一蹄开。
池旁老柳如蒿木，也吊英雄去不来。

（三）令公洞

苔锁藤缠幽壑长，洞中不见旧刀枪。
白云若解诗人意，日日乘风来上香。

（四）奇石峰

一石飞来意未央，幻缘造历小沧桑。
我来亦是空空者，读到红楼第几行？

◎ 和群主及诸诗友游西沟芦花四首

王军平

（一）

望里云台百尺楼，崖悬越剑并吴钩。
芦花一地风吹散，天下英雄几白头？

（二）

雾隐荒村已半分，芦花飞起雪纷纷。
欲叩柴扉苔落锁，不识当年刘使君。

（三）

秋水涵光碧绝尘，芦花吹雪静如身。
不知何处可归隐，到眼谁为饮犊人？

（四）

菊花落尽又芦花，萧寺西沟事事赊。
但得天开明镜日，与君载酒泛诗槎。

◎ 游石盆村二首

王军平

（一）

瓮州幻境几重门？门对梧桐沟下村。
日照青峰金作印，月涵碧水玉为盆。
满庭松竹动朝雨，十载功名卧晚曛。
但得筵开多美酒，知君也是旧王孙。

（二）

雪泥鸿爪两空空，歌舞楼台竟绮情。
弦上宫商传绝色，樽中红绿酹浮名。
千重萧瑟几重月，数座云山半座城。

知是惘然难自已，且凭浊浪杵疏钟。

◎ 秦王湖桃花源三首

王军平

（一）

雨后清池漾碧波，天然一镜倩谁磨。
鱼游身下不相去，数我胡须白几多？

（二）

闲住桃源四十霜，浮名与我已相忘。
近来何事消磨久，瘗鹤铭文一两行。

（三）

嵩云秦树两相高，河北江南各寂寥。
吟尽愁思不肯去，蜻蜓沾水上眉梢。

◎ 雨中登封峦寺

王军平

爱那数枝松，摇来点点鸿。
雨浓仙掌翠，山合野烟空。
有径苔滋寺，无尘泉落蓬。
且看桥上客，归意几朦胧？

◎ 太行题图

王军平

太行雄万仞，气迥此梯闲。
上以窥云汉，下临勾地环。
壮哉随俯仰，险也任登攀。
相与鲲鹏翼，扶摇宇宙间。

◎ 甄泽观二首

王军平

其一

渐去樊笼远，悠然得静安。
登楼观宝札，听露落金盘。
九转丹砂老，数重桑海难。
还看清绝处，有客坐旃檀。

其二

黄冠栖隐地，法脉溯长春。
殿耸月斜出，庭之道逆人。
千年留本性，一觉忘浮尘。
欲解神仙事，听风过北宸。

◎ 论剑广阳山

王军平

（一）

尘缘聊结此，仙客岂能逢？
山锁月中月，人来峰上峰。
才知心有宿，复觉道无踪。
最爱修行处，飘飘几杵钟。

（二）

广阳穷万仞，天地一悬壶。
日月鉴明镜，烟霞遮壮图。
平湖遥济此，论剑又何孤？
碌碌红尘里，凭人说有无。

（三）

台荒存壁垒，径远绝红尘。
本是风流客，成为草莽人。

丹心酬故国。老泪洗清贫。
忆得甲申事，寒生剑气频。

（四）

今上漆泉寺，来抛俗累身。
古泉围瘦石，断壁隐荒榛。
有佛皆空相，无花却近春。
抚碑寻旧迹，一字一沉沦。

王军平，号六脉神剑，沙河市王窑村人。自由职业者。河北省诗词协会会员。诗词曾入选《2018年诗词日历》等著作。

◎ 鹧鸪天·游孔庄

李军兴

丁酉初冬，携友游孔庄，寻"秦王李世民旧迹"，太行形胜，苍山如海，追古抚今，有感：

邑西牛口峙雄关，暂把洺水移河南。
千载风流怀盛世，秦王洞口几盘桓。
察今古，慕英贤，勇向刀丛战烽烟。
指点落日苍茫处，江山壮美胜旧年。

◎ 题红叶

李军兴

重阳何太急，西风吹送至。
绿叶赖温生，也知深秋意。
山川迎寒凉，草木向枯凄。
我虽远春色，斑斓染天际。

◎ 雾笼千山

李军兴

雾笼千山，缥缈若仙。
楼宇亭树，忽隐忽现。
塘池镜磨，柳丝垂悬。
好鸟对鸣，知在谁边。

◎ 咏蜡梅

李军兴

梅英潄潄度流年，一树峥嵘百卉残。
满苑扶疏待阳发，惟君展俏搅春寒。
水边杨柳惭新貌，镜里霜丝愧旧官。
天地生机不停歇，勿庸微末作愁叹。

◎ 沙河长城杂咏

李军兴

山高沟深埋荒径，数道岩上览长城。
凉风聚谷穿林壑，野雉惊起驻步声。
双峰对阙争往昔，一截石墙隔西东。
强使郭进演明剧，不啻关公斗秦琼。

◎ 燕歌行·秦王峡

李军兴

夏日融融夏时长，正午飘雨夜未央。
平明晨练意不尽，相约挚友登太行。
坐乘迤逦向西去，洁云迎迓似南翔。
壑底有声因天籁，峰高肃首为朝阳。
山势嵯峨无岐路，斗折蛇行信步量。
绿叶满川耀翠色，春花虽逝草木香。
勿须籍名声亦远，壮美湖山自流芳。

李军兴，沙河上关村人。现任沙河市安监局副局长、党委副书记。

◎ 登广阳山

梁剑章

凝望绵延何惧艰，秋风喜览向高攀。
岭虽不峭石阶陡，步趁初黄童趣顽。
狭路相逢分左右，朱栏小坐数回环。
登临曲径通幽处，穿过香台又一山。

◎ 水调歌头·广阳山

梁剑章

广阳山，位于邢台沙河市渡口村北，主峰海拔718米，唐代曾列为皇家寺院，儒、释、道三教并存，是中华道教名山。

才渡秦王水，又踏广阳山。午后秋光斜照，满目景斑斓。远近峰峦叠翠，上下红黄起舞，高顶聚鹰旋。渼水河边矗，千载数云烟。

挤人流，穿石路，勇登攀。皇家敕院，儒释道教得齐全。老子修行圣地，赤脚骑牛知县，碑刻记沧年。小径通幽处，香火伴温泉。

◎ 秦王湖

梁剑章

秦王湖，面积约9平方公里。位于邢台沙河市西部山区，原名东石岭水库，始建于1969年。

登临高顶览风光，十里清流美画廊。
水绕方田红绿近，山环曲径蝶蜂香。
层层晓雾随船远，对对飞鸥趁雨凉。
几缕炊烟弥漫处，闲翁向客话秦王。

◎ 燕春台·东五指山

梁剑章

沙河东五指山，又称五指灵山，海拔873米，因其山头近似五指而得名，位于沙河市后渐寺村东，地处秦王湖南岸。

秀美沙河，秦王湖畔，久坐五指灵山。绿野浓阴，层层环绕梯田。飞鹰翠鸟盘旋。喜耕牛、小狗悠闲。柴门石屋，紫藤秋果，世外桃源。

身心未老，意志犹坚；握栏扯链，向顶登攀。危崖峭壁，深留叠叠红岩。百步云梯，绽莲花、一线高天。揽峰巅，无限风光下，忘却忧烦。

◎ 题大坪古村落

梁剑章

石碾石磴石砌墙，幽街窄巷数苍茫。
飞檐翘角刀锋美，立柱方椽油漆香。
门对青山常作伴，身依大树好乘凉。
何时得借乡愁地，再作心中诗赋章。

◎ 满庭芳·游红石沟农业生态园

梁剑章

碧宇晴空，金风含露，原野一派幽香。万花争艳，追目数琳琅。百态千姿勃发，赤橙紫、绿白蓝黄。庄园里，年轻小伙，正陪伴新娘。

听往昔，曾经野岭，不尽荒凉。幸政策催明，照亮胸膛。引进人才名企，植绿被、焕发新妆。斜阳下，几多疏影，随笑脸飘扬。

◎ 红石沟

梁剑章

惯把青山做美人，千红万紫亮娇鬐。
丛丛绿野藏瑰丽，朵朵香苞舒嫩茵。
疑是蟠园移此处，合当仙女下凡尘。
太行一座神奇境，常使英雄久忘神。

◎ 太行大渡槽

梁剑章

坐落青山一望遥，凌空飞架走长桥。
太行岭上天河水，游子心中故土标。
赖有红旗常引路，喜教荒野发新苗。
绵延不息清流下，总忆当年会战潮。

梁剑章，现为河北省散文学会常务副会长兼秘书长、河北省诗词协会常务副会长兼秘书长。出版有《梁剑章诗词选》十卷。

◎ 沙河行组诗之一

国印周

题太行大渡槽（限麻韵）

翠岚紫雾笼轻纱，横亘山巅气势华。
十里渠槽润荒野，万千岁月惠农家。
龙腾岑壑土生玉，凤翥平湖石着花。
王气恢恢人激奋，遥天再看满天霞。

◎ 初夏携友人登广阳山

国印周

久慕名山结伴来，拾阶直向九重陔。
崖前碑帖凭君读，眸底祥云任我裁。
昔日高贤均作古，当年石洞已生苔。
忽闻古郡诗风起，顿使骚人笑满腮。

◎ 游广阳山怀河朔诗派

国印周

河朔诗群一脉侔，声名牵动万家眸。
相交浊世词文共，避乱深山志趣投。
买地耕耘渴水渡，结庐染翰广阳陬。
经纶满腹倩谁惜，枉使时人叹不休。

◎ 登沙河市五指山

国印周

攀上三千仞，纵眸欲断魂。
孤峰司雨雪，五指主乾坤。
倾耳鸣禽绝，俯身云岭奔。
秦王经略处，帝气浩然存。

◎ 北武当山绝顶远眺

国印周

绝壁自崚嶒，周天玉宇澄。
虹桥飞涧壑，云路断鹰鹏。
雨霁松涛涌，风停花气蒸。
休言人老迈，夙志在胸膺。

◎ 踏莎行·游映雪湖二首

国印周

一

岸柳依依，清波渺渺，山村水郭芳菲

绕。轻舟如箭射平湖，云天沙渚飞凫小。

香雾霏霏，熏风袅袅，红衣乌发谁家嫂？手牵姊妹弃船来，清歌飞上芳林杪。

二

杏子微黄，樱桃娇小，丛林花径闻啼鸟。芦芽野钓人朝餐，村醪黍米芳香绕。

秀发蓬松，黛眉轻挑，温泉浴罢人姣好。啼莺声里石榴红，回身笑作含羞草。

◎ 过秦王湖

国印周

车行但见紫云浮，莫道相思是有无。
掩映峰峦瞭望处，蜿蜒十里一明珠。

◎ 望小西天

国印周

遥望梅峰插碧天，湖光山色任流连。
何时辞却冗繁事，荒岭仙庐好缔缘。

◎ 夜宿北武当文化书院

国印周

依峰傍岭紫云环，欲宿瑶台夜叩关。
细品野蔬香喷喷，漫聊天路意娴娴。
星垂书院三千众，雾暗银河九道弯。
市长连连催早睡：平明要上武当山。

国印周，河北省隆尧县人。中华诗词学会第三届理事、河北省诗词协会副会长、《燕赵诗词》主编、邢台市诗词协会副会长、隆尧县诗词协会会长。出版有诗词作品《一言集》《重元诗词》《尧山撷翠》，论文集《尧山论剑》。

◎ 由牛城去朱庄水库

范峻海

雄鸡唤醒牧牛郎，启圈挥鞭上野岗。
曲奏梅花笛声远，白云万朵绕家乡。

◎ 上太行

范峻海

百里太行一望间，吟鞭西指傲群山。
千峰浩气诗情壮，笔蘸夕阳写九天。

◎ 太行抒怀

范峻海

免去乌纱解百忧，白云为马任遨游。
三山五岳胸中句，寥廓江天笔底流。

◎ 观沙河国际公路自行车赛道

范峻海

百里长廊入眼弛，青山夹道鸟声痴。
乡村千卷王维画，蓑笠七八钓丽词。

◎ 红石沟樱花岛

范峻海

仙岛清幽月亮湾，樱花翡翠带香旋。

谁家佳丽长歌舞，惊醒鸳鸯梦未圆。

◎ 题红石沟

范峻海

昔日乱石沟，今朝令醉眸。
群芳绣绸彩，硕果挂枝稠。
湖碧沉云影，林幽传鸟啾。
朋呼晚霞落，回望月如钩。

◎ 题太行渡槽

范峻海

遥望银河卧紫霞，碧波喜入万千家。
赞余赤县女娲手，煮酒烹茶博浪沙。

◎ 去五指山

范峻海

东风借取上青云，渨水渨山一派新。
五指迎余峰顶立，蝉风敲句写胸襟。

范峻海，河北省隆尧县人。中华诗词协会理事，河北省诗词协会副会长，邢台市诗词协会会长，《百泉诗词》主编。著有《春笋集》《秋竹集》《竹涛集》。

◎ 北武当山

岳连婷

清晨雨过乱云开，锦色霞岚巧剪裁。
檐角灵风逐远梦，青山满目是蓬莱。

◎ 秋游王瑙红枫山

岳连婷

秋红烈烈映天蓝，约上亲朋走峻关。
远近层林风染尽，一轮喷薄欲烧山。

◎ 封峦寺

岳连婷

背倚青山面水斜，桥头松立柳披裟。
人间至此无名利，自赏花香慢煮茶。

◎ 静峪寺

岳连婷

一径幽花万壑深，鹃衔殿影入层林。
空山自有空灵谛，缥缈钟声贯古今。

◎ 军民抗洪

岳连婷

狂魔潜入夜，暴雨忽倾盆。
路断催人泪，泥流掩石门。
高歌凭两岸，洪水绕千村。
燕赵慷慨处，军民浩气存。

◎ 极顶五指山

岳连婷

谁将五指削成峰，插上云霄百万重。
日出殿堂飞太白，月浮檀座响疏钟。
朝元清客应乘鹤，烧火道人尚饲龙。
见得金黄非瘦菊，且于物外觅仙踪。

◎ 登悬壶瑙感怀

岳连婷

十里高山入太虚,林深久待逸人居。
有心好结无为地,无酒长邀有鹿车。
故垒春风青遗迹,大河波水影如初。
几多惆怅诗人识,最是风流老尚书。

◎ 甄泽观二首

岳连婷

其一

古殿森森柏自围,玉清坛上白云飞。
不劳问取文王卦,孤竹千年兄弟归。

其二

道阙长春云外飘,俗心全在此中销。
疏钟带雨晨昏定,古碣浮烟仙籍遥。
漫笑丹炉困龙虎,何烦野老献笙箫。
乾坤久已无薇采,一树梅花慰寂寥。

◎ 行吟红石沟兼寄园主人

岳连婷

归来不必忆前身,雪雨奔波意最真。
已补苍天悬暖日,梦还荒岭作芳邻。
为花开到晴光处,陪月吟成白露晨。
幸好天台余作客,蓝莓酒醉烂柯人。

◎ 过秦王湖

岳连婷

白云飞过压崚嶒,放眼空潭浪百层,
湖甸光含刀剑影,鱼鹰目对水宫灯。
机帆不渡乡愁客,禅意能逃世外僧?
谁与秦王和好句,江河着意任龙腾。

◎ 孔庄峡

岳连婷

两峰峙立裁天碧,一峡美图锁艳阳。
古涧微波心静处,拈来鹅卵秀词章。

◎ 峡里水库

岳连婷

半湖幽梦醉峰前,雾霭流岚映洞天。
西俯斜阳凝一点,东沉弯月水中眠。

◎ 綦村凉水泉

岳连婷

人去屋空门半开,石磨古树尽青苔。
高堂庙宇禅音远,故道幽幽客再来。

◎ 媒婆峰

岳连婷

一根红线两头牵,踏遍千沟万壑山。
化身峻峰高处立,满坡桃李百花妍。

◎ 月牙峡

岳连婷

云深雾胧不胜寒，心悔犹伤恨药丹。
常忆梦中过往事，化成丽影在君前。

◎ 七仙峡

岳连婷

壁仞幽幽三月天，潺潺澄碧有鱼欢。
岸旁桃蕊初生娇，早有跕跕彩蝶缠。

◎ 赏李府牡丹兼送主人

岳连婷

已是春归春未去，洛阳花好正应时。
梁间依旧寻常燕，宅里新多魏紫枝。
胜作东篱长醉菊，分教故识又吟诗。
年年此日南山下，富贵青松各自痴。
百花深处数风流，半是娇娆半是羞。
纵使黄金千万两，芳心总不向春酬。

◎ 秦王湖

岳连婷

两岸山中水，秦王马后尘。
波光开一鉴，绿树待千春。
风过鱼龙近，舟来云气新。
但能作天眼，好证古今人。

岳连婷，河北省沙河市人。现任沙河市民政局副局长，沙河市渼水诗社社长，邢台市诗词协会会员、河北省诗词协会会员。

◎ 大安山行

张认书

大安山下掩忠魂，亘古红枫青山存。
钟磬长鸣悦飞鸟，香烟缭绕众生慰。

张认书，沙河市霞渠村人，1963年出生，现任人民医院五官科主任。医术精湛，乐善好施，爱好文学艺术。曾经获得近百项国家级荣誉称号。有"在世华佗""神刀张"等美誉。出版有《张认书自传》等书。

◎ 秦王湖向晚

岳振恩

赭壁秋枫映水中，渔歌掠过起惊鸿。
一船明月随人去，两岸云飞不碍风。

◎ 全呼春行

岳振恩

一

春日寻芳上崿山，欹崟逸兴沐青岚。
茜花翠柏丛丛木，古庙新堂袅袅烟。
远眺畦田千亩绿，俯观楼宇一村丹。
金康大道车流涌，拂拂东风啭杜鹃。

二

村边桃李竞芬芳，石径小桥沁月塘。
画里人家何处是？玉栏半绕小洋房。

◎ 九龙沟兴吟

岳振恩

九山九脉九龙沟，正气轩昂护国侯。
除恶消灾平大道，行云布雨感神州。
德高不负全呼女，位显甘尝马峪粥。
皇上敕封心未动，名存百姓复何求。

岳振恩，河北省沙河市人。原中国第二十冶金集团总公司总工程师，邢台市诗词协会会员。

◎ 登小西天

胡湛

长假驱车游，慕寻小西天。
车随山路转，峰插云霄间。
对语峰无语，穿越一线天。
万丈仞斧劈，千寻崖盘桓。
枝芽石间出，山花壁上灿。
雄心擒山峦，浩气走崖巅。
凌顶抚云蔼，俯仰逸尘寰。

胡湛，学名凤森，别署萧散斋，河北省邢台市人。兼任邢台市书协副主席、邢台市文艺评论家协会副主席等职。出版有《书踪诗缘》《萧散斋诗草》。

◎ 游广阳山

胡运增

奇峰雄峙耸云端，洞府幽幽尉大观。
古蹬羊肠隐草下，文人绝句刻崖前。
清溪琴奏越千载，渡口襟宽纳百川。
已驾青牛老聃去，道德不朽铸人间。

◎ 追思范子侠将军

胡运增

烽火太行燃九天，峰高林密铸营盘。
狂倭扫荡硝烟猛，壮士杀敌铁壁坚。
赤胆忠心拼国难，青春热血染苍山。
丹青化作流芳曲，英烈长歌万古传。

◎ 游园所感

胡运增

春日信步进花园，群芳争奇又斗艳。
翠柳甩辫巧化妆，蜡梅忙将胭脂点。
爱美杏花抹红唇，桃花风流粉衣换。
油菜园外偷偷窥，送来金被铺田间。

◎ 游九龙沟

胡运增

仰望盘山路，举步心胆寒。
石梯走龙蛇，磴道尽回旋。
怪石如卧虎，奇崖似龙蟠。
壮志生浩气，登高天地宽。

◎ 册井

胡运增

册井古称第一镇，历史悠久超千岁。
南山塔挂汉魏月，西岭漂浮唐宋云。
史卷古垣千尺长，文化沃壤百丈深。
一砖一瓦故事藏，一街一巷史料存。
文武将相布八方，多艺才俊遍四围。
百年商贾槽碾街，千类文物土神。
抗日烽火多壮士，红土传颂英雄魂。

我读册卅六春秋，倍感异乡遇亲人。
六十年代饥寒日，雪中送炭暖热心。
五十秋后寻故地，莺歌燕舞处处新。

◎ 后渐寺

胡运增

五指山下后渐寺，中唐建村千秋史。
层峦叠嶂景色秀，深峡幽谷藏美姿。
陡崖屹立五层庙，宛如天然生于斯。
宏伟楼阁贴山筑，门窗衔月彩云驶。
雄奇壮观接云天，女娲遗留飞来石。
层层石板叠成房，精工赛过格律诗。
苔痕古巷话春秋，高低石垣讲正直。
一门五院和睦处，炎夏如同秋凉时。
悲惨四二人逃难，烽火岁月出将士。
一幅古落山水画，今朝竟成画配诗。

◎ 王瑙

胡运增

王瑙布局颇精彩，设计大师王得才。
巧借远古蜀牌笔，别出心裁描山寨。
故将村落东南缺，栽梧引凤紫气来。
三院连通房戴耳，御敌护民降凶灾。
黛瓦石垣屈伸巷，南雅北雄壮气概。
物华天宝人忠义，抗战曾作指挥台。
一部六百明清史，今谱新章扬四海。

◎ 绿水池

胡运增

名副其实绿水池，绿山绿水绿岩石。
信步山乡周身爽，炎夏非炎犹秋时。

石桌石凳石头屋，小驴拉碾石碰石。
井绳系着明清月，洞壁讲述抗战史。
为国捐躯多壮士，烈士墓前驻足视。
白云悠悠水墨画，清泉潺潺乡愁诗。
油路弯弯通山顶，游客常常结队至。

◎ 大坪

胡运增

斑驳木门拱形窗，或高或低石头房。
一二九师进驻地，犹见当年备战场：
红石钻眼制石雷，鸟枪火柱作刀枪；
深壑埋伏游击队，羊圈巧作放哨岗。
地窖板上印报纸，茅屋荫蔽藏银行。
众志成城铁壁坚，烽火岁月铸辉煌。
盛世不忘当初心，继承传统谱华章。

◎ 渐凹

胡运增

遥望巍峨天顶岭，宛如雪域布达宫。
青石台阶层层高，村落有序步步升。
夕阳刚拉炊烟走，夜幕灯光接繁星。
古老戏楼五百岁，风水宝地"一硌塄"。
石板收集天上雨，水窖巧存四季清。
荆条昔为致富宝，今作油彩绘山容。
生态文明扎太行，古老山寨如画屏。

◎ 渡口

胡运增

渡口史载小行州，唐时宝塔宋时楼。
历史悠久越千岁，三街六巷风物稠。
旭日东升莲池媚，夕阳西照广阳秀。

鬼斧神工罗汉洞，六角古碑世罕有。
东西戏楼将相和，南北梯田奔耕牛。
西河御洪铁疙瘩，东湾沃野织锦绣。
老聃隐洞撰道德，哲理传世永不朽。
乔羽六载挥妙笔，"一条大河"唱九州。
抗日剧团响燕赵，锣鼓震跑小日寇。
文革难挡老传统，灯笼元宵长街游。
薪火相传小学生，声情并茂更优秀。
舞姿迷倒顺德人，再三谢幕老不走。
钟灵毓秀渡口美，后辈才俊高一筹。

◎ 北盆水

胡运增

巍巍青山四周环，潺潺流水过村前。
波光粼粼小碧湖，宛如银绸铺山间。
西高东低龟戏水，物华天宝升祥烟。
雨后斜阳映壁美，小桥流水琴瑟弹。
千秋罗汉话沧桑，厚重老屋居人贤。
一盆天然七彩水，绘出美景胜江南。

◎ 上申庄

胡运增

美丽传说百代扬，"天骄"后代建申庄。
两条古街四百米，黛垣坚固如城墙。
石碑铭记兴衰史，斑驳老屋话沧桑。
古桥犹闻弓箭鸣，马鞍房降明清霜。
莽莽丘陵轶事传，葱葱绿院古筑藏。
当年望断北飞雁，今朝纵步奔小康。

◎ 王茜

胡运增

巧借茜草为村名，隐居太行幽谷中。
三官庙宇千秋史，百尺井绳系明清。
抗日政府红堡垒，石屋指挥百万兵。
军民同心铁壁坚，驱散乌云迎黎明。
烽火岁月多英烈，悲壮故事山动容。
特殊年代倍警惕，南山修建备战洞。
居安思危初心在，赤色苍松郁郁葱。

◎ 樊下曹

胡运增

明时楼台清时墙，千秋石槽话沧桑。
抗战炮声犹在耳，樊氏庄园深院藏。
雕花门楼龙凤舞，精巧窗棂百鸟翔。
传统神秘"拉死鬼"，降凶驱邪图吉祥。
古槐见证演变史，新阁标志春景象。
昔日荒凉少鸟巢，今朝车水柳成行。

◎ 安河

胡运增

安河源蕴凝聚力，戮力同心四合一。
并肩踏平崎岖路，携手耕播云如雨。
文史沃土深百尺，九爷风俗传千里。
烽火岁月卫生部，救死扶伤红战地。
人杰地灵才俊多，遍布神州且外域。
民间才艺闻四方，十有九家绣花女。
改革挥动七色笔，古老山庄变亮丽。

◎ 西沟

胡运增

人道深山出俊鸟，吾言西沟景独好。
凤凰山峰似屏障，护村冷暖怀中抱。
群山叠翠溪水碧，树密谷幽多鸟巢。
小桥流水如琴弹，雨后彩虹挂山腰。
深街老巷铭历史，金色太阳山尖照。
白云青崖水墨画，喜鹊登枝甜声叫。
遐思王维如采访，丹青吟诗忘疲劳。

◎ 温家沟

胡运增

燕王扫北起硝烟，温氏迁徙建故国。
千秋古槐话沧桑，百年辘轳系辛酸。
古香门楼纳吉祥，开放惠风换人间；
房后登临奶奶顶，门前观赏秦湖船。
山水如画景含诗，车水马龙旅游团。
往昔温沟冷似冰，而今红火胜夏天。

◎ 口上

胡运增

莫道村名颇普通，雄关能挡百万兵。
烽火岁月了望哨，拥政护民察敌情。
改革彩笔绘宏图，荒山换装绿葱葱。
科技开拓小康路，板栗念活致富经。
冯君背人寒河过，善举赢得媒体颂。
友善美德代代传，古寨焕然展美容。
金口放歌新时代，登上高台抒豪情。

胡运增，河北省沙河市人。现为沙河市作协名誉主席、河北民间文艺家协会和散文委员会会员、邢台市诗词协会会员。出版文集《岁月留影》，入编《河北当代文艺家名典》。

◎ 赞老年大学

赵素英

古稀翁妪进学堂，益智益知求索忙。
翰墨挥毫催雅卷，豪歌高奏入诗行。
琴棋书画陶情趣，姹紫嫣红灿夕阳。
莫道桑榆秋色晚，耄耋犹自醉书香。

◎ 登北武当山

赵素英

云海透澄空，遥听山外声。
武当绕紫气，三界独清平。

◎ 游东五指山

赵素英

危峰烟雨笼，玉树鹊莺鸣。
柳入湖光影，人行山色中。

◎ 鹧鸪天·广阳山采风

赵素英

诗友攀登拜老聃，悠闲谈笑步危关。
千年修道仙风在，万载悬壶胜境观。
天朗朗，日炎炎，千红万紫染君山。
清风香郁心间荡，一曲豪歌傲顶巅。

◎ 沙河兴龙寺

赵素英

兴龙复熙风，胜迹望中行。

信者朝佛土，玉泉宣善经。
山门迎远客，钟韵醒浮生。
上善怡虔念，梵音佑太平。

<small>赵素英，河北省沙河市人。曾任沙河市副市长、市政协副主席。现任沙河市文化研究会会长、诗词分会会长。</small>

◎ 紫萸香慢·秋游太行山兼寄不知名紫花

赵海萍

晚秋时，山间溪畔，惹翻几许垂怜。叹妖娆薄媚，浅深紫，若翩翩。萧瑟芳菲将尽，只微香一抹，曳动心弦。最销魂、我有万顷诗才，愿赠与、半坡翠岚。陶然。曲径寻欢。山漠漠、影纤纤。自天河作伴，风清月好，都在眉尖。赚得半宵无寐，有春梦、也如烟。奈纠结、此番归去，消息频寄，说是心事何堪，惊怕柳残。

◎ 秋游峰峦寺

赵海萍

一入此山便净心，薄凉天气更宜人。
悬峰壁立尊佛似，合掌祈愿香火勤。
犹自新宇泽后世，堪从旧史记前身。
缘觉缘灭浑无弃，也度殷实也度贫。

◎ 桃花源

赵海萍

绝奇山水千处好，于今偏爱桃花源。
依山傍水倏然起，孤子潇洒白云间。
冬夏春秋翩然过，有若此山不等闲。
剑壁生涯葱葱树，俗心况味瑟瑟惭。
人间佳境桃花地，徒步消磨日薄西。
童子冥顽开步跃，野鸟好客悬空啼。
沉石不怜水花碎，幽林执意留人居。
桃花风骨真桀骜，誓与此山竞高低。
高瞻浮云蓝天小，轻吟新句才情疑。
怕是笔拙写不足，倏忽一处小绝奇。
天上瑶池玲玲碧，不恋仙乡恋此乡。
云舟不载繁冗事，寒漪细细也轻狂。

◎ 临江仙·登北武当山杂感

赵海萍

一字逍遥云雁，千重猎猎风涛。漫天岚雾渐稀薄。将心仍困惑，余憾任一抛。

十载家门闲闭，笔锋苦在萍漂。武当山上好风骚。雨丝轻沥沥，故旧只寥寥。

◎ 临江仙·秦王湖感怀

赵海萍

截水迂回十里，扬名凌驾一国。年年惆怅误清波。生非闲隐客，亦愿此中滴。

山影浑沉欲醉，白帆摇曳如梭。晚来幽寂最磅礴。天然一幅画，吴道未曾赊。

◎ 咏南水北调工程

赵海萍

江淮亦是多情客，不吝滔滔多情碧。
濯濯清流惠廿城，悠悠青史标一策。
五湖闲月缺圆同，三向渡槽南北圻。
两载但期新雨时，一痕翠带澄如白。

◎ 登小西天半道折回有寄

赵海萍

遥望西天隐似无，红颜作伴累何乎？
明眸流涩浑将醉，娇步携风几欲扶。
掌下成阴怜蔽少，云中滴翠恨鸣疏。
细听小径轻烟处，好事洋洋恰恰如。

◎ 梦游小西天

赵海萍

佛下谁求凤愿随，游人未必焚香客。
幽香扑密落红疏，乱鸟啼繁山径窄。
惆怅残躯攀陡难，嗔嫌汗渍摧妆易。
巅峰一望碧云间，何处紫青不缭白。

赵海萍，邢台县人。河北省作家协会会员、邢台市作家协会副秘书长、邢台市诗人协会副主席。2013年出版诗集《漱心集》。同年参加《中华诗词》杂志社举办的"青春诗会"。后尝试小说及诗歌写作。

◎ 游广阳山"老聃修行处"

郭振英

古洞幽深接太清，云中山色自空灵。
寻诗问道吟囊满，小坐石桥听水声。

◎ "恒利"赏菊偶占

郭振英

携雨寻诗倾玉壶，梦中仙子笑吾乎？
今来约请陶公饮，醉指南山不准扶！

◎ 柿外桃源——柳泉驿

郭振英

半亩青葱一垄瓜，盈盈碧水绕陶家。
闲来堤上轻斟酒，指点东篱数菊花。

◎ 柿外桃源——涌泉池

郭振英

一

荷池瑟瑟绕农家，杨柳依依一带斜。
锦鲤悠哉来且去，双双对对逐桃花。

二

泉边谁在理银筝？断续莺歌树上鸣。
一曲高山流水后。瑶天万里月初升。

◎ 红枫山初秋

郭振英

层层曲曲上天台，绿瘦黄铺画境开。
待到重阳斟酒日，万山红遍我重来。

◎ 大瑙绝顶偶占

郭振英

谁洗长空净若兰，雄峦漠漠渺无言。
心随雁字东南去，读尽苍茫十万山。

◎ 俯瞰峡沟水库

郭振英

霜叶潇潇染正匀，碧蓝铺处洗心尘。
盈盈斟满湖中酒，献与开天辟地人！

◎ 望北武当山

郭振英

松涛红叶共潇潇，几点苍鹰万仞高。
纵目空灵极顶处，云中真武众山朝。

◎ 望东五指山

郭振英

谁种长空几朵莲，遥遥相望不知年。
忽听云外一声雁，应是秋声到眼前。

◎ 题"大瑙云海"图

郭振英

一夜箫声叶渐肥，红霞落处阮郎归。
天宫知我绵绵意，裁好婚纱晾翠微。

◎ 登广阳山悬壶瑙

郭振英

一

广阳绝顶觅诗行，但向悬壶借雅章。
老子聪山同入坐，且听渟水诉沧桑。

二

登顶才知世外孤，浮名绮梦尽虚无。
荒台但约聪山饮，把酒临风再一壶。

◎ 太行渡槽

郭振英

横写青山一壑间，史诗谁种在云端。
梓桑世代丰收色，全赖清流引上天。

◎ 黄背岩长城

郭振英

古道雄关雁阵凉，西风残照卧牛羊。
苍山犹记当年事，蔓草深埋几尺黄？

◎ 大岭口长城

郭振英

万仞雄关一部书，荆丛古道若虚无。
凝眸断壁读青史，如血残阳乱绪梳。

◎ 峡沟水库采风偶占

郭振英

赤壁湖光携手开，群仙踏浪摆擂台。
天窗韵字刚拈得，诗雨潇潇泼洒来。

◎ 题东五指山拥抱石

郭振英

不负当年一诺盟，天荒地老守围城。
苍天但赐湖为镜，照彻人间风雨情。

◎ 题后王峪果农

郭振英

落丝岩下翠溪旁，满目青山送果香。
且待金秋婚嫁日，发条微信做红娘。

◎ 渐凹梯田

郭振英

谁描画卷太行巅，曲曲层层万亩连。
列祖耕耘云色里，儿孙收获上青天。

◎ 过漆泉寺遗址

郭振英

四围山色映漆泉，瘦水颓垣共问天。
一炷心香何处寄，拨开蔓草访先贤。

◎ 广阳山殷家寨偶成

郭振英

广阳绝顶觅枯村，不见千峰绕寨门。
四百年前池水在，曾经洗笔著雄文。

◎ 题轿顶山

郭振英

花轿谁遗落太行？寿桃五指共天长。
当年御驾山乡赐，轿顶不来不嫁郎。

◎ 赏大安山红叶缅怀范子侠将军

郭振英

西风冽冽出重围，一炬燎原点翠微。
可是将军招旧部，旌旗十万凯旋归。

◎ 瞻仰"大坪古村"129师先遣支队司令部旧址

郭振英

小院遥思灯火明，寒风每送马蹄声。
窝头杂面忙端上，招待亲人子弟兵。

◎ 题渡口"王家老陈醋"

郭振英

百年老窖慢开封，细品轻酌意万重。
几度沧桑说不尽，广阳山水自醇清。

◎ 访北盆水村

郭振英

空山环抱故人家，曲巷牌楼对日斜。
钟磬幽幽无向导，桥头翁媪扫槐花。

◎ 题朱庄水草石

郭振英

沐雨凝眸扣史前，层层片片绽斑斓。
揭开远古侏罗纪，水草摇摇石若言。

◎ 题西五指山

郭振英

云中五指弄烟霞，玉露金风送万家。
一自师徒西去后，桑田沧海种莲花。

◎ 千佛岩寺遗址有思

郭振英

独守丹崖一卷经，千年默送万山红。
自从老衲归仙后，谁点佛前那盏灯？

◎ 西寨峡天路

郭振英

峡路云梯列祖开，乡愁欲系访层台。
桃源未到凝眸望，九曲三弯天上来。

◎ 桃花源望湖亭偶占

郭振英

山色湖光细剪裁，琴棋书画筑层台。
偷闲亭上抛长线，给顶乌纱不下来。

◎ 秦王洞偶成

郭振英

遥想当年仗剑时，洞中曾隐帝王师。
临风纵目牛神口，耳际犹闻战马嘶。

◎ 题塔子峪手织布传习馆

郭振英

三百织机一字排，彩虹瑟瑟掌中开。
老槐犹记当年事，织女天河传艺来。

◎ 题册井李洪春牡丹园

郭振英

国色谁栽嫁李郎？史诗一曲满庭芳。
家山渼水皆知己，从此长安是故乡。

◎ 登天顶山

郭振英

长啸凌天顶，邢襄一望中。
东分平野碧，西负太行雄。
招手邀云戏，临空共鸟鸣。
风生双腋下，振臂化鲲鹏！

◎ 太行崖菊

郭振英

家住太行东，清姿映碧穹。
东篱初染色，赤壁正临风。
看破荣枯事，从容百卉空。
愿随仙客去，携翠待泉烹。

◎ 谒范子侠将军墓

郭振英

遗冢青山护，丰碑矗正声。
丹心昭日月，碧血筑长城。
莲韵悠悠洒，松风阵阵鸣。
遥闻邻鬼闹，拔剑欲东征！

◎ 探访落丝岩佛窟

郭振英

落丝何处在，石径问榆桑。
蝶醉丁香谷，泉鸣碧叶塘。
山空云染履，椹紫露沾裳。
佛赐吟囊满，归来赋几章？

◎ 再访静峪寺

郭振英

雨后访禅宗，云中几抹虹？
风梳钟磬远，雾洗谷川空。
梵曲播甘露，佛光染葚红。
菩提桥上过，归客释朦胧。

◎ 谒漆泉寺遗址

郭振英

今访漆泉寺，浓荫送绿笺。
苍苔围瘦井，断壁隐残垣。
紫气云空外，佛光草木间。
抚碑读史记，默默拜前贤。

◎ 初访兴龙寺

郭振英

宝刹松风伴，竹林瑞气裁。
钟声穿殿宇，梵曲净尘霾。
善客慈航渡，观音彼岸来。
佛光心底驻，法雨润苍苔。

◎ 雪后初晴回故乡渐凹村

郭振英

天顶亲情魂梦牵，暖阳缕缕雪如绵。
弯弯曲曲爬天路，叠叠层层访古贤。
千载民风风飒飒，百年戏韵韵娟娟。
篱门小院幽幽夜，清酒盈盈遗像前。

◎ 读《血染的峡谷》，谒"埋兵岭"

郭振英

岁岁丹崖暮雨愁，嶙嶒仗剑插天浮。
峡中碧血三千丈，岭上枯魂几十秋。
星火幽幽埋谷底，枫栌猎猎绽枝头。
古今多少沧桑史，荒野萋萋无一抔。

◎ 夜宿沙河北武当书院

郭振英

飞流跌宕枕边来，涤尽心尘释客怀。
但借家山方寸地，遍招桑梓栋梁材。
书声有幸三生守，墨韵无妨四季开。
闻道明朝新雨降，听泉观瀑早安排。

◎ 广阳山寄怀

郭振英

寻诗问道上名山，绝顶临风叩断垣。
指点悬壶三百载，漫思师祖五千言。
漆泉隐隐香烟瘦，古木森森鸟语喧。
揽朵闲云同入坐，悠悠古洞探初元。

◎ 浣溪沙·大安山红叶

郭振英

慢步葱茏七彩间，翩翩枫叶舞斑斓。
望中红浪漫家山。
填罢新词柔键诉，发条微信寄青莲。
几时把酒共联欢？

◎ 浣溪沙·谒漆泉寺遗址

郭振英

赤壁孤云扫未开，百年心事百年哀。
残碑断碣草中埋。
颓井漆泉遗瘦影，佛光紫气护苍苔。
野花岁岁上香来。

◎ 浣溪沙·峡沟行

郭振英

水色盈盈别样蓝，天窗引路访桃源。
峡风菊韵鸟轻衔。
千佛幽幽思往事，几翁默默守青山。
诗囊太重误归帆。

◎ 浣溪沙·"恒利"雨中赏菊有寄

郭振英

可是潇湘细剪裁，和云伴月种瑶台。
盈盈噙泪为谁开？
一自红楼题素愿，终教顽石醒秋怀。
千丝万缕已尘埃。

◎ 浣溪沙·红石沟偶占

郭振英

遍野轻黄绿未匀，芳心已许艳阳春。
花丛谁舞那丝巾？
燕作音符莺作序，诗为陪嫁画为邻。
高歌一曲待郎君。

◎ 浣溪沙·游孔庄峡

郭振英

赤壁幽峡一线开，清溪引路洗苍苔。
当空挤进暖阳来。
逐梦桃源风细语，寻诗凉水鸟轻猜。
森森古木绿斑筛。

◎ 清平乐·乙未清明凭吊"孔庄惨案"遗址

郭振英

孔庄河水，尽是潸潸泪。山顶凝眸车网地，铁臂森森举起。
追思数百苍生，瞬间血溅崖红。狼狈而今狂吠，打魔亮剑弯弓！

◎ 虞美人·西山咏雪

郭振英

银蝶昨送东君信，诗画山川润。一枝梅吐万枝开，只待紫燕轻翅剪春来。

暖阳踏雪西山上，绝顶凝眸望。雾霾浊气了无踪，把酒临风齐唱大江东！

◎ 临江仙·谒静峪寺

郭振英

叠翠悬崖云色里，参禅一路花迎。佛光法雨沐群峰。远山藏古寺，壑底几悠钟。

慢抚残碑读史记，几番顿悟清风。心香一炷释围城。望中松果落，溪水响叮咚。

◎ 临江仙·九龙庙沟

郭振英

峭壁忽开似闭处，琉璃瓦砌恢宏。赫山褶皱隐巨龙。冲霄神翅在，几欲向晴空。

阅尽春秋今古事，痴男信女无穷。香烟缭绕裹真经。谁人能解透？善恶自心生。

◎ 喝火令·咏恒利银杏园

郭振英

万亩翩翩叶，铺成遍地金。捧出诗画绽乡村。回首梓桑文脉，唱响沁园春。

银杏牵仙境，湖光映本真。卅年风雨洗尘襟。忘了秋冬，忘了月西沉。忘了几多霾雾，不忘是初心。

◎ 浣溪沙·谒甄泽观

郭振英

金碧经幢解未休，残碑断碣诉时忧。千年道气绕中轴。

孤竹遗风垂玉露，大河龙脉引清流。乾坤史笔续春秋！

◎ 梅花公园赏梅偶占

郭振英

和风细细送新晴，未到梅园骨已清。万点芳心幽径许，归来谁不带春声？

◎ 咏广神岩

郭振英

一

未到仙崖念已清，钟声载我释围城。院门轻叩清风扫，惊醒枝头鸟乱鸣。

二

阆苑浓荫自好风，菊丛蟋蟀诵秋声。佛光普照千年后，崖柏听经已化龙。

三

一脉悠悠锁翠微，清风每送白云飞。闲来偶想当年事，曾伴秦王隐夕晖。

◎ 西寨古村偶占

郭振英

鸟声频叩出篱门，漫舀秦湖水一盆。
那缕乡愁从未远，约来月影伴孤村。

◎ 故乡渐凹"七步三眼井"有寄

郭振英

幽幽老井几多深，紫燕穿梭唱柳荫。
暖暖和风夕照下，七八翁媪话当今。

◎ 浣溪沙·题故乡渐凹古戏楼

郭振英

石柱牌楼老戏台，檐墙斗拱遍苍苔。
当年盛况不须猜。
平调悠扬梁上绕，时空再现梦归来。
台前杏眼尽痴呆。

◎ 浣溪沙·东五指山怀古

郭振英

佛指倚天谁剪裁？雄峦列阵聚英才。
风云变幻几兴衰。
老子鞭牛函谷至，秦王催马太原来。
碧簪落处五仓开！

◎ 忆秦娥·故乡雪夜偶占

郭振英

西风烈，寒窗夜半邀晴月。邀晴月。
请谁共赏，漫山冰雪。
群峰无语真如铁，江山万古昭天岳。
昭天岳。茫茫仙境，待翻新页。

◎ 题太行渡槽

郭振英

长空谁在理轻纱？织就飞虹种紫霞。
截断洪荒牵日月，引来碧玉润桑麻。
雄魂一脉星圈点，巨石千层汗叠加。
涡水悠悠流不尽，诗心载我向天涯。

◎ 谒秦王湖致当年修建
东石岭水库万千将士

郭振英

一笔开天写太行，激情岁月漫思量。
拼将十载苍生血，化却三生瓦上霜。
将士争先皆勇士，饥肠勒紧尽刚肠。
今逢盛世重修史，正气丹青共一章。

◎ 论剑广阳山
和六脉神剑、广阳樵客老师及诸诗友

郭振英

（一）

寻真酬故国，乱世几人逢。
论剑殷家寨，悬壶赤壁峰。
焚香祈夙愿，祭道拜遗踪。
河朔凌云至，诗敲寺外钟。

（二）

扶云登万仞，清气满悬壶。
节义昭天地，丹心洗壮图。
临风邀月醉，听水共峰孤。
方外乾元上，长河有若无。

（三）

印痕铭史册，绝顶涤心尘。
抚迹听风语，寻诗慰故人。
潜心修正道，扶杖守清贫。
茶沏残阳色，不辞论剑频。

（四）

漆泉依古寺，曾印尉迟身。
断壁埋荒草，残碑殁乱榛。
佛光怜瘦井，紫燕唤阳春。
慢抚贞观字，年年叹隐沦。

郭振英，笔名冰心只在，河北省沙河市渐凹村人。工程师。喜爱古体诗词，系邢雅诗社、㵵水诗社社员、河北省诗词协会、中华诗词学会会员、邢台市诗词协会理事。

◎ 宋璟碑

甄德圣

东户览胜动遐思，颜鲁公碑悟真知。
鼎足三绝人文字，廉明恭诚亦效之。
一代巨才三朝相，千秋感物四时诗。
庭读琳琅先贤句，一瓣心香绕古祠。

甄德圣，笔名甄拙，河北省邢台县人。曾任《邢台日报》社社长、党委书记，邢台市作家协会副主席、河北省诗词协会理事、邢台市诗词协会副会长。著有《甄德圣诗词选》。

◎ 小西天木鱼石

雷芳

日月孕山灵，石收八面风。
一心侍弥勒，独自颂佛经。
悟道浮生事，看穿嗔怨情。
六根清静体，警世木鱼鸣。

◎ 小西天对语峰

雷芳

青风自在彩云圜，一点灵犀峰嶂间。
三尺神明是否在，众生圣母可曾怜？
本猜执手寻常事，谁料并肩千万年。
石头无心犹对语，含情脉脉世间传。

雷芳，河北省隆尧县人。邢台市诗词协会副秘书长。著有诗词集《落花诔》。

◎ 题沙河宋璟碑

路焕京

总把开元比古今，中流砥柱是斯人。
高风千古碑凝史，正气一身血铸魂。
幸有忠言逆明主，岂容法眼混沙尘。
遥思昔日梅花绽，十里清香袭散云。

路焕京，原任临城县人民政府副县长。系中华诗词学会会员、河北省作家协会会员、邢台市诗词协会副会长、临城山荆诗社社长。

◎ 谢池春·朱庄水库

熊东遂

路转山回，巨坝枕戈云渺。探春潮、轻舟重棹。悠笛声动，浪飞冲沧森。划澄波、势惊鸥鸟。

无垠世界，何辨天圆地杳。沐清凉、忧烦顿扫。包容乃大，料湖心难小。自兹别、阮郎应老。

<small>熊东遨，字日初，号楚愚，别署忆雪堂，湖南省宁乡人。现为湖南省文史馆馆员、《诗刊》子曰诗社、新华社《新华诗叶》顾问、中华诗词学会副会长、《中华诗词》编委。已出版著作有《诗词曲联入门》《古今名联选评》《求不是斋诗话》《仙侣同舟集》《忆雪堂选评当代诗词》等二十余种。</small>

◎ 秦王湖

杜福贞

太行山谷耀明珠，山秀峰奇景观殊。
细览浪平风静处，隐约烽火剑光伏。

◎ 桃花源

杜福贞

风柔气爽树芳芬，回列奇峰幽谷深。
昔日避秦人不见，而今游客闹纷纷。

◎ 广阳山

杜福贞

谷曲洞幽峰峭立，虚光幻影透神奇。
问山何故灵如许？老子当年在此居。

◎ 太行渡槽

杜福贞

一道长虹悬半空，荒山秃岭现葱茏。
建筑宏伟出谁手？大寨精神鬼斧工。

<small>杜福贞，笔名赋真，河北省清河县人。曾任邢台市发改委主任。现为中华诗词学会会员、河北省诗词协会常务理事、邢台市诗词协会常务副会长、邢台市诗词协会第四届理事会会长、《百泉诗词》杂志社社长。著有《赋真诗集》。</small>

◎ 题崿山

崔维军

崿山雄踞鹁鸪地，千山竞秀它独奇。
仰观星辰日月景，古今雄浑收眼底。

<small>崔维军，沙河市册井乡全呼村人。</small>

◎ 全呼八景

崔留柱

其一、晨山观日

晨辉映百川，雾霭起流岚。
静听松风语，万籁始争喧。

其二、东岭赏花

春花含苞放，迎风送芳香。
红黄蓝绿紫，天地换新装。

其三、文峰晚照

塔直映斜晖，光影转轮回。
貌似文竹笔，天地任洒挥。

其四、奇花共赏

唐宋流古韵，山河壮崔嵬。
奇花传千古，芳香溢乾坤。

其五、镜湖垂钓

无风水似镜，白云穿其中。
鸟鱼同游欢，垂钓览胜景。

其六、西山赏月

弯月西天垂，牛斗左右分。
流年循旧迹，江山物候新。

其七、远山凝碧

峥嵘太行山，苍翠秀色餐。
远观似翡翠，凝眉起波澜。

其八、农业观光

昔日荒坡地，今朝花果山。
游人行如织，笑靥开生面。

崔留柱，沙河市全呼村原党总支部书记，原沙河市人大常委会副主任。

◎ 七绝山巅杏花

张富民

如黛群峰对碧空，虬枝斜上傲苍穹。
天庭犹是关不住，偷染仙花一枝红。

◎ 沙河市国际自行车赛有感组诗

张富民

记太极表演

太行叠翠耸苍穹，八月晴川尚蕙风。
澈水湲流滋草绿，白云依树衬碧空。
两仪道合朝阳地，太极才应花木东。
一曲桃源悠远调，千人韵舞半山红。

赞沙河赛道

西行夹道透葱苍，百里山川一画廊。
群嶂飞穿新赛道，百花掩映小村庄。
主题雕塑撒珠玉，文化风俗绘彩墙。
天路畅达人络绎，酌今拟古写华章。

感赛事带来山乡巨变

绵蜒长路树如茵，坡岭河川日益新。
竞技初增三赛事，施工常有百村人。
炎阳挥汗滴珠雨，画壁游园汲露晨。
待得明朝齐会聚，轻骑飞过绝无尘。

◎ 访静峪寺

张富民

群山藏古寺，静峪美其名。
触眼青明色，临轩鸟雀声。
谷深稀客至，地远有行程。
一旦三桥渡，禅心倏忽生。

◎ 游大安山

张富民

雨后大安云雾浓,登临幸喜几人同。
千年古刹笼高树,百丈青崖入昊空。
红叶飒然霜色里,茂林静寂鸟声中。
转头更有忘情处,老菊黄梨三两丛。

◎ 观图忆雨中游梧桐沟

张富民

轿落梧桐云作盖,菊开重岭雨垂弦。
望中飘渺丹炉架,崖上瓮城一洞天。

◎ 西沟行

张富民

古桥石巷水潺潺,蒙雨斜风树色斑。
蹬道崎岖白雾里,即穿云海步秋山。

◎ 乙未秋登柴关大瑙观云海霜林（新韵）

张富民

石径崎岖策杖攀,秋凉雾漫上柴关。
数峰兀立苍穹下,万壑深藏云海间。
白浪烟湖飞画舸,瑶林琼树赛蓬山。
跻身已忘尘中事,几欲乘槎向日边。

◎ 秤湾采风

张富民

百年古村人未去,一巷幽径觅影还。
我来欲采人间景,求取长忆美秤湾。

◎ 题沙河故河道骑行

张富民

夏晨骑行市区西,绕岸杨柳十里堤。
芳草萋萋白鹈鸰,碧潭荡荡黑水鸡。
田野金黄翻麦浪,桃园青红压枝低。
群朋相顾倾一笑,诗意任尔尽情题。

◎ 浪淘沙·忆秋日红枫山采风

张富民

窗外正秋浓。行色从容,斑斓紫陌太行东。结伴采风多少路,摄遍芳丛。

岁月总匆匆。古往今同,忍听耐看又西风。再上高台留恋处,都醉山中。

◎ 七绝秋日红枫山

张富民

野菊金黄枫叶红,穿林觅胜笑秋风。
岭南岭北经行地,尽在陶然醉梦中。

张富民,沙河市人。现任政协常委,沙河市文广新体局局长。

◎ 浅吟四首绝句以奉和

刘江申

一过通元井山村
抬首青山俯首河,一帘细雨一川歌。
正逢秋令西风早,清露润来霜菊多。

二访秀才故居
往事依稀梦几何,老桐犹忆凤凰窝。
蓝砖青瓦掩蓬草,来客无心说烂柯。

三赠王老先生
户围修竹竹缠萝,满院栽花盆种荷。
舞墨读书多雅趣,流年八十未蹉跎。

四游银杏园
雨过霜林烟罩坡,风吹寒柳不婆娑。
挂枝万片忆清梦,待落黄金一地歌。

◎ 初冬日游红枫山奶奶庙

刘江申

殿在惊心处,亲临胜耳闻。
鸟潜林寂寂,风卷叶纷纷。
岚锁钟还远,境开日未曛。
心随幡影动,天隔几重云?

◎ 题王瑙石楼

刘江申

石楼庚几许,壁立赖云根。
静隐归山野,幽居在远村。
修篁围老圃,古木绕柴门。
仙境牵人意,满街留客魂。

◎ 笔架山

刘江申

沐雨凌风居一方,云笺峰笔著华章。
人生得意亦高卧,信手拈来山水长。

◎ 渡仙桥

刘江申

一桥飞架险崖横,仙侣几多云里行。
侧耳欲听天界事,人间何处动箫声。

◎ 登罗锅寨

刘江申

跃上危崖不胆寒,凌风放目似凭栏。
青峰亦作等闲视,翻转罗锅煮午餐。

◎ 题九龙庙沟

刘江申

磬口山前林壑幽,轻烟袅袅锁重楼。
崖开丹壁成一线,云起龙飞挟九沟。

◎ 甄泽观诗二首

刘江申

其一
孤竹君王孤竹臣,而今无处觅斯人。

殿堂危坐半睁目，忍看众生承五伦。

其二

荣华若作等闲视，周粟不甘可采薇，
魂断首阳归故国，徒教来者泪空飞。

<small>刘江申，沙河市东下河人。中学教师，爱好古诗词。</small>

◎ 赏大安山红叶感怀

韩翠萍

闻道大安红欲燃，扶筇辗转碧云端，
相亲最是封峦寺，不踏凡尘尽日看。

◎ 再访封峦寺

韩翠萍

封峦依旧寂森森，霜叶苍松两不侵。
扫地老僧何处去，九莲峰下日沉沉。

◎ 登五指山兼寄旧友

韩翠萍

梦中心愿久，五指共登巅。
踏月七祥界，临风万丈渊。
茫茫曾负手，缕缕欲齐肩。
纵目征鸿去，悠悠叹逝川。

◎ 广阳山怀古

韩翠萍

寻诗问道广阳来，日照丹崖翠幕开。
河朔魂归怜赤壁，漆泉流断遍苍苔。
青牛已罩祥云去，石洞犹召经典回。
闲坐悬壶听柏语，清风为我拂尘埃。

◎ 广神岩

韩翠萍

秦王依洞府，泽瑞及重阍。
护法龙盘柏，参禅日照门。
松鸣灵气在，霭绕古风存。
谎语昭千载，天涯独一尊。

◎ 甄泽观抒怀

韩翠萍

孤竹国君教化真，抱节守志弟兄亲。
首阳掩翠葛能食，渑邑崇贤金作身。
千载钟声播法雨，九重道气净埃尘。
自然好为清和地，上善源头可渡津。

◎ 红枫山奶奶顶抒怀

韩翠萍

危艰磴道入云都，绝壁登临赖杖扶。
头上青霄因鹤远，心中虚念近门无。
三仙圣殿鉴冰魄，一架神桥渡玉壶。
暂住红尘知是客，唯此胜处忘江湖。

◎ 王瑙

韩翠萍

山高地阔远红尘，陌路天涯又几巡。
世外幽居神选址，当年可是避秦人？

◎ 陪同省诗词协会一行走国际自行车赛道采风有感

韩翠萍

新修赛道绽光彩，天际遥遥逐鹿来。
剑客行阡无废圹，骚人寻迹尽瑶台。
秦湖犹诉千年事，老子已绝半世埃。
须得登高抒壮景，清风一缕请携回。

◎ 九龙庙沟

韩翠萍

深山藏古刹，谷底隐传奇。
钟磬石间绕，林松壑下痴。
幽明无复照，因果莫相疑。
神话分三地，洋洋说一词。

◎ 峡沟水库

韩翠萍

天然宝镜玉屏开，野鹤飞鸿照影来。
只道清江堪入画，未闻挂壁向瑶台。

◎ 赏大安山红叶兼祭范子侠将军

韩翠萍

纵目山岚如血染，西风吹过几丝寒。
黄栌甘守一方土，不解将军马上鞍。

◎ 太行渡槽

韩翠萍

大桥飞架出云霞，绿水连通百姓家。
一旦澄泓生雨露，千年焦涸泛春华。
谁知石海留忧怨，当忆危崖曾讶嗟。
应叹当年修筑者，甘泉可否饮些些？

◎ 游孔庄峡

韩翠萍

神工一线向天开，峭壁悬崖次第排。
槐树根深槐韵剪，月牙洞浅月光裁。
桃园仙境人何去，古庙龙潭迹未衰。
凉水泉长清见底，流俗至此绝尘埃。

◎ 访古村落北盆水有感

韩翠萍

天然翠幕抱霞庄，小巷层叠列画堂。
北壁佛陀犹可见，南山罗汉自修藏。
拱门桥洞垂青史，拴马石环系梓桑。
老树新枝逢盛世，一盆碧水印邢襄。

◎ 乱石潭访千佛岩

韩翠萍

水复山重峭壁间，欲过石海孰为船。
恨无双翼飞天去，与佛同瞻千叶莲。

◎ 太行崖菊

韩翠萍

悬崖独傲最称奇，难著凡花摇曳姿。
一缕清风拂面过，此香闻后更堪谁。

◎ 再访静峪寺

韩翠萍

巍巍宝刹佑苍生，般若普提不记名。
万籁尘嚣皆寂寂，一方静峪任修行。

◎ 落丝岩洞桑葚

韩翠萍

落丝岩洞自生寒，洞外炎炎又几番。
临界花丛皆净物，一枝葚果似仙丹。

◎ 题赛道

韩翠萍

谁画美图百里长，青山绿水蕴诗章。
却因骑手携芳去，辛苦焉说使得慌。

韩翠萍，邢台诗词协会会员、河北省诗词协会会员、沙河市诗词协会常务理事、沙河市老年大学诗词协会副会长。

◎ 梅花公园赞

韩丽萍

翠羽惊飞别树头，冷香狼藉倩谁收。
车流客醉风吹帽，黄髫人归雪满舟。
淡月微云皆似梦，空山流水独成愁。
几看孤影低徊处，只道花神夜出游。

韩丽萍，沙河市中学高级教师职称，酷爱诗词。

◎ 广神岩

杨建入

晨钟暮鼓震山涧，步入禅门念自虔。
三柱高香祈好运，一团紫气在胸间。

◎ 苍松翠柏

杨建入

苍松不老逾千载，翠柏长青五百年。
庙宇即今容貌改，谎言依旧万人传。

◎ 游塔子峪村二首

杨建入

一

游村串户觅古迹，斑墙断壁证珍奇。
百年老树穿墙过，一条泉流自成溪。

二

漫步先访传习馆，织机纺车入眼帘。
绝世粗布谁人造，村姑巧手织奇缘。

◎ 观漆泉寺遗址

杨建入

林遮草掩壑幽幽，残垣断壁泉自流。
香火已随时令去，惟留三神待重修。

◎ 游五仓沟

杨建入

谷深壑幽溪流清，苍壁叠翠乱鸟鸣。
奇石异态映人面，仙果带笑入画屏。

◎ 北武当山感赋

杨建入

巍巍武当山，连绵入云天。
芳树笼曲径，岚烟绕幽涧。
宝刹逾千载，古碑历万年。
寥寥人境外，静坐不思还。

◎ 题广神岩

杨建入

宝宇巍峨凝紫烟，犹传救驾证前缘。
一番谎语机心智，助就贞观盛世天。

◎ 梅花公园（新韵）

杨建入

晓日入梅林，芳菲处处新。
遥思花色里，似有梦中人。

_{杨建入，沙河市西毛村人，工人，爱好古诗词，沙河市诗词协会副会长。}

◎ 临江仙·甄泽观

姜立凭

风雪千年堪觅处，楼台殿宇参差。钟声幽远溯来时，光阴应可道，香客意难知。
俯仰清虚松柏外，青牛背上云飞。首阳故地又春归，采薇人去后，新雨浣花枝。

_{姜立凭，黑龙江呼兰人。哈尔滨丁香诗社会员、龙社副社长兼秘书长。}

◎ 甄泽观

戴金勇

青牛白首道经长，一入函关未两忘。
殿阁已传唐气象，羽衣犹是汉行藏。
从来钟鼓三清地，为就丹砂九转香。
羁旅他年应泛晓，守真抱朴拜仙堂。

_{戴金勇，黑龙江人。教师。现为龙社、云社社员。}

◎ 采薇

张蕾

依依杨柳雪霏霏，末世无人唱采薇。
周粟况乎皆已绝，首阳山下共谁归。

_{张蕾，网名一苇，1973年生于江苏徐州，现居上海。自幼喜爱古典文学。}

◎ 秦王峡

石增印

神龟向海盆，云路起山根。
绕壑无知处，登峰尽解昏。
千溪归一峡，百径汇独门。
越过雄关口，风光欲醉魂。

◎ 雨登太行渡槽丰碑台观景

石增印

云涌雨帘垂,天壕骏马飞。
清风翻绿浪,秀水画青眉。
玉带缠碕岭,桑田接翠微。
东篱当落此,秋雁待时归。

◎ 题太行渡槽

石增印

老门沟口夕阳斜,万丈虹桥沐晚霞。
龙引清凉蜿百里,槽输潋滟惠千家。
旱岗汩汩消贫地,瘠岭淙淙种嫩瓜。
客问当年修造事,欲知先品苦丁茶。

◎ 咏柳泉村

石增印

桃红柳绿掩农家,明灭清溪浇蔓瓜。
不是龙泉灵秀地,焉能种下黑金花。

◎ 广阳山怀古

石增印

青龙横卧岁绵长,古迹斑剥识广阳。
雾锁玄门藏道气,云封洞口隐秦王。
诗家常醉悬壶月,仕宦时迷寺院光。
回首微波神秘处,千人夜半梦黄粱。

◎ 渡口村

石增印

广阳山下一长津,南岸村湾哺万民。
一凤三龟承脉气,七台九洞住仙人。
文峰莲砚通文秀,道祖诗家炼圣身。
灵地英才如淯水,流银不断辈生新。

◎ 黑龙潭

石增印

飞流万丈助腾空,赤峡相宜炼彩虹。
黑水龙潭风浪起,惊雷阵阵吼苍穹。

◎ 游孔庄峡

石增印

救母劈山赤峡开,雄峦列队等君来。
凉水桃园留远客,黑龙潭里洗尘埃。

◎ 广阳山

石增印

一啸穷崖万木巅,万仞当空壁立寒。
太上老君苦修炼,仙丹千年救苦难。
和尚峰顶咒语念,风调雨顺福人间。

<small>石增印,沙河市渡口村人。现为河北省诗词协会会员、邢台诗词协会会员、淯水诗社会员。</small>

◎ 沙河市赋

王延庆

太行南麓，中原腹地，京畿咽喉，燕赵锁钥。西依巍巍太行，群峰竞秀；东枕京九铁路，交通便利；北连邢襄大地，物阜民丰；南接赵府邯郸，商贸繁盛。地接晋冀鲁豫，四省交汇；天连参商牛斗，一域共灿。隋皇置县，始曰温州，年始一千六百春秋；地量九百九十九平。

噫吁哉！沙河者！物华之域！天宝之境！人杰荟萃之地，山水通灵之所；绵亘万年之历史长河，激起朵朵光洁璀璨之水花；广袤无垠之沙河大地，谱写曲曲催人奋进之乐章。

宇宙鸿蒙，海内清一；四纪冰川，飘砾万年。远古洪荒，始有人迹。白塔鸵鸟之蛋，陈述文明之久远；章村仰韶陶罐，再现远古文化之灿烂；三皇更迭，五帝代序；新旧炻器，肇文明之先；刀耕火种，创农耕之源。赵武灵王胡服骑射，赵国从此兵强马壮，位居五霸之首；老子闭关广阳山上，中华文脉于斯盛矣，堪称万法之源。汉魏冶铁，书载磬口，开生产冶铁灿灿之先河；促历史车轮滚滚之向前。黑山义旗，唤醒沉睡千年之山谷；秦窦之战，开启隋唐盛世之先河。漆泉之碑碣，昭示中韩友谊之深厚；东户之古碑，彰显唐颜书法之精髓。石介之遗篇，掀起学界共鸣之狂澜；文谦之纪要，开创农业科学之示范；廉吏朱裳，勇举反腐利剑；清武进士，报国护民争先……

近代烽火连绵，儿女英勇强顽。郝子固、宗真甫，赴法求学，取真理之经；王树棠、王树楠，飘洋过海，寻救国之路。刘邓大军让日寇闻风丧胆；革命群众令豺狼慌忙鼠窜。星火崖，点燃革命胜利之火；车网地，彰显民族不屈不挠之魂。太行深处，范子侠一腔热血染红丹霞岩石；三八前线，杨春增满腔豪气誉满湛蓝青天……

呜呼！沙河！英雄之地！豪杰之域！儿女鼓勇争先，后昆高歌凯旋。山清水秀蕴神奇；鬼斧神工叹造化。西域长城，宛如游龙腾飞再现太行英姿勃发之势；东枕铁路，犹似彩带飘舞渲染沙河蒸蒸日上之象。武当山风光如画；石楼群享誉世界。三皇祭祖，源源流长；藤牌古阵，威镇中华。峡沟高坝，抗千年不遇之水，巍然屹立；太行渡槽，立万年不变之基，雄伟壮丽。湡水汤汤，润泽南北两岸；太行浩浩，呵护万户千家。

风流人物数当代；千秋功业看今朝。新农村建设，处处喜气洋洋；现代化生活，满目高楼大厦。经济腾飞，科技发达。煤铁铜等矿藏丰富；粟黍麦等物产富饶。琉璃世界，一片光明；国家园区，古今第一。农业免税，帮穷济苦，农民成真正主人；上学求知，义务教育，幼苗得细心呵护……群山纳诚，恭迎八方豪杰投资经商齐建伟业；百川含笑，挚邀四海宾朋勠力同心共商国是……

沙河！伟哉！
沙河！壮哉！

◎ 崿山赋

王延庆

丛鹊古镇，瀛洲旧地。东临邢襄之枢纽；北依太行之余脉；西傍马河之清流；南接群山之隘口。物华天宝，人杰地灵。

崿山灵兮！青松翠柏，掩映成妙。青鸾传音，雏凤和鸣。山虽小而众神聚，地狭卑而紫气升；周年游人络绎；四时香火不断。

崂山雄矣！山石叠嶂；草木萧茂。桂殿兰宫，即冈峦之体势；雕梁画栋，传文化之精髓。其基久固；其态堪羡。赞迎四时之风霜；甘沐冬夏之雨雪。巍然有势；岿然有形。

察村庄之所处，五虎雄列；金狮舞秀。楼房栉比，勾股相成；街衢交错，泾渭分明。刘家沟头，波光粼粼；杨树洼里，鸟声幽幽。后井坡上升腾几缕炊烟；南石桥边荡起少许黄尘。东岭锦绣而万木生；南山青翠而百草茂，显应寺旁牡丹竞秀；九龙庙里芍药争开。文峰古塔历千年风霜，遗址犹存；魁星阁下诉往事悲喜，古风长在。

忆往昔，峥嵘岁月，汉魏冶铁，青史有言；唐宋风韵，余痕尚灿。

奈何十年九旱，民多饥馑。灾荒连年，群盗蜂起。草履葛衣，民无御寒之资；树皮藤根，难解果腹之饥。

崂山悲乎！更有日寇入侵，三光并行；蝗旱相连，四载无收。呜呼哀哉！吾民不幸，生于末世，长于乱世，流离失所，殁于异乡。生而有求富之憾；死而无葬身之地。其痛何彻！其难何偿！

逮新国成立，万民欢腾，崂山幸兮！土地改革，安居乐业。人人有耕种之权；户户得乐业之本。奈何科技落后，运动空前。天灾人祸，丰稔之岁欠少；地力难尽，穷困之家居多。

俟春雷一响，号角嘹亮。崂山福兮！时有崔公，高瞻远瞩，运筹帷幄。借东风之势；畅时事之想；行壮伟之举；立不世之功。披荆斩棘，风餐露宿。穿北岭之山而引秦王清澈之水；改靠天之势而换旱涝保收之地。黍米澄黄瓜果飘香；公私仓廪俱各丰实。粮产丰硕较旧时翻天覆地；生活殷实胜从前今非昔比。八五免税，开启先河；尊师重教，亘古未有……崂山脚下造就数顷良田；马河边上筑起御洪长龙。故民得渔翁之利；而国去后顾之忧。农业兴而百事得利；民心稳而万众一心。自此，厂矿林立，企业祚兴。商海之中不乏弄潮好手；致富路上勇当领路先锋……

今登山顶，仰观苍穹之浩渺；俯察人间之繁华。追千年之旧事；述古今之巨变。放眼天地，抚今追昔，慨然于怀，不能自已，是为赋记。

◎ 王瑙村赋

王延庆

三山垂拱，四水辅弼，周山环匝，紫气浮蔽。

南山弥高，其主心志；东岭横陈，以御风寒；黄土膏腴，民享其利；群山朝觐，四季见美。春则繁花似锦，争奇斗艳；夏则绿水长流，堆珠泛玉，秋则红枫遍野，燃燃冲天；冬则银装素裹，玉树琼花。青山叠翠，绿水流珠。雾霭鎏岚，如入仙境；日月朗照，似胜天宫。晚霞竟放，换江山一色；彩云飞逐，启祥瑞之兆。钟天地之灵秀；蕴山水之华章。

地灵人杰，物华天宝。述古今之事，波澜壮阔，数风流人物，灿若群星。邯郸失劫，辗转奔波；太行落脚，地利乘便。先祖履至，化荒蛮为乐土，开天辟地；子孙躬勤，建世外之乐园，造屋构橼。太祖图谱，世人惊异；遗言流传，子孙谨遵。自此子孙繁衍，熙熙攘攘；石楼巍峨，气势恢宏；南山宫阙，山石形胜。青瓦红墙，鳞次栉比；卷檐张角，龙首鸥吻。机关暗道尽在其中；抗敌御匪游刃有余。

清末民初，王公树棠者，弥天大勇，举身赴日。涉涛涛江海，行森森征途。志在民主，力争共和。

及海归之后，清缴胡匪，屡著战绩。保障闾舍，鸡犬升平。奈何三十有九，长逝人间。与俱时日，王公树楠者，设机械之器，改凋陋之技。纺花织线，雕刻冶铁。生产始有力，民渐富裕。

此后更有王公永忠、永誉、永富。王公新门、二更、黑魁者，全京、立贵者。皆廉洁而明信，仁智而守德。宏前辈清廉之风，光祖宗济世之德。永忠躬亲，亲子之子；二更勤勉，开四时之荒。

逮新国初建，百政革新。时有王公立荣者，德高望重，公而忘私。贫而居破屋，饭而食野蔌。怜老惜贫，天下为公。兴教化，修文尚德。建功业，开山筑路，引水济困。不幸四十有七，仙逝西乡。朋辈怀其清廉，百姓感其恩意，后昆惦其高洁。高山无语，人皆仰而视之；大河喧腾，世俱窥其清白。自此人人以其为绳墨，量他人之曲直。以之为镜，鉴后世之得失。自此凡四十余年，无人能及。

后廿年，王公秋生者，修文明理，笃信教化。慕圣贤之大义，羡君子之高洁。做宰之后，躬逢胜饯。其性耿直，以梅自喻。其志高洁，兰蕙加饰。其著金石，世皆惊愕。其书宋公，鬼神咸泣。其究铁冶，学界震撼。其述抗日，豪气冲天。漆泉考古，老子遗踪。……罗而列之，难以一一尽述。叙三川之美，开旅游之先……

未几，古楼威名，家乡共利。呕心沥血，奔走效力。奈何"申遗"未果，遭遇车祸。壮士断腕，学界饮泣。漫漫长途，失之交臂。展望陌路，谁可与之共？盖招魂故里，以解乡思之困……

盖吾乡故里，豪杰并起。人人怀报国之志，家家有裕美之词。邻里和睦，夫唱妇随，妻慧子孝，父慈子贤。淳朴之风，波及四境。共携之美，万古流芳。

谨为斯赋，以敬上苍，永祝吾乡，福禄永昌，亲人和睦，发达兴旺。永祝吾民，勤劳善良，团结一致，共奔前程。

◎ 北方"小布达拉宫"赋

王延庆

渐者，卦也，利贞吉祥，四时安康；凹者，地也，西北环堵，东南向阳。渐凹者，太行之明珠也。星垂天阔，疑是人间天堂之地。建筑精美，自有小布达拉宫之称；环境清幽，鸟鱼游乐畅享之所；物阜民丰，中国传统村落诞生之地。临秦王清澈之水，枕武当巍峨群峰，观邢襄万家灯火；接天下遥感微波。小西天，五省卅县商贾名士荟萃之地；八里闯，奇峰怪石悬泉瀑布飞漱其间；天顶山，观火台极目千里防火于未燃；马鞍山，横亘西北呵护苍生万代流传；翠柏苍松，傲然点缀万亩青山；柳暗花明，宛然掩隐人间圣地；千层梯田，铺就人间幸福路途；菩缘清泉，恩泽天下万物苍生。元末建村，迄今百代。院落相通，建筑精美。依山就势，鳞次栉比。新旧相映，和谐成趣。窗结榴莲，喻多子多孙之意；户植兰桂，扬诗书传家之风。远观胜似布达拉宫；亲临宛若置身仙境。古戏楼雕梁画栋，陈说历史凄风苦雨；新民居富丽堂皇，彰显现代富裕生活。巷陌交通，鸡犬相闻。十步五眼井，刷新涡水八景之章；两槐千年拥，再传天下爱情神话。山水壮美，土泽葳蕤；草木华茂，紫气氤氲；生灵熙攘，勃勃盎然。范郭朱崔，天下异姓，亲如一家；男女老少，地缘联结，和谐相处。耕读传家躬行久；诗书继世雅韵长。士俊中举，燕赵闻名；英烈赴难，太行动容；郭计连废疾，身残志坚，医革命烈士之伤痛，默默无闻，乡邻称赞，事迹与日月同辉；范景贵聪慧，南征北战，担首府工会之要职，赫赫有名，百姓感戴，遗体归葬八宝山。一门双烈，铮骨英明与山岳江湖同存亡；十五英豪，高风厚谊引天地日月共赞赏。范广太挂帅出征，赢得黑脸包公之美誉；郭计民栉风沐雨，荣登人民会堂之先河；朱喜贵过目不忘经典戏，演绎人间喜怒哀乐；郭全斌冒雪往返大寨门，上演绝版雪中送炭。朱清武蟾宫折桂，清华励志；郭群英继往开来，引领学风；范英武老山归来，建功军营；范英军后来居上，津门扬名……恰逢新时代，旅游创新篇。推美景向人间展示；迎宾朋来天堂游玩；羊汤煎饼，地道山珍土味；小米馒头，农家绿色食品。大锅菜，汇山野之精华营养丰富；杂面汤，聚天地之灵气人神共享。无公害苹果梨桃柿口感纯正；纯天然粟薯米豆菜余味无穷……石屋土炕，一派农家气息；兰瓦青墙，满载隐士情怀……冀四海宾朋观光品鉴；迎八方游客驻足赏析。

土，徐徐人间天堂误。

◎ 自行车赛道有感

王延庆

其一

百里太行飘彩带，青山绿水白云徘。
五湖四海风雷动，一路高歌凯旋回。

其二

国际赛场穿太行，巍峨群岭筑长廊。
荧屏内外齐声彩，渭水风光奏锦章。

<small>王延庆，沙河市王瑙村人。热爱古诗词，渭水诗社会员、河北省作家协会会员、河北省民俗文化协会会员。</small>

◎ 登小西天有感

王延庆

五九登山朔气寒，披荆斩棪意通玄。
摩崖顶下卢公仿，锋刃山尖朝圣前。
庙户洞开为智者，仙人坐镇点机缘。
深林老怪何足惧？远客相期惹笑谈。

◎ 嵝山九龙庙

刘林朝

拔地而起一奇巘，依河向东锁云烟。
丛鹊古镇五虎踞，嵝山名刹九龙盘。
交错庙宇映日月，扶疏松柏傲霜寒。
护国灵侯风尚在，金康业绩万古传。

◎ 册井土地庙风景区赞

刘林朝

道教文化源流长，明朝中叶建庙堂。
往来都是晋豫客，至今犹闻驼铃响。
祥光常照神州路，福祚永驻尧舜乡。
请看峰顶会仙处，百鸟和鸣奏新章。

◎ 古石楼赞

王延庆

丛楼高树，美景迎双目，过往行客无数，纷纷赞许翘指拇。
民风淳朴，含笑勤劳福，心灵清似净

◎ 九龙阁记

刘林朝

赤壁千丈映双峰，神泉一线流古今。
早春崖畔吐嫩叶，盛夏脚底踩绿荫。
秋霜泼墨染红叶，冬雪山鸟啼妙音。
时人尽言龙潭美，雨后斜阳更丽人。

<small>刘林朝，册井村人。原沙河市副市长，文学研究会会长、沙河市老年书画协会会长。</small>

◎ 甄泽观二首

牛军营

一

问道沙河圣迹真，不争品格履常新。
二贤香火盛何故？纯朴家风释主因。

二

何须耿耿首阳山，劫历通灵云水间。
道心嵌入琉璃境，炫耀真如五彩斑。

<small>牛军营，网名旌旗，祖籍沙河县通元井村。北京铁路局邯郸机务段在职职工。</small>

◎ 美丽太行我的家

韩刚

美丽太行我的家，家在太行十里峡。
春绿山野花似海，牧羊点点白云下。
荡桨湖边水如境，翠峰崚嶒涟波打。
梯田层层青纱帐，川岩瑞泽碧如茶。

美丽太行我的家，家在太行红石崖。
烽火连天战倭寇，铁臂铜墙剑出匣。
血染太行愚公起，荒瑙城乡清风华。

红叶妖娆映彩霞，天河七夕追浪花。

美丽太行我的家，家在太行百泉洼。
科学发展春潮踏，路网交通玉带洒。
生态农业瓜米笑，经济兴市百业佳。
太行明珠人文秀，美丽太行壮诗画。

美丽太行我的家，家在太行古楼下。
蓝瓦红墙壮美景，青龙白虎传佳话。
地势隐蔽韵神奇，建筑精美现奇葩。
儒墨佛道内涵深，自然人文铸诗画。

<small>韩刚，沙河市御路村人。系沙河市文广新体局非物质文化遗产科副科长，爱好古诗词。</small>

◎ 游静峪寺

胡正芹

阳春信步觅仙踪，绿野莺飞画里行。
桥阔度来方外客，山深潜隐寺中灵。
冰轮永照一川水，暮鼓常清八面风。
身至佛门已忘我，莲开一片在心中。

◎ 广阳山

胡正芹

丹崖隐圣迹，神笔著经纶。
释道扬千古，精髓警后人。

◎ 赛道美景

胡正芹

百里蜿蜒柳似烟，太行处处小村闲。
秦湖水溢西湖水，五指山非两界山。
真武贞观留史痕，广阳宋璟铸德篇。
千重碧树笼阡野，德聚五洲竞彩链。

◎ 广神岩古松

胡正芹

铁骨铮铮立险崖,经霜沐雨度年华。
沧桑百态等闲过,独览群峰万里霞。

◎ 游桃花源玻璃观光台有感

胡正芹

踏翻世路又临川,步步惊心一线天。
为看太行群壑小,愿生双羽做云仙。

◎ 梅花公园踏春

胡正芹

微风轻度暗香来,彩萼如虹枝上排。
疑是蟠桃酒未醒,错将渇苑布瑶台。

◎ 小西天

胡正芹

造化青峰幻亦真,凌空绝顶净纤尘。
山前真武辙遗怨,殿里谪仙碧化身。
深壑翠波含故事,危崖清韵任新吟。
王朝尽改昔时貌,挺立犹持初日心。

◎ 观高速大桥建设工地

胡正芹

朝看山间跃巨龙,夜观陌野万千灯。
衔接南北通霄汉,穿越东西向碧峰。
高路平宽迎远客,长桥壮伟展雄风。
中华儿女弹新韵,笑看李春梦里惊。

胡正芹,沙河市孔庄村人。中华诗词大学会员、中国诗词楹联学会会员、河北省诗词学会会员、邢台市文化交流会员。

◎ 王瑙古石楼群感怀

秦增群

太行深处有古村,六百春秋鲜知闻。
古堡群楼连尘月,青柏红枫惹霄云。
明朝总兵开荒迹,民国英烈著雄魂。
开放旅游声远播,全赖诸君笔耕勤。

◎ 九龙庙沟行

秦增群

天崩地裂岱谷开,嶙峋赤石九龙来。
朝去暮雨掩庙宇,柏风松涛动亭台。
九五潭溪簇幽篁,万千磴石湿绿苔。
天上人间诸般景,深沟幽壁次第排。

◎ 谒范子侠将军墓

秦增群

六十年前炮声隆,为抗日寇殒将星。
刘邓二勋致悼词,军民三千护英灵。
忠心青石做墓室,凛然铭碑唤高风。
烈士精神永不死,长溪呜咽坐骑鸣。

◎ 登赵国长城有感

秦增群

庚辰五月寻赵城,壁立千仞浮云平。

十台烽火言戎事，五指向天记胜形。
悬壶轻洗识碑记，临风漫谈武郭公
揩面汗化千滴雨，绘得沙河锦绣景。

◎ 梅花亭怀古

秦增群

遗存京广大道旁，宋祠早为新学堂。
难觅梅花扶疏影，不见紫燕绕画廊。
亭残应知蒿草盛，荷凋但思碧水长。
何时再筑梅花园，千古高风借时扬。

◎ 广阳山登临

秦增群

一山突起扼两川，渡水流此再不前。
东朝罗汉及夫子，西观玉乳并漆泉。
老聃经卷乔羽歌，冀南三才千古传。
广阳自古隐名士，文采风流代代传。

◎ 春游封峦寺

秦增群

千年古寺在封峦，绕河三匝捧玉莲。
忽如一夜春花发，桃花林下挂玉幔。

◎ 封峦寺凭吊

秦增群

封峦古寺惊帝辇，曹后奉旨驻禅院。
天马行空备鞍地，神龙布雨出深潭。
宋碑高耸仗两槐，玉珠飞漱涌三泉。
但愿宝刹重建日，再招齐鲁香客还。

◎ 秦王湖放歌

秦增群

秦王湖上碧波漾，倒转时空话沧桑。
插旗瑙上旌旗动，大仓沟外运粮忙。
开山劈岭炮声急，筑坝修渠号角响。
十年夯实千秋业，至今人人赞炳良。

◎ 册井风景区抒怀

秦增群

风清月明自悠哉，水戏蛟龙栖凤来。
宝宇辉映钟钲鸣，地育厚德山川载。
册册新书写故乡，井井溢珠耀栋材。
古松虬柏天籁韵，镇日景区放异彩。

◎ 太行山颂

秦增群

一

巍巍太行山，峥嵘接云天。
北护幽燕地，南拓沁河原。
逶迤八百里，纵横冀豫间。
史书称天脊，民间誉龙盘。
华夏多山岳，南北走向罕。
混沌开天地，远古有人猿。
黄帝筑山寨，完胜涿鹿战。
尧天接舜日，让贤帝位禅。
精卫填东海，女娲补青天。
后羿射九日，愚公移二山。
神农尝百草，玄武练仙丹。
祖已迁邢地，唐祖茔尧山。
太行启先端，华夏文明史。

二

巍巍太行山，自古多圣贤。
荀况著奇书，李聃走函关。
鬼谷授兵机，孙子兵法传。
秦王击大缶，相如完璧还。
一场将相和，千古成美谈。
赵王胡服射，改革最前沿。
荆轲刺秦王，萧萧易水寒。
桃园三结义，忠义千古谈。
北宋赵太祖，千里送婵娟。
历史贤宰相，河北有名篇。
宋璟沙河邑，魏征巨鹿县。
元朝成一统，原赖邢五贤。
文谦重农桑，《农桑辑要》篇。
大家郭守敬，天文做贡献。
宇宙一行星，以其名垂范。
明朝有直臣，朱裳敢犯颜。
首提"猫鼠论"，青史有遗篇。

三

巍巍太行山，御敌是屏藩。
黄帝战蚩尤，太行做营盘。
秦王李世民，鏖兵洺河畔。
国家成一统，解民于倒悬。
岳飞抗金兵，血战在赤仙。
于谦凭险要，纵马战酋顽。
八路据太行，日寇心胆寒。
抗战一四年，血染丹霞岩？
进驻西柏坡，指挥"三大战"。
鼎定中原日，神州换新颜。
建国赖于此，开创新纪元。

四

我颂太行雄，苍穹柱其间；
我颂太行伟，胸阔纳百川；
我颂太行德，风雨未改颜；
我颂太行神，芸芸众生贤。

生化成精神，与日照人寰。

秦增群，沙河市册井村人。系河北省诗词协会会员，著有《松枫梧雨集》等诗集。

◎ 致孟庆菲老师

张从海

春秋三十弹指间，霜颅几度梦少年。
花木松风荡词韵，渡口清波弄管弦。
稚趣偶酿新社戏，师心常寄肺腑言。
忘年之交淡如菊，真情一脉付山泉。

张从海，沙河市东马庄人。曾任《长城》杂志编辑，河北省文艺理论研究室主任等职。其作品《梨花雪》曾经获得河北省优秀小说奖。

◎ 游大安山古寺

郭静

时值峰峦气正清，一行鸿儒赴山城。
欲燃红叶佛堂外，听醉今朝唱和声。
余贪一碧庆霄清，为得闲心出邑城。
十里烟霞围古寺，只听梵呗覆秋声。

◎ 游九龙庙沟

郭静

一脉苍龙岭上横，青松翠柏似鳞生。
经幡梵咒扑人面，曲径深幽荡呗声。

◎ 丁酉菊月笔架山赏红叶

郭静

（一）

十里画廊连碧空，斑斓完胜夏葱茏。
正贪旷野清秋气，更恋峰峦栌叶红。
遥望彩绸托庙宇，闲听喜鹊戏疏桐。
万般无奈皆抛却，哪里还须违意逢。

（二）

时逢重九巧梳妆，一夜斑斓俏太行。
且任群芳空嫉妒，红衣霜著做新娘。

（三）

听闻秋叶正如荼，相约枫山赏丽株。
写满相思红豆子，此时应逊这黄栌。

（四）

九月铺开七彩图，谁延画径忘归途。
欲临崖顶抒豪气，却憾无携酒一壶。

◎ 随友桃花源闲游

郭静

为逃暑气向西行，方入苍山顿觉清。
别驾何曾缘我住，老泉犹自抱琴鸣。
一川碧玉春秋去，两壁画屏千古横。
历尽腥风颜未改，沧桑重看始峥嵘。

◎ 绝句·杏花庄

郭静

斜倾花雨满庄园，树下伊人笑语喧。
怕负春心春好景，一枝杏蕊鬓边繁。

◎ 忆江南·梅园

郭静

春光盛，二月百花喧，
无意清风多缱绻，
唯嗔归雁信无还，
思已过重山。

◎ 题广神岩

郭静

幽壑飞花雨，名山有宿因。
云深逃帝子，木古化仙人。
美梦何曾觉，谎言几句真。
三千应劫后，谁与洗心尘？

◎ 绝句两首

郭静

其一

千年古柏石嶙峋，阶下枣阴掸世尘。
时有白云来做客，佛心能度上香人。

其二

翠柏苍苍古道深，参差殿宇并碑林。
白云青鸟常探看，檐下逸人书古今。

◎ 秋游太行

郭静

叠彩山林遮曲径，谷幽潭水蕴岚烟。
长空鹰隼搏云际，陡岭柏松生石缘。
我伴清风闲踱去，谁邀狂客醉流连。
太行秋色仍如故，惟少牧之诗一篇。

◎ 映雪湖记

郭静

中华大地，风景绚丽之处，比比皆是。凭五岳之奇峰，遥接沧溟；任四湖之秀水，漾洄震旦。然吾之最爱者，惟桑梓之畔映雪湖也。

观夫山连华北，地处冀南。会赵都西域之丘，接太行山峦之脉。得天地之钟灵，聚神州之精华。历史厚重，民风淳朴。惟于此邑之西，群山之内，厥有温泉，其流净渌，注峪而盈，不火而温。香炉峰下汤泉偕瀑布争飞，植翠与飞鸿交舞。斯泉水涓涓泓泓，潏潏融融。四围山陡似屏，林叶葳蕤；其中湖平如镜，岚烟缥缈。汤水终年之热气氤氲，草药碧于秋畔，朱岩沸于冬池。溯洄以上，道阻且长。兹有先人之釜鬻煮鱼，渡劫烹蟾，更疗齐侯之病疥。

于是山人墨客，赵女燕姬玉楼方醉，沐兰汤兮发秀，掬白云兮指纤。画舫遥来何须金缕，羊车若到尚控青丝。乃轩冕之桃源，凡尘之竹径。

且夫登临则有支流溅沫，沃畦灌町；俯下犹如苍龙出涧，猛浪若奔。湖东成溪，终年潺潺，延堤揽荫，饮其水可临流无药。正可谓：一方水土养一方斯民也！

是以春至邀风戏水，悠悠碧浪，堤岸山花烂漫；夏来林荫踏歌，清凉解暑，群山映水如图；秋赏黄栌红叶，崖菊香袭，四围色彩斑斓；冬宜温泉汤浴，赏雪折梅，几卷诗书成就。无尽妙处，难以言表，闲暇之余痴迷湖畔，嬉戏伐舟，何其美哉！特学做短文薄篇，赞我映雪湖之滨，与众君共雅赏。

◎ 太行崖菊赋

郭静

苍莽太行之山巅，葱茏桑梓之花草。长裂崖菊，首当一宝，洁癖无双，不随俗道。最为稀奇之一，是以春季萌芽，因干燥而不发；夏时拓叶，得潮湿而郁葱。不纳江河雨水之易，只吸空气露珠以丰。舒枝固露以养茎，敛叶收汁以碧丛。冷傲于太行之上，清高于山崖之中！

是以不同于诸多凡花，其叶也香气袭人。夏日之枝叶葳蕤，叶香沉郁；秋天之繁花次第，花气清神。触株则染指，至地则付身。其枝不动，气凝香含；其叶方摇，气随香叠。风小香微，风狂香协。甚爱香飘于黄花，堪怜香散于绿叶。此乃稀奇之二也！

观夫隐云岭，居山崖。此仙株生于巍巍峭壁之上，发于绵绵浮尘之阶。未羡他乡厚土之思慕，独留故地薄壤之情怀。孤芳自赏兮距草远，独善其身兮任尘埋。从不依附于其他植物旁，稀奇之三乎？时至金秋，熙熙攘攘，香徜十里，吐芳崖菊。山含笑兮菊娇，天降霜兮香馥。流连恣意于霜岭苍山，不屑明媚于暖房案牍。

且夫烹药好，泡茶香。清肝散热之做茶饮，化浊解淤之入良方。明目醒神兮多睿脑，除烦减忧兮去愁肠。一盏茶汤，千杯不醉。几嗅花香，三更安睡。夏生岭侧之碧草仙，秋绽冀南之黄花魅。

妙哉！长裂崖菊，品性俱佳，然知其品性者几人乎？

郭静，号静月轩主，网名蓝措，沙河市人。邢雅诗社、渴水诗社社员、中华诗词协会会员。

◎ 渐凹古戏楼

施书霞

古楼曾伴韵铿锵，世代民风戏里藏。
平调悠扬虽落幕，土墙石柱记沧桑。

◎ 大安山

施书霞

未到安山气已清，投身赤海忘归城。
游人梦醉枫林晚，钟鼓轻传和鸟声。

◎ 广神岩

施书霞

倚傍青山临圣水，千年古柏掩红门。
往来皆是虔诚客，九叩三磕拜广神。

◎ 塔子峪传习坊

施书霞

机杼声声美梦裁，霓虹片片落农宅。
不知巧手谁家女，可是织仙下界来？

◎ 雨中游梅花公园

施书霞

曲径幽幽绕碧塘，梅花亭畔透微凉。
清风拂柳歌一曲，珠玉敲盘诗万行。

◎ 红枫山下王瑙石楼群

施书霞

猎猎红霞绽九重，祥云捧处隐仙踪。
今描一页煌煌史，尽在石楼小巷中。

施书霞，沙河市功德汪村人，小学高级教师。

◎ 游王瑙古村

程丽萍

日出岚烟去，桥边闻水流。
弯弯墟里巷，静静画中楼。
谐美山前看，祥和眼底收。
皓翁携老妇，执手笑无忧。

◎ 登红枫山

程丽萍

步疾青山近，晴光正满川。
霄衢通绛阙，石磴入云天。
绝壁翔鹰隼，丹崖飞白泉。
仙桥歌落处，千里看炊烟。

◎ 咏野菊

程丽萍

雁去催天凉，秋来野菊黄。
严霜欺傲骨，玉露酿寒香。
千谷幽芳地。一身淡雅妆。
风吹花似海，影照小溪长。

◎ 初秋游杏林园

程丽萍

秋阳照水柳如烟，鱼跃碧湖云逸天。
万亩杏林还翠叶，千篱秀菊待婵娟。
风扶芦草青丝老，蝶舞荆丛野菜鲜。
掬得凉风吹绿树，不看落叶听高蝉。

◎ 游小水村诗二首

程丽萍

幽谷流泉

一池更比一池凉，空谷无风日影长。
见底流泉濯石净，渐生秋露沁花黄。

秋山观花

藤萝绕树树攀花，青紫赤橙香径斜。
始信秋时还烂漫，迎风开尽在陶家。

◎ 小城仲夏夜

程丽萍

小城节物几番新，细细数来倍觉亲。
碧水塘蛙鸣到晓，梅园香圃绿成茵。
新街老巷花千树，云榭瑶台月一轮。
箫笛悠悠传子夜，人怜美景景怡人。

◎ 登广阳山

程丽萍

西望天台似梦遥，峰峦如聚近凌霄。
登坛欲问青牛事，访道偏来渑水桥。
古渡百年听磬鼓，广阳千载唱渔樵。
仙山洞主乘风去，空剩杏帘南麓飘。

◎ 月夜访梅园

程丽萍

盈月落荷塘，蔷薇散幽香。
柳丝摇细语，何人入西厢。

◎ 游北武当感怀

程丽萍

柔风阵阵送槐香，好友相邀游太行。
幽径深深新竹短，石阶窄窄柳丝长。
去时携手多欢乐，返后惊魂独自伤。
孤坐崖前少君伴，却陪夕照话凄凉。

◎ 荡舟秦王湖

程丽萍

落日余晖满画船，凭栏坐看醉青山。
野鸭戏水凌波起，一棹荡开湖底天。

◎ 游戏九龙湖

程丽萍

雨后青山分外娇，碧波荡漾涌春潮。
笑声更在云天外，弄笛跨鸾入九霄。

◎ 游插旗瑙二首之一

程丽萍

插旗瑙感怀

怪石嶙峋向碧天，旌旗翻涌逐云边。
若非唐帝真豪杰，那得美名誉万年。

◎ 杏花沟

程丽萍

满坡白草气犹寒，一谷春花待俏颜。
欲请东风多眷顾，催开杏蕊笑三川。

◎ 周末秦王寨采风作业

程丽萍

席地野餐品极馐，豪情入酒唱风流。
松涛阵阵几人醉，谁说老翁已白头。

◎ 重阳节登高感怀

程丽萍

九月登高进太行，秋花娇媚醉重阳。
采来泡酒邀知己，玉手拈花指沁香。

◎ 西五指山秋韵（之一）

程丽萍

登顶归来别远山，石桥溪畔闻鸣蝉。
秋风一缕送诗韵，魂留幽谷不思还。

◎ 西五指山秋韵（之二）

程丽萍

不慕繁华恋青山，幽香淡雅自天然。
金风赐我傲霜骨，采朵秋云做素衫。

◎ 甄泽观怀古

程丽萍

舟车依旧门前过，湡水千回向大河。
义士一从归去后，九州谁唱采薇歌。

程丽萍，网名杏雨芳菲，沙河市人。

◎ 观国际自行车赛道有感

樊延军

长长赛道绕绿岗，汗水拼搏七彩光。
野沟门水泛金鳞，浆水苹果放异香。
七孔桥下喘流急，禅房花木深深藏。
秦王湖畔桃源梦，漆泉寺里诵经忙。
广阳山顶伊喜寨，太行渡槽架仙乡。
三关闯过白塔界，纬三路上好风光。
若问今天谁最美，邢襄大地湡水旁。
太极阴阳刚与柔，道德经里著文章。

◎ 去马沟过赛道一路好景

樊延军

烟锁秦湖波粼粼，云揽雄山路重重。
秋雨细细染锦绣，嫩黄苒苒带春容。
沿途碎玉开眼外，一径碧波入花中。
到得杏林悬壶处，惟遇车多语更浓。

◎ 大安山

樊延军

大安山下白云飞，一夜曾经梦几回。
红叶报得壮士血，黄花对我笑微微。

◎ 登红石沟茅亭有感而发

樊延军

昨日登高处，亭台云水赋。
远眺天外景，近赏春却无。
隔岸观丽人，草色亦荒芜。
谁晓春未见，却见春意驻。
游人心皆醉，曲径离幽处。
回家酒未醒，醉卧云里雾。

◎ 登康源西顶水池有感

樊延军

极目东南去，薄雾罩山林。
河东下曹岭，云浓雾更深。
西北亭台静，鸡犬偶相闻。
近听百鸟鸣，翠柏赛比邻。
水流潺潺出，美女压枝身。
此中更无意，花藏香亦深。

◎ 雨中过秦王湖

樊延军

一带秋水烟雨中，两叶扁舟伴我行。
谁削丹崖高千仞？云楼半开觅仙踪。

◎ 甄泽观诗二首

樊延军

其一

甄泽观旁车马鳞，和风浩荡觅天真。
二贤不食周家粟，万姓归成一统民。
老子青牛腾紫气，伊公牧笛涉红尘。
生休门里谋身退，三十六宫皆是春。

其二

此观只思城府深，登堂入室道踪真。
修行一炁最为贵，正清和时造化神。

<small>樊延军，沙河市白塔镇樊下曹村人，务农，爱好文学。</small>

◎ 小城雨后

赵丽芳

小城春雨浥轻尘，草色青青楼宇新。
最喜梅园颜色好，和风丽景醉游人。

◎ 清平乐·赏梅

赵丽芳

疏枝万朵，梅苑千重火。
如织游人花下惰，个个倾情忘我。

颜俏不付春归，蕊枯未绝香存，
今日游园似梦，此生只愿同菲。

◎ 渔歌子·游园

赵丽芳

一入公园美景稠，柳黄梅艳竟风流。
人面俏，暗香幽，湖边蕊下尽凝眸。

◎ 游沙河千佛岩有感

赵丽芳

古寺悬崖远世尘，香云缭绕数千春。
繁华已逝成空处，寂寞山风昏与晨。

赵丽芳，网名妮妮。邢台市诗词协会会员、河北省诗词协会会员。

◎ 游广阳山

李生民

登高极目望天舒，南屏翠微映碧湖。
北峰摩崖有神迹，聘君悟道真理出。
一百四十二台级，节节石基皆浮屠。
松柏掩影遮琼霄，云霞明灭烟波渚。
刀劈斧削仙梯耸，惩恶扬善莫歧途。
世间多少繁华事，我自狂痴醉玉壶。

◎ 梅花雪

李生民

瘦枝掩娇身，瑶阙舞纷纶。
难舍羡君意，从冬追到春。

◎ 题兴龙寺

李生民

草堂春色浓，古柏参天松。
镌刻碑林立，佛缘迎门庭。
小廊几回转，秀竹郁葱葱。
桃红香舍外，芳草碧涟青。
飞檐朱漆壁，神祖栩如生。
禅院有梵呗，古寺暮晨钟。
不肯赤袖去，经书虔手诚。
如履踏云雾，遨游仙境中。

◎ 新孔庄峡

李生民

浊水虐后汇小溪，潺潺流泉诉凄迷。
青山不墨含黛色，卵石滚滚满疮痍。
河床渐阔无锦被，峡峰林立风作披。
借问洪荒谁何为，皆因黑龙回潭戏。

◎ 大岭口长城

李生民

古城青山相对出，岭口奇峰亦突兀。
西风寒夜晓残月，荆棘横丛觅归途。

◎ 古村北盆水

李生民

谁遗玉盆落太行，青山碧水凹中藏。
满目珍宝镶吉地，民风质朴传四方。
红岩角楼红陌巷，拱桥襟连邻里长。
门前相邀潇湘子，屋后遍引金凤凰。
罗汉洞府祈鸿愿，千佛壁龛骚客忙。
仙娥恋尘幽此处，东篱赘招做故乡。

◎ 游漆泉寺

李生民

一

四壁青山掩漆泉，半垣残院对苍天。
欲探千秋贞观事，沉睡荒草乱木间。

二

雕梁画栋没尘烟，晨钟暮鼓修前缘。
待到他日众客至，三神殿上笑逐颜。

◎ 静峪寺

李生民

春山斜雨后，云霭绕西楼。
丛谷花木盛，林径自通幽。
潺溪涵桥水，石涧绿苔流。
碑林佛廊外，香客如织游。
桃花消残去，桑葚遮红羞。
罗汉禅壁画，浮屠倩影留。
磬音响云雀，暮鼓传峪口。
欲意居兰若，清风邀今秋。

◎ 大坪村

李生民

谁摘彩虹遗人间。云岭叠翠层梯田。
松柏葱郁沟壑纵，湖映碧波柳含烟。
丹霞矗立冲天翘，素粉勾金描飞檐。
栋栋石楼唱千古，悠悠青山诉心愿。
阡陌幽径巷深耸，耕读诗书传久远。
常思陶公归身处，不羡桃源隐坪川。

◎ 五指山

李生民

纤纤秀指欲破天，碧波悠悠映翠兰。
鲜花迎来远方客，可是昨日醉婵娟。

◎ 观册井春秋园牡丹有感

李生民

姹紫嫣红俏，春秋园里傲。
千客汇于此，争慕天香娇。
文人多慷慨，翰墨也泼毫。
齐奏新华章，抒尽肝胆照。
曾作洛阳女，折碎权媚腰。
欣然遇李公，此心最逍遥。
百般又呵护，情感日月昭。
阳春竟芬芳，使君更风骚。

李生民，河北省沙河市綦村镇纸房村人。自幼酷爱古诗词，现渑水诗社社员。

◎ 咏秦王湖

李连彬

昔日英雄鏖战地，今朝秀色一湖中。
云绕青山湖底翠，日洒朝霞水上红。
静凝影沉三山月，幽穆空送一川风。
秦王英灵今犹在，与我引吭抒豪情！

李连彬，下元村人。著有《推背图解》《风月拾遗》等作品。

◎ 秦王湖晚景

王日照

残雪不掩杨柳青，渔歌掠影水鸟惊。

一船夕阳随人去，两岸云飞趁春风。

◎ 登北武当山

王日照

迤逦云中路，参差天上梯。
悬崖盘古树，空谷汇长溪。
川野存幽境，当同五岳齐。
惊攀临绝顶，笑见众山低。

◎ 题静峪寺

王日照

古刹深藏四环山，老木抱春惹炊烟。
残垣唐碑阳霭里，晨钟暮鼓疏松间。
老桑历历生新绿，梵呗袅袅韵犹闲。
路转峰回无岁月，寒云来去记大千。

◎ 游杏花庄

王日照

一山红杏闹村西，胭脂迷漫染柳溪。
流水不识美人面，浮香寻岸化春泥。

◎ 题西毛村兴龙寺

王日照

林碧山静境自幽，兴龙古寺正初秋。
鸟鸣惊起三更月，坐听泉声不断流。

◎ 登红枫山抒怀

王日照

久慕红枫独登临，霜色丹叶入望深。
忘情空留秋水恨，高歌谁解白发心。
天清露湿兰香歇，云暗风轻月影沉。
无聊最是书斋客，雁啼声里把杯吟。

◎ 题封峦寺

王日照

桥畔野水绕石经，三面青山共寺邻。
开卷欲写佛中事，心上有禅景亦新。

◎ 题普照寺

王日照

画壁雕檐殿宇巍，城西佛光紫云飞。
暮鼓声声普照寺，梵音袅袅入梦帏。

◎ 秦王湖小景

王日照

秦王湖边三两家，门前流水映桃花。
鹅鸭忽入春波里，搅乱山头一抹霞。

◎ 游大坪

王日照

雨中秋山雾朦胧，十里云烟望不清。
且问诗人欲何往？心慕前贤上大坪。

王日照，字明公，号卧石斋主。中国老年

书画研究会会员、河北省书法家协会会员、邢台市儒学学会理事、沙河市老年书画研究会副会长。

◎ 闲题北武当山

王丽格

北有武当与世横，雄姿屹立傲长风。
从来修道仙山去，未料真人稼穑翁。
峭壁千重藏圣母，孤峰万里隐龟龙。
香炉一炷云天外，知是瑶阶第几层。

◎ 秦王湖偶记

王丽格

当年列阵度河山，兵马千骑跃壑峦。
半壁江山顷乱世，家国一望又烽烟。
青山还记当年月，碧水犹怀旧日寒。
且缀明珠题秀色，太行胜景好凭栏。

◎ 初逢广阳山

王丽格

赤脚出关四海游，麻衫素裹伴青牛。
苍山隐匿林中客，六载真身洞内修。
不见浮云经世事，唯留宿地对春秋。
玄门草木樵歌起，任尔声名万古流。

◎ 拜谒观音寨

王丽格

何处莲花落，苍茫玉立身。
翠崖多茂树，白水绕孤村。
朱顶接云底，青峰逸世尘。
蓦然生岫色，疑似度缘人。

◎ 闲步九龙沟

王丽格

谁持御剑向天劈，崖壁开合未有期。
翠谷幽潭盘卧处，九龙迤逦各东西。
繁花野趣凭佳色，山麓林泉恰自迷。
若使谪仙居此境，餐风饮露不思离。

◎ 误入桃花源

王丽格

自从陶令世相传，不尽桃花誓不还。
金殿飞流珠串玉，五龙捧胜一线天。
山人信步沿阶去，散客流连俱忘年。
拾遍峰青无觅处，桃花源里已成仙。

◎ 筑梦封峦寺

王丽格

遥向群山寻古刹，太行深处竞峰峦。
迷津有渡前尘事，幻海无涯后世谈。
玉像金容光万载，兰宫桂殿秀千岩。
一夕宿梦清绝地，见性明心亦入禅。

◎ 甄泽观游记

王丽格

问道甄泽观，千寻百转间。
晨钟忽暮鼓，诸事了无牵。
古柏邀云语，三清立真言。
焉得抱朴子，生死已然然。

◎ **闲踱梅花亭**

王丽格

吟遍梅花千万句,还擎御笔赋明堂。
昔年水榭通幽境,今日孤亭立晚凉。
曲栏子影谁入梦,宋公意气寄何方。
扶摇几缕花魂在,铁骨冰心慰断肠。

◎ **漫行王瑙村**

王丽格

山行漫漫过石楼,街巷无方自转头。
左进右出连庄户,前庭后院串田畴。
先人匠心多筹划,留与子孙做计谋。
历尽百年成自统,红尘青史任悠游。

◎ **初遇映雪湖**

王丽格

鼎梅映雪波光远,时有野禽振羽飞。
极目千山披素色,凭栏十里落余晖。
温泉汤水疗疾苦,小隐西天渡客随。
老树琼枝皆默默,斜阳荡尽不须归。

◎ **观太行渡槽记**

王丽格

孰与尘寰几段桥,好依千仞引波涛。
崖分两壁凌空渡,浪涌群山映碧霄。
雾锁龙须方日暮,虹吸凤尾又星高。
青烟邈邈披叠嶂,筑我山河气自豪。

王丽格,邢台市诗酒文化协会理事、邢台市诗词协会副秘书长、河北省作协会员、河北省诗词协会会员、中国诗歌学会会员。多次获诗歌大赛奖。

◎ **峡沟行**

王闫之

童捧玉斝自东来,云锁清风雾锁台。
几度高歌深峡底,醇香散尽始徘徊。

王闫之,笔名闫之,号一斜,沙河市王窑村人。沙河市书协会员,最擅小楷、柳书、米芾行书。

◎ **广神岩**

逸人

丹崖悬翠盖,绝壁绕香烟。
鬼斧辟佳景,神工造梦缘。
秦枝撑万古,汉柏树千年。
谎殿今唯有,文人著笑传。

逸人,郭大田,善笔墨丹青,沙河市书画协会会员。

◎ **咏文谦湖**

王莎莎

水中满月似青铜,一天秋色入画屏。
文谦湖畔慕前贤,激励后学奋前程。

王莎莎,女,沙河市教师。

◎ **赏安山红叶**

王丽媛

相伴辞青九月中,微风和煦暖融融。
爱留原野菊花笑,情染安山枫叶红。

◎ 封峦古寺

王丽媛

石桥流水映枫红,殿宇巍峨挂秋风。
松下黄莺争秀色,禅音袅袅入苍穹。

◎ 游秦王湖

王丽媛

碧水微波连远山,一湖翠黛渺如烟。
情牵天外云游客,意许身边小渡船。

◎ 九龙庙沟

王丽媛

古刹仙峰世外清,持香顶礼众心诚。
梵音渺渺堂前绕,妙语真言悟道声。

◎ 西沟秋韵

王丽媛

菊绽重阳正艳时,南山北岭舞仙姿。
引来骚客吟佳句,醉了秋风人更痴。

王丽媛,号世外桃媛,祖籍河北省唐山市,出生地内蒙古包头,生长在沙北省沙河市并长久定居,从小喜爱读书绘画诗词等。

◎ 王瑙

赵庆勋

太行深处有民居,其乐融融睦里间。
古朴风情世少有,高科技艺尽多余。
锄奸驱寇先人事,斗地战天后辈夷。
凌烟阁上标青汗,英烈芳名万古垂。

◎ 封峦寺、大安山游记

赵庆勋

秋染太行入画屏,苍山古庙两葱茏。
游人不解西风意,赤土林中一树松。

◎ 长城吟

赵庆勋

城阙依依古庙前,几经沧海越桑田。
秦亡不是边庭事,留与后人做笑谈。

赵庆勋,原中国第二十冶金集团总公司退休干部。

◎ 美丽的古渔村(渐滩)

郝四凤

山绕平湖一村落,湖光倒映天水合。
渔姑摇橹倩影舞,画廊一开十里波。

郝四凤,沙河市蝉房乡后渐寺村,中小学一级教师。

◎ 忆范子侠将军

韩建元

青山默铭将军功,将军亭前话英名。
丰碑屹立坟冢前,民族精英民族情。
威名平汉敌丧胆,身先士卒大将风。
正义真理苦奋斗,抗倭名将世代颂。

◎ 梅花亭

韩建元

小桥流水亭连亭，贤相高风感君容。
往返驻跸挥御笔，古梅一本《赋》辉增。

御路犹存古风在，玉骨铁干世人敬。
《赋》越江洋传五州，高山仰止赞政声。

<small>韩建元，沙河韩庄村人，国税局职工。有多部作品出版并获奖。</small>

◎ 游王瑙村

张生平

群山环抱王瑙村，满目尽览石楼群。环境优美迎客至，民风淳朴溢情真。古建民居有特点，抗战旧址吸游人。传统村落新姿展，和谐社会根基深。举目三山临一水，放眼青龙驮官印。左望山川连绵出，右靠红枫山一尊。春来遍野山披翠，秋至满眼火烧云。古村开发焕新彩，山乡无处不销魂。

<small>张生平，沙河上关村人，沙河市中医院主治医师，爱好古诗词。</small>

◎ 北武当山赋

张锐峰

北国有名山，华夏多胜景。巍巍太行山脉，崛起武当奇峰。北武当山，俯瞰华北大地，雄踞燕赵之西，高耸太行之巅，挺立沙河县境。背依茫茫云顶，为群山之首；面临泱泱北川，成守望之势。容黄山之奇而超乎奇，越华山之险而谓之险，历峨眉之秀而叹其秀，兼泰山之雄而胜其雄。登临绝顶，环顾四方，三川风物收眼底，五洲烟云揽胸襟。春则桃花争艳，漫山粉黛；夏则苍翠欲滴，绿色遍野；秋则硕果飘香，枫叶泛红；冬则银妆素裹，韵味无穷。广集山川之灵气，汇聚松石之葱茏，纵览历史之云烟，凝结文化之厚重，奇秀冠天下群山，风光迷四海嘉宾。北武当堪为吕梁瑰宝、三晋名山也！山高人为峰，海阔礁为岛；会当凌绝顶，一览众山小。北武当山七十二峰，层峦叠翠，群山奔涌；二十四涧，险峻幽秀，斗奇争雄。香炉主峰一柱擎天，雄峙苍穹；玄天大殿金碧辉煌，彩虹凌空。级级石阶如起舞之凤，弯弯檐角似欲腾之龙。巅峰驻足，可观武当日出；金顶伫立，饱赏云海飞虹。深谷小憩，恰逢大象守山；幽径盘桓，又见九龙出洞。千峰滴翠绘锦绣，百鸟争鸣传佳音。入耳松涛无中有，过眼烟云崖边生。松石奇而山水秀，人文美而地理优。珠联璧合动静有致，龟卧蛇飞旷世奇景。人若有德，世所颂之；山若有灵，人所仰之。北武当以道传世，以景闻名，始创于夏，盛行于唐。乃北方道教活动胜地，历代道家修炼场所。太和宫内，精美壁画栩栩如生；石牌坊前，宏伟建筑交相辉映。太子真武英姿勃发，历经磨难终成大器。尉迟恭监造五岳庙，孙思邈得道真人谷。宫观庙宇星罗棋布，真武石像高耸云天。云游道士，修炼于此；墨客剑侠，慕名而来。祥云缭绕聚紫气，香火升腾净心灵。香炉峰顶清烟起，玄天殿内玉磬声。三月三日庙会，四海游人络绎不绝；黄金休闲假日，八方佳宾结队登临。石阶步步，引香客徐徐入殿了心愿；赞颂声声，领游人处处攀登览美景。石为山之骨，林为石之魂。奇石笑迎天下客，怪松喜逢山中人。千仞石壁刻沧桑，古猿望日傲苍穹。岩如斧凿，托起龟蛇斗智；石似羚羊，凝望天壶倾露。万神庙前观林海，天寿井旁听泉声。峡谷危岩，峭壁峥嵘；山石争秀，绿树幽林。母子松相依为命，鸳鸯松爱情坚贞；迎客松仙人指路，顽强松不屈之魂。玄武之湖碧波荡漾可泛舟，真武山庄舒适静谧供休整。掬一口北武当圣水，年年如意；饮三杯老传统美酒，事事顺心。夫观北武当周边，沙河市境内，旅游胜景如星罗棋布，古迹遗址似卧虎藏龙。梧桐沟森林公园风光无限，秦王湖天池景色宜人。一代贤相宋璟碑碣犹在，千年古都沙河城城气势恢宏。朱庄水库水上乐园，桃源景区五彩缤纷。更有丰泽风光生态美，王瑙村石楼矗镇中。游禅房岩草甸，可消夏避暑；访秤湾古民居，阅太行风情。游人到此，流连忘返，心旷神怡，耳目一新！登高临险虽经攀缘之苦，却有陶冶之功。攀绝壁以远志，观云海可抒怀。呼吸新鲜空气清心利肺，畅饮清泉甘露健体强身。人生苦短，山寿无穷。凭山川之永固，借溪水之长流，收延年益寿之效，壮乐山爱水之行！科学发展，人和政通。名山展新姿，武当现青春。群贤毕至峰愈靓，山川秀美旭日升。壮哉武当，枫叶点点叹幽境；美哉武当，游子依依乐无穷！

◎ 九龙沟赋

戴俊宝

景春之往，时惟三月。邀朋二三，更马裕村，径九龙桥。青筇扶步，薄游九龙沟。遥望左右，顾而乐焉。雾浓浓而阶晦，露湛湛而草芊。乐谷中松涛之鸣响，喜涧下流水之潺湲。忽而山风生，晨雾见散。睹阳乌之光荣，若幽龙之出泉，金辉亘天。有岩岩之危巘兮，拂穹隆而上旋。涧溪两侧，上则危石耸峙而欲倾，下则清潭无底而生寒。飞鸟上抟，未敢留连。子生好奇，乃疾而登攀，挽修柯而举足，鉴姿容而下看。忽然心动，毛发悚然。嗟乎！九龙沟之美景为天下穷览之极观也。前人已述备矣！明贤、今人到此，赋篇而刊山。九龙沟景之美也，人耽漱石，声皆响而成韵；客至作弦，风入弹而醉人。九龙沟水之澈也，夜色初升，映繁星而珠满；空光下凝，曳新月而钩澄。九龙沟水之润也，竹添静翠，抱粉娇之奇色，挺高节之嘉名。花增新艳，葩受露而将秀，香自远而随风。

于是乎青阳告谢兮，接朱明之季月，气触石而结蒸，云肤合而仰浮，雨纷射而弥蒙，潦波涌而涧鸣。九龙戏珠，舞空中之白练；一虹化玉，绕天上之霞宫。叠嶂层峦，绿树形成黛岑；巘岩峭壁，奇景化作青城。晴岚飘纱，观翠峰以入画；凉风生袖，听流水之鸣琴。天织流霞，引游伴之雅兴；水凝碧浪，动风人之襟情。清荫苒苒，引凉风于幽涧；绿雾纤纤，承清露于翠空。炽日炎风，何必蓬莱蔽暑；休闲福地，此为乐丘消魂。

于是乎大涧之休气，喜荣光于春流，驰寒波而秋往。气结风而回敷，华映水而增光。羊角红枣，千颗蒂熟；牛心柿子，万枝皮黄。桑葚枸杞，珠作玛瑙；鸭脚鹅毛，玉骨含香。金星粉口，紫实含津；金珠海石，玉子为浆。罗乎溪岸，列乎山冈。摇紫茎，绽红花，包朱穰，煜煜扈扈，照曜山野；郁郁葱葱，科藤沙棠。桦枫楸梓，浑如燃火；冷杉寒松，恍若流肪。影高千尺，围木连抱，俊林叶茂，夸条直畅。缠绕累集，漫山连谷，究之眇眇，视之茫茫。风生浪于溪涧，鸟啼鸣于青林，鱼游戏于泥菖。水花飞溅于桥堍，取水月之轻狂。乃日经谷，或钓于矶，或观乎棠，悠而坐卧其间，吟咏盘桓，不能已也。

于是乎五行倏而惊鹜兮，四景终而电逝，谢秋引而寒招。时惟腊月，石谷崚嶒，冰妆玉溪，方圆随凹。托形超象，比朗玄珠，摇春涵绿，色映簝晓。俄而愁云繁，微霰密雪，蝶粉鹤毛，连翩翱翔。瞻山则千岩俱白，视隙则万顷同缟。忽山风起，心骨生寒，岭头疏钟，催客路而徂也。乃迹故步，还至九龙桥头，剥苔读碑，喟而叹曰："赋有凌云之称，记有盖世之骄。"羡张子之彩笔，挟九龙四景之妖娆。爰是周览泛观，缤纷轧芴，芒芒恍忽，戴子乐而歌曰：涧悠悠兮碧水娇，聆漱玉兮乐观涛。流淇涌兮鱼跳跳，林木葱兮鸟咬咬。千竿竹兮跃马骄，两岸楸兮涧梁高。噫吁呜呼，山影倒兮乐逍遥。

已而游车告行，天色将晚。太息上车，追风赴远，回瞻群峰，逶迤不知其端。

◎ 汤山观景

秦增春

汤山之上横岭坪，无限风光北望中。
一坝壁立锁野河，千秋功成降灾洪。
碧波浩渺涵太行，清流汤汤润襄城。
舟乘车载山外客，乐赏冀南桂林景。

秦增春，沙河市人，爱好古诗词。出版诗集《如歌集》。

◎ 观九龙庙飞瀑

解双喜

紫雾缭绕飞白练，万千碎玉落龙潭。
鲛珠吻得红岩笑，天上人间第一观。

解双喜，沙河市册井村人。文化馆专业创作人员，其作品曾获得过文化部丰收奖等奖项。

◎ 太行颂

郝占云

云荡沟壑连峰峦，水绕山脚结世缘。
巍巍太行染新绿，一派和谐特色篇。

◎ 西毛村兴龙寺

郝占云

气势雄伟惊客目，飞檐挑脊梵宫殊。
殿堂耸立如鳞次，偶像慈祥金色涂。
佛在心中行自善，花逢时令葩艳朱。
灵境韵源长且远，吟填和唱诵不枯。

◎ 览胜五指山秦王湖

郝占云

猎奇五指峰巅景，览胜秦王湖上情。
雨水风光融画境，扁舟吟韵枕涛声。

郝占云，沙河市西郝庄村人。现为炎黄诗词协会会员、邢台市楹联学会副会长、沙河市诗词协会副会长、邢台市诗词协会常务理事。

◎ 周六穿越鹤度岭

唐书海

玉带千盘束万嶂，一鹤飞渡史话凉。
穿隧可饮秦晋酒，翻岭即见残垣长。
古道曾滴兵家血，新途劲贯汽笛狂。
群峰蠕舞畅心扉，遍山英雄下夕阳。

◎ 王瑙古村

唐书海

驱车寻古历远峰，老寨雾锁深山中。
小巷九曲斗飞檐，门当户对说明清。
石楼悠然无个事，磨碾虚设尽旧踪。
抗战遗址多处有，杀寇军务可倥偬。
几声啼鸟破烟罗，惊断游人一点通。
冀鲁山友恨告别，蟾辉佑君至聊城。

◎ 秋雨北武当山登山赛

唐书海

真武凌霄掀赛潮，秋霖如注心虚高。
汗雨交织破千障，躯身泥融竞分毫。
健步如飞枭雄气，呐喊旌旆巾帼摇。
武当比拼撼域外，金国赵都列前茅。

唐书海，沙河市人，爱好古诗词。

◎ 沙情河趣

韩景哲

无水银沙锦上翻，水来河净汗尘斑。
浪里滚汇蛟龙技，波下擒得鱼虾鲜。
亲沙近谁无穷趣，倚林傍河不尽甘。
春日碧流送美味，今朝荒滩点钞园。

◎ 广神岩

韩景哲

日照古崖生紫烟，幽幽神洞隐松间。
香客举目问皇圖，因何名曰广神岩？
村夫巧言哄敌走，救下秦王爱民官。
君封广神为恩报，传送忠孝良民篇。

◎ 初谒静峪寺

韩景哲

轮醉语播山脚院，眉飞色舞云根间。
黄林绿带穿清水，赤壁金屋拜圣仙。
向善人流如浪涌，连心门户永平安。
听经赏墨开心日，别寺回味梦笑眠。

韩景哲，沙河市人，爱好古诗词。

◎ 梅园春

王久玉

游园绿色人人醉，柳暗花明。湖水涟清，琴闹莺啼梅映红。
南楼白鬓童翁妪，如日初升，学趣萌增，晚课余晖似彩灯。

◎ 长相思·游梅园

王久玉

顺亦行，逆亦行，柳暗花明人影动，风清红绿童。
岗也青，水也青，绽艳梅芳映颖容，夕阳趣晚晴。

◎ 梅园七律

王久玉

梅园绿色醉仙翁，趣味幽深授课声。
满鬓白霜伏案童，粗皮老手大龄青。
诗词似海深千丈，教授如舟箭速行。
补缺夕阳花落晚，人生岁月乐无穷。

王久玉，沙河市人，爱好古诗词。

◎ 老年大学赞

李建民

邢襄沙邑梅花园，夕阳辉映霞满天。
老年大学开新景，晚情事业扬高帆。
俗言三十不学艺，又云六十花甲年。
今朝天变道也变，古稀翁妪进科班。
暮年新生何所求，旨在体健志趣宽。
益智学府科目广，任选任挑随心愿。
气功高师传真技，太极青锋意领先。
多姿健身街头舞，男女皆宜风度翩。
文艺科目重品味，曲韵呕哑绕九天。
京腔老调梆子戏，配乐清唱全自专。
若要爱好地方剧，平调落子两开拴。
书法班内龙蛇舞，颜柳欧赵是先贤。
工笔妙手纱丹青，真草隶篆书道源。
诗词韵味论比兴，严谨对杖是楹联。
心语李杜推敲趣，神会三苏共婵娟。
中华国粹世之宝，源远流长育英贤。
清风吹散雾和霾，正韵唱响锤和镰。
惠风和畅新学府，益智开心又延年。

◎ 水调歌头·游漆泉寺

李建民

春日游兴起，携友观漆泉。
秦王湖畔上，平步向云端。
道窄峰高崖峭，石缝潺潺泉水，俊鸟戏林间。
相觅寺安在，古木伴残垣。
世轮回，物变异，法自然。
草中柱座碑迹，往日显庄严。
山色秀丽依旧，笃信善缘自在，海阔纳百川。
待到晨钟响，洒扫庙堂前。

◎ 谒静峪寺

李建民

峰壑连绵八百程，佛临静峪渡众生。
群山竞朝化四壁，溪流轻歌绕阶行。
曲径往来无俗客，禅堂案畔有黄经。
西向至尊虔心拜，臻悟五蕴知皆空。

◎ 谒兴龙寺

李建民

金蛟玉凤隐山岗，万众虔心沐神光。
㵳水西毛兴隆寺，晨钟暮鼓省山乡。

<small>李建民，沙河市人，沙河市诗词协会副会长，爱好古诗词。</small>

◎ 活泉杨林

李存召

众木枝连遮日帐，焦衣躲避入口凉。
红亭伞下离高热，绿林丛中聚笑堂。
悦目花颜违愿短，擎天巨柱称心长。
预知杨树祥何处，且看身躯正定康。

<small>李存召，沙河市人。出版有多部作品，爱好古诗词。</small>

◎ 宋璟岗梅花

崔继东

冰魂玉肌上岗坡，不玉众卉同气涴。
虽无蜂蝶慕幽香，输雪皎白绽高洁。

◎ 兴龙寺

崔继东

白日当头照，黑山脚下踩。
携友同采风，兰若助诗魂。
钟鸣兴龙寺，鸡唱西毛村。
有兴悲何及，无愁意岂烦。

◎ 南水北调中线家乡段通水

崔继东

一四二三时，丹江口泄洪。
大雁邻前哨，小雀争诉说。
童叟看水忙，捋须对逗乐。
绿荫岸边摇，金鳞波中歌。
耗资九百亿，移民三万多。
微澜千公里，清梦一星河。
南北开漕运，自古经周折。
只因隋炀帝，禹功稍逊剌。
解厄唐德宗，父子得生也！
海晏升平日，统筹通衢河。
中枢曾激辩，专家几献谟。
留存质疑声，廿年再溯说。

◎ 冀南武当山

崔继东

重游选址古武当，真武不和碧霄争。
剖腹洗肠成长社，革面修心炼不停。
百寻崖下摔肉身，四秩灵气过后凝。
拔剑劈出拴马处，披发扼死害人虫。
无尘武当凭雨洗，有钝石桩拽云冲。
香炉峰高挡圆月，一线天窄过扁风。
俨然仰观一伏兽，"伙伴"平瞧似轿顶。
桥横欲临钢索稳，山巅安上竖梯通。

善男径旁觅拐杖，信女高跟找平衡。
北峰神灵轻声拜，宫前南岩笑语盈。
虔诚长者轻轻语，不使道仙受惊恐。
缠绵情侣我爱你，风涛直掩静无声。
蹁跹舞蝶迷香径，并语飞莺逐晚风。
白雾缥缈微翠上，金霞瑷瑷映馨钟。
啾啾俊鸟楸林里，潺潺弯溪乱叶层。
藏在深闺人未识，正如二八待嫁中。

崔继东，永年人。河北大学客座教授，出版有多部作品。

◎ 游漆泉寺
——和秦增群先生

王三秋

荒草掩秦碑，绳砖埋汉瓦。
森森古木间，千年尝荣华。
曲廊戏漆泉，雄殿比宝刹。
高僧传大德，佛光普天涯。
昔日"邢文化"，重振有贤达。

王三秋，沙河市王瑙村人。曾任沙河市人大副主任、副市长。著有《宋璟研究》《沙河金石善本》等作品。

◎ 册井八景

张月民

雄关锁钥

昂首迎日月，低眉慰来往。
护村锁钥关，非我谁敢当。

大庙钟声

庙古钟声老，破雾惊昏晓。
沉沉千载后，钟毁韵未了。

槽碾庙会
摊列五里长，嘈杂四海腔。
盛会享三省，槽碾名堪扬。

枳园流金
园小花木稠，四时竞风流。
我独爱金枳，招摇逗童俦。

古井流长
官井册字样，源远泉流旺。
悠悠欢辘歌，伴村度沧桑。

庙岩夜静
零落庙岩灯，夜静闻驼铃。
殷勤呼远客，小歇再登程。

塔笔生华
塔矗南坡腰，影落西山崖。
天然神来笔，待风画云霞。

佛照清塘
神佛临清塘，贝香浣尘壤。
慈心悲众生，甘露润万象。

张月民，沙河市册井村人。1995年版《沙河市志》主编，出版有多部著作。

◎ 秋游九龙峡

李现祥

金秋十月秋景佳，五子兴游九龙峡。
崖巅飞瀑悬百丈，涧底湍流泻千华。
龙雕菩洞生仙气，石梯红叶映斜霞。
回首当惊峰穿云，且作泥丸脚下跨。

◎ 秋吟四首

李现祥

一
农家耕耘闲不休，人勤年丰天道酬。
知时好雨润稼禾，谷黄梁红好个秋。

二
棉白梁红菽谷黄，茄肥瓜硕豆荚长。
耕耘桑麻不空归，车载肩荷手染香。

三
如林苞米百亩黄，甸甸五谷千重浪。
风调雨顺收成好，却愁无仓贮新粮。

四
满坡果园满坡丰，桃粉梨黄柿透红。
绿色发展开新路，枝头最美致富景。

李现祥，沙河市册井村西南街人。中级职称，系河北省老年书画研究会会员。

◎ 七律——绿水池赞

王新华

故里探亲履旧途，霜林尽染胜丹朱。
黄花有意勾诗韵，绿蚁香醇钓脍鲈。
七彩山川歌盛世。多姿妙境绘宏图。
离乡赤子归心切，小筑茅庐借一隅。

◎ 水调歌头·观玉皇顶怀古

王新华

崔嵬众峰上，秋气伴雄光。禹王身后，风雷万古咏悲凉。谁信擎天豪俊，人目经纶重器，执意撇封疆。理翼冲霄汉，壮志翱沧浪。

深秋至，神宫静，愈惆怅。残基址下，红枫远树绕坡旁。何用移樽敬酒，自有青山绿水，掩映胜潇湘。莫问山人意，腹内已平章。

◎ 水调歌头·重游笔架峰暨王瑙古石楼

王新华

登岭赏冬景，望远寄乡愁。斑斓七彩，浩瀚树海接星洲。西谒青崖武当，北瞰天梯果老；五指霭云浮，早已倾心醉，峰秀水温柔。

家乡美，当吟诵，赋歌头。开放改革，石楼石道万人游。笑谓通灵笔架，何故迎风落帽，思古话春秋。八面迎来客，起舞放歌喉。

◎ 念奴娇·峡沟嶙嵯埋兵岭吊唁十八无名烈士

王新华

绝崖丹壁，巨碑雕刻著，无名英烈。勇士捐躯埋骨处，时绽奇花如雪。遥想当年，厮杀声震，天地惊崩裂。铮铮铁骨，化凛然气迸发。

杯酒还酹英灵，永铭国耻，毋蹈前车辄。帝国阴魂今犹在，靖国妖祠余孽。奈我神州，今非昔比，自有降魔略。别时回首，夕阳红彻如血。

◎ 甄泽观二首

王新华

一、和合二仙殿

大道由来法自然，忠良孝友积功勋。
忧民爱国人称颂，心有慈悲即是仙。

二、二仙殿

让位推君两大贤，夷齐持节首阳山。
仁人孝义名天下，殉道和合万世传。

王新华，祖籍绿水池村，现居王窑村。著有长篇小说《缚虎记》。

◎ 映雪湖四题

韩建民

一、春景

一坝飞南北，十里波涟漪。
三山堆鹅黄，一河泻百里。

二、夏景

薄雾罩水浅，峰推碧波起。
小船伴客游，情歌醉红鱼。

三、秋景

雁叫秋渐远，山淡库水绿。
林枯落叶黄，天高大坝低。

四、冬景

冰封水面白，雪飞山巍立。
风吹蜡梅红，游客争相觑。

韩建民，沙河县韩庄村人。河北省、邢台

市作家协会、诗词学会会员、理事、常务理事、河北省写作学会等多家学会会员、研究员。

◎ 梅花公园两首

赵金海

一

晨晖初映梅花亭，半壁彤彤半壁清。
君王御笔留遗迹，虬枝生香传美名。

二

晨风拂细柳，旭日照轻舟。
清涟桥似月，文谦亭更幽。
大道行健者，剑舞太极功。
红歌颂盛世，和风惠神州。

赵金海，河北省沙河市淮庄村人，中学一级教师。

◎ 沙河赋

戴召民

沙河悠悠，史至商周，人杰地灵，山雄水秀。境西蝉房北武当，昔日秦王古战场，如今游人画中游，秦王湖畔牡丹香！老君台前古洞幽，先哲老子苦苦修，当今乔羽词泰斗，深入生活在渡口。我的祖国刘三姐，诗词歌赋飘九州。葛村张文谦，为国举才贤，力荐郭守敬，巨星耀科坛。乾隆巡河南，途经沙河县，挥笔思宋璟，赋得梅花艳。一九三零年，沙河天墨暗，周庠侯振亚，接受党派遣，建立党支部，革命烈火燃。一九三七年，日寇侵冀南，将军范子侠，率部斗敌顽，为了新中国，血染大安山。邢沙永大战，奇兵出涉县，李达参谋长，亲临第一线，决战三王村，刘邓美名传。保家卫国志，赤子杨春增，血染金达莱，朝鲜留英名。光荣革命斗争历，革命先烈代代传，改革开放四十年，沙河旧貌变新颜。中国第一玻璃城，世界一流生产线，

龙星汇通大光明，恒利金丰和千山，大项目大集团，新思路新起点，新民居新景观，政通人和百业兴，两个文明齐发展。农村养老有保险，城乡建设似花园。山美水美沙河美，革命烈士鲜血染，不忘初心不忘本，和谐奋进谱新仁篇。盛世喜作沙河赋，洺水明天更灿烂！

戴召民，沙河市十里亭镇人。著有作品集《七色花》一部。现任《粤港台画报》河北联络处记者，河北冀善冀美文化传媒总经理。

◎ 老爷山

武彦书

石径延延连照日，立身巍巍入苍穹。
四围承拜孤峰起，一眼望穿千里空。
风送钟声名似雷，境存灵性客如洪。
古今多少传奇事，笑谈晨烟暮鼓中。

◎ 游五指山

武彦书

数贤拾趣断崖秋，寻杖折枝梧桐沟。
穿壑纵身如燕过，登峰抱树似猿游。
投身五指云天外，举手一轮掌内留。
时有清风生眼底，再无烦事上心头。

◎ 广神岩

武彦书

环道抱清泉，垂岩绕紫烟。
一朝蒙圣赐，历代敬天仙。
筑寺修真境，佑民结善缘。
谎言焉不美，佳话万年传。

◎ 登麦秸垛

武彦书

清流作曲尽山西，问道秋风众友迷。
怪石迎人先触手，险峰留客早横藜。
何堪个个青丝乱，更见人人长裤泥。
莫笑痴心凌绝苦，云峰绝壁欲留题。

武彦书，沙河市册井乡西北街人。河北省诗词协会会员、邢台市诗词协会会员。

◎ 冀之南——题沙河甄泽观二贤殿

谢良喜

冀之南，有仙庵，山自青青天自蓝。
兄弟二人争让国，归隐西山成美谈。
河之北，太行侧，名观至今遗甄泽。
楷模千秋采薇间，教化犹堪彰大德。
天之高，义何遥，谁复干戚降有苗？
孤竹遗风传众口，何必虚名羡舜尧。
海未晏，终不叹，赢得节义垂浩瀚。
于今祭祀遍民间，求仁得仁又何怨。

谢良喜，广东揭阳人。沧海诗社首席，吴门诗社副社长。

◎ 谒甄泽观夷叔像

赵丁

孤竹垂乡里，深墙隔野坡。
山明花有界，门寂月无波。
阆苑渐薇少，首阳偏葛多。
仙庭风正好，合遣梦中歌。

赵丁，本名赵金明，字培元，曾用笔名赵津铭。河北省作家协会会员、中华诗词学会会员。

◎ 甄泽观

武忠阳

太行古观久知名，赋到梅花欲忘情。
有脚阳春何处去，无为大道念中生。
鹤归华表空含恨，仙卧阆阓懒读经。
谁解当年烹白石，玄歌渐杳采薇声。

武忠阳，安徽淮南人。工诗词。

◎ 游栖凤坡有感

刘玉贵

栖迟一神鸟，凤鸣绕梧桐。
坡凝龙脉结，赞语评册井。
风清瑞气扬，水湛金土生。
宝马出西山，地豪厚方众。

刘玉贵，沙河显德汪人。曾任沙河市政协主席等职。

◎ 土地庙抒怀

秦昌增

册井土地坐凤山，远眺南北观两县。
南望岻鬼寨入云，北看广阳渡口川。

东临蝎山镇蛇神，西下龟首生玉泉。
古柏参天藏亭阁，八仙隐卧松石间。
石柱戏楼生紫气，歇山飞檐半天悬。
雕梁画栋龙凤舞，管弦丝竹历史篇。
四柱题联独一体，妙笔生华福如韩。
夜静古庙铜铃响，明月清风伴人眠。
彩石巧拼卷棚院，松鹤八卦针指南。
松槐交融遮拜殿，壁画栩栩活灵现。
碑林多书江山秀，《琳琅沙河》著庙岩。
西堰栏石纵南北，坐看帷屏回龙蟠。
六月六日贺仙诞，遍地春谷吐秀艳。
翠草绿坡满山客，香烟缭绕虔诚善。
日和岁丰民安乐，六台社戏齐会演。
武术扇鼓狮子舞，高跷毛驴赶旱船。
倩男靓女春意浓，祈神卜卦结情缘。
爆竹礼花通宵旦，流光溢彩不夜天。
有求必应解无辜，百年春秋无虚言。
土地挥手三分雨，润泽西乡富九川。
冀南古道商贾至，顺德长治一线牵。
隆冬扬雪银铺路，暑夏洒阳金满辕。
春夏秋冬憩息地，四季禄马如心愿。
贤达墨客高朋聚，人生沉浮论长短。
文革紫庙毁一旦，痛惜危楼变残垣。
政通人和今又是，古庙复苏更壮观。

<small>秦昌增，册井村人。曾任二轻局局长等职。</small>

◎ 题沙河市广阳山老君洞

霍宝印

大智若愚数老君，自然道法修行深。
青牛端坐飘逸去，留下一经启后人。

<small>霍宝印，河北平乡人。曾任沙河市市长，现为邢台市诗词协会顾问。</small>

◎ 咏沙河太行渡槽

胡桂君

千仞巍峨无以加，匠心横亘在山崖。
天渠引渡瑶池水，云拱遥分翠岭纱。
百代筹谋求福祉，十年甘苦系桑麻。
今朝犹仰辉煌处，一道晴光出彩霞。

◎ 访广阳山

胡桂君

俗尘何洗却，访圣到名山。
云峰高士隐，石洞道经传。
悦耳风鸣树，怡心谷涌泉。
当循凌顶路，驰目览晴川。

◎ 登东五指山

胡桂君

造化凭谁主，擎天五指生。
重峦被野木，石隙簇花丛。
泉在谷中响，鸟从云际鸣。
登高忽一叹，望里众山平。

◎ 宿北武当山书院

胡桂君

院落依山静，盘中野簌鲜。
月庭风朗朗，烟曙鸟关关。
堂里诗书具，耳边仪礼传。
俙然羡学子，此处有云天。

◎ 登北武当山

胡桂君

丹崖高万仞,绝壁我先登。
宝刹凌金顶,长虹横碧空。
眼收天际色,襟抱谷中风。
叠岭回声起,桃花峰上钟。

◎ 过秦王湖

胡桂君

重峦深谷起平湖,千顷云波王气殊。
日照青峰藏故事,渠流碧水灌荒芜。
连绵倒影山之魄,次第回声游者呼。
不尽东风吹潋滟,悠然最是一青凫。

胡桂君,河北新河县人。河北省诗词协会副秘书长,新河县鹅池诗社常务副社长,《鹅池诗词》主编。

◎ 咏渐凹村

郑建军

天梯扶上是陶家,云绕青山日映霞。
莫道桃源无觅处,谁人在此种黄花?

郑建军,笔名沧海一剑。河北省沙河市白塔镇人。酷爱古体诗词,沙河诗词协会会员、德馨诗社社员。

◎ 邢台太行山行记

潘泓

阴阳变幻瀑泉流,欲睹桃源共仰头。
抚面峦风仙子气,醉心湖水美人眸。
秦王塞堡残犹立,赵国云霞散不收。
总是沙河多胜景,经行囊得万般秋。

◎ 望海潮·邢台红石沟速写

潘泓

核桃收罢,葡萄摘了,风摇大豆高粱。沟垒石红,溪流水绿,盈畦谷子初黄。清气漫重冈。任鸟来人去,撷馥分香。指点沙河,太行东麓沐晴光。当时岂是仙乡。是山披乱石,地寄汪洋。炎魃恨多,洪湍恨屡,年年夏痛秋伤。金匮得良方。点金看圣手,虎伏龙降。从此叹奇喷胜,不若赏麻桑。

潘泓,湖北红安人。湖北诗词学会、河南诗词学会会员、中华诗词学会理事。现任《中华诗词》杂志编辑部主任。有《复言诗词集》。

◎ 沙河行

杜荣升

一路青山绿水排,民居整洁笑颜开。
广阳山下渡槽跨,红石沟中果树栽。
画意秦王湖溢美,诗情宋璟赋添才。
武当高远未能至,约好明年我再来。

◎ 《我的祖国》词生地

杜荣升

大河波浪宽,红字镌山峦。
乔羽抒情厚,兰英咏志丹。
神州奔共富,四海护同欢。
热土歌无尽,今朝更好看。

杜荣升,河北清河人。中华诗词协会会员、邢台市诗词协会副秘书长,出版有诗集《岁月集》等。

◎ 采风路上所见

陈益德

欢歌笑语满车香，诗友观光进太行。
街立醋缸三吨重，山腰刻字一千方。
渡槽飞架滋田野，庙宇高悬供玉皇。
碧水秦湖仙气袅，灵沟红石卉芬芳。

◎ 游览秦王湖

陈益德

烽烟散去两千年，霸气犹存绕岸边。
山洞藏兵非故事，狐仙喋血系流传。
长湖入海凭鱼跃，一隙通天任鸟穿。
碧水香舟酬远客，临崖飞瀑饮甘泉。

◎ 陶醉红石沟

陈益德

嶙峋红石景中琼，璀璨神奇夺众睛。
水载白云来示爱，风吹紫气去传情。
飘香果树甘甜竞，绽笑花枝烂漫争。
一幅天然仙境画，蓬莱似是孪生兄。

◎ 眺望渡槽遐想

陈益德

疑是霓虹锁两山，敞肩小拱扣连环。
岚翻雾滚如仙境，月伴星临似幻间。
自古旱情祈雨下，今朝缺水引泉潺。
天工巧夺谁人造，偏僻乡村藏鲁班。

陈益德，河北南宫市人。邢台市诗词协会常务理事、清河县诗词协会副会长。

◎ 秦王湖览胜

田伟

为寻胜概揽澄湖，秀水灵峰展画图。
雪浪溊溈摇玉兔，柳风骀荡醉金乌。
雷鸣飞瀑淘琼碧，雨落悬崖洗极枢。
莫道秦王今去远，或怜旧地在归途。

◎ 踏莎行·太行国际自行车赛道

田伟

浮翠流丹，怡怀沁腑。芬芳漫卷车行路。清溪滟滟洗青螺。晴岚袅袅笼烟树。
画意山村，诗情陇亩，铺开美景无重数，何须四处觅桃源，清华惟在云深处。

◎ 红石沟抒怀

田伟

谁将画卷漫铺陈，不尽英华耀大钧。
数朵樱花凭鸟啭，一泓翠浪任云亲。
芳菲四序繁如锦，果蔬千坪美若醇。
胜境招来三岛客，飞觥走斝醉红尘。

田伟，河北南宫市人。中国楹联协会会员，邢台市诗词协会常务理事，南宫市诗词楹联协会会长。

◎ 游秦王湖

巨志更

湖边烟柳翠，山影伴清幽。
头顶掠青鸟，身前泛玉舟。
天高微澜阔，水绿白云柔。
识得唐风劲，诗笺映画楼。

◎ 参观利多公司大棚蔬菜

巨志更

棚栽架助寄丰饶，满目奇葩枝上摇。
是处痴情花未尽，春光永驻不知凋。

◎ 沙河市红石沟

巨志更

荒沟红石有奇缘，填土改良秀锦川。
鸟语蝶飞山水笑，人间画境翠争妍。

◎ 沙河太行渡槽

巨志更

谁人巧手架飞虹，气势连天振宇穹。
山岭相牵情不倦，甘泉任涌肇昌隆。

巨志更，中华诗词学会会员、宁晋诗词协会秘书长。

◎ 老子广场讲经

段飞

水抱山环青草坪，正襟危坐讲真经。
奇花有幸倾心记，珍鸟无声洗耳听。
传法授徒三界远，修身养性五官灵。
百家唯此道方贵，愿拜尊贤到晚龄。

◎ 沙河行

段飞

黄花招手不消停，一路风光尽入屏。

叠嶂层峦山毓秀，长河大泽水钟灵。
洞中深储万千甲，湖里常游四五舲。
瑞气悠悠天上降，骑牛老子已来坰。

◎ 鹧鸪天·乔羽沙河渡口下乡

段飞

放下行囊扑下身，一头扎进小山村。
频邀明月弈三局，爱与飞禽坐一群。
歌祖国，唱乾坤，心中想的是黎民。
残年岁月何言老，写出当今时代魂。

◎ 鹧鸪天·红石沟

段飞

气爽天高丁酉秋，风光满眼伴人游。
红岩谷底香花笑，绿树池边野鸟啾。
山储宝，地流油，山清水秀果林稠。
未来十载宏图展，势把穷沟变富沟。

段飞，中华诗词协会会员、清河县诗词协会会长。《百泉诗词》副主编，《清河诗词》主编。

◎ 题太行渡槽

王志霞

妙笔轻挥一道霞，梯田级级绿如纱。
千峰苍翠承甘雨，百代儿孙享物华。
歌绕山岗吟岁月，风吹陌野话桑麻。
清流不论功名事，却任时光驻万家。

◎ 游沙河北武当山

王志霞

踏破晨曦险路行，心融景色忘棘荆。
峰峦滴翠莺歌好，沟壑藏幽涧水明。
启智梵钟声已远，拨云红日笑初生。
武当山顶谁长啸？不老诗魂气正宏。

◎ 游广阳山一组

王志霞

一

久慕灵山上广阳，品诗论道话家常。
松涛撷韵随风起，杯底流泉散异香。

二

云影纷飞似霭深，道风渺渺抚瑶琴。
常循山麓无樵客，流转诗情是鸟音

三

碑帖临集隐翠枝，山风缕缕涤清词。
殷勤最是林中鸟，不辍啁啾学和诗。

王志霞，隆尧县人。中华诗词论坛"燕赵风骨"版主。

◎ 临江仙·晚春路宿秦王湖

周新沙

最是暖风催出谷，连峰叠巘飞云。
遥天拍岸碧粼粼。垂杨拂地，烟光欲黄昏。
忆惜秦王赢洛水，戍楼吹角无痕。
由来聚散各氤氲。斜阳影里，苍狗又何频？

◎ 浣溪沙·王瑙村行

周新沙

曲径高楼画不成，空阶幽巷雨还晴。
阳坡细草石边生，但喜黄莺时一弄。
胜过山际百般声，无端载我许多情。

周新沙，青年教师，河北南和人。爱好文学创作，尤喜填词，致力于婉约。散见发表诗词、小说、摄影作品、红学评论等。

下卷　散文、现代诗歌

◎ 啊！父老乡亲

石顺义

我生在一个小山村，
那里有我的父老乡亲。
胡子里长满故事；
憨笑中埋着乡音。
一声声喊我乳名！
一声声喊我乳名！
多少亲昵，
多少疼爱，
多少开心。
啊！父老乡亲！
啊！父老乡亲！
我勤劳善良的父老乡亲。
啊！父老乡亲！
啊！父老乡亲！
树高千尺也忘不了根。
我住过不少小山村，
到处有我的父老乡亲。
小米饭把我养育；
风雨中教我做人。
临别时送我上路！
临别时送我上路！
几多叮咛，
几多期待，
几多情深。
啊！父老乡亲！
啊！父老乡亲！
我勤劳善良的父老乡亲。
啊！父老乡亲！
啊！父老乡亲！
树高千尺也忘不了根。
啊！父老乡亲！
啊！父老乡亲！
我同甘共苦的父老乡亲！
啊！父老乡亲！
啊！父老乡亲！

树高千尺也忘不了根，
树高千尺也忘不了根。

◎ 说句心里话

石顺义

说句实在话，
我也想家，
家中的老妈妈已是满头白发。
说句实在话，
我也有爱，
常思念(那个)梦中的她梦中的她。
来来来来来！既然来当兵，
来来来！就知责任大。
你不扛枪我不扛枪，
谁保卫咱妈妈？谁来保卫她？
谁来保卫她！
说句心里话，
我也不傻，
我懂得从军的路上风吹雨打。
说句实在话，
我也有情，
人间的那个烟火把我养大。
来来来来来！话虽这样说，
来来来！有国才有家！
你不站岗我不站岗，
谁保卫咱祖国？谁来保卫家？
谁来保卫家！

◎ 白发亲娘

石顺义

你可是又在村口把我张望；
你可是又在窗前把我默想。
你的那一根啊老拐杖，
是否又把你带到我离去的地方。

娘啊！娘啊！白发亲娘！
儿在天涯；
你在故乡。
娘啊！娘啊！白发亲娘！
黄昏时候，
晚风已凉。
回去吧！我的娘！
回去吧！我的娘！
儿不能去为你添一件衣裳。
娘啊！娘啊！白发亲娘！
你可是又在梦中把我挂念；
你可是又在灯下为我牵肠。
你的那一双老花眼，
是否又把别人错看成我的模样。
娘啊！娘啊！白发亲娘！
春露秋霜；
寒来暑往。
娘啊！娘啊！白发亲娘！
朝思暮想；
泪眼迷茫。
责怪吧！我的娘！
责怪吧！我的娘！
儿想你却不能去把你探望。
娘啊！娘啊！白发亲娘！
娘啊！娘啊！白发亲娘！
白发亲娘！

◎ 大北方

石顺义

推开门，雪茫茫，又有兔子又有狼，
那是我的大北方。
出了村，四下望，漫山遍野青纱帐，
那是我的大北方。

大北方，很豪放，两盅酒下肚，
什么都跟你讲。

大北方，很善良，核桃、柿子、枣，
一个劲请你尝。

大北方用粗犷编织着故事，
大北方用寒冷捶打着坚强，
大北方用火炕温暖着梦幻，
大北方用唢呐吹奏着希望。

◎ 过生日

石顺义

三岁那年过生日，
到今天我还能记起。
母亲做了碗荷包蛋，
父亲趴在地上让我当马骑。

六岁那年过生日，
到今天我还难忘记。
母亲缝了个花书包，
父亲给我买了一把新铅笔。

十九那年过生日，
儿当兵要到军营里。
母亲洒了捧离别泪，
父亲把一串叮咛装在我兜里。

如今又该过生日，
年迈的双亲已离去。
大哥从家乡寄来一笔钱，
说是父母留下的，留给儿子过生日。

啊，过生日，过生日，
一年年，一次次，
孩儿的生命本是父母给，
更有这骨肉深情，绵绵永不息。

◎ 旱烟袋上的太阳

石顺义

冬天寒冷的晚上，
爷爷的旱烟袋燃起一颗太阳。
我们像一株株秧苗，
仰着脸，长在他的身旁。

在我们心上，
他一会儿说起三国，
赤壁的大火烧的人心发烫。
他一会儿讲起聊斋，
吓得我们谁也不敢上炕。

他说他小时候真碰见过鬼，
有的鬼比人要善良。
他说他死后也会变鬼，
变成鬼在地下保佑我们安康。

说着说着爷爷哭了，
说这辈子没给我们留下什么家当。
说着说着爷爷笑了，
说光有钱也不一定活得像样。
冬天寒冷的晚上，
爷爷的旱烟袋燃起一颗太阳。
如今他虽已离去，
那太阳却总是一闪一闪。

◎ 爷爷奶奶和我们

石顺义

一

爷爷那年才十八，
奶奶的花轿就抬进了家。
娶亲那天我没赶上，
爹爹也不知在干啥。

二

只听说那天唢呐吹得满街响，
红蜡烛映着红窗花，
爷爷喝醉啦，奶奶哭哑啦！
后来就有了爹，后来就有了妈。
再后来就有了我们这群娃娃，
像瓜秧上结出一串瓜！

三

只听说从那就打下门前这口井，
小屋后栽下桑和麻。
爷爷套上犁，奶奶在前边拉。
后来爹来帮，后来妈来帮，
再后来我们这群后生长大了。

四

爷爷今年七十八，
奶奶的年纪也不小啦！
如今赶上了好年景，
你们就好好享福吧！

石顺义，河北沙河人，中共党员。1968年毕业于北京建筑学校。1970年应征入伍，历任战士、排长、干事，空军政治部歌舞团创作室专业作家，一级编剧。1973年开始发表作品。1997年加入中国作家协会。著有歌词集《太阳的手》、《石顺义歌词选》等及歌词1000余首，小说、散文、歌剧剧本30余篇(部)。

◎ 沙河谣

乔羽

沙河沙河我的家，
平原宽阔山岭大。
煤铁金银样样有，
到处都是好庄稼。

搬倒大山修水库,
河滩长满杨柳树。
洪水不敢出山岗,
鲤鱼摆尾山上住。

人说天上星星多,
比不上沙河英雄多。
过了黄河过长江,
人人都唱前进歌。

乔羽,著名词作家。曾在渡口体验生活五六年。代表作品有《我的祖国》《牡丹之歌》《人说山西好风光》《让我们荡起双桨》等。

◎ 太行情

车行

观摩你的山水我看到百里丹青,
古往今来的诗人都在为你钟情。
七夕的传说从这里感动了世界,
周公与桃花女映红了千古时空。

畅游你的林海我仿佛成了青松,
所有鸟儿的歌喉都在为你抒情。
燕赵的儿女人人有迎风的傲骨,
伸开了热情的双臂和世界相拥。

太行山啊!我向你致敬。
我吹起口琴陪伴你泉水叮咚,
我站在山巅和你一起憧憬,
为你唱首歌唱唱太行情。

太行山啊!我为你保重。
我敞开情怀珍藏你金色姓名,
我挺起脊梁和你一样神圣,
为你唱首歌唱唱太行情。

◎ 美丽的太行川寨

车行

依傍山坡的石楼高高矮矮,
五百年的民居谁看了都惊呆。
黑瓦的屋脊谛听耳房里的笑语,
张贴诗画的家门进出秀才。

迷宫一样的院落里里外外,
东南缺的好运谁碰上都发财。
石板的小巷遥指牌楼外的红枫,
白云擦亮的池塘倒映楼台。

我美丽的太行川寨,
家家户户的女儿都是美人胎。
南来北往的人皆为之喝彩,
此地的境界让人异想天开。

我美丽的太行川寨,
勤勤恳恳的男儿都有大情怀。
五湖四海的人皆为之感慨,
此地的梦境接通古往今来。

车行,先后出版了歌词集《关不住的风流》《一去二三里》《八九不离十》等作品。2001年12月特招入伍。现任空军政治部文工团编导室创作员。

◎ 神奇的太行川寨

古柳

那清澈的水塘,
可是你的眼睛。
穿越几百年的云烟,
把天府之国回望。
风化的视线飘逸成时光,
只是那石屋把遥远的乡音珍藏。
神奇的太行川寨,

弘扬着南方与北方。
那燃烧的枫叶，
可是你的手掌。
抚平千百次的心潮，
把眷恋之情芬芳。
凝固的思绪雕刻成村庄，
只是那大山把家园的薪火点亮。
神奇的太行川寨，
流动着柔美与刚强。
我是你的守望，
你是我的沧桑。
神奇的太行川寨，
梦你千回，秋水一汪。

古柳，邢台市诗词协会副主席、河北省文学研究会副会长、邢台大型文娱节目策划人、电视台频道负责人、邢台市音乐学会会长。

◎ 知遇

张军昱

渟水河畔，我在等你。
秦王湖水的美丽，
广阳山巍然屹立，
动人故事还在继续。
太行渡槽，山风吹起，
一条大河唱出多少记忆。
北武当山高林密，
云雾飘渺是谁身披道衣。

最好年华，相遇这里。
太行山水，四海友谊。
千年古村蕴藏着历史的神秘，
多少奇美的故事发生在这里。
不管你来自哪里，
山山水水都在心里。

玻璃城中，相遇知己。

梅花亭下的对弈，
红石沟风景秀丽，
一步一情看在眼里。
古老石楼升起月亮，
倒映着北方川寨的神奇。
桃花源山明水丽，
栾卸风声是谁感染着你。

最好年华，相遇这里。
冀南明珠，四海友谊。
玻璃城中诉说着不老的传奇，
沙河胸怀融化了人间的四季。
不管你来自哪里，
天地再远也没距离，
天地再远也没距离。

◎ 沙河白错：将军府前听古戏

张军昱

我一直以为邢台平原一带，很少会有古村落的出现。

直到我，看见白错。

事实上，白错让我想起了崔路。同样是古村落，同样是身处平原。但是，白错，又有着完全不同于崔路的样子。

这一带，几乎已经是平原地带，丘陵都很少。

村南的黄虎山，一座200余米高的丘陵，是沙河市和武安市的界山所在。1921年，李四光就是在这里发现了后来震惊世界的第四纪冰川活动痕迹，这里也被命名为白错盆地。我们在村中，也见到了李四光当年居住过的房子，草叶丛生，已然荒凉。

说到将军府，不能不提郝上庠。郝上庠是白错人，道光年间的武进士，山东曹州府总兵，御前带刀侍卫。我看了《白错村志》，郝上庠的一生和太平军纠缠不断。对于清政府来说，却是镇压太平天国的有功之臣。他的父亲郝安和例封建威将军（正一品），他的兄长郝上吉诰封振威将军（从一品）。

这将军府就是郝上庠在家里的居所。这将军府整体面积并不是很大，但胜在气势恢弘、保存完好，依稀可以看见当年武进士生活的气度，也似乎还可以想象到当年这将军府门前车马往来的热闹。

郝上庠的"将军佩剑"，至今仍旧保存在中国军事博物馆。村中还有几把古剑、古刀流传，都被村民收藏着，这次也无缘得见。

将军府门前就是一座清代的古戏楼。我们采访了这么多古村落，这座古戏楼大约是所见到的保存最为完好、最为坚固的一座古戏楼。相比内丘牛王庙古戏楼的神秘和古朴，白错古戏楼更多了一份市井生活气息。古戏楼就建在将军府门前的广场上，不知道是不是当年的郝上庠大将军有意为之。

但是就在这个现代化的村庄当中，却保留了大量的清朝、民国年间的古民居。只不过不同于山里古村落的石头民居，这里的民居大多是青砖垒砌。

在这些留存下来的古民居当中，郝家占据了很大一部分，至少有三个胡同周边的民居都是当年郝家所有。也有一些二层楼的民居被保存下来。至少，我们在白错村的古民居中就见到了两处精美的影壁墙砖雕，有观音骑着金毛犼的样子，有莲蓬、莲花、凤凰。砖雕实在是值得拿出来单做研究的邢台一带古村落艺术，不同于石雕，这些砖雕更显古朴、厚重、灵动。李梅花村牡丹影壁砖雕的失窃给我们留下了永久的遗憾，我们希望剩下的这些保存完好的古砖雕能够永远地安好于它现在的位置。那些原本的地方，才是它们永远的根系和家园所在。

不得不提的是，白错村遗留下来的金石碑刻相当多。收录于《白错村志》的碑刻就有十一通之多，有村中一些在外当官的碑刻，比如说"清诰封振威将军郝上吉碑"，"清例封武德骑尉郝俊杰碑"。也有村中庙宇的碑刻，比如说"嘉庆六年六月观音堂碑记"，"光绪十三年七月重修关帝庙碑"。有些碑刻就在院子里，有些就在路边，每一个字都成了历史。

很多古村落之所以能成为古村落，建筑是一方面。另一方面，就是村里用数百年乃至上千年累积的人文底蕴。

细数一些古村落历史上所出的人才，你会惊讶于上天对这些村落的厚爱。

你比如说龙化村、崔路村、西牛峪村、王硇村。在这方面，沙河白错尤甚。

光清一朝，除去郝上庠这个武进士不提，这个村还在道光年间出过武举人郝上国，同治年间出过武举人郝占魁，文武秀才就达十五人之多。民国期间，这个村子出了两个北大的学生，五个黄埔军校的学生。即便是现在，这个村光研究生就出了四十一个，博士生三个。

五四运动期间，这个村在北大读书的郝子固还参加过火烧曹汝霖住宅的运动，是周恩来的留法同学。这个村还出过朱德的警卫员，华国锋的保镖，至于其他人才，录下来也是厚厚一本。

◎ 大坪：石板上的太行村庄

张军昱

相对于王硇、英谈和崔路，沙河大坪村要安静许多。

在村头的水池里，还有两只鸭子在嬉戏。

看夕阳西下，车子向着渡口方向逶迤而下。大坪这个始建于清朝康熙年间，经历了三百个年头古老又年轻的太行山村，依然像个老人一样，安详地俯瞰着村北的秦王湖。

　　大坪村依山而建。民居多为清代和民国建筑物，就地取材，清一色赭红色丹霞岩块砌墙，白灰勾缝，灰瓦罩顶、翘檐起脊，多为四合院，为典型太行农村风貌。不像王硇、崔路、英谈，大坪村三百年的历史上并没有多大的财主，留下的建筑也比较平均，并没有过多的高门大院存在。

　　没来过那个巨石板广场，就不叫来过大坪，这也是大坪村最有特色的建筑。那个二层的石头民居，就以这天然的巨石板为"基"，被人称为是"没有根基的石头屋"。而整个大坪村的建筑，根据村民的说法，也都是建设在太行山天然的石板之上，并没有传统的、常见的那种地基存在。换句话说，大坪村正是坐落在太行山大石板之上的一个村庄。

　　与村庄隔沟相望是一层一层的梯田。而这也是大坪村天然的美景，等到秋天，遥望梯田的方向，一层黄，一层红，整个村庄和周围的环境都被涂抹成了天然的油彩画。

　　村庄之下就是宽阔的渡口川。渡口川一边是后渐凹，一边是大坪，此时这两个山村，都已经被评上了中国传统村落。隔山相望的就是柴关川的王硇一带，从王硇那一边的西沟爬上山朝渡口川方向看，大坪、后渐凹就安静地卧在山上，不言，不语。

　　往东是平原和丘陵，往西就是巍峨太行深山区。

　　大坪村一带处于这样一个咽喉之地，自古就是兵家必争之地。

　　早在春秋战国时期，就有晋国的军队和突厥士兵，从山西一带翻越摩天岭，入侵沙河赵国之地。赵武灵王为了抵御入侵，在距大坪村20余公里的黄背岩、大岭口一代筑有蜿蜒百余里的防御工事，也就是赵城墙。大坪村西南几公里的山上筑有一座红英寨，相传威震太行的抗清女将就曾经驻扎于此。

　　隋唐时代，秦王李世民率领大军和农民军窦建德在这一带进行过决战。时至今日，大坪村周边还遗留着大仓、小仓、漆泉寺这些明显具有战争痕迹的地名。事实上真正在这一带活动和打仗的并不是秦王李世民，而是齐王李元吉。不过秦王李世民名气大，后世以讹传讹，说成了秦王李世民。

　　无论是秦王也好，还是齐王也好，大坪村一带战略地位的重要，应该是不争的事实。

　　往西就是深山区，属于抗日根据地革命老区。往东就是御路、刘石岗一带的敌占区。加上中间渡口这样一个双方拉锯的地方，大坪村处于这样一个交界之地，战略地位相当重要。

　　1937年11月，八路军129师先遣支队进驻大坪村，将大坪村开辟成了沙河市一带最早的抗日堡垒村之一。这一次，我见到了《大坪村志》的主编彭让老先生。彭让今年84岁高龄，当年已经五六岁的他，还留有对村里八路军的记忆。刘伯承、邓小平都曾经短暂地居住在大坪村。村南的一处民宅，就曾经是当年129师的物资储备库，村中还有129师先遣支队医院的旧址，村子东北角的几处大石板房就是当年冀南银行（中国人民银行前身）的所在地。

　　在《大坪村志》里，还附有一篇《张贤约回忆录》。张贤约是当年129师教导团的团长，1937年11月，就是张贤约率领100余名连排以上干部开赴沙河，而当时的司令部就驻扎在大坪村。

在张贤约的回忆录里也明白写道："一九三九年九月中旬，我们先遣支队的采购站设在大坪，主要负责从敌占区采购布匹、医药、纸张、煤油、食盐等。然后再向西转运到一二九师根据地，以供军需。到十一月，为避免敌人扫荡，又迁到王茜村。"

在一处当年被日军扫荡时烧毁的旧房子废墟前，一丛鲜花开得正艳。

简单想想，就是许多故事。

<small>张军昱，《牛城晚报》编辑记者，知名评论员。</small>

◎ 美丽的太行川寨

韩刚

有一段美丽的传奇，
数百年岁月沧桑，
筑起一座座石楼一样养育儿女的胸膛。
原始的苍凉、闭塞，
骇人的猛兽，
是川寨人开辟了壮美的人生之旅。

神奇的川寨，
有神奇的石头和灵性的山峰。
山上建有美丽的神祠，
赋予神圣、惊异和启迪。
这山、这寨、这楼、这巷，
怀揣梦想的实现，是睡梦一样迷离，
不为人知的淡薄注定了神奇的魅力。

<small>韩刚，沙河市文广新体局非物质文化遗产科副科长，爱好古诗词。</small>

◎ 质感王硇

傅恒杰

一

在太行山东麓周围高峰地庇护下，蹲着一个古石楼群——王硇村。蹲，就是屈两膝而似坐，臀部不能着地。但王硇的蹲，不是放松懒散地深蹲，而是警觉勤勉地浅蹲。如武术招式中的蹲马步，随时都可以出拳。又如《诗经》"伐木"篇描述的"坎坎鼓我，蹲蹲舞我"，以劳作为快乐。无数组织起来的石头建筑成的七万多平方米的古石楼群，给人的感觉就是厚实、踏实、诚实、朴实、欢实。厚实是一种牢靠，踏实是一种可靠，诚实是一种信托，朴实是一种友好，欢实是一种生命能量的炫耀。王硇是阳刚的，雄性的，敢于担当的，像一个健壮硬朗的山里的中年汉子。

二

通向王硇的道路只有一条。不是很陡峭，却是很环绕。也许是第一次开车上盘山路，感觉不是车的四个轱辘在爬，而是自己的四肢在爬，特别吃力也特别小心。眼看前面是山壁了，一百八十度转弯又豁然开朗了。后来站在王硇村南面的红枫山顶俯瞰那条通路，断断续续的车辆，像被什么力量吸引着，沿着这条弯曲的吸管向王硇流动。

三

人不是因为高低妍媸胖瘦，而是因为真诚朴实才美好。这样的笑，远胜于程式化的握手甚至拥抱。王硇村的导游讲解，也很自然很纯粹。明、清与民国的古石楼建筑各有特色，但院院有楼、房房有耳、户户联通是一致的。既不同于战斗堡垒式的福建土楼，也不同于豪华套房式的乔家大院，而是把平民百姓的日常生活与机智巧妙的抵御外敌相结合。特定的时代和特定的环境，造就了特别的智慧与特别的王瑙。

四

由于街巷狭窄，拐弯的墙角被凿成平缓的圆弧形，以方便人扛马驮庄稼时通过。王瑙人把这叫"拐弯抹角"。其实成语拐弯抹角的意思是道路曲折难行，又比喻人的心理复杂。据说抗日战争时期日本鬼子几次进攻王瑙，因为找不着路而作罢。可见落户于此的明代镇京总兵王得才，确实是煞费了苦心的。王瑙的拐弯抹角，只是用来迷惑敌人，并不封闭自己。村里有清末民初留学日本的王树棠。有从邢台学院毕业的青年作家王延庆，根据王树棠的故事创作的传记小说《古楼英豪》。虽然王树棠被吴佩孚诱捕杀害，但他的革命精神激励着后人。几百人的小山村，为抗日战争解放战争输送干部战士六十多名，光荣牺牲的烈士十四名。邓小平、刘伯承等革命先辈曾多次在王瑙居住，红色的标牌昭示着难忘的记忆。有户大门上还悬挂着邓小平刘伯承亲自颁发的"为民立功"的奖匾。

五

欣赏王瑙古石楼群，赭红色的丹霞石墙透露着北方的粗犷，流线型的蓝瓦屋顶展示着南方的秀丽。"一进三"，"一进五"甚至"一进七"的北方四合院，楼顶上有龙首鸥吻，五脊六兽。庭院里是卷角张檐，隔扇花窗，汇集着南北结合的建筑特色。就是王瑙村周边那像百褶裙一样的梯田，也是由红土构成，是中国南部的那种红土，而不是中原的黄土。真正是太行川寨，壮美如画。这幅画不是写意的国画，而是一幅质感的古铜色基调的浓墨重彩的油画。

六

回想自己走在王瑙村悠长狭窄的街巷里，就像运行在健壮硬朗中年汉子的血脉里。那街巷比我的平原村庄的街巷要狭窄得多，但两侧的石头墙却很高。最高处能达到十八米。所以，我走在里面有一种在管道中穿行的感觉。对于巍巍太行来说，渺小的我们不就是血脉里流动的细胞吗？我想经常穿越这样的街巷，呼吸英雄的气息与清新的空气，男士会变得顶天立地，女士会变得温柔美丽。

傅恒杰，邢台市巨鹿县人。现任邢台科技师范学院院长，兼任邢台市作家协会副主席，河北省作家协会会员。

◎ 千年绝恋，梦回温阳

李保江

夜未央，天未亮，我沉睡了千年，
梦里，我回到了古苏国的家乡。
你是我前世的情，还是我今世的缘，
千年的食膳铺，伟岸的苏秦郎。
梦里，去柴关，去渡口，去孔庄。
看水，看湖，看山，看秦王。
千年三川之音唤我梦回一条大波浪。
这个流淌着不知千年万年泉水的地方叫温阳。
一座不甚大的小亭，一山一水满是故事的梅花香。
我梦回湖边，花放清新一路香，溪前追忆旧时光。
悠闲红鲤随浪去，婉转黄鹂上树忙。

将相何言人出处，王侯同语气飞扬。
凝眸湖柳垂烟处，总忆秦公诵华章。
在这里，这个美丽的传说是秦王。

叮咚叮咚的漆泉，她唱了千年，也舞了千年。

她是秦王跳动不止的音符。

莫道桃源别处开，小仓尹寨入温阳。
漆泉梵呗因经秀，五指菩提信手芳。
琴奏清溪松读月，山居幽静柳成长。
至今紫气东来客，坐观修聆不思乡。

或曰，水听其声，山观其魂。渑水，千年之后的温阳。

我梦回了，

千年之山屹立不倒，巍峨至尊的广阳。

登高望远，眼前如君临天下，满是沧桑。

恍然明白了千年之前那老子修炼处，它是沙河大地的标志，它三面向阳。

高可俯首扶云，险如云梯壁扬。

老子在这里祭祀天地，圣贤在这里泼墨注章。

那一日，墨色烟雨，悬崖崚嶒，石缝滴滴答答，泉水和雨水混在一起，顺着斜坡，流进山涧，涓涓的水声变成訇訇的雷鸣。

乌云四合，层峦叠嶂都成了水墨山水，微凉。

广阳之顶，我朝着山间的云雾迈去，衣袂翩翩，双眼微闭，峰回路转，留恋难忘。朦胧之中，我梦回梅花庄。

曾幻想过，自己不过想要看梅花的落英缤纷，寻一方净土，竹椽香牖，养性怡情，不去看纷纭世态，亦不闻冷暖人相。朦胧之中，我梦回桃花源。直到那日梦中所见，让我梦回仙境，才知世间还有如一朵深谷幽兰，不食人间烟火般迷离的彼岸，真正的人间画廊。

千年之前，真武大帝不惜倾尽天下苍生，也要在武当山修炼，居然美的如此不寻常。在那里，如梦，如镜，忘记了烟火红尘，抛下了世间过往。这里风吹云翻，可脱俗，可羽化成仙，换了新装。

一念境转，战场厮杀，成就了那个天下大唐，我梦回秦王。

满目繁华，那里曾是王的天下，江山如画，怎敌你眉间一点朱香。

浮生一劫，满城枯骨，万里黄沙，帝王之家，所谓吉祥。

淡看漫天星辰，一片烟火海，不见昔日盛装。

渑水沙河款款走来，如玉带蜿蜒于邢襄大地。

我梦回渑水沙河，沿着他历史的骨骼，历史的脉络，看历史的兴衰沉浮流露在他的字里行间。

奔流不止的韶华光阴，万马齐喑的血脉流淌。

我的轻舟已过万重山，我的铁马冰河入梦香。

梦一曲忠义之歌，传唱千年难忘。
梦一腔豪侠之情，彰显英雄昂扬。
梦一部经典名著，流连文谦故乡。

夜未央，天微凉，愿千年之后，世人敬仰。

梦回古老的上善若水，我回到故乡。

此时此刻在梦里来这里拜谒老子，千年之前那个被尊称为"道可道，非常道。名可名，非常名"受万世敬仰的最博学者的模样。

千年之前，弥漫着的那一抹书香勾勒起多少翩翩君子对道家的向往。

千年之后，当世人慕名而来，"上善若水"品我大中华的绝世经章。

我梦回武当，那里春有百花秋有月，夏有凉风冬有霜。

我梦回红瓦绿树，南北风味的王瑙房。
我梦回秦王湖水，春暖花开的油花香。
我梦回休闲之地，长寿之乡的银杏黄。

我梦回红石小镇，瓜果遍地的采摘忙。

上善温阳，玻璃之乡，古苏有国，邢襄名扬。

集日月之精华，汇天地之苍茫。

沙河的涛声唱得你意气风发，广阳山的日出照得你熠熠辉煌。

武当的歌舞漾得你柔波婉转；漆泉寺的清泉洗得你铅华去妆。

威武雄壮属于你，千娇百媚属于你。

如一杯茶幽香沁脾，如一坛永久酒醇香。

我沉睡了千年之久，也等待了千年之长。

我辈草莽，怎知千年等待如此让人迷心断肠。

沙河，今生能与你相遇，仿若邂逅了人世间最妖娆的奢华，邂逅了生命中最沉重的忧伤，即使那半轮明月在你这里也别有千年的醇厚辉煌。

烟雨繁华，看迷离烟火，五指山下。

夜已央，天已亮，白昼隐没了星光。

浮生一梦，红尘一世。梦终人醒，南柯梦香。

梦醒，便是崭新的太阳。

◎ 你若要来，沙河在这里等你

李保江

一声短笛，你踏紫气从东方款款而来，温润含笑，自隐广阳。指点沙河东流奔走，大浪淘沙无意无归，五千言字，教导有训。你席地而坐，眉间眼角平和如初，只是指点江山，这"以道为本"究竟几人能解？

上学以来，"老子"这个名字一直伴随着我的成长，出现在无数册我曾翻动过的书籍里，犹记得画像上的他双手作揖，慈眉善目。这一天，我终于来到这老子修炼处，慢慢走近他，走近那个已经遥远得有些模糊的东周岁月。我怀着那份心心念念的绮思，一点点接近老子文化，"祸兮福所倚，福兮祸所伏。"我站在老君洞前，每走一步都有着莫名的感动，也许是因为老子留下脚印的地方，也有我的脚印，两个时间的脚印重叠，就像我们并肩同游，听老子教诲，如同尹喜。

"道生一，一生二，二生三，三生万物"踏在些许残破的砖路上，五步十步就能看见一块由灵兽赑屃托起的碑，碑面上骄傲地题刻着"天下万物生于有，有生于无""物极必反"。它们曾经历过数百年的日晒雨淋，已有些许繁密参差的裂纹与沧桑流离的痕迹。但在不同碑文不同字迹的背后，一样的是满载对自己朝代兴盛的期盼和对老子思想的尊崇。

老子庙的屋檐自成一道风景，旧屋之上，屋檐之外，如飞鸟凌空展翅。几片砖瓦，几株枝桠，已是一方天地，供人遐想。飞檐上形状各异的琉璃釉面小兽透着中华民族千百年积淀的建筑之美，惟妙惟肖，栩栩如生。屋檐交错，完美地诠释了唐人杜牧笔下的"廊腰缦回，檐牙高啄；各抱地势，钩心斗角"。

跪拜在老子庙前，闭上眼睛，直到周围的喧闹渐渐消散而去。我望见了远方一位老者深沉的背影，谱写五千言的辛劳，骑青牛款款离去，都许是青史中的一滴墨，却太遥远而无法触摸。我只望了一分钟，而他却经历了一生，最后留下一句"上善若水"。"道可道，非常道。名可名，非常名"的教诲，我似乎在这浮躁尘世中寻得了您从未远去的哲理。无数崇拜者带来一颗心，虔诚仰望老子，他早已远去，可他挥挥衣袖抛撒下的道家思想却早已融入了每一个沙河儿女的骨血。于是我们永怀赤心，永怀初心，永怀决心，许一个不忘根本，传承思想的承诺。老聃修炼处，这是老子念经地,六年的凄风苦雨,他终于写成《道德经》。终于,幼时那个遥远而又亲切的身影,在我心中逐渐清晰,我望见了他,望见了道家思想,望见了东方圣地,望见了整个巍巍中华。

骑青牛匆匆而去,一切只消逝于转瞬之间。以湖为阴,以山为阳,阴阳世界,天地之道,万物之纲。世道轮回,何惧转瞬千年。

你若要来,沙河在这里等你。
莫道桃源别处开,小仓尹寨入眸来。
漆泉梵呗因经秀,五指菩提信手栽。
琴奏清溪松读月,山居幽静柳成材。
至今紫气东来客,坐观修聘不思回。

◎ 大美沙河

李保江

（一）

我的家在沙河,美丽而富饶,
温阳是她古时候的代号;
人杰地灵,圣贤辈出。
在群星灿烂的燕赵大地中熠熠闪耀!
我的心在沙河,振奋而自豪,
好客沙河吹响了创造美好生活的号角;
勤劳善良的乡亲们奋发进取,
紧随新时代的梦想迈向高潮!
见证你的成长,领略你的风光;
赞叹你的伟绩,喝彩你的辉煌;
四十万儿女都有一种心声:
大美沙河,我为你自豪!

（二）

大美沙河,我为你自豪!
我要去古苏国和现代的文化名城走一遭。

文谦,宋璟等数不尽的大家圣贤值得我们骄傲;
浓厚的人文底蕴、芬芳的文化气息,
老子文化,风景这边独好!
大美沙河,我为你自豪!
河岸两边,红石小镇,利多农场现代农业固牢,
农家小院里欢歌笑语、炊烟袅袅;
蓝天、白云,慕名而来的游客流连忘返。
耕田植树,勤劳致富的乡亲们喜上眉梢。
大美沙河,我为你自豪!
巍巍武当,雄奇险秀,直插云霄。
广阳山上她迎接清晨第一缕祥光瑞照;
儒释道、三教泰和,虔诚的祈福亘古至今。
豪爽不过登顶感慨"道可道"。
大美沙河,我为你自豪!
五指山上,风光旖旎、众山环抱。
大河叮咚,唱响幸福的人开心欢笑;
人间美景,大自然的恩赐魅力无限。
"家家泉水、户户垂杨"是她如诗如画的写照。
大美沙河,我为你自豪!
古苏有国,厚重的历史,底蕴十足。
开发区内,玻璃的风采,独显风骚;
千年的积淀,时代的机遇。
邢襄大地涌动着激情创业的活力和热潮!
大美沙河,我为你自豪!
南水北调,慷慨滋润着沿岸的乡亲父老。
褡裢店内,仿佛回响着当年繁华的名号;
借助创城成功的东风乘势而上。
悠悠辗转的千年沙河,青春活力、永

恒不老。
　　大美沙河，我为你自豪！
　　宋璟故里，梅花赋里激情文字、大浪滔滔。
　　侠肝义胆、刚正豁达，文谦廉正一声吼叫；
　　荡气回肠的故事脍炙人口、千年传颂。
　　咱们沙河好汉豪放仗义的风骨形象屹立不倒。
　　大美沙河，我为你自豪！
　　母亲河——湡水河啊，在这里投入到温柔的怀抱。
　　利多，红石生态园是她给沙河大地最好的回报；
　　独特的老子文化，淳朴的民风民俗。
　　如火如荼的生态旅游，精彩纷呈好不热闹。
　　大美沙河，我为你自豪！
　　亲情三川，战火纷飞的年代始终红旗飘飘。
　　可歌可泣，祖国和人民永远铭记这里的不朽功劳；
　　红色旅游和绿色生态的完美结合。
　　质朴勤劳的沙河人民展现出非凡的老区新貌。
　　大美沙河，我为你自豪！
　　玻璃之都，五彩的玻璃、神秘的加工。
　　沙河大地充满了生机活力和远古奥妙；
　　白塔、蝉房、渡口、红石沟、旅发会……搭建经贸文化和人员往来友谊之桥。

（三）

　　这里生态宜居，这里秀美妖娆；
　　这里包容开放，这里风景独好；
　　"好客沙河欢迎您"是我们真诚的口号。
　　沙河大地对天下朋友发出真诚热情之邀。
　　奇迹在这里上演，辉煌在这里铸造；
　　梦想在这里起航，激情在这里燃烧。
　　钟灵毓秀，人才辈出。
　　大美沙河，更数今朝！
　　再回首，峥嵘岁月；踏路行，步步攀高；
　　引吭歌，天翻地覆；阔步走，独领风骚！
　　真情道一声：大美沙河，我为你自豪！
　　祝愿你的明天再传捷报，
　　祝愿祖国的明天无限美好！
　　李保江，沙河市白塔镇人。现任白塔镇政府民政所所长，热爱古体诗词，河北省诗词协会会员、邢台市诗词协会会员、邢雅诗社社员、湡水诗社社员。其《农家小院》荣获全国现代诗词大赛优秀奖。

◎ 探秘古石楼群

王雅静

　　久闻王硇村古石楼群，无论是报纸上的宣传照片还是网络上传的摄影作品。每一次看到有关王硇古石楼群的新闻或照片后，我都兴奋不已。我被他那浑然古朴的沧桑气息所折服；被他那美轮美奂的建筑结构所吸引；更被他那色彩凝重古色古香的门楼所着迷。
　　显然，车拐过几道弯之后，我们终于见到了古石楼群。见到它后，我没有想象中的激动和兴奋。反而在导游的一路讲解下，我们从"抗日高小"到"水窖院"。从"沙河县独立营"到"沙河县抗日政府"。再从"王得才故居"到王硇村的"龙形街道"。似乎这里每一座楼房就是一个故事，把所有的故事连接起来，我们似乎就能看到了整个村庄从形成到发展一直到现在的几百年的过程。是啊，到哪里能找到这样的古建筑群呢？一边欣赏着高大宏伟的古建筑，一边聆听着在这古石楼内所发生的动人心弦的故事。我们走过的街道，几百年前，王氏的先祖也从这里走过。我们迈进的院落，几百年前王氏的先祖也曾在这里交谈过，高兴过，悲伤过。我们所经过的街道，近一个多世纪以来，不知有多少抗击土匪的战争在这里爆发。慢慢地石楼似乎开始向我们展示它的魅力了，他用自身那种震撼人心的建筑样式，一会儿把我们带到了遥远的过去，带到了明朝；一会儿又把我们带到了清朝，带到了民国。在想象的世界里，随着我们的脚步在阴凉的街道里不停的移动。我们的思绪一会儿又飞到了日本，想到同盟会，孙中山、陈英士、冯玉祥。不久之后我们又回到了民国年间临漳和成安，从邯郸老城出来，我们又似看到了为拯救中华而创办的黄埔军校。总之，所有的这一切都和王璎村古石楼群产生了某种内在的联系。

　　根据导游向我们的讲解，慢慢地我们对这个村庄的形成以及发展，有一个大致的了解。

　　永乐年间，王氏先祖王得才五品武探花，担任镇京总兵，祖籍四川省成都府两岗村。因为负责押送皇纲，在邯郸地界被土匪抢劫。失职后，为了防止全家被抄，于是隐居在沙河市的正招村。目前王璎村和正招家谱上的先祖都是王得才和林氏。在清朝初年，从王璎村搬迁到册井村的王氏祠堂碑记上写道："余家始自四川省成都府两岗村，永乐年间寄寓沙邑正招，明末寄寓王璎。"并且我们听说挪到册井的王氏后裔，曾经保存着一把先祖遗留下来的钢鞭，每年祭祖的时候他们还会拿出来摆在册井村的大庙进行祭祀，不过"文革"后这件宝贝就不知去向了。

　　然而历史是惯于和人们开玩笑的，王得才因为土匪而陷入举家隐居，四处逃命

的境况。而250年后他的后世子孙王树棠却在当年先祖失事的地方，成安临漳一带大肆剿灭土匪，深得百姓拥护，并且百姓们自发捐钱为他制作了半朝鸾驾。在这里我们似乎能感受历史的发展似乎是有章可循的，历史上的巧合似乎有它的渊源的。王树棠清末留学日本，根据国民革命军十四师为他撰写的神道碑记载，在日本留学期间和革命伟人陈英士关系要好。本来打算加入同盟会，但是他的父亲却因为感念大清朝的恩德，也就是说，因为改朝换代王家的罪责不了了之，清朝的诞生无疑为解除王家人的精神枷锁起到了不可磨灭的作用。只有清朝的问世，王家人才感到自己终于有抛头露面的机会了；终于可以挺直腰杆做人了；终于可以光明正大地祭祀自己的先祖了。甚至他们还把祖先所经历过的这些事情当成一种荣耀，一种自豪，以此来炫耀自己的与众不同。因此根据青年作家王了的传记体长篇小说《古楼英豪》的叙述，从那以后王家人在自己的家规里又添加了一条，让后世子孙永远感念清朝的再生恩德，永远做大清国的子民，并且还要还这份恩情。

　　的确，这北方一带的人，都自称是山西洪洞县老槐树下的子孙，而唯独他们是从四川成都府两岗村迁居过来。于是有些人说王璎村人是南蛮子的后裔，他们不仅不以为然，反以为荣。从这里我们可以看出，历史是不会千篇一律的，历史是神秘莫测的。

　　时下，我们正走在王璎村用石板铺就的街道里。每一块干净整齐的石板互相连接，在我们脚下一直延伸到街巷尾端。我们边走边听着导游的讲解。这时候，我才感受到，脚下的每块石板，似乎就是一个跳动的音符，而我们的脚步则成了拨动这音符发出声响的动力。而每一条街道又似乎都构成了一个音阶，整个村庄就像一篇

巨大的乐章一样。我们每前进一步，就会听到不同的声音。每走过一条街道，回过头来仔细品味，可谓韵味无穷。有的激越，有的慷慨，有的咆哮，有的清丽，有的婉约，有的豪迈，有的悲壮，有的……总之，这所有的感受加在一起，我们不是在观赏古石楼群，而是在听一首韵味悠长的，时而慷慨，时而激昂的，感情上大开大阖，起伏跌宕震撼人心的交响乐章。

王硇古石楼，无论从听觉还是视觉上，我感到自己的身心都得到了前所未有地舒展和放松。我很庆幸在自己的有生之年，还能欣赏到这样给人以震撼力的古建筑群，还能感受到这样厚重的历史文化。如果不是时间关系，我们也许还会选择住进古石楼内，那时，会更加进一步去品味古石楼群绵延悠长的历史，和古色古香的文化韵味。

我的王硇之行，终生难忘。下次如有机会，我肯定还会再来一睹你的丰韵。

◎ 秤湾，一幅山居图

闫春英

多次来过广阳山，第一次知道秤湾村。秤湾，原名秤钩湾，位于沙河市綦村镇广阳山北面，秦王寨下。登过广阳山，爬过秦王寨，却没走过秤湾。也许是心的召唤，抑或对古美的诱惑，岳姐的一声相约，生动了一个相遇。踏着残雪，披着暖阳，追寻一缕古风，追忆一种古韵。

秤湾，就这样与你凝视。

好静！只有落叶声。山风，在轻轻地吹着，红果，在悠悠地摇着。老人，闲闲地坐着，狗儿，漫不经心地走着。幽静之中，亦可听见落叶与泥土的呢喃，风与树的对语，大山与蓝天的传情。随便一个落脚，便是一节音符。

好幽！石板路，石板槽，石碾石磨石板房。太行川寨的古朴简素在这里一应俱全。石房就地取材，参差错落，依地形而建，相距而又相连。原生原貌原态。摸一摸石墙，便可感受沧桑，推一扇门窗，便可走向悠远。

人老了，石房不老，风老了，雨不老。

秤湾，一位归隐的老者。不问风云，心怀丘壑。拎一把天地的秤，称重着人间善恶美丑，精傻得失。困了厌了看不清了，秤湾，让心归零，如沐清风。

莫不是老君在山南传经授道，在山北锄禾躬耕？莫不是秦王在山上运筹帷幄，在山下休养生息？秤湾，有多少想象，就有多少生动。

站在一处空旷里，默读秤湾。春天？夏天？秋天？我只是打开冬天的扉页。可以任意想象，可以肆意挥发，任何一种景象，都足以愉悦心境。如果你来，和我一样。"空山新雨后，天气晚来秋。""地僻春犹静，人闲日更迟。"这份清幽、宁静、超然，穿过岁月，跳出季节，于此处盘旋，于此时贯通，古朴的秤湾，隐世的桃源。

不需历史，它自厚重，不需文化，它自蕴长，不需水墨，它自丹青。

秤湾，记住这个村庄。

◎ 王硇的春天

闫春英

向上，再向上。迎着路旁高挂的红灯笼，近处层层红色梯田，梯田里即将返青的麦苗，以及远处更远处雾澜中隐现的层峦叠嶂，盘旋而上。一颗心在身体里蠕动，清晨，一点点升起，再升起。

立春日，春回大地，世间万物，都将复苏。人及一切生物，莫不如是。

我是怀抱春天，来看王瑙的。

距市区四十五公里，柴关乡辖内，四面青山环绕。南有红枫山奶奶顶香火庇佑，内有明古石楼群抵御护防。抗战足迹穿梭街头巷尾，历史文化古村落——王瑙村，在这一方福地，坐落安居。

三年前来这里，我是奔着古石楼群的，古楼，石巷，老树，辘轳，石碾，石磨。那些远古的事物总是透出一丝淡淡的古意，令我稀奇，幻想。那些历史烟云，战鼓号角，政治厮杀，时间过后的几百上千年，不过几页纸，一台戏。

村子及村子里居住的山民，安静如手中推碾的磨盘，一圈圈碾压着日子，守着磨盘下的粮食和脚下的石板路，不谙世事。我在巷子里走来串去，参差错落中寻找风水的解说，断檐残瓦间倾听远古的回声。

回望历史，触摸沧桑。我是陌生并想象的，好奇如我，是村人的目光。他们及她们同样在回望我，也许在想：老房子有啥看头？不过一些石头。

几百年的古石楼，几十代人的繁衍生息，这里上演了多少故事？风卷几多烟云？

一个"古"字，已让我欢喜。远了，淡了，轻了。

人是需要有古意的。

一侧身，便是三年时光。

三年后再次到访，我是奔着奶奶顶而来。

红枫山奶奶顶在王瑙村村南，山顶建有三霄元君殿，玉皇殿，财神殿，文谦殿，菩萨殿，弥勒殿，月老及阎王殿等一系列庙宇。供奉着各方神灵，香火灵验，香客绵远。

上山的路看似好走，实际九曲十八弯，究竟绕过多少个弯，我没有数，也不敢数。坐在车子后座上，心在嗓子眼提着；山下的锣鼓铿铿作响，抬起头，看远山缥缈，香客络绎，树木灌草在窗外一一飘过；行至山顶停车场，心"噗通"一下落入体内。

从左边沿阶而上，台阶陡直而高远，仰起头向上望，上方大殿气势雄伟，书有"坤宇浩瀚"四个大字。顷刻间，如一粒微尘漂浮。被风吹起，落下，再吹起，再落下，风能够吹多远，一粒尘土又能走多远。

一个落地就是一辈子。

日月乾坤，非神秘可以概说。

这道殿，是通往上方殿宇的通口。犹如神话中的南天门，殿内有四大天王把守，个个高大威仪。过了这道殿门，就是三霄元君主殿了。殿前香火缭绕，各色高香袅袅而上，直入云端。

香火言心愿，仙人降祥瑞。除了殿内虔诚向神灵祈祷，香火便是主要诉求方式了。远道而来的客人，在自己点燃的柱香前，许下心中美好愿望，为自己，家人，朋友，乃至世界和人类。

人的信仰是充满力量的。

买了香和元宝，在主殿，后殿，偏殿，及所有的殿宇一一点燃，以无比虔诚的姿态，为亲人祈福。

焚烧元宝银两的地方，有一对中年夫妻，蹲在地上，快速地叠着一种类似元宝的物状。夫妻两个专心致致，速度一致。我从没见一双男人的手如此灵巧活便，快得像旋转的机器。这对夫妻告诉我，这叫金锥，等同于元宝。

夫妻同一心志，同一频率，同一信仰，大概就是最好的吧。

我来到这里，何曾不是捧着信仰？我持一颗真善之心，孩子一般，向微笑的神诉说心中困扰；神就像妈妈一样，慈爱，端详，赐予我一碗清水。

我敬畏神，神是最忠实的听众。报之以微笑，不会出卖你。

其实，走过这些年，已淡化了所有欲

望。误解与诋毁，赞美与欣赏，都如轻风吹过，不留褶皱。

现实逼仄，理想太远，唯愿亲人安好，孝悌传承。

每一个家族，都有自己的传承。善的，恶的，潜移默化中，长辈的行为习惯已蛰伏到孩子身上。传递美，承继美，传递恶，被恶扰。佛家讲的因果，大致如此吧。

我问神，为何我如此善良，阳光却躲着我？

神微笑。走吧，孩子，你看这山雾缭绕，谁又知道下一秒阳光不会照耀？

转过头，环视四周苍茫，群峰如罩，山路如带，梯田披红，残雪点点。村庄，树木，庙宇，无不和谐安详。栏外灌丛中，一株野花活泼泼摇曳枯枝乱草间。

草木动身，大地苏醒。

我懂了大地的恩情。

愿我的父母平安；愿我的孩子平安；愿我和我的亲人，朋友，及路过我我路过的人平安。

在香客点燃的鞭炮声中，我唱响的愿望如此安暖。

下山已是午后两点，锣鼓息声，游客依然。当我感觉到饥饿时，方发现村里文化广场附近皆是小吃馆，农家乐。街边，村人摆出的山货摊三五一群，六七一伙，核桃，板栗，红薯干，萝卜条，手工编织，山野药材等等。但凡山中居常的，摊子前皆有摆放。山里人憨实的素朴，不会哄骗抬价，以次充好，所售物品价钱合理，低于市区售价。买与不买，她们都会还你一张淳朴的笑脸。

找了文化广场对面的一家小吃馆，要了一碗炒饸饹。小时候，粮食少，家里能压一次饸饹，吃上一顿饸饹面，就是一件美好的事情了。如今，大米白面，鸡鸭鱼肉，想吃啥就可以吃到，饸饹这种食物早已淡出餐桌，成为远去岁月中的一个回忆。

儿子知道红薯，不知道饸饹是红薯面压成的，吃了两口，放下筷子，问："这是什么味道？沙沙的，有点碜。""旧时光的味道，青草的味道，大地的味道。"

"还有苏醒的味道。妈妈，记得吗？上次咱们来这里，这家小吃馆还是一个小卖部。"

时光未远，记忆尚在。

走出小吃馆，依着习惯，从远古走向现在。

春节的喜庆洋溢在每一条街巷，家家户户挂起红灯笼，灯笼也是老式的。老房子配上红灯笼，一下子把我拉回六百年前……

明永乐年间，明成祖朱棣将皇都从南京迁建北京，委派御赐探花，官任镇京总兵的王姓始祖王得才押运皇纲。行至冀豫交界时，被内奸出卖，遭到响马抢劫，丢失皇纲。为躲避朝廷问责，免遭灭门之灾，王得才率部下携家眷逃至太行深山区，隐匿野谷，劈坡造田，建房盖屋，繁衍生息。

王得才祖籍四川成都府，身居高位，对建筑颇为讲究。所有房屋依山就势，就地取材，墙体皆由赫红色丹霞岩石垒筑。家家墙体相依，院院暗道相通，房舍青瓦罩顶。临街石楼顶上建有雕楼并留瞭望孔，街巷相交处皆为古代攻防设施。

既要居住舒适，又要兼备战略功能。

南北融合，刚柔并济，古朴灵秀，这便是王瑙村古石楼群。

眼光，胆识，品位，智慧，无不糅合在古石楼墙基檐角。

在建筑风水学中，门当户对，东南缺，四方周正都是应对房屋的合理性、美观性、舒适度的一种建筑格局。王瑙村的古石楼群运用了这种风格。

全村现存完好的古院落130余处，石楼建筑面积达72000多平方米，占全村总面积的三分之二以上。有大小楼房100多座,房屋2000多间。靠在石墙上,冥想,凝望,远古的烟云中,车马慢,书信长,山高路远,深山隐得几人寻?

红灯高照,彩旗飘飘,红色旋律街巷传唱。时间推向抗战时期……

八百里太行,铮铮壮士魂。

"看吧!千山万壑,铁壁铜墙!抗日的烽火,燃烧在太行山上!气焰千万丈!听吧!母亲叫儿打东洋,妻子送郎上战场。我们在太行山上,山高林又密,兵强马又壮!敌人从哪里进攻,我们就要它在哪里灭亡!"

革命老区,抗日圣地,八路军根据地,沙河县抗日县政府所在地,沙河县抗日独立营、抗日高校所在地。埋藏在深山里的王硇村,依托地理优势,建筑优势,成为八路军抗战大本营,从这里培养了大批抗日将士。

老一辈革命家朱德、刘伯承、邓小平等,曾在这里居住,指挥战役。范子侠将军与战士及周围百姓抗击日寇,浴血奋战,壮烈牺牲。烈士献血染红一方土地,照亮人心。

这里是红色圣地,这里有生命之重,信仰至上。

追昔抚今,可歌可泣,可敬可叹,感慨万千。

和平年代,英雄精神还有多少人承继?

铭记历史,珍爱和平。我想,这也是王硇村在旅游开发中应对游客普及的。

在巷子间游走,望云烟,也经人事。有大娘推销核桃的,有大姐介绍老粗布的。若非年前买的还有盈余,定要带回一些的。

想想几年前初次来这里,村人的目光是好奇,如今,是道不尽的欢喜。

我再一次闻到苏醒的味道。

回来的路上,儿子问我为何三次来王硇?我想了想,因为春天。怀抱春天的人,总会遇上春天。王硇,大概是最接近春天的地方。

你看,大地苏醒了。

◎ 我的故乡——东户村

闫春英

这个冬天,流感频发,我也未能幸免。感冒持续了十多天,一直不见好转。

同学留言,怎么不熬秋梨水呢?冰糖秋梨清热润肺,治疗咳嗽感冒,你不会忘了吧?

哦,老家,梨子……

老家是冀南平原上一个不算太大的自然村落,名叫"户村"。原意"护村",后简化为"户村"。"东户"和"西户"是两个自然村,相距不过一里地,统称"户村"。娘家所处的位置属于东户。1980年代,东户村是乡政府所在地,俗称东户乡。洛阳、留客、东马庄、西马庄、西户、东户六个村庄皆属于东户乡管辖。2012年邢台市桥西区代管。

关于村庄名字的来历,据我爷爷讲,是一位神仙奶奶护佑而来。相传,很久以前,天降灾祸,连续暴雨致使洪水泛滥,狂嚣的洪水打着波浪,咆哮着自西向东,沿着大沙河逐渐蔓延至周边田野村庄,淹毁庄稼村落无数。在洪水前方,闪着几点幽绿的光,隐约可见夜叉等水中之物。村庄紧邻大沙河,高出河滩几丈,坐落坡上。眼看着洪水就要漫上来,村庄危在旦夕。村民惶恐之时,一位老奶奶自天而降,手持撑杖,站在坡上,指着洪水怒声骂道:"不长眼的东西,往前还能走吗?!"即刻,洪水退出数丈,转道向南而去。村庄在老奶奶的护佑下得以保全。村民为了感念神仙奶奶的恩德,在村西奶奶站立的地方，建起一座圣母庙。村庄名字由此衍生而来。

如此美好传说，让村庄多了一份仙气。神仙站立的地方，必是净土。仙家护佑，定然民心敦厚，乃一方风水宝地。至于传说源于何时，哪朝哪代，没有人知道，仅有的沙河地方志中有关村名的来历，是1980年代采编，从我爷爷讲述中记录而得以流传。历史烽烟席卷旧物，村西奶奶庙何时消失的，也无从知晓。直到1990年代，村里有一位老奶奶有了通灵之能事，应了一些人的愿，还愿的香客在老奶奶感召下，捐资建庙，圣母庙重新有了香火。

世上之事，无奇不有。奶奶庙动工筹建之初，不知从哪里来了一位老婆婆，蓬头垢面，满身脏污，躺倒在筹建奶奶庙的砖土旁边，奄奄一息。村民发现后，纷纷从家中拿来棉被、衣服、饭食送给老婆婆。端来热水脸盆为老婆婆擦脸梳头，并问询从何处来，为何流落此处。老婆婆摇头不语。乡邻商量轮流照顾，不能眼看着老婆婆送命。三日后，老婆婆神奇消失了，何时走的，去往哪里？谁也不晓。之后，村西圣母庙落成，香火鼎盛，绵延百里。

说来也奇，奶奶庙旁边一户人家，一位二十出头的年轻人，时常跟着奶奶烧香拜佛，热衷庙堂。二十四五了，还未婚娶，却能通晓未知事物。父母担心他为此沦落，难以成家，经常打骂他，阻止他参与庙堂之事。年轻人从此不回家，住在邢台市寺庙中，每日里礼佛参禅，为人疏解心结。源于善心善念，香客受其点拨，在邢台县皇寺镇重修了雷公庙。年轻人参禅之外，游历名山大川，拜访各大寺院佛堂。每年正月初八，村西圣母庙生日那天，年轻人会在前一天回来，守在庙里一夜，请诸位仙家降临。那天，他的香客也会从四面八方赶来，足有百十人之众。村民在奶奶庙旁边架起几口大铁锅，买上几大筐馒头，熬上几锅菜，招待远道而来的众位香客。村里自发组建的锣鼓队，秧歌队，民艺等表演，也会在那天大展身手，讨一份吉利，一份喜气。

户村，这个"仙家"之地，从我记事起，它就享有盛誉。方圆数十里，遍植果树。以梨树为主，兼种苹果、桃树、杏树、枣树等果树，被誉为"水果之乡"。每到春天，杏花最先开放，接着是桃花，梨花，苹果花。无论走在田间地头，还是房舍巷外，稍微一抬头，便是花朵。空气是甜的，清香的，植物的。花儿自然存在，乡民自然存在，村庄自然存在，不陌生，不新鲜，老朋友一般，该来的时候就来了。孩子们折上一枝杏花，插在一个玻璃瓶里，杏花就开在了窗台。等到桃花开疯了，瓶子里插的便是三两枝桃花了。梨花开满村庄田野的时候，邢台煤矿的工人们三三两两地走在乡路上，呼吸着乡下特有的气息。梨花随处可见，无论立于何处，都如置身花海。村庄的孩子们，此时已在村南的小河边捉鱼捞虾了。

母亲说，我几个月大的时候，她在田间锄地拔草，把我放在地头的梨树下，身下铺上一个小垫子，我就咿呀咿呀地自个呢喃。母亲锄一会儿地，过来看我的时候，蚂蚁爬了我一身。看护我的姐姐不知哪儿去了。等到姐姐回来的时候，手中拿着一束野花，告诉母亲她去给妹妹摘花去了。母亲转怒为笑，不再责怪她。

这些记忆是从母亲那里听来的。再往前追溯，就是奶奶口中有关姑姑们的故事了。

我有四个姑姑，一个大爷，再就是我父亲。爷奶膝下育有六个子女，大姑二姑是前边的大奶奶生的。奶奶是继室，过门生育了三姑四姑、大爷和父亲。不知是爷奶血脉优良，还是大沙河的水养育的好，四个姑姑个个长得水灵。尤其是三姑四姑，出落的不沾俗尘，干净的如出水莲花，粉面桃腮，楚楚动人。每次村庄唱乡戏，爷奶在台下就坐，四个姑姑身后簇拥，那场景，绝对的刺眼。惹得村庄小伙子们心痒痒。大姑二姑出嫁后，三姑四姑也到了谈婚论嫁的年龄。前来求婚的人家踏破了门槛，三姑四姑就是不动心。三姑娴静，温婉大方。四姑泼辣，善于人事。三姑夫等了三姑三年，方才如了愿。四姑父可没有那么好运，足足等了小姑五年，才抱得美人归。

据奶奶说，小姑父痴情，见了小姑一次，念念不忘，哪家的女子他都不愿意，不入心。小姑看不上小姑父，嫌他长得丑。别处说了多家，也觉得不称心。日子就这样不紧不慢流逝。转机出现在五年后，爷奶家的梨行因为与邻居家的两行梨树在一块地里，打理起来颇为不便。两家商量着调换一下，邻居家的两行梨树归了爷奶，村北的一块田地给了邻居。但是，村北的土地少，还要付给邻居适当的钱补偿。爷奶没有钱。小姑父听说此事，送来二百元钱，爷奶买下了邻居家的两行梨树。

小姑父的诚意，打动了爷奶和小姑。这一年，小姑出嫁了，嫁到三里外的洛阳村。说来，是梨树成就的姻缘。

梨树的繁盛与结实也给了小姑小姑父强壮的身体。结婚后，小姑父给了小姑多少柔情蜜意，让小姑接连生下了大表哥、二表哥、三表哥、四表哥、五表哥、大表姐、二表姐共七个孩子。小姑的能干和善于人事，把日子过得风生水起，红红火火。小姑父也成了我家的"牛马"，夏秋之际，帮着做农活。

我时常想，姻缘这东西，还真不是人力所能左右的。一个突然的事件，人心就能转向，从而否定之前所有的意念。而这个转折，常在善恶之间。

梨子给我的最初记忆，是母亲的一次扣除工分事件。

1970年代末，所有的梨树归了集体，为大队所有。梨子不是随便可以摘来吃了。每到梨子稍大时，大队部便从各小队抽出人员，分片看管梨行，杜绝摘梨现象，保护集体财产不受损失。那年的一个秋天，母亲带着我去村东的谷地锄草，中午回家途中，秋老虎发飙，热汗涔涔，口渴难耐。虽是梨子挂满枝头，不敢伸手去摘，眼巴巴的一边走，一边望着累累果实。半路，遇上邻居一位大爷，他看管一片梨行，见我们母女走来，从树下捡了两个掉落的梨子，放在母亲背后的草筐里，嘱咐回家给孩子吃。没想到的是，走到村边遇见大队部的一个人，名叫"屡不改"，因脸上有疤瘌，长得凶恶而人人怕之。大队派他为看管梨行的总头，负责来回巡视。他让母亲放下背筐，要求检查。两只梨子被翻了出来，母亲偷盗公共财物的罪名成立。他在村庄的喇叭里通报了此事，扣除了母亲多少个工分不记得了，只晓得是母亲全年劳动所能挣到的。

母亲哭了很久，很多个夜晚，我都听见母亲嘤嘤啜泣声。父亲在外地工作，半月才能回来一次。父亲是如何安慰母亲的，时光久矣，想不起了。爷奶唉声叹气了很多天，小姑小姑父也来了，小姑骂了屡不改很多年，乃至他多年后见到小姑，总是低头而过。

两个掉落的梨子不算个事儿，在那个年代，却是一件大事儿。

我上小学了，梨子不再那么重要。学校坐落在村子北边，教室之外就是梨行，梨子成熟时，隔窗就能摘来吃。孩子们心思不在梨子上，跑到课间的游戏中，跳方块、踢毽子、丢手绢挪籽等等，似乎没有哪个孩子对梨子心存向往。梨树，成了自然存在的一行行树木，与其他的槐树梧桐树椿树相比没有什么太大的不同。

在乡下，孩子们没有暑假，只有麦假和秋假。秋天，梨子成熟了，孩子们也放假了。帮不上家里大的农活，大多孩子都去给大队部摘梨，挣点微薄的工分。上树，爬梯子，把篮子挂到梨枝上，看见哪个梨子又大又黄又鲜亮，送到嘴里，给自己品尝。梨子随便吃，只要肚子撑得下。孩子们分成小组，一组负责几棵梨树，骑在树上和梯子上的，摘满一筐递下来，传给树下等候的孩子，树下的孩子挎着篮子再去倒在大梨堆上。孩子们的叽喳欢笑和树间飞旋的鸟儿形成合力，就连树下野花丛中的蜜蜂，也嗡嗡的附和，凑着热闹。

梨子品种几十种，雪花梨、鸭梨、秋梨、酸梨、酥梨、平梨、凌霄梨、香椿梨、兔头梨……哪种梨也逃不过孩子们的眼睛，辨识得一清二楚。哪种好吃，哪种有何功效，孩子们全知晓。

秋梨，是其中做药最多的。乡民感冒咳嗽了，都会拿一个秋梨，用刀切碎。锅中加水，放进梨块和冰糖，熬上一碗冰糖梨水。早晚饮服，三四天就好了。如果是寒气入肺，水里加上几片姜，冰糖改用红糖，一碗驱寒的红糖梨水就是治疗感冒咳嗽的良方。

这种土方法被乡民们沿袭下来，流传了很多很多年。直到梨树没了，乡民逐渐遗忘了。

那些年，村庄的梨子运不出去，成堆成堆地放在野外，任凭一天天烂掉。

我就读的乡中学，在村庄东边三里之外的丞相坟。校园内有一代名相宋璟衣冠墓。一座小阁楼，内竖一块高大的石碑，便是国内罕见的大书法家颜真卿亲笔篆刻的"大唐故尚书右丞相赠太尉文贞公宋公神道之碑"，简称"宋璟碑"。宋璟（663年—737年），享年75岁。辅佐大唐五朝君王，与房玄龄、杜如晦、姚崇并列唐朝四大名相。他为人刚直不阿，品格高尚，一生励精图治他，政绩卓著，为开创大唐自贞观之治后的第二个盛世开元盛世做出重要贡献。"阳春有脚"即是当时朝野对宋璟品德的赞誉。宋璟青年时曾作《梅花赋》并以梅花自喻，表其心志。宋璟碑刻由唐代名臣大书法家颜真卿撰文并刻录，洋洋三千余言，尽述宋璟毕生荣耀。颜公书写宋璟碑文时岁至六十五，可谓人书俱老。道德文章书法艺术已达炉火纯青之境。故明代学者都穆称宋璟碑"人文字，真足三绝"。清乾隆皇帝在乾隆十五年巡视河南返京途中，驻足沙河县，并遣内阁学士致祭于宋璟之墓，于十里铺村（宋璟碑东三里），感其功德，追念前贤，挥笔写下宋璟年少时所做《梅花赋》，并画古梅一枝。笔墨至今留在十里铺村的亭壁上。"宋墓烟树"为清代沙河八景之一。清沙河县令鲁杰有诗为证：远瞻华表竖平冈，草色青青老树苍。指点浓烟深护处，开元丞相旧祠堂。

诗书为凭，县志留痕。历史尘烟中，宋璟碑历来备受尊崇，占据一地，荣耀千古。

据野史记载，宋璟告老辞官以后，退居东都洛阳。有人问他，百年之后，哪里是丞相的安身之地？宋璟不愿人们为他修陵造墓，铺张浪费。于是取出文房四宝，挥笔写下十三个大字：龙击鼓，鹏打扇，扁担开花，铁环断。然后说道，这就是我的葬身之地。宋璟死后，他的儿孙谁也参不透这是何地，只好停了一年灵。到了次年，还是无法下葬。有大臣言道，当今数护国公程咬金岁数最大，问询程咬金吧。

程咬金是唐朝的开国元老。当大臣们找到程咬金说起此事，程老嘿嘿一笑，说："你们连这个都解不开？那十三个字，是说了四样事儿。啥地方出了那四样事儿，就是葬身之地。"大臣还是不解。程老说，干脆，送丞相回老家去吧。程咬金带着灵枢，从东都洛阳出发，一路上吹吹打打，走了七七四十九天，来到邢州（今邢台），四样事儿没有出现。程咬金说宋璟是邢州人，命军士沿着邢州的城墙绕了三圈，四样事儿也没有出现。程咬金想，丞相是邢州人，不妨去他老家，到了村子，绕村转了九九八十一圈，四样事儿还是没有出现。

程咬金也犯了难，埋怨道：贤弟呀！贤弟！你生在北国，难道想安身江南不成？好，为兄再陪你走一遭。于是，程咬金进入与南和相邻的沙河县。这天，他们抬着灵枢，走至沙河县的留客村村北，突然飞来一只老雕。当老雕飞到灵枢上空的时候，嘴里叼的一条长虫（蛇），不知怎么掉下来，不偏不倚，正好落在吹鼓手的大鼓上面，大鼓"咚"的一声响了。老雕丢了长虫，恋恋不舍地扇动翅膀，在灵枢上空盘旋。这个时候，有个赶集的老头，在集市上给闺女买了几朵花，怕弄坏了，就把花插在扁担上的窟窿眼里，担着扁担走到了灵枢跟前。

程咬金一看，乐得哈哈大笑。长虫敲鼓，老雕扇翅，扁担插花，不就是"龙击鼓，雕打扇，扁担开花"吗？

四样事儿出现了三样，这第四样铁环也该断了。程咬金性急，抢起板斧，说道："贤弟，你就在此安身吧！"咔嚓一下，把铁环砍断了。旋即，刮起一阵大风，漫天沙土飞扬，眨眼之间，就把宋璟的棺材埋住了。从此，宋璟就埋在了沙河，东户村东，留客村北。丞相坟由此而来。

我所在的班级，门口便是宋璟碑。阁楼四周全是碑刻，完好的，坏掉的，随意地放了不知多少年。据村庄的老人说，丞相坟松柏森森，一到夜里，灯火烁烁，歌舞声，管乐声渐次传来。乡民不去打扰，丞相坟也安然无恙。遇上夜里灌田，乡民可以听到丞相坟传来的说话声。村民并不觉得害怕。老人说，天地三界，各有各的道，你不去害它，它也不会无缘害你。

爷爷在世时讲的故事，很多来源于丞相坟。其中的"抬龙王"颇为传奇。那时尚小，听不太懂，至今不明白"抬龙王"是怎样的流程。爷爷说，遇上干旱年，靠天吃饭的乡民没有办法。村子里找几个年富力强的汉子，披挂整齐，夜里去往丞相坟，求丞相帮忙，抬回龙王龙太子，三日内就会下雨。抬龙王的路上，不许说话，稍不留神就会丢了性命。

虽然只是传说，迷信也好，信仰也罢，人们心存的，皆是对生活的美好希冀。随着水源的充足，"抬龙王"消失了。这种古老的民间文化在乡村日渐崭新的生命中淹没得无影无踪。

东户中学建在丞相坟后，松柏都被刨去，除了校园四周的梨树、杏树，就是不多的麦田了。有村民建房，从丞相坟拉走一车石碑做了地基。我在中学的三年里，课间都是坐在散落的石碑上背英语单词。再或者，和同学坐在校园外的梨树上，大声朗读课文。

宋璟碑从什么时候被保护起来，列为国务院一级保护文物，没有深刻印象。时不时的，有轿车开进校园，下来的人围着阁楼看来看去。再后来，离开学校，宋璟碑是在学校阁楼内，还是被移往别处，不甚清楚。多年来，几乎没有踏足母校。虽然时常路过。

1990年代末，沙河市内建起一处"梅花公园"。仿制的宋璟碑置于园内，人工湖也是五朵梅花的形状。公园中间是梅花亭，拓了乾隆御笔亲书的《梅花赋》和画下的古梅一枝。亭子背面是毛泽东的《沁园春·雪》。亭子四周植梅树近百株，红梅、白梅、紫梅、绿萼梅等多个品种。两千年后，沙河市辖内的京广路段被命名为"宋璟路"。梅花公园成了邢台地区最负盛名的赏梅胜地。

老家的中学内，阁楼如故，学生却是日渐减少。乡下的孩子涌入县城和更大的城市读书，留在乡村学校读书的，越来越少。据一位老家堂哥说，现如今中学内教师一百名，学生一百二十名。

与学生一起减少，甚至一度消失的，还有老家方圆数十里的梨树、桃树、苹果树等遍野的果树。土壤改良后，乡民不再种植收成甚微的果树，全部砍去、刨掉，种上了小麦、玉米、大豆、棉花等农作物。日子好了，肚子饱了，花朵和蜜蜂少了。曾经的花海，不见了。春天里，空气中弥漫着甜的、清的、植物的，成了岁月中美好的回忆。

有关老家"清香三十里"的美誉，"洛阳马场梨"的盛名，都成了历史的一个传说。随着滚滚尘烟，落在了《县（市）志》里，不多人的文字里。

清道光二十一年（1841年），沙河知县鲁杰观洛阳梨花时，曾慷慨将沙河洛阳与河南梨都洛阳相提并论，写下：梨花本是洛阳芳，此地居然号洛阳。一路香风三十里，也应载酒洗春妆。

"洛阳马场梨"曾是皇家贡品。相传，明朝末年，崇祯皇帝有个常随官叫王承恩，是邢台人，在大沙河北岸洛阳村西一带给皇帝牧养御马。一年秋天，他从牧场附近摘了几个甜美异常的梨子，献给了崇祯皇帝。皇帝品尝后，赞叹不已，说道："奇果誉天下，无过马场梨。"从此，马场梨就成了专供皇帝享用的贡品。

由此想来，老家方圆数十里，自古就有种植果树，水果之乡历经数百上千年，美誉流传至今。马场梨究竟啥模样？味道如何甜美，我从无见过，更无从品尝。市场上出售的梨子，经过嫁接技术的不断改良，少年记忆里的品种，如今也消失不见。取而代之的，是一种叫"苹果梨"的果品普遍存在，还有少量的雪花梨、鸭梨，秋梨也非原来模样，没有了梨头褐色的花纹。

近三五年，有乡民在河滩上种植梨树。经过几年修剪打理，初具规模，已是很大一片果园了。春天的时候，路过大沙河，远远可见白茫茫一片，如云，如雪，梨花又开在老家的原野。

下班路上，遇见卖梨子的商贩，问他有没有秋梨，商贩说这就是秋梨呀。从梨乡走出来的姑娘，焉能认不得秋梨鸭梨雪花梨？

老家的侄子来市里，带来一箱梨子。姑侄通心，咋就这么恰恰好呢。立刻取出一个，切碎了，放入清水和冰糖，煮上一大碗，热乎乎地喝进肚子里，入肠，入肺，入心，甜滋滋的感觉，清爽怡人。

梨乃百果之宗。《本草纲目》记载：治风热、润肺、凉心、消痰、降火、解毒。梨确有润肺清燥、止咳化痰、养血生津的作用。

梨子、老家、童年、少年，就这么轻轻走来，淡淡而开。我和我的村庄，在梨花丛中，宋璟碑侧，大沙河清清三道小河旁。

◎ 一个人与一个城

闫春英

"此树于杨春增烈士陵园建园（1962年8月）次年春天萌生，历经数十载春华秋落，由幼苗至为成树。据了解该树种为本地所仅见。每逢清明时节满树开出朵朵小白花，散发出淡淡清香，似在寄慰英魂。"站在春增纪念树下，繁茂的枝叶绿荫丛丛，刚刚下过一阵太阳雨，清洗的树叶更加青翠欲滴，枝丫间悬挂的一颗颗四角星的果实，绿莹莹的饱满着，似张张笑脸，随着微风舒展面庞。

久久凝望这棵英雄树，久久静默，久久沉思。

在此之前，从未想过一棵树与一个英雄有何渊源；这世间真是奇妙，充满着神秘与迷幻，尘世广袤的幽境里，有着多少人类未知的秘密？动物有灵，植物有情，人间存在的一切生灵皆有灵性，它们具有的情怀与境界，甚至超出人类情感。

人应当怀有敬畏之心。我暗自低语。

杨春增烈士陵园，位于沙河市区京广路西侧，紧邻沙河市火车站。这是沙河人民为纪念自己的好儿子，抗美援朝中牺牲的战斗英雄杨春增，由沙河县政府于1962年8月建立，其间历经多次重修和改造。陵园面积不大，园内苍松翠柏，绿草茵茵，苍郁中有鲜花盛开；杨春增烈士纪念塔矗立在陵园正门口，高七点五米，纯白色，由塔基，塔座，塔碑组成。纪念塔正面上方镶有一颗五角星，中间镶刻着"杨春增烈士永垂不朽"九个金色大字；塔座中间是"为了和平"浮雕，英雄高举手雷在战火硝烟中冲锋；塔座背面是杨春增烈士英雄事迹简介。陵园北面建有杨春增烈士纪念馆，珍藏着杨春增生前的用品，各种军功章，以及烈士生平事迹图片；东西两侧，翠柏丛中，碑林罗列。整个园内整洁，肃穆，安静，优美。

凉风习习，秋意微浓。二次走进烈士陵园，心情安于沉静。少了昨日的浮躁与悲情，对园内整体构造习惯性"阅览"；对英雄的缅怀与追思之情，迫使我翻开那段历史，重现英雄短暂而光辉的一生。

杨春增，河北省沙河市八里庄人。1929年5月12日出生在一个贫苦农民家庭。父亲给地主做雇工，母亲给人浆洗衣物，幼年的杨春增，自小就懂压迫的穷苦。8岁给地主放牛放羊，14岁在三王村煤矿给日本人挖煤。其间，蝗灾连着三年大旱，缺食少衣，杨春增随父母乞讨，流浪。苦难的童年培植了他坚毅的性格。

1945年8月，沙河全县解放。杨春增怀着对共产党的无限热爱，报名参加了解放军。由于年龄小，个子矮，几番周折，三次体检，感动部队首长，批准入伍。之后随军南下，转战南北，先后参加过著名的汤阴，定陶，大别山，淮海，南京，襄樊和解放大西南，四川剿匪等战役。在战斗中英勇顽强，机智灵活，不怕流血牺牲，为保护首长和战友安全，多次临危不惧，挺身而出，先后十多次荣立战功。

"勇降惊马"的英勇事迹，在沙河大地广为流传，历久不息。

1946年10月，杨春增所在的晋冀鲁豫野战军第六纵队转战山东，与国民党驻山东的军队在鲁西南展开了激战。王家垓战役中，敌军的炮弹在指挥所附近爆炸。正待转移的一匹驮着机密文件的战马受惊，挣脱缰绳，撒腿向田野奔去。远处就是敌人的阵地，一旦战马被敌军擒获，后果不堪设想。时任通讯员的杨春增，自是晓得厉害，奋不顾身冲出指挥所，向惊马追去。十米，五米……敌人的炮弹在田野中穿梭，弹雾弥漫。杨春增凭借敏捷的身手，拼尽全身力气，追上惊马，死死勒住缰绳；马匹再度惊恐，扬起四蹄，驮着杨春增跑出七八里……文件被安全追回，杨春增遍体鳞伤。他的英勇无畏感动部队首长和战友，被授予"小英雄"称号。

1948年1月，杨春增光荣地加入了中国共产党。那一年，19岁。

在之后的战役中，战地抢修电话线，智送情报，穿越封锁线，智歼残匪，故土投书……无一不体现杨春增英勇顽强及强烈的爱国主义情怀。

炮火的洗礼，让一个孩子成长为战士。杨春增的军事素质一步步提升，他的军事指挥能力也在提高。他被任命为通讯排副排长。

1950年6月25日,朝鲜战争爆发后两个月,美军在朝鲜仁川登陆,并越过三八线,轰炸我国边境,将战火引向中国。党中央,毛主席发出了"抗美援朝""保家卫国"的伟大号召。杨春增所在中国人民解放军第十二军35师,也如全国军营官兵一样,决心书,请战书,雪片一样飞向连部、营部、团部、师部……

　　1950年12月,在朝鲜战争第三次战役刚刚胜利结束后,正在四川江津执行剿匪任务的杨春增所在部队35师,根据中央军事委员会命令,从四川出发,在河北保定进行短暂休整,集训和改编,后奔赴朝鲜战场。

　　列车途经河北沙河,杨春增望着窗外故乡的田野,想起几年未见的爹娘及兄妹,眼眶湿润了。窗外是生于斯长于斯的土地,这里的每一个村庄,每一条河流,是那么熟悉,那么亲切。这里有他放牛的青草地,有他乞讨走过的路,有他充饥的榆树,有他解渴的沙河水。多想回家看看啊!杨春增忍不住流下了眼泪。他从上衣口袋里掏出写给爹娘的信,含着热泪缓缓投出窗外。

　　故土,亲人,血脉,根基。此时此刻,远隔半个多世纪的距离,我感受到这封家书的重量,它饱含着忠于祖国的赤诚之心。1951年3月,杨春增随师由辽宁宽甸河口跨过鸭绿江进入朝鲜,时任师部机要科通讯连骑兵排副排长。次年4月,杨春增要求到战斗部队,在中国人民志愿军第十二军35师二营八支队四连三排任副排长。在杨春增的带领下,三排在前沿执行阻击作战和小部队活动中荣立三等功。

　　1952年8月,根据志愿军前线总指挥部命令,杨春增所在部队奉命在金城战役总攻之前,解决金城东南座守洞京畿守备师的任务。杨春增所在的四连在541高地前潜伏了一昼后,与敌人激战20分钟,歼敌一个加强排,一举拿下541高地。

541高地对面是敌人的主阵地——轿岩山,轿岩山下的公路,被敌人占领,是敌人运输粮弹的唯一通道。公路对面另一山头,是朝鲜人民军阵地。我军占领541高地,意味着切断敌人运输粮弹的咽喉,致其死亡。守住541高地,是一项非常艰巨的任务。杨春增积极请战,带领九班小部队坚守阵地。

　　敌人不甘心失去这个咽喉重地,进行了一次又一次地反扑,在敌机和炮火的狂轰乱炸下,战士伤亡惨重,增援部队由于受阻,一时上不来。通讯中断,无法与后方部队取得联系。面对疯狂的敌人,杨春增和九班战士沉着应战,严防死守,誓与阵地共存亡。连续战斗20多个小时,打退敌人13次进攻,歼敌200余名。一次次击退敌人后,阵地上只剩下杨春增和卫生员牟元礼。敌人还在增援,机枪炮弹配合飞机轰炸,杨春增身负重伤,几度昏迷。苏醒之后,牟元礼为他包扎并拔下脚面的弹片。看着牺牲的战友们,两人化悲痛为力量,此时,弹药将尽,只剩几颗手榴弹和一颗高级手雷。望着山腰攀爬而上的敌人,杨春增从口袋里掏出一个手帕(一本共产党章程和董存瑞连环画)递给卫生员牟元礼,命他速去带部队上来,自己坚守阵地。牟元礼走后,敌人已接近541高地,杨春增投下仅有的几颗手榴弹,前面的敌人呜呼哀哉。后面还未爬上来的敌人,暂时停止了进攻。一片寂静之后,敌人发现山头只剩一人时,嚎叫着爬上来。只有一颗手雷了!杨春增镇静地拧开后壳,怒视扑上来的敌人,拔下保险针,与敌人同归于尽!

　　杨春增同志壮烈牺牲,时年23岁。为了中朝人民的解放战争,献出了自己宝贵的生命,谱写了一曲悲壮的英雄赞歌。青山处处埋忠骨。杨春增烈士和所有在抗美援朝战争中牺牲的共和国将士一样,长眠于朝鲜的土地上，他的墓地在朝鲜江原道金化郡志愿军烈士陵园，坐北朝南，永远隔江望着祖国的方向。

烈士壮举世人敬颂，英雄业绩彪炳千秋。为了表彰杨春增的英勇事迹，中国人民志愿军总部授予杨春增烈士"特等功臣""一级战斗英雄"和"模范共产党员"的光荣称号。朝鲜民主主义共和国最高人民会议常务委员会授予杨春增烈士"朝鲜民主主义共和国英雄"的光荣称号，同时荣获朝鲜民主主义共和国"金星奖章"和"一级国旗勋章"的最高荣誉。

家乡人民不忘自己好儿子，在市中心建立"杨春增烈士陵园"，作为红色教育基地，铭记英雄，爱我中华。激励一代又一代沙河儿女，珍爱和平，建设更加美丽富强的祖国。

碑林丛丛，英雄千古。一块石碑讲述一个故事，一位英雄映照一个时代，一棵树陪伴一颗忠魂，一个人怀念一种精神。

半个多世纪后的今天，和平年代，英雄精神还剩下多少？继承先烈遗志，发扬英雄传统，是否流于一种口头形式？所谓的英雄精神内核，还有多少人去崇拜？挖掘？铭记？发扬？

"爱国主义，革命英雄主义，国际主义。"英雄精神的内核，一棵树记得。

春来开花，秋来结果，风雪无常，荫凉如昔。爱上一棵树的情怀。

"这里每年都有修缮，时常有人前来吊唁，清明更是人众。杨春增是邢台沙河人民的骄傲，燕赵自古多义士，沙河是英雄城……"回头，山子何时跟进来，站在我身后，如是说。

是啊，英雄的碑，英雄的城，英雄的儿女。抬头，看阳光穿过那片灰色的云彩。

◎ 秦王湖　王者归来

闫春英

一种思绪萦绕了许久，成为一份惦念；一个心愿期盼了许久，成为一种向往；如果梦想需要开花，那么亲情俯身灌溉；如果幸福需要起航，我甘愿为你飞翔。

春天的时候，父亲说："等到秋天去山里走走吧！看看秦王湖。"父亲之所以对秦王湖充满热情，是因为几十年前他作为工作队的成员在这里工作过，对这一带有着深厚的感情。

曾经几时，和前辈及好友一行十人造访于此。那山，那水，那人，都在我心中烙下深深的印记。2011年随同登协行走山川，几经路过，都是山腰俯瞰，远远地望上几眼，从不曾亲近过她。

每次俯瞰，更感觉她的温柔妩媚。山的坚硬，水的柔性，委婉了一个依托。那一湖碧水，屡屡撩动着我的情丝，勾起我久远的回忆和那湖水的眷恋。

春天的梦，在秋天开花。10月5日，陪同父亲来到秦王湖，贴近她的怀中，感受她的风情万种。当然，此行少不得我家先生，他比我更需要莹润心绪。

烟波浩渺的秦王湖，雾澜轻漫。驻足湖边，看水天一色，心绪一下子得到释放，清清凉凉的。忽而，感觉自己真的不应该等这么久。

唤过船家，坐上小船，迫不及待划入她的怀抱，领略她的万千妩媚。两岸的青山，被薄雾笼罩，看不到千峰叠翠的壮丽画面，多了一层柔性美。小船轻摇，水雾扑面，山朦胧，水朦胧，江南烟雨？似乎真的不是北方的山水，而有江南的意韵。

如果说，北方的太行是坚硬的，雄奇，壮美，厚重，但是沉闷，呆板。而秦王湖的盈盈碧水，恰恰弥补了山的刻板。安静的湖水，依偎在山脚，微微的水波，明艳着一湖山色。如果山需要灵秀，那么水稀释了它的硬度。湖光山色，青山秀水在这里有了很好的诠释。

如果说，缺少文化底蕴的景观不算胜景，那么，秦王湖带你翻开历史的一页。秦王湖，从这大气的名字里，是否感受到一种王者风范？以人命名的景观，必定流传着他的故事。在这里，流传着很多有关秦王的事迹。例如史书上记载的"沙洺之战"，主战场就在附近一带：唐王藏兵洞，广神岩，屯粮的五仓沟，纪念死亡将士的漆泉寺等；每一个故事都是历史，每一处景点都是画卷；秦王的文治武修，开创的"贞观之治"，成为史料的一颗明珠；千年后，回味秦王足迹，你能说这是单一的自然景观吗？是不是有着历史的厚重深邃？

湖水似乎急于让我了解她，一波一波的浪花打来，似是翻开的书页，溅起的水花，落在脸上、身上，我嗅到一份清凉，一种墨香。低下头，安静地凝视她，她也看着我，跳起的每一个水波都似一颗眼睛，明亮亮的，眨着秋波。我看她一眼，她回我几波。我看她，她懂我，她看我，我过客。如果看懂了，愉悦地享受一份惬意。如果看不懂，也不必纠结，总有一页是属于你的。

九曲栈桥立于水中央，白色的亭台隐在薄雾中，轻纱缭绕，水烟飘渺。一种幻境油然而生："我欲乘风归去，又恐琼楼玉宇，高处不胜寒，起舞弄清影，何似在人间。"

如果心境需要洗涤，掬一把湖水，让她过滤你的心绪。钢筋水泥的无奈，生活奔波的繁乱，一切与幸福无关的全部流走。这一刻，只有轻松和快乐，这是自然的恩赐。在山水之间，寻找生活的另一种方式，一弯小舟，一枚心月。

湖的南岸，有一个村庄，原始村落，所有房屋建筑都是石头垒砌的。因交通不便，村里人陆续搬出，只剩下空空的村庄。据说，近年来，有人特意来此租房，作为度假之所。我问船家，能否送我们到对岸村落看看，船家说："那里除了荒草，什么也没有，如果租房，需要修补，费用下来也得两三万。"对一些人来说，租的不是房，是心境。

我们走的不是主景区，很多景观无法欣赏。但是这一湖烟波，水姿曼妙，足以滤清我的心绪。对她，我只是看了一眼封面；她变幻多端的自然风光，她丰富厚重的人文历史，我无法一一解开。偶尔，能体味她的柔情似水，也好。相信父亲也是一样，偶尔，来此走走，捡起一段时光，了却一份怀恋。

秦王湖，铺开了几多画卷，灵动了几许传说！

秦王湖，鲜活了一个记忆，生动了一卷史记！

秦王湖，大气的湖，美丽的湖，您，王者归来！

走近秦王湖，走进山水画卷，走近秦王湖，走进一段历史。

◎ 夜晚，在建设路

闫春英

其实不算晚，月亮在云后梳妆。
柳梢之下，一群人的舞蹈。
领头是男子。
一场雨后，
生命总是勃发，从头到脚，
脱胎换骨。

一个人行走，与一株梅相遇，

摇晃的枝干上，冽冽清瘦。
难过吗？立于高处，
接受风四面八方的朝拜。
你懂得，比子弹坚硬的，
是风塑的骨头。

更深的黑后有更亮的白，
无需悲伤。
怀内盈香之人，
刺穿黑夜十万冷漠。
今夜，醉酒的人正在回家。
残疾人被陌生人送去车站。
一株梅树与一片月色相互致意。

◎ 行走沙河 感知沙河

闫春英

我的老家在邢台与沙河的交界地，村北三里外就是冀中能源职工宿地，人称"工人村"。属邢台地界，通往邢台市的三路公交车就在此停候。作为沙河人的我，自小对沙河只是个模糊的概念，直到长大后参加工作，来到沙河市，才逐渐走近沙河，认识沙河。

沙河，位于邢台与邯郸两地的交界处，以东西见长。地势西高东低，自西向东依次为山区，丘陵，平原，境内大沙河东西贯穿。交通便利，是承接河北、山东、河南、山西的重要交通枢纽。

曾几何时，伴着溶溶月色，静静行走在国道边，看南来北往的车流，听那一声声笛鸣。在某一瞬间，耳边好似传来铁蹄铮铮，战马嘶鸣，来往信使急急而驰，匆匆而行。又似南北车贾商队穿行而过，留下那短暂的喧哗。还有那唐王南巡的车马声，不绝于耳。我静静地感知着沙河在古代占据的交通重要性，想象着它曾经的繁华喧闹。然而，那些曾经已如烟云。世事轮回，自然更替，数千年后已是物非人非。唯一留下的，是那甄泽观的香火，伴着那遗风，缭绕于沙河上空，感化着芸芸众生。

曾几何时，与三五好友俯瞰秦王湖，寻访长寿村。在秦王寨，我们为青山秀水而欢欣，为唐王智勇而疾书。在漆泉寺，我们为死去的将士而肃然。在长寿村，我们为豁达朴实的老人而引思。秦王湖，秀美的山川湖泊，有着"三峡四沟五十景"，史上闻名的"沙洺之战"主战场就在这里。藏兵，屯粮，阻水，唐王在此排兵布阵，大战起义军刘黑闼。烽烟散尽，昨日已远，"在昔戎戈动，今来宇宙平。"漆泉寺的钟声教化着人们珍爱和平，珍爱生活。秦王湖的山水养育了勤劳善良的山里人，秦王湖的澄净引来了京里的文人墨客。现代诗人，剧作家乔羽先生来到这里，与山民和睦相处。体验着山的沉稳，人的善良，创作出鲜活生动的好作品，滋润着人的心灵，诉说着这里的淳朴和勤劳。

又曾几何时，我走进别多年的中学，独坐于宋璟碑楼前，重温课堂上《宋璟砸碑》的故事。宋璟，唐朝名相，一生为官清正，性情刚正不阿，不畏权贵，敢于直言。砸碑就是其为肃政风之举。宋璟因政绩卓著，百姓感念他的功德，便为他树碑一块。宋璟知后，亲临现场说服百姓，砸掉了为他而树的"遗爱碑"，言说："为官者，我只是做了分内之事，并无特殊功绩，皇上恩宠于我，百姓爱戴我，这就足够了，要什么碑。"宋璟此举令百姓更为尊崇。他砸掉的不是一块小小的碑，而是不良的歪风邪气。"桃李不言，下自成蹊。"唯有在百姓心中竖起一块"丰碑"，才能让百姓真正地念好。一篇《梅花赋》不正是宋璟高尚品格的写照吗？

"至若托迹隐深，寓形幽绝，耻邻市廛，甘遁岩穴。"千古名篇引来多少文客赞誉。于是，我独访梅花亭，赏乾隆御笔附书。乾隆南巡返回途中，走到这里，知是宋璟的故乡。读其《梅花赋》羡慕前贤，感其功德，便在驿站附书三首，一念名相品格好，二喻自我属同道。我想，乾隆也在穿越时空和宋璟做着心灵上的共鸣吧。宋公远去，但他的遗风感召着一代又一代的家乡人。在这里，人们遵循着宋相遗志，民风纯正，婚丧嫁娶文明有序，村中实行民主选举，东户村成为省新兴文化大院的典范，为农村精神文明建设树立了榜样！文明之花在沙河大地熠熠生辉！

2011年10月，我加入市登山协会，跟着浩荡的队伍探访西部山区。走了几道川，爬了几座山，几多感慨，几多欢欣。行走在太行山脉，我为那蔚为壮观而叹，为大自然鬼斧神工而慨，更为这大好河山而歌。石岩沟的云雾飘渺，数道岩的浑雄挺拔，都给我以深深的印记，让我感知着沙河的秀美山川，人杰地灵。

藏在深闺人不知。沙河的山，沙河的水，沙河的文化，沙河的历史，外人不知，就连我这个地道的沙河人，也是一边行走一边了解。如今，有一支登山队，行走在沙河的山山水水，采集着沙河的一景一观。阅尽沧桑路，风雨又一程。行走沙河，走出沙河，登山人矫健的步伐，丈量着沙河的经济发展，登山人快乐的容颜，展示着沙河人的精神风貌。每一个登山者都是一扇小小的窗口，向外人宣传着沙河，诉说着沙河……

站在沙河土地上，沐浴着冬日暖阳。我为自己是沙河人而自豪！遵循先贤遗风，结合时代特点，沙河人勇于开拓，勤劳智慧，以快速度地发展崛起于邢襄大地！沙河，我为你骄傲！

朋友，让我们一起行走沙河，感知沙河……

◎ 走进石岩沟——感受爱意深秋

闫春英

雨后的山野，空气中夹杂着泥土及草的青涩。我鼓动鼻翼，用力吮吸着，感受大自然的原始之气。远处，云雾飘绕，山峰时隐时现，大山显得格外神秘。我站立山野，凝视这静默的大山，感受它无言的厚重与深邃。

三弯两弯，走过一段石子路，眼前出现一片空谷，两旁山峰耸立，云山相连，一峰兀起，如雄鹰展翅。谷下溪水潺潺，清澈见底。高山流水，如此和谐。大家兴奋异常，寂静的山谷一时热闹起来，坐在石坡上，照了合影。

前行，山路越来越窄，雨后泥泞，脚下打滑。这时的我，不再四处张望，紧盯脚下的路，攀登。有飞鸟过，传来声声鸟鸣。有山风吹，身旁草木轻摇，风迎鸟转，鸟随风鸣，其声啾啾，其风瑟瑟，大自然和谐之音。

队伍渐次拉开距离，形如长蛇，蜿蜒在山间。山路越来越陡，不时有顽石挡路。因有雾，看不清峰与峰形成的悬崖峭壁。但知身旁都是沟壑，紧张加上体力的消耗，我汗流浃背，衣服都湿透了。看看前面的路，不知还有多远，也不知还有多险。想回返，看看朋友兴致依然，再看太阳和幸福使者都无回返之意，只好硬着头皮继续攀登。

渐渐，前面的人已经不见了，只闻其声不见其人，我们几个被甩下好远。领队独来独往跟随我们在最后，不时和前面领队保持联系，报告行程。我从他的对讲机中听出离山顶还远着呢。顿时气馁，又毫无办法。这时再回返已是不可能，没有领队跟随，迷路了更麻烦。我，后悔了。

爬到一个小山顶，有一片小小的平台，

终于可以喘口气了。我坐下来,咕咚咕咚喝了一瓶水。喘息之机,放眼远望,方知已在云中。四周雾流涌动,迷蒙飘渺。山石树木皆已不见,但这层层的云雾,也能给人一种特殊的体验。红尘飞不到,云雾有时来。一种飘然欲飞羽化成仙的感觉在心头。

稍作休整,继续前行。移步云上,渐入胜境。但已没有精力去拍下这美景了。脚下依然艰险曲折,因了美景,暂时忘却了登山之苦。山谷中传来驴友回声,一声比一声高亢,后面的人也向大山发出呼唤,接应着前面的人。大家兴奋起来,步子也快了好多。爬过一段陡峭的崖壁,又入灌木丛,无路,需要开路前行。拨开一丛丛的灌木,小心移动着脚步。太阳脚下一滑,跌倒,友在后拉住,好险。对讲机中传来前面领队的声音。这段路特别滑,告诉大家加倍小心。独队回应之隙,幸福使者又摔倒。为了缓解大家的紧张感,独队调侃着:"那是谁又捡钱了?千万不要再捡钱了啊,够花就行了。"嘻哈一阵,疲劳感减轻不少。

向上攀登着,一块巨石横在崖壁,石上有青苔,石边只有半只脚的宽度,前面的人也不知怎么过去的。我不敢过,不过又不行,太阳和友在前拉,幸福使者在后扶,两腿颤颤抖抖地总算爬过去了。这时,远处传来欢笑声,领队说前面的人已到山顶,我们也要加快速度跟上。

近了,人也精神了,路也感觉好走了。我又敢四周望了。此时的云又有不同,比先前的流动更快。人在山中行,十步一景,我是一百步才敢看一景。两旁的植被,叫不上名字,有黄色的叶子,有红色的果子,一片片,一串串,甚是好看。

终于登上了顶峰,一片开阔地,一棵挂满黄色叶子的树下。一群勇敢的登山人席地而坐,三人一伙,五人一围,吃着自带的饭菜。来不及赏景,我们几个也赶快吃饭。狼吞虎咽,吃个不亦乐乎。一阵山风吹来,身上有了寒意。起身站立,眺望远方,尽是云海。王之涣有"欲穷千里目,更上一层楼"。我登上了顶峰,除了云海,却什么也没看到。此时才感,并不是登得越高看得就越远,登高在于捕捉和体验一种感受。"白日依山尽,黄河入海流。"看得够远够阔,致使无数文人墨客登上鹳雀楼,却因看不到黄河入海而质疑。陈子昂《登幽州台歌》有"前不见古人,后不见来者"。看得更绝,想一想,你能用眼睛看见过去和未来吗?意会,便可贯通。相比,只知道用眼睛去看,而不知用心去体会的人,登得再高又有什么用呢?

领队点名完毕,队伍开始下山。下山比上山还要全神贯注,难度更大,但体力消耗相对小些。脚下依然湿滑,偶尔会踩上松动的石块,令身体摇上几摇。时不时的就有人跌倒。大家你拉我扶,相互照应着。我几乎不敢站身,坐着向下滑。眼睛向两旁寻找着可以抓握的枝条藤蔓之类的,遇有荆棘还会把手划伤。身后两位陌生的姐姐一直给壮胆,并给了我们手套和护膝,身后的姐姐拽着我背包,鼓励我大胆向前。一股热流在胸间流淌,心里也感踏实了些。一步一步,钻过藤蔓,爬过滑石,踩着湿草,离地面越来越近,可以看到山下停放的大巴了。这时,有老队员走出队伍,三跳两跳就穿过我们,跑在了前面,并发出兴奋的欢呼声。先头部队已到山底,我们还有三分之一的路程。但是山路平缓很多,危险减小了,快些,再快些。终于,到山脚了。长舒一口气,坐在一块青石上,再也不愿迈动一步。

山下,队员们大兜小袋的购买着山果。苹果,核桃,还有猪肉,呵呵,一个个是欣喜而来,满载而归。

向着大山挥一挥手,我们走了;向着

村庄挥一挥手，明年我们还来；向着山民挥一挥手，愿亲人安详。放手，是为了更好地拥有。

◎ 在孔庄峡谷

闫春英

就这么慢下来吧！听！
夏蝉欢唱，草虫低鸣，
流水覆过青苔。
让脚步缓一缓，让心跳不再慌张。
如果愿意，
蹚水而行，把光阴也洗一洗。

你看，每一座山都是一尊佛。
滋养草木，也善待生灵。
接纳风雨，也包容雷电，
有一种情怀叫山高水长，
你看那条青蛇，盘成，
一个圆，临水而照。

在孔庄峡谷，我们走进时光隧道，
将老故事重温。
然后，
挺一挺肩膀，抖落几滴水珠。
连同藏匿的秘密，给了风。
什么都不要呵。
轻是云朵，
静览人间，傻傻欢喜。

闫春英，沙河市东户村人。银河悦读中文网副总编兼评论部长。

◎ 渐凹村：太行深山的"布达拉宫"

张子乾

很多人都知道西藏有座神圣美丽的布达拉宫。可在邢台，也有这么一座"布达拉宫"，这座神秘"布达拉宫"就坐落于邢台沙河的渐凹村。

沿着蜿蜒徘徊的道路曲折而上，远远地就能看到在半山腰的渐凹村。

渐凹村位于邢台沙河市太行山东麓的深山区，坐北朝南，建在向阳山坡上，地势高峻，风光独秀。虽然这里风景秀美，但因地理位置偏僻，外人一般很难找到。

渐凹村以地形命名，三面环山，层峦叠嶂，沟壑纵横，林木森森。向村东望去是高耸的天顶山，山势奇险，峰峦俊秀；向村西北望去，是著名的小西天，山顶建有碧霞元君神庙；向村北望去，是闻名冀南太行山区的大峡谷。

该村由低向高依山势层层叠起，如远眺村貌，村庄形状酷似一只展翅南飞的大雁。远远从盘山公路看过去，十分酷似西藏佛教圣地的布达拉宫。所以，外来的游客都把渐凹村称为"太行深山区的布达拉宫"。

渐凹村建于明永乐年间，于今已经有800多年的建村史了。相传侯、李、胡诸姓奉召由山西洪洞县迁至此地开荒种地，立村名为侯家庄，之后，范、郭、崔、朱等姓陆续迁入，人烟逐渐兴旺，村落初具规模。后因村庄所处地势高峻，水源相对紧缺，于是将村庄移至山凹渐水处。村庄坐落在渐水凹地，所以改村名为"渐水凹"，后改名"渐凹"村，一直沿用至今。

村口处，一方"龙池"正在修整。沿着村中的主街往上走，古色古香的古建筑民居便一一映入眼帘。这座八百年的古村落，不乏有一些现代建筑点缀其中。可当你置身其中，你会明显感觉到它所蕴含的深深底蕴。

令我惊奇的是古人的智慧，将山中的山泉水与村中的排水系统完美地结合在一起。街面上的水可汇入沟槽，排水沟槽隐入地下，最后汇入村前"龙池"。

想象一下，临街出门口就有山泉水顺势而流，村民可以做饭、洗衣，将古诗中的"小桥流水人家"灵活再现。

与其他古村落一样，渐凹村有大面积的紫色英岩和石灰岩。所以村中的房屋多是就地取材，用青石和紫色英岩石块垒砌而成二层石楼。有的石楼高约数丈，站在楼下抬头观望，显得高大雄伟。这些建于清代和民国时期的房屋多为四合院，有单门独院、一进两套院、一进三套院、一进五套院等。据村民说，当年建房的工程量浩大，石头都是村民一块一块扛或抬回来的，盖一座石楼，需要数年的时间。

参观村内最大的院落——清朝秀才朱世英旧宅。这是一进七套院，与以往的财主旧院不同，秀才曾住的旧门口没有气派的门楼，也没有精美的雕花。从不太显眼的木门进去，就是一处豁亮的院子。当时朱世英居就住在第三套院的石楼上。

石楼南北排列6间，上下两层，墙体为经人工打磨规则的青石条垒砌。楼室正门口往北拐为下坡，砌有7层青石台阶。中间有处可以瞭望的窗台，想象朱秀才夏日居此楼上，把酒临风，低吟浅唱，岂不为人生一大快事？

幸运的是，我们还看了院子保存至今的一宝物：雕美的小木柜中放置着曾经给老祖宗供奉的牌位，设计保存十分讲究，据现主人说可能是为当时的战乱准备。

八百年历史的渐凹村古迹甚多，村内建有多处清代及之前的古庙宇，有龙神庙、土地庙等。

除了"七步五眼井"之外，渐凹村的中央还有一座坐南面北的清代戏楼，当我们到达时，戏台已经在重建。曾经的戏楼顶部起脊扣瓦，飞檐挑角已经不复存在。戏楼正面为青石圆柱，不过因年代久远，戏楼破败，已经废弃不用。

"清代至今，渐凹村里就一直传承着扭秧歌、锣鼓队、吹唢呐和地方戏曲平调，农闲时，村民就用这些民间艺术来丰富着自己的生活。"范建群说。

此外，村东天顶山南侧山脚下还有一座漆泉寺。据明万历二年重修漆泉寺碑文记载，该寺曾由唐初开国将军尉迟敬德监修，为历代僧人诵经和传播佛教文化的圣地。遗憾的是，因为时间有限，我们最终也没有去成。不过也好，留一些遗憾，等下次再去造访渐凹村。

走在村中的石板小路上，新鲜的空气让人神清气爽。范英群说，因为渐凹村生态环境好，长寿老人多，现在村里八九十岁的老人就有很多。如今，村里正准备大力发展旅游业，让越来越多的人揭开这个藏在深山里的古村落的神秘面纱，领略到她的美丽。

不过，我要着重强调的是，很多人惊叹村前的景色如画，可不要忽略了村后的层层梯田。那些层层叠叠的红梯田，因为土质发红，在阳光的照耀下下耀眼夺目。听当地的村民说，每到秋冬季节的清晨，云海缭绕，烟波浩渺，是很多摄影发烧友的拍摄基地。

<small>张子乾，原《牛城晚报》记者、编辑，现为路罗学区教师。</small>

◎ 数道岩上的"长城"

李军兴

沙河西南边陲有数道岩，此处现在有烽火台、城墙遗留。这些设施建于何时？什么用处？现代学者、专家莫衷一是，各抒高见。有人以为是明长城，更有甚者认为是战国赵长城，余一哂视之。

沙河有三处"长城"遗址，分别位于

数道岩、大岭口和黄背岩——沙河西端太行腹地的崇山峻岭之中。对于这些遗址的见解，我们不能靠猜想和臆想，根据以为然来推论，而应该挖掘史料，据实考证，"史实求是"。

对于沙河的过去，首先应该从史料中发掘。沙河目前所能搜集到的志书，最早的是万历十七年县令姬自修编著的《沙河县志》，万历三十七年县令谷师颜做了增补。隋开皇十六年（596年）沙河置县到姬令之时（1589年）约一千年的历史散佚无存。沙河的历史只是在《山海经》《隋书》地理志、艺文志中有零星记载，在境内遗存的古代碑刻中偶有记述，全境综合情况基本茫然。历史沿革、山川风尚、物产人口、政经情势皆口口相传，不仅不实，谬误甚多。更多的是荒诞不经，乖异多舛。沙河无史，一方面是文化落后，文献缺乏。二是仅存的一点毁于朝代更迭、兵祸战乱。姬自修有感于斯，从头做起，综核粗创，历时三月玉汝于成。姬令之后，明清换代，康熙、乾隆、道光年间三次重修，民国年间王延升重修，到20世纪80年代沙河修志时，又遇到了姬自修同样的问题——史志非佚即残，全部要从头开始。若细审过程则更无语：沙河的历史竟要从日本买回来——历代沙河县志在日本。每念至此，不胜感慨，唏嘘无已。在这个灯红酒绿、物欲横流的世界，有多少人能体味那种愤懑和无奈。以上诸项，容专篇再论。

县令杜灏于乾隆二十二年（1757年）编印的《沙河县志》承先启后，功力深厚，价值极高。他厘清了许多不实与传闻，对诸多疑问包括"长城"核查史籍，实地勘察，做了忠实的注解。按照他的见解，本人于2017年3月4日，与六位朋友一起，时隔260年重走杜灏之路，还原一个真实的数道岩"长城"。

皂角峪、黄岩寺、千佛岩、数道岩，沙河柴关乡西端峡沟的地标。皂角峪，即峡沟谷口最窄处，现在已是水库坝址，西行里许黄岩寺，1957年建水库被淹，年近七十的王医生指着水库北侧一拐弯处：在这里（水底）。千佛岩和千佛岩寺距此西南六里，笔者2014年曾游览，以上位置与杜本记载完全一致。皂角峪西向十余里层峦叠嶂，山峰连绵，故名数道岩，乃沙河武安二县的界岭。自上午10时许，我们一行七人从大坝起徒步跋涉，迤逦西行，山高路险，约十二点半到达数道岩。这里墙基仍在，门洞无存，左侧残破烽火台孤单地耸立在荒山之巅、南北走向的山脊之上。沿途的几处营房断壁残垣，荒草掩没，和山风一起向行人诉说着沉藏的秘密。现场可以看出，这里是峡沟最西端最高二个山峰山脊之上的一处隘口，隘口右侧峭壁直立，目测至少百十米高，无法攀爬。左侧虽稍缓，坡陡难行。翻过隘口即是武安县境。余乘勇爬上左侧最高峰，回望峡沟，但见峰高谷深，沟壑纵横，武安方向山势陡峭，断崖直壁，沟底路舍一览无余。从武安而来的山崖间的若隐若现的二条山道于此汇聚。此处筑墙，若雄关锁钥，鸟雀难飞，真所谓一夫当关，万夫莫开。

为何这里有关隘，其实防盗寇也。明朝中叶，尤其是正德之后，政治紊乱，民生凋敝，开始出现流民。这些人大部以乞讨为主，但一部分饥饿难耐，开始结伙抄略，四处抢劫。特别是水旱灾害之年更甚，此即土匪和流寇。而官府济民无能，仍催科（赋税）无已，个别地方会出现暴动。正德、嘉靖年间已非常严重。当地政府弹压不力，只以驱赶为务，以邻为壑，导致邻县在边界设防，派兵拦截。数道岩、大岭口皆属此类。北汉被亡后，与数道岩、大岭口一样成为兵防口，在明朝中叶起到了保境安民的作用。同时这里山高沟深，也成为小股土匪藏身之所。清初康乾之世，国内宴安，沙河县勿需保境安民，杜灏说"今废"。

明代匪患之烈，文献不乏记载。正德六年间流贼掠杜村，王玉梅被捉，痛骂土匪，被三断其尸。顺德府在府南关建双烈祠，祭祀她和同时死节的张庄端。刘六、刘七起义，县境东南村庄皆被荼毒。嘉靖醉心修道，玩弄权术，国计民生一概不问，流民遍地，匪患不断。沙河边境丛鸧（全呼）、册井等村结坞自保，联村互保。就全国而言，民生凋敝之状惨不忍睹，时人笔记（如李东阳）记载历历在籍，亡国之兆比比皆是。直到嘉靖之后张居正实施新政才扭转颓势。可惜张居正死后，万历怠政，奸宦当国，政局糜烂，再加上加派"三饷"。明末大旱，整个北方民不聊生，赤地千里，终于酿成了大规模流民起义，李自成从中脱颖而出，埋葬了大明王朝。沙河亦不免，志载："崇祯十三年十寇盘踞西山，横行劫掠。一日贼千余人直抵赞善村。"张师颜父子4人奋勇抵抗，"父子四人遂相附而死"。村民乘机逃脱二百余人。

黄背岩"长城"是真正的军事工事。因是宋初名将郭进所筑，故名"郭公关"。郭进（922年—979年），博野人，少贫流落巨鹿，身强力大，学了一身功夫，投军后成为后晋大将刘知远侍卫。刘知远称帝建汉，乃部下一员骁将，屡立战功。宋太祖时任洺州防御史，西山巡检，负责太行山一线御汉抗辽之重任，保障北部边境安全，使太祖得以专心用兵南方，"先南后北"。他不负重望，率军两次在乐平（昔阳）和辽州（左权）大败北汉和辽军，赵匡胤曾在开封建巨宅以赏其功。977年太宗赵光义继位，升云州观察使，判邢州。他出身武将，十分重视城防工事和武备，把邢州（今邢台）建得固若金汤。几十年后沈括看到邢州城厚六丈，高大坚固，市巷井然，铠甲精良，慨叹郭进之功，写在《梦溪笔谈》中。郭进在太行一线共18年，979年太宗征北汉，围太原，派郭进驻石岭关，郭进于此大破辽援军数万，太宗得以放心围城，攻灭北汉，统一北方。可惜几天后被监军田钦祚"凌铄"诬陷，郭进刚烈不服，自尽而死。对于诬诣的口实，因史无记载，不得而知，《太宗皇帝实录》说："事甚暧昧……左右无敢言者。"郭进和随后杨继业的结局如出一辙，都是一场悲剧，是宋太宗时期政治体制变化的恶果。

黄背岩上的"长城"，明代中叶做了修缮，作用如前。这些所谓的明代"内长城"、战国赵长城，如此而已。

西山归来，沉思良久。漫天思绪，化作几句感慨：

山高沟深埋荒径，数道岩上览长城。
凉风聚谷穿林壑，野雉惊起驻步声。
双峰对阙争往昔，一截石墙隔西东。
强使郭进演明剧，不啻关公斗秦琼。

<small>李军兴，沙河市上关村人。现任沙河市安监局副局长，爱好文学。</small>

◎ 新康源游记

樊延军

丽日春风，三月花红。驱车沙河白塔一路西行，至东柳泉路口右手拐弯，海拔虽然高的不多，沿途景况已然不同。黄花烂漫，香气夹带春风而来，蓝天作幕，白云点缀，春意而至。穿越樊下曹古槐碎影映古街，顺黄花夹道而至红石沟北门。过左村大桥，约百余步，左手拐弯，上康源大道，春意胜景，跃然入目。

前行数步，忽遇一大树旁枝，喜迎贵客。苹果花开，满枝滴翠，上行百多步，豁然开朗，一幢二层楼建筑依地势而起。

门口两簇花树一白一红，院内数辆轿车依次停放，无人声之乱耳，有蜜蜂之嘤宁，沿路西行十余步，有一篮球场地，可见其昔日辉煌，上行数步，庭院深深，院内可见农用车身形车影。院外路口右转前行，十余步，再十余步，遥望一亭台阑干，莺飞草长。近亭望，一派碧水扬波，白鹅成双。湖心映春日，春风暖花香，对岸一高楼，有人楼上愁？两位丽人拾阶而上，三三两两之靓影，俊俊俏俏之脸庞，莺歌燕语，翠柳丝动，软香温玉。花好水凉，近水之滨，观水之意，亦复如我？

左侧曲径通幽处，右观春野好风光。近赏黄花迎春意，远望白鸟著玉妆。登高处，更觉心志高远，近水处，方感水碧天蓝。春雨过处，云海缥缈，如入仙人之境；暖阳映射，百鸟争鸣，似闻禅音般若。

弃此亭而去，南行数里，蜿蜒盘旋，曲折迷离。偶见红花三两枝，旁伸侧出，惊艳无比。忽遇家鸡野外居，三五成群，憨态可掬。闲处稍歇静坐，才觉渐入王维之画，穿行山林野径，方晓已进摩诘之诗。蓦然回首，更觉此中一番愁滋味，暗涌心底，难以言表……

至西顶水池，东观下曹岭，俯视红石沟，一派气象言不尽，百鸟争鸣花无音，下池东去，谁家美女树间正劳作，俯首弯枝，伸手扯线，动作娴熟，笑容灿烂，心中恍然若失，虽然衣不光鲜，实在人间美意，好风光正在此间人物，赏春意但觉劳动光荣，心醉时天水一色，神迷处柳暗花明，无所言表此时心地，心欲狂歌怒野，怎奈不敢玷污此间胜境。

复归原处，只觉百鸟无音，水流无声，惟余心醉而已。

是为志……

◎ 樊下曹拉死鬼

樊延军

樊下曹之所以在这一带很响，有一个更主要的原因就是拉死鬼。旧时的樊下曹所处的地理位置也很优越，南来的北往的打这儿过是必经之路，东通沙河城；西达白岸岭；南至邑城南；北到顺德北。经商的，赶庙的，进京的，上岭的都要打这儿路过。村里有老店房、老戏台，还有老人们留下许多老的传说。记得老人们说的最多的有"魔石青"撞见鬼鬼都给让路，张公赶天明顺德府竖碑，再还有关于拉死鬼的来历等。拉死鬼据说历史太悠久了，要是按正儿八经地说应该是傩戏的繁衍，当然也可以说傩戏是她的繁衍。我认为她们应该是有一个共同的文化基因，村里老人们说拉死鬼是置村时就有了，可是谁又可以证明呢？正月十六的一大早人们就开始为拉死鬼做起了准备工作，家家户户都去田间打柴，说是打柴，其实就是打些花柴玉米秸之类。早先多是用芝麻秸，可见芝麻秸应该是最上品的，也许是因为他赋予了节节高的寓意，所以大都用芝麻秸，花柴玉米秆之类应该是替代品。正月十六烤七笼火估计应该是冀南一带盛行，可正月十六拉死鬼的村子应该不是太多，还好，樊下曹就是这不太多的一个佼佼者。也许有人说是封建迷信，也许有人说是奇风异俗，可樊下曹人管不了那么多。对于一个在村里长大的我，四十大几了，还是期待。正月十六的——那团火。很多人都说，拉死鬼是一个儿童的节，我看也不尽然。我认为，拉死鬼更应该是一个所有人的节。在这一天，老人看到了儿时的自己；孩童看到网络里没有的真切；所有的樊下曹人，都看到了又一年的红火。天还没有全黑，哩哩啦啦的鞭炮声就开始此起彼伏，孩子们放下手中的碗，就跑出去了。不大会儿就回来催促家人道："爹，他们都点着了！""着啥紧哩！"嘴说着大人也赶紧咽下口鱼一般的饺子，喝了口汤。刚出来他已把柴火抱出放了一地，"火呢？"我说"我去拿吧！"他却从前院老保兴那取了一把火过来，点着了。我拿出年前早买好的一万响的鞭炮在院子里点起一直响到大街上，火也燃得正高。邻居的几个小孩儿远远地跑过来从火上嗖的一下蹦过去了，浩明也去别人家蹦火，媳妇在南边还没回来。我把火烤完了，也往南边走，一路上除了火焰就是鞭炮，再不就是礼炮。樊庆民门前的礼炮放了一大摞，孙男弟女的有的还拿了摄像机，好给十六留个影。一会儿媳妇也到了，我们往前街走，一路都是熙熙攘攘的人群，一路都是热浪扑面的火焰，一路上有好多熟悉的人，一路上也有好多陌生的面孔。前街更是灯火通明，成年不太回家的人们今天大多也都来了。不知谁家的孩子手里拿了小炮偷偷往火里扔了一个"叭！"火焰蹿起老高。"谁家的孩子？"可人已走远，挤在人群里不见了。一会儿又一个地老鼠钻了出来，带着哨音在人群里横冲直闯，不时有小女孩的尖叫声，男孩子的呼哨声。一会儿一阵紧似一阵的鼓声隐隐约约地从东阁的方向传来。年青一些的人都涌了过去，"咚咚咚咚咚咚咚，锵锵锵锵锵锵锵。"一种单调而又不太和谐的鼓点儿，一种暗淡又不失伤神的鼓音儿。这是一种什么节奏？难道她自远古而来。这是一种什么文化，难道她自先秦而来。呼哨声，吼喊声自阁下而起，街上已挤满了人。甚至两旁的屋顶，都是人们期待的眼神呀，好几台摄像机在房顶上高高架起。今年的拉死鬼，帷幕已悄悄拉开。不着调的鼓声越来越响，阁头上巷道口玉米秸的火把高高掫起，烟呛得人睁不开眼，火熏得人的脸生疼。可人群还是一个劲儿地涌动，鼓不紧不慢地响，可就是不肯出头。一捆一捆的秸秆，熏得浑身冒汗的人群不停地骚动。鼓声也显得不耐烦了，整条街的火都已燃起，不知啥时电也停了，一切都仿佛回到了原始。突然一个钻天牛在阁底下响起，拽着长长的哨音，一群戴了面具的鬼从阁底下张牙舞爪地出来了，有大头鬼、吊死鬼、铁面鬼、判官鬼。记得早年间还有"毛根"当大鬼，鬼还没有出来，鼓点里夹杂着铁绳摔地的声音，很是瘆人。出来时大鬼戴个高帽子，头前几个小鬼拉了铁绳拴了大鬼，大鬼就是不走，一路上推推搡搡，走走停停，一个钻天牛让我从回忆里走出，鞭炮声口哨声不绝于耳。我说咋那么不着调，原来大鬼的手里放着音乐"您也说聊斋，我也说聊斋……鬼也不是鬼，怪也不是怪……"在嘈杂的人群里，在咚咚咚的鼓音里，在口哨与吼喊的音缝里，夹杂着说阴森也有点儿阴森，说恐怖也有点儿恐怖。可这一切都在火光里，鞭炮里，人声里，期待里，说实话一切又显得那么从容。那群鬼好不容易走到杨巷子口，被前街的人们又给堵了回来。口哨声更响了，皮老鼠不知从谁的脚下蹿起，鼓点儿乱了，火更大了，谁家的孩子哭了……樊下曹的拉死鬼进入了高潮。从前街，到后街，不远的路程大该要拉两个钟头。可见村民之踊跃，拉死鬼是一场全民参与的游戏，现场火烈，整个过程都充满了原始，冲动，以及人们对美好生活的希冀，对明天更好的向往。等到拉完了鬼，他们卸了妆，脚步锵锵地点了老杆，放了烟火，送了老黑爷，今年的拉死鬼才算结束。回家的路上陆陆续续地又响起了鞭炮声，年过完了，早些回家的人们都在送家亲了。

樊延军，沙河市白塔镇樊下曹村人。

◎ 高庄村的庙会

田园

年关前后，但凡心有善念的人，大都会进庙为家人祈福求平安。这时你去看，庙宇周围，善男信女，人山人海，香烛缭绕，熙熙攘攘。每每见到这般光景，我就会想起家乡的庙会。

我的娘家，在沙河市柴关乡高庄村，那里的人们勤劳善良，民风淳朴，尤其对传统信仰心存敬畏。除正月和腊月外，几乎每个月都有或大或小的庙会，最为热闹的要属四月初一、六月十三和十一月初十。

四月初一，是我们村南河堰儿姑姑庙会，说是初一过庙会，实际上是过前一晚。姑姑庙位于我村和马峪村交界处，紧挨五里碑村和柴关村，庙里供奉的是灵琴姑姑。传说无论求子还是求福，只要心诚就有求必应，因此四邻八乡的人都会来赶庙会。从三月后半月开始，庙会会首就开始张罗，走家串户、攒钱买物，每逢这个时间段，唱什么戏和请哪家歌舞团会成为关注热点。而如果攒钱攒得多了，除了写戏、电影、歌舞团外，还会有跑旱船、踩高跷、舞狮子等节目。过了二十六七，庙上就有人打扫，有的清理杂草、有的修剪树木，有的贴对联，有的搭戏台，有挑水的、有摘菜的、有烧火的、有洗碗的，还有凑热闹唠闲嗑的，一日三餐流水席，白面馒头大锅菜和小米捞饭杂面汤管饱管够。

过了二十七八，唱戏的就来了。戏台下陆陆续续会有一些闲散的、爱看戏的老人和跑着玩耍的儿童。偶尔还有推着自行车卖糖葫芦的和坐在小炉火前煎驴油灌掌的，这时的人们基本进入庙会主题。初一前一晚，太阳尚未下山，临县和附近村的香客就会相约而来。他们聚在庙里，或小心翼翼地相互询问，或一脸神圣地念念有词，都发自内心感念神的灵验。傍晚时分，庙会就进入了高潮，整个村庄也跟着沸腾起来。通往姑姑庙的路上，骑摩托车的、骑自行车的、结伴步行的、提着篮子的、牵着孩子的、拎着香和供品的，三五成群，俩俩相伴，你一言我一语，此起彼伏，络绎不绝。再看庙上，香雾袅袅，佛音梵唱，燃香烛的，放鞭炮的，叩拜神灵的，上香油钱的，求卜问卦的，来来往往，人潮如海。而庙的周围，露天电影、歌舞团，演大戏的、唱小戏的，说评书的、擂战鼓的，扭踩着高跷秧歌的等等。各种民俗表演令人眼花缭乱，吹吹打打直到天亮，庙会才算接近尾声。

"九爷"文化在沙河流传已久。对于高庄村来说，意义更是非凡。相传六月十三是老九爷的生日，村里人选在这一天去九龙庙沟求雨，祈祷老九爷大显神通广布甘霖。为表示诚意特意把九爷请到村里来，这个日子也相应被定为庙会。另一种说法是，在抗日战争时期，九龙庙沟的地下龙宫曾让高庄村的苦难百姓不止一次躲过日寇扫荡。为此，九爷文化更深入民心，对高庄人来说，这个日子也更为神圣。

与四月初一相似，六月初会首就着手准备，并选出乡亲们一致认为至纯至孝品行端正的年轻人，去九龙庙沟迎接九爷。多年来，高庄村迎九爷的活动远近闻名，非常壮观。三五辆拖拉机上，有的敲锣打鼓，有的手扶彩旗，有的燃香放炮，一路人马浩浩荡荡，锣鼓喧天地把九爷请到村里来。紧接着进入迎街的环节，也叫巡街，先是铜锣战鼓开路，接着是一群手举彩旗的孩子相随，再是几个喜好行善的大娘手捧佛香紧跟其后，然后才是事先选好的年轻人抬着九爷大驾，一行人相伴着威风八面地绕主街走一遭。迷信的说法是巡街过后，村里人就会相安太平且有好收成，而知道九爷要从门前经过的人家，不仅虔诚恭迎，还要特别设祭焚香燃炮。

到了十三前一天，村里一大早就能听到卖豆腐的吆喝声，路边会有卖肉的，卖菜的，以及各种卖烟酒礼品的。大多数村民会在这一天把家里招待亲戚用的酒肉蔬菜置办好，所以也就有了摆ست摊的人，这一天也被叫做早会。而在十三当天，远嫁的、外出的、走亲的、访友的等都会先后来到，他们到庙上拜完神后，有的去戏台下看戏，有的就去大街上逛庙会。这时，紧挨村里九龙庙的大街上，从村南的高庄桥到村北的高安桥，各种卖杂货的小商小贩，以及南来北往的大车小辆，人头攒动，川流不息。就连村南和村北的浅河滩边上，也都是交易牲口的和买卖农用具的。

许是村民诚心动天，每年的六月十三这天。上午晴空万里，中午吃完饭，过不了多久就会阴云密布细雨淅沥，甚至还会有倾盆大雨。年复一年，年年如此，以至于来高庄看庙会的人，多会在吃过午饭后，匆忙往回赶，街上的摊贩亦是如此。随着社会的改革变迁和人们思维意识的转变，村里德高望重的几位老人与村干部商定，为弥补亲朋好友不能尽情尽兴赶庙会的遗憾，原六月十三高庄村九爷庙会不变，十一月初十另起庙会，高庄村就有了三个小有规模的传统节日。

作为新时代女性，我不相信世上真的有鬼神。作为一个土生土长的农村人，我却为家乡人的信仰和传统而骄傲。因为，正是这种对神灵的仰望，让家乡的人们心性纯善与世无争。正是这种对传统的坚守，让家乡的人们安居乐业从善好施！

田园，原名田向敏，沙河市柴关乡高庄村人。邢台作家协会会员，喜欢文字，爱好散文、诗歌。有散文见《牛城晚报》等报刊。

◎ 太行崖菊，我真的爱你

李俊叶

一直以来，我是一个不太喜欢花的人。虽然有时我也会被花的娇艳，花的馨香沉醉痴迷，但因为自己不懂得怎样养花，也没有更多的时间，更多的闲情逸致去呵护她们，所以对花也只能是"望而生畏，敬而远之"。然而，我对某些花的花语，对花所具有的精神却总是情有独钟。

绿萝花，在他人眼里，也许就是一种极普通，极不惹眼的花。但她的浓郁，她的葱绿，她不同寻常的——坚韧善良，守望幸福的花语，让我对她如醉如痴。还把她作为网名，让她的精神与我相伴相随，给予我无穷的力量，激励我不断地努力，不断地进取。

而太行崖菊的出现，更使我对花的酷爱达到极致，我已经被她与众不同的神奇美丽，被她坚强、勇敢、执著、傲霜斗雪的精神彻底征服，我再也无法将她忘记。尤其是她与我的不期而遇，与我的独特经历，让我早已将她的名字深深地刻在脑海里，烙印在心里，铭刻在梦里，一直挥之不去……

二〇一七年九月十六日的采风活动，对二十四位河北的散文作家而言；对渴水诗社的社友而言；对我而言；对所有热爱大沙河风光的人而言，是一个极其难忘，极有意义的不同寻常的一天。

清晨，东升的朝阳将缕缕金光洒在我们的身上，凉爽的秋风一阵阵轻吻过我们欢笑的面庞。我们一路欢歌，在巍巍太行的声声召唤下，携手相伴，将一起投入她温暖醉心的怀抱，一起去感受她伟大而无私的博爱，一起去寻找她最神秘的底蕴和内涵。

一座座高耸入云端的山崖，占据了我

们的视线，让我们驻足停立，欣赏它与众不同的风采。它让我们想起李白"危楼高百尺，手可摘星辰。不敢高声语，恐惊天上人"的最美诗篇。而那些凌空于陡峭崖壁间，扎根于岩层石缝间的菊花，更是太行山上一道独特亮丽的风景线。她让我们被她的淡雅、娇美、芬芳、馨香，她的坚强、勇敢、执著而深深赞叹。

稀稀落落地散布在山崖间的，淡雅芬芳的白色小花，在秋风中摇摇曳曳，枝叶招展，恰似灵动的仕女舞姿翩翩。橘黄色的花蕊，犹如金色的光斑，点缀闪烁在白色的小花之间。菊花的芳菲馨香不时地浸入我们火热的心田，又似一股甘甜的清泉流入每个人的心间。她醉人的花香，让一切的疲劳，所有的烦恼，随风而去，烟消云散。

正当我们醉心欣赏她美丽的容颜，被她诱人的芳香折服时，随行的身为中医的涡水诗社的社友元老师遥指着崖菊告诉我们，"她们可是人间的宝贝，珍贵的茶源，用崖菊泡茶，既可以养肝明目，又不失消热去火的功效，让人为之惊羡。她的价格可不菲，一公斤可以卖到几千元，甚至上万元。"

本来对她就已经痴心迷恋的我，听了元老师的一番话语，更是对她狂热爱恋。望着她娇艳的身姿，美丽的容颜，嗅着她醉人的芳香，诱人的香甜，我蠢蠢欲动的心，忍不住要攀上陡峭的山崖，去独自领略她让我如痴如醉的美丽娇艳。

我小心翼翼地一步步向上攀援，手指紧紧扣住崖壁的石缝间。近了，再近了，更近了……就在我伸手要抹杀它的一瞬间，清凉的山风吹来，她的缕缕芳香沁入我的心脾，让山风也吹走了我独享她的贪念。

望着她身后的高高的山崖，和山崖上散布的稀稀落落的她的同伴，我仿佛听见了来自她们心底的呼喊和声声哀怜："我们用血和泪换来的美艳，怎能让你独享，让你蹂躏？我们还要迎着风沙，冒着腥风血雨，在崖壁上继续拼搏奋战，一直繁衍，让我们的家族更加庞大，让我们更加靓丽光鲜。不能因为你的无知和贪婪，把我们的亲人抹杀，让亲人远离我们的视线。我们要永远在一起，在石崖间与风霜雨雪奋战，我们要坚守在太行山上，谱写属于我们的动人诗篇。放了我的同伴，放了我剩余不多的亲人吧！她一旦离开这里，离开了家园，就永远不会再拥有最美丽的容颜。如果你真的爱她，就让她永远扎根在这里，扎根于狭窄的崖石缝间，永远不离开我们日渐衰落的，这个大家族的视线。"

聆听着她们内心的呼唤，我仿佛看见了她被摘下后的憔悴的容颜。于是我开始放下已经伸出的双手，卸下自己的私念，为了让珍贵的稀有植物，风采依旧，靓丽光鲜；为了让她们把美丽，芬芳永留在巍巍太行山；为了更多更好地拥有最珍贵最稀有的太行崖菊，为真爱停留，让真爱恒久……而此时和我同行的张小妹，咔嚓咔嚓，快速用手机拍下了这次采风活动中最真最美最让人感动的瞬间，留下最永久、最美好、最动心的纪念。

虽然我没有采摘到挚爱的太行崖菊，独享她的美丽神奇。但因为我的放手，我把对她的真爱永留，永远、恒久地留在太行山的陡壁悬崖上，让她的魅力千人赞叹，万人欣赏，永远闪耀着金光，永远美丽芬芳，永远光芒万丈……

◎ 用一颗火热的心，拥抱生活
——红石沟寄语

李俊叶

一块块红红的石板，
那是如歌的革命岁月。
战士们用它磨过的刀锋，
锐利尖刻。
如今它们稳坐在钢铸的框架里，
摆放平整，依序排列，
也是一道别样亮丽的景色。
那是睿智的红石沟人民，
开拓创新，发散思维的成果。
独特的景致，
让人们重新审视自我，
打破陈规，用脑思索，
可以创造一个与众不同的世界。
一座座洁白素净的棚架里，
葡萄已过了它鼎盛的季节。
只有寥寥无几的勇于拼搏者，
风采依旧，果实高挂，
让采摘者满载收获，
幸福喜悦充盈他们的心窝。
一辆辆漂亮奇特的房车，
麻雀虽小，五脏俱获。
让游人驻足而立，
回忆自己也曾有过的浪漫时刻。
那是和相爱的人儿，
一起携手度过，
风雨同舟的岁月。
这里到处都是，
花的海洋，香的世界。
游人流连忘返，迷失了自我。
心儿陶醉着，飞翔着，
置身于如此静雅闲居的境界，
让人忘记一切的烦恼，
带走所有的困惑。
摄影师咔嚓咔嚓的响声，
把人们的目光移向紫色花的美界。

一对恋人正在双眸对视，含情脉脉，
他们正在向往着美好的爱情生活。
对未来憧憬着，沉醉着，痴迷着，
动情的一幕感动着你我。
回想自己逝去的蹉跎岁月，
心潮澎湃激荡，
骤然感叹时光的匆匆而过。
对如何开创美好的未来，
再次进行深度的思索。
不管岁月如何飞逝，
无论人生会有多少沟壑，
都要心有阳光，乐观坚强，
微笑着走过一路的坎坎坷坷。
胸怀若谷，坦荡执着，
用一颗永远跳动，永远火热的心儿，
敞开胸襟，拥抱生活。
用勤劳的双手，
开创属于自己的美好幸福的新生活。

◎ 五指山，将我们相拥入怀

李俊叶

"五指山"悠美恢宏的旋律，
激荡回旋几十年，
影响着一代代渑水人。
她的美丽富饶将沙河儿女声声召唤。
二〇一七九月十六日那天，
在对的时间，对的地点，
遇上对的有缘人——
二十四位河北散文作家，
应邀和沙河儿女，
一起沐着阳光，嗅着花香，
一路欢歌笑语来到你的面前。
我们每一个人，
都想被你相拥入怀。
你宽阔的臂膀，
是我们不变的向往；

你温暖的怀抱,
让我们感受最热烈的情感;
你坦荡的胸怀,
激励着每一个人,
与人为善,爱心常存。
停驻在你的面前,
仰望你的伟岸绵延,
尽情欣赏你青春永驻的容颜。
我们稳稳地踩着一块块石板,
留下脚印一串串,
醉心寻觅你神秘的内涵。
山下旁逸斜出的降龙树木,
山上罕见的珍贵黄檀,
峭壁上顽强生长的崖菊,
缕缕幽香处处蔓延,
朵朵绽放,绚烂多彩。
还有枝头欢唱的鸟伴,
都将你的美丽,
展现在目不暇接的眼前。
石路上撒落的一颗颗橡果,
捡起审视,联想成珍珠连连。
棕的,紫的,白的,淡黄的,
个个粘在画板,
亦是一道别样亮丽的风景线。
热情高涨的人们,
雀跃着被你的葱郁震撼。
一首首动听的歌儿,
飞出我们跳动火热的心田,
在你温暖的怀抱飘荡绵延。
汗珠在额头滚落着,流淌着,
双腿逐渐在发酸,颤抖着,
心儿却还在依恋着,向往着,
不管多累多难,也要登上顶峰,
去领略一览无余的美感。
依然在慢慢地,稳稳地登攀,
兄弟姐妹们,
相扶着,鼓励着,
一句句贴心的话语,
让爱充溢着每个人的心间。

执著着,痴迷着,
毅力和信念激励我们走向终点。
迎接风雨,挑战自我,
攀上最陡峭的石阶。
曙光向我们招手,
你望断天涯,翘首期盼,
渴望将儿女们相拥入怀。
在你火热温暖的怀抱,
尽情享受母亲无私的博爱。
让喜悦和感动的泪珠滚落,
感受无限风光在险峰的终极快乐。
欢呼着,跳跃着,呐喊着,
感动着,飞翔着,穿越着……
五指山,在这个不寻常的日子,
你终于将我们相拥入怀,
尽情享受你最伟大的情感。

◎ 鸡冠山的枫叶红了

李俊叶

在一个葱郁的森林里,
一棵棵枫树傲然挺立,
一片片枫叶鲜艳欲滴。
在灿烂阳光的照耀下,
在霜雪雨露的滋润下,
在清鲜空气的沐浴下,
在肥沃土壤的孕育下,
枫叶摇曳着优美的舞姿,
尽情地绽放着,
展示着,
一路欢歌,
去完成自己唯美地蜕变。
终于在最美的秋季,
片片枫叶红艳似火,
瑰丽无比。
让游人为此驻足停立,
声声赞美它的独特神奇。

面对唯美的自己,
她深知这是大自然地无私给予。
她要感恩一切生灵,
感恩万物精华地赐与。
尤其是让她发生质变的,
七彩阳光的绚丽。
她清晰地明白,
没有它们的付出,
就不会拥有独特的美丽。
她要把与众不同的自己,
在飘零的冬季,
裸着肌肤,
钻进土里,
化作春泥,
满怀深情地,
最终献给孕育她的大地。

李俊叶,网名,绿萝花,沙河市人。从事教学二十八载,湡水诗社成员。

◎ 我的家乡

张军朝

我的家乡,位于沙河市西南部。西依雄伟的太行山;东抱低缓连绵起伏的丘陵,处在山地与丘陵怀抱之中。

我的家乡虽在山区,但是交通十分便利。有公路与市里及周围村庄相通。近来听说,国家规划的太行高速公路,就通过我们这里,于2018年通车。届时,我们这里南下河南省,北上北京,将更加便捷。

过去,我们村庄人们的住房,都很困难,几户人挤在一个小院子里。近几年,随着国民经济的快速发展,村民的腰包开始鼓起来。家家户户盖起新房,每户人家都有了自己独立的小四合院。

我们这里与市里有公交车相通,二十多分钟一趟,往来已是很便利。但近二年来,许多家庭已开始购置小汽车,私家小车越来越多。过去我不太注意,现在,我走在村外的公路上,仿佛觉得一夜之间,汽车就多了起来。过去只在城市出现汽车流,现在我们农村也出现了汽车流。过去觉得宽敞的公路,现在看起来,仿佛也狭窄了。

有一次,我坐出租车出外办点事情。在车上,我与司机攀谈起来。我说:"现在农村真的变了,过去,小汽车是普通百姓想都不敢想的事情,现在居然自己也都有了。"司机马上说道:"现在有钱人买个好车,没钱人家买个赖车(配置较低的车)。"

我很有感慨。在农村,过去人们都为吃饭、穿衣、住房而忙碌;现在,人们都为提高生活品质而奔波。人们的生活质量正在发生着质的变化。

我与妻子商量,也打算自己买辆小车。我已报名学习驾驶,考个驾驶证。不然的话,真的要落伍了。

我想,到2018年,太行高速通车后。我将与妻子儿女,驾着自家车,南下河南,北上北京,游遍太行山的美丽山光,走遍祖国的山山河河。

我的家乡,虽说还有许多不足,但在我的心中,她始终是美好的。闲暇时,我常登上家乡的西山。我家乡的西山,虽然不能与名山大川相媲美。但在我的心中,她永远是美丽的。我每每登上西山山顶,向东俯视,山村生气勃勃;向西眺望,连绵的太行山,山外有山,苍莽雄浑,令人畅想无穷。

我又想到,太行高速在我们这里将要开通建设。其实仔细想来,以习近平为代表的党中央正带领着我们全体中国人,奔跑在改善生活质量的高速公路上,难道不是这样吗?

我的家乡正在发生着巨变,她会越来

越美丽。我的家乡，我会永远爱着你。

  张军朝，沙河市册井村人，高级教师，在山区从教37年。

◎ 建设路的林荫道

赵丽芳

那个立秋的早晨，
秋风从脚下悄悄地滚。
太阳还云层中酣睡，
冥晦的林荫道上交织着，
两个少女的梦幻。
片片法国梧桐的碧叶，
滚着露珠欲滴翠，
颗颗带刺的青果，
包涵着初秋的风韵。
两条洁白的连衣裙，
裹着两颗火热欲飞的心。
飘向清晨的云彩，
随着那流云，
朝着天际深处最蔚兰，
最蔚兰的地方。

◎ 宋璟街的早晨

赵丽芳

昨夜的雨打湿了路面，
空气中饱合着雨的味道。
宽阔的街道上零星地有车在跑，
完全不是平时那般喧嚣。
路的两旁国槐正茂，
尽管植株显得稍小。
浓郁的枝叶中槐花有的含苞，
有的已经繁华的盛开。
白色的花瓣遮掩了庄重的绿意，
也有早开的树儿在微风中摇。

花片轻轻地在空中闲闲地飘。
再看路上的行人稀少。
也是不急不躁，
几个舞者挥动着彩扇。
合着节拍在树下婀娜地跳。
……
这一切，
在雨后的早晨里都是那么美好。

◎ 我是湡水人

赵丽芳

湡水！我的家乡！
哺育了我多年。
伴我走过青葱的岁月，
就像妈妈一样。

湡水！我的诗乡！
尽管只有半年，
苗壮了我的羽翅。
虽然还不丰满，
但给了我飞翔的力量。

湡水！我的家乡！
湡水！我的诗乡！

  赵丽芳，网名妮妮。邢台市诗词协会会员、河北省诗词协会会员。

◎ 中唐古村——后渐寺

张会武

  后渐寺村位于太行山南段东麓的沙河市西部山区，属沙河市蝉房乡行政管辖。东距沙河市区50公里，西北距蝉房乡政府15公里。东、南、西三面环山，北面与前渐寺村毗邻。村周围山势高峻，群峰耸立，深峡大谷，层峦叠嶂，是一个典型的太行山区村庄。

走进后渐寺村，石板房高低错落，充满张力，仿佛让漫步其间的人们都充满了力量。而那苔痕斑驳的古旧石板路，穿越了历史，勾连起时空，把后渐寺村从前世带至今生，也将引向未来。

数九时节，山里寒气逼人。比起城区的喧嚣，山路上、山村里一片令人心生敬畏的肃静。

山路蜿蜒，一月的后渐寺村，田地里蒙着一层薄霜，透着凛凛寒气。田间怯弱的麦苗，显然已被冬天贴上特有的标签。没有了绿树如荫的点缀，后渐寺村的街道上有些冷清。接近中午，阳光好的地方，村民们三五成群，聚在一起唠着家常。

后渐寺村历史悠久，其得名可追溯到唐朝中期。相传，旧时村西南山脚下曾建有一座寺院，寺内有清泉，故名清泉寺，亦名渐寺。明永乐二年（1404年），诸姓先祖从山西洪洞县迁至此处开荒务农，凿石建房，繁衍生息。因该地地处山沟之后，故取名"后渐寺"。至2014年，全村居民主要有郝、崔、元、王四姓，其中郝、崔两姓人口较多。

另据明、清《沙河县志》记载，后渐寺又名后螺蛳。沙河上游流经侯峪村之后，改变流向，转东为南，直奔前渐寺村前低凹的岩石处。岩石成"C"形，水流湍急，形成一个大漩涡，以致出现螺蛳之类的东西。因村位于漩涡之"后"，故村名为"后螺蛳"，后改为"后渐寺"。

石板房，是后渐寺人祖祖辈辈的栖所。后渐寺村用石板建房历史悠久，当地人靠山吃山，靠山住山。从山上开采石板为瓦、凿石块为砖、用石板铺地，建起一座座最生态最自然的石板房。石头房最美的地方当属屋顶，一块块形状各异、大小不一的石板从屋檐铺起。块块叠压，层层排列，至脊而收。万千形状的石板，在每幢房子的屋顶上，都被用得恰到好处，构思精巧，别具风情。

村民郝林的今年67岁，他住的院落特别宽敞，房子也大，是一处典型的四合院，均由石头垒砌而成，房屋都很高，两层楼高逾7米。置身院内四下观看，有一种穿越时空之感。屋内摆放着一些旧式储物箱。屋里屋外均有梯子可上到二楼。

郝林的说，他这个院落在民国时期住的是一个大财主，当时面积是现在的五倍之大，是个大宅院。新中国成立后，大宅院分给本村的几家农户居住。为了方便，几家人把大宅院分成了几个小院落，各过各的生活。

郝林的说，他从出生时就一直住在这里，并从父亲手里继承了这处院落，"冬暖夏凉，我对这房子有着特殊的感情。"

村内现有古街道3条、石板小巷约50余条。清代以前建筑物约占全村现有民房的80%以上。旧式民房墙体多为当地紫砂岩石雕凿的规整石块垒砌，顶部为薄片红石板相互"咬茬"交错搭建成拱尖形。房子屋顶为木架结构，土炕、土灶台。大门多为古代木板制成，少数街门门前置有青石鼓形门宕；院内地面多为红石块铺就，窗户造型为太行山区典型的田字格或万字格，个别宅院窗棂上还雕有莲花吉祥图案。

后渐寺村东有一座高耸入云的五指灵山，也有人称其"东五指山"。据传是女娲娘娘的道场，山上还建有寺庙。山上残存的明清古石碑碑文显示，在明清时期，有人在此建立道场修行。

站在五指灵山山顶，陡然让人觉得离天如此之近。极目远眺，一座座奇峰十分壮观，阐释着大自然造物的鬼斧神工。

五指灵山的娲皇宫处，不少香客正在上香祈福。娲皇宫庙宇修建很是奇巧，利用了高崖陡壁的天然态势，楼殿后墙与两侧墙壁紧贴山体而建。并由下至上建起五层楼阁，当地称其为"五层楼庙"。

据当地人介绍，娲皇宫原为明代建筑。旧时庙殿前墙均由木柱和木板镶嵌而成（近年重修改用水泥墙体），向外挑檐，雕梁画栋，门窗造型奇妙。五层庙楼一层供奉送子观音；二层供奉伏羲、神农、轩辕；三层供奉五指灵山主神女娲（当地俗称九天玄女）神像；四层供奉释迦牟尼、太上老君、孔子（亦说文王）；最高层为第五层。旧时，楼庙下面为山坡，曾建有大禹殿，文殊、观音、普贤三尊菩萨殿，二圣母殿，天宫娘娘（亦称王母娘娘）殿，眼光圣母殿、地藏菩萨殿等，如今早已随时间消逝。

村民郝大爷说，因该庙是传说中的女娲庙，所以山之极巅处有一自然"天池"。传说女娲抟土造人时用过。此外，还有一处地质奇观"飞来石"，传说是女娲炼石补天时遗留在山峰间。

如今，五指灵山娲皇宫前是一处宽阔广场，一侧存放着数尊明代及清代的残损佛像和一些残破石碑。其中，有明嘉靖年间重修王母娘娘庙碑、清光绪年间重修庙碑等。

"礼之用，和为贵"是后渐寺村村民的处事之道。淳朴的乡亲们生活中时刻保持着内心平和、随和待人的心态。很多农户的门楼上都挂有牌匾，如"德贵堂""芹堂"等，都透露出村民对传统和睦、和谐文化的向往与追求。

漫步后渐寺村，一处隐藏在胡同里的古朴民居出现在眼前，门楼古朴素雅，"和为贵"三个大字道出村庄以和为贵的淳朴民风。

在另一处古宅，门楼上一块木匾刻着"人民功臣"四个大字，落款是"后渐寺村全体村民"。虽然木匾历经风雨，已有些破旧，但"人民功臣"四个大字的背后，是这户人家在历史上的丰功伟绩。

81岁的崔立功老人在村里比较有威望。据其介绍，这座宅院的主人叫"荆疙瘩"，官名他并不清楚。抗战时期，"荆疙瘩"随父亲到了山西，后来参军抗日。30多年前，"荆疙瘩"回乡省亲时，还专门看望了他。崔立功老人说，当年在言谈之间，他得知"荆疙瘩"参军后立功很多，在部队当了师级领导。当年"荆疙瘩"离开前，还送给他一张全家福照片留念，只是因时间久远，那张照片已经找不到了。

一座古村就是一部活的历史，后渐寺村以其深厚的历史人文底蕴历经千百年沧桑。村中那苔痕斑驳的古旧石板路，穿越了历史，勾连起时空，把后渐寺村从前世带至今生，也将引向未来。

张会武，《燕赵都市报》驻邢台记者站站长。

◎ 王瑙行记

庞利鹏

早就听说过王瑙的大名，只是未曾亲临。暮秋时节，有幸到王瑙一游，果然非一般美丽。

进村的第一感觉是干净、整洁，村口的大戏台既能体现出山村的文化味，又像是在搭起台子欢迎四方宾客。我们的第一站是游览古村落。于是，在向导王老师的讲解下，我们有幸领略了王瑙的古老历史：相传，原明朝镇京总兵、四川成都府两岗村王得才在建北京紫禁城时，奉命往北京押运皇纲，行至河北邯郸黄粱梦时遇土匪抢劫，皇纲丢失。因畏惧官府追查，灭门九族，他才带领家人逃至沙河市。最初在现市区周边尚贤、正招一带定居。因这些村紧邻官道，怕被发现，后才迁至现在的山区王瑙村定居，至今已24代，有600多年历史。

单听讲解，您就会对王瑙村有一种急切了解的心情。走进它，您会发现它比想象中更美丽：高高的石楼，座座相望，每座都是红石砌墙，蓝瓦布顶，既有北方建筑之雄伟，又有南方建筑之秀丽，堪称南北文化融合之结晶。估计生在南方的王得才当初建房时以为北方和南方一样多雨，于是才将屋顶建成了瓦顶，无意中造就了今天的建筑奇葩。

穿行王瑙，您会发现，这座古村落既是一座文化与历史融合的典范，更是一部聪明与智慧结合的传奇：整个村落，没有一条笔直的街道，虽然按照房屋设计可以有直的街道，但是设计者故意把它们弄成弯曲的，为的是和来犯者周旋，利用有利地势来打击进犯者；每座窗户都有根石柱在顶着，而且里边还有两扇小门，这是当时的防盗窗，为的是防止贼人入内；每座石楼都有相通之处，院院相连，户户相通，逢岔路口的石楼上都有耳房，具有瞭望功能，可以随时传递信息，整个村庄俨然是一座攻防兼备没有城墙的城堡。

而再走下去，您就会发现，您不但是在欣赏一部历史书，还是在欣赏一卷风水卷。最引人注目的是到处可见的东南缺建筑，每一排石楼，不是左右对齐成一排，而是自前向后均闪去东南角一块，错落而建，这是为了遵循"有钱难买东南缺"的习俗，也是在把好的风水留给乡邻。在王瑙，还有一个细节是家家都种苹果树，它的寓意是平平安安，是承载着先人为了躲追捕、求平安的传统。而在每个拐角处的石碾，被村民称作是"青龙"，寓意是看守街口、镇邪之意。

风雨600年，也让这座美丽的山村充满了典故和传奇：从"让人三尺又何妨"的伸曲巷，使人不禁对几百年前王瑙前人的大度感到赞叹；拐弯抹角的来历，又让人不得不佩服王瑙村前人的聪明，为了让拖着货物的犟驴在小巷中穿行，他们竟然专门把拐弯处的红石打磨成半圆的，也由此有了"拐弯抹角"的说法。最有文化底蕴的，当属那经历无数风霜雪雨的"门宕"和"户对"。从那里，我们知道了原来在数百年前，看一户人家，不需进其家中，只要看其门楼，从其所立的"门宕"和"户对"上，就可以看出他的出身，更可以看出他的家境。让我们领略了中华古文化、建筑文化的博大与精深。不经意间，一座迷宫般的寨子转到了头。我们驱车南行，越走越陡峭，越走风景越别致，终于来到了王瑙村正南的红枫山，这才想起进村时向导所说的王瑙村三面环山、一面临河：分别是红枫山（南面，北坡尽是红叶）、官印山（东面，山形类似官印）、笔架山（西面，山形类似放笔的架子），一条河是北面村下面一条不知名的小河。登至山顶，俯瞰王瑙，四周一块块梯田像一幅幅展开的画卷，方方正正，错落有致。远处的山脉，被薄雾缠绕，若隐若现，似仙境一般。而山下的王瑙，一座座石楼错落有致，刚刚收获的玉米金黄金黄，红枫山北坡的红叶在太阳光照射下显得更加浓烈，红黄相衬。王瑙村就好像是印在一幅丰收的画卷中一样。难怪其先祖王得才会选中这么好的地方来定居。

王瑙村这种易守难攻的位置，也赋予了其浓厚的革命色彩：抗日战争时期，它曾是沙河县抗日政府所在地。邓小平、刘伯承、李德生等一批老一辈无产阶级革命家曾经在这里生活和战斗过。村里至今还保存有抗日县政府、抗日独立营、抗日高小等旧址。村内人家的门楼上还保存有邓小平、刘伯承题写的牌匾。足见其革命色彩之浓厚。

细细回味，王瑙村，就像是一部历史

通卷，建筑赋予了其文化。历史的沉淀又使其建筑底蕴更加深厚，南方与北方文化的融合，更让它独树一帜，从而为我们展开了一部建筑与文化、与历史相交汇的美丽川寨形象，带给了我们知识与风景的无限享受，使人留恋不舍，终生难忘。

长长的红石板铺成的小路，静静地延伸至远方，像一位历史记录者，默默地记录着王瑙村发生的一切，守望这些善良而又勤劳的村民，直至永远！

庞利鹏，供职于是沙河市供电公司，爱好文学，有多部作品在省市文学大赛中获奖。

◎ 重游桃花源

徐若水

作为土生土长的沙河人，我对桃花源有着很深的感情。读到陶渊明的《桃花源记》时总是感到很亲切，又很自豪。自幼爱好文字的我，学起这篇文章来十分投入，很快就能成诵。犹记当时被初中老师赞赏，那滋味在心里激荡了很久很久。是啊！它就近在身边，我仿佛就置身其中！

桃花源的景观以桃花与飞瀑为特色，桃花与清溪相配合，可谓绝妙。好个"红树青山""桃花流水"！色彩在对立中互补，显出绚丽多彩；视觉上纵横运动，显出动感；"桃花"与"流水"相互逗发，显出惹人遐想的美妙情趣与意境。那条曾经指引过武陵渔人的桃花溪，在红霞似的桃林中蜿蜒流过，碧绿的水面上漂浮着片片落英，那涓涓流水轻托着点点桃花款款流动。试想想，当年它从神秘的山口流出，该有何等的诱惑力啊！渔人不就是敌不住美的诱惑才冒险进入山口的么？怪道王阳明说："桃源在何许？西峰最深处。不用问渔人，沿溪踏花去。"桃花、流水是最好的向导。

桃花流水的美是一种仙境的美，它绚丽，又平淡、灵动，又静谧。黄庭坚似乎感受到了这种仙境般的美妙与清泠。他吟道："溪上桃花无数，花上有黄鹂。我欲穿花寻路，直入白云深处，浩气展虹霓，只恐花深处，红露湿人衣。"洞中春色难锁啊，尽管有人一再慨叹："花飞莫遣随流水，怕有渔郎来问津。"桃花还是禁不住诱惑随流水出洞而来。仙境虽美，无人来访又有何意义？

仙人其实也是人。

桃花在中国文化中的审美意蕴特别丰富。它的外形艳丽，"桃之夭夭，灼灼其华。"其美在诸花之上，故将桃花比作美人。桃花的内涵，一般来说，难能免俗。令人奇怪的是，它一与流水结合，便高雅得出尘！一处"世外"，桃花、流水便成了人间仙境。

传送仙界信息的流水桃花，无疑美妙迷人，不随流水的桃花又如何呢？大儒朱熹的《桃溪》一诗出语不凡，诗云：洞里春泉响，种桃泉上头。烂红纷委地，未肯出山流。

真是"在山泉水清，出山泉水浊"。落红宁肯委地，而不愿随波逐流，何等的洁身自好，何等的高雅脱俗！此处桃花既不是仙境的象征，也不是美女的比喻，分明是士人气节的写照。在桃花溪水旁我独自吟咏，"山自青青水自流"。我徘徊之处，可是渔人寻津之地，陶公吟诗之所？一树树桃花争奇斗妍，一阵阵馨香迎面扑来，一片偌大的桃林，经三月的清风轻轻一拂，嫩红的桃花，便在阳光里流泻着醉人的色彩。我们一下子便被浓浓的粉红所吸引，忘记了年龄，忘记了烦恼。我们傍着桃花，吟咏着唐代诗人崔护的诗："去年今日此门中，人面桃花相映红。人面不知何处去，桃花依旧笑春风。"

美丽绝伦的桃花，它们像是一片片胭脂，点染着整片桃林，映照着充满生机的大地。桃林蓓蕾初绽，密密的枝丫上挂满了红色的花朵，串串粉红色的花苞如颗颗宝石晶莹闪烁。空气中那淡淡的香甜气息，沁人肺腑。看着这醉人的桃花，恍然间，我看见很多身着古装的诗人向我走来，他们边走边吟诗："满树和娇烂漫红，万枝丹彩灼春融。何当结作千年实，将示人间造化工。""江上人家桃树枝，春寒细雨出疏篱。影遭碧水潜勾引，风妒红花却倒吹。""千叶桃花胜百花，孤荣春晚驻年华。若教避俗秦人见，知向河源旧侣夸。"

我们几个人被桃花的红映醉了，被古代诗人的诗句感染了。人到中年，总是想最大可能地舒展自己，一个热爱生活的人即便是在最痛苦的时候，也能看到生活种种美好的因素。当他遇事不顺时，当他心烦意乱、郁闷低沉时，会去想一些开心的东西。所以我们就不难理解陶公笔下扑朔迷离的桃源胜境了。东晋的著名诗人陶渊明，他的生活充满坎坷磨难，但他把希望寄托在美好的憧憬之中，《桃花源记》表达了他对人生理想的追求和渴望。

"晋太元中，武陵人捕鱼为业。缘溪行，忘路之远近。忽逢桃花林，夹岸数百步，中无杂树，芳草鲜美，落英缤纷。渔人甚异之，复前行，欲穷其林。

林尽水源，便得一山，山有小口，仿佛若有光。便舍船，从口入。初极狭，才通人。复行数十步，豁然开朗。土地平旷，屋舍俨然，有良田、美池、桑竹之属。阡陌交通，鸡犬相闻。其中往来种作，男女衣着，悉如外人。黄发垂髫，并怡然自乐……"

想想自己，看看众生。

林黛玉的桃花源也许是和宝玉怡情于潇湘馆吧！

拉尔夫心中的桃花源肯定是和麦琪相依在荒岛吧！

而我梦中的桃花源它依然藏在我灵魂最深处吧！

羡慕黛玉的专注，感慨拉尔夫的无奈！重游桃花源，要静静地游赏，要静静地品味。那秦人耕种，也想与知己扶犁，赤脚亲吻。那一碗香浓的擂茶，不再是当年的豪饮，小啜一口，让那感觉久久地在唇间流动，在心肺徜徉，扫去我的焦躁，还有失落。年轻时的梦想，便是：小桥、流水、人家，淡淡的炊烟弥漫在其间。只是现实残酷，一直未能过上理想中安静而温暖的生活。虽如此，也不影响它在我心间开出一片灿烂。我坚信，我的下一站便是这样温暖而平静的生活。

◎ 渐凹村的古戏楼

施书霞

渐凹村坐落在太行山上，
沙河人都说她和布达拉宫一个样。
村里有座古戏楼，
那土梁石柱曾记载了多少的沧桑。
当年的平调剧团是那么受人欢迎，
村里老少都能哼出熟悉的落子腔。
曾记得台上生旦净末文武丑，
也难忘幕后锣鼓丝弦铙钹梆。
轻摆莲步优雅，
出将入相铿锵。
虽已历经几百年，
那悠扬的音韵穿越时空犹然绕梁。
苍苔上似乎仍在演绎着悲欢离合的故事，
古朴的民风将会在这里世代传承与发扬。

◎ 绿水池光影流离

李海毅

上午的阳光温暖而又刺眼，空气中的水汽似乎也被凝结。在远离城市的绿水池，保存有近百幢清末民初时代的民居，村里古建筑达到八九成。

绿水池村四面环山，村外曾有一池清水，每到春日满山透绿倒映在池中，呈绿色龙形而得名。据说，明永乐年间的武探花王得才因皇纲被唐赛儿劫走，无法回朝廷复命，就隐居于此。所以绿水池村和附近几个村子里大多是王得才的后人。

走进绿水池古民居，你时常会有一种漫步在时光隧道里的感觉。一些被记忆尘封的往事，在一种古旧气息包绕的氛围里，让思绪进入到一种难以言说的感觉而不能自拔。看着村口清朝初年建的老戏台、村里百余个古老的门楼、广场中间百年老槐树，脑海里首先跳出的是两个字："沧桑"。

在村口东边，有一口清代古井，环状的井圈是用整块巨石雕凿而成的，石质的井沿边缘已被磨蚀得呈不规则的锯齿状，留下了深浅不一的绳索印迹，记录着悠悠岁月里，多少代人使用的物证。大青石垒成的井壁，砖缝里的青苔和花草见缝就长，没有人为修饰的痕迹。井深不见底。井沿旁卵石铺就的小路，被来往担水的人踩踏，呈现出薄而光滑的圆润，在时光里静静地沉淀出一种质感。

在绿水池村里，小路都是拐弯抹角的。在一片散集着青红石头墙壁、黑色瓦的建筑群中。这种幽深逼仄的小街，贯穿着整个村落。在偏居一隅的乡村，走在一条幽深的小街，让你可以目不斜视地穿行于浮生流年，好像数百年如一日地在这小街中踱着步伐，悠闲而又惬意。

行走在绿水池填满暗影的小街里，正午的阳光洒在青色的屋脊上，一些斑驳的阴影忽明忽暗地洒在我身上。我眯着眼睛，慵懒地行走，用旁观者的眼光打量着周遭的一切。在思绪中臆想着这里曾经发生的故事，让记忆抚摸时光深处的沉疴……

◎ 石门沟古宅大院

李海毅

穿过一排排红石房，踩在被岁月雕琢磨炼的石头小路上，山村昔日的喧嚣热闹如同在眼前晃过。坐在路边石头上小憩一会儿，抑或仰起头让午后阳光穿过树枝散落在身上留下斑驳的光影，享受这份静谧、品味这份安宁。

这里，便是石门沟。

往日的石门沟在时光的流逝中已渐行渐远，我们只能在想象中感受它。幽深破落的高家大院曾是附近村落最大的宅院，昔日的辉煌依稀存在……

高家大院皆为红石建筑，一进七套院，一色二层楼房，院院相通。它是一座集建筑、雕刻、绘画艺术之大成的古民居，每一栋房子彩绘透雕的门楼、影壁，历经百年风雨有些仍鲜艳夺目。那些取材于神话故事或戏曲的门楼绘画，或浓墨重彩，或工笔写意，或浩浩长幅，或盈尺小品，所及之物无不栩栩如生。室内挖有地道，几个宅院地下的地道相互贯通。据村民介绍，这些地道是清代建房时预先挖通。相传高大魁家藏有万贯白银，因害怕贼人抢掠，故在地下挖了这么多地道，以备乱时藏匿财宝或逃生。

在高家大院里，雕梁画柱的残片停留在岁月深处，布满包浆的拙朴和凝重，满覆时光的履痕。徜徉在幽暗并带有一点残破的院落，细细品读着这里曾经发生过的一切，你会忘记身后的方向。这里的建筑都有自己气场，这些看不见的气场就如你正置身于民国的某些生活场景，一些市井的喧嚣声此起彼伏，你会发现它曾经存在的气场的力量如此巨大，如今却随风飘散……

村南的菩萨洞（也称佛祖洞）经过年久日深的时光濡染与渗透，浓缩在一寸光影里，明代石刻佛像和明、清、民国年间镌刻的多块石碑，有一份令人说不出的舒适和安宁。

◎ 西沟村座座石桥

李海毅

西沟村位于柴关西北约3公里处的凤凰山西侧的山谷处，传系明永乐年间由山西洪洞移民所建，以方位兼地形命名。西沟村四面环山，东隔凤凰山与东沟村相对，西南近雄伟的"大瑙"。

还没走进村中，一种安宁感就充斥心头，这是大自然赋予古村落的一种神秘力量。红砖房、石板路首先映入我们眼帘。每一块红砖都记录着西沟村的历史，每一块石板都讲述着关于西沟村的传说。农家错落有致，路边野花怒放，到处都充满着古朴的气息，这便是最原生态的古村落的模样与姿态。

相传，明代前即有人居住此村。西沟村明清时期古建筑保存相对完好，整体特征显示出一种原始的建筑美，是一种粗犷、奔放、简易、不尚雕琢的粗线条之美。它浸透着太行山原汁、原味、原生态的古朴、凝重、苍劲、浑厚，是太行山区典范式传统村落。

五月的阳光，洒满整个村落，一条河道穿村而过，5座石桥依次排开，这在深山小村是极为罕见的。忽然觉得，来得有些早。想象着河面微波粼粼，野鸭在河里嬉戏打闹，妇女在河边轻轻拍打着手中的衣服，悠然自得地拉着家常。不禁想起了陶渊明的《桃花源记》："土地平旷，屋舍俨然，有良田、美池、桑竹之属。阡陌交通，鸡犬相闻。其中往来种作，男女衣着，悉如外人。黄发垂髫，并怡然自乐……"村民日出而作，日落而息，过着与世无争的生活。

一棵参天大树吸引了我们的目光，竟是一棵两人合抱的柳树。这柳树已在岸边整整站立了200多年，这棵柳树也见证了西沟村的岁月变迁。村落的宁静无处不在，在这红砖石瓦的海洋里，恐怕连浮光掠影式的嘈杂波浪也会冻结。西沟村的历史与传说无时无刻不在。

走在这古老而又神秘的小村中，仿佛在梦中游走，这梦境是那样的真实而美好。真实的西沟村带给我们的不仅仅是美丽的风景，更是厚重的历史。

◎ 彭瑙村九龙庙沟

李海毅

彭瑙，一个优雅而又神秘的地方。踏进这座小山村，探寻关于彭瑙的故事与神秘的传说。

彭瑙位于太行山东麓冀南段北洺河流域马河上游（北岸）的山坡向阳处，因其村南有著名的九龙庙沟，故古代亦称为庙顶庄。村周遭山岭连绵，沟谷纵横，植被繁茂。有远近闻名的磬口山、虎丘山、祖乙、太乙、北寨等或险峻或平缓的山峰。环村四周还有九龙沟、五仓沟、督司沟等多条或有名或无名的深邃幽僻、形貌奇绝的山沟。

彭瑙村到处展示着石头建筑风采，红色丹霞岩成为村内石楼群的主要建筑材料，村内85%以上传统民居建筑呈现赭红色，代表了太行山东麓冀南地方民居建筑风貌。村内明清时代建筑的石楼院，多为红石垒墙，青瓦罩顶，完好保存有100多处，房屋1500间左右。

行走在村中的路上，一阵清香扑来，满眼的新绿缠绕着整个山腰，像绿色绸带一样连绵而去。夕阳西下，穿梭在村中的石砌巷道，唯见赋闲的老人们三三两两坐在墙脚处沐浴阳光，谈天说地。我们好奇地凑过去，原来是一个大妈正在讲述着关于彭瑙村的美丽传说。相传陕西汉中有一个落榜的举人叫杨九思，一天他到了黄粱梦一带，见到一个老人挑着水，便上前向老人求水喝。老人为难地说不能给他水喝，否则会受到儿媳妇的虐待。杨九思很气愤："如果我能变成一条龙，一定要抓死这恶妇。"话音刚落，天边闪现出一道闪电，紧接着打了一声响雷，杨九思真的变成了一条龙，可恶的儿媳死于龙爪之下。这虽然是村民们口口相传的故事，却让彭瑙的孝义精神一直传承至今。该村九龙祭祀仪式被列入省非物质文化遗产名录。

走进九龙庙沟，一棵棵高大的柏树整齐排列，葱葱郁郁。一棵树犹如一个绿浪，层层叠叠卷上去，像一个立体的湖泊，使彭瑙有了灵气。在古柏丛中拾级而上，实在是清幽极了。

◎ 安河村四大庄园

李海毅

踏进安河村，你会感觉到一切的嘈杂喧嚣戛然而止。抽着旱烟袋坐在树下的老大爷，趴在自家大门口晒太阳的大黄狗，偶尔传来一两声婴儿的啼哭声。这一切美得如同一幅油画，让人不禁觉得已身处世外桃源。

安河村建村历史悠久，村落形貌呈太极图形状，村中两座蓄水池塘分别为太极图中间的"阴鱼眼"与"阳鱼眼"。相传明代之前，该地即村庄。清朝中期至民国初期，村内诞生过陈、彭、田、杨"四大财主"，分别在村内东、西、南、北建起"四大庄园"。

"四大庄园"各具特色。除彭姓庄园整体建筑格局因地处低洼地带，毁损程度较严重外，陈、田、杨三姓庄园保护现状相对完好。其中陈姓庄园建筑特色墙体高厚，建筑用料选材精细，门饰做工考究，多为一进两套与一进三套院格局。朝街门楼多用青石垒砌成多层台阶，长方体青石凿制的门宕外侧两面均阳雕有仙鹤、寿星等图案；门楼上方多用木板装饰，木板上彩绘古装戏剧人物和木质透雕花草、鸟禽、虫鱼等图案。田、杨两姓庄园区建筑多为长方体青石条垒砌根基、青砖驿垒砌墙体的二层阁楼样式。其中东西配房多为平顶房，有两侧建筑"耳房"者。临街大门用料厚实，街门洞挨门内侧装有防盗横闩机关，楼房外墙面上置有拴马槽，门前摆放有"上马石"，尽显一代豪富家庭建筑格局。

村子里有风穿街而过，将午后的炎热吹去，小巷两面院门被斜阳拉长的身形，萧索地罩在光晕里，石碾、风车、石磨、古树面面相觑，思维越过悠长的午后，与苍凉的古意便有了刹那间的融合。

安河村还是革命老区，是抗日县政府驻地。抗战年代，白求恩国际知名医院曾在村内驻扎过数月。

告别安河村，用目光轻轻摩挲这里的一砖一瓦，会触及灵魂最深处的柔软和幽然的恬静。

李海毅，邢台周报记者。

◎ **梅花公园二题**

董竹林

目光中的"顽童"

自打春以来，早晨我常会在梅花公园看到一个人推着铁圈玩儿。他个子不高，清瘦，但很灵活，推起铁圈来，有时还颇有几分顽皮。他能够用左手推着圈在很窄的小道上拐弯，人站在一个点上，铁圈能擦着脚尖转圈，上下台阶如走平路，好长时间都不坏。坏是我小时候常使用的术语，不管玩什么，只要无法进行下去，就叫坏了。

我只是小时候在老家，和同学们一起推过铁圈。那时虽然多数人家都使用了铁皮水桶，但仍能看到有人挑着老式木桶，不少人家老屋里兴许还扔着一两个旧木桶。这木桶的铁箍竟成了孩子们眼里的宠物。每天，通向学校的村道上多是"吱吱吱"推着铁圈的孩子们。那些顽皮的，变着法儿将铁圈放到胯下推着跑。在我的记忆中，玩铁圈大多是七八岁的男孩子，等他们稍大些就把兴趣转到了别的玩物上。更何况，随着人们生活水平的逐步提高以及孩子们的功课日益加重、电视电脑的普及，推铁圈早已淡出了人们的视线。

正因为如此，我才对有人推铁圈感到新奇。一见有人推铁圈，我就停下脚步。走到跟前才知道，又是我在公园经常碰到，并在心里留有很深印迹的那个人。他最早引起我注意的，是趴在树上吹葫芦丝。听说他已经50多岁了，但我觉得不像。跟前的人多称呼他小许，这倒应了他瘦小的体型和活便的手脚。我虽然比他小好几岁，但对他玩的，却觉得不能玩，不是不会，是觉得不自在。但是，他不仅能够玩得出来，而且玩得用心、悠然，也让人看得开心。

他这个铁圈不是我小时候推过的木桶上的铁箍，也许那玩意儿早已消失在人们的记忆中了，像是用细钢筋焊接成的，表面涂了一层亮闪闪的银粉。推钩儿的铁丝也是银白色的，柄端用红绒布裹着，顶头还握着一个小圆圈，显出主人很心爱的样子。你看，铁圈还挺顺手的，有几次竟绕着正在做健身操的老人转来转去。这时候，他倒是左躲右闪脚下像按着滑轮似的快捷。可老人们做操的动作就受影响了，生怕把拳头伸到他的头上，脚踢到了他的铁圈。

近两年，每天早上都有人在公园的一个小健身广场上做广播体操。起初是一个70多岁的退休体育教师喊号，后来大家觉得他喊得太吃力，就摊钱买了播放机。没多长时间播放机便开始出毛病，卡带，停电了又没法用，便又恢复了喊号子。喊了没多长时间，小广场上出现了一个小音箱，到了该做操时间，就有人去播放第八套广播体操。之后便每天如此，轻缓柔和的体操序曲定时回荡在做操人的心头，飘飞在晨风舞动着的青草绿树间。

而这个小音箱的购买者和定时播放的人就是小许，但却很少见他做广播体操。他都是在家里，从电脑上下载好曲子，再给音箱充满电，然后提到公园供众人享用。同时，他还背了购物袋子，里面有好多玩具，有空竹、拉力器、键子、葫芦丝等。他有时自己用，更多的是让别人玩儿。闲住手了，他就自个靠着一棵树不住地撞背。在一个槐花飘香的早晨，体操曲子开始播放后，我看到小许双手扒两脚蹬，几下子就爬到广场旁边的一棵槐树上。他倚靠在还没有手腕粗的三叉树枝上，笑眯眯地看着做操的人们在轻快的音乐声中伸臂弯腰踢腿。这是一件多么开心的事情啊。他的身边盛开着一串串紫红色的槐花，流淌着缕缕芳香，溢满他浅浅的笑靥，飘落到广场上每一个人的心田。

我还记着那个盛夏的傍晚，西天收走了最后一缕余晖。暑热让更多的人来到公园的草坪上，湖水边有很多人坐着纳凉，大道小径上散步的人络绎不绝。我远离了健身广场上激扬的舞曲，走在垂柳袅娜的林间小道上，听到一缕不怎么流畅，却有一丝淡淡伤感情绪的琴弦声。细数着飘飞过来的音符，我拼凑出了《梁山伯祝英台》的曲调。本来是柔和朴素富于韵味的主题，在这里好像只留下音符的串联和散落的感伤。尽管如此，暑气熏腾中，这些许忧伤的曲调，还是让人沉静，心头便有一缕凉风吹来。顺着这曲音乐带来的凉意寻找，我在那条用石头砌成的小河道旁边，又看到了小许专注于琴弦的身影。

该是秋月西天的傍晚，在湖边垂柳轻拂的石块上，我看到小许一个人朝着水面吹葫芦丝。听吹出的声调好像是《月光下的凤尾竹》，多少有些傣族姑娘舞动时的欢快情调。旁边有不少人经过，没有人停下听他的吹奏。看他专心的样子，仿佛也没有想到要吹给别人听。他在吹给谁呢？哦，原来是一只小玉兔在跟他逗着玩呢。那只小兔啊，随着晚风吹拂起层层细碎的波纹，也会跟着他吹出的声调，蹦上蹦下的，还不时向他挤眉弄眼，但就是让他摸不着，甚至还会悄悄躲起来，好一阵子不露头，还真有些气人呢。莫不是这只淘气的兔子惹得他不开心了，或者是另外一些事情让他生发出几丝惆怅？

小许原先在一个国有企业上班，企业破产后就自谋生路了。他能砌墙，搞室内装修，起初是他找有活干的人，现在是有活干的人找他。他头脑灵活，有好奇心，会鼓弄电子电器一类的玩意儿，对乐器也会几样。尽管如此，还有人说，他的个人生活中不乏烦恼事儿，要是压在旁人头上，恐怕都会愁死了，哪里还高兴得起来？但他好像不搁心事似的，但凡有了空闲，便会毫无顾忌地找到并做出自己觉得开心的事情。

再说一件有趣的事儿，也只有他能够做得出来，那就是他曾经为一个乞丐举办过专场音乐会。

在一个落雪的晚上，雪花在柔黄的路灯照射下，散发出晶莹细碎的光亮。地面上铺了一层洁白，树枝上似乎也绽放出梨花。整个公园里冷冷清清，街道上也少有人影。偶尔驶过的轿车，除了车前两道翻飞的雪龙，声响也比平时小了许多。他自个儿站在公园门口旁边拉琴，突然，从不远处一面挡风的墙角，发出几声响亮的喷嚏。他知道，那里有一个行乞者的家。他也好像有意在这个寒冷的冬夜，为这个孤单的乞丐演出。那个乞丐正裹在一个破被子里面，伸着头细细欣赏他拉出的琴声，不再孤寂。那可真是在享受一场得天独厚的音乐会啊。

弹琴的老王

老王这样一个"粗人"雨中弹奏出的电子琴琴声，久久萦绕在我的心中难以释怀。

那是去年夏天的一个细雨朦胧的上午，我来到离家不远的梅花公园。一个人漫步走在铺满碎石的小道上，身旁的山楂、高杨、垂柳、松柏，还有满地的草青，于清新中又都显出一层光亮来。细雨落在绿叶上，如众多的小蚕在啃噬似的，发出一阵阵轻妙的沙沙声，平日成群叽叽喳喳的麻雀也都躲了起来，荚桃花和百日红下一圈残红，该是多日灿烂但仍愿占着枝儿的花朵，天公让她们去了该去零落成泥香如故的地方。

当走近笼罩在一片烟雨中的湖边时，一缕悦耳的电子琴声挑着雨帘，跳过树枝飘到我的面前，将我的魂儿牵了去。那是我十分熟悉的老歌《洪湖水浪打浪》，随着那婉转悠长的曲调，刹那间我沉浸在往日的情怀里面难以自拔。小时候我曾经在夏日黄昏的彩霞中，多次用横笛吹出这首曲子，那时有太多的快乐……

好一会儿我才回过神儿，连忙寻着琴声跟过去，我的脚步停在了湖面管理员住的小铁房门前。

让我惊奇的情景是：平日那个整天围着湖面，用长长的笊篱样的网兜从水里打捞杂物的老王，正独自坐在一张旧桌子前，背对着门口，忘情地在一台电子琴的黑白键盘上，弹奏着一首首他喜爱的歌曲。他的面前没有歌谱，只见他的头和着节奏轻轻地上下仰俯、左右晃动，还规律性地随着后背的直挺出现大幅度的动作。那一双经常握着锹把显得很粗壮的手指，却变得灵活起来，像蝴蝶般在线谱间自在地跳跃着。随着手指在键盘上轻快地舞蹈，优美的音律便从小屋里跳了出来，跳到绿波荡漾的湖面上和雨滴唱和。湖边袅娜的垂柳也动情地加入到这个舞蹈的行列，近前的樱花树成了最钟情的粉丝，陶醉、喝彩，一张张笑脸激情地飞离了枝头，要是再有一阵风吹来，便可以亲吻心中的偶像了。

我觉得老王该是闭着眼睛弹琴的，他一定觉得天上滴落的不是雨而是一颗颗音符，而他心中的天空一定是湛蓝的，还有美丽的小鸟飞过，白云悠悠，清澈透亮……在这一刻，我、老王和乐曲仿佛都随着节奏，与四周的雨声风声，还有那一池绿水融为了一体，是那样的和谐、恬淡。

因为尽情，老王没有发觉我过来；也因为欣赏并动心于他的忘情，我没有打搅他，也不忍打断他的琴声就轻轻地走开了。

本来我是来领略雨中公园的宁静，品味雨洗后绿叶和嫩草的青翠欲滴，却意外地看到老王独自弹琴的快乐情境。一时间，

还觉得品出了几许当年刘禹锡独居陋室悠然自得的况味。

当然老王不是被逼在这个斗室的，完全是他乐意。

虽然人们称呼他老王，其实并不老，今年才50多岁，头上都少见白头发。只不过是个子大，不怎么爱打理自己。留半长头发，散乱地起伏着；爱穿深色衣服，外面的上衣经常不系扣；脸黑，爱抽烟，嗓门粗哑，说话大大咧咧；走路不紧不慢，给人的印象还有些拖沓。

这些特征，该是人们喊他老王的理由吧。

老王一年四季都住在湖边那个小铁房子里，就连寒冬腊月湖面冻成一块大疙瘩，他也不回家住。不结冰的季节，常会看到他一个人拉着排子车，围着湖面清理垃圾。他都是先用木把很长的小铁网，从湖水中打捞出被风吹到边儿的垃圾，然后用小簸箕般的铁锹装到车上，推到公园一角的大垃圾桶前，再一锹一锹地铲到桶里面。由于湖水不是流动的，天气变暖后常有沉渣泛到水面上，有时一个晚上就会使少半个湖面都被一层污尘罩住，清理一遍得三天。也是老王勤快，总想让水面清净。树枝树叶杂草等垃圾仿佛生得很快，让他总也打捞不完。都说老王不讲究，可他却不愿水面不干净。湖面呈现给人们的，永远是绿波荡漾，水花儿白净。

让我没想到的是，就是这样一个显得十分粗犷的勤快人，还有这么丰富的音乐细胞，而且还是这样一个电子琴弹奏的高手。

又是新春的一个上午，明媚的阳光在嫩绿的叶尖上摇晃，微风将她垂落到湖面上，变成了渔民收网时跳动的鱼群。海棠、紫竹桃的花儿争芳夺艳，垂柳轻扬，风光旖旎，公园的小道和草坪上多的是踏青赏春的人们。这天，老王该是受到了季节的

感染，他将电子琴搬到小屋外，正对着一池春水，旁若无人地弹奏起来。他身后有人站着或坐在石头上静静地听着。因为尽情，也如上次一样，他弹奏的时候，没有发觉我过来，以及身后听歌的人；也因为欣赏并动心于他的忘情，身后没有人打搅他，也不忍打断他的琴声。

该是兴尽曲终，他停了下来，我走到他的近前，顺便坐在他递过来的一把木椅上。平时就熟悉，我也爱和他闲聊。这几天我正在构思一篇《真的没有多少人在意你》，便有意问他，对着这么多人，不怕人笑话吗？我的潜意识是说，一个看管湖面的人，都这么大岁数了，甚至给人很粗的感觉，还对着人弹电子琴，肯定会让人说没道儿的。

他的回答挺干脆，像没过脑子似的。世上这么多人，要想让人都满意你，没那个门儿。反正自己觉得高兴，对旁人又没啥妨碍就行了。咱弹琴，自个乐意，过来了，人家愿听就听，不愿听就走，至于人家咋说，那是人家的事儿。

是啊，不少人的不开心，莫不是在自己能够开心的事情面前，反倒把人家咋说当成了自己的事儿？

老王说1980年就爱上了弹电子琴，当时家都在农村，那年家里养了一头猪卖了300块钱，他拿去到邢台市买了一台小电子琴。那年月300块钱可不是一个小数目，足可以给儿子娶回一个媳妇。不少人家攒够这个数目就敢张罗起房盖屋了。但他却用在了一件他喜欢的事情上面，他说，好在媳妇没有怎么反对。

老王头些年搞过企业，是挣过大钱的人。如今才50多岁，就不再做能够挣大钱的营生，倒是守着这个每年只可以带来一两万收入的湖面过活。这个钱连过去的零头都不足，顶多能够当年请人吃上几顿饭。如今市里高档饭店大的主顾，恐怕一顿招待费都不足。

老王说，孩子们稍大些后，将弹琴的爱好往边儿放了放。那几年不干点挣钱的事儿不行，儿女们有的上学，有的到了成家的年龄，当大人的都想给孩子们打个好点儿的家底。他说只要有一个儿女没有成家，大人都还是没有完成任务。

如今老王的儿女们都成家了，自家的小日子都过得去，他就要清闲些，找回自己喜欢的事情做。起先，是儿子承包的湖面，嫌没意思，挣的钱少，不愿干。老王觉得这是个清净的地方，就自己来打理，一来就把根扎下了。

老王说心轻点儿，少管孩子们的事儿，不仅对自己好，对他们也好。大人把孩子们该干的和该想的事情做了，他们就懒了。你给孩子们挣多少钱，他们也没有够，兴许还是祸害呢。他说自个儿现在活得很快乐，一个人看着湖面，清理垃圾就当是锻炼身体，每天守着清水儿，比旁人多吸新鲜空气，保证对身体没赖处。有人来坐就闲拉扯一阵子，一个人闲了就搬出琴弹一阵子，开开心心比啥都强。是啊，开开心心比啥都强。

我想，琴弹得好听，是好在指尖能够准确地敲击到音符所在的键。甚至我还觉得在每个人的面前，不也都有一台上天给你调好的琴吗？根据你的年龄和境遇不同，在每个时段，都置入了相应的快乐因子。而弹奏的指尖就是你的人生态度，只有你的心态和琴键蕴藏的高低音符发生共鸣，才能流淌出和谐动听回味无穷的美妙旋律。

老王的琴声和湖水叠印出的身影，定格在我的大脑里，并时时点化已近天命之年的我，如何才能弹击到属于自己的快乐音符……

◎ 舍得"东南缺"

董竹林

沙河的王硇村拥有保存完整的古石楼群。欣赏古石楼赭红色的丹霞石墙，流线型的蓝瓦屋顶，也会为王硇与众多太行山寨所标新立异的"东南缺""伸曲巷"等建筑格局，以及出现在三岔巷口"拐弯抹角"之风格所吸引。

王硇村西高东低呈坡状。沿着石板铺就的街巷，行至该村中心地带，一道斜巷中的古建筑群立刻就会吸引住你的目光。这排民居石楼共5座，全部斜错而建，面向东南方向统一露出缺角。这5座石楼连成一排，每座石楼都有门和紧挨的院落相通。5座石楼露出缺角的角度、内门位置、高度以及宽度都非常相近。这就是俗话说的"有钱难买东南缺"。

据村里人代代相传，该村有500年的历史。最早在此安身的，是曾经做过镇京总兵的王得才。当年王得才护卫皇家贡品进京被劫，避难于王硇村。就石楼整体建筑来看，从门当户对的门楼配饰、黛瓦拱脊上的龙兽鸱吻，四合院以及一进三连院的建筑，足可以看出这个家族，即使落难在这个偏远的角落，其庭院建造也是难改官宦之气的。

我们都知道，我国古代人是最讲究"天圆地方"这一建筑风格的。你看无论是北京的四合院，还是昆明的老宅"一颗印"，都是方方正正。这就是漫长的封建政体，在人们的思想中牢固地印记了等级制度的森严，而方正建筑正好体现出了这种规矩、庄严的感觉。只有院内，才有小桥园亭、曲水流觞般柔线型的景观。

然而，王硇的石楼群中出现的门前缺、缩墙和抹角，都是与方正格调相悖的。当你一次次审视王硇村古石楼的建筑和街道布局时，你就不难发现，这里的先人，其实更看重的，应该是防御功能。该村的古石楼，大多院院相连，户户相通，家家有楼，逢岔路口必有耳房，整个村庄俨然一座攻防兼备没有城墙的城堡。与此同时，王硇村东低西高坡状地形，决定了村里的先祖，在楼房建造的次序上，更多的是先从低处建起的。这时，你再看，东南缺的"缺"和伸曲巷的"曲"，都是出现在街巷的西边。这就很容易让人想到，"缺"和"曲"并不是美观上的必然，而是环境上的客观使然。这里，体现更多的是人们不计得失，对防御、脱险和日常通行上更多的考虑。要不，为什么抗战期间，沙河县抗日政府，邓小平、朱德、刘伯承等老一辈无产阶级革命家，都曾在这里有过坚守和战斗的经历？即使到了今天，来到这里，你还可以看到保存完好的抗日县政府、抗日独立营、抗日高小等旧址。

据说，王硇村的后人，不乏富商巨贾。而他们从全国各地往回运送赚来的金银财宝时，都是装在布袋里面用驴驮进家门。驴背上直挺的布袋，最不愿碰到的就是拐弯处的墙角。即使近代的农田耕种，牲口驮运仍然是重要的运送方式。所以说，无论过去还是现在，"东南缺""伸曲巷"和"拐弯抹角"给予人们最直接的就是通行上的方便。不仅仅是活着的人。过去人们留街门口时，不能窄于棺材的宽度。同样，王硇人也给逝去的人留下了一条顺畅的通路。如今不少地方之所以会出现一个个死胡同，除了地形的客观阻挡之外，恐怕更多的就是缘于一些人在盖房建楼时，在地界上过分计较、讲究方正和大小上的得失吧。

弯弯的石巷里面，石壁上麻雀的啁啾，是否在向人们讲述着一个个古老的与街巷有关的故事。有清代（康熙年间）文华殿大学士兼礼部尚书张英的老家人与邻居吴家在宅基的问题上发生了争执时，一封家书"让他三尺又何妨"让自家人将垣墙拆让三尺。邻居一家人感动之下，也把围墙向后退三尺。从而空了一条六尺宽几十丈长村民们可以由此自由通过的巷子。有冀南古城邯郸的那个回车巷，战国时赵上卿蔺相如曾在这里为大将廉颇回车让路……还有……我的思绪又飞回到了"有钱难买东南缺"这句顺口溜，是当下不少人对这里缺角建筑格局的赞誉。甚至是借用巽卦，注入了招财进宝的注解。

其实，巽，八卦之一，代表风，古同"逊"，谦让恭顺。而当下建筑学上，东南面还是最好的选择，不是有句"紫气东来"么？四合院是老北京建筑的一大特色，其典型布局是：正房坐北朝南，大门开在东南角。这样的建筑布局叫做"坎宅巽门"，跟风水有关。封建社会选址建房，一般都按此布局，至今一些人家建房还在遵循这样的建筑模式。在五行说中"坎"为北，所以坐北朝南的房子叫做"坎宅"，而"巽"指东南方，所以东南方的门叫做"巽门"。东南方在五行中为风，门开在东南则象征"一帆风顺"。正因为人们有这样的信奉，才使得很多风水书都视住宅的东南缺角为憾，而是想方设法弥补，以保主家财源不竭，金钱流畅。所以说，假如条件许可，我想，那个镇京总兵及其后人，肯定不会刻意让"巽门"之处留缺。更让人质疑的是，"东南缺"只是王硇古石楼群中的个别。

正因为如此，一次次走进和触摸王硇村那厚厚石墙上的"东南缺""伸曲巷"和"拐弯抹角"处，都能感受到与古人留下的"六尺巷"和"回车巷"有着相同的韵味。今人目光中赞叹的景观，闪亮的是这里的先人"舍"与"得"中流淌出的漫长而悠远的情怀。

◎ 家乡的驴肉香肠

董竹林

老家冀南，不论是待客还是聚会，只要摆酒席，桌面上就少不了当地著名的美食——驴肉香肠，渐渐形成了"没有驴肉香肠，不成席面"的习俗。

香肠是很古老的地方美食。北魏学者贾思勰在《齐民要术》里，就专有一篇"灌肠法"，详细记载了这种食品的制作方法。几乎每个民族和地区都有属于自己的美食香肠。比如，粤地的广式香肠、蜀地的川味香肠、北京的蒜肠等。不过，用驴肉作为主要灌肠原料的，却不能不说是故乡香肠的一大特色。民间有句俗语："天上龙肉，地上驴肉。"在中国人的心目中，龙是臆想的一种神物，驴却是活生生的四蹄动物。这种香肠有着栗子色的肠皮，光亮透明，油而不腻，风味清香，看一眼就垂涎欲滴。

最初，驴肉香肠的制作方法，是先把驴肠洗净晾干。随后，用肉汤调好粉芡，再把熟的驴肋肉剁成肉末和粉芡调匀，加上花椒、茴香、砂仁、豆蔻、桂皮、姜丝等，再用香油、作料和老汤调成糊状，灌入肠衣，扎成小捆，经高温蒸煮灭菌，用桃木熏制而成。现在，冀南驴肉香肠仍旧保持着传统技艺，配方、灌装、高温蒸煮灭菌、果木熏制，每一道程序都墨守成规。驴肠作为肠衣，可以保持驴肉的原味不变，也是冀南驴肉香肠有别于其他香肠的特征。装肠也是技术活儿，厨师要装得不满不瘦，煮出来才滚瓜溜圆。这个技术无法用语言和文字表述，只能靠在熟练的过程中掌握。在煮肠的过程中，要盯紧锅里的每一盘儿肠子，哪个鼓气了，得赶紧用装了细针尖的长棍捅扎放气。就这一捅，再精良的设备也难以准确完成。另外，火候也很要紧，火候大小，全靠经验和感觉。接下来的熏烤，用的是有淡淡甜味的桃木，炉窑则是用砖块垒砌，和好的黏泥抹衬炉膛。熏烤的过程只有泥土和桃木的香气，煨伴着肉香、芝麻油香，轻轻从肠衣上沁出。肠衣慢慢由淡红色变成了栗子般的红艳，馨香融和着天然的清香，从灶膛里阵阵飘溢开来。

做香肠的人，都会在院子里搭一个能够通风的凉棚，没有雨雪的天气就在里面晾热烫的肠子。香肠在晾的时候万万不能着了露水。只要是露水打过的香肠，人一吃保准闹肚子。做香肠的过程中，每一个环节都需要严丝合缝。按老手艺人的话说，干什么都不能钻到钱眼子里，不能砸自己的招牌，更不能坏了良心。

坚守和良心，使冀南的驴肉香肠一直飘逸着沁人心脾的清香。

<small>董竹林，原沙河市作协主席，出版有散文集《缭绕不止的悲伤》《故乡的杯盏》。</small>

◎ 重游和尚山记

元巨超

癸巳初春，还寒乍暖，天朗气清，偕乐途群友计百二十人，重游和尚山。

至则遇表弟独行客，阳春踏青远，不期遇故亲，也人间兴事。

一行沿明长城依岭脊而上，此岭脊乃两市之界，南阳为武安，北阴属沙河。道若曲肠，直升峰脚。因行于岭脊高处，四远川丘，一览无余。南阳坡缓，遥通古城武安，植被差，多低矮灌木，荒草焦蒿远接乱石沟壑。北阴坡陂，植被佳，青松翠柏，遍覆山岚。予问同游，何以一岭之隔，风景大异。友曰：此地古无松柏，毛时飞播而生，唯阳面干燥，水易蒸发，所植难生。北阴凉爽，天雨易蓄，所植易成。予思虽具地利，若无前人树，难有后者凉耳。友复曰：此当太行深处，山高水乏，地薄少，民唯以林存。予思虽言一方水土养一方人，然古人以天为食，以地为养，虽有天时而少地利，生也艰也。可数十年前，刘邓十万大军在此屯养壮大，后则出山数战而天下定。不知彼时土人何力养得如此人众。由是知天之宽也仁，地之厚也隐，人之潜也神。天不遗斯民，山川水木，果有灵乎，予不知也。

登得半腰，遇一根雕叟正修剪所掘树根，根多怪异之形，经老者稍加修整，竟成形态各异之艺品。有威然啸风猛虎状者，有腾然驭云蛟龙状者，有秃鹰正饥，凝视远方猎物者，有狡兔受惊，落荒而逃者。更有老叟正襟，手指云外者。尚有幼儿持篇，了然心胸者。有瘦骨老农耕田者，冠冕堂皇持扇者，弥勒捧腹大笑者，不一而足。予思，荒山野岭之下，世界如此花花，地之灵可见。更得杰人巧思，则朽木成珍。若无杰作，则埋荒千年矣。此即人之智巧，物华之源之谓也。

◎ 老道旮旯黄榆岭穿越记

元巨超

黄榆岭群峰戟立，一峰状如道士危坐，其下为一窄壑，土人呼曰"老道旮旯"。经此壑可攀至山顶，过姑子岩即入晋地。

姑子岩为峰壁间一岩，长约里许，下临百丈深渊，上仰千刃峭壁。宽窄不一，宽处存有姑子庙并新建一卧佛石像。窄处强可容脚，石斜而滑，上下绝壁，险不堪言。幸今人新置铁栏防护，人行其上，虽感危而无险，却也目眩胫软。岩之东西两端，置钟鼓二亭，二亭遥对，并入云天。有友届亭撞钟，其声悠扬，自霄而降，融万壑回鸣，四远噙然，经久不息，闭目聆听，似与臆中隐声铮然相合，溢出肌表，体也做金钟震，一时人钟不二，浑然尽声矣。

过姑子岩经龙口返，沿崖间新凿石级而降，渐闻细雨之声，继闻润湿之气，曲道转处，一帘飞瀑，直垂目前。噫！峭壁飞泉，即在此矣！

史言黄榆岭四大景观、两大奇观，峭壁飞泉即两奇之一。

大抵世上景观，奇在天成，妙于自然，俗入手雕，坏流人造。此泉奇在天成，绝在罕特。一般泉眼，皆在山脚，此泉独在峭壁之上，上下皆有百丈，四季泉水不断。一股清流自涯洞喷出，溅石四射，似千簇碎玉凌空而下，染及四周，空气清泠，步入此境，尘汗顿消，通体生寒。气息出入，喉膈混凉。捧之洗面，精神倍长，掬之下咽，烦热顿化，泠泠然青春复出。及碎玉四合，似珠混琼浆，渐漓欢奔，沿沟壑而下，一路人间。

此泉处华北高燥少雨之地，四围百里山峦起伏，绝无水源，何得如许清流。余查华北水系，和顺乃清漳上源，南流东曲入冀，与另支浊漳相汇。惟此河四季有水，然距此地也在百五十里之遥，定有暗隙与此相通，成此奇观。

余查百度资料，言此泉"天下奇绝"。明顺德知府李攀龙有诗赞曰：群峰不断浮云色，绝嶂长留落日悬，地险关门衔急峡，山奇峭壁挂飞泉。观此诗可知泉之得名源于"山奇峭壁挂飞泉"句。然余问及当地老翁，言此村百户人家，四时人畜濯灌，全赖此泉，泉眼在峭壁间，年久石穿，成一洞穴，两股杯口大泉眼相连，如鼻孔状，村人呼之"阎王鼻子泉"。并言，此泉水流经地下久远，禀地之阴气较重，味甘淡，性微寒，人畜食饮，不患火疾而多高寿，此村古稀之人八九，信与此关。余思，籍人冠以阎王二字，足显先辈对此泉之敬畏。生死事大，阎君掌之，阎王所喷之泉，自有异功，先人朴愿，于此见矣。

叟得此泉所示颇多，斯后或于所缘有益，亦此泉之启也。不敢附雅，酌得五律一首自娱：

清远源中晋，遥途汹峭幽。
簇珠叮石落，细雨飒身攸。
无志归沧海，痴情属垄畴。
青青山不老，沼沼泽无休。

◎ 青岗树下抖清风

元巨超

端午前日，巧合六一。余随马翁俊义、秦公增群等七人，同雅净瓶瑙，共赏青岗树。

此树生于太行高巅，沙武正界。根坐大石，状如苍虬，三扎在武，两汲在沙；一干擎天，五枝莲开，三舒在沙，两展在武；上下均分，不偏不倚。沙武之人自古各持已有，直今未公。树干高丈余，粗合围不抱。树下一庙，名三圣祠，内有清乾隆石碑一方。一目便了祠因树有，当知彼时此树已广为人神矣。

此树有三奇，一年久干粗，二根生石上，三正县之界。据土人言，祖辈数代，皆不知此树生于何时，百年一态，不见其长，也不见其老。此树之粗，于数十里内，绝无仅有。更兼根生石上，抱石而下，周环数丈。木得土而生，遇石不长，此树奇而反之，甚为难解。生于县界，本不为奇，奇在不差毫厘，上下均分。故两县数百里内，视为奇焉。

树在山峰最高处，树下远眺，三环峰峦叠嶂，东向广袤舒远，燕赵风华人文，尽在眼下，不禁令人心旷神怡，思绪万千。

余感慨之余,凝目望远。恍见一老者一色青衣,青眉慈目,手拄绿杖,缓缓而来。余忙上前问好。老者曰:吾乃青岗树神也,得知马秦二卿来此,不胜感激,特来相谢。余忙曰:多谢前辈盛情。老者曰:马秦乃一方清流,今世少见,更兼文才殷勤,于吾邑人众,多所饶益,老夫盼之久矣,幸得今日相见。余曰:邑人皆不知前辈因何栖此,可否相告?老者曰,说来话长,因于隋炀帝大业十四年,时人间怨声振天。帝欲废炀而遣太白往查,老星出灵霄殿后顺手摘下道旁一青岗树叶,抛向空中,踩之而去。回时观此处山川秀丽而小息,置树叶于掌嘱之曰,此地乃沙武之界,地杰人灵,民风纯朴,汝可于此地长栖,日后多与两县人民福益。嘱罢置叶于界石上而去。其后老神因循中道,即于石上生根,界中长干,遵嘱于此,不敢怠慢,力令风调雨顺,邑泰民安,算来已千四百余年矣。余忙曰:多谢前辈恩德。老者叹曰:近年世风日糜,人心渐腐,来者虽众,多铜味而少清韵,吾已烦矣!实不相瞒,二十年来,没人敢在树下吐一腔净气,抖两袖清风。更兼环境日坏,老身不耐毒浸,复枯一枝,无意长栖于世。得知二卿要来,精神大振,忙令微雨浣山,清气疏林,凉风消暑,薄云蔽日而迎众卿也。今日一见,大慰胸怀,老身不复厌世,乐与众卿同处也。言罢大笑,声送林涛,余身心一振,猛然不见老者。

远处马秦二公逸兴颇浓,正舒膺而呼,抖臂而沐。似对树细语,望绿长吟,不亦乐乎!

余思冥言謦训,不敢稍误,遂速志之。

◎ 穿越广阳山记

元巨超

广阳山位太行中段大川东麓,市西七十里渡口村北。下陡上峭,崖间一洞,广数丈,名老君洞。传老子曾在此修行,近经学士考证,此事属实。此山为道教名山,道风流长,德化广远。史上不乏名士结庐,宦墨留香。实一方之名胜,逾千载而不衰。

一行于辰时上山,众人多登洞拜老子神龛。余则趋三圣殿参一道师。趣问广阳山之"广阳"义,师曰:史言此山三面无遮,受阳最广,故名广阳。余窃思,三面无遮之山多矣,何以独曰广阳?复思此山若果为老子所名,其义不止于此。老子乃道教鼻祖,所倡大教尤重真阳之修养。《道德经》言"万物负阴而抱阳,冲气以为和"。道生一而二三,二者,阴阳也。由阴阳而三才而万物。能所生者,全赖阳德"冲气"动感之机耳。故知此一阳,内蓄千机,外生万物。于人上能治世,下可安亲。静而守之,宁心益身。涵而养之,开慧通真。处而行之,正业通神。广而布之,远名成尊。由此观之,广阳者,广布阳德耳。思索之际,众友已鱼贯登山,余急随而去。

山路曲折,登得山峰,已是气喘嘘嘘,心悸汗出。东南远眺,近处山峦起伏,极目广袤平原。天晴气朗,暖日映明。微风伏草,茸茸如裘毯,遂席草小息焉。枕袱而卧,烘晖融体,盹然欲困。忽见一老者鹤发童颜,慈眉善目,雪髯白眉,眸邃似海,牧一青牛,飘然而至,余忙行礼问好。老者笑曰:卿辈于此五浊尘世逸情山水,可谓智者矣。然此止可益神怡心,康乐长寿,去大道甚远。吾有妙法,令人烦恼永除,得无上道,成究竟果,汝愿习乎?余谢曰:劳长辈赐教何可求之。老者曰,时于百念不生处求之。余曰：此求非念乎？老者颔首曰：无求而求，是谓真求。余复问：有捷道乎？老者曰：此去广神岩，多崇山峻岭，汝于悬崖攀登，撒手处即是。余思，此一撒手，定为碎骨矣。觉老者之言涉诞，欲与之辨，忽见那青牛鼻喷粗气，怒目圆睁，四蹄一纵，甩动犄角直向余胸口撞来，余躲闪不得，大惊而觉，乃一梦耳。时艳阳高照，微风徐来，尘汗已消，通体生凉。一行驴友已远，余忙起而行。

元巨超，沙河东沟村人，沙河市人民医院主治医师，爱好文学。

◎ 千佛岩趣事

王新华

清乾隆朝二十二年，直隶顺德府、广德府、彰德府、磁州府四府合力重修千佛岩。工程浩大，在重建中遇到一个难题，具体事件请看下述介绍。

我嫡祖王成功为神力之士。有事迹传留：

我嫡祖王成功在清乾隆初，峡沟大佛崖修庙时，在工地打杂帮工。整天无精打采，提不起精神来，出工不出力，饭量却很大，一个人能吃两三个人的饭。因此总是受人讥讽嘲骂，以及会首们的喝斥。他也不在乎，依旧我行我素。别人也拿他没办法。到工程结束的时侯，出现了一个无法解决的困难。因为佛庙是建在半山壁上凹进的石崖中，（很深、连佛庙都淋不着雨，是地质运动造成的特殊地形地貌）因为佛庙大、房间多，所以工程量浩大，是由当时的大名道、顺德府、沙河县衙门出头组织的一项大工程。所以石碑也多，有二十多座。说座是因为每块石碑不但高大且厚；每块碑还配有鼋形石座。座和碑的重量各约四五百斤。按当时的条件，不可能搭十几丈以上高的木架往上提升石料木头，而每块石碑或座子，都得四个人以上才能抬得动。但若用人抬，则必须从北坡上所设的蹬道上去。而蹬道又陡又窄，根本没法抬。即使能弄到蹬道上头，还有一险要处没法通过。原来要上大佛崖，必须从北坡上，坡上头是石壁，石壁上有一可容一人侧身通过的阶台。约有两丈多远，来回运料，上下工都通过此处。通过时要一手扶石壁、稍微弯腰、小心翼翼地才能平安通过。一不小心，就会被顶下去。下面石壁虽然不高，只有丈多，但坡度很陡，在四五十度以上，一旦跌下来，势必滚到坡底。所以大佛崖中建庙多用小石料，一个人扛着能轻松胜任地上去，绝对没有需要两个人以上抬的石头。这些石碑三两个人弄不动，人多了又施展不开。如果有个碰碰磕磕的，一块石碑可就完了，弄不好还会伤人。大家商议了好久，想了很多办法，但一条也行不通。正在大家发愁得不知怎么是好时，王成功说他能把这些石碑弄上去，但有条件。会首们一听大喜，问他有什么好办法？他说我可以自己把这些石碑扛上去，但我吃不饱饭，没有力气。你们若能管我吃两顿饱饭好饭，我自己就能把这些碑扛上去。会首们一听都哄笑起来。有人说王成功您吃得还少吗？您一个人吃三个人的饭，您干几个人的活呀？想骗饭吃也得说些有影儿的话，别在这里胡说八道。您没见大伙儿正烦么？王成功淡淡地一笑说："你们不信就算了。"只有大会首看出王成功不是开玩笑，跟他说："王成功您要真能把这些碑扛上去，我当家管您两顿好饭。您想吃啥饭给您做啥饭，不过您不能跟我开玩笑。"王成功慢悠悠但一本正经地说："您看我像是跟您开玩笑么？我当然是认真的。而且必须先吃饱了才能干活，这么着，您每顿饭做斗半米的饭；另加一坛酒，十来斤肉、五六斤白面馍或烙饼，明天早上把饭备好。我也得回去准备一下，明天来吃完早饭干活，不到晌午就完工了。先说好，中午可还得管饭。如不信可以拉倒不办，明天上午我来后若无饭菜，就是你们不相信我，协议自动作废。"说完自顾自地走了。

一番话只说得众人张口结舌，又将信将疑。但除了相信外又没有别的办法，只好相信他，按他说的去办，能否成功就看第二天上午了。

第二天上午，太阳刚刚升起，王成功便来到了大佛崖沟底工地，只见饭菜已经准备好了。热腾腾的一大锅小米干饭，老红瓜及豆腐粉条肉菜。香喷喷的，一边放着两坛酒，约摸是装六斤酒的那种坛子。另外还有几个柳盆，一个是盛着满满一盆蒸得笑开了花的大白面馒头。一盆放着刚烙好的油饼，还有一盆里面放着一大块熟肉，看得出是一块熟肥猪肉。

大会首早已等在那里，一见王成功来到便上前招呼说："饭菜已做好了，是您自己吃呢？还是另有别人和您伙干？"

王成功点点头，也不答话，径自走到饭菜锅前，掀开锅盖看了看，好像很满意的样子。将饭锅菜锅都端到一块儿，像有意显露本领似的。特意跑到远处，将一块巨石轻轻地搬了过来。放在饭菜锅前，问做饭的要了铲子和勺子，也不用碗筷，坐在巨石上面，一手拿铲子，一手拿勺子。铲子去米锅里抄饭，勺子去菜锅里舀菜。一铲子米饭一勺子菜，往嘴里直填，腮帮子一鼓，动了两下，再低头时喉咙咕噜一声，已咽了下去。旁观他吃饭的人，除了在工地干活的人外，还有附近村庄里闻讯赶来观看的人们。男女老少，总有数百人在那里看他吃饭。看他如何能吃完这么多的饭菜，还看他吃完饭后如何扛这些石碑，人们从来没见过如此吃饭的方式。那根本就不叫"吃"，而应该叫"填"！见过"狼吞虎咽"吗？比这种吃法差得远！说那叫"风扫残云"还差不多。我这里说得慢，他那里可吃得快，说话工夫，那一斗半小米做的干米饭和一锅肉菜，便被他吃得干干净净！连点渣儿也没剩下。

数百号围观的人也被他这种吃相和食量惊得目瞪口呆！他说吃不饱竟是大实话！看他除了比别人高大一些外，也没什么异样，竟能吃得下十几个壮小伙才能吃下的饭。不是饭桶又是什么？

还有出人意料的事呢！

吃完饭菜，站起来拍了拍肚子，摇摇头。又来到放馒头的柳盆跟前，一手抓馒头，一手抓熟肉，又有滋有味地大吃了起来。这一通吃，又将一柳盆馒头吃了个净光。一大块熟肉也吃了个肉渣儿不剩，这才站起，抱起酒坛子，拍去泥封打开口，对着坛口咕嘟嘟一阵猛喝。无多时便将六斤来酒喝了个点滴不剩。这才心满意足地走过来，打开自己带来的包裹。取出一条特长特宽的束腰布，将腰部束裹好了，又取一副裹腿，将双腿裹好。再换上一双登山鞋，撩些水在湿土地上，将鞋在湿泥地里搓了几下。觉得差不多了，转身来在放石碑的地方，搬起一块碑试了试，又搬起一碑座试试，自己点点头。索性将一碑一座搁在一弯腰就能够得着的地方。一边一个，挟在两腋下，一使劲就站起来了。试了试觉得还可以，不太出力，便走上蹬道，没怎么费力便上了石壁上最险要的阶台。一侧身，跨了几步，平平安安地过去了。就这样，来来回回、上上下下二十多次，便把全部石碑给挟上去了。

当最后一次送上去后，几百号人爆发出一阵雷鸣般地呐喊："王成功！好样的！""王成功！神力士！"

这故事在大佛崖的石碑上曾有记载；可惜在文化大革命中被当作"四旧"给破

坏了。所有的文物（包括石碑在内）毁于一旦，怎不令人扼腕叹息？所幸的是在民间传说中并没消失。

这主要得益于主人公是我们家的祖先，祖先的事迹我们是不会忘记的，并将永远传留给子孙后代。

三祖王成材，也是一个神力之士。他的妻子刘氏老祖奶奶娘家是册井村的。他岳父要盖房，问他要条梁用。他答应了，问了什么时间用，以及用多长的，一一记在心里。回家后抽时间上山砍了一棵有六围多粗的大枣树，做了一条一丈二尺长的大梁。三月二十日册井会时，起了个大早，赶了头毛驴。刘氏老祖奶奶骑着驴，他扛着梁在后面赶着牲口。两口子说说道道，二十四里河滩路，路上一肩也没歇，到册井时天才明。叫开门，他岳父出来一看很高兴。但也没看到别人，以为抬梁的人都走了，便数说他："看您这孩子，咋叫乡亲们都走了？也不说让人家进来喝口水吃了饭再去看会呢？能这样白使唤人么？"他解释说是自己扛来的，他岳父不信，他说您不信可以问问您闺女就知道了。这时老头儿才看见女儿还骑着驴没下来，又数念他女儿："三儿不说让人家来家，您咋也不让人家来家？都这么不懂礼？"这时王成材将刘氏扶着下来，将驴拴好。刘氏对父亲说真是您女婿自己扛来的，没用别人。老头儿还是不相信，王成材见咋说老头儿也不相信，便把放在地上的大梁掀起竖直，扛在肩上转了几圈。老头儿大吃一惊，这才知道自己的女婿是个大力士。

在王成材扛着梁转圈演示的时候，正好有几家邻居开门出来，看见了这一幕。围上来看热闹，其中有好事者把此事宣扬了出去，许多人也前来观看。又有好事之人拿来杠子绳索，四个小伙子抬上走了一段路。只压得龇牙咧嘴，摇摇晃晃，再也走不了啦！将大梁往地上一扔，不给往回

抬了。回来嚷嚷着非叫他再扛回来不可。他岳父也想露脸，显摆自己女婿，便叫他再扛一次，王成材无奈，只好又去把梁扛了回来。事后仍有些人不相信，找了几个身体强壮有力的抬上，也走不了多远便不行了。后来添到八个人，也只能坚持四五里路，从此，再也没人去试了。

有诗赞曰：壮哉神力两弟兄，兄胜弟强显威名。

挟碑扛梁虽小技，不为外房图耀宗。

◎ 摘星楼记

王新华

边疆岩之南，象鼻山北，有一峰雄峙，一岭横亘。其峰脚下有深洞，古传有蛟龙蛰居，喷云吐雾，兴风作雨，屡作洪灾。后被千佛岩方丈千叶莲佛降伏，深锁洞内，并日在洞外诵经度化，蛟龙得佛力感化，遂不再兴妖作怪，此方人民遂安享太平之岁月多年。

为了纪念莲佛功绩，遂在龙洞东侧相隔百米之处，借二峰相连之势，担木为梁，凌空架起一座楼阁，古名降龙阁，后改名摘星楼。春秋设庙会纪念之，向时明清两朝至民国初期，虽在深山僻陋之所，然山南海北之信徒善众，向往者众焉！每当庙会之际，红男绿女熙熙攘攘，挨肩擦背，接踵而至，好不热闹。

此时有乡剧演出，但无非是平调、落子之类，据传也是十分有看头的。抗战爆发后局势不稳，一切活动遂自行停止。后经战火焚毁，龙洞阁，摘星楼俱毁于炮火之中。"文革"中破四旧，连遗址并行毁灭干净彻底，不再有任何遗迹保留。

上世纪80年代，某收购站高价收购药材穿山龙。现刨现卖，每斤两角六分。

此物在峡沟绿水池两道山沟可谓多多，村民成群结队采挖此物，强壮者每天可挖200-300余斤，一家人可卖得一百多元。这在当时简直是一笔横财，但好景不长，如此疯狂的采挖活动，导致了这种药材几乎绝种。人们不得不到远处、险处寻觅，所以摘星楼峡谷又热闹起来。有村民在挖穿山龙时，从一墩牡荆根下，挖出两把钢刀，抹去锈迹，竟然熠熠生辉。此时挖宝欲望超过挖药兴趣，但亦仅此而已，热闹数天，再无人得此横财。

当此采挖穿山龙正疯狂之际，余已迁居王窑村居住，没赶上这个热闹，却为人们如此不顾后果的疯狂行为担忧。不出所料的是，此后二十余年，峡沟绿水池的山坡峡谷中，包括毗邻的武安境内，再想找一株穿山龙，真比找白头小虫都难。

由摘星楼峡谷上行到山壑处，再沿山背一条羊肠小道南行，不时上延，到山顶看，原是一道巨岭。南边有奇峰耸起，本地人名之谓小罗锅寨、长寨。在千佛岩一块碑文中记载，此山名为象鼻山，孤圆形山峰为象身，而长寨则是象鼻，以象形而言也。

至于横亘之山岭，其形状极似观音菩萨手中所托净瓶，故碑文中记载名为净瓶瑙。

净瓶瑙也是沙河武安两县交界之处。以中间分水线为界，向西面流水则为武安境界，向东面流水则为沙河境界。千佛岩，就在净瓶瑙东面悬崖之一半处，海拔约一千余米。

净瓶瑙靠近北头高处，有古树一株。据研究此树树龄约为一千三百余年，在沙河武安两县都算得是古树祖宗了。

古树下有人建小庙一座，内中供奉四洲大圣。碑文陋简，不可测度，不知是否西游记中记载的那位四洲大圣。如若是，那这位神仙屈居此穷乡僻壤，想必亦有他老神仙的难言之隐。

余在上世纪60年代末期，70年代初期曾经数次到摘星楼峡谷内采药。此谷内药品众多，尤其是独角莲（禹白附）更多，简直是一处药苑。此后远迁异乡，再也没空回此处采药游览。前数年有本村村民约游，出谷口处已被人为破坏，竟然望高生畏，毫无一点进谷探察之兴趣了。

时隔不久，再次从净瓶瑙下行，再攀越龙洞顶。其间经过此山壑，下望见谷中小道，已被山洪冲得断断续续，不能供人行走了，遂彻底灭绝了进此谷游览念头。

其实现在想来，若要进此谷玩胜，还是从上面下行为妥。只要做好准备，还是可以的。只是笔者年纪大了，身手不便，不愿再冒此风险而已。

王新华，沙河市王窑村人。著作有长篇小说《缚虎记》。

◎ 故乡的水筲

张富民

我的故乡是处于太行深山区的一个小山村。小时候没有自来水，尽管村边有条四季流淌的小河，但河水是洗衣服和浇地用的。当然，到了夏季也是我们小伙伴戏水和捉鱼的地方，村里人是不会把河水担回家吃的。于是，自古以来家家户户都到井上打水，而要把井水打到家里盛到水缸里，必要的工具就是水筲和担杖。用篮子打水肯定是不行的，要不老辈人咋说"竹篮打水一场空"呢！

记忆中，家里有一对生铁铸造的铁筲。也就是水桶，很沉，最下面有加厚一铁圈，上面有铁提把，用来手提或者挂担杖钩用。有一根木质扁担杖，不知是何木，近六尺长，两头略细，串有三四个铁圈和铁担杖钩，用于钩起水筲担水。那时兄妹几个都小，挑不动水，母亲忙不过来的时候，便让我们去抬。每次我都很不情愿的和姐姐一起去抬，两人跌跌撞撞，一筲水从井上抬回家，边走边晃荡到了家也就剩半筲水了。

村里有两眼井，一眼位于街心三官庙前，一眼位于村边。三官庙前的水井水位较深，上面有辘轳和铁链，那口井，已是很老很老，单是那辘轳和铁链便不知道经过多少岁月的打磨而锃明发亮。系筲用的叫三官套，需要一定的顺序才能把水筲系住扣牢，绞动辘轳也需要一定的力气和技巧。村边的井较浅，用担杖就能打到水。也许是我还没长大的缘故，每次站在三官庙前的井沿上，看那幽静的井底，都有一种恐惧感，觉得冒上来的冷气把魂都能吸到井下似的。心里害怕，力气又小绞不动辘轳，就很少在这里打水，大多是去较远的村边水井打水。尽管这井水面浅，但打水也有讲究。水筲放入井筒贴近水面时，先要适度摆动担杖，然后用力一甩，水筲就会猛然下扣，正好水筲斜刺刺入水，水筲将满时，下力拔起担杖水筲即成。如若摆动的幅度小，水筲便放不倒，不下沉，要是摆动大了，就只能灌进半筲水。其实，这打水的活儿，像许多事情一样，时间长了，便能熟中生巧，凭着感觉，几下就能把一筲水拔上来。

井上打水，最怕把水筲掉到井里。但水筲掉进井里是经常发生的事，这时便要用长木杆拴铁钩子捞。捞筲需耐着性子，循着井沿缓缓地转动，让木杆拖着铁钩一点点地寻找目标，直到铁钩挂住筲系。顺手时，马到成功，如若运气不好，说不定半天都白搭功夫，说不定还会发生意外。记得有一次，我带着妹妹去抬水，一不小心把水筲掉进井里。妹妹趴在井边往里看，突然掉进井里，惊慌地我赶紧大声呼叫，好在我的姥姥家就在井的附近住，听到我的呼救，拧着小脚跑到井边把妹妹救了上来，至今我都不清楚，裹着小脚的姥姥是怎样把妹妹捞上来的。

我们家住着的是四合院，也是大杂院，最多时候有六户人。院里的人都说三官庙的井水是甜水，煮出的饭显香，泡出来的茶味道正、好喝。按现在的话说就是水质好，没污染，绝对的绿色环保。说起这眼老井原有一段故事，说是很早以前一个姓王的人家住在这里，这井边长着一种草叫茜草，也就是人们常说的黏蔓子，所以后来我们村叫做王茜。茜是多音字，许多不知情的人常把王茜的茜字念作 Xi，其实是不对的。炎热夏日里，三官庙的井水是天然的冰镇饮料，我常常趴在刚出井沿的水筲上先喝上几口，那真是透心凉啊！冬天，井绳拔上来的水，冒着缕缕热气，舀上一瓢，洗菜淘米，觉得挺温乎，一点都不冻手。我母亲还特别喜欢用老井的水，熬小米稀饭，她说："用这水好熬肯烂，熬出的'汤'黏糊。"用这里的水熬出的小米粥确实喝起来爽口、香甜、嘴里滑溜溜的。

等我长大后，自己能独立担水了。家里也换成了两只白铁皮的水筲，父亲在外工作，我是当时家里的男子汉，这担水的活儿自然是我包了。每天早晚都要去井上担上一担水。家里缸正好两担容量，早上一担水，傍晚一担水，一段时间都是如此，一直到我去40里外的渡口中学上高中才中断。再后来，村里实施饮水工程，从村西2公里外引来了河水，家家户户接上了自来水。一拧水龙头水就哗哗地流，从此再也没有用水筲去井上担水。再后来，我们一家搬到了市区居住，水筲和担杖也放在了老家再也没有用。多年过去了，担着水筲去打水的场景却深深刻在我的脑海里，历历在目。村里的那口老井，也始终停留在了记忆里,那清凌凌的甜水,永远滋润着我的心田,滋润着我那难以忘怀的少年时光。

<small>张富民,沙河市王茜村人。曾任沙河市宣传部常务副部长,现任文广新体局局长,沙河市政协常委等,爱好古诗词。</small>

◎ 文化白塔

苏有郎

邢台本地人,说起沙河市,都往往有一个共同的观点。就是在邢台市所属的21个县市区中,沙河经济最发达,那里的有钱人最多。因为那里的矿藏丰富,前几年国家提倡有水快流时,出了不少的"暴发户""王财主"。近几年,地下转地上,又发展了不少玻璃厂等实力雄厚的大企业,依然是邢台所属各县市区中财政收入最多的一个。而白塔镇,又是邢台第一镇,号称沙河市副中心,也就是"陪都"的意思。雄厚的经济基础使白塔镇新农村建设走在了时代的前列。沙河依靠矿产资源优势,成为邢台21个县市区中的排头兵,每年财政收入第一。沙河有煤矿48家,仅白塔镇就占30家,其中著名的有章村煤矿、显德汪煤矿等,咏宁水泥接连中标鸟巢主体、三峡大坝、京沪高铁、南水北调等项目,目前正以日产7000吨的速度全力保障国家重点工程建设,销售网络遍布全国各省、市,并远销东南亚各国。这里是世界500强的冀中能源和邯钢、邢钢的原材料重要供应地。还有全国著名的恒利集团生产的康必得感冒药已成为中国驰名商标;创业水泥有限公司的矿渣压辊机联合挤压系统在我国实现了"零"的突破,等等。2011年,白塔镇共完成社会生产总值75亿元,其中工业总值达到70.8亿元,全镇人均年收入6116元,财政收入3.84亿元,在河北近2000个乡镇中雄居50强之列。

白塔镇栾卸村投资2.3亿元建起了恒利庄园,被列为全国17个村镇住宅示范小区之一,先后被评为全国先进基层党组织、全国文明村,荣获中国人居范例奖、国家小康住宅示范小区、全国农业旅游示范点等称号;显德汪村被列为省级新民居示范村;白塔新社区被列为省级新民居示范村;另有天生村盛世名园、下元村康乐苑小区等值得骄傲的新农村建设。

白塔镇面积83平方公里,辖34个行政村,总人口6万多,这个镇无论经济收入还是工农业发展,在邢台都当之无愧是第一大镇。这个镇先后被评为全国500小城镇建设示范镇、全国重点镇、全国千强镇,更是河北省经济强镇。

几年不去白塔,白塔果然比前几年发展了许多,这个号称冀南经济第一镇的镇子,其新农村建设和其他一些基础设施自然不同反响。但当我看了白塔镇有关负责人给我的一些资料后,不禁大吃一惊,原来白塔的历史文化底蕴相当丰厚!我当即决定,要写一写白塔的历史文化。

一

先从1921年说起,因为这一年的发现对全人类史来说都带有标志性的意义,更主要的是这个发现与白塔有关。那一年,北京人冯澍准备在沙河开办煤矿,邀请刚刚回国的北京大学地质学家李四光到沙河进行煤田地质调查。李四光带领学生来到沙河后,常常奔走于章村、下元、白塔一带的山岭沟谷和旧矿井间。一天,李四光在白塔镇境内的下园岭考察时,发现一些奇怪的石头。这些石头由石英砂岩组成,每块石头都有一个或两个磨光面。石块大者像小房子。李四光由此联想到冰川搬运的可能。此后，李四光又在一块半掩着的大石块平面发现三组清晰条痕，他据此断定，这些分布在巨石上的条痕，即是冰川移动过程中摩擦的印记。接着，他在下元一带又找到几块标准的条痕石。这次发现，使李四光得出结论：白塔一带是曾发生过第四纪冰川活动的。这些大石头及条痕石即是由冰川带到这里来的。距下元一带发现冰川遗痕不久，李四光在山西大同盆地口泉附近，也发现了冰川刨蚀形成的U形谷，谷中有许多巨大砾石，砾石上遍布着许多典型条痕，进一步坚定了他的判断。根据这些发现，李四光完成了《华北挽近冰川作用的遗迹》论文，并于1922年在伦敦《地质杂志》上发表。"该文首次报道了中国存在第四纪冰川现象，揭示了第四纪时代的华北气候在挽近地质时期温热和干旱不变的论点。"对此，北洋政府农商产地质调查所顾问、地质界权威、瑞典人安特生感到大为震惊。面对李四光带来的冰川条痕石，安特生只报以冷漠的一笑。然而，20世纪30年代，李四光又陆续在庐山、九华山、天目山、黄山等地发现了大量冰川遗迹，我国第四纪冰川的研究随之在更大范围开展起来。多年后，段成惆、吴锡浩、浦庆余等人在《中国第四纪冰川地质工作的回顾与展望》文稿中说，李四光在沙河的发现"是个重大的地质发现，中国地质科学研究中光辉的一页"。李四光本人也曾说，自此以后"中国第四纪地质史，由此另开一幕"。

在沙河市文管所，我竟然看到一只鸵鸟蛋化石，化石为乳白色，鸡卵形，中间直径约15公分左右，长约20公分左右。据文物部门负责人介绍，这只鸵鸟蛋化石是20世纪90年代在白塔镇的下元村附近发现的，距今时间约在1万年至200万年之间。这个化石的发现，对研究当地的地质、气候、水文等自然变化有着十分重要的参考价值。

二

历史哪里都有，只不过是你发现了没有而已。但文化就不一样了。一个地方的文化，反映了当地人们生活水平和文化素质的高低。

众所周知，白塔的自然资源丰富，沙河的矿产资源在历史上就全国著名，沙河汉魏时为煤炭、冶铁制造中心。沙河是汉武帝时三大冶铁基地之一。《元和郡县志》和各种版本《沙河县志》所载沙河冶铁为"汉魏旧冶铁地"。据《宋会要·食货》记载：北宋政府给綦村冶铁官下达的生产铁指标占全国总额30%，到1078年（北宋元丰元年），沙河上交生产的铁占全国总额的40%，名列全国冶铁之榜首，冶铁业达到了辉煌的顶点。当时沙河是全国最大的冶铁基地。最近，储量超亿吨的全国最好的高品富铁白涧矿体，将由冀中能源集团进行采掘开采。沙河有俗语曰："綦阳铁，窑坡炭，养儿河水沾一沾。"这里所说的綦阳，位于白塔镇驻地四五里之遥，现属綦村镇辖，而窑坡、养儿河，两村仍为白塔镇属地。

白塔的矿产资源丰富古今皆知，而文化呢，能说出来的却不太多。

其实，不仅仅是冰川第四纪现象和远古的化石，白塔历史文化同样悠久而灿烂。考古发现，距今约6000年前，此地已有人类聚居。至今，在白塔镇辖区，有多处古代遗址，如白塔遗址、章村遗址、天生遗址、战国墓、汉墓等遗址。白塔遗址经专家论证是一处仰韶文化、龙山文化、商代早期文化遗址。章村遗址为仰韶文化遗址。天生遗址为商代遗址。战国墓中出土陶壶、罐等文物；汉墓曾出土汉代陶器、彩绘陶片等文物。古时白塔就产生了石斧、石凿和制陶业，形成制陶重镇，彩陶、绳陶等器皿制造工艺名噪一时。

宋代，白塔为金、宋交锋主战场之一。相传，在白塔镇政府驻地南隅一公里处的养儿河村，即为巾帼英雄穆桂英生子杨文广的地方，位于养儿河南岸的穆家寨遗址现在仍存。

2010年7月5日，当地农民在挖下水道时，在白塔镇兴龙寺遗址，一次就发现了2万枚开元通宝铜钱。

不仅历史文物，白塔还拥有一批丰富的非物质文化遗产，如彩绘、雕塑、剪纸、刺绣、四匹缯、面艺等民间技艺；秧歌、跑驴、竹马、旱船、拉碌碡、舞火龙、狮子舞、战鼓、傩舞、火伞、扇鼓、走黄河、太平车等花会艺术，都别具一格。

三

"说句心里话，我也想家，家中的老妈妈，已是满头白发。说句实在话，我也有爱，常思恋那个梦中的她，梦中的她……"这首传唱多年不衰的《说句心里话》，是我国著名军旅词作家石顺义的代表作。石顺义还有许多经典名歌，像《父老乡亲》《白发亲娘》《想家的时候》《一二三四歌》《女人是老虎》等等，他的歌风靡多年。但是知道石顺义故乡之地的人就不多了。其实石顺义就是白塔镇窑坡村人。石顺义4岁时随父母到北京西郊一个煤矿附近的小山村居住，后参军入伍，从战士、排长、干事，到空军政治部歌舞团创作员，发表有1000余首歌词及30余篇（部）小说、散文、歌剧剧本，其中50多首歌词分别荣获全国、全军和国际性大奖，著有歌词集《太阳的手》《石顺义歌词选》等著作。在共青团中央、文化部、广电部、新闻出版署等单位联合举办的建国以来"中国青年优秀歌曲奖"群众评选活动中，获奖的30首流行歌曲里，石顺义一人就独占两首。一个山村小镇，居然能出这么一位著名的文化人，无疑是值得骄傲的。而窑坡村的石修碧，曾参加过中国第一颗原子弹的研制工作，后任邢台市副市长、人大副主任，1997年曾受到国家前主席江泽民的接见。

白塔镇能出石顺义和石修碧这样的名人不是偶然，翻查一下窑坡的历史，我竟然大吃一惊。原来，窑坡自古就人杰地灵，仅清代中晚期，白塔镇的窑坡村和东下河村就出了三名武进士，多名文、武拔贡，培育出邢寄绪、邢凤鸣、郭有章等十多位声贯乡间的孝义俊才。至今窑坡村还保存有进士庄园。

在白塔镇白涧村，还有一处清代古民居，民居主人为清代道光年间拔贡邢寄绪。据清《沙河县志》记载，邢付，字寄绪，清代白涧人，道光年间拔贡。据介绍，历史上的邢付故居分为东、西两部分。西部为书房兼议事厅，东部为居住。建筑为顶式青砖建筑，正大门朝东，门两边分别立有鹿纹方形石鼓一对。门前配有旗杆一对，大门头内正中悬挂有"拔贡第"匾。西部议事厅房顶两边分别嵌有铁须吻兽。议事厅上梁悬挂有诰封箱，箱内有清道光皇帝满汉文圣旨、文书等物。邢付故居大部分毁于"文革"期间，今只剩下正大门、偏房和议事厅。这个建筑是清代官宦人家典型的建筑，保存在沙河农村实属罕见。

在白塔镇政府有一间屋子，屋子的钥匙不是白塔镇政府有关人员拿着，而在下关村农民郑敬泽手里。因为，这间屋子的东西是郑敬泽的。原来，这间屋子里面展示着许多根雕，是白塔领导为了展示本镇的文化而专门为郑敬泽提供的根雕展室。每当有上级领导来视察，他们都会请领导来此参观。白塔历史上何时就有了根雕艺术，已无可考究，但下关村出了一个根雕艺术爱好者家庭——89岁的郑锡麟家。郑锡麟自幼爱好美术，自1990年自学根雕艺术，并传至孙子郑敬泽，郑敬泽的根雕艺术曾被多家新闻媒体报道，在当地颇有知名度。我去参观时，没有见到郑敬泽，他去地里干活了。我只好从窗玻璃向内观看，只见那些根雕制作精巧、设计合理、线条清晰，具有相当的艺术功底。我不仅从内心里赞叹，一个普通农户之家竟然有如此的文艺爱好！最使人感到不同寻常的是，他们不是为了挣钱，只是个人爱好，祖孙三代，存了多少根雕，我没有问过。只是听白塔镇的领导说，有人要出多少多少万元购买，他们说不是为了卖钱，只是业余爱好根雕这门艺术。

评价一个地方的文化是否发达，历史文化底蕴是否深厚，艺术形式、文化名人是主要的衡量尺度。白塔的历史上，还有许多许多这样的名人和艺术家，这几位只是其中的几个代表而已。

四

人类五千年的文明史，不外乎从生存，到温饱，到享受的过程。当人类连饭都吃不饱的时候，艺术自然也就无足轻重了。于是，人类的文明史或者说人类的发展史，无外乎从最低的生活保障，到提高生活质量，当达到一定的物质水平之后，便开始了艺术的享受，也就是追求精神上的享受了。而精神上的享受，当然有许多种方式。但最终的文明史，使人类选择了艺术，因为艺术不仅可以使人高尚——这也是人类自身发展所需要的和谐社会所必具备的条件，更可以使人类得到物质享受所无法体会到的愉悦。于是，人类发展过程中便出现了盛世修典这一规律。

以前，白塔镇为了温饱而拼命努力，终于依靠丰富的自然资源而脱离了贫困。尤其是改革开放以来，它们利用得天独厚的矿产资源迅猛发展，成为经济强镇，出现了不少亿万富翁，使经济的强势远远掩盖了同样丰厚的文化底蕴。

近几年，白塔镇的领导们深深意识到文化的重要。一个地方，如果没有文化，被人们称为"大老粗""土财主""暴发户""土老冒"等明显的蔑视性语言也就成为必然，亦然会被人们轻视，而想得到可持续发展，也就很难。于是，镇领导近几年开始打造起"文化白塔"，将文化建设提到所有工作的重点上来。

历史文化，就有现成的，用心挖掘，自然会引人注目。

在挖掘历史文化的同时，他们将文化建设提到前所未有的高度。在发展经济的同时，把经济建设与文化建设相结合。

谈起经济和文化的关系，胡新芳说，在一些古玩市场，很多织绣都是从国外回流的，以前由于国内相对来讲不够重视，存量较少。即使有一些受到重视，也都在博物馆里边，也不能流入市场，很稀缺。好比说在2005年5月14日的中国嘉德春举行的首家织绣品专场会上，一幅刺绣作品玉堂春色，竟以98万元成交。而且在此之前的2002年，一幅明永乐刺绣"红夜摩唐卡"以3087.41万港元成交。2004年一件清乾隆御制《钦定补刻端石兰亭图帖缂丝全卷》以3575万元成交，创下了织绣品拍卖的最高纪录。我们领导想，趁现在整个市场还没有完全上扬，尽快介入。我们要让积淀长久的人文优势，通过倡导和展示文化的生产力，激发地方文化的自生和再生能力，有效地提升我们的文化软实力。

以前的白塔人，遇有谁家过红事，往往送钱物，因为经济发达，稍微有点声望的人家过个红事往往能收几十万甚至上百万的礼金。而现在的白塔人，逐渐在改变习惯，送字画。白塔的书画艺术源远流长。历史上不乏书画世家，清光绪年间，窑坡村拔贡梁清河的书法就远近闻名。而其孙梁瀚增习颜、柳、欧、赵四体，成为邢台书法名家。民国二十年，沙河县城重修文庙，大成殿的匾就是请当年仅仅13岁的梁瀚增书写的。到上世纪90年代后，白塔书坛又出现了一大批中青年书法俊才，他们屡屡在全国各类书展中入选、折桂，先后参加由中国书协举办的展览20多人次、获奖5人次。省级书展有5人入展、1人获奖。纪会林的书画作品入编《中国老干部书画大辞典》并得金、银奖，其部分作品已刻在泰山世界名人园《中华人物碑林》之中。苗治信、李自儒分别在中国老年书画展中获金奖。李自信的传统梅花篆字《梅花赋》在国家级大展中获金奖，这在乡镇作者中是不多见的。另有申军恒、樊福增、刘定照、高群路等一大批书画家。他们在镇领导的帮助下举办书画展、请名家搞培训、进行交流。从白塔走出了许多书画艺术界的知名人物，其中沙河市政协原主席刘玉贵、劳动局副局长李体清、企业家王聚龙等人，走出了沙河，走出了邢台，参与承办了两届宋璟碑全国颜体书法研讨会，在社会上产生了重大影响。仅一个白塔镇通缘书画社，会员就达400余人，吸引四周县市众多书画名流和书画爱好者来参观。

白塔镇的书法氛围不断浓厚，爱好书法、学习书法的人日益增多。酒店、宾馆、机关、学校、居室等多用书法作品布置装饰，书法艺术已进入寻常百姓家。白塔书法被人称为沙河书坛的"白塔现象"。如今，白塔已形成了崇尚书画弘扬艺术的浓烈氛围。现在，白镇镇仅书协会员就达1000余人，其中国家级会员1人、省级会员5人、市级会员20人、县级会员100余人。2011年还被河北省文联、书协授予"河北书法之乡"。

据白塔镇杨副镇长介绍，下一步，他们将全力打造"书画一条街"，集书画创作、装裱、展览、交易、鉴赏于一体，成为一道独特的人文景观，使书画不仅作为一种高雅的艺术，逐渐发展成为一种文化产业，并形成一串产业链，让书画为群众打开一扇致富的门路。他们将实施书画人才培养计划，加强与省内外书画乡镇的交流与合作，促进书画艺术水平不断提高；举办以艺术创作、书法培训、切磋交流为活动内容的书画艺术节，力争成为冀南颇具规模的书画交易市场。而白塔文化展览厅，总投资1700万元，展出白塔独特的手工针织、手工刺绣、老粗布，民间工艺，书画艺术，历史文化等内容。

近几年，白塔镇狠抓精神文明建设，新建了1776平方米的镇宣传文化站，34个村村村有文化活动广场，配备了相应的健身器材。农闲时节，群众以广场唱戏、跳舞，自娱自乐，陶冶情操。每个村都建立了农村书屋，包括农业生产、科技知识、机电维修等内容在内的书籍78万册，光盘35000张，为广大村民加强学习提高素质提供了好去处；他们还成功举办了12届白塔镇书画展和文艺汇演，共展出书法作品1500余幅，表演节目1500余个；通过象棋、歌咏、书法等比赛活动，经常性地开展文明户、守法户、科技致富户等评比活动；各村组建了民间文艺宣传队，通过秧歌、划旱船、舞龙、舞狮、大鼓等十几项文艺活动定期演出，以丰富群众文化生活。

2011年，白塔镇被全国镇村经济发展促进会授予"中国经济文化名镇"。

我国的社会主义新农村建设，怎样才是最高追求？无疑是精神文明建设，而精神文明建设，离不开文化建设，文化建设说到底，还需要艺术来承载。历史上哲贤们说的文以载道，平时人们说的陶冶情操，白塔的领导们深深地理解了这个道理。

苏有郎，沙河人。文化学者，河北省作家协会会员、河北文学院签约作家。出版有《国树》等多部作品。

◎ 金色沙河

尉克冰

城市，是人类最伟大的文化创造，也是人类文明的结晶和标志。它像一本刻着岁月的书，凝固了一段段历史，沉淀了一个个故事，或喜或悲，历久弥新。独特的个性、品位和文化内涵，体现着一个城市卓尔不群的风格与魅力。人们走进一个城市，稍一留意，大致可以看到一个城市乃至这个城市所在的地区的文明和进步程度。走进北京看其皇城宏伟；走进西安看其古风诗韵；走进深圳看其现代开放；走进大连看其浪漫洒脱……城市文化的个性和品位决定着城市的个性和品位。代表这些个性和品位的符号不仅仅是它的硬件，更是蕴含在硬件中的文化符号。

那天，我走进的不是上述任何一个大城市，相反，它很小，小到简直和它们无法相提并论。它是个县级市，整个县域面积只有999平方公里。可是，我却从这个城市的眼睛里读到了很多。当我用自己的双手触摸它的时候，我感受到的是金属般的质感和阳光般的温度，也感受到了它独具的文化魅力和文化色彩。

这个小城名叫沙河。它位于太行山东麓，坐落在邢台市南部约20公里处。吸引我的，是这座小城的发展与变化之快，以及其中蕴含着的文化和品位。

在我看来，一个城市的建设，不是一项短期工程，它是千百年来日积月累的积淀。地域文化造就了地域性格，地域性格决定着经济发展，经济发展推动了城市建设。

沙河历史悠久，境域开发于新石器时代。春秋时属晋，战国时属赵，秦始为信都县地，汉初改信都为襄国，隋开皇九年改襄国为龙岗。据《沙河县志》载，隋开皇十六年（596年）南境置沙河县，以境内有沙河横流而得名。这条古老的弯弯曲曲的沙河，总是引发我的无限遐思。我被隋朝的一缕清风牵引着，回到1400多年前。一条逶迤的河流蜿蜒绵亘，出现在我面前，它裹挟着漫漫黄沙，滚滚滔滔地向东流去，除了天上那轮明月，没有人知道它已经流了多少年。我就坐在河流的岸边，听着哗哗的流水声，看着两边的桃红柳绿，闻着夹杂着青草味的泥土芳香。河流的水势很强，横斜逸出，便有了支流，滋润灌溉着这里的树木和农田。每当洪水来临时，它又承担起泄洪的职责，给这里的人们留住平安和幸福。它应该是从太行山流下来的吧，自西向东，流经沙河县的整个境内，将近100公里，所以就晕染了山的品质和味道。也正是在这样的河水滋养下，这里的人便有了山一样的胸怀和性情，智慧，勇敢，宽容，坚毅，博大。从古至今，一代又一代，血液在流动，基因在复制。

沙河的历史上出现过不少大名鼎鼎的人物。从这里走出了唐朝名相宋璟，他一生为振兴大唐励精图治，与姚崇同心协力，把一个充满内忧外患的唐朝，改变为政治、经济、文化、军事皆处于世界领先地位的大唐帝国。宋璟性情刚直，刑赏无私，敢于犯颜直谏，他一生宦海沉浮，屡遭磨难，却始终不改治国救民之志。如今，在宋璟故里——沙河市十里铺村西1.5公里处，依然留存着宋璟碑，它是唐代著名书法家颜真卿亲笔撰文并书丹的艺术珍品，成为宝贵的文化财富。

"紫金山五杰"之一张文谦，也是沙河人。与太保刘秉忠同学，元初紫金山学派的代表人物，元世祖忽必烈幕府重臣。张文谦身居高位，"刚明简重，凡所陈于上前，莫非尧、舜仁义之道。"他在元朝统一、元初经济恢复发展、建立纲纪、制订《授时历》等方面有着不可磨灭的贡献。正是他，向忽必烈推荐了郭守敬，他们戮力同心，将我国古代天文学推上一个高峰。

南北朝时期，在沙河，成长出了中国最为杰出的冶炼专家綦毋怀文，他的出生地和冶炼地都是沙河綦村。他是有记载的最早应用灌钢技术的实践者，制成了刀锋钢利的"宿铁刀"，震惊朝野，轰动天下。这也就不难想象沙河的钢铁冶炼业为何一直做得如此先进成熟，发展如此之快了。

历史滚滚的车轮从不止息，碾压过的特殊地方，就会留下不一样的痕迹。有意义的历史总是复活在人们的记忆里。在沙河人民的心目中，永远不会忘记这样一位英雄，他叫杨春增，是中国人民志愿军一级战斗英雄，1952年，牺牲在朝鲜战场上，年仅23岁。在同敌军激战的危急关头，他拉响最后一颗手雷，与30多名敌军同归于尽。

物华天宝，人杰地灵。沙河这块古老的土地，炽热的土地，神奇的土地，赐予这里的人们更饱满的激情，更充足的智慧，也赐予他们更强大的气魄和更丰富的创造力。这些都成为沙河人的内在性格和精神气质，从古至今，一脉风骨，代代相传。如今，优秀的沙河儿女，正是在他们先辈的遗传基础上，吸收了新时期更先进的精神文化营养，才变得愈发大气豪迈，激情昂扬。他们用如椽巨笔，在这钟灵毓秀之地，挥毫泼墨，大显身手。一幅更加令人荡气回肠的美好画卷正在徐徐打开，它向世人展示着沙河人的不同凡响。

沙河的经济实力，与邢台的其他兄弟县市相比，一直处于领军地位。它是全国知名的玻璃和饲料生产基地，玻璃产量占全国总产量的20%，被誉为"中国玻璃城"。全市涌现出一大批国内、省内的知名企业集团，恒利集团生产的"康必得"抗感冒药享誉全国，迎新浮法玻璃是全国同行业民营第一家，兴达和凯特集团分别成为河北省饲料加工企业一、二名。所有这些都印证出，沙河在改革开放40年中的阔步前进，见证了沙河的繁荣和富庶。

沙河经济的快速发展，推动了其文化、教育和城市建设等社会各个方面的发展与进步，它们是相辅相成的。沙河人民正用自己的双手搞创作，他们创造着自己的城市，也创造着自己的生活，更创造着不可预知的未来。

几年时间，他们就描绘出一座风景如画的小城。市区公共绿地面积达372万平方米，小城到处充满着盎然的绿意，大大小小的公园、绿化带，如一颗颗明珠，在沙河的大地上熠熠生辉。一条条宽阔笔直的马路交织纵横，像网一样拉开，四通八达。一幢幢高楼拔地而起，碧水嘉园、千山花园、阳光家园、翡翠城等小区，彰显着这座小城发展的高度。廉租房、经济适用房不断投入使用，让困难群众感到贴心的温暖。

他们在打造城市容貌的同时，把文化当作最美好的背景，这正是他们智慧过人之处。他们深知，一个城市先进的设施、优越的环境，是城市的血肉和骨架，而独有的文化个性和风格，则是不可或缺的灵魂，犹如其精神气韵，是一座城市凝聚力和自信力的源泉。缺少文化品位和文化底蕴的城市，一定不是一个健全的适宜居民生存发展的城市，它的吸引力和魅力便大打折扣，发展的动力也将受到制约。随着人们对社会全面发展的关注，城市的竞争力在很大程度上取决于它的文化资源和文化发展水平，它是无形的资产。如今，人们习惯讲打造"城市名片"，在这张"名片"中，最引人注目的首先是这个城市所以别于其他城市的文化要素，需要具有自己的品牌和个性。

一个城市也许没有过于强大的经济力量，但如果拥有了文化品位的魅力，就能赢得人们的关注，从而在吸引人才、技术、资金等发展资本的竞争中技高一筹、出奇制胜。"文化搭台，经济唱戏"是现代城市建设的一种谋略，同理，"经济搭台、文化唱戏"这样的投入其回报也许更丰厚、更长久。

当我站在沙河市地标性建筑——人民广场的一瞬间，便被这里浓郁的文化气息包围了。那是秋季里的一天，天气格外晴朗，天空也显得更加高远浩渺，湛蓝湛蓝的，如水洗般明朗透彻，阳光大片大片地洒落下来，毫不吝惜地赐予着光亮和温暖，把整个广场和周围的草木、建筑都镀上了一层金边。沐浴在阳光里的广场，更显得宏伟壮观，给人的视觉带来无限冲击。

位于广场中心的两排景观灯柱，融入了古典元素，有汉唐遗风，朴拙、厚重、粗犷，柱身四面皆是由砖红色的横条、斜条和竖条构成的纹理图案，凸显了古典建筑装饰的特质，它们足有十余米高，显得挺拔威武。两排灯柱的正中间，一条曲曲折折的"沙河"，贯通整个广场南北，清澈的水透出河底的"沙"，不是真正的沙，而是晶莹剔透的黄色玻璃碎片。

广场南面的浮雕墙，雕刻着沙河的渊源、历史和发展进程，以及沙河历史文化名人綦毋怀文、宋璟、张文谦、杨春增等等，记录着他们的形象和事迹。仰望他们的时候，突然有一种进入时光隧道的感觉，觉得自己距离他们那样近，甚至可以触摸到他们的脉搏，感知到他们的呼吸。他们永远鲜活在这片土地上，不曾远去。

当你站在这个广场上的时候，你丝毫不用怀疑自己身在何处。它明朗地告诉你，这里就是沙河，而非他所。

我的目光又投向广场四周，整个广场被一望无际的绿色包围。草坪幽幽，绿树成行，大把大把的绿，恣肆成绿色的汪洋。走进去，仔细看，其间点缀着各色的花：黄色的芙蓉，红色的月季，白色的菊花，在秋风里招摇，散发出淡淡的香气。更有那金枝国槐和银杏树，披上金灿灿的外衣，徜徉在绿色海洋中，更显得典雅别致。阳光从枝叶间筛落下来，落在草地上，跳跃着，演奏出一曲动听的秋日旋律。

这是一个将古典与现代融合的广场，它恢宏大气而不张扬，厚重朴拙却不呆板。它显示的不仅仅是沙河的气质，更是沙河人的气质。在面貌一新的沙河，如果你仔细留意的话，会看到不少街道名称和建筑群体，都融入了属于沙河自己的文化元素，又把现代人的时尚理念巧妙融汇其中。因为沙河人懂得，那些不可复制和替代的文化，一旦与城市建设相结合，提升的不仅仅是城市的品位，更能让这种根性的文化能量，永久而又透彻地灌注到每一个沙河人的血液中。

当我还未从这些思索中走出来的时候，汽车已经行驶在宽阔整洁的人民大街上。街道两旁的法国梧桐看上去特别精神，丝毫没有秋天的萧瑟和落寞。街上车辆不多，行人也不多，汽车跑得很快，顺畅得犹如行驶在高速公路上，心情也随之变得舒畅起来。这里，没有大都市的拥挤和喧哗，没有生存竞争带来的难以喘息的压力，人们有着别样的安闲自在，过着舒心幸福的生活，又不缺乏内在的秩序。街两旁分布着新建的商业楼、办公楼、住宅小区、学校、银行等等。看得出来，这里十分繁华和兴盛，建筑风格也比较时尚现代，却不俗气，它们不尽相同，高低错落，却有着大致相同的色调，银灰或赭黄。

车停下来，我站在街上，朝东西方望去，顿觉视野开阔，通透豁达。已经是下午了，阳光依然那么好，洒下无数条光，将这条街慢慢围拢，道路显得更加深长悠远了，无限延展着。太阳照在路两边的高楼大厦上，我突然觉得，这些建筑整体望去，有一种金属般的质感，深沉、坚实、大气、内敛。这难道不像沙河人的品质吗？他们站在历史的高度，拥有现代人的眼光，具备科学发展的理念，他们勤奋扎实，锐意创新，不断探索，正在建设一个更加繁荣、宜居的美好家园。

尉克冰，内丘县文联副主席，全国著名词作家。多首作品被全国传唱，成就经典。

◎ 苏秦亭与食膳铺

刘顺超

苏秦，战国时期纵横家。相传为鬼谷子的徒弟。战国时期，诸侯纷争，群雄争霸。苏秦连横说秦惠王"书十上说而说不行"。凭着坚强毅力终于在燕国打动燕文侯而一举成名，促成了六国之王结盟于洹水，苏秦也成了一人而佩有六国相印的风云人物，取得了荣华富贵。苏秦的行为惹恼了齐国的大夫们，被齐国所收买的刺客刺杀，死后葬于山东省淄博市淄川区南苏村。苏秦学习十分刻苦，成语"刺股悬梁"就来源于他刻苦学习的故事。此外在历史上记载说苏秦也十分的聪明，又有成语"走马观碑"的故事。说是苏秦和老师鬼谷子一起到东都洛阳拜访名士，苏秦却一边看着路边的石碑一边走。鬼谷子说你要看的话那看完咱们再走吧。苏秦却说我已经看完了，老师不相信，苏秦就把石碑上的内容一字不差地背了下来。鬼谷子惊叹道：

"季子啊！季子！真是神人！"苏秦走马观碑，消息不胫而走。

清代乾隆五十七年，这一年是1792年。襄平（今辽阳）举子蒋攸铦出行时写了一个日记，书名为《黔轺纪行集》，其中记载他进入沙河县境时说："十二日，行六十里，内邱县。又六十里，顺德府宿，即晋时襄国，为石勒所据者。十三日，行四十里，沙河县，十里，有亭名'苏秦亭'，为秦激张仪入秦处。"

苏秦亭位于十里亭村，是当年秦人请贷黄金百镒，尽黑貂之裘氅即此地。《后汉书》载："襄国有苏人亭。"襄国即邢台，当时沙河尚未置县故称襄国。《太平寰宇记》也记载说："沙河有苏秦亭，苏秦西说秦人，请贷黄金百镒，尽黑貂之裘氅即此地，今有亭存。"明《一统志》载："苏秦亭在县西南三十里，俗呼为十里亭。"由文献看来，沙河苏秦亭的历史十分的悠久。清代诗人丁克懋有诗《苏秦亭》："堂下招来激辱年，暗资车马及金钱。苏君谁说倾危甚，已视听谀楚相贤。"

知道梅花亭的人多，但知道食膳铺的人可能就不多了。

十里铺原为食膳铺。食膳就是饭食菜肴。如《汉书·贾山传》里有："陛下即位，亲自勉以厚天下，损食膳，不听乐，减外徭卫卒。"就此我们通常理解为，古代的时候，从邢台南行十里有一饭铺，名字叫食膳铺，聚居后成为村名。因距邢台老城十里，后人又改食膳铺为十里铺。

为什么在这里设食膳铺？从资料上可以知道古人设亭设铺都是交通要道上，沙河十里铺就是位于一个古道上。古代长安（西安）——巨鹿（平乡）的古驿路从村北经过，东京汴梁（开封）——幽州（北京）的古驿道也从村中间穿过，从古至今古驿道上车辆不断。这个古道也就是我们常听到的古御路。古御路就是官道，如同现代的国道106、107一样，因皇帝出巡也是走这条道路，老百姓也称官道为御道。为了管理这条古道，顺德府地段设立了管理机构，在十里铺设立铺司，这个机构是负责官文、书信传递的邮驿机构。古代由于交通不发达，凡官文、书信都是通过人马来传递，其中人力步行传递称之为邮，骑马传递称之为驿。因此，各地主要干道旁每隔数十里便有一个驿站，并备有马匹以供来往传递信件之用。当官文、书信紧急不容延误，驿夫不能当天返回自家时就在驿站休息过夜，这些驿夫休息的地方即为驿站，又称之为铺舍。铺司同与驿站，另有一意是负责附近居民的治安事务。据民国《沙河县志》铺司引《清会典》："县设四铺司，铺司兵二十六名，总铺北十里到食膳铺，又十里至邢台县属康庄铺，南十二里至普通铺，又十里至南中铺，又十里至永年县高寨铺。"又说："在城铺与食膳铺各设铺司一名，铺兵六名，普通与南中二铺各铺司一名铺兵五名。"由此分析，在食膳铺所设的铺级别与顺德府城的级别是一样的。

食膳铺这个名字起源于何年？现已经不可考证了。但根据遗留下来的文献资料进行研究，可以知道这个村名的来历与宋璟的祠堂有关，是因常常在此祠堂举行飨礼，并用飨礼招待来这里祭祀的人们，因而有名为食膳村。

何为飨堂？在《诗经》里有"钟鼓既没，一朝飨之。"清代有一个文人朱骏声，是专门研究《说文解字》的，他说："飨，受食亦曰飨。"古代有飨礼，古代一种隆重的宴饮宾客之礼。《周礼》说："飨礼九献。"又是对先人进行祭礼的一种礼仪，也就是用美食祭献于先人的意思，食膳应该是某些人对"飨"通俗地解读，与铺连用，往往被误解是饭铺的意思。

食膳村的村名最早见于明代正德十二年（1517年）方豪所写的《续宋文贞公神道碑记》一文中，这篇文章是这样记载的"……前六日，豪自郡返至食膳铺……"看来这个村子在明代已经称为食膳村了。方豪，字思道，号棠陵，生卒年不详，开化人，即今浙江省衢州市开化县，明代正德三年（1508年）考中为进士，正德十二年任沙河县知县，后迁任刑部主事，因谏南巡被杖。后任湖广副使，著有棠陵集八卷等著作，并收《四库全书》中。方豪在任沙河知县时，做了很多善事，对沙河文化有着很大的贡献，特别是他修复了宋璟碑，为宋璟重修了祠堂，民国《沙河县志》说："宋文贞祠在县北留客村西北，祀唐宋文贞公璟，有颜鲁公真迹碑记，岁久倾壤。明正德中知县方豪觅遗冢续断碑，封丘垄筑圩墙，建正厅三楹，塑公像，厅之左曰梅花亭，右曰长松亭，康熙十七年知县徐人龙重修。"

梅花亭不仅因梅花赋而名成为千古绝唱，千百年间，历代文人骚客还在此凭吊先贤写了许多的诗文。如唐代的刘禹锡、元稹、皮日休、宋代的苏东坡、金代的周昂，元代的王恽、黄谏、朱禩、明代的宋琰、束英、归有光、方豪、高壁，清代的魏裔介、陈廷敬、袁枚、丁克懋、陈志源等。清乾隆十五年，皇帝乾隆巡查河南时，专门在此停留写下了《御书梅花赋跋》。梅花亭与宋璟碑是沙河县八景之一，清道光鲁杰所编辑的沙河八景——《宋墓烟树》就是说的食膳铺一带的景色。其记："食膳铺西里许，有唐宋文贞公墓。前为飨堂，四围茂林，云烟弥漫，堪入画图。远瞻华表竖平冈，草色青青老树苍。指点浓烟深护处，开元丞相旧祠堂。"

◎ 洛阳梨花马场梨

刘顺超

沙河的洛阳村是一个历史很悠久的村庄，考古工作者曾在村子的周围发现许多石斧、石镰及古人用的陶器残片。有人说在新石器时代这里就有了人在这里定居，还有人说是在夏代，无论是什么观点都说明这里的历史文化很丰厚。

在进行文化调查时，在村子的关帝庙发现一块石碑，碑文说在明代初年这个村子称为北洛阳。而南五里处还有一个南洛阳，中间还有一个太玉村，后因洪水两村迁到了一地，改名为古洛阳。大约在清代乾隆年间这里置洛阳镇，后改今名为洛阳。

为什么称为洛阳，当地的老人说过去的沙河曾称为洛河，故将在河之阳的村庄称为洛阳。还有的学者说在西周时这里曾建有洛阳宫，以祭周公，后将洛阳一名延用到今天。这些说法的真与假现在已经无法进行考证了。

洛阳村的名子并不是因历史悠久而闻名，却是以梨乡梨花而盛传于世。

洛阳是梨的故乡，每到艳阳三月时节，这里的梨花盛开，方圆数十里成了花的世界，空气中到处飘着花香。

洛阳村马场秋梨，是沙河市久负盛名的特产，至今已有五百多年的栽培历史。相传，明朝末年，崇祯皇帝身边的大太监王承恩，在大沙河北岸洛阳村西一带给皇帝牧养御马。到了中秋时节，他从马场附近摘了几个甜美异常的梨子，献给了崇祯皇帝。皇帝尝后赞叹不已，说道："奇果誉天下，无过马场梨。"从此，马场梨就成了专供皇帝享用的贡品。

马场梨品种有很多，主要的有鸭梨、秋梨等。这些梨品性不同，各有千秋。鸭梨形如鸭蛋，色如翡翠，成熟期最早，皮薄肉细，汁多甘甜，可以从梨把处分成几瓣；秋梨是马场梨中的上品，皮薄透明，酸甜可口，这种梨还有很好的医疗价值；主治热嗽，止渴。治咳热，伤寒发热，解丹石热气，惊邪。利小便，肺凉心，消痰降炎，解疮毒、酒毒，是避瘟祛寒，体弱多病的人常用的补品。

清乾隆沙河县县令谈九乾陪同郡司马韦斋先生到洛阳村观赏梨花时，用放翁大雪歌韵写一首诗。其中有以下句："昨岁冬暄仅微雪，寒过寒食雪已绝。沙村梨花赛雪开，赏花喜插角巾折。"道光二十一年（1841年），沙河知县鲁杰春游观洛阳梨花，曾赋写一首诗："梨花本是洛阳芳，此地居然号洛阳。一路香风三十里，也应载酒洗春妆。"

洛阳梨花后来成为沙河八景之一。

<small>刘顺超，邢台市著名秦汉专家学者，民革邢台市委副主委。现供职于邢台市名城办公室。</small>

◎ 谈封峦寺的文化内涵

秦增群

封峦寺坐落在沙河市册井乡白庄村西，大安山脚下。史称：山环三匝、水绕两河、岭危峦秀、霞驳云蔚的灵岩绝境，是人们自古以来观光游览的好去处。自宋建寺至今，已有千年历史。不但给我们留下丰厚的文化古迹，如：有古碑十几通，古莲池，大殿遗址，"对角三孔桥"，"和尚塔林"，九龙庙，菩萨殿等，而且给我们留下厚重的文化蕴藏。值得我们认真研究和挖掘。这对弘扬传统文化，传承文明，丰富旅游资源，提高沙河知名度有着重要意义。

一、封峦寺历史悠久，规模庞大，影响深远

据资料载，大安山下在宋以前就有寺庙，不知建于何年。宋大中祥符初年（1008年）国家升中礼毕，赐号封峦，是我市奉旨敕封寺院。康定二年（1040年）重修封峦寺，并刻碑，对封峦寺起始、规模、主持经历做了详实地记载。明万历四年（1577年）重修封峦寺佛殿。明万历二十四年（1597年）开凿莲池，架设月桥等。清乾隆、嘉庆、光绪年间数次对该寺进行扩建、增建。封峦寺兴盛时，有四大建筑群落：河南岸上有上下两大殿群落。上大殿坐西朝东，大悲阁是其主要建筑，高大雄伟，抱柱环立，殿内有二十四臂木雕佛像。殿前四大天王殿，受戒台依次排列。门口建钟楼，挂大钟一口，钟声洪亮，可声传二十余里。下大殿坐北朝南，大殿巍峨高耸，殿内佛祖金光映日，面目慈祥，胁侍神态安然、神圣。殿前依次建有碑林、莲池、月桥、天王殿。外建龙王庙、戏楼、禅房、寮室等。河北岸有建筑群落二座，尼姑庵，分上院下院，禅房等。在尼姑庵西有殿院一座。

自宋以来，由于曹皇后奉旨降香，在全国名声远播。朝拜问禅者"川赴云涌，四方信众，归依竞先"。山东兖州、济宁、运州知州、知府曾来此进香。历经元、明、清，千年香火不断，兴盛时有大小僧众二百余人。宗派辈分：普悟清净广，湛智显性通，正续能仁慧，宽镇永维宗。这是一般寺院做不到的。封峦寺与北京广仁寺、常州龙泉寺、千佛岩静庵曾互派僧使讲经交流。沙河境内黄岩寺、龙泉寺、功德汪寺、静峪寺、武安上焦寺均有封峦寺的派住僧人。大安山脚下一片蔚为大观的石塔林，有大小石塔二十余座，造型优美，制作精良，是历代高僧、方丈的坟墓。由此推知当年封峦寺是何等兴盛，这些景观在邢台是不多见的。

二、封峦寺在佛教界的地位极高

封峦寺在佛教界地位显赫，而且影响深远。一是敕封而建，御赐寺名。在沙河敕封建造寺院有两处，即漆泉寺和封峦寺。但漆泉寺建造规模不能与封峦寺相比。二是封峦寺开山鼻祖——宋仁，出身地位极高，宋碑记载：宋仁二十一岁在东京（今开封）右街天清寺、无量寺舍家，二十七岁受具惑，礼僧惠臻为师。因看不惯北宋初年的京城骄逸奢靡浮华之风，厌倦了"处帝室皇都之内，游王侯戚里之门"的厚脂膏粱、雕墙峻宇的生活，而"拂衣王门"，"振锡山林"。这些话都揭示宋仁出身不一般，与皇族、王室有着密切的联系。当地民间传说，封峦寺第一位主持叫曹仁，是宋仁宗之妻曹皇后之兄。因得罪朝廷，被人构陷。为避祸来到沙河大安山下，结庵而居，潜心修行。曹皇后想念其兄，托词梦见有护国真神在大安山，请旨降香，获皇帝批准，千里迢迢来到沙河，与兄团聚以叙亲情。《畿辅通志》《沙河明清县志》均有"封峦寺在县西九十里，宋曹皇后住寺修佛殿……"的记载。民间传说的曹仁，碑刻中记的宋仁是否一人值得考证。据《宋志》记载曹皇后是北宋第一名将曹彬之女。曹皇后有兄妹多人，见于志书的有璨、玮、佾等。如果曹皇后与仁未有血亲联系，怎可能屈千金之体，万乘之尊来到沙河？又如何知道沙河有此寺？再者，该寺老僧谈及封峦寺曾有一通古碑，碑上有藏头诗，揭示了宋碑中所说宋仁是化名。民间的传说往往可以补正官方正史之失。笔者认为宋仁、曹仁应是一人。三是封峦寺高僧辈出，据我市僧人正明谈，在明代该寺高僧督僧纲曾入朝辅政，负责督察全国僧律，成为名动京师的大法师。圆寂后埋在大安山脚下，据传用等身黄金殉葬。

改革开放后，有人曾试图挖掘，为加快进度用炸药掘进，点了几炮，均哑然无声，吓得落魄而去。这给封峦寺增添了几分神秘色彩。到清朝也曾有高僧到皇宫看病。清末民初该寺高僧正喜，俗名王树坛，系本市沙河城北街人，曾任直隶省佛教协会副主席。上世纪90年代初，该寺菩萨殿竣工后，河北省佛教协会曾派匡胤大法师主持开光仪式。这些情况都不难看出封峦寺在佛教界有举足轻重的地位。

三、封峦寺有极高的佛学、史学、文学、书法价值

据本寺僧人及当地居民谈，封峦寺兴盛时曾建有藏经楼，存有大量的佛教典籍、地面文物、佛教礼器。由于战乱，政治动乱，多已散失民间。封峦寺现有古碑十几通，历宋、元、明、清、民国不同朝代。碑文作者、身份地位较高，且文化内涵极为丰富，是文物中的宝中之宝。

宋康定二年碑文作者是石介。石介（1005年—1045年），北宋理学家、文学家，字守道，兖州奉符（今山东泰安市）人。曾隐居徂徕，也称徂徕先生。天圣年进士，曾任国子监直讲，官至太子中允。和孙复、胡瑗提倡"仁义礼乐为学"，并称宋初三先生。强调"民为天下国家之根本"，主张"息民之困"。从儒家立场上反对佛教、道教，标榜王权，为宋初提倡中央集权提供理论根据，主张文章必须为儒家道统服务。曾作《怪说》等文，抨击宋初浮华文风，著有《徂徕集》。石介一生反对佛教，为什么会为封峦寺撰写近1500字的碑文呢？笔者认为这主要和作者对封峦寺当时的名声地位及主持宋仁的尊崇有关。石介文中对宋仁"谢浮荣而企真理，释常伦而远世纷，风雨不逾，焚修精进，专修不二之法"大加赞扬，称宋仁是"赫哉师誉，功德圆满，轮焉奂焉"应"芬馥芬郁、永鲜"。石介这篇碑文行笔流畅，构思严谨，立意深邃，语言凝炼，内容丰富，可谓独领风骚，是为数不多的传世之作。石介在文中针砭京城贵族浮华奢靡之风，详尽记录了宋仁出家到封峦寺修炼过程，而且对大安山自然风光进行了激情抒发。碑中写到，大安山"储天地之英，聚毛实之秀"，"舒夕雾而吸朝霞，轶浮云而倒清洌景"，是"千岩竞秀，万壑争流，则会稽不足竞其名，天台不足侔其胜，实灵仙之所窟宅"。文后用四言骈体对宋仁一生及封峦寺建筑及文化影响进行了高度概括，可以讲一字千金。

明万历四年，赐进士出身，北京吏科给事中宋之韩，称封峦寺是"温阳（沙河古称）之古化城"。赞美封峦寺佛殿"金壁辉煌、丹腹珍饰、乃神洋洋乎在其上也"。又说佛不在天竺而在封峦，告诫后人要"守之有方，传之无疆"。

明万历二十四年，增修莲池时本邑庠生李载实撰文，赐进士出身，监察御史钦所李以棠校阅后刻石立碑。赞封峦寺曰：秀孕千岩，灵毓万壑，兰宫桂殿，高彻青天。玉像金容，光烂白日。古木苍苍，源泉混混。慈云荫苍，楼阁惠日，照乎回廊，觉路大开，迷津有渡，一方胜景，万姓归依，天竺、雷音，不渝此矣。"描写莲花之美写到："予观莲之为物叶浃涟漪，而一尘不染；蕊绽芳馥而微垢弗沾，以故赏之有咏，采之有歌。"致"游客骇瞩，骚人吟哦。"以达到斩"六根"，去"五盖"。九品常开化生之境。文词精美，不可言喻。明末流寓沙河的畿南名士申涵光也留下了"绝巘看横黛，阴泉想喷珠。寄言塞上客，竹杖待同扶"的诗句。清嘉庆时国子监学正张养心也留下笔墨文章。古碑上署名的官员还有十几位，篇幅所限，不能一一写出。

另外，这几块古碑的书法造诣很高。

宋碑为行楷，行笔飘逸、开张有度、疏密得体。虽经风雨侵蚀，字迹仍十分清晰。碑旁两棵国槐枝繁叶茂，使"两槐夹一碑"历史风貌得以延续。明万历二十四年碑由武安千佛岩女尼圆宁所书。字迹端庄、笔画娟秀、神态清俊，为古碑少见。明崇祯年间石碑为颜体，笔力遒劲，形神刚毅，刻画隽永。这些都是不可多得的文化遗产。

笔者认为，衡量一个景点价值高低大小，不但看其建筑成就，而且重要的是看其文化内涵。文化是灵魂，是精髓。封峦寺文化厚重，值得后人研究和重视。望有识之士，有朝一日能投资重建，恢复往日辉煌，为河北再造文化古城，彰显沙河风彩，创千秋功业。

<small>秦增群，沙河市人。爱好古文学，著有诗集《松风梧雨集》。</small>

◎ 渊水放歌

岳晓阳

跋涉百里，
只为一睹你美丽容颜。
梦你千回，
只为实现往日凤愿。

这里，天蓝，月圆，日丽。
这里，小桥，流水，人家。
这里，路宽，楼高，景美。
……

登上老爷山，
放眼天际，引吭高歌。
群山低眉，百川俯首。

游秦王湖，
荡舟划桨，岸芷汀兰。

沙鸥翔集，锦鳞游泳。

赏王瑙古寨，
绿树红墙，蓝瓦青砖。
东南缺绝美，伸曲巷壮丽。

览栾卸新民居，
绿叶红花，国树金黄。
奇菊飘香，风送邢襄。

品红石沟，
四季景美，人在画中。
田园风光，尽收眼底。

穿行峡沟，
芳草鲜美，落英缤纷。
世外桃源，民风淳朴。

玩转挂壁公路，
道路奇绝，山清水秀。
风光旖旎，流连忘返。

徒步九龙庙沟，
欣赏兴固牡丹，
品味西沟石桥，
……

古也？今也！
恍惚了人间，实现了追随的凤愿。

<small>岳晓阳，巨鹿县人，热爱文学。</small>

◎ 沙河建市三十周年感怀

韩翠萍

沙河，我的家乡，美丽的家园。
沙河，你是一个伟大的名字，古老又绵延。
沙河，你是一个年轻的名字，建市只

有三十年。

也许有一千四百年的沉淀，三十年来你青春洋溢、蓬勃发展。

沙河，我的家园，你已换了容颜。
再也没有泥泞——
纵横的柏油路已把村村相连，
再也不见光秃秃的石头——
葱茏的绿植和各种果木已然遍野漫山。
山村也通了自来水——谁人不说水甜？
网络实现全覆盖——山民可以和世界聊天。
生活丰富多彩——每周可以看到免费的球赛和文艺表演。
文化繁荣——一个个书画乡镇和书画家、诗人相继涌现。
走向世界——玻璃城的美誉不是谣传。
引人关注——外商和国际赛事纷纷投来青眼。
自行车赛道，在青山绿水间蜿蜒盘旋，
骑行的健儿，可否被这"百里画廊"的美景和沙河人的热情震撼？

沙河，我的家园。
你有丰富的自然和人文景观，
慕名而来的文人雅士竞相把你参观。
就在今天，我随着省诗词和散文协会的采风团把你浏览。
五指山俯瞰——重峦耸翠、林海莽莽、云遮雾拦，
只让人流连忘返。
广阳山眺远——有洞府、赤壁和流断的漆泉，
在这里可以和先贤对话，
申涵光和殷岳、殷渊已经等了我们三百年。

修行的老子可是从这里升仙？
秦王湖的粼粼波光，已涤荡了当年的烽烟。
老爷山的巍峨、雄险阻挡不了美丽的神话传言。
红石沟、桃花源，邀人休闲。
乾隆的梅花赋回响在整个梅花园，
宋璟已然魂归故里。
乔羽把这里当作了第二故园。
这里的每一处都惊艳了客人，惊艳了从前。

沙河，我的家园。
从什么时候你变得这般美丽？
——建市三十年，
改革开放的三十年，
奋斗进取的三十年，
铸就辉煌的三十年。
啊！我的家园。
你就像那不屈不挠的行者，
虽然有彷徨和困惑，
却从未停下你的脚步，
默默向前。
啊！沙河，我美丽富饶的家园。
历史上你不是曾经叫渑水和温阳吗？
就让我沿着这条渑水河，沐浴着温暖的阳光，跟随着这个伟大的时代，
一同向前。

<small>韩翠萍，沙河市人。沙河市诗词协会副会长，爱好文学。</small>

◎ 沙河綦村
——綦毋怀文灌钢术的发祥地

王三秋

沙河汉初到置县前为襄国，沙河人不仅早年学会了冶铜，而且学会了冶铁。尤其值得一提的是：沙河綦村是鲜为人知的

綦毋怀文出生地和綦毋怀文"灌钢"冶炼发明地，为中国冶炼业的发展、社会的进步，做出了不可磨灭的贡献。

一、沙河铁冶，中国历史上最早的冶铁业

我国是世界上最早使用铁的国家之一，而沙河铁冶业亦为国之最早。据说在春秋时期，全国盛行铜冶铜铸的年月，沙河人就已经知道了"山上有赭者，其下有铁"，发明了铁冶——用赭石炼铁的办法。"坑冶之利"，使这一行业日益兴旺，历经四五百年的发展，逐渐普及，甚至到了以铁代铜的地步。

《沙河县志》记："磬口山去县八十五里，在渡口西南，其形如磬，汉魏时旧冶铁地"；据《隋书·地理志》记载："沙河有磬山，汉魏旧铁官也"；唐《元和郡县图志》亦有相同记载。总合意思是说，沙河西部渡口村西南的磬口山，在汉魏时期铁冶业就已十分兴旺发达，皇帝还专门设置冶官，以加强对冶炼业的管理。至今，还有古代冶铁炉的"炉底"和地层下大量冶铁烧炼的矿渣。

比磬口山冶铁场规模更大的还有綦村和綦阳铁冶场。此处也从春秋时就开始采矿炼铁。那是极其原始的方法，在合适的地势挖坑砌炉，分层装以木炭和矿石，点火后数十人用橐鼓风，矿石熔化后冷却，这样就得到了一块金属"铁"。但由于木炭热量小、炉体小、风力差、温度低，炼出的铁只是海绵状的固体块，所以称之为"块炼法"。所炼出的铁，亦称为"块炼铁"。这种铁必须经过多次反复锻打后，才能成为可用的熟铁。新中国成立后，这个冶炼场还发掘出多块这样的"块炼铁"。据河北大学历史系教授宝志强考证："沙河冶铁是汉武帝时三大冶铁基地之一。"就是说，到西汉时，沙河铁冶已经成为全国著名的冶炼基地。

二、綦村、綦阳，綦毋怀文发明"灌钢"的冶炼地

沙河铁冶也是少数民族和汉族共同创造的这段辉煌业绩。在西晋末期，特别是在五胡十六国时期，大批少数民族居民入住中原。这时，沙河的刘胡庄、端庄、戈辽沟、后坡一带，都是匈奴、鲜卑、羯、氐、羌等少数民族聚居的地方。他们不仅历史上就有舞刀弄铤的习惯，而且还传播了冶造技能。到东魏时，更成长出了中国最为杰出的冶炼"专家"綦毋怀文。綦毋：复姓，其所居住的村落，因多姓綦毋，故名"綦毋村"（后简称：綦村）。綦毋怀文是个很有心计的青年，十分热衷于传统道学和冶炼业。他认为："天地有形位，阴阳有柔刚"，铁冶中也只有阴阳、柔刚相结合，才能冶出最好的"钢"来。他首先在綦毋村建造"阴性铁冶炉"，因为："毋"为"阴"。此炉专事冶制"柔铁"，又叫"熟铁"；又在綦毋村的西北侧建造"阳性铁冶炉"，专事冶炼比较脆硬的"生铁"，此处居住点就命名为："綦阳村"；随后又选址建炉，将綦毋和綦阳两处冶炼的阴、阳两种铁进行合炼，这就是当时的"冶钢地"，称为"冈冶村"。这种最原始的炼法，是将熔态的阳铁（生铁），灌注到未经锻打的阴铁（熟铁）中，使铁渗碳而成钢。故称："灌钢法"。綦毋怀文经过不懈努力，终于成功地冶出了天下最好的"钢"。用这种"灌钢"制作的刀，再用牲畜的尿和油脂进行淬火，十分锋利，被称之为"宿铁刀"，亦称"襄国宿铁刀"。一时间，震惊朝野，轰动天下。

史学家杨中强、程在廉在《邢台历史经济论丛》中写道："北朝东魏、北齐之间的道术之士綦毋怀文，在劳动人民冶炼经验的基础上，经过自己不懈努力，最先

推广灌钢冶炼法,终于炼造出十分锋利的钢刀——宿铁刀。这种炼造方法后来在襄国被冶炼家所广泛采用,可以说邢台是古代灌钢冶炼法的策源地。"

在此后的若干年中,沙河冶铁冶钢业便一直凭借这一发明,受到国家的支持和保护。綦毋怀文更成为一个了不起的神秘人物,得到了朝廷的宠信和社会的关注。古志记载:他是一个很有名气的游方道士,曾在晋阳为馆监,做过信州刺史和修史臣,修过《魏书》,还帮助北齐高欢打过仗。但綦毋怀文出生地和他的灌钢冶炼地,就是綦村铁冶却一直尘封至今。

三、綦毋怀文冶造灌钢,也把自己造成了"冶神"

据《北史》卷八十九,《列传第七十七艺术上》记载:"怀文造宿铁刀,其法,烧生铁精以重柔铤,数宿则成刚。以柔铁为刀脊,浴以五牲之溺,淬以五牲之脂,斩甲过三十札。"綦毋怀文的生产工艺大意是说:把一定比例的"炒钢"熔化,浇灌事先备好的团裹熟铁(柔铤),灌而又止,使两铁交融,多次反复,即成"灌钢"。以柔铁为刀脊,灌以灌钢为锋刃,经过锻炼,再浴以五牲之溺,淬以五牲之脂,吸取其中的稀有元素,便成为绝无仅有的"宿铁刀",又叫"灌钢刀"。綦毋怀文的这种灌钢技术,成为当时天下最先进的炼钢技术。崔玉亭等人编著的《世界科技全景百科书》中写道:"灌钢技术是中国历史上在炼钢技术方面的一项重大发明","在1740年西方坩锅炼钢法发明之前,是世界上最先进的炼钢方法。"

綦毋怀文灌钢术的发明,使他成为世人广泛认可,功勋卓著的"冶神"。人们为纪念他,从隋朝开始,便修庙塑像,奉为神灵。綦阳村"冶神庙"中,供奉的便是这位冶炼高人——綦毋怀文。

关于,"綦毋"姓氏,如今在綦村已不复存。但这并不奇怪,经考,沙河县原来少数民族居民的姓氏,随着社会历史、政治气候的变化,为确保生活的安宁,都相继进行了"改姓"。例如:"司马",改姓:同、冯;"綦毋",改为:赵、胡、母等;沙河市的上申庄、三王村部分村民原姓"拓跋",后改姓:元,又改姓:申;端庄村部分村民原姓"端木",改姓:端;东北留村部分村民原姓"脱兀脱",改姓:脱。这一改,使全县各姓氏的居民更深深地融合为一个"大家庭"之中。

四、綦毋怀文灌钢兵器,成就了高欢的霸主帝业

綦毋怀文在襄国綦村生产的"灌钢",就像广岛炸响的原子弹一样震惊世界。然而,犹如任何一项高科技发明产品一样,都要服务于社会、受到当权者的掌控。"灌钢"的冶炼成功,也毫不例外地成为当时屯兵掌控襄国的高欢手中的至爱法宝。《北齐书》、《北史》都说:綦毋怀文"以道术事齐神武"。"神武"是北齐开国皇帝高欢的年号,而綦毋怀文"以道术"为他服务的内涵可能有两种含义:一是用道术布阵。二是以道术冶炼出来的"灌钢"所生产的兵器"事"之,这些高科技兵器,可让高欢如虎添翼。而后者对战争的决定性意义比前者要大得多。史志记载:东魏末年,高欢屯重兵于广阿、襄国一带,使之成为发动封建割据战争的根据地。他还充分利用綦毋怀文在綦村发明的灌钢技术,大力生产优质刀剑装备军队,满足战争的需要。这种"削铁如泥""见者则伤,触者则亡"的新式武器,产生了极大的威慑力。由于綦毋怀文的全力"事齐神武",使北齐政权这位追尊的开国皇帝高欢更加野心勃勃,他独揽北魏、东魏兵权,在封建割据战争中,寻机取代元氏北魏、东

魏的政权，并拥立北魏清河王元善见为东魏孝静帝；强行将北魏都城自洛阳迁往邺城；逼迫西魏文帝元宝炬西逃出关。这一系列重大军事行动的成功，与綦毋怀文的灌钢武器和綦毋怀文的亲临辅佐有着直接的关系。

五、传世"襄国宿铁刀"，隋唐进贡上品

《新唐书·地理志》中记述：唐邢州（治在今邢台市），即钜鹿郡，亦即隋襄国郡的土贡为"丝、布、磁器、刀、文石"。由此可见，在隋唐时期，襄国郡綦村生产的"襄国宿铁刀"，仍是久负盛名、深受皇室厚爱的地方特产。

邢台史学家赵福寿在他的《隋唐襄国刀及其锻炼方法源流考》一文中写道："自历史文献记载张耳长刀开始，襄国就已经有了较成熟的冶铁炼钢制造刀剑的技术，并在此后相当长的一段历史时期内，经过冶铁、炒钢、百炼钢、灌钢等几个不同的工艺发展阶段。其中，灌钢法以及灌钢熟铁复合制造刀剑工艺，很有可能就是綦毋怀文在襄国或其辖境铁冶区首先发明，经由襄国推广到全国的。基于此，襄国的刀剑生产发展到隋唐时期，无论是从规模上，还是从质量水平上，均达到最高峰。襄国作为大唐帝国以优质刀剑向朝廷进贡的地区，在当时的影响非常之大。"在这里，赵先生不仅强调了襄国刀的技术质量是全国"最高峰"，更基本确认：灌钢宿铁刀为"綦毋怀文是在襄国或其辖境铁冶区首先发明"的。因当时襄国成气候的铁冶区，只有綦村铁冶独此一家。毫无疑问，其中"辖境铁冶区"就是指沙河綦村铁冶。《北齐书》和唐李延寿《北史·綦毋怀文传》中都记载："今襄国冶家所铸宿柔铤，是其遗法，作刀犹甚快利，但不能顿截三十札也。"隋唐时的宿铁刀，虽然不能顿截三十札甲胄，却"犹甚快利"。这就说明綦毋怀文在沙河綦村发明的灌钢技术，代代相传，直至隋唐时的襄国宿铁刀质量仍然位居全国一流的最高水平。

六、沙河綦村，宋元时期全国的冶炼中心

自汉魏开始，在此后的历朝历代中，沙河铁冶业都一直在国家的直接管理下蓬勃发展。宋《元丰九域志》沙河条目下记载："有綦村一镇，铁冶一务。"这说明，当时綦村已经成为全国最为闻名的专业冶炼地。熙宁元年（1068年），顺德府綦村铁冶司，每年向国家交税原额为：1716413斤铁。到元丰元年（1078年），国家收税额已达：2173201斤。较原额提高21.60%。沙河綦村铁冶已成为北宋时全国最大的冶炼中心，年产铁量高达全国第一。

史学家翁振军在其《邢台历史经济简述》一文中写道："研究《北史》中关于綦毋怀文发明团钢法的记载，我们可以推断古邢台的冶炼业在我国冶金史上的重大贡献"，"至于唐宋间邢州以刀作为贡品，决非偶然，它告诉我们当时邢州冶炼水平之高，工艺之精。邢州城开元寺悬挂的大铁钟高2.7米，铸成于金大定年间。历时八百余年，至今仍不锈不蚀，其造型和工艺，堪称一绝。从邢台地下出土的青铜和铁的兵器与器皿，更是邢台铸造业发达的佐证。"

王振芳、师道刚合著的《金元时期邢台的手工业》中说："到了宋代，邢台的冶铁业又有了进一步的发展，这从考古和文献记载中可以作出大概的推知。比如今邢台地区沙河县綦阳村就是当时冶铁业的中心地区之一。"元代以后，綦村铁冶更显得重要，据《元史·刘肃传》记载，刘肃为邢州安抚史后，"兴铁冶，及行楮币，公私赖焉。""不期月，流亡者复，益户十倍。"忽必烈元中统三年，又因邢州治理得好，特升为顺德府。此后，还得到较长时间的稳定发展。《元史·食货志·岁课》载：铁冶"在顺德府等处者，至元三十一年，拨冶户六千煽矣。"可见，沙河綦村铁冶业的兴盛又达到了一个新的高峰。

沙河从铁冶到钢冶，记录了中国冶炼业两千多年的历史足迹。直到新中国成立后，綦村仍年产矿石约350多万吨。沙河的钢铁铸造业更是以质优、价廉、诚信和低硫、低磷、低锰、低钛、耐超低温而享誉世界。总之，沙河铁冶，特别是綦毋怀文的钢冶，对中国社会历史的发展与进步，起到了一定的推动作用，这不仅是沙河市历史文化的重要组成部分，更是邢文化的光辉篇章。

◎ 追寻御路登九龙

王三秋

早在1958年我就与同学们一起游览过九龙庙沟，当时印象十分深刻。那一棵棵粗壮的大柏树苍翠挺拔，高高的钻天杨不时发出爽朗的笑，其乐观的气势像要与两侧的山峰争个高下。加上山坡上茂密的乔灌植被，使得整个山谷阴郁而神秘。树荫下，一条条青石铺就的古老台阶便道显得那样庄重而有韵味，雄伟的九龙神殿与令人望而生畏的九龙爷神像更让我没齿难忘。大殿背后，是一道刀削斧劈、虽分欲合的峡谷。但见高崖忽开之处，一条细瀑洒锦流珠，泼落崖底龙湫，敲击出一曲叮叮咚咚的清脆乐章，化作涓涓细流，再几经跌伏，钻入地下龙宫。这龙宫其实是一处巨大的石砌洞桥，夏日凉风习习，泉水淙淙，是十分诱人的抓鱼摸蟹的好地方。

不知是神的灵感，还是人的虔诚，反正九龙沟真的很有名气，就连过去的皇帝老子也念念不忘前来顶礼膜拜，并亲自为大殿御书金匾，真是了不得！相传，明正统年间，久旱不雨，赤地千里，饿殍遍野。君王忧虑，于是专程出京到庙沟祈雨。为了表示为民祈祷的诚心，皇上命人在香炉内装上火药，插上点燃的香烛，让随从退下，惟己长跪香炉正前，言说如三炷香烧完，龙神还不显灵降雨，自己誓与香炉同尽。当香炉燃烧十之余二，皇上仰望天空，仍然天蓝日灼，不禁暗自惶恐，心想："今日祈雨，朕命休矣。"逐渐体力不支，精神恍惚。突然，见到神架上端坐的九龙大王眼瞪袍抖走下殿下，闷音如雷，开口说道："念尔爱民如子，赐汝甘霖三天，良田尽透，不冲不淹，五谷丰登，国泰民安，回宫去吧！"皇上猛睁双眼，但见香烛燃剩分毫，吓出一身冷汗。此刻，一陈凉风掠过，接踵云聚雨落，正好打灭香烛，皇上大呼："神助我也！"三拜九叩。淋淋细雨果然下了三天三夜，直下得沟满地平，小溪潺潺，禾苗青青，迎来一个少见的丰收年。九龙沟祈雨辄灵，天下尽人皆知，有口皆碑。这些美丽的传说使我思绪万千：这九龙大王何以这般神通，历史上都有哪些大王来过？当时在我心目中就留下了道道谜题。而我这一迷就迷了四十多年。前不久，我有幸再次对心中的疑存进行了考察，向导是彭瑙村的两名知情人。我们过了"三关"（下关、中关、上关），走"御路"，串"小行洲"（渡口），认真调查分析了这些村名的来历，认为确实与皇帝驾临九龙沟有着密切联系。特别是"三关"，所谓"关"者：都是历史上的重城、边疆、要隘设置的守卫处所。在这些都不沾边的情况下，只有为"御路"设关，为皇上亲临祭神连设三关，以保护圣驾才更有可能。随之就是"御路"村，群众更是异口同声，都说它就是因皇帝路过而得名。至于顺德府清志记"御路"，"宋曹皇后往封峦寺修佛殿经此"的说法亦不足取。因古制森严，皇后过往是不能称为"御路"的。这么说，皇帝果真由此路过，又是要上哪儿去呢？沿御路向西，来到渡口村。经查访，这里也因过往称"小行洲"。当时这一山镇，三街六巷八百门店，财源茂盛，日进斗金。且因皇上九龙大王，村中也盖起九龙殿。殿前明朝碑称："夫庙宇者乃神圣之所。"新中国成立前，永年县广府仁里村每十二年一次，上百人向小行洲和九龙庙沟神殿抬送大旗杆，以保风调雨顺。至今两处的巨大旗杆窝儿仍然保存完好。再顺地势骤高的西南方向上行，一道道沟谷纵横幽深。这古老的山道御路就绕行在这谷顶边崖上，即可观赏沟谷幽秀，又能仰望左前方气势磅礴的磐口山景，大可消除皇上和官吏的旅途疲劳。御路两旁常有"土民"挖出的一个个泉坑，为上行的人马提供清凉甘甜的饮用水。在一处较为平坦的山道旁忽有一方巨石呈现眼前，长宽均是九尺，高约丈余，方正灵秀，人称"御憩石"。相传是上天专为皇上到此驻足休息时，观望磐口宝山安排的赏景台。这座磐口山说来也十分雄奇，在一座高大的朱红紫砂岩上，拔地冲天，长出一排壁立万仞，雄伟壮观的巨大屏峰。一面朝向东北，一面沿与东南，酷似古代的"人"字形玉磐。磐口山上，大小洞观异常，各有仙盘神居。正中又一扇紧闭着的巨大的"石门"，人称"天下第一门"。传说山中满是奇珍异宝，金马银象，无奇不有。这里是开山取宝的门户，但这石门"钥匙"却是一块扁平奇特神秘的石板，据说被山对面渐凹村的人找去做了茅厕石。谁若能找到这把"钥匙"，自然会成为万物之主，举世首富。

天将中午，我们来到磐口山前的二道岭上。这里原有一座尼姑庵，庵内的佛爷殿和菩萨殿如今只剩下残垣瓦砾。据说老戏《桃花庵》就取材于此。怀着一份好奇，不顾登山疲劳，赶紧察看幸存的残碑断碣，结果桃花庵的记述并不多见。令人惊诧的是，一所"茶棚"详记于一块古碑上。清康熙三十三年和雍正二年镌刻的古碑都清楚记载了这座茶棚历史悠久，已多次重修。设此茶棚不为经营牟利，而是附近村庄善男信女专为上九龙庙沟进香祭神的皇帝官吏和群众施舍茶水的处所，是各级官吏往来歇脚的地方。康熙四十二年刻立的一块石碑，更明确记述了皇帝前来九龙沟祭祀的时间和当地官员亲自前往朝拜及祭毕在此休息的情景。碑文曰："五月初一，乃赫山九龙大王御祭之期，□□县印官必亲谒其祠。释奠其时，天气炎暑，县印官往往憩息于此。六月十三则又龙神寿诞之辰，进香者日以万计……"明崇祯七年六月的碑记还记载了这条山道是明代嘉靖元年皇帝上赫山的"神路"。

从二道岭再沿山道上行二里许，来到一个山凹处。这里地势平坦，四周白杨簇拥，一条小溪侧着一块略显平斜的巨大石板欢快流过，既干净又清爽。上行山道之接连处的堰墙下，又发现一块锈蚀斑驳的古碑，上刻"尊古相传接送交界碑"。文记："天下之争，相安无事者□□无他，以其不知遵古制者故也。□□刚复五月初一，御祭其时，乡民接送□□……"其余字体因年代久远，风雨剥蚀，已模糊难辨了。村里老人传言：这是明朝的石碑，是专为接送皇上和各级官吏来九龙沟祭神的交接地。

沿原始山道顺势直上，登临山脊高处，是极目千里的瞭望地。在一个近年被锯伐的大柏树墩旁，斜躺着一块巨大的八棱幢，造型十分别致壮美，四个角面精雕细刻着飞云滚龙图，四个平面镌刻着"望庙柱"和大明嘉靖二十年直隶顺德府赐进士文郎奉命承办望庙柱的有关情况。这望庙柱的主要作用是每当皇上和各级官员政务繁忙，难得亲临而又需要按时朝拜和祈雨时，就朝向望庙柱跪拜许愿，特别是直隶顺德府府官亦可就近在清风楼上朝拜。信息就会像现在的无线通讯铁塔一样，即刻传向九龙沟底的九龙大王，于是九龙爷立即显灵，真是神乎其神。至今邢台市清风楼西墙上还有石碑专记此事。

从望庙柱再向上攀登，又是一个椭圆形紫砂岩山丘，人称"龙珠"。登临四处眺望，不禁令人大吃一惊：一道道山梁状似一条条巨龙，山梁上的层层梯田，宛如龙蟒蛇甲。不同方向的"巨龙"都将龙首伸向九龙沟口，正在俯首听命。这些龙低头能吸水，仰颈能戏珠，"腾空"如行雨，扑地似晒甲。更有这磬山，言传正是上天为号令九龙而设造，不仅其形肖磬，且生于紫朱岩上。击磬一声，群龙受命；击磬两声，云聚风生；击磬三声，雷雨轰鸣；击磬有五，收发回龙，雨过天晴。周边村民说，直到现在，阴雨前夕，还偶有磬声鸣响。这是否九龙爷命传令官张爷在击磬，就不得而知了。此时我才恍然明白何谓"赫山"，何谓"九龙"。在过去风雹涝旱，靠天吃饭的年代，人民在灾难面前，也只能寄希望于龙神拯救。难怪这里世代地赤神灵，深受"皇恩"和万民敬仰。

由"龙珠"山顶向西下行，暗藏一谷，平中间奇，若沟若隧，窈豁阻深。穿过一道青石排房，顺柏树行间雕栏石径循级而下，迤西折而北，两峰对峙，中间高墙张檐，山门古朴，煞是壮观。山门以里便是碑廊，我逐一审视，但见众多碑碣对杨九思遇忤逆女、化龙惩恶、祈雨辄灵的典故和屡次修复的善士布施多有记载。两名当地的老兄告诉我："原来这里有七十四块古碑，有几块曾记述了明朝正统年间英宗皇帝因祈雨辄灵，给予敕封。彭瑙、陈瑙也因是赫山双顶被誉为天乙、太乙；成化年间，宪宗皇帝感恩九龙爷治理水患护国利民的功绩，敕封九龙爷为护国灵侯赫山九龙大王；崇祯年间思宗皇帝又亲临祭祀，御书护国灵侯石匾至今仍存；清朝顺治皇帝御赐龙袍。乾隆皇帝感谢九龙爷救治国母大恩，御驾亲临九龙沟朝拜，并御书"汤膳显绩"金匾一块，赐金香炉一只。以及自明朝以来，众多石碑都被修筑九龙湖时浆砌在大坝下的泄水涵洞里……"闻此，我不禁有一股难以压抑的惋惜之情，但毕竟证实了这赫山九龙沟真的有皇帝来过。

正当遗憾之际，猛然间锣鼓喧天，鞭炮轰鸣，一支浩浩荡荡的人马从台阶上蜂拥流下。有的磕头焚香，有的表演武术杂技，还有电影和民乐欢唱，舞蹈社火，刹那间把九龙沟闹得人声鼎沸。管理人员告诉我："今天是四月廿九日，武安市里店村民又送会了。""送会？"我还是不理解。他解释说：顺治八年（1651年），因皇帝是旗人，不信奉九龙爷，引出了"痛砸御花园"一场典故，吓得顺治皇帝跪地求饶，并御赐龙袍，御驾亲临祭拜。回朝后，又下一道圣旨，赐原籍是武安县里店村的"争荣大将军"李大汉斗金斗银。命其每年五月初一，带领全村男女老幼，到九龙沟祭龙神。向九龙爷烧一柱高香，摆七十二道饷供，以保国泰民安。

我找到武安里店村的老会首七十一岁的李敬魁等人座谈，进一步印证了上述说法，并查看了他们抬来的"皇王圣旨"。他们还告诉我，现在张、王、贾、李四个里店村年年都有数百人到九龙沟祭祀，因路途遥远，必须在四月廿九日赶来。一夜鼓乐杂耍，直到五月初一凌晨三点，再奏乐章，在鼓乐声中，代皇上向九龙爷烧高香，顶礼七十二道供品供菜。待到鸡啼五更，收拾行囊，上车回村。看来，这些民间活动虽然带有一定的宗教色彩，但又是那样耐人寻味，值得考究。这九龙沟确实有着极高的文化品位和丰富的历史内涵。

这时又忽然想起《沙河县志》中确有彭瑙、陈瑙古时有"天乙、太乙"的称谓和清乾隆八年御赐黄金五十两，并派侍卫监修九龙沟神殿的记载。由于历代皇帝多来此祭祀，清《顺德府志》"沙河县地图"中，还特别把九龙沟神庙标定为"御祭龙庙"。邑志更有诗文赞曰："太行南来千里耸，蜿蜒磅礴争腾踊。邑西纵横叠嶂排，螭翔虬伏皆支陇。汤山磐山自古传，仓门峡门亦炳然。惟有赫山最幽闳，云封缥缈居神仙……"呵，置身皇帝崇拜不已的神仙圣地，居然觉得自己也飘然若仙了。

王三秋，沙河市王瑙村人。原沙河市副市长，沙河市人大常委会副主任。著有《宋璟研究》《沙河金石善本》等作品。

◎ 渊水欢歌

苏坤

一条缓缓流淌的大沙河，
是我魂牵梦绕的地方；
一座巍巍耸立的太行山，
是生我养我的地方。
我的家乡——沙河市，
犹如一颗璀璨的明珠镶嵌在邢襄大地上。

沙河，一个繁华之都，
沙河，一颗冀南明珠，
沙河，一方煤炭重镇，
沙河，一座玻璃之城。
古老的渊水两岸，春潮涌动；
神奇的邢襄大地，春意盎然。
转型升级的大幕，已经揭开；
绿色跨越的号角，已经吹响。

勤劳的沙河儿女，夙兴夜寐，勇立山巅，拔得头筹；
善良的太行人民，飒爽英姿，追赶潮头，竞相风流。
岁月如潮，
——带不走公仆们的庄严承诺；
岁月如歌，
——颂不完百姓们的坚强心声。
沙河人民敢于和日月同辉的决心，连风儿都颤抖；
老区后裔勇于同群山争雄的气概，连花儿都低头。

沙河梦，
———在这里诞生、激荡；
民族梦，
———在这里起航、升华；
中国梦，
———在这里诠释、延伸。

你看，田间地垄，
为民富民干部穿梭的身影，
指导农户生经产经营。
你听，贫困山村，
联村联户领导沙哑的声音，
协助村里，谋划远景。

在客观环境严峻的背景里，
我与我的家乡相视坚强；
在招商引资的漫长征途中，
我与我的家乡沉思凝望；
在发展旅游产业起飞的路上，
我与我的家乡比翼飞翔；
在争创宜居城市的日子里，
我与我的家乡并肩歌唱。

我的家乡啊！
人们都说你富饶，可那万亩麦田，百里果香，是父辈们用汗水和泪珠浇灌；
我的家乡啊！
人们都说你曾经发达，可那林立矿井，纵横干线，
是改革者用勇气和智慧酝酿。

你再看，太行山下，
强基础、调结构、惠民生，破解难题，人民生活一天一个新模样；
促生态、抓改革、谋发展，稳中求进，全市经济正在平稳增长。
你再瞧，大沙河畔，
产业转型、科技创新、生态环保、开发开放、新型城镇化、扎实推进；
机场路线、高速公路、项目建设、特色农业、热力工程、步步辉煌。
老爷山下，秦王湖畔，大台村苹果正裹包着甜蜜；
石岗岭上，大渡槽边，塔子峪老粗布正编织着吉祥；
奶奶顶上，太行山麓，王瑙村的古村落在传承着历史；
白塔镇里，银杏园旁，恒利庄园的新农村在书写着传奇。
岁月铭记着辉煌——
时光镌刻着荣誉——
在荷花湖的灯影里，我端详着我的家乡；
在九龙庙的钟声里，我倾听着我的家乡；
在行龙山的松林里，我拥抱着我的家乡；
在小酌后的诗行里，我咏吟着我的家乡。

我的家乡啊！
春绽杜鹃，夏开彩榴；
我的家乡啊！
秋菊吐芳，冬青映雪。

五指峰、大裂峡、武当山，哪一处不是嵯峨百重，翠满山岗；
梅花湖、峡沟湖、映山湖，哪一个不是碧水潋滟，绿映苍崖。
宜居城、魅力城、双拥城，哪一个不是声名远播，亮亮堂堂。
玻璃城、陶瓷城、生态城，哪一个不是闻名遐迩，铿铿锵锵。
那条弯弯的澳水啊！还在弹奏着兴亡沧桑，
那座巍巍的太行啊！正在上演着复兴富强。
我们的家乡在腾飞——
我们的家乡在远航——
让我们共同期待
我们的家乡就是一个永恒的春天！

<small>苏海驹，曾用名，苏坤。现在沙河市综合职教中心任教。</small>

◎ 蝉房美

石鑫

蝉房的春天如同一位裹着轻纱的处子，婀娜多姿，风情万种。你瞧！无论是村内小路旁、村舍边还是村外的山坡上都是盛开的杏花。一棵一棵浅虬百媚的杏花树，好似春天之神打了瞌睡一下子把粉红色的颜料都倾倒在了她们的枝头。让她们来承载她的意志，诠释她的意图。把鼻子凑近花瓣，深吸一口，沁人心脾。风起的时候，花瓣飘落在歪歪斜斜的石板路上，好像能想象到韩愈的"深巷明朝卖杏花"的图景。遥望远处的山坡，成片盛开的杏花树，好像开成了绯红色的云，朦胧的雾，一片一片，一团一团的栖浮在新绿中，煞是好看。记得前些年，中央电视台来蝉房录制《太行美》MV。主唱蓝

齐儿在这儿的千年古树下；在这儿的玉带磐石上；在山巅的飞瀑侧，翩翩起舞，宛若仙子一般。

蝉房的夏天，如同浣纱晚归的西子。由于海拔较高，同时有覆满植被的山峰作为屏障，气温自是很低。坐在单位餐厅门口的大核桃树下的石凳上，摇一把蒲扇，驱一驱蚊虫，呷一口清茶，实在是快活啊。傍晚，村口，农人牵着老牛，慢悠悠地踱在赤红的夕阳里。当然也有大自然的恶作剧，比如偶有雨后的青蛙蹦到了宿舍里，大家善意地把它们用簸箕端出去，让它到田野里放歌。

秋天的蝉房如同塞满果实的阿婆。我最愿意跑到单位附近小河的桥上。站在桥上或凝神远眺，或仰望高山，或俯视脚下，真是别有一番滋味在心头。那时候的河水特别的清澈，小股的水流撒着欢地闹腾着，一会儿打成个小漩涡，一会儿冲击到凸起的碎石上溅起玉屑般的水雾。阳光投射到水面上更似镀了一层金。水草在河底招摇。远处是正待收割的成熟的玉米，风来时玉米地如同起伏的金色波浪，伴着沙沙的声音。山间的苹果这时候早已红透，如果你有幸去过果园而且又恰巧是阳光充足的午后，满地的苹果堆成的小山合着密林里泄下来的光斑，真是让人想歌颂大自然的伟力，歌颂人类的勤奋。

冬天的蝉房如同沉睡在雪被下的壮年，积蓄力量等待来年的勃发。数九寒天的时候，到处都是倒挂的冰锥，尤其山崖边上，硕大的冰锥把阳光折射，形成五颜六色的光。下雪的时候，整个大山都仿佛进入了睡眠状态，只有单位旁边的河依然锲而不舍地带着雪花奔向下游。这个季节属于艺术家，属于诗人，属于思考，属于深沉。

蝉房是美的，美在清晨东方第一抹微云；美在傍晚最后一缕霞光；美在春天的山花烂漫，美在夏季的泉水叮咚，美在秋季的鲜果飘香，美在冬季的静默神秘。

美在太行深处白云生，停车回眸有人家。

◎ 故乡的辘轳

禹振民

山村的辘轳，和黄牛拉的犁耧耙杖一样古老。

不知从哪朝哪代开始，它就架在田园的石井栏上了。

辘轳把儿弯弯地向上翘着，俨然一头老黄牛的长长犄角。

长得令人心悸的井绳，一匝又一匝地缠绕在辘轳上，维系着农夫的使命，似乎也象征着农夫同干旱搏斗的漫长艰辛的历程。

我们的祖先潜心地设计，默默地劳作，把杠杆、滑轮的作用融汇到辘轳的构造上，使力臂、支点和力的转移、力的延伸在辘轳这个简单又笨重的工具上结合得天衣无缝，发挥得淋漓尽致。

井筒子多深多幽啊！石砌的井壁上，布满了湿漉漉的苔藓，水灵灵的大叶草。俯首望井底，碧幽幽的涟漪荡漾中，是一个小小的圆圆的蓝天，忍不住喊一声，震得满井筒子都是嗡嗡的声响，犹如空谷足音。

农夫往井边一站，一手扶住辘轳，像是一名彪悍的骑手抚着心爱的战马。水斗往井里顺手一抛，那辘轳就"嘎嘎嘎"地飞转起来。这响声，在空旷的原野上，格外清脆悦耳，像是长嘴鹤振翅高歌，又像是健壮老叟在捻须欢笑。

要是一口井上，同时安上两杆辘轳，就更热闹了。放辘轳声此起彼伏，像鞭炮，似鼓点，一阵紧似一阵。浇园手轮番上阵，就在这欢快的辘轳声中自然地展开了对手赛。绞上来的水"哗"的一声倾注在石砌的井簸箕里，激起的水花似乎就像农夫怒放的心花，簇拥着、追逐着、嬉戏着，碰到四周的石板，即刻回旋，你追我赶地涌向垄沟，冲向田地。

很多年过去，辘轳换成了水车，又换成了深井泵。淘汰下来的辘轳和那些笨重的石碾、石磨都成了历史的陈迹。

然而，它们存在了多久啊！

同现代化的机器比起来，它们那低微的工作效率，似乎正和旧中国那沉重凝滞的脚步合拍。

它们那简单的结构，便宜的造价，正适合着千百年来一家一户的自然经济的需要。

它们一经被能工巧匠发明、制造，那构造、程式、用法，似乎便随之凝固了。人们都觉得它已经完美无缺，不需再加改造。于是，它就一直这么转了几千年。

如今，在那废弃了的水井上，当年安插辘轳的石井栏，依然屹立着。像是一尊历史遗留下的牌坊，或是一座石碑。在这改革的年代，它们仿佛在向人们无声地诉说着什么。

禹振民，渡口村人。曾任河北省广播电台农村部主任。

◎ 美在西沟

郭健芳

人在旅途，总想寻觅一方去处，一个可以静心沉淀，感怀领悟的地方；一个可以驻足凝目，回首遥思的地方；一个可以放松身心，开怀一笑的地方；一个简单纯净，返璞归真的地方。

西沟就这样撞入了我的怀中。

它因坐落在凤凰岭西侧而得名。明永乐二年由山西洪洞县应诏迁来周姓姑姑和三个侄子，老二留在了西沟，姑姑和另两个侄子去了沙河市冯村和永年县周庄。后，西沟又有王姓迁入。1980年人口最多，有近700人。村中最古的建筑是官房，位于村中央，至今已200年历史。

雨后的西沟，青山笼纱，薄雾缥缈；草木葳蕤，翠色欲滴；空气清新，沁人心扉。有一小河穿村而过，河水清澈见底，触摸凉爽舒适。河底石头层叠铺展，色彩如虹，润泽如玉。小河曲折流淌，一路欢歌。

伴着溪水叮咚，走进西沟。小村人烟稀少，鸟鸣蛙鼓，更显古朴幽静。一块儿巨石在河沟巍然屹立，巨石上面生机盎然，粉红色的红蓼和蓝紫色的牵牛花悠然自得地开放，正是天赐西沟的俏丽盆景。

村中石房依山而建，错落有致。石头就地取材，色泽红润，纹理清晰。台阶也是石头堆砌，曲折盘绕，独具匠心。

石桥古朴内敛，端正秀丽。如跳动的音符，在小村奏响了天籁之音；如月牙弯眉，生动了小村自然的容颜。

石板铺就的小路干净平坦。晴天时赤脚踏上，阳光的温暖包裹着脚丫，一种植根大地，亲近自然的原始情感涌入心田。仿佛自己就是这里土生土长的放羊女，头戴野花环，身穿粗布衫，手拿牧羊鞭，在乡村的小路上，踏歌而行。

老树的浓荫飘洒一地，化身翩翩的蝴蝶飞进我的心里；苍苔让石屋充满生机，淡然相守，默默欢喜；窗外的绿藤随风摇曳，平凡却不普通，活泼而有趣；河边的牵牛花花开正艳，枝蔓在空中恣意舒展，根却紧抱大地；小巷口的红蓼和千屈菜亭亭玉立，脸颊绯红如羞涩的少女，惊艳了小村，也惊艳了赶路的你。

找一块儿光滑的山石，静坐幽思。耳

畔似乎传来悠远的梵唱，身旁似乎飘起淡淡的檀香。就让我在这里沐山风，听清泉，心像鸟儿一样，自由飞翔。

西沟很美，美的自然，质朴，干净，纯粹。村中的大娘见同伴坐在雨后的石头上，担心会着凉，跑回家拿来棉垫子，嘴里还一直说，这垫子不脏，干净着呦！路遇一个骑摩托回家的大哥，匆匆而过又匆匆折返，原来是提醒同伴背包拉链没有拉好。当我举起相机沉醉美景时，远处有个大爷冲我大声呼喊，原来是告诉我注意别碰身边的蝎子草，这是一种带刺有毒的植物。有位大婶看见写生的小伙子没带饭，做好热汤面送到他身边，这一幕恰好被我们看见。我的心也热乎乎的，举起相机给大婶拍照，大婶嘴里嘟囔着衣裳不好看，却还是很认真地站好开心留影，并热情地叫我们晚上去她家喝米汤吃饭。当这位大婶听我说给她和小孙女拍照后还会再来送照片时，回家捧了两捧新鲜核桃追上我们硬要我们收下。山里人的热情亲切唤起了我儿时的记忆，那是上世纪80年代初在山里姥姥家的记忆，一样的青山绿水石头房子，一样的说着乡音招呼不相识的你来家吃饭的村民，一样地无拘无束写满知足的笑脸，一样地朴实无华勤劳节俭，不一样地是如今人已中年身披风霜。心不再简单，却依然追求美好；人不再纯粹，却依然向往本真。

我热情地招呼小女孩过来拍照留念，小女孩在奶奶的鼓励下愉快地走入了画面。镜头下的小女孩，笑容天真灿烂，不染尘埃。看着她的笑容，启封的不仅仅是童年的美好回忆，还有对一颗无畏向上的初心的留恋。

西沟的美，美在水云间，美在天地中，美的轻盈，美的厚重。美在西沟，不仅仅是入眼入心的风景，还有那至真至简的情愫。西沟，向我们敞开的不仅仅是心扉，还有她那宽厚的胸怀。

郭健芳，70后，出生于太行山，生长在太行山，对绿色山川有着深厚的感情。喜欢摄影，喜欢文字，偶有文章散见报端。

◎ 赫山九龙潭

张月民

深幽蛇径入窝来，礮礉周遭锁庙台。双壁虽分疑欲合，半天似闭忽微开。崖淋清滴池为壑，洞吐汹涛石乱排。可是巨灵经擘画，应蟠神物不须猜。

以上是名人陈荩描写赫山九龙潭的诗句。九龙潭位于沙河市柴关乡境内，古代是沙河县及顺德、广平、彰德三府诸县求雨的场所，如今是市内一处谷幽水奇的旅游胜地。

从沙河市区西行约三十千米到达安河村后折而西上。快到彭瑙村时，山道左边一方平地，建座凉亭，亭下不远，有座石牌坊，穿牌坊而下，是绿色掩映的山谷，谷中修有一条一眼看不到头的长长的磴道。人说有三百多级，石台阶，石栏杆，十分整齐。循级而下，身旁绿柏蔽日，鸟声啁啾。下到谷底，往北一转，迎面可见一山从正中劈开，劈缝从顶到底，上窄下宽。这山双峰对峙，山石赤褐，古人依其形、色，取名赫山，确是恰如其分。这峰间的裂谷即是九龙沟。

入口处，树几块新立的石碑，刻近年政府文件之类。沟口高高的台阶上，山门威严，如一把大锁把守着入内之道。进山门，两旁是数十块或立着躺着的古碑，有些尚完好，有些已断裂，多是记述历代重修情况的，以明、清时期居多。过碑林，再入一道山门，是一块数亩大的空地，空地中央铁旗杆上彩旗高挂，两侧崖下建有十数间房舍，正前方有座拜殿，殿前香烟缭绕，拜殿后是座巍峨的庙宇，门首上悬"护国灵侯"匾额，这便是沟底的主要建筑九龙大王庙。庙内正中供奉九龙大王神像，两旁列雷公、风伯，梁柱上缠塑两条飞龙，一条正在行风降雨；另一条抓个血淋淋的人头，气氛森严。传此庙始建于元朝延祐年间，当时有神龙抓邯郸不孝妇于此，污血滴在悬崖上。人们盛传苍天有眼，神龙灵异，便在顶峰建额血庙，也叫野血庙。后来一夜雷雨，将庙冲坏，砖瓦木石冲入沟内，人言这是神意，便将庙改建于沟底。由于沟底有潭经年不涸，神庙名声日远，远近求雨禳灾者越来越多。府县官员也时来致祭。明正统元年，因祷雨辄应，得到皇上敕封，以后又多次受封。如今庙旁还存有明成化年间敕封的刻石，以及崇祯年间敕封"护国灵侯"的石匾。到清代，志书中更详细记有历任县令前来求雨致祭的情况，还记有乾隆八年（1743年）皇帝派侍卫带黄金五十两来沙河对此庙进行修缮，和乾隆十九年皇上派侍卫来顺德设坛求雨的情况。现在庙门柱上还留有半幅武安知县赠的木刻对联。想当年，小小山沟内，府、州、县官员诚惶诚恐地跪拜祷告，当也是十分有趣的。龙王殿后是其夫人九龙奶奶的后殿，人们传说这夫人是全呼村的闺女，是龙王出外行雨途经全呼村时与该女邂逅相识而自主择亲的。

奶奶殿后，幽幽的谷底，有一直径数米的水潭，水潭后有条数尺宽的石缝，缝口有一石刻龙头，龙口淅淅沥沥地向潭中滴着泉水。潭水阴凉清澈，在昏暗的谷底倒映一片朗朗的清天，使人倍感亲切。这便是传说中九龙大王的居所——九龙潭，亦名龙湫。人们将此潭说得神乎其神，水中有时会见到尺把长的小蛇，那是龙的化身，若到行雨之时，小蛇会突然身长丈余，天昏池暗，黑雾腾腾。沿潭后石缝爬进，顺卵石遍沟的山谷前行，还有个后龙潭，但道极难走。旧志中云，谷中藏有九个大小不一的水潭，因而得名九龙潭。我觉得此说似乎有些浮浅牵强，雨季，谷中泉水常流，水潭有六七处之多，但旱季，却只有前后龙潭两处是不干的。九龙潭的得名倒是清代的一块碑中所写有些道理，该碑云，神龙"呼吸变化瞬息千里，出乎九天，入乎九渊，风雷奉之，云雨属之，泽遍生民"。从中可见九龙潭得之于九龙大王，而九龙大王则是旧时人们出于对九龙的崇拜和迷信，而概言其上九天入九渊神通广大的。近年，为发展旅游，人们在九龙庙前左右两侧的岩壁下，开劈了两条山道，去后龙潭不难了。从庙前扶级而上，贴岩壁而行，青苔斑驳，小路曲折，岩壁上时有丛丛绿树奇花，亮人眼目。途间，新修的一条天桥亭可供人小歇，而药王庙壁上的灵芝耐人寻味。迤逦来到谷的尽头，只见幽幽山岩下，若明若暗藏一方清池，四面绝壁，冷气森森。高高的岩壁怪模怪样，突兀处似龙鳞乍开，细碎处若檐瓦环排。上方露一孔天，阳光辉映处，数道山泉喷溅而下，五光十色，如珠玉断线纷纷下落。叮叮咚咚入潭中，似仙乐轻奏，不禁使人有如入仙境，如堕梦幻之感。这潭比之前龙潭稍小，但远离了尘世的烦扰，使人便感清幽神秘。古人有雨后来此者，赞为天人奇观，当是肺腑之言。

折回九龙庙前，再来到前龙潭处，沿石阶下到池边，回身会发现一处更少见到的去处——黑桥。说是桥实似洞，桥洞口嵌有石刻龙首，进入桥内漆黑如夜，手扶石壁摸索前行，只听脚下水声潺潺。冷森森寒气逼人，战兢兢若陷地狱。高高低低走约二百米，从一三岔洞口出来，眼前豁然开朗，原来已走出了九龙沟。人说这桥初建于元代，因潭边地势不平，又为避免被洪水所冲，故初建庙时即在潭边建桥，庙建于桥上。后历代增修庙宇，便历代续修桥洞。形成桥下行洪，桥上建庙的奇妙景观。洞内是安有电灯的，但平时不亮。黑桥出口向下不远，便来到马峪水库的边上，茵茵的水库倒映着座座青山，可浇灌下游数百亩良田。这人工修建的水库与旧时求雨的圣地相连，水相通，形成鲜明的对照，展示着两个绝然不同的时代。回到路边凉亭处，返身南望，只见山峦起伏，层层梯田，却全然不见了九龙沟的踪影。

张月民，册井村人。1995年版《沙河市志》主编，出版有《琳琅沙河》《走读沙河》《沙河词苑》等多部著作。

◎ 九龙阁记

刘林朝

九龙沟山连太行，地处磐石，双峰夹峙，沟幽水奇。沟前龙湖蜿蜒，波澜不惊，水清如碧。沟后神泉飞瀑，四季长流，喷珠溅玉，奇山异石，举目可观。龙泉秀水侧耳能闻，游人至此，或为世外桃源，或为九天仙阙，处世浮躁之心即去，留连忘返之意顿生。呜呼！九龙沟堪称一方名胜，实乃奇峡一绝，不亦确乎？古人择地选貌，筑神殿于谷底，塑龙像居庙堂。天造金鹏守护山门，地设银龟占据乾方。自古传说优美神异怪诞，育忠育孝，教化众生，可谓民之所喜，御之所祭，官之所敬，皆有缘由也。今人为扩展旅游景区，鸠工庀财，大兴土木，新建观音阁一座。因余主管旅游业，且素喜平淡，崇尚山水，于是乎新阁告竣之日，众人嘱余写诗文衬于碑阳。余难违民意，难却盛情，况古人云，华夏民族乃龙之传人，吾祖之脉根系于此，余焉能借故推托？故拙笔以记之，诗曰：赤壁千丈映双峰，神泉一线流古今。早春崖畔吐嫩叶，盛夏脚底踩绿荫。秋霜泼墨染红叶，冬雪山鸟啼妙音。时人尽言龙潭美，雨后斜阳更丽人。

◎ 广阳山赋

刘林朝

去市西四十公里，有山曰广阳。昔是老君出函谷关，晚年修行成仙之地。故历代达官隐仕，登临抒怀，骚人雅客挥毫泼墨，想必亦曾盛誉一时。及兵患灾祸进广阳，庙宇毁圮，而令游者神伤，观者落泪。然岁月如烟，往事不复。时逢华夏盛世，人民移山筑坝，改造山河，使广阳山再现奇观。而今登临斯山，背依雄峰，巍峨壮哉！前瞻渡口流水，烟村横陈。左有太行渡槽气贯长虹，右有秦王湖碧波荡漾。层层梯田，染绿涤黄，盘山公路，巨蟒蜿蜒。游人至此，不禁心旷神怡，宠辱偕忘。若拾阶而登老君洞、草帽洞、蝙蝠洞，迎怀入目，云封雾锁，令人惊叹。对弈石布道台，老君楼尽展眼底，巧夺天工，为客称绝。广阳山飘逸俊秀，老子文化渊源流长，圣哲千载，传世道德经启迪后人，施慧来哲，奠定中华道德基础，扬起人类文明风帆。睹物思贤，使昏聩者觉醒，苟且者汗颜，庸者奋进，怯懦者勇敢。为国涤私奉献，襟怀豁达，道法自然。呜呼！广阳一游，岂不美哉！

岁次壬午年秋月

刘林朝，册井村人。原沙河市副市长，文学研究会会长、沙河市老年书画协会会长。

◎ 故乡的春节

杨献平

记不清是哪一年，有人在村口盖了一

座土地庙，用石头砌起。大小如牲口圈，个子高的人进到里面连腰都直不起来。平时，庙里冷清得连根烟头都找不到，一旦逢年过节，霎时间热闹起来。

往往，一进腊月，我们这些小孩子们就开始兴奋。不知道时间之快，只知道一年只有一个大年初一。总是嫌日子过得太慢，像老牛推磨，悠哉游哉的，好像没有尽头，一到腊月，就掰着指头儿算，今天初一，明天初二，后天初三。越往后算，心里边越是焦急，恨不得把两天算一天。

好不容易到腊月二十三，往后的日子就有了说法。有顺口溜说：二十三，打发老灶爷上天；二十四，扫房子；二十五，花花儿贴；二十六，蒸馒头；二十七，胡个唎，二十八胡个走；二十九，捏饺子；三十，端着饺子把头磕。

其中，迷信色彩最重的是二十三，因为灶爷就在各家的灶火上边，家里的事儿，不管阴明好坏，瞒不了自己，也瞒不了灶爷。

目前说，老灶爷要上天汇报工作，村人怕自己做的那些事儿不好，老灶爷对玉帝说了后，降灾给自己。不管是实在还是好做恶事的人家，到这天傍晚，都要蒸了馒头，买了红蜡烛、黄表纸和柏香，对老灶爷毕恭毕敬。

蒸好馒头，即使再饿，人也不可以先吃。母亲掀开锅盖，一股白色蒸汽雾岚一样奔突起来，迅速占领了屋顶。母亲伸手捏捏其中一个，熟了，让父亲将灶堂里燃烧的粗大柴火拉出来，再拿了箅子，把馒头一个个晾在上面。再放一锅进去。然后用洗干净的盘子盛了馒头，走到老灶爷神位下，小声念叨，再跪下磕头。与此同时，还要放一挂鞭炮，欢送老灶爷回天奏事。

母亲说，老灶爷会把咱家一年的事情，包括心里想的和已经做了的，毫无保留地告诉玉皇大帝。我歪着脑袋说，那老灶爷比村长还公正？母亲嗔怪说，傻小子，村长和咱一样是个人，老灶爷是神仙。神仙当然说实话了！我又问母亲说，咱做过坏事没？母亲伸出粘着面的手指，在我头上磕了一下说，笨小子，咱家要是做坏事，还能没钱花？

母亲跪下来，像戏中人物一样，全身伏地，向老灶爷的神位磕了三个响头。我想，就凭这个，老灶爷也会感动，在玉帝面前为我们家美言。然后点燃了鞭炮，噼噼啪啪的声音在越来越黑的村子内外炸响。

从这一天开始，平时睡得很早，安静的村庄就有了热闹劲儿了。零星的鞭炮声音不是从那个村响起，就是从这个村传来。快过年了，有钱人家更高兴，录音机里整天放着李双江、郭兰英的歌曲。到晚上，还故意把音量调高，尽管到夜深时候，那歌曲都有了点鬼哭狼嗥的意味。年轻人爱听，有的还跑到人家家里，坐在门槛上竖着耳朵，一脸沉迷。老年人不喜欢，发牢骚说：放这个东西，还不如来段儿豫剧听得过瘾！

农历二十四，帮爷爷奶奶扫了房子，贴了对子，劈柴蒸馒头。有了事儿干，就不觉得时间慢了。我和弟弟平时懒得连屁股都不愿抬一下，可在这时候，总想方设法替长辈干些活儿。

其实，干活儿不是目的，早早穿上新衣裳，哄着母亲多买一些鞭炮，才是目的所在。

母亲早就看穿了我俩心思。新衣裳早就做好了，放在柜子里，用一把铁锁看住我们的手。

老军蛋家买了很多的鞭炮，拿出来炫耀。腊月二十五那天兜里就装了鞭炮，拿着一根燃着的柏香走到哪儿放到哪儿。我和弟弟说，凭啥你老军蛋就有那么多炮？我们的就很少呢。然后哼哼唧唧地让母亲掏钱,再去代销店买。母亲说放炮顶啥用？有个响声就很可以了！我说：为啥老军蛋就有那么多鞭炮？母亲说，老军蛋爹是大队的支书，咱不能和人家比。

弟弟还在央求母亲，母亲不说话，忙事情，我也说不够，弟弟呜呜哭。母亲看我俩这样子，叹息一声，从兜里摸出一张揉得如老头子脸的毛钱，去买吧！

那时候，我们家打盐的钱都是母亲卖鸡蛋省出来的，逢个会赶个集，母亲也只是去转转，最后饿着肚子回来。大致是2000年，我未婚妻一个人回老家，恰好碰上莲花沟村每年一次庙会，母亲和她一块儿去了，在集会上转了半天，买了几件衣服。到中午，母亲想吃一碗凉粉，在摊子前走了几回，眼睁睁地看着别人在吃，自己只是咽着唾沫。饿肚子回到家，才对我未婚妻说很想吃凉粉。未婚妻说她也会做，一下子做了好多，母亲吃了满满两碗。

大年二十九早上，母亲拿出新衣裳，叫我和弟弟穿上。我和弟弟本来还很瞌睡，一看新衣裳，就像电击一般，骨碌碌地穿上，脸都不洗一把，就跑到村里去了。

母亲是坚定的素食主义者，五十多年来没有吃过一块儿肉。父亲则喜欢吃肉，只要是肉，都嘴巴嚼的流油。

平时，父亲很难吃到肉，到二十九这一天，母亲称上几斤，算是对父亲一年多来辛劳的补偿。16岁以前，我也是一个素食主义者。过年时，跟着母亲吃素，弟弟则跟着父亲吃肉。一家四口人，泾渭分明。

剁好干萝卜条儿，母亲点火把小铁锅烧干，倒上一点花生油，打上几个鸡蛋。不一会儿，就是金灿灿的炒鸡蛋。母亲总把我和弟弟叫来，一个人喂上一两块儿，我们吃的很高兴，也劝母亲吃，母亲就说，等包到饺子里面再吃。

母亲先把和好的面在案板上揉了，用刀切成几段，手来回一搓，就变长变细了。再用刀左一下右一下切成小块儿，再用擀面杖擀成一个个的薄片儿。往往，捏够四口人吃的饺子，天就黑黑的了。

晚上，父母亲忙着准备早上的饭，还有用的东西，我和弟弟在分鞭炮。然后躺在炕上看着窗户，期待着马蹄表一下就蹦到凌晨。

迷糊一阵子，起来看看，还不到十二点。再迷糊一会儿，到凌晨两点，我和弟弟就不睡了，在被窝里烙饼。大致三点多，有人燃放鞭炮，清脆的声音把整个村子都震得地动山摇，也把我和弟弟从被窝里拽了出来。

父母亲起床，生火煮饺子。我和弟弟拿了鞭炮，点着柏香，在伸手成冰的院子里依次点燃。嘣嘣叭叭的鞭炮在暗夜里一个接着一个，一声接着一声，站在院子，还可以听见从后沟传来的跌宕回声。

一家人开始放了炮，响声就会把全村乃至附近村庄的人惊醒。那时候，我们这些小孩子家总是争着在凌晨第一个放响鞭炮。按照老人们的说法，大年初一这天早上，谁要是第一个放鞭炮，就等于这一年是全村人家中最顺利平安的。什么事情都能争个第一，出个头彩。

饺子好了，我和弟弟风卷残云。母亲吃完，让我和她一起去土地庙上香。母亲端着一碗饺子，叫我拿了鞭炮、香和黄纸，打手电跟在后面。

翻过一道山岭，涉过一道河沟，再爬上一段山路。我和母亲走到土地庙，简陋的石台上，几十根红色蜡烛齐刷刷亮着，照得庙前山路都像白天。土地爷泥像端坐供桌，真像是一位面色和蔼的老头，要不是冷冰冰的，还可以和他亲近。我对母亲说，这土地爷总是在这坐着，肯定很累。

母亲嗔怪说：小孩子家知道个啥，别

胡说！神仙哪像咱凡人？

那他为什么长得跟人一样？

人家也是人，成仙之后，才当了土地爷的。

那还是人呗！

成仙了就不跟人一样了。

到底有啥不一样？

母亲不耐烦了。不一样就是不一样！人家能享受百家香火，人都跪在人家面前，怎么没人跪在咱面前，跟咱磕头哩？！

我说，那你和爹不是也给爷爷奶奶磕头吗？母亲说，你个傻小子，那是小辈儿对长辈儿的尊敬！

从土地庙回到家，父亲要去给爷爷奶奶拜年，还有村里那些长辈。我和弟弟就跟在他后面，先到爷爷奶奶家磕头拜年，然后，又跟着父亲，一家一家磕头拜年。到了谁家，都说吃饺子吧，俺这个是肉馅的，你那个是啥馅儿？尝尝吧！所说的话几乎二致。大部分人家给小孩一点鞭炮和糖块，大人不吃饺子就给一支香烟。

大约一个多小时，晨曦慢慢打开，我们也转严（意为走遍）了。大人们坐在一起说话或者喝酒，孩子们则凑在一起，看谁挣得鞭炮多。这时候，马路上突然也冒出很多人，都提着竹编的篮子，朝着大土地庙、龙王庙和猴王庙方向，放着鞭炮，说着笑话，兴致勃勃走去了。

杨献平，河北沙河人，1973年生。中国作家协会会员。曾获全国第三届冰心散文奖单篇作品奖、首届三毛散文奖一等奖、全军文艺优秀作品奖、在场主义散文奖、四川文学奖等数十项。已出版的主要作品有长篇文本《梦想的边疆——隋唐五代丝绸之路》，长篇小说《匈奴帝国》，散文集《沙漠之书》《沙漠里的细水微光》《生死故乡》《作为故乡的南太行》《历史的乡愁》《自然村列记》《河西走廊北151公里》，以及诗集《命中》等。

◎ 中国玻璃城

许蓝翔

有耕耘就有收获，汗水浇筑的巨大工厂。

铁打的桅杆，坚硬的脊梁，
每天都在茁壮成长。
深夜子时的灯光，
奔忙的列车，还有长长的集装箱。
每滴汗水，都反射出喜悦的光芒。
金色的血液，金色的火焰，金色的土壤。

千万道金光团结向上。

秦王湖、峡沟水库、朱庄水库，
桃花源、广阳山、北武当山，
封峦寺、九龙沟、观音寨，
大美沙河，一步一美景，一步一诗行。
感恩、奋进，金色的歌声嘹亮，
麦香、书香、心香。
河水滚烫，沙河人的理想滚烫。
万吨的光芒，溢出时光的城墙。
每天都诞生出新的辉煌，奏响，
一曲曲壮丽的新时代乐章。

◎ 在王瑙，抒写红色石头的辽阔（外四首）

许蓝翔

在平原待久了，体内的血脉，
会失去最初的光泽和韧性。
自由年代，能植根这里是幸福的。
桃花灼灼，土地肥沃，褶皱里阳光亲切。

玉米、红薯、南瓜，它们都沾亲带故。
传统的炊烟，随风跑到村外。
顺便，把羊群带上蓝天。

小巷里，光阴的纹理清晰。
拐弯抹角，表现出不俗的智慧。
上世纪的鸟鸣，依然香脆。
落满青瓦屋顶，和石板路上。
飞鸟也是爱国者。
它们衔着金种子，撒遍，
连绵的太行群山。
红枫灼灼，已成燎原之势。
革命的灯火世代传递。
保障，日益增长的精神内需。
草木的信心，一天比一天坚定。

一座座石楼，挺拔、沧桑、厚重。
它们胸中，积攒着万吨正能量。
几百年了一直团结生长。
在王硇，抒写红色石头内部的辽阔。
此刻的场景适合宣言，立誓。
我这样的草根，紧随日头。
顺利攀上笔架山顶，感觉自己。
也成了时代的英雄。

王硇的每块石头，都有着光辉的来历。

音符集体闪亮。提炼光明的人，
面孔古朴，有着坚硬的心跳，
不需要太多铺垫，英雄喜欢直奔主题。
他们不在意座位的高低，不后悔，
把自己的命，还给，
故乡的红土地。

经过雨雪的深刻洗礼，
村头的石头最先觉醒。
将军和元帅，也要向它们致敬，
战争年代，每块石头都是旗手，
都值得千古传诵。
王硇的石头有情有义，有着，
钢铁的成分，春天的质地。
它们和共和国的黎明，
有很大的关系。

深沉的事物不善言辞，
王硇的任意一块红石。
都能成为丰碑，石头里，
流淌的每滴热血。
都有着光辉的来历。

从明清至今，这些红色石头，
在祖国驻扎已久。
它们的静默有目共睹，忍术，
让我深深佩服。
只有火焰，千百度的热情，
它们才能开口。新鲜血液，
才能稀释它们的孤独。

避世，入尘，请原谅它们的不善抒情。
我曾研究过红色石头的成因，
无非是水的温度，泥土的厚度，
还有氧气的浓度。
不可否认，黑暗里也有青春暗自生长。
酝酿着自己的雷霆千钧，
等待一场崭新的革命。

时代广场，磨亮刀锋的好时候，
我相信，石头也是理想主义者。
石头的重量，就是灵魂的重量，
江山的重量。
它怀抱星灯万盏，胜过，
黄金万两。

◎ 秦王湖，我终于找到你的下落

许蓝翔

众神归位，东风渐入佳境。
喊出月亮，喊醒9平方公里晶莹的宝藏。

秦王湖，没有一丝杂质，适合洗心，
适合喂养红日和新星。

我的文字开始雀跃，感染了，
山水间蛰伏的上古灵兽。

祖先曾枕水而眠，鼾声，
陶醉了世代起伏的五谷。
立于湖边，我模拟划桨的动作，
模拟花朵害羞的表情，
模拟种子，冲动时的美学。

洗亮历史的喉咙。
滋养大地的肺腑，收容渔火、星群，
万千柔情拥抱万千生灵，
我能听见他们热烈的心跳，
和高昂的歌声。

秦王李世民的传说，
"三峡四沟五十景"、南山牡丹园
玻璃栈道，
从湖里随意抓一把珍珠，装饰梦境。
我相信，这样的奢侈无人反对，
这才是我想要的富裕。
秦王湖，蓄满正能量的词汇，
仿佛翅膀，仿佛蓝焰。
仿佛画卷，仿佛天堂。

一滴湖水，映射出磅礴的意象，
一块磁铁吸引另一块磁铁，
一颗珍珠爱上另一颗珍珠，
精神的光芒绝不会腐朽。
我铺开宣纸，蘸着湖水写下：
好多年了，我终于找到你的下落。

◎ 一条金色河流的走向

许蓝翔

人间万物都有翅膀，
比如一粒麦子、一滴河水、一缕阳光
天空多辽阔，沙河人的心胸就有多宽
广。

我们不必怀疑，这条金色河流的走向，
高音区的气象，让人深深向往，
与英雄并肩，和星辰互为榜样，
把内心全部的光芒，
都献给了祖国，献给脚下亲爱的故乡。

许蓝翔，原名许民祥，沙河市新城镇西许庄人。曾获《诗刊》《星星》《诗潮》等全国诗赛奖。邢台市诗人协会理事、中国诗歌学会会员，参加了第七届河北省青年诗会。

◎ 登北武当山

姚斌杰

日光追逐着车尾，一路驶来。巍峨的太行山脉便似挺着脊梁的巨兽向后耸涌。当我们驶入蝉房乡开阔地带，透过前面车窗，八百里太行山南段骤然断裂，北武当山壁立千仞，傲然崛起！

由于路途耽搁，我们赶到山下已近中午。稍微吃点东西，我们就从山下启程。晴日高照，已是风尘仆仆；胸中不畅，辗转难以释怀；心意惶惶，何时能够到达？

我们自停车场迎较陡峭的山坡俯身而上，迈出第一步便感叹"路漫漫其修远兮，吾将上下而攀登"。密林遮阳，清风过山，总还不觉太过炎热。三步一停，百步一憩，心有所思，只是埋头登山，全然不顾一草一木。及得道亭，俯望山下，山丘交错，凹地如盆。此中密屋林立，房瓦相连。

稍事休息，继续攀爬。山体岿然挺拔，扶摇直上，自己似蜗牛搬家，一步一挨，艰难踱步。几经苦捱，偶看旁侧云烟，穿插同伴互问互答，回马岭才到脚下。此时体力渐有不支，戾气渐有消释。就地而坐，仰望拴马柱，石峰微微斜矗，卓然傲立。

拾阶而上。山风吹拂，松脂香味若有

若无；密林丛中，偶见松鼠跳跃。

走白虎涧，过青龙坳，穿一线天。正是"半壁观云雾，空中登天梯"，"山之巅微有明兮，脚之下遥无底兮"。

盘山前行，山羊咩咩，松涛阵阵；密林环绕，光点错落。走丛林，转灌木，望山石，"横看成岭侧成峰，远近高低各不同。不识武当真面目，只缘身在此山中。"

抬头看，迎面已是大自然鬼斧神工雕刻而成的香炉峰。似是专门为供奉真武大帝而设，整个山体便是案台。

"会当凌绝顶，一览众山小。"登临金顶，置身三面绝壁之巅，心中豁然开朗，大好河山，纵情饱览。青龙、白虎二峰分列左右，巍峨朱雀当前方矗立。极目远眺，似有雾作云龙，翻江倒海；似有氤氲如画，山峰漂移。

回望登山经途，似如人生长征。没有目标，难以登临绝顶；功利太切，难以纵览山水。唯有抱定一颗平常心态，寄求索于山水之间，此时即是幸福的终点，彼时亦是幸福的乐园。如若绝尘埃、弃草木，纵然孤身临巅，似也难有庆幸之色，"身前是空，身后亦是空！"

人生须臾，如过眼云雾；凡夫渺渺，如苍山之一粒。以有限搏无极，何苦哀哉！

"曷不委心任去留？胡为乎遑遑欲何之？……聊乘化以归尽，乐夫天命复奚疑！"

◎ 雨中游秦王湖

姚斌杰

"窗外雨潺潺，春意阑珊。"透过秦王湖宾馆的窗子，蒙蒙细雨中，苍翠的南山被一片氤氲笼罩。俯视山前阴暗天色下的深绿湖水，自西向东悠悠激荡着拱形大坝。

淫雨霏霏，我们一行几人沿着碎石铺就的步游道，带上雨伞，拾阶而上。晶莹剔透的水珠挂满了一树新绿的柳叶，绿得直逼你的眼。微风拂过，春燕滑翔，婀娜的柳条轻舞身姿，草长莺飞的春的鲜活生命力自由荡漾！踏上一片片石英岩堆砌的一阶阶石板，解读一页页岩层扑面累积的厚重历史，不时观望山下更加灰暗的水面。站在稳如铁塔的水库大坝上，迎面两岸巍峨高山簇拥着宽阔的湖水在脚下冲荡；伸展双臂，任滚滚风潮涌向怀抱。云雾缭绕中隐约可见狮子峰、金猴峰，此中山峰相接，翠绿相连。

走过崎岖山路，登临南山，仰观秦王狩猎塑像，劲兵威武，尉迟敬德峥嵘可畏，蓄势待发；山顶主位，秦王勒马腾空，"会挽雕弓如满月"，指挥若定，气势如山！

穿过椋树林，直到牡丹苑。细雨洗练了天空，清脆笼罩着山麓，正身处此时此中的各色牡丹，着上了一层羞答答的珠衣。牡丹绿叶层叠，红白相间，形色各异。有的热情怒放；有的含苞待开；有的洁白无瑕；有的红艳欲滴。

恋恋不舍，反身回程。处处新绿，处处脆鸣，真是"空山新雨后，天气早来春"。俯身顺南山北麓次下，登汽艇，放任北去，浪遏飞舟。

纵观湖水，环望众山，想皓月当空，群山揽月，银光静泄，波光粼粼，水动如潮。则当尽弃胸中烦闷，极娱驰骋！

<small>姚斌杰，80后，国务院发改委工作。武汉理工大学硕士研究生公共管理专业。</small>

◎ 沙河赞歌

姚军红

大沙河蜿蜒长百里，
太行山巍峨千丈许，
这是辽阔的土地。
荟萃文明的印记，
綦毋冶铁革新灌钢法技，
老子修道奠立文脉根基。

宋璟路通畅车如水，
文谦街繁华商云集，
这是兴旺的土地，
拥有通达的便利，
一处机场拉近时空距离，
四条动脉连接南北东西。

秦王湖波光泛涟漪，
王硇村石楼展魅力，
这是美丽的土地，
留存生态的奇迹，
清水绵长滋养人物田地。
川寨古朴笑迎八方来仪。

玻璃城享誉中华地，
京津冀发展成一体，
这是开放的土地，
适逢崛起的良机，
传统产业正在转型升级。
新兴工业初具规模体系。

赞我沙河兮，
文明、通达、生态、工业之城市。
歌我沙河兮，
悠久、富饶、秀美、青春之两宜。
啊，啊，啊……
生我养我的土地，
我魂牵梦绕着你。

啊，啊，啊……
生我养我的土地，
我把赞歌唱给你，
唱给你……

◎ 我的沙河

姚军红

此刻，
让我漫步大沙河畔。
溯流而上，
探秘湡水之源。

我的沙河，
从远古走来，
新石器时代就有人烟。

我的沙河，
从历史走来，
1400 年前已经置县。

我的沙河，
从文明走来，
道德经的光芒依旧灿烂，
映铁冶的火焰余热犹在。

此刻，
让我化作一只雄鹰，
翱翔苍穹，
俯瞰锦绣沙河。

999 平方公里的土地上，
分布着山地、丘陵和平原，
多彩的地貌，
美丽宽广。

那是我出生的村庄，
几年前父老就住进了楼房，
幸福的生活，
有了保障。

那一片灯火辉煌的地方，
一定是城市的心脏，
繁华的夜市，
人间天上。

此刻，
我们依然记得，
1987年撤县设市时，
全市国民生产总值为3.1亿元，
建市十周年时为29.3亿元，
建市二十周年时为101亿元，
而现在是235.7亿元。

此刻，
请不要忘了，
近一两年来，
我们面对的压力有多大，
我们面临的任务有多艰。
即便如此，
我们取得，
——以玻璃去产能为重点的供给侧结构性改革加快。
——全市实际利用内资额在邢台各县市区中排名第一。
——出色打赢一系列抗洪抢险救灾攻坚战役。
——全市没有发生一起较大以上安全生产事故。

2017年，
我们突出"走新路、有作为、创亮点、守底线"主题。
我们明确"邢台保第一，省内争进位"总目标。

我们唱响"靠敢干事解放思想，凭干成事聚力凝心"主旋律。
我们狠抓"四项战略重点，四项关键举措"任务。
中国邢台国际公路自行车赛我们发出"再使嘞慌也不使嘞慌"的声音。
创建省级文明城市和治理"双违"工作我们拿出"壮士断腕"的行动。
最近，
我们成功举办"河北好人榜"9月入选名单发布仪式。
我们荣获全国平安建设先进市。

湡水常流，
广阳高耸，
渡槽横卧，
人民见证。
三十年来，
我们走过一条从小到大，
从大到强的发展之路。

三十年来，
我们走过一条从无到有，
从有到优的创新之路。

三十年来，
我们走过一条从立到破，
有破有立的涅槃之路。

辉煌三十年，
漫漫征程路，
一代又一代，
争跑接力赛。

建市三十年，
喜逢十九大，
万家颂盛世，
普天贺国强。

此时此刻，
我要把内心的喜悦，
告诉我的家国。
腾飞吧！
我的沙河！
厉害嘞！
我的祖国！

<small>姚军红，沙河市綦村人，现任职于沙河市政协文史资料委员会。</small>

◎ 深入群众当学生辛勤耕耘结硕果
——乔羽同志在沙河体验生活片段

禹振华

"一条大河波浪宽……"

"啊！牡丹，百花丛中最鲜艳。啊！牡丹，众香国里最壮观……"

大家听到这首歌很熟悉吧！如果我问这首歌的作词者是谁？大家说：著名词作家乔羽，曾经担任过中国歌舞剧院院长，被誉为"词坛泰斗"。以创作1000多首历经磨砺久唱不衰的歌词而闻名国内外，形成了自己鲜明独特的风格。他的歌词作品唱遍大江南北，长城内外，早已成为广大人民群众生活中的精神食粮，是社会主义文艺百花中一簇芳香四溢充满生命力的牡丹花。

1950年到1958年，再到1963年，乔羽三次来到沙河市的渡口村体验生活，在这里度过了六个不平凡的春秋，同这里的干部群众结下了深厚友谊。曾挂任县委宣传部副部长，并挂职驻村所在公社党委副书记。1950年秋，中国歌舞剧院演唱团和北京电影制片厂部分演员，来渡口村体验生活并慰问演出。随团来的一位年轻人，戴一副近视镜，穿一身褪了色的中山装，踏一双千层底布鞋还绑着带子。他不会演唱，也不会吹奏，区里的干部说他是作家。这就是时年23岁的乔羽。村干部亲切地称呼他为"老乔""小乔"。

歌舞剧演唱团回京了，小乔没有走。他住在劳模刘青云家，成了村里的一名"庄户主"。睡的是土炕，吃的是小米粥、窝窝头，每天跟着刘青云下地学农活，休息时在地头拉家常，讲故事。成立合作社后，乔羽成了合作社成员之一。他虚心好学，样样农活都感兴趣。一是学犁地，顾上扶犁，顾不上扬鞭，牲口不服使唤，人扶不住犁，小驴拉着犁遍地跑。一个年轻人跟在老乔后面，又担心又好笑。乔羽不服气，一连几天跟老农手把手地学，大有学不会决不罢休的勇气。他深有体会地说："不读哪家书，不识哪家字，实践出真知，一点也不错啊！"

乔羽非常喜欢和一些天真活泼的少年交朋友。禹振民就是其中一位。夏日的中午，他常带领孩子们到村口的河里学游泳，捉虾米和蛤蟆。他也常把他写的电影剧本《红孩子》里的故事情节津津有味地讲给孩子们听，他把每个小朋友的性格特点语言习惯都深深记录在脑海里。

丰富多彩的实践生活，使得他爱上了这个太行山脚下的古老村庄。每当夜晚，忙碌了一天的人们，早已进入了梦乡。老乔还在煤油灯下记录当天的生活和感受。久而久之，老百姓和干部都把他当成自己家里人看待。他逢人常说："我的老家在山东，渡口是我的第二故乡。"

1958年春天，县委倾全县之力组织造林大军绿化山区。乔羽和群众一起，像刚入伍的新战士，扛着铁锹，带着行李卷挥汗如雨战斗在太行山上。山陡石头多，干起活来，汗流满面，他的近视眼镜变得模糊不清，稍有不慎就有滚下山沟的危险。人们不放心，要他腰间系挂一条绳子在树上。他婉言谢绝，几天下来，手上磨起了血泡，嘴唇裂了口子。一天，他在山头上望着漫山遍野的造林队伍，不胜感慨吟道："千军万马进山川，誓将荒山变果园。桃三杏四梨五年，枣树当年就来钱。""今朝多流几滴汗，造福后代千百年。想过去，荒山秃岭和尚头。老天下雨满山流，不是冲了地，就是涮了沟。望将来，春天花开满山头，秋天苹果香满沟。你要走路不小心，核桃栗子碰破头。"

谷雨时节，每到春季播种，总是要靠担水点种。乔羽也不例外，投入到"千盆万罐一亩棉"抗旱的人流中。他望着一队队一排排挑水的青年男女，即兴吟到："一条扁担，两个青罐。你说担的是水，我说担的是棉。这话你要不信，秋后再来看看。"

走访深山区著名林业劳模孙清贵后，乔羽写了一首《赠孙清贵》："有土之处皆种树，有山之处尽成林。蚕桑已超江南胜，天桃独占江北春。桃林擎天张华盖，苹果遍地隐诗人。行者到此莫夸量，葡萄美酒醉众神。"

副县长王永淮热爱山区，扎根基层，带领干部群众办好事、办实事，深受称赞。乔羽深入采访后写道："王永淮，像春蚕，年年月月不离山。春蚕吐丝只几日，永淮辛苦几十年。他跟群众心连心，人民和他心相连。"

乔羽在渡口村体验生活，遇到的每一件事，都认真对待，观察细致入微。农村办红白喜事，他总要去看看听听，了解些东西。谁家娶媳妇，他要学习几句恭贺的话，遇到送葬的人，他要听听他们哭词。甚至连百姓骂街，他也要偷偷听上半天。

搜集好素材，打好腹稿，列出提纲，做好创作的准备工作。写作时，他把自己关在屋里，桌子上放一壶水。一包饼干，饿了吃几块。如果有谁来敲门，他就大声谢客。初稿出手，他像闹了一场大病，本来就黄瘦的脸，更显得消瘦。同志们劝他注意身体，他笑着说："不付出艰苦劳动，是拿不出好作品的。"

乔羽同志在沙河市渡口村住了六年，和乡亲们亲如一家，见谁家有活就去帮着干。凡是他帮忙干的活，人们都很放心。就连房东媳妇走娘家，丈夫没空儿陪同，乔羽都自告奋勇。只见他一手拎着篮子，一手拿着荆条赶着毛驴，还真像那回事儿。娘家人莫名其妙地招待这位戴着眼镜的文化人，他吃了一顿当地人拿手的打卤面，说几句客套话，就独自返回。

有一次，他听说刘青云一位亲戚从外地赶来，在章村火车站下火车，就代为赶着小毛驴去接。天不亮就启程，想不到出了门小毛驴就是不往前走，越打越后退。老刘听后觉得奇怪，原来老乔把围脖子绑在套的夹板之外了，两个人大笑起来。

老乔在深入基层这些年，由于生活艰苦，又常熬夜，一受风寒就容易感冒。他随身带着从北京寄来的常用感冒药，见到谁伤风感冒，就给谁几片，吃几次后，症状明显减轻。于是村里人见了他都称呼他为"乔先生"（医生的意思）。

老乔第三次来沙河，是在刚刚度过的三年灾患，又遇到特大洪水考验的1963年。他惦记着老房东老朋友和老乡亲们，一下车就拄着棍子爬山越岭去登门拜访。乡亲们话未说出口，泪已先流出来。老乔也含着眼泪说："我长期在这里体验生活，这里是我的第二故乡啊！"

乔羽当年的邻居刘清源和当时在家乡任教的贾光奇，前几年受家乡父老乡亲之托，去北京看望乔老，带上老乡们你一把我一捧凑成的"百家米"。乔老感慨万千，拿出存放多年的茅台酒，幽默地说道："朋友来了有好酒嘛！"他顺手捧起"百家米"，笑哈哈地说，"我知道当地有个风俗，小孩子吃了百家米成人，老年人吃了百家米会长命百岁。今天我老乔吃了百家米，寿似渡口广阳山。"随后，他向夫人建议，熬一顿金黄的小米粥，让全家人尝尝，其余的拿到歌舞剧院，讲给大家这珍贵礼物的由来，并即席为家乡的广阳山风景区题词"老君台""老聃修行处"。刘清源和贾光奇即兴和诗："四十春秋情悠悠，见面还需说来由。村庄姓名秉乔老，词人农夫论朋友。渡口同吃海螺肉，北京共饮茅台酒。故乡父老家家富，文坛歌词花更秀。……"这首诗，听说已存展在山东"乔羽展览馆"。

<small>禹振华，沙河市渡口人。曾任沙河市政协主席等职。</small>

◎ 古村王硇春日行

王新芳

春暖花开，心情也随之明媚起来。约上几个好友去旅行，目标直指沙河市的王硇村。王硇村是中国历史文化名村，三面环山，一面临水。路边桃花灼灼，油菜花正黄，站在山顶看王硇，层层错落有致的梯田中，一处小山村正在春风中酣睡。

走进王硇，仿佛穿越到历史的某一个时代，既有疏离，又有亲切。保存完好的明清以及民国建筑，或为二层楼，或为平房，无论何种形式，材料一律是当地的红石材，尖尖的屋顶铺着青瓦。既有北方建筑的粗犷、古朴，又有南方建筑的秀气，就像一幅斑驳的油画。在村子中漫步，看那些卷角张檐，隔扇花窗，不觉有一种恍惚之感。也许大门"吱呀"洞开，那些留着长须的老者，扎着小辫的孩童，会热情地"邀我至田家""具鸡黍""话桑麻"呢。

王硇村，就像一部历史通卷，历史的沉淀使其建筑底蕴非常深厚，同时建筑又赋予了其文化。俗话说："有钱难买东南缺。"王硇的每一排石楼，不是左右对齐成一排，而是自前向后均闪去东南角一块，错落而建，既是遵循风水之意，也是把好的风水留给乡邻。风雨600年，山村处处都是典故和传奇。伸曲巷前，看巷路弯弯，不仅为"让人三尺又何妨"的大度而赞叹。而每一个街角的红石都被打磨成圆形，只为方便拖着货物的毛驴在小巷中穿行，这是何等的聪明和善意。

王硇安稳而又温和，岁月静好，时光温柔。碾棚里，一头毛驴在周而复始地转圈拉磨。两个老婆婆包着花头巾，正在碾新鲜的小米。见有人来，不惊不喜，只微微露一个笑。村里有很多手工织布的作坊，信步走进去，见织布的女子手和脚协调地配合着，梭子在织布机上利落穿梭。

日暮西垂，我们驱车回转。这时的王硇是忧伤的，只为这一场聚散离合，我能读懂她的不舍与留恋。只能用深情款款，写下明净的文字一行，在岁月的素笺上，为她书写生命冷暖，光阴清长。

<small>王新芳，河北省作家协会会员、河北省文化名人诗词院院士、邢台市小小说艺委会副秘书长。《文苑》杂志签约作家，《博爱》杂志签约作家，《新青年》杂志签约作家。内丘县作协副主席。从小就对文学有浓厚兴趣，1997年开始发表作品，主要写作方向是散文和小说。</small>

◎ 麦秸垛

武彦书

一直有个遗憾，我们历尽千难万险却只能在麦秸垛山脚下横穿过去而匆匆回程。麦秸垛，虽不是什么名山古迹，可它的确与众不同。顾名思义，它就像老农精心挑好的麦秸垛，山头似盖一帽，四面垂直而起。麦秸垛山峰似乎是立在群山背上一堵拔地而起的墙，南北长而东西窄，围峰一圈几乎都是直壁，别说人，连鸟也飞不上去。也不奇怪我们没爬到山顶。但是这一程，是我登山以来走过的最刻骨铭心的一程路。杂乱的荆棘古藤让你不得不爬身往过钻，可还没站起身，迎面的树枝又毫不留情的挂伤你的脸，刺向你的眼。千万别抱怨，小心脚下，秋草未枯，踩上去却滑，只能攀枝而过，半是空脚半是手，总算过来了。刚想松口气，我的天，这个险峰又来考验，回不去，只能向上，怎么办？我们先把最高最有力的朋友集体抽上去，然后一个一个往上拔。当然，最后上去的也是英雄，他负责我们所有人安全上去。看看我们所有人一个个蓬头伤面，一个个刺衣草腿，狼狈不堪，也别有一番情趣。哈！艰难得让我们永远忘不了，艰难得让我们再也没感到过其他路不好走。别误会，这只是登山路，我们并没有到达峰顶，看似无路可走。天色已晚，我们只能往回走了。

在下山的路上，碰到当地的牧羊人。问后才知道，我们走错路了，登到峰顶的路只有一条，而且险极，很少有人上去。我们怀着不服输的心理，决定来日一定重登麦秸垛，一定要上到峰顶，才能不负今天之辛苦。

登麦秸垛

清流作曲尽山西，问道秋风众友迷。
怪石迎人先触手，险峰留客早横藜。
何堪个个青丝乱，更见人人长裤泥。
莫笑痴心凌绝苦，云峰绝壁欲留题。

圆梦，我们重登麦秸垛。沿着一条似有若无的崎岖小路，感觉比上次好走了不少，尽管又错了一次，又钻了荆棘，但毕竟离正路不远。所以在中午十二点我们便来到麦秸峰下。按照指路人所指之路，向上一望，心顿时凉了半截。这样的山峰，看看就让人心惊胆寒。从山身一个缺口处斜攀上去，到了一个悬崖处外拐过去，下面是万丈深渊，拐角处是一脚陡崖，过去后是什么还是未知数。望而生畏，怎么办呢？我犹豫不决。这时朋友看了看毅然决然地上去了。我大吃一惊，也想跟上去，可是再一看，山峰那么陡，那路无疑于在额头上走过，太危险了，我又退却了。正在我准备回去的时候，一美女朋友又大胆地上去了。我鼓足勇气，爬！居然很快也上去了。满山顶的菊花散发着浓浓的香味，阵阵风吹来，清爽极了，站在鳄鱼巨石上，迎着秋风，我不禁大声喊到，我终于上来了！好高兴！

其实，真正开心的不是山上的风景，不是圆了一个梦，也不是战胜了自己。而是这件事让我明白了一个道理，人生的路上何曾不是处处悬崖，何曾不是处处危险。在每一个困难面前，都应该自己坚强的大胆的奋勇直上。而不是像今天一样犹豫，等待有人引导，等待有人同行，只有这样，才能自强，才能独立生存……

武彦书，女，沙河市册井村西北街人。河北省诗词协会会员、邢台市诗词协会会员。

◎ 王瑙纪行

刘秀清

夏云涌动。在一个微晴时阴的周末，我们一行八人去探访沙河的峡沟水库。

车行沙河路上，因为道路陌生，渐近中午时，才走到峡沟水库所在的王瑙村附近。听说王瑙近两年在大搞景区建设，我们于是在王瑙附近的山中巡游，想提前欣赏、感受未来的旅游胜地。在新修建的盘山路上转来转去，来到了一处山顶的云游亭，俯瞰山下风光，道路蜿蜒曲折，对面高山厚实挺拔，像极了沙河人的厚重质朴。

正在修建的红枫山奶奶顶，虽然规模还不太大，但是静坐松下石凳上，清凉的山风拂面而来，让人感到心神安宁，颇得三清胜境之味。

从奶奶顶下来，在王硇村中的一个小店吃午饭。小店依山而建，在小店的院中，向上望去便是奶奶顶，山上植被葱郁，小店的后院墙上爬着青翠的藤萝，墙缝里还生长着鲜绿的草枝草叶，一派生机。

饭后，我们便启程去峡沟水库。在号称太行山最险的路段，两辆车一前一后，在黑黢黢的隧道中贴着石壁小心翼翼地前行。隧道中不时有向着悬崖凿开的窗口，以引来天光。山岩石缝中的滴水不时地落下，坑坑洼洼的路上积水不断，不到两公里的路程，让车中的我们一身冷汗。

终于走出了隧道，山下的水库碧波荡漾，有游人在水边垂钓、休憩，水对面的大山有着宽阔的胸膛。由于道路狭窄，无处停车，我们只稍作停留，默默地谢绝了灵秀的水波挽留的盛情，便又向着一派万物葱茏的前方，向着深山中最宁静的所在前行。路边，偶有小店，桌椅摆在外面，有骑行前来的人们正在聚会。有道是："蝉噪林逾静，鸟鸣山更幽。"在这样的人迹中，此时，却愈发衬托得那满山满谷满路的汪洋恣肆的绿意生机灵动妩媚无限；在这样的盎然生机中，那溢满四极无处不在的清静适意安宁祥和仿佛如影随形。

车终于不能前行，而山中的人家，在宁静中，安守，淡泊，幸福着。

返程中，在一处小溪旁，我们停下，让车休息片刻。小溪流水潺潺，清洗着卵石，滋养了禾稼，荡涤着我们的仆仆风尘，也清凉着夏的时光。同行的小星星跟着她父亲捡溪石，给溪石起名字，父女俩笑意盈盈，清澈的溪水映亮了她的眸子，也留下了她童年美丽的影子。

沙河此行，大半时间都在路上，当时仿佛哪一处都没有待够。但回头想想，也只有这样紧凑的行程，才能让我们在半日之中，更多地感悟欣赏沙河的壮美山水、祥和人文，进而更开阔了心胸，放开了眼界，去欣赏，去悦纳，去感激。

<small>刘秀清，河北省作家协会会员、邢台市作协第四届理事会常务理事，出版散文诗歌集《珍重》，曾获第二届中外诗歌邀请赛一等奖。</small>

◎ 一条大河的思念

戴召民

沙河市一条线，深山、浅川和平原。走进沙河不但能感受沙河独特的地域风貌，许多人文和历史景观更使你流连忘返。

渡口川是沙河境内最长的山川，出沙河市向西一路景色如画，历史文化景观珠帘如串：新城镇历来是军事重镇，三王村是邢台采煤历史的起始地，抗日时期是政府的所在地，也曾是邢沙永战役的主战场，129师参谋长李达亲临三王村侦查敌情，如今的新城是当地军民共建镇双拥镇。新城镇向西的白塔镇，是全国闻名的经济强镇，文化强镇，非遗四匹缯织布工艺享誉全国。再向西行至石岗御路，更是让人深浸于历史与传说中不能自拔，御路与皇帝的路过有关，御路的羊杂汤、米面煎饼更是当地有名的小吃。在羊汤葱花的飘香里再绕二个山弯，宏伟壮观的渡口太行渡槽飞架东西两座山峰展现在我们左侧，仰首望去我们不得不为勤劳智慧的沙河人由衷地佩服，至今该渡槽为华北第一单孔宽度浆砌石拱桥。

渡口到了，北有广阳山，广阳山脚下有一条大河，有一条流淌着渡口人民情爱和思念的大河。上世纪50年代初，诗词泰斗著名词作家剧作家乔羽就是沿着这条道坐着渡口人民的马车从沙河市（当时的裕裣店）到渡口深入生活的。作为中央歌舞剧院的青年编剧，乔羽下乡挂职沙河县宣传部副部长。除到县里开会外，一头扎到渡口川，住在全国劳模刘青云家中，与乡亲们同吃同住同劳动，汇入了人民群众的这条大河里。乔羽住过的小屋和放小方桌的土炕至今还保存完好。

2012年6月22日，笔者曾赴京采访了乔羽先生，文章《沙河，我创作的根据地》见《邢台日报》2012年6月28日大周末，《乔羽，青山在，人未老》见《奥港台画报》2016年第一期，许多已见诸报端的不再表述，只把在沙河鲜为人知的沙河故事和沙河情结以及对第二故乡的思念奉献给大家。

乔羽会写歌大家都知道，乔羽会赶马车，乔羽会针线活，乔羽会打夯，会摇耧耕地，会扬场会看病，知道的人就只有渡口川的乡亲们了。大姑娘小媳妇晚上都爱找乔羽，可不是乔羽作风不好，因为他是宣传部长，每月都有10斤灯油供给。大姑娘小媳妇白天参加生产劳动，晚上要做针线活，乔羽的油灯就帮了她们的大忙。那时群众困难点不起灯油，乔羽在奉献"光明"的同时，也了解了渡口川众多的风土人情和风俗习惯，成为他取之不尽的创作源泉。新中国成立初期，渡口川缺医少药，看到群众因一点小病痛苦不堪或因延误治疗而送命，乔羽每次回京，总是通过各种渠道搜罗各种常用药大包小包背回来，翻医书看说明为渡口川百姓送医送药。时间不久，连册井川、孔庄川的百姓也慕名来求医问药，还落下个"乔半仙"的美名。

乔羽深爱着渡口，深爱着广阳山，曾三次深入渡口体验生活，时间长达6年之久。歌词《我的祖国》《人说山西好风光》歌剧《刘三妹》《胜利列车》《花开满山头》都是在渡口创作的。老子在渡口广阳山修行6年，乔羽在渡口也恰生活了6年。关于一条大河笔者曾问乔老，河指哪条河，乔老哈哈大笑："这个问题问的人多了，著名导演沙蒙也问过我，如果把一条大河指定成黄河或长江那就是河大了，意思窄了，只说是一条大河是广义的，谁的门前没一条河呢？但这条大河肯定有沙河有渡口有广阳山脚下那条河的元素。"关于《思念》这首歌为什么间隔了26年？我又询问来历，乔老又笑了连连说《思念》的故事最多：1963年是乔老第三次深入当时的沙河县渡口村体验生活，也是他上半个世纪以来的最后一次在沙河体验生活。歌词《思念》是他创作中耗时最长的一首，长达26年，也和他深入生活的沙河渡口村有关。1963年初夏，乔羽从渡口村返回北京垂杨柳家中，他走进卧室刚打开窗户，一只黄色蝴蝶就飞进来了。乔羽惊呆了，大气都不敢出，生怕惊动了这个突然造访的精灵和这个赋有诗意的意象：蝴蝶在屋内离房顶一尺左右围墙转了六圈，又从窗口飞出，飘落进窗外的一片黄花丛中。蝴蝶飞了六圈而他三次深入生活在渡口的时间加起来正好是六年。是巧合？还是天意？还是灵犀中的诗情画意？天才能知道啊！乔羽曾感叹，没有沙河可能就没有思念呀！时间弹指到了1988年，乔老的这只蝴蝶（思念）歌词才创作完成。大儿子乔鲸也惦记着父亲的这只蝴蝶，他根据歌词的意境从上海邀来著名作曲家谷建芬为词谱曲，才完成了跨越了26年的《思念》之旅。1988年中央台春节晚会上毛阿敏把这只《思念》的蝴蝶奉献给了亿万听众。也就是这只蝴蝶让乔羽在三个不同场合把一个词坛泰斗的幽默和智慧发挥到淋漓尽致：2005年中央台"艺术人生"主持人问那只蝴蝶指的是谁？是不是指乔老的夫人佟琦？乔羽笑答："蝴蝶就是蝴蝶嘛，谁家夫人能从窗户进屋呀？你夫人也不可能从窗户进屋呀，从窗户进的那是小姐呀！那是要乱套的嘛！"引得现场观众大笑不止；在美国访问时，美国的媒体记者又问了同样的问题且不怀好意地问蝴蝶是否另有其人？乔羽回答的智慧而庄严："可能你们美国跟我们中华民族的风俗习惯不同，你们的夫人都是从窗户进家吗？反正中国的夫人都走正门。"一个正字了得！在天津电视台科技频道做客"男人世界"栏目时，主持人那威在节目最后笑问乔羽："今天咱是'男人世界'节目，请问乔老爷你的那只蝴蝶是女蝴蝶还是男蝴蝶呀？"乔羽回答得更妙："如果屋里是男人，那蝴蝶就是女的。如果屋里是女人，那蝴蝶就是男的。"一个乔羽，三次回答，三个答案；这就是乔羽——亿万观众的乔羽，是中国的乔羽，更是世界的乔羽！

乔羽情系沙河，心系渡口还有许多佳话。为了推动沙河的旅游事业，乔羽先生先后收集了许多老君洞、老君台、老君灶、老君炉的各种传说。上世纪80年代初期渡口村沙河市老子研究会会长范士英老先生专程到北京拜访乔羽，临行范老先生从每家每户捏一捏米，挖一勺面，被渡口川乡亲们称为千家米、百家面，带给乔羽。面对渡口川人民的深情厚意，乔羽挥泪为他的第二故乡广阳山题下了"老聃修行处"，现在镌刻在广阳山风景区。2012年，笔者赶京采访乔羽先生，作为沙河老乡，我给乔老带去了御路小米，渡口香米醋，乔老又一次情不自禁地挥泪自语："沙河就是我生命中流淌不息的那条大河，我怀念沙河，代我向渡口川乡亲们问好，那是我魂牵梦绕的第二故乡！"

戴召民，沙河市十里亭镇人。曾任河北省公安厅《警视窗》杂志社编辑记者，《清风》杂志副总编。曾主编《沙河市煤炭志》，著有作品集《七色花》一部。现任《粤港台画报》河北联络处记者，河北冀善冀美文化传媒总经理。

◎ 沙河次序村名趣闻

胡运增

沙河村名，分类多样，一村一名，妙趣蕴藏。探其由来，原因多方，或以姓氏，或以方向；或以地形，或以庙坊；或以传说，或以将相；或以古迹，或以崇尚。还有其他，不再言详。今按次序，前10排行，雅俗搭配，与君共飨。

一古街

沙河市政府驻地褡裢村有一古街，叫海马街。其名字的来历，是一个慧眼识珠、厚报恩师的故事。

明万历年间，该村有一才子叫李成性，为人正直，才华横溢。万历二年他在赞善村青龙庙教书。偶然发现窗外有一放猪、打柴的农家子弟，常躲在门外悄悄听他讲课。一次成性顺便问道："今日讲的什么课？"谁知那少年竟对答如流。久而久之，得知孩童在邻村许庄村，叫许国秀。成性独具慧眼，认定此少年"虽年少而聪明过人，虽家贫而胸怀大志"。于是收他为弟子，并对其母"年供米，月供柴"。在成性的精心培养下，国秀勤学苦钻，孜孜不倦，果然成才。三年进秀才，六年中举，数年后官至贵州拾遗，湖北总督，明中宪，按察使等。国秀不忘恩师，在他的推荐下，成性做了太子老师，封为国师。许国秀后在沙河县城和成性的家乡各修建青石牌坊一座，以示感恩报德，铭记不忘。另在成性故乡褡裢村修城墙一道，并在南门上方镌刻一块海马浮雕（浮雕已被毁），象征恩师飞黄腾达，长寿不老。村民为纪念许国秀的报恩善举，曾将村名改为许友店和海马店。百年沧桑，原村名虽多次更换，但"海马"之名，至今永存，成为褡裢村一条古老的街道。

二道岭

此岭位于原渡口区西北十五里处的高坡山岭上，因它是通往黑瑙村三道岭中的第二道岭，故名二道岭。此岭西邻是黑瑙村。1953年该村共产党员元兴，带头成立沙河县第一个合作社，带领群众开展自力更生绿化荒山、发展畜牧业，使昔日的穷山恶水之地，变成粮丰林茂的新山村。由于成绩显著当选为全国劳模，并出席第一届全国人民代表大会。时任县委书记邵星撰写文章，在有四种文字的《人民中国》上发表，引起世界关注。著名词作家乔羽和诗人王洪涛，当时都在渡口川体验生活，多次采访元兴，写了许多赞美元兴和黑瑙及二道岭山乡巨变的诗文。如诗人王洪涛于1963年3月在黑瑙村，对元兴赞颂道："一副铁肩膀，一身硬骨头，叮当响的铁汉子，顶天立地贯宇宙……"（《北国春汛》）。

三王村

这是一个古老的村庄，位于新城镇北部二公里处。早在元天顺年代（1328年）有王姓三兄弟在此创业居住。他们目光远大，治理有方，在相距不远的地方，建起三个小村庄，即西王村、中王村和东王村。斗转星移，数年后人丁兴旺，耕地增多，房屋相连。一天晚上，兄弟三人在油灯下不谋而合，将三村合为一村，称"三王村"，既扩大了村廓范围，又和睦相处在一起，其乐融融。

四十地

这是太行深处的一个小村庄，既偏僻，又美丽，像一个未出山寨的小姑娘，鲜为人知，只有在沙河市地图上，细心的人方可找到她的"闺阁"之地。她是蝉房乡大欠村九个山庄中的"小四"。"燕王扫北"时人慌马乱，几户人家为躲避战乱，逃往此地开荒种田。几度春秋，他们在山坡上开垦出许多块层层梯田。"大块可盖一间房，小块能卧一只羊。"人们数了一下共计四十块，故名"四十地"，久沿成习，延用至今。

五里碑

它地处册井乡的西北处。原是宋朝时期建封峦寺的开山祖师，为占有土地所立的地界碑。因此地处于"十字"路边，距周围几个村庄大约均为5里，故称"五里碑"。1958年沙河县在西部太行深山处峡沟村，修建水库，该村部分村民在国家的资助下，到此地建房立村，名为"新农村"。但人们对久远的地名念念不忘。几经岁月，又恢复了原名"五里碑"。

六方

此村在原沙河市留村乡正北2公里处。它的名字由来经历了沧桑岁月，洒满了居民的辛勤汗水。明永乐年间，李姓兄弟两家，各有三个儿子，翻山越岭，千里跋涉来到此处安家立业。开始用树枝、茅草搭起简陋的草棚居住。一到深秋初冬，寒风怒号，出现"茅屋为秋风所破歌"的凄凉景象。但他们人穷志坚，经过数年的辛勤劳动，李家六兄弟在荒凉的沙滩上盖起六间新房。他们的艰苦创业精神，受到周围村民的称赞，村民便把此处称为"六房新村"。后为书写方便，简称"六方"，沿用至今。

七（漆）泉寺

据《沙河县志》记载，漆泉寺建于唐贞观年间，是尉迟敬德监工完成的，位于广阳山的西山幽谷处。寺院内有一眼圆口的泉水井，井壁如漆，翻滚青花，春夏秋冬长流不息。此处风景静谧优美，庙宇富丽堂皇，吸引许多文人骚客到此吟诗作赋。其中明末清初著名文学家、学者、河朔诗派领袖申涵光在此留诗数首，有一首吟诵道："乱木山腰寺，人来问漆泉。水声喧彻夜，松影静诸天。"近几年多位热心旅游开发者到此考察，颇想恢复原貌。

八十县

大千世界，无奇不有。欧洲有国中之国，如梵蒂冈；沙河市有县中之县，如八十县。但此"县"是村级的。它的来历有一段意想不到的故事。

据民国出版的《沙河县志》记载，八十县原名"八十堰"，说是明永乐年间有几户人家，从外地迁徙此地。他们劈山造田，为防止水土流失，在每块梯田边筑起一道坚固的地堰，总共八十道，对外称"八十堰"，后人误传"十八堰"。清光绪十三年（1883年）该村派人进县城兑换钱粮。县令得知村名叫"十八堰"，眉头一皱，严肃地说道："此名何等不雅，又十分绕口，改为八十县好。"县令之言，一锤定音。从此"八十县"为正式村名，沿用至今。

九家铺

明成祖在北京建都后，此处成了南方各省进京的交通要道，车辆行人络绎不绝。路旁不远处有一口日夜潺潺不息的清泉，有人在泉的上方搭建一个凉亭，来往过客常在此处饮马歇脚，或乘凉避暑。亭的东边是东九家村，两户姓薛人家见此地是个谋生的好地方，于是他们在此处开设饭铺，修建饮马槽，招牌写为"九家铺"。天长日久，人们到此做生意的日益增多，逐渐成为一个村庄。久沿成习，"九家铺"成了此村的代名词。

十里亭

此村现为沙河市五镇之一——十里亭镇的驻地。据清道光年间《沙河县志》记载，"七雄争霸"时代，苏秦、张仪在此建亭游说连横，"秦人贷黄金万镒，尽黑貂之裘，蔽即此地"，曾称"苏秦亭"。明永乐年初，綦村一位姓胡进士，在武安任县令，官员往返接送县令，常在此休息，又新盖一凉亭。因该地距周围的王岗、柳沟、岗冶、羊范、喉咽等村均约十里，故名"十里亭"。原是一小村，因交通方便，1983年成了乡的驻地，1990年又成为镇的驻地。现在这里交通四通八达，商店林立连片，十分兴旺，已成为方圆几十里的政治、经济、文化中心。

◎ 广阳山下的五春秋

胡运增

1976年金秋九月，我被派到太行深山区的渡口工委，开展这个工委的五个公社群众文化工作。因没有固定的住处，暂住在渡口工委。后来为了便于工作，干脆租了渡口西园彭生堂老师的一个小石头房子。这房子临路，有七尺高，二丈长，东西走向，坐北朝南。房子中间有一界墙，通一小门，分里外各一间。里边屋子有一大土炕，占去屋子三分之二，剩下之地只能放一张床。外面那屋子只有九尺长、六尺宽，挨窗口只能放一张小办公桌。屋子简陋潮湿，阴暗缺光，白天办公要开灯，书籍、文件要放在篮子吊在屋梁上。夜间睡觉不断有老鼠从头顶上走路。

房子前边风景好。一棵枝稠叶茂的核桃树，在赤日炎炎的夏天，它像一把大伞插在门前，供人们乘凉。树下有一块与吃饭桌一样大小的石板，我下乡回来常常坐在石板前吃饭，不断地给下工路过这里的老乡们打个招呼。有时他们顺手送给我一把葱、韭菜等蔬菜。

此处环境不清静。房子西边有一个茅草屋，里边喂着一只山羊，它不时用一双犄角摩着门子哗哗响，有时它从门缝扭着头向外张望，咩咩地叫几声，好像要求自由，想看看外边的精彩世界。门口东边，有一个连着厕所的猪圈。那猪总是哼哼不停，大概肚子饿了，唤叫主人，快送饭吃。

我在这个石头屋子住了三个春秋，有两件事给我留下深刻的印象。

一次，大概是初冬的一个傍晚，我从乡下回来正准备开门进屋，房东彭生堂的母亲牵着一头小毛驴，急匆匆地从路上走来。我说："老嫂子，牵驴做什么活儿？"她快人快语说："准备碾些米。你好几天没回来，邻居都在打听你。"她边说，边牵着小毛驴向西走去。

不一会儿，只见她用上衣前大襟包着一个大包，像孕妇一样走到我门前，她把大包一解开，哗啦一下，倒了满地东西。原来她给我抱来生火用的干木柴片和煤球。她一边用手拍着前衣襟，一边命令似的说道："快把炉子生起来，看天多冷。晚上别做饭了，去俺家喝点热汤，吃个馒头，暖暖身子。我走了，碾子跟前没人看。"

因为老嫂子送来的是易燃的干木柴片，又有易着的乏煤球块，炉子很快生着了，冰冷的屋子一会儿温暖起来。我望着熊熊的炉火，情不自禁想到老房东大嫂的为人，心里久久不能平静。她多像一块煤炭呀，外形朴实无华，内心真情火热，在那寒冷的冬天，她把整个冷屋和我的凉身子一下子温暖起来。她真是冬天里的一把火。几年后，我从该村路过想去看望老嫂子时，听说她已经去世了，让我悲痛了好几天，她只有70多岁。好人啊，怎么不能长寿呢？

还有一件事。

有一次晚饭后，我洗了两件衣服，晾晒在屋前一条长绳子上，随后到工委办公室去翻阅近几天的报纸。一看起来就忘了时间。等到晚上10点多回到住处，忽然发现两件晾晒的衣服不翼而飞。心想这个小偷也太狠心，你偷一件给我留下一件不行，把两件都拿去叫我穿什么？

我在门前走来走去闷闷不乐，这两件衣服虽然不新，但那是老伴亲自给剪裁的，款式新颖，穿得舒服。正当我为衣服的丢失而着急忧愁时，忽闻住处的路南大街门"吱扭"响了一声，有人大声问道："在找你的衣服吧？不用找了，在我院子晾晒着。"他边说边向我走来，他走到我屋前，对我说："你住的房子紧挨路边，一到晚上过往的人很多，人多了啥人也会有的。以后洗了衣服就晾晒在我院子的绳子上。"他叫彭五金，是个铁匠，晚上有时到我屋坐一会儿，说话不多，为人实在，正像他打铁用的锤子和钳子一样，平时无声无息，默默无语，干活儿时才叮当响几声。

我在渡口西院的文化站一干就是三年，后在渡口村东买了一亩地，盖了一个崭新的文化院落，又干了两年。建立了图书阅览室，每季度召开一次全工委的业余作者会议，每月到五个公社转一圈。虽然有时翻山越岭走得有些累，但在群山环绕的山道上行走，乐而忘困，不时有小兔子从身旁跑过，给你一个惊喜！有时小鸟从头顶上唱着歌飞过，给你一个快乐，更何况山沟里空气好，实在新鲜。触景生情，有时吟几首山水诗。

搞农村文化工作，不但要靠嘴去说，靠手去写，还要靠腿去走。经过几年的奔波，和公社领导、农村干部和文艺骨干建立了深厚的感情和友谊，得到他们的信任，有时就在他们家吃饭和住宿，成了无话不说的朋友。在他们大力支持下，各公社成立了文化站，建立了图书阅览室、文体活动室。广大农村青年在劳动之余，到文化站打乒乓球、下棋、阅读报纸杂志和科技书籍。文化站每半年搞一次书法、美术作品展览，许多农村民间艺人踊跃参加，吸引许多带小孩的妇女，也去观看剪纸、绘画、剪裁和文体比赛。文化站成了农村必不可少的活动机构，许多青年形象地说道："文化站是学习知识的'加油站'，锻炼身体的'练武馆'，交流感情的'友谊桥'，科学致富的'财神院'。"

文化站的经常活动，也吸引了许多文艺爱好者的参与，他们都愿意办一个地方文艺刊物，为发表作品提供一个园地，因为往上边报刊投稿，命中率太低，挫伤了他们的写作积极性。从1978年春天开始，五个公社相继创办了文艺刊物——油印小册子，如孔庄公社的《山川新歌》、蝉房公社的《山菊花》、侯峪公社的《山丹丹花》、渡口公社的《广阳山》等。每月一期，刊登一些诗歌、曲艺、散文、小小说、人物通讯和当前中心工作中涌现出来的好人好事和典型经验等。通过他们创作的作品，抒发了对故乡山水的热爱，对美好生活的向往，对文明新风的赞颂，对不正之风的抨击，对单调贫苦生活的厌倦等，感情真挚，实话实说，毫不掩盖，直抒胸臆，看后让人感慨万千。后来这些业余作者，有的成了部门的中坚力量，如侯峪公社的郝荷新、李聚洪，下曹公社的张增月，渡口公社的彭正义等，有的成了县部门的领导，如孔庄公社的贾建学、岳振宇等，还有的成了县级领导。孔庄乡的一个村的书法爱好者，是我高小时的老同学，喜爱书画，在"文革"期间，受他父亲所谓"历史问题"的影响，民办教师被撤销，政治地位被降低，但他凭着对书法的不懈追求，逆境不沉沦，壮志攻丹青，山缝长硬木，枯枝开新花，终于他的书法作品参加县书法展览。从沙河市一中退休后他在县城开了一个饭馆，墙上挂满沙河市书法名人佳作，吸引众人前来赏书就餐，一时成了文人墨客聚会之地，其乐乐哉。

文化站的建立，也带动了农村民间艺术和地方戏剧的蓬勃发展，搞得红红火火。每年春节期间，各公社进行文艺汇演，然后到渡口工委所在地进行文艺大汇演。选出优秀节目，参加县的文艺演出。特别是孔庄公社戏剧之花遍地竞开，西南沟村、朱庄村、西左村、纸房村、孔庄等都成立了业余剧团，党团员和民兵连携手齐管，很见成效。西南沟村和朱庄村剧团，还多次参加县里的文艺汇演，和应邀到其他村庄演出，一时声名鹊起。渡口小学的文艺宣传队和渡口村的俱乐部还参加了邢台地区的文艺汇演，受到好评，获得演出一等奖。他们的节目后被选送到省文艺演出。1980年孔庄公社相关领导还出席了河北省农村文化工作表彰大会，在会上作了典型发言。

我在广阳山下的渡口村，从西园的三年到东弯的两年，五个春秋尽峥嵘，日日月月难忘怀。那山、那水、那里的一草一木；那人、那事、那里的淳朴民情，像一张张老照片，常常引起我的美好回忆；像一卷卷录像带，把我带到那激情燃烧的岁月。

◎ 故乡的表

胡运增

我的故乡在冀南西部沙河上游的渡口川。这里山峰成群，峻岭结队。什么老爷山、奶奶顶、鸡冠山、和尚山、五指山等都围坐在故乡的四周。这些山名副其实，和尚山就像一位稳坐庄重的老和尚，五指山就像一手伸开的粗大五指……在这群山中最受人喜爱的莫过于故乡的那座扒钩山了。这不单是在有阳光的中午，它能投下一个惟妙惟肖的大扒钩阴影，更主要的它是我们故乡唯一的表。

记得我小的时候，我们几个小伙伴经常一块上山放羊，赶牛犊，捡干柴，拾牛粪。不过最有意思的还是掏山鸡蛋，有时发了财，半天能掏半荆篮子山鸡蛋，抱回来炒半锅，让近邻的大人和孩子们一块分享一下胜利果实。这些有意思的活动一搞起来就"废寝忘食"，往往惹得家里大人找到山坡上拧着耳朵责问："你们还吃不吃午饭？"开始，我们还据理争辩："没有表，哪知道天到什么时候了？"

他们一听这话就着急地说道："你们不能看看扒钩山，有了扒钩天就晌午了。"我们抬头一望扒钩山，果真不错，一到有阳光的中午它就能投下一个大扒钩阴影，原来我们故乡还有这么一个大的扒钩表呢？从此我留心到，人们不管在什么地方干活，收工前，总要先往扒钩山瞅一瞅，然后决定下工时间。扒钩山真是故乡的一个好表呵！不用维修，不用上劲，千秋万代为我们故乡人民服务。

记得有一年暑假，我回到家里。一天我的表哥山柱来还《青春之歌》。他走后，我拿起书翻看，忽然发现书里夹着一封短信：

柱：

待月亮升到扒钩山时，请你在村西桥头等我。有要事商量。

看后销毁，不存。

花
即日

我一看就明白，这是山花给我山柱哥写的约会信。我那粗心的表哥看后竟忘了"销毁"。第二天我见到山花，悄悄地把那信给她背诵了一遍，她红着脸使劲地打了我两拳头。

从此，我对故乡扒钩山的感情又增添了一层。它不仅告诉小孩子按时回家吃饭，告诉社员们按时收工下班，还能帮助青年男女晚上约会。它真是故乡一座宝山啊！

今年仲夏，我探亲回家，在公社所在地下了汽车。我找了一根粗棍子挑着两个旅行包往我的故乡半天寨走去。

跨过柳树林，转过栗林岭，就到扒钩山下了。这时正是社员中午收工的时候，只见三人一伙、五人一群的男女社员，从各块责任田往大路上汇集。他们扛着锄头，甩着胳膊，满面春风地走着。姑娘们一个个都穿着五颜六色的花衣服，好像满路盛开着朵朵鲜花。我正走着，猛听一个姑娘问对方：

"你那个表一天快几秒？"

"快十秒。你那个呢？"

"快八秒。还是国产的好。"

我留心一看，只见一个个青年男女的左手腕上亮着一小块闪闪发光的东西——手表，在阳光下显得格外明亮。

随着两声清脆的汽笛声，一辆卡车停在我的前头，司机探出头来看了我一眼说："没错，就是他。"看来他已经打量了我好一阵子。他跳下车来，笑哈哈地接过我肩上的旅行包。我看出来了，他，正是山柱哥！

他见到我，不容分说，便让我坐进司机楼里，我又禁不住望了望车窗外的扒钩山。谁知叫山柱哥发现了，问道："看啥哩？"

"和咱扒钩山对对表。"

"快别叫人笑话了。那是陈谷子烂芝麻的事了。现在这时的年轻人，十有八九都戴上手表了。"

"哦，故乡变得真快呀！"我说道。这时山柱哥开动了车，他接着我的话茬说："如今党的政策顺民心，合民意啊！山坡下放，副业让搞，家家有余粮，户户有存款，光景有了新起色。不但'飞鸽'飞进山，'蜜蜂'飞进家，上海手表也上到咱们手腕上了……"

我听着故乡的喜人变化，心醉了。

◎ 深秋山庄水池边

胡运增

深秋，我来到太行深山区渡口川的半天寨，住在一个紧挨村边一湾清池的石头院里。太行深秋，是以"碧云天，黄花地"层林尽染为标志的。当山山岭岭一棵棵梨树，撑开一把把紫红色巨伞，山沟池面飘落一层树叶的时候，深秋就迈着矫健的步伐来到了这个小山庄。

清晨，我总要为房东大娘挑一缸水。每次都看到一个身材魁梧、精神矍铄的老人，在池边用一把特号笊篱打捞飘落在池面的树叶。他每天起得比殷勤的山雀还早，等人们接二连三地来挑水时，他已经把水面的秋叶捞得一干二净了。碧静的池水宛如一面明镜，倒映在水中纵横交错的树杈，好像明镜上自有的暗花。

他是一位年老的清杂工，在装扮着我们山区的生活。

时光像清冽的山溪一样流逝，转眼间梨园上空飘浮起一层银云，山沟里散发着野花的清香。老人每天早上挥舞着打石头的手锤，浆砌着池边的石阶，从未间断，终于把这个没边没堰的吃水池打扮得相当别致：池边垒起一米高围墙式的石栏杆，挑水走的石径砌成楼梯式的石阶，把水池挖掘成直径二米的圆形清水盆。人们来这里挑水再不用葫芦锯成的小瓢，一瓢一瓢地舀水了。弯腰两桶水，小步拾阶上，轻松愉快，毫不费力，好像古装戏中丫环上楼一样，踏歌曼拜，满面春风，情不自禁地哼几句故乡小调。

一天早晨，我又去挑水，看到那位老人步履有点踉跄，砌石头的速度放慢了，垒了几块石头便坐在路边一块石头上，双手轻轻地揉着太阳穴。我走到他身边，扶起他说："大爷，你的身体不舒服，回家休息一下吧。"

他抬起头瞅瞅我，然后将手锤往我手里一塞，笑眯眯地说："这样吧，请你把这块石头垒上吧。"在他的指点下，我稳稳当当地砌上了这块石头。他这才朝我一笑，微微点了点头，然后掂起手锤，蹒跚地走了。

第二天早晨，老人没有来。

第三天，也没有他的踪影。

他怎么啦？我心情沉重得好像挂着一块石头。

第四天早晨，我去挑水，仍不见老人来，却见一位胸前佩戴着一枚团徽的小伙子，抡着手锤在垒砌通往池旁的一条石头路。我急忙走过去问道："同志，那个老头呢？"

"老头？"那个年轻人没明白我的话。

"就是以前垒池边石阶的那个老石匠。"

"石匠？"年轻人笑了起来，"他是退休的县委书记老石。"

"县委书记？"我有些愕然了。

"是啊，他退休后主动要求回到他当年抗日战争时期工作过的地方，和我们住在一个大院里。前几天他旧病又犯了，在乡医院治疗，特地嘱咐我替他把这段路修好，再在水池上空搭个凉棚，防止秋叶落进池里。还交给我三千元的存折和一张筹建水塔规划图。"

就在这天下午，我正在屋里写东西，一位邻居大娘走进我的屋子，含着泪说道："可不好啦，老书记病重了，被送到县医院去了。他自从回到咱这个村没闲过一天……少找的好人呀！"

等我送大娘出去，走到门口石阶上时，火红的太阳已经挂在村西老爷山与拴马桩两峰之间的低凹处，五彩缤纷的晚霞染红了半边天。山清水秀的山庄在这晚霞的映衬下，显得格外美丽，清新，火红。望着村边滚滚奔流的沙河水，我沉思：生命可以在血气方刚时喷焰，在权椅宝座上闪光，然而，也能在暮年壮志中流霞，在无冕布衣中溢彩。

人们喜爱那绚丽的朝霞，也赞美那灿烂的晚霞，不仅由于它美，更由于它反映着太阳无私的品格——把自己最后一点余热寸光毫不吝惜地献给万物和人类。

那光明灿烂的晚霞，不正是老书记高尚品格的写照吗！

◎ 太行奇葩——广阳山

胡运增

广阳山位于冀南西部沙河市渡口村北。它的天姿秀色像一块磁石把历代文人墨客吸引到它的身边来，春秋时期著名思想家老聃（李耳），曾在此隐居修行，撰写他的学说《道德经》；当代著名词作家乔羽，上世纪五六十年代在山下渡口村深入生活达五六年时间，1991 年 5 月还欣然为它泼墨题词抒怀。

那么广阳山美在哪里，首先美在一个"秀"字。

据石碑记载，该山古迹始建于元朝元统年间（1333 年），距现在已有六百八十多年的历史。如今在苍翠欲滴的万木丛中，还竖立着七八座碑刻。其中一座立于明代嘉靖元年（1522 年）的石碑刻写道："广阳山……崆垅奇秀，景色异常，前有渡水，后有温泉，左有罗汉洞，右有漆泉寺，云封洞口，雾锁玄门，草木先春，樵歌牧舞，使游之者心旷神怡，宠辱皆忘，称一方之胜地也。"足见"少年时代"的广阳山就是一位标致的"少女"。

通往广阳山的路，下半程由三百多层石台阶精砌而成。路旁建一造型别致、雕工精细的小亭，亭内竖一新石碑，它简明扼要地记载了广阳山的沿革和民间传说，可为广阳山珍贵的"档案材料"。这些浩大工程是渡口村民在 1990 年春自己捐资施工的，那石碑上的撰文、书丹和镌石是渡口村三大才俊起生、银生和志禄完成的，充分显示了渡口村民弘扬民族文化、珍爱民族艺术的高尚品质。石阶的尽头便是广阳山的"门口"——通天桥。桥中上端，一尊雄狮翘首吊睛怒视，龇牙咧嘴，尽管它的嘴巴在"文革"中被"造反"者凿了几块伤疤，但雄姿不减，威力未退。从桥中朝里一望，一眼到底，十分浅显，马上给游人造成一种"原来如此"的错觉，可是钻过此门朝东一拐，别有天地。只见层层石阶斗折蛇行地通向山腰，原来小景在前，大景在后，只有立志于攀峰的人才有希望观赏到绝妙美景的。山中的小路隐蔽在万木丛中，每走几步常有俊美的山鸟从花丛中惊飞起来，婉转地叫几声又轻捷地落在原处。山鸟对养育过自己的广阳山如此钟情：纵然此处偏僻高寒，自己又有出众的容颜，但为了美化这片山河，甘心情愿与山石为伴。

广阳山美在哪里，还美在一个"险"字。

通过天桥西行没多远，又是一个惊人的天地，只见盘礴高耸，诸峰拱列，奇花古树，披挂山岩。特别是悬石上那股雨后瀑布，像一幅绝妙的水帘跌落在突出的岩石上，摔成千万粒晶莹夺目的珍珠，撒在山坡奇花异草上，不是飞雪胜似飞雪。几棵长在岩缝间的繁茂古荆老藤，前几年虽遇干旱，但老枝新叶，随风摇曳，呼呼有声，仿佛向旱魔示威，向游人忠告：石缝长树是硬木，逆境成才是强者。站在此处举目四望，充塞你视野的尽是撑天挂地的巨型青石岩峰，包围在你前后左右的尽是嵯峨的悬岩，真是仰视落帽，峰插苍穹。在这里，有的峰根侵蚀成洞，水冲成缝；有的山峰下锐上丰，宛如高跷队列。山的西面，有一座三百米高的整体岩峰，胸前裂开一道数米宽大缝俗称"尿窟窿"，全部脱离主体，似乎要当头压下，使人望而却步，踟蹰不前。在此向上一望，天仅一线，流云如水，真是"非中午时分难见日月"之地。要穿过此处，需要手抓古藤，身贴在壁，慢慢地一步一步挪动，万不得"轻举妄动"。在这半天空行走，不禁使人们想起《一千零一夜》书中描写山中宝库的那座石门，颇有神秘之感。几处危崖峭壁上留下历代文人骚客的诗赋，或横或竖，或草或篆，具有较高的书法价值。明朝诗人萧泮吟咏道："万仞当空壁立秋，水声山色自悠悠。何如谢却人间事，赤脚骑牛洞中游？"

广阳山美在哪里，还美在一个"奇"字。

如果说广阳山是一篇天著的妙文，那么它周身的五大奇洞便是文中丰富的内蕴。细心"阅读"，颇有深味。在这里步移景异，处处皆佳。且不说西山"千佛洞"，东山"罗汉洞"里造型生动、比例匀称、雕刻精细、神态自然、栩栩如生的塑像，单是那"圣人室"和"草帽龛"等洞中的岩壁、石块、雕塑，就是一件件神刻鬼画的珍品，一部部优美动听的神话传说。"圣人室"也叫老君洞，传说春秋时期著名思想家老子为著书立说，曾在此隐居避世，专心致志。洞中有一青石板，是他的写字台。游人可能猜测到老子在撰写文章困倦时总要抽烟提神，于是有的游人不断地在写字台上放几盒香烟和打火机。青石板上还遗留有牛断下的角的遗迹，人说老子一次放牛时，不小心牛吃了东邻八里庙村的庄稼，把牛角打掉了。可见老思想家撰写道德经时，不是"闭门造车"，而是骑牛下乡，搞调查研究，虚心征求群众对文章的修改意见。不然，他的传世著作《道德经》怎能含有朴素的辨证法呢？他的许多名句怎能被当作格言传诵呢？如此看来，不朽之作离不开人民和土地。"草帽龛"位于广阳山山腰，顶似草帽，壁如螺旋，游人入洞转身疾走，石壁也好似转动起来，顿时天摇地转，大有飘飘欲仙之感。人们传说"小孩进洞后顺转三圈儿，倒转三圈儿就可以长高。老人进洞如此转圈可以长寿"。1955年，我十四岁那年在渡口上高小时，出自好奇心和几位同学到"草帽龛"还转过几圈儿。

登高远眺是广阳山的又一奇观。它的西面群峰林立，峻岭连绵，层林尽染，路入云端。它的东面田如棋盘，黄绿装点，五谷飘香，车奔人欢。它的南面，太行渡槽，飞架两山，山顶披绿，银龙盘山。好一幅粗犷别致的山水画！

每逢我陪文友从广阳山回来，人们都对它赞不绝口，我更是情思缕缕，不能自已。我常常想，像广阳山这样偏僻的地方，为什么能得到人们的钟爱和青睐呢？主要在于它有自己的风格，自己的神韵，自己的景色，自己那种"清水出芙蓉，天然去雕饰"的朴素和自然。这正像那朴素的山庄姑娘一样，不着一抹粉黛，没有一点儿矫揉做作，无遮无掩，大大方方地把她的天生丽质尽呈于人们面前。这种朴素和自然，正是一种至高无上，动人心魄的美。我想，山水如此，为人处世又何尝不是如此呢？

◎ 长城壮歌行
——访沙河县明长城

胡运增

正值仲夏，我去沙河市蝉房乡采访，应几位朋友之约，游览了沙河县太行深山区的一段明长城，这是我县唯一的一段长城。

早饭后，汽车披着灿烂的霞光向蝉房村正西驶去。到石盆村前的石桥旁，折而向南，盘山而上。路弯碧水潺潺，禾苗青青，山坡上牛羊群里不断传来清脆的铃铛声。仲夏的太行山区，简直像一幅浓妆艳抹的山水画。车行二十分钟，面前横亘起一座大山——黄背岩。山那边是武安市。黄背岩是沙河市与武安市的交界线。新修的平涉（平山县至涉县）公路把黄背岩拦腰切开，形成一个"一夫当关，万夫莫开"的隘口。我们要观看的那段长城正好建筑在这座山岭上。

车至隘口，舍车爬岭。站在山岭放眼远望，原来这里是群山的"故乡"，西是五指山、大青山，东是和尚山、奶奶顶、老爷山……近看，只见一道雄伟高大的城墙像青灰色巨龙一样，蜿蜒于高山峻岭之上，巍然壮观，绵延逶迤，消失在南北走向的山峰白云处。这就是久闻其名的明长城。城墙约四米高三米宽，全是青、红石头精砌而成，石灰勾缝，虽然经历了六百多年的风雨侵蚀，战火创伤，人为破坏，但它仍然像一座坚不可摧的"铜墙铁壁"，傲然屹立于太行之巅。它是中华民族团结御侮的象征。我们沿着城墙爬坡而上。这段长城别具一格：建筑在峡谷平坦处的城墙，高大厚实，坚固结实，宽大的城墙上可坐数十人，每隔半里之遥，便有一个特建的烽火台和垛口敌台，而建筑在悬崖峭壁之处的城墙，则底宽上尖，陡峭险峻，好像一个瘦驴的脊背，它随着山岭的起伏而巍然耸立在崇山峻岭的"脊梁骨上"，坚固紧密，牢不可破得宛如一体。这奇特的建筑同样能达到控扼险阻的目的，却节省了大量人工和建材。这匠心独具的巧妙设计，反映出我国劳动人民的聪明才智和惊人毅力。据省有关部门提供的资料：这段明长城北起张家口地区的怀来县，南至沙河市，蜿蜒数千里，穿越万座山。

爬山累得我们浑身是汗，就坐在城墙上解开怀，让山风把热气吹走。这时登高远眺，真使人赏心悦目，心旷神怡。东南方，石岭水库像一面明镜镶嵌在太行峡谷处，跨沟爬岭的高压线像一道道银丝玉线横挂在山乡林寨的晴空。西南方，峰峦叠嶂的群峰高入云间，满山遍野油松苍翠，挺拔参天。同游的一位同志告诉我，那山的半山腰有个洞，叫"将军洞"。在烽火连天的抗日战争时期，朱德、刘伯承等中央领导同志，转战太行，歼灭日寇，拯救太行山儿女。平汉纵队司令员、年仅三十四岁的范子侠同志于1942年2月12日，在与日寇浴血奋战中，壮烈牺牲在长城之南的一个山村。我们一边聆听着这悲壮的历史的回顾，一边观赏着山河巨变，一股强烈的火辣的爱国激情，直在心中奔涌。是啊！这优美的风光，壮丽的河山，使人们深感太行的可爱，山乡的可亲，而这历史、这人物和地理环境，更加激发着我们的爱国热情，那雄伟的山峰，英雄的事迹，不正是长城的另一光辉和它的骄傲吗？

当听一位向导介绍上面那些历史事实时，许多人的脸上都出现了激动的神色。

是啊！如今当我们站在高大雄伟的城墙上，望着这山峰威武雄壮的英姿，缅怀着先烈们抗敌卫国的英雄业迹时，怎能不倍加感到祖国可爱、人民可亲、民族自豪、自己的职责神圣呢？

◎ 九龙沟探幽

胡运增

在沙河市西部50公里的崇山峻岭处，隐藏着一个奇峡幽谷，山势似青龙盘卧，池潭如九珠闪光，故名九龙潭。这就是沙河市新开发的旅游区——九龙沟。

在一个初夏的雨后，我有幸到此一游。

从柴关乡彭瑙村的东南岭俯视青山，只见一条幽深峡谷置于脚下，沿着异草镶边的三百一十个台阶下到谷底，举目四望，云雾飘渺，树木葱茏，山鸟鸣叫，峭壁峥嵘。山水充满诗情画意，美景令人心驰神往。转身北拐，迎面一座雄奇的山峰被神工鬼斧上下劈开，其裂缝上窄下宽，夹一线蓝天，双峰对峙，十分险要。正像明代诗人陈荐描绘的那样："双壁虽分疑欲合，半天似闭忽微开。"裂缝上几株野藤朝对面山壁伸去，像一个个跃身跨谷的勇士，显示着征服天险的英雄气概！这条"虽分欲合"的山峡，便是九龙庙沟的山口。

顺门走进，天地豁然开朗，一片雄伟的碑林巍然屹立在面前，其碑或高或低，或大或小，造型各异，蔚然壮观。这些石碑以明、清居多。细观碑文，不仅可以增添一些历代人们虔诚祈雨的趣闻掌故，还可以享受到一些书法艺术。

穿过碑林，便钻石门，门前就是九龙庙沟的建筑中心——九龙庙殿。此庙相传始建于元代，几经修缮，其中最有名的一次便是1743年。乾隆皇帝亲自派侍卫带黄金50两前来沙河大加修葺，现在正殿门额上的"勒封护国灵侯"六个苍劲大字，即为当时所刻。走进庙内，只见九龙大王的塑像庄重地稳坐正中，身旁站着司掌降雨任务的雷公风伯，塑像前面的左右彩柱上，缠绕着两条张牙舞爪的巨龙。正殿后边便是九龙奶奶的"别墅"。人们传说她是全呼村的闺女。怪不得每逢求神降雨时，别村人对九龙爷总是毕恭毕敬，抬轿迎送，唯独全呼村人到此无拘无束，闹得不亦乐乎！原来他们历来有"玩女婿"的风俗习惯。

九龙庙后，是一个数米宽的石潭。潭周奇花碧树围绕，潭中蓝天白云倒映，恬静雅秀，美丽清幽，宛如一面人造彩镜置于山峡之中，身临其境，飘飘欲仙。虽值初夏仍是凉飕飕，阴森森，甜滋滋，不愧为"小避暑山庄"之称。这石潭便是九龙大王的"故居"——九龙潭。人们说此潭久旱不涸，潭中的小蛇那是龙王的化身。每逢降雨之际，顿时天昏地暗黑云翻滚，小蛇转眼间身长丈余。水潭后边，有一条数米宽的石缝直通山顶，石缝中有一石塑龙头，一年四季向潭中喷吐着清凉碧水。水潭不远处，是座数丈高的陡峻崖壁，一股清泉倾泻而下，在阳光照耀下，如珠飞玉溅，十分壮观。正逢雨后，峰顶飞瀑直泻，悬崖水帘斜垂，水石相击，如乐鸣奏，似鼓轻擂，使游者大饱眼福，流连忘返，真可谓冀南第一奇观。

在九龙庙沟弯弯曲曲的"走廊"中，时隐时现着大大小小、形态各异的九个水潭，故得名九龙沟，也称九龙潭。

沿九龙沟东行数步，便是"黑桥"，说是黑桥倒不如说是石洞，"桥"口上方嵌有一尊吊睛凸额的龙首，步入桥内，漆黑如夜，伸手不见五指，脚下流水潺潺，身旁滴水淋淋，前脚不放稳，后脚岂敢抬。轻脚慢步，小心翼翼，此时此刻，不由吟起屈原的千古名句"路漫漫其修远兮，吾将上下而求索"。大约走了200米，突然路宽洞高，天地开朗，仿佛置身于另一个世界。沟口西南，人造湖水天一色——马峪水库，碧波粼粼，夜晚，月印波心，流泉响石，极具自然韵味。呵，九龙庙沟真是一步一景，趣味无穷，真山真水，鬼斧神工，太行胜景，不图虚名！在改革开放的今天，正以崭新的姿态，迎接国内外的游客。

　　胡运增，沙河市人。曾任沙河市委宣传部副部长等职，现为沙河市作协名誉主席、河北民间文艺家协会和散文委员会会员、邢台市诗词协会会员。出版文集《岁月留影》，入编《河北当代文艺家名典》。

◎ 十里亭前话苏秦

王延庆

　　十里长亭，运筹帷幄，决策千里。六国合纵，胸怀丘壑。

　　"头悬梁，锥刺股""前倨后恭""匍匐前进"这些耳熟能详的成语，凡是有中国人的地方，都闭目能诵。主人公，苏秦，千百年来，芸芸众生，千万后辈学习的楷模。可谁曾想到，中国历史上这样一位天王级巨星的偶像，在环境优美的十里亭里，成功地完成了自己人生的转折，实现了丑小鸭蜕变白天鹅的夙愿。他告诉我们一个道理，环境决定命运。

　　直到现在，我觉得头悬梁，尚可，但是却做不到，因为现在的人留长发的并不多。如果悬梁，也只能由女士来完成。但是对于"锥刺股，血流至踵"，我一向是敬畏有加的。尤其在古代社会，医疗水平低下，一般伤风感冒就能要人命。而对于求学中的苏秦，一介书生，却能锥刺股，鲜血直流。一旦伤口感染，凭借古代的医疗条件，那岂不是和自杀无疑！的确，苏秦外边受帝王将相之辱，回家受家人欺负。对于胸怀家国的苏秦，不能施展抱负无疑于和死没有任何区别的。兵法有云"置之死地而后生！"人也只有拿出拼死的决心才能完成一桩大事。

　　每当提起苏秦的时候，我就纳闷，十里亭究竟是一块怎样的地方？能让中国著名的纵横家看中这块风水宝地，从此命运转折，呼风唤雨，把玩天下群雄于股掌。

　　去往邢襄，路过十里亭，亭台楼阁，巍然高耸。山不甚高，植被葱茏，紫气氤氲。特地下车，站在马路边上，放眼寻觅，当年的十里长亭，早已荡然无存。闭目深吸一口气，慢慢吐纳，细细品味……

　　斗转星移，物是人非，但是风尘依然。空气中，弥漫着历史的馨香，那巍然的十里长亭依旧高耸。亭外，战马飞驰，捷报频传；亭下，六国诸侯卿相排队觐见。华屋之下，英雄豪杰，抵掌而谈。最著名的当属，同窗相遇，激愤千秋。人贵在交心，贵在心诚。我一直在想，春秋战国的历史，其实就是他们的老师鬼谷子的历史。战国的较量，其实就是苏秦和张仪同窗之间的较量。如果没有苏秦的合纵，就没有天下短暂的太平，如果没有张仪的连横，中华民族就永远没有长治久安的统一。

　　总而言之，天下太平，源自十里亭！天下和谐，始于十里亭！

　　当年的华亭已没，放眼街衢，百姓安然，国富民强。宽阔的马路，两旁巍峨楼宇，连绵街市。岂止十里？百里！千里！天下异性一家，共居华屋长亭。长眠地下的苏秦，泉下有知，天下为公的宏愿得以实现，至此应该会感到欣慰无比吧！

◎ 云里人家渐滩村

王延庆

去过水乡周庄。乘一叶小舟，漂泊净碧水面，伴着哗哗桨声，看水中藻荇交横，天蓝云白，鱼鸟相欢。那一份烂漫与缠绵，更与何人诉说？

心想，身边若有如此风光，那该是何等荣幸！

周庄归来，偶然的际遇，来到了风景秀丽的桃花源。俯瞰湖光山色，目光掠过翡翠般的湖面，遥见南山之下，水面之上，紫气氤氲，难道还有人"种豆南山下"？刹那，只见一叶孤舟，在波光粼粼的水面上悠然滑行。定睛细看，白云深处，屋舍俨然，鳞次栉比，原来这就是闻名遐迩的江北小镇渐滩村。

忍不住好奇，也许是中了古人"趁兴而来，兴尽而返"的魔咒，再也无心登山了。于是告别白鹭翩飞的西寨，脚步轻快，顺阶而下，直奔渐滩村来。

古人云，山水道德文章，山为德，水为文。渐滩村，依山傍水，自然浓缩了中国文化的视野，囊括了南方山水的精华。这里有茅盾桐乡的影子，这里有鲁迅绍兴的味道，这里还有朱自清扬州的踪迹。人在舟中，舟在水上，即人在文中，天成的文章离不开水的浸润。为了一览梦境的真实与虚幻，体验一下乘舟返乡的惆怅与畅快，不妨做一回渐滩村人吧！

站在烟波浩渺的水边，轻呼一声："过河！"但见一叶扁舟，如箭般驶来。不问归处，船夫也明白，渐滩村去也。

登舟之后，望着那千寻的碧水，遥想当年的李白或许也是在这种情况下，送别好友汪伦，才有了"桃花潭水深千尺，不及汪伦送我情"的经典送别。

舟行水中，看湖山倒影，被桨叶搅碎的波澜，扭曲了形状，娓娓远逝。于是便有了"山随平野尽，江入大荒流"的千古绝唱。

一潭碧水，记载了多少归家愁绪啊！才使得古今多少文人发出了"仍怜故乡水，万里送行舟"的感叹！

舟在水中，破浪乘风，载着酸甜苦辣喜怒哀乐的人间况味悠然前行。在北方，这份与众不同的生命体验，却是渐滩村人的专利。

古往今来，多少文人墨客，寄情山水，一生相伴，最后又把他们当成了生命归宿之地。看着水中倒影，我似乎看到了行吟江畔抱石沉沙的屈原；似乎看到了水中捞月纵身投江的李白；似乎看到了孤舟远逝顺水漂流的杜甫……船到岸边，抛锚登岸，拾阶而上，走在石板铺就的乡间小路，仰面南山巍峨而来，我又想到了不为五斗米折腰的陶渊明……

雾气蒸腾，遮掩道路，一声鸡鸣，恍若离了人间，步入仙境。

人家在何许？云外一声鸡！

白云之上，渐滩村人，宛然过起了神仙般的生活。行走江湖，逍遥处世。此生能做一回渐滩村人，幸甚至哉！

◎ 人间福地绿水池

王延庆

三面环山，绿水长流，翠树成荫，鸟语花香。初秋时节，带着无限的憧憬与希望，再次来到了绿水池。一品山水的烂漫与清凉，脱离繁杂的尘世羁绊，让心灵回归原野，灵魂开始在青山绿水间，藤蔓梯田里自由地升腾飘荡……

抚摸着厚实凉飒的丹霞岩石，顺着血液，传输到内心里的却是无限的惬意和舒畅。林间，盘桓蜿蜒的小路，脚步踩上去，软绵绵的，似乎能感到大地肌肤的弹性是那样让人心醉。心累了，恨不得，做一个陶然的隐者。去村后的山上开一亩薄田，而后躺在新翻的泥土上，背贴大地，面向蓝天，看白云悠悠，飞鸟翱翔。而后在上面植几株桑麻，手执锄头，精耕细作，除却心间的丛生杂草，来梳理人生的田垄。恨不得蓄几圈牛羊，手持羊鞭，在山岭沟壑处，迎风呼啸，放声高歌，释放内心的郁闷和不快。任你千百遍的呼喊，在这里大山会默默容纳你的一切。当你疲惫的时候，山上每一块石头都是你休息时的座椅，每一方土地都是劳累后的温床。在这里，你热了，白云遮阳，清风送爽；在这里，你渴了，山泉叮咚，硕果飘香，露珠晶莹；你烦了，百鸟鸣唱，蝈蝈奏乐，蟋蟀弹琴。即使冬季来临，你听那山上，松涛阵阵，牛羊哞叫，白昼黑夜，四季更替。只要你用心静听，这里每天都在上演着最雄壮的交响乐章，当然有时候，也会出现独唱；只要你用心观察，这里每天都在展示着丹青妙手令人目不暇接的庄重厚朴的山水作品，当然，这里也有西方油画的绚烂多姿，泼彩重墨；只要你用心感受，这里原来就是清风和弦明月为伴，令你日思夜想，梦牵魂绕的人间福地。

村口的戏楼，墙壁斑驳，黑瓦的屋脊在天宇下横亘古今。任岁月激荡，依然保持应有的傲然姿态。如果，可以，住在百年的老屋里。夜晚掌灯时分，跟随村里的孩童，到村口戏楼下听戏。坐在大街的光滑石板上，看仙袂飘飞，听曲调悠扬，感受锣鼓铿锵的雄壮……而后和村民们一起拍手叫好。甚至得意时，也不由地摇头晃脑跟随节拍哼起了婉转动听的曲调。还有，听饿了，可以去买一块糖糕，贴补一下因为用心看戏而渐渐空虚的身子。

坐在绿水池边，看水中蓝天白云丽日，波光荡漾，令人心旷神怡。在哗哗流淌的溪水中行走，感受脚底绿苔的光滑和水的抚摸，犹如万千尾金色的鲤鱼亲吻着你的每一寸肌肤。处处留心，处处美景，处处隐含着人生不言而喻的哲学和思考。

深夜，明月透窗，疏影横斜，风声细细，催人入眠。

◎ 西南重镇册井村

王延庆

山环三匝，水绕两圈。南起凤山为首，西靠白坡屏障，北有长岭沃土，东望平川，广阔无垠。腹地即为册井所在，如怀抱婴儿，精心呵护；如明珠在岸，熠熠生辉。

虽说不是在册井村土生土长，然而从未将自己置身事外。同饮一川河水，共话俚语方言。出入交通，皆从此地而过。因此，生死荣辱，系于一身；千秋岁月，了然于尘。

追溯册井村的过去，也许到了远古的时代，河沟深壑，它宛然水边高地。三皇五帝，人烟富足，渔猎农耕，不亦乐乎。我时时在想《诗经》中的某个诗篇，一定出自这片沃土。无论是《蒹葭》还是《采薇》。故事多如牛毛，有惊天动地之举，亦有鸡毛蒜皮小事。读蒲松龄的《聊斋》，走进册井村的深街古巷，听一位晒太阳的老奶奶为你讲一个离奇的神仙故事。那时，你会恍惚自己穿越到了明清时代，与古人同悲共喜。

册井，地理位置优越,扼川口,守良田。地灵自然人杰。我不想说春秋时期，这里是全国最火热的炼铁场所，这里的人富可敌国。你只要到村中那四座青石古桥走一走，看一看，而后沉下心来，用手抚摸那被风雨侵袭留下斑驳历史遗迹的石块，有些事情，你会心领神会，不言而喻。你也可以到册井粮站，用铁锹掘一捧土，嗅一嗅，你能感受到汉魏时期，那铁锤叮当，排兵布阵的雄壮场面。或者，走进村东的都司庙，欣赏那雕梁画栋古色古香的墙上壁画，你能感受到没有军户良田，就没有西域的长城守护，就没有村民长治久安的富足生活。原来这里是一座城！原来这里是一个王国！

我不想说，历史上从它怀中走出多少名状元和进士。你只要到村西张翰林家的古门楼看一看，一位八十多岁的老人，因为钦点而成了荣誉状元。然后，你再到槽碾街，读读王家祠堂的碑记。而后再去赵家扇屏院看看那里的私塾规章。最后，你再打听一下解家花园位于什么位置，只需要在满是砖瓦狼藉的荒草丛中转一下。你就会明白，册井，绝对是一个了不起的村庄，一个令人敬佩，令人肃然起敬的村庄。

在册井村，你可以随身处地感受到儒家"修身，齐家，治国，平天下"，"达则兼济天下，穷则独善其身"。的理想追求。李仓官的"大口小口，一月三斗"，美誉传千年。你也可以感受到老子"无为而治"的哲学灌输。民国时期，册井村实行自治，居民富足，为政清廉。然而，军阀蜂起，灾害连连，从秦家大族的轰然崩塌，到解鸣刚含冤去世……然而，哪里有压迫，哪里就有反抗。赵雨的洒血敌前，王德璋手刃日寇。册井在时事风云中颠簸蹒跚，步履踉跄地前进着！

册井，以井而闻名。官府行仁政，旱灾之年，解民于倒悬，在西南街修建官井一座。村民感恩，始有册井之名。

提到册井，就必须说槽碾街。槽碾街是册井的主要街道，古往今来，多少爱恨情仇，多少悲喜过往，多少风花雪月，多少生离死别，在这里重复上演。槽碾本是碾盘中间带槽的那种碾子，古时专门用来碾压火药之用。后来碾子和牲口槽配套，变成百姓磨面的工具。册井自古处于顺德府通往武安乃至山西长治的必经要冲，马队、骆驼队等商队军旅，络绎不绝。那时候，槽碾街两旁，店铺林立，旗幢翻飞，迎风招展。从此经过歇脚时，客商先把牲口在槽头安置好。然后将随身带的花籽饼之类的大块牲口料碾压粉碎，再把料撒入槽内。牲口香甜地吞吃着，自己则住在旅馆内美美地休息一晚，然后再匆忙赶路。长久以往便被称为"槽碾街"了。千百年来，槽碾街都是本村及周围地区的商贸中心，商铺鳞次栉比，顾客络绎。每当庙会之时，街道上南腔北调，车水马龙，摩肩接踵，热闹非凡，为我们展现一幅集商业民俗于一体的热闹非凡的生活画卷。这时，我想到了宋朝张择端的《清明上河图》。也许，它比《清明上河图》里面的人更拥挤，画面更繁忙，场景更开阔，氛围更红火。

历史册井！情义册井！画卷册井！古往今来，一如是也！

◎ 闲话古镇全呼村

王延庆

我说的古镇是就靠"新"而闻名于世的全呼村。

全呼村是社会主义新农村，和我所说的"古"似乎有点相悖了。全呼村真的是一个古镇，古就古在全呼村拥有超出一般村庄的悠久的历史文化。

根据史料记载，全呼村原名丛鹄镇，又名小瀛洲。唐《元和郡县图志》和宋《太平寰宇记》以及卢毓《冀州论》都曾提到丛鹄镇。卢毓在《冀州论》中提到当时它是专门用来冶炼制造兵器的场所，也就是汉朝时的"铸铁官"。2007年，全呼村出土了一块明代显应寺古碑，根据碑文记载："故老相传，旧有铁冶司，贸易市，人烟广大。"仅仅以上记载就足以证明历史上的全呼村是一个经济发达贸易繁荣的重要古镇。20世纪60年代河北大学历史系教授宝志强同志经过深入调研和反复考证，最后得出结论："沙河冶铁是汉武帝时三大冶铁基地之一。"而在宋代以前，全呼村绝对能够取代綦阳成为全国著名的冶炼基地，全呼村是当时全国最大规模的铁冶场之一。由此可见，古代"冶铁业"的繁荣和发展，为全呼村赢得古镇美名那绝对是不言而喻的。

其次，除了冶铁文化繁荣发展外，全呼村作为古镇还"古"在灿烂的历史文化上。根据《沙河县志》记载，全呼村在大宋政和五年，就有王振和杨贽同时进士及第，这在整个冀南大地可谓让全呼村再次声名鹊起。至今全呼村还保留着两人进士及第后在大宋年间修建的显应寺遗址，并且村中还流传着显应寺牡丹和神龟的神话传说。

而另一件能够再次论证全呼村作为古镇的事情，就是有关全呼村土生土长的民间文化传说。全呼村在北宋时期，曾经处在辽宋之间的分界线上。因此北宋名将杨业曾率领宋兵在此大战辽兵。而附近村庄里有关"六郎洞""马刨泉"等有关遗址更是佐证了这一历史事件的真实性。除此之外，有关于杨九思和岳金凤的神话传说，至今在冀南大地依旧被广为流传。并随着时间推移，逐渐由神话传说演变成了冀南地区独特的民风民俗，比如"李店送会""正月十五举灯笼""放老干"等等。

之后到了明朝末年，由于冀南地区连年干旱。于是全呼村人杜春元揭竿而起，率领贫苦农民举行起义。虽说起义失败，但是沉重打击了黑暗腐朽的封建统治，为全呼村的"古"增添了浓墨重彩的一笔。

抗日战争时期，全呼村出现了像活捉东陵大盗孙殿英的老英雄杨靠山等人。新中国成立后，更有站在《百家讲坛》向世界各地观众广泛宣传中医文化的郝万山等人。

改革开放后，全呼村作为在社会主义康庄大道上率先崛起的领军村庄，在整个冀南大地更是家喻户晓。凡是去过全呼村的人，他们都会被全呼村整齐划一的村容村貌所折服；为全呼村所创造的巨大成就而肃然起敬；更为全呼村在改革开放以来所开创的历史奇迹而令人敬佩。因为全呼村1985年就率先免除了村民们有关农业方面的一切税收，这比国家宣布免除农业税，整整提前了二十一年。如果说全呼村是中国历史上第一个免除农业税的村庄，那绝对是不过分并且是有据可查的。并且全呼村在教育上最早实行"三免一补"政策，这比国家宣布免除中小学书本费和学杂费整整提前了二十年。并且全呼村在自己富裕的同时，为了实现共同富裕而成功开创党员联系户制度和富帮穷制度。全呼村发展工业，同时也注重农业，在河滩垫地，搞农业开发。因此当代著名诗人岳振恩登临崿山后，不由口诵诗云：

一

春日寻芳上崿山，嵚崟逸兴沐青岚。
茜花翠柏丛丛木，古庙新堂袅袅烟。
远眺畦田千亩绿，俯观楼宇一村丹。
金康大道车流涌，拂拂东风啭杜鹃。

二

村边桃李竞芬芳，石径小桥沁月塘。
画里人家何处是？玉栏半绕小洋房。

以上也许是对"古镇"现状的确切描

述吧!

因此 2012 年古镇因为在生态环境方面所做出的巨大贡献而又获得了"全国文明村镇"和"国家级生态文明村"等光荣称号。可谓为古镇锦上添彩，为千年古镇谱写出一曲慷慨激昂豪迈雄壮的奋进之歌。

说着全呼村的"古"，我们又说到全呼村的"今"了。看起来似乎是南辕北辙了。但是所有的"古"也都是曾经的"今"，而所有的"今"也会变成未来的"古"。

◎ 石岗岭上好风光

王延庆

树成排，渠成行，水塘银波闪金光。小楼座座街宽敞，高岗之上好风光。

第一次到石岗，还是因为堵车的原因，车要绕道石岗岭上。等车上到石岗后，但见两排树木哨兵似的站立。公路下沿，是肥沃的土地，地塄上爬满南瓜。间杂其中的是各色的喇叭花竞相开放。野菊花迎风，香飘山岗。更令人感到惊讶的是，高岗上，水源充沛，渠道纵横。不隔三五步便有池塘出现，池塘中或荷花遮塘，红绿共赏。或芦苇飘荡，鱼儿唼喋。石岗岭上的风光真是美不胜收啊！

石岗的美，美在街道，美在村容。高岗上几个村庄，都叫石岗，因姓氏而稍加区分。然而每个石岗有每个石岗的特点，就建筑样式生活习俗文化修养上，可以说给人不同的视觉享受。孟子后裔迁移孟石岗，家学渊源深厚，因此街道里庙宇堂馆楼舍，古影照壁，雕梁画栋，门当户对，石雕狮子，木雕镂花榴莲、仙桃，无不古朴典雅。文化内涵深厚，寄寓着孔孟家族对儒家文化思想境界的最高追求。甚至连村落里的树木，松柏槐楠，多以苍劲持重，高大参天而闻名。更重要的是，孟氏家族的排辈，严格按照山东曲阜孔孟家族宗人府的规定执行。他们在辈分安排上，经千年，而不更迭，而不混淆，秩序井然，仅仅这一点就足以让人叹为观止。孟石岗古朴，李石岗则以新潮而著名。自从李石岗因为煤矿塌陷而迁村后，村庄经过整体规划，家家户户住的全部是二层别墅小洋楼。甚至连进出口的街道，也有限高杆。道路两旁树木成行，绿树迎风，灰色水泥路面宽广通畅，棕色的小楼威武气派，整齐划一。总之，李石岗是以新而闻名的。而刘石岗和南石岗则是介于孟石岗的古朴和李石岗的新潮之间。除了繁华的主街外，周围也有一二高大梧桐或杨树点缀街道两旁，四合院的建筑样式中也会偶尔冒起一座起脊的红顶楼房。总之，古朴典雅与时髦流行混搭，也绝对是一种享受艺术的呈现形式。不过，只有在石岗，水塘连缀，水中白云楼台倒影，风光无限的风水宝地，才会呈现出这种绝美的画面来。

最近，随着国家新农村建设日新月异地发展。南石岗也在村中建起来单元楼住宅小区，红墙绿树，一派繁华景象，一年四季，百姓入住其中，过上如坐春风般的美妙生活。

金秋时节，穿行石岗，层层梯田，拾阶而上。天高云淡，海晏风清。难得的精神享受。绕行你左边右边的村庄，展示给我们冀南最美街巷。

◎ 画里人家北盆水

王延庆

曾经多次拜访，曾经几经穿越，闭上眼睛你的模样都会跃然脑际。

村后一池吹皱的碧水，鸳鸯点缀，湖光倒影，青山重围，让人流连忘返。街道那一排婀娜多姿的垂柳，随风飘拂，绿意盎然，不免让人怦然心动。龙泉寺里传出余音袅袅的钟磬，古韵悠悠，曲调飞扬，化解在村庄上空，变成浮云，洒下甘霖。还有罗汉洞里的青石罗汉，姿态万千，栩栩如生。以及山门外，石壁上的碑文，饱经风霜，向千百代的世人诉说着永恒与幻灭。

　　北盆水，太多的眷恋因您而存在；太多的不舍因您而产生；太多的梦想因您而完美。传说中的石佛爷，因美而真，因真而善。凤凰展翅的村巷，亘古就在岁月的长空里翱翔。那一架五百年前的虹桥，光滑的栏杆，不知道被多少痴男信女抚掌摩挲，实现了村人几百年的人生夙愿。

　　村后古道，两旁果树林立，鲜花盛开。是您用勤劳的双手，幻化荆棘，结出硕果，嫁接野树，挂满家珍。五百多年了，开村的杨氏族人，已经远离。而来的王氏后裔，熙熙攘攘。

　　后人以孝闻名，长辈以宽为怀。九里山韩信葬母，谆谆教诲，犹在耳际。

　　村人好客，有桃源风范；村人勤劳，具五谷之丰；村人善良，怀慈悲心肠；村人有才，延续耕读之风。

　　盆底有水，村居其上。无限风光，尽收眼底。

◎ 国树放彩栾卸村

王延庆

　　春来，繁花争艳，百鸟鸣唱；夏至，绿海无垠，溪流潺潺；秋到，硕果飘香，金叶旋舞；冬至，白雪皑皑，林木成行。加上，湖泊星罗棋布，曲径通幽，亭台楼阁，掩映成趣。这就是闻名全国的恒利庄园，荣获"国家小康住宅示范小区"光荣称号，成为第一个荣获"中国人居环境范例奖"的栾卸村。

　　早就耳闻栾卸的大名，从饭后黄金时间的新闻播报，知道了康必得，就会让人对这个北方小镇浮想联翩。一个名不见经传的小镇，似乎给人的感觉是一夜之间声名鹊起。然而在辉煌的背后，栾卸人付出的却是别人难以想象的努力和代价。

　　在这里，你既可以享受到田园牧歌般的生活；还可以感受到欧美风情的异域情调。清晨，旭日初升，你在林间散步，除了婉转动听的鸟鸣声外，还可以听到柴可夫斯基的梦幻旋律。声音起伏和缓，就像山上的羊肠小径，一路缓升，未到尽头，又是一个巍然下行。不到半刻，又来一个委婉转弯。总之，路被两旁哨兵般的树木覆盖着，置身其中，宛然时空隧道，分不清楚东南西北，只觉得心头满是惬意，满是留恋，满是欣喜。曾经多次，从栾卸村后的山上穿行，每次走过，觉得每次都会产生不同的意象效果。以至于每次进去，每次都在山上遛起了弯来。还有好几次，一不小心闯到了丛林深处的一户农家。在主人家的好心指引下才走出栾卸村的绿海迷宫。虽说迷途忘返，然而每次经过村庄，看着山后，那一疙瘩一疙瘩绿的堆积，你就会想到，绿的下面还有一个类似九曲黄河般的迷宫道路。

　　栾卸之所以给人以无穷的魅力，我想最主要的原因就是树的聚拢，花的点缀，草的佩饰，还有那水的妩媚。

　　山花海树，用在这里也许最确切不过了，漫山遍野除了树绿就只有花红了。莺歌燕舞，蜂围蝶阵，除了树木还是树木，从声名远播的银杏，到北国的油松，还有江南的水杉，无论是北美的乔松，还是胶东的紫叶海棠……树下生长的也是名贵的杜仲等中药材。天南海北，七大洲四大洋所有适合生存的植物，应有尽有。也许你不知道它们的名字，也许你会对着它们发出异洋的惊诧和赞叹。但是它们确实在栾卸肥沃的土山上生根了，发芽了，并且茁壮成长了。它们散发出不同花香和气味，这些气味互相融合，飘洒空中，弥漫在栾卸村的大街小巷。怪不得过往的人群都被它深深的吸引了。因为这种四溢的香气，除了能让人神清气爽，精神振奋外，还能帮助人洗肺。怪不得，历史上栾卸曾经被称为"长寿店"，联系近几年来栾卸村在制药领域的飞跃发展，帮助人们解除疾患，在全国乃至全世界为家乡赢得了巨大声誉。原来这种气体是栾卸人贡献给太行山和大地母亲的最珍贵的礼品。因此栾卸村又获得了"华北最大植物园"雅号以及"太行山最大万亩银杏园"称号。

其次，栾卸除了香气外，还有一个最大的优点，就是色彩斑斓的视觉动态效果也让人留恋往返。初春，春梅绽放，花裹枝干，宛若天上人间。一道红，一道绿。似乎色彩是流动的，但是又给你心潮起伏的从容与镇定。红叶飞舞，层林尽染，银杏飘飞，焕然一新，金碧辉煌的宫殿也比不上它的大气，它的庄重，它的高贵。冬季银装素裹，一片洁白，漫步银杏树林，有几只雪兔飞驰而过，仿佛白雪公主生活的童话世界……

栾卸的水也美得出奇，骤雨初歇，丛林尽头，波光粼粼，隐约给人以山重水复疑无路，柳暗花明又一塘的艺术氛围。道路两旁是小水渠，溪流潺潺，百川归海，都被收集到丛林深处的蓄水池里去了。老子云："上善若水，水利万物而不争。"溪流悄无声响，平静的湖面，只有微风过处，才会掀起轻微的涟漪。怪不得村里的树木长得这么高大，这么旺盛，原来都是因为这善水的滋润和灌溉。

花草树木点缀了栾卸人的生活，水滋润了栾卸人的灵魂，丰富了栾卸人的梦想，更重要的是孕育并升华了栾卸人放眼全球的精神和世界。

◎ 长风破浪三王村

王延庆

有一个地方，环境优美，地形隐蔽；有一个地方，富可敌国，壁垒森严；有一个地方，光耀冀南，声动九州。

曾经的世外桃源；曾经的兵家必争之地；曾经的乌金之乡。

如今一切烟消云散，归于平静。路过巍峨壮观的申氏祠堂，遒劲有力的大字，给人以磅礴生机之感。谁能想到，元大都的战火呼啸之际，一个人带着子孙，隐姓埋名，背井离乡，长途跋涉，以一口铁锅的碎片作为亲人相认的证据。从此"锅片申"的大名，作为亲情友情的代名词大行于世。亲情，在一刻，彰显出惊天地泣鬼神的博大力量。什么生不更名坐不改姓！什么青史留名！在生死考验的紧要关头，难道还有比血浓于水相濡以沫的亲情存在更重要的吗？历史上有多少人，为了家国含羞忍辱，苟且偷生，隐姓埋名；历史上有多少人为了亲情爱情友情赴汤蹈火义无反顾……青史无名，但是在后辈心中，他们永远是家族中的英雄。

三王村，当年，这里周围柳树成林，莽莽苍苍，湖泊星罗棋布，环境优美。加上周围四面水泊，外围又是丘陵环绕，中间高地，俨然一个现实中保全家族性命的世外桃源。为了安全起见，从此他们的姓氏由"日"字中间穿插一笔变成了"申"字。申氏迁居此地后，安居乐业，过起了男耕女织，衣食无忧的农耕生活，即使后来又有迁居到此的冯氏程氏等族人。申氏人都把他们像对待自己的兄弟姐妹一样，互相帮助，没有排斥，没有仗势欺人。因为曾经的苦难，让他们知道，什么也没有亲情更能温暖人心、凝聚力量、共同发展。

清朝民国时期，气候变化，水退了，三王村的地下宝藏终见天日。随着冀南大地第一列蒸汽火车的笛鸣，谁也没有想到，它的目的地就是三王村。它从北京一路经过长途跋涉，循着申氏先祖的足迹，带来了几百年前的关心和问候。作为回馈，一车车的煤炭被运送到祖国沿海城市。不要忘了，北洋海军的战舰，曾经就是在它火热的动力催促下，奋勇前进。不要忘记了，紫禁城中的那一缕袅袅的炊烟，就是它燃烧自己，温暖整个帝都的……从此三王村，大行于世，声播海内外。春风浩荡之下，开启它的不平凡之旅。

抗战时期，日寇入侵，眼见乌金，便涎水泗流。一向忍辱吞声的申氏等众族人，表面上迎合，内心里早已愤恨不已。他们混迹矿井，打入敌人内部，搜集情报，开启了保家卫国的征程。抗战的烽火年代，日寇铁壁合围，对抗日根据地疯狂扫荡和报复。内外交困之际，他们协助八路军发动邢沙永战役，将日寇壁垒森严的防御工程全部摧毁，而后将敌人的兵工厂以及印钞机器等设备迁移到根据地。从此冀南银行开业了，八路军的军事物资也实现自给。第一把手枪，第一颗手榴弹相继问世，并大量生产，分别从经济和军事上解除了抗日军民面临物资严重不足的燃眉之急。可以说，三王村在军事和经济领域为新中国的成立建立了汗马功勋。

新中国成立后，三王村迎来了新的发展机遇。三王村工人，成为一个时代的代名词。那时候全县几乎所有村庄都有人在三王村当工人。老工人们无私奉献，新工人兢兢业业，为新中国的经济建设贡献出了毕生的心血和汗水。

如今，漫步三王村街道，大树参天，虬枝盘桓，微风过处，树荫弄影。一路，走过支撑铁路的桥洞，走过已停产的煤矿，还有那一处处古色古香的门楼，以及粉刷一新的教学楼房。听着孩子们朗朗的读书声，那声音，天真淳朴，斗志昂扬，语调铿锵！我终于明白了，经过春风秋雨历练的三王村人，无论是冬雪夏雷，还是暑九寒天，他们将一往无前。更何况在这样一个百舸竞流勇争潮头的新时代呢！

◎ 梨花重围石门沟

王延庆

啊！那一树雪白！更换了山水容颜，惊讶了万物众生！恍惚了人间天堂！

忽如一夜的春风，似画家手中的彩笔，一抹桃红，一抹柳绿，肆意挥洒，春意盎然。而在这里，只需铺上一张洁净的宣纸，无需沾墨上色，无需挥洒，仿佛人间春色，跃然纸上。比云朵更灿烂，比棉花更纯洁，比飞雪更晶莹。这时燃上一炷沉香，氤氲的香气会让你忘记置身何处。人间？天堂！原来这就是梨花重围的石门沟。

石门沟，东坡、西岭、南沟，不缺的是梨树，品种繁多，随处可见。从街巷深处的篱笆院落到山风横袭的悬崖峭壁。树有大小之分，野养之别。从土地肥沃的果园到茅草丛生的石隙，处处都有梨花树的身影。

梨花掩重门。村南有白云洞，为道教圣地，悬泉瀑布，风光旖旎。一年四季，游人络绎不绝。洞有石门，门前便是千树万树梨花开的石门沟！哦！此时终于明白了梨花重围的原因。

春来畅游花海，梨花排兵，蜂蝶布阵，

处处迷人。走在丹霞岩石铸就的古村深处，会给你带来"一枝梨花出墙来"的惊喜；畅游果园，你会深切感受"花气袭人知昼暖"的温馨；漫步山野，你又能欣赏到"千朵万朵压枝低"的绝美情景。

梨花开时，正值清明时节，一树洁白，满川香气。微微细雨中，你又能感受到"梨花一枝春带雨"的美艳氛围。

而到仲夏时节，蝉噪沟逾静，鸟鸣村更幽。再加上山雨阵阵，站立绿果满枝嫩叶连缀的梨树下，淅沥的雨水落在树叶上，沙沙作响，洗去的是蒙在心头的尘垢与俗世烦恼的忧愁。此刻，站立梨树下，手撑花伞，仰望白云洞窟，云雾飘飞，鸟声悠悠。倘若，闭目养神，你也成了一位仙风道骨的神仙，正在梨树下参禅悟道……那份宁静，那份闲适，那份惬意，那份超凡脱俗，只有在石门沟里的梨花树下，否则你是感受不到的。

秋来，梨果飘香，一树金黄的坠实，似乎能压折树干……四方游客，闻香而动，或采摘，或摄影，或畅游古村落，收获多多，满载而归……

秋去冬来，大雪过后，梨花再现，重掩山门。

◎ 梅龟寨下话蛇身

王延庆

沙河有俗语，曰：察（册）井见龙身。龙身即蛇身也。蛇身原本舍生取义的意思，到了后来由于文化水平低下，古代又没有统一语言规范出台。所以别字，一下子把舍身别成了蛇身，让人由满怀敬仰一下子变得恐惧无比。慢慢随着时间的流逝，习惯了，倒也习以为常了。村名被别字了，没想到蛇身人的姓也被别字了。蛇身村里的蔺姓人家，原本是战国名相蔺相如之后。谁知，经过几千年的发展，姓名竟然被别称了吝啬的"吝"字。即使村名被别，姓氏被别，但是千年的风骨精神，优良传统却呈现发扬光大之势。

蛇身村环境优美，地理位置优越，左有梅龟寨，右有小清河，青山绿水，处处怡人。山美，村美，人更美。

蛇身村最出名的当数梅龟寨了。在北宋年间，成立山寨，占山为王，本来不是什么大事。只要你能认清局势响应国家号召，一般不会被当作异类，就像穆桂英的穆柯寨一样。可是，梅龟寨上驻扎的都是当地人成立的杂牌军。因为战乱频仍，民不聊生，于是他们集合起来落草为寇。这时候，杨家将中的杨六郎率军亲自征讨，据说当年就驻扎在蛇身村里。杨六郎在选择军营驻扎地点时，虽说蛇身村离山寨最近，但是也是最危险的地方。因为匪寇容易趁夜突然袭击。当杨六郎听说当地蔺姓人家是蔺相如之后，甘慕大义，于是就在蛇身村里排兵布阵。几番交手，几番厮杀，血雨腥风，鬼哭狼嚎。当地留下了许多关于这个战场的历史遗迹，从马刨泉到钉心岩。从六郎洞到摘心楼。最后，在村民的配合下，一举将梅龟寨里的人，打的落花流水，片甲不留。总之，无论是身经百战的杨六郎，还是聚集义兵发难的王舜，以及甘愿舍生取义的蛇身村民，英雄陌路，惺惺相惜，虽死犹荣。

战国时期，前辈蔺相如"完璧归赵"的历史典故，激励着蔺姓后裔。在以后几百年的历史发展过程中，大义凛然，刚正不阿，勇担大任。他们舍生取义，无论在抗日战争还是抗美援朝保家卫国的年代，蛇身村涌现了大批英雄模范。新中国成立后，他们不慕名利，返回家乡，义务劳动，彰显了一个革命者应有的崇高精神风范。改革开放后，蛇身村人更是在政商学界的历史潮流中，千帆竞发，百舸争流，屡建奇功！

◎ 山水画廊西沟村

王延庆

云山苍苍，河水泱泱，西沟美景，山高水长。

每当到西沟村采风或做客，这句话就会不失时机地干扰过来。总觉得在这名不见经传的太行一隅之地里，范仲淹当年是站在这里吟哦高歌的。因为西沟山水太壮美了。巍峨的高山，缠绵的流水，葱茏的植被，加上幻化不定的云雾，给人的感觉是，画有一种，景却千变。

西沟的山自成一家，不同于别处。南北高山，说陡不甚陡，说缓不甚缓。总之，介于起伏和缓之间。山一半是坡，一半是崖，坡缓而崖陡。而村庄则正好位于南山山阴之下，村后嶂岩直立，和缓坡一起，巍然仰卧。虽然，西沟处于两峰之间的山阴之地，然村东坡缓，村庄卧南坡而东向，实为采阳之佳地。倘若，在西沟村住上一宿，清晨，第一缕光线会准时地射到你屋宇的角落。晚上仰望苍穹，群星闪烁，月光皎洁……总之，并没有一般位于两峰之间村庄给人阴仄狭隘之晦暗感觉，反而清爽宜人，即无空旷寂寞之感，也无局促不安之态。两山之间，不宽不窄，面向而立，遥相呼应，使得村庄如手捧仙果，口含至宝，西沟处山谷而能沐浴骄阳。于是有科技工作者认为，这和西沟村独特的地理特征，正好切合太阳等天体运行的轨迹有莫大的关系，所谓"天人合一"在这里得到了完美再现。

西沟的山壮美，巍峨不乏慈祥，陡峭不乏和善。然而西沟的水更绝，从进村的小路开始，路旁的小溪便成为引你进村的向导。小溪清澈，叮咚作响，时而聚为一潭碧波，仿佛大块翡翠，晶莹剔透。时而急促，穿桥过路，犹如儿歌，轻盈活泼，天真可爱。又如琴弦，丝丝入耳，袅袅动听。加上路旁丛林遮掩，若隐若现，这时你会想到柳宗元在《小石潭记》中的描写："从小丘西行，百二十步，隔篁竹，闻水声……下见小潭。水尤清冽，全石以为底，为坻，为屿，为嵁，为岩，青树翠蔓，蒙络摇缀，参差披拂。"其树，其水，其石，其景……不仅貌像，而且神似。喝上溪水一口，甘甜清冽，神清气爽。在这里只有畅游的快哉，根本没有柳宗元的"凄神寒骨"的沮丧。因为，这就是西沟水的独特魅力之所在。

小溪一年四季，昼夜不息，缓缓流淌。循溪水而上，就来到了古朴典雅的深街古巷。村中有石拱桥一座，溪水从桥下汩汩流淌，使人联想到马致远在《秋思》中写到"小桥，流水，人家"的场景。桥为半圆行，桥面平缓，而两头的房屋蓝瓦起脊，墙角笔直。在这里我们又联想到了几何学上的线条美来。三角形、弧形、直角形互相交错搭配，再加上早晚时升腾在人家屋顶上的圆柱形袅袅炊烟，以及金黄太阳起落时留在山尖那一抹圆形轮廓。就凭这一点，你绝对能想象到，西沟村与周围环境相映衬造就的线条美是何等令人拍手叫绝。

走进西沟，移步换景，呈现在你面前的，俨然是一座浑然天成的山水画廊。

◎ 宰相故里话许庄

王延庆

沙河地灵人杰，物阜民丰，出名人，

出诤臣。从开元盛世的宋璟，到感化元蒙的张文谦。从首提猫鼠论的朱裳，到明朝重臣许国秀……不胜枚举。

提到许国秀，就不能不说许庄。如果穿越到明朝，那时候的许庄可以说是无人不知无人不晓。褡裢镇的海马大街知道吗？当年那前呼后拥，旌旗蔽空，万人空巷的场面曾经在这里上演。那时的它，成了这个县城的中心，就连繁华无比的褡裢也只是它的附庸。这一切，只因为一个人，许国秀，明朝重臣。当年，许国秀为感激老师的栽培之恩，特地为老师修建牌坊，以示纪念。并且他利用俸银在沙河修建学堂。一时间，尊师重教，传为美谈，蔚然成风。

怀着仰慕之情，曾经寻找许庄。城市化的发展，几乎将这个历史名村淹没。也许它和褡裢村是互为消长的，当年的风华不再，隐藏于历史的角落，给人以神秘之感。一路驾车，东西奔跑，刻意追寻，不想查地图，不想问路人，不想有任何心理准备。如若有缘，自然会不期而遇，那份惊奇，那份感动，我想一定不亚于当年的莘莘学子，在外建功立业后，荣耀乡里。

早起穿过法国梧桐相拥的太行大街，顺着绿色长廊，一路逶迤向西，过南道口，出西环。当看到那路旁柳色苍翠时，你也许会怦然心动。微风过处，为那一树碧玉妆成；为那一树细腰争妒；为那一树婀娜娉婷。每次从这里穿行，给人以出门即深山的感觉。美眉的柳叶，腰肢的柳条，如云的细丝。那份呵护，那份温存，似乎能化解人间所有的喜怒哀乐。蓦然间，我想到盛唐的李白，在人生失意落魄之时，曾经陪伴从弟，在这里穿行，那一路景色，使得大诗人不由发出了"大音自成曲，但奏无弦琴"的感慨。我想到当年的白居易送别了元二，发出了"客舍青青柳色新"的赞叹。我又想到了李白《劳劳亭》中"天下伤心处……不遣柳条青"的悲情送别。还有李商隐、杜牧……几乎历史上每一位诗人都曾经写过咏柳的作品。柳枝浮动，水晶帘动。朦胧处，刹那间，觉得这里的每一棵树，每一枝条，都是一首诗，一首词，一篇文章。

我一直纳闷，是谁栽种下这风情万种惹人杂思的柳树？将整个中国文学史最精华的作品悬挂在人来车往的马路边。车到拐弯处，蓦然间，只见柳荫后，一面墙壁上赫然写着"许庄"两个红色大字。刹那间，我明白了，释然了。

许庄，终于找到你了。穿越千年，本色依旧。

◎ 抚摸柴关古石桥

王延庆

没有一座桥，像你，连自己的生日都已经给忘记了，更不用说出自何人之手；没有一座桥，像你，横跨亘古，脊梁被过往的车辙脚步摩擦得锃亮，反照出的却是岁月的荣光。从你的形体上看，做工粗糙，简陋备至，桥身弯曲。没有赵州桥的秀美，也没有卢沟桥长虹卧波的壮丽。你身上的石灰石，全部是细小的石块组成。只有支撑身躯的拱桥部分才是不规则但是却严密地组合在一起的大块石料构建。你只是那么一座简单到不能再简陋的独拱桥而已。

第一次近距离接触你，还是从你的身上走过。刚走到桥边，几乎不敢迈步，生怕一不留神，就会被你那光滑的桥面滑倒。就那样，小心翼翼，踩上去，有如玻璃般光滑，站立不稳的时候，赶紧伸手，扶一把桥两侧的栏石。

伸手的那一刻，啊！同样光滑，石面虽然不够平整，没有精心打磨。但是上面凸凹不平的表面早已被如我一样的过路者，抚摸得闪闪发光。那些棱角也许是接受了人的感化，变成圆形无规律地突起。就像你一生中经过的大大小小的生活波折；从氏族战争到华夏民族的融合；从王朝更迭到农民起义……原来你洞察历史，把他们全部镌刻在自己的身躯上了。凡是从你身上走过的人，抚摸过你桥栏的人，我敢说每个人的心灵都得到了无限的升华。他们抚摸，从那么一个小圆形凹凸里，他们知道了。

昔者，修建长城，县宰闻之，恐劳民伤财，再现孟姜女之悲，于是消极怠工。上级视察，站在你脊背上，突然凌空一怪鸟频频袭击，上级恐，县宰更是虚张声势，做惊恐状。曰，此鸟生性杀人，为安全起见，还是不去的好。就这样，因为您的功劳，他们止步不前，无数民众感恩于您，避免不必要的劳役差事。

我伸开手掌，从那些石块上，轻轻滑过。舒服极了，有一种被按摩的感觉，手掌上连同五脏六腑的穴位，统统得到传达。昔者，这里沟壑千丈，深不见底，上面白云往返，下面水流湍急。于是您出现了，不同朝代，不同服饰，不同职业的人，都从您的身上匆匆走过。如今他们烟消云散，化为风尘了。而唯有您却依然保留着他们过往的遗迹，述说着历史的凄风苦雨。我睁大眼睛，仔细搜寻桥面，果然，发现，细小的石块，早已被众人过往的脚步踩成一个密不可分的整体。上面，道道纹路，赫然有痕。从桥头到桥尾，一道一道，再加上圆形的小凸起，就像五线谱上的音符一样。每一道有每一道的韵味，每一道有每一道的感触。走过的人，就像谱写了生命的乐章一样！感受前人的生命况味，扬长避短，谱写自己的生命华章。

在这里，抚摸古石桥，拨动桥身的音符，可以听到伯牙与钟子期的《高山流水》……总之，您不仅是一座桥，更是一座向后世传达审美情感辨别是非曲直的音乐宝藏。

想要了解您，深味您的人，那就赶紧前来抚摸！倾听吧！倾听的同时，留下自己的印记，通过您再传后人！周而复始，奏响生命乐章，泽被后世，光耀千秋。

◎ 太行明珠王茜村

王延庆

茜草是一种生长在北方的植物，叶子稚嫩，花茎鲜艳，果实椭圆，古时能产鲜艳之红。经风霜，耐严寒，受贫瘠，向阳而生。葱绿茂盛，蝗灾旱年，成为拯救天下苍生的灵丹妙药。它被太行山当地老百姓誉为仙草。

王茜村，一如茜草，因草得名，名副其实。处河阳之北，面山阴而居。河归秦湖，四季奔流。山连武当，巍然高耸。清泉甘甜，林壑优美。到过英谈，未见其格局结构如此规整；去过王瑙村，未见其房屋如此大气磅礴。这里的植被绿的就像茜草的枝叶和前南峪不相上下；这里的岩石是太行山最红的赭色，就像被茜草鲜艳的果实撮染过一样。

《三国演义》里水淹三军的战术，就曾在这里被灵活地运用。隋唐战火在这开阔的河面上演，流血漂橹。那一处河槽，不知道掩埋了多少历史遗迹。群山佐证，河流倾诉。折戟沉沙铁未销，自将磨洗认前朝。村里上年纪的人说，自己小时候，经常从河槽里拣回古代的箭头。此后，漆泉寺的钟声开始在这沟壑的上空，传响千年，只求为这一方风水宝地禳灾求福。

1404年，这里终于有人应诏立庄。村庄呈纱帽官翅，体现了王茜人耕读传家，学优则仕的优良传统。那石砌的楼房里，烛影摇曳，纺锤嗡嗡，书声琅琅。

明清时期的休养生息，使得王茜村容村貌，焕然一新。石板的屋脊，虽没有龙首鸱吻的威武，但是也不失凤凰展翅的浪漫。雕花的窗格，寄予着村人美好的理想追求；镂空的门楼，传达出祖辈对幸福生活的向往。

走近村庄，这里几乎每一座院落，都有一个像茜草红色果实一样的故事。闭目，倾听。这一处院落里，发报机在嘀嘀嘀地派发电报，哦，原来这就是抗日政府的电台。那一处院落，正在审判着一桩民事纠纷，哦！原来那里就是抗战时期的法院……总之，一处处，一幢幢，即是民宅，又是公房，屋宇相连，这就是最早抗日政府的雏形，原来在这里诞生。

黑色的煤炭只有经过燃烧才能散发出火一样血红的颜色。日寇闻讯，铁臂合围。村民奔走，藏匿深山。英雄的母亲，人民的好儿女——王斌。面对日寇淫威，凛然不屈。那一声声呵斥，声传万年，地动山摇，群山低首，河流鸣咽。

王茜有幸，因您而自豪！王茜有福，因您而骄傲……

凤凰涅槃，浴火重生，才能展翅翱翔九天。

每一个古村落，都是一个时代的光华和缩影。一座古建筑就是一部历史。一座古民居，就是一部人物传记。古村落的存在，为流金岁月留下了浓墨重彩的一笔，是历史细节的一种人文连接。

◎ 大方无隅褡裢村

王延庆

两河相绕，九村环围，五川辐辏，众星拱月。

褡裢，早就想为您写点东西，但不知从何处落笔，因为您太博大，太精深了。历史，人文，地理，民俗，令人眼花缭乱，不知从何处起，从何处止。您是48万沙河人民一心向往的天堂；您是百里山川遥相辉映潜入中原大地的龙首；您是衔接南国春雨和北国雪飘的咽喉之地。也只有您，才能承受如此至关重要的历史重担，一路，风雨飘摇，高歌独奏，大步阔前，向着未来……

小时候，能去一趟褡裢，总觉得那是一件万分荣耀的事情。能在褡裢住上一个夜晚，看华灯高照，仿佛看到了人间天堂的真正美丽。于是渴望着，有一天能够融入您的怀抱，看风花雪月，感受车水马龙的繁华，听百鸟鸣唱，享受闹市归隐的雅趣。以前，只知道您是一个城市，一个在我们心目中最大的城市。北上广也许和您一样功能繁忙；苏杭二州与您也不过风水相宜；现在看来也许会有人耻笑我，但是您在我心中永远都是独一无二的最美故乡。

曾记否，战国烟雨飘洒，南易水畔，檀台高耸，战马嘶鸣，声啸长空；曾记否，信都宫内，邯郸学步，大儒纵盗，毛遂自荐；曾记否，海马大街，摩肩接踵。曾记否，满清风雨，淋遍全身；曾记否，文谦故里，国泰民安；曾记否，褡裢布衣，精美绝伦。无论是官居宰相为您增光添彩的许国秀，还是让您屈辱临阵脱逃的清朝落魄老佛爷以及众家眷；无论是十万火急驿站传报，还是李鸿章张之洞袁世凯站在村口的阁楼上举目远眺。总之，您也许在历史的征途劳碌奔波，疲惫不堪，早已忘怀了。可是对我来说，却记忆犹深啊！

不信的话，您从绿树环围的宋璟路，到四季常青风景优美的梅花公园。那一路景色，历史文化，只需穿行，就会铭记于心；不信的话，您从干净整洁的文谦大街，到川流不息的东环大道。那一望无垠的开阔视野，会让您觉得，麦哲伦的环球航行，在我们认为无非就是从东环路上穿行一次，从宽敞一新的人民大街，再拐到大气磅礴的人民公园。如今的您已经不是原来的您了。互相包容，共谋发展，是您一贯的追求。否则，纵横南北的京广铁路不会在您这儿设站停留。从遥远的北国之疆穿行整个中国，到达南海之滨。一路上，总给您留有一席之地。

总之，每当向陌生人诉说您时，我抑制不住内心的激动。我不想说，我们这里就是佛教中称颂光明的琉璃世界；我不想说，我们这里蕴藏着富可敌国的宝藏；还有，我不想说，我们这里是古往今来人才辈出的风水宝地。

……

"大方无隅，大音希声，大象无形。"这句话，也许就是老子在《道德经》中，对您的确切描述吧！

◎ 水天一色话霞渠

王延庆

"落霞与孤鹜齐飞，秋水共长天一色。"每当说起霞渠时，我就不自觉地想起了王勃在《滕王阁序》中写下的这句流传千古的名诗。晚霞如火，水天一色，也许这就是霞渠村名的由来吧！

站在霞渠村西的高岗上，有一条常年流淌的小河。放眼望去，溪水清澈，潺潺流动，飞鸟穿空，牛羊悠然……

波光返照中，循着历史的足迹，思绪飘飞，穿越千年。易阳城外，澄湖如练，净碧一色，鱼鸟相欢。护城河边，檀台高耸，校场威武雄壮，高低俯仰，形成一幅绝美壮观的山水画面。余霞散成绮，澄江静如练。如果把一千多年前谢朓写的这句诗，换掉一个字，你绝对想不到，历史上的霞渠，风光如此优美！

霞渠不仅仅是一条水渠，其实是一条河，一条面阔水深，容纳过千秋悲喜，上演过流血漂橹的护城河。历史上坑杀四十万赵军的长平之战过后，赵国皇族销声匿迹，在所有的文字记载中成为一个千古之谜。

谁曾想到，霞光万丈之下，河水波光粼粼之际。位于霞渠村后易阳城内却钟磬奏乐，香烟缭绕。秦军追击护城河边，霞光映照，眩人耳目，望而却步。

这绝对不是危言耸听，更不是神话传说，这是霞渠人口耳相传的真实故事。

我俯下身，掬一捧清凉的溪流，那点滴的水珠，瞬间在我手中，幻化出了五彩的光影。通过光影，我似乎看到几千年前，在这风光优美的富庶之地，所发生的那一幕幕征战杀伐的场景。我似乎看到将相和中的廉颇站在村后的高岗上，凝眉远视，目测敌阵。似乎看到了蔺相如在霞渠村后湾地，怀抱和氏璧，步履匆匆，从此留下了完璧归赵的千古美谈……

霞光漫天，渠水纵横，土地肥沃。如今的霞渠早已告别过那征战杀伐的岁月，所有的痛苦和悲伤都埋在了脚下的沃土里，幻化成了滋养庄稼，哺育后代的养料。不信的话，请看村庄四周庄稼，长势旺盛。还有那浇灌田地的老农，以及放学归来的孩子，在傍晚霞光的照耀下，怡然自乐，快活自足。

◎ 至人无己福益村

王延庆

去过北京，为故宫的古代建筑而惊叹；

去过苏杭，为秦淮河畔木质楼宇衬托下的优美风光所吸引；甚至包括湖南遥远的凤凰吊脚楼，也是美得令人惊讶……

古往今来，全国各地，从滕王阁到岳阳楼，从丛台到檀台，从清风楼到黄鹤楼……那一处处巍峨高耸的建筑，名震华夏，光耀千秋。你也许不知道，福益人都曾参与其中。

有福千秋，处处益人。

通读历史，文武状元，皇帝贤臣，英雄辈出，史书大书特书。只有个别的科学家以及建筑师才能名垂青史，张衡、鲁班、李春……而后，精美绝伦的建筑层出不穷，而设计者则默默无闻，我们不平！

几千年了，从阿房宫到乾清宫，从天坛到地坛。我们在欣赏建筑杰作的同时，我们不仅扪心自问，这是何人建造？如此鬼斧神工！

桃李不言，下自成蹊。走近福益村的锯齿街巷，看看那些雕梁画栋的古门楼，听听其中哼哧哼哧的拉锯声，以及砍砍斫斫的斧钺声。哦！原来那些能工巧匠，原来那些杰出的建筑大师藏匿此处，隐身街巷！

八十岁的老翁，眉宇澄澈、精神矍铄、双手倒背，老人自述：古时，皇帝大兴土木，沿京广要道，发布诏告，招募天下能人。于是，世代木工出身的福益人，应诏而往。南方苏州的建筑师，也闻声北上，携带铺盖，来福益村，拜师学艺。问老人师出何处，曰：山东学艺，鲁班掌门。福益人多木工，水平闻名全国，从犁耧木器，到梁檩椽榫；从车船匣盒到门窗口料。精工细活，无不圆满。从冰天雪地的东北到山水如画的云贵；从人迹罕至的青藏高原到繁华无比的北上广，处处都留下了福益人的踪迹。近代，甚至有福益人出国，足迹遍布五湖四海。于是全村做工，有出去派工做活，也有送料上门的，一概不拒。

看着那些精美的建筑，我一直纳闷为什么他们不在上面书写自己的大名呢？这些穿戴朴素，为人低调，看起来和农民打扮没有两样的工匠们为何如此的低调呢？

"至人无己，神人无功，圣人无名。"这也许就是庄子在《逍遥游》中，对福益人的评价吧！

◎ 梅花亭下话春秋

王延庆

久闻大名，只是无缘拜会。每当读到有关您的诗作时，忍不住，从书中的照片里，对您端详半晌……

飞檐斗拱，映衬蓝天，气势磅礴，大有冲天奋飞之态；雕梁画栋，风云跃然，饱经沧桑，给人以穿越时空的遐想；黑瓦屋脊，鳞次栉比，秩序井然，在向后人传达出经风雨而不变的傲然嶙峋。

从长安归来的李白，他听说过您的大名，逡巡半晌，一言不发。别人总以为对于大诗人，你们一定是惺惺相惜的，大书特书，可是，没有！

安史之乱后，失意困顿的杜甫来了。目光凝重，怅然若失。荒草中，他抚摸碑文，感叹片刻，依然没有赋诗。只留下一声叹息，身影便消失在茫茫的夜幕里。

中年的刘禹锡，写下桃花诗后，心情郁闷之时。从遥远的长安城就开始打听您的地址。一路风雨苍茫，冒着生命危险，跨过汛期的沙河，汗头涔涔，扒开荒草中遮掩的石碑。欣喜之余，脸色陡变。本打算赋诗大书的，一时语塞，只是在一篇文章的序论中对您褒奖一番。

还有皮日休，听闻您的大名后。满腔热血，满怀敬仰，一路风尘仆仆，夕阳西下之时，来到您的身边。伫立良久，目光凝视半晌，一言未发，转身离去，留在空气里的只有来去时的脚步声。

　　转眼间，改朝换代，中国历史上才华出众的大诗人苏轼来了。在历史学家的期待下，认为他一定会用他那行云流水的手法对您大书特书的，可是没有……

　　他们，中国历史上最才华横溢，最彪炳史册，最光耀千秋，横亘古今的文坛巨擘们，他们有的敢在圣主面前犯颜直谏；有的敢于议论时局，品评古今。可是他们究竟怎么了？来到您的面前，神态竟如此的一致，行动超凡的统一。除了鞠躬叩拜外，个个缄默不语。

　　千百年来，历史学家们纳闷，我们纳闷，来世的后辈子弟也一定纳闷。

　　当然了，有人耐不住寂寞了，专业的诗人们不敢发一言。而那些非专业的学名不大的抑制不住内心的激动，争取要打破这一历史的魔咒。为此，清朝的乾隆皇帝在这里前后待了数天，日夜思索，才勉强做出几首来。之后还有陪伴您为您祭扫的知府县令，要不是三年五载的朝夕相处，估计也不敢下笔附咏。

　　一篇《梅花赋》，让天下多少文士折腰惭颜！让多少苍生俯首崇拜！又让多少后昆望而却步。

◎ 秤湾，您从未走远

王延庆

　　秤湾，第一次听说您，还是在小时候。从您怀里走出一位看风水的先生，帮助人点化山水寻找宝地。我想您一定是一块宝地，只有您具备了山水的神奇，才能赋予村人神奇的视界和眼光。

　　十几年后，一个神奇的地方被世人发现，人们惊奇不已。一位见过您容颜，目睹过您真实面貌的人对我说，说您比这个地方更神奇，因为没有见过，一旦见过，就觉得世界上任何建筑与您相比都是微不足道的。目空一切的我，只是嫣然一笑，不以为然……

　　当周围的村庄在媒体的喧嚣声中被吹捧得神乎其神，甚至连尘土也都被沸沸扬扬地吹上天空……我也经历了一次次的好奇，却迎来了一次次失望的阵痛。而您，却依然默默无闻地拄着时间的手杖在时空的长河边悠闲漫步。

　　偶然的爬山，站在巍峨的山顶，呼啸的山风从山下吹刮而来，声音呼啸而凄厉。我紧眯双眼，俯视远方，寻找风的方向。在山坳里，看到了一座座精美的建筑组成的村落。青色的炊烟升腾而起，悬浮在村子的上空。青石垒成的房屋错落有致，苍松翠柏，点缀其间。风中时而传来了鸡鸣的声音，给人以世外桃源的静谧与安逸。太阳的光线轻柔地照射在您的身上，弥漫的烟云与金色的光芒相结合构成了一个五彩缤纷的世界。原来是您，秤湾！

　　秤湾，明朝建村……我不相信！去村口抚摸一下那棵苍劲挺拔的古槐吧！它会告诉人们，您究竟有多少岁了。您会说，街道里的石板路，青石墙会说明这一切。被打磨的光洁整齐的墙壁，犹如刀切斧铜。自从它被垒进墙体后，几百年的兴亡际遇，它都经历过，见证过。您说，其实在这之前，作为山体的一部分，老子的木屐在它上面留下了千年的遗迹，唐宋时期的历史风雨曾经在它上面刻下深刻的痕迹……。

　　秤湾，其实您从未走远。不信的话，翻翻《道德经》，其中就有您的影子；翻翻《诗经》，就可以感受您的苍茫；读读唐诗宋词，就可以发现您千年不死的精魂依然遨游在历史的天空。

◎ 渡口遐想

王延庆

有一个地方，在那里荡桨泛舟，引吭高歌，可以感受清风明月的畅快；有一个地方，在那里低耳静听，"道可道，非常道！名可名，非常名……"余音绕峰，震耳发聩，传千年而不绝；有一个地方，北坡有桥，横跨东西，映衬蓝天，如果不是足踏大地，您会觉得那是上天的杰作。李春的赵州桥比不上它的宏伟；北京的卢沟桥比不上它的壮美。

有一个地方，那里桃花满山，高山流水，镜湖垂钓。我们终于在这里找到了传说中的世外桃源。

这里，川阔山缓，河流纵横，沃野百里；这里，男耕女织，黄发垂髫，怡然自乐；这里，孤帆远影，清歌阵阵，管弦和鸣；这里，稻米飘香，五谷丰登，人杰地灵。

多少次梦牵魂绕，站在古老的渡桥边，看河水奔流。我总觉得，沈从文《边城》里的翠翠，就是在这里摆渡有缘人，跨河涉险的。

多少次遐思冥想，我总觉得，鲁迅《故乡》笔下的乌篷船，也曾从这里，顶风雪，冒严寒。挡不住归心似箭的急迫，一路桨声灯影，乘风破浪。

多少次浮想联翩，孔子当年拜访老子的隐居之所时，也许就是站在这里，面对滔滔河水，发出了"逝者如斯！不舍昼夜"的感叹。

深秋时节，芦荻瑟瑟，雎鸠和鸣。我总觉得，千古传唱的《关雎》中，那一对有情人，就是在这里相逢、相知、相爱的。同时还有那《蒹葭》中，令人百肠千回的凄美苦恋，也曾在这秋风萧瑟的河面上上演。

时光飞逝，日月如梭。一位年轻的后生，闻您大名，千里迢迢地从国际大都市，奔向大山深处，您的怀抱。看，大河浪宽，稻香两岸。于是一曲《我的祖国》的经典歌曲，瞬时间，红遍长城内外，大江两岸。那优美铿锵的旋律，一如您起伏的山脊，逶迤险峻，奇峰突起。

渡口，只因有您，给了我凭吊古迹的机缘；只因有您，了却了我顶礼膜拜的夙愿；只因有您，让我真实感受到了仰望人生高度和体味生命厚度的境界是多么令人羡慕。

◎ 勇闯"三关"

王延庆

闯关，对我们来说，并不陌生。古时候，闯关靠的是智勇双全；靠的是武术超群；靠的是征战杀伐，胜王败寇，血染功簿。而现在社会，进入和平年代，没有战争，国泰民安，百姓衣食无忧。远古时的鼓角争鸣早已随着历史烟云，随风飘散，刀光剑影早已变成荧屏中的历史回味。可是人们不甘寂寞，为传承文化，纷纷出现考试闯关，游戏闯关，甚至娱乐节目中出现闯关赢奖品的活动。总之，都是模拟活动。

而对于我来说，每天几乎都在经历闯关的现实生活。虽没有黄飞虎闯五关的霸气，但是却有经三关而心神愉悦的畅快；虽没有孟尝君闯关的惊悚，但是却有一路花红柳绿青鸟鸣唱的惬意；虽没有张飞征战杀伐锣鼓铿锵呐喊，但是却有一路笙歌燕舞春风十里的飘然相伴。也许这时候有人会问，你也是在闯关？的确，我也在闯关。不仅闯一关，还要连闯三关。早起从东往西闯一遍，下午归来，从西往东再闯一遍。也就是说黄飞虎闯五关，在我这里还少了一关，我却一天要闯六关。有人迷恋游戏闯关，迷恋模拟闯关，只为寻找刺激。而对于我本人来说，每天在晨昏中享受着现实中闯关的刺激，生活该是何等激情四射，富有活力！何等引人羡慕！

不卖关子了！我说的三关，就是现实生活中的三个地方。现在已经演变成了三个村落。三个村落在晋冀古代通商要道上。它就是位于沙河市中部丘陵区的上关中关下关。三关紧挨329省道，环境优美，历史悠久，古往今来是兵家必争之地。

可是当你身历其境时，你却发现，大路畅通，横贯东西，哪来什么关卡？山海关有山海关的气派！玉门关有玉门关的厚重。而这里的三关有什么特点呢？连一块古时的砖瓦都找不到，连一个像样的城门木片都看不见，能起到一夫当关万夫莫开的作用吗？

的确，这里从古至今，并没有什么防御性的高大建筑。三关无关，才是吸引人们游览膜拜的惊人之处。孙子兵法有云："攻城为下，攻心为上。"又云："不战则屈人之兵。"而对于防守的关卡来说，反其道而用之，同样具备这样的道理。当地百姓相传，宋太祖赵匡胤征战西部，回马三关时，正好人困马乏，饥渴难忍。于是说到闯过三关，甘泉涌现。队伍一路浩浩荡荡直奔三关，刚到三关时，发现并无泉水。可是他的战马却在上关村外，奋起前蹄，刨了起来。不一会儿，甘泉涌出，解了三军之围，马刨泉就此得名。就在此时，贼兵追击，发现三关无关，认为是攻击的大好机会。可谁知，老百姓在宋太祖的带领下早已隐藏路边，草木皆兵。中关村的人在村中擂鼓助威，下关村的人则埋锅造饭。贼人听到鼓声阵阵，看到却是炊烟袅袅，草木摇曳，风声鹤唳，不免疑惑。更何况，三关地势西高东低，恰似口袋。贼人思量半晌，恍然大悟，放下武器，投降了。自此之后，三关声名在外。

从那以后，三个村庄根据地势，修建了看似民居，实则具有防御功能的街巷。无论是民国时期的土匪骚扰，还是抗战时期日寇入侵，三关的百姓们牢记自己的历史使命，保家卫国，做出应尽的义务和贡献。

如今乘私家车，勇闯三关，一路上风驰电掣。看路旁垂柳婀娜，格桑花开，赏琉璃古民居，体验惬意生活。那份畅快，那份惬意，那份闲适，只有在这里，你才能完全闯开心中的道道关卡，做一个顶天立地，潇洒飘逸的自己。

闯过三关，生活乐翻天！！！

◎ 匍匐宋璟碑

王延庆

提起宋璟碑，我首先就想到"匍匐"这个词，这个词最早出自司马迁的《史记·苏秦列传》，"嫂蛇行匍匐"。在宋璟碑前，我觉得只有用"匍匐"这个词，才能准确表达出我内心的真实感受。

"匍匐"不同于跪，更有别于拜，面见天子，问候长辈，一般要行跪拜大礼。甚至高一点，来一个稽首，也许最恰当不过了。跪拜，只是弯腰，双膝落地，头下垂，尚有躯干支撑，眼光亦可逡巡四处。而"匍匐"则是五体投地，身体完全贴到地面，头不敢抬，目不别视。只能用缜密的心思感知周围环境的变化，就像遥控传感设备一样。一副完全被震慑被控制的样子，生怕亵渎了心中的偶像。

拜谒宋璟碑之前，我觉得我早已匍匐在地了。去往梅花公园，建设路上，十里开外，我的心就开始急速跳动。等到公园门口，嗅着新鲜空气，直觉告诉我，此处果然与别处不同。文气慑人，按照武侠小说中的描述，在一位功力深厚的大师面前，五十步之外让人胆战心惊，十步之内让人心肺剧裂。而对于我，一介屠弱书生，我不知道我的内力和修为能否达到与大师直接面对的境界。倘若直视，我惧怕自己的浊眼，弄脏那激昂魅力四射的文字；倘若面对，我怕自己狭小的胸襟，容不下铜板琵琶黄钟大吕的碑文；倘若关注，我怕自己的定力不够，经受不住真金美玉生离死别的考验而走火入魔。

近在咫尺，多少次心向往之。渴望，一睹其姿，一品其甘，一味其魅。然而慑于威力，每次都只敢站在百步之外的门外，目光凝视片刻，便顿觉神清气爽，文采陡增。就像中药之人参，用量适中，才能达到最佳效果。回去后，奋笔疾书，苦心修炼，只为有朝一日，匍匐碑前，再学真功。

于是采取循序渐进的方式，慢慢地向碑靠拢。十里开外，调息经脉，平复心绪。五十步之外，反思所学，运气丹田。如今经过多年历练，已经敢在园门外停留片刻。虽只有一墙之隔，墙内梅花芬芳，墙外车水马龙。可是为什么离他越近，内心却感到异常繁复芜杂呢？是不自信？文以载道，未敢轻视。抑或是？生平以梅自况，以家国为大任，未敢轻慢。

徘徊门外，多少次乘兴而来，多少次扫兴而归。只因不知道用何种方式去接近，用何种心态去面对。有时候，站立门前，望碑兴叹，几步之遥，却觉得如隔重山，步履维艰。这时候，我想到了李白的《行路难》："欲渡黄河冰塞川，将登太行雪满山。"境遇尴尬，可想而知。连李白这样的文学巨匠尚且如此，何况我辈芸芸众生呢！

可是，大师在左，碑矗心中，千载难逢，岂有不拜之理？贸然前往，又恐怕亵渎圣碑，轻贱自己。百无聊懒，郁闷之时，蓦然间，灵机一动：石碑文风袭人，可匍匐前进，即可避免冲撞之痛，还可吸纳精华；

书法遒劲怕走火入魔，可匍匐前进，从下到上，一笔一画，点滴品味；对于石碑中所隐藏的横贯长空激荡宇宙风骨精神，可在匍匐之时，用全部身心，感受石碑通过大地辐射出来的短线余波，慢慢吸纳，逐渐适应。

主意已定，不免沾沾自喜。虽说匍匐，然穿戴更要整齐干净，西装革履，毫不含糊。于是将新婚时所穿新郎西服，披挂身上。拜谒神碑，还要选择良辰吉日，只有在晨昏无人之时，才能独自感受大师教诲。天公作美，风清日丽，来到梅花公园，静无一人。这次荣幸，总算穿过园门了。刚进门，却忽感腿如灌铅，再也迈不动了，索性匍匐。一米八的身材，轰然前倾，五体投地。闭目，感触大地肌肤的那一刻，顿时，只听地下，传来了两位贤人的对话。一位贤达说道："余平生报国，为政清廉，留梅花馨香于人间，能得人匍匐，甚幸！"另一贤人说道："余书碑文，乃为教人傲骨处世。能得人匍匐，甚幸！"

对话完毕，赶紧垂询，久久不听回音。睁开眼来，只见有人说："他醒了！"

匍匐宋璟碑，虽没有近距离触摸和仰望，但是此生能够匍匐碑前，亦不失为一种荣耀。

◎ 塔子峪印象

王延庆

红石沟之东，樊下曹向北。在这两个声播华夏的著名风景区边，还有一处同样让人惊讶，引万众瞩目的古村落——塔子峪村。塔子峪村的手工纺织闻名全国，如雷贯耳。可是到过塔子峪的人，除了惊叹那精美的布艺丝缕外，村中老街旁边的风景，也足以令人耳目一新，叹为观止。那房，那树，那老街，简直就是一座浑然天成的博物馆。

两山之间为壑，丘陵洼地为之峪。塔子峪村，正好位于丘陵环抱之中。冬拒寒风，夏日生凉，东来紫气，秋风送爽，避喧就肃。村中树木参天，林立茂盛。如果开车不注意，穿过村北丘陵上的公路，你绝对想不到这里还有一个隐世的村庄。

第一次到塔子峪村，第一次穿行老街，就被它那恢宏大气的建筑样式深深地震撼了。领略过乔家大院的古朴厚重；品味过王家大院的精致典雅；欣赏过张汴乡天井院的奇特……在这里，才真正明白什么叫集大成者。漫步塔子峪纯一色的青砖街巷，雕花的砖块和镂刻的古门楼，一进多重的院落，还有那千寻的树木宛然将村庄掩藏在自己的躯体之下。不仅让人浮想联翩……深夜时分，月明星稀，穿梭于晋冀运送物资的牲口，在这里成群结队地排好次序，准备出发，其中不乏抗战物资……门房虽然塌败，周垣尚存。虽经风雨侵蚀，依然透露出一份孤傲与霸气。似乎在告诉世人，与世无争，固然可贵，但高调做事，同样需要一身正气。髹漆剥落的门面，虽斑驳，但是抚摸一下，却赫然感受到质地的坚硬。年轮重现，顺着纹路，我们似乎能追寻到整个村庄的历史，兴衰际遇。人去屋空，人去街空，物是人非。整个老街，除了沿街几户人家外，俨然成为中国乡村千篇一律的空心村。我们侥幸，幸亏没有后人的翻新和修饰，颓败的颓败，倒塌的倒塌，大树掩映之下，茅草横生之间，我们似乎在这里看到中国乡村的发展史。没有水泥新砖的掺杂，没有人工修饰的痕迹。纯一色的古朴，纯一色的厚重，带给人的又是纯一色的浪漫与休闲。在乡村旅游蓬勃发展的今天，塔子峪一如当年的选址，在其他村庄千人一面地修建翻新时，而只有它在大树掩映之下，丘陵环抱之中，为世人奉上一份原汁原味的旅游大餐来，保留了自己独特的古村落风貌。

塔子峪的老街独特，与老街相映生辉的树木，更是让人叹为观止。街在树下，树在街中。站在村后的丘陵上观望，整个村庄俨然就是一片绿的海洋。老街即是街道也是水路，平时走路，下雨成河，因此街道被冲洗得纤净无尘。街道两旁的树木高大参天，争高直指。有的昂首直立，一株擎天；有的虬枝盘桓，横逸斜出；有两棵树互相缠绕，螺旋生长，似乎像互相搀扶前进的兄弟一样，共同进步。更有一棵树，冲破垣墙，昂首蓝天，给人以"一棵老树出墙来"的遐想。树之多，树之奇，树之参天。在我见过的所有古村落中，塔子峪是给我印象最深刻的一个村庄。

浮想联翩之际……恍惚间，深夜，月明星稀，坐在老街的青石砖上，感受街道的苍茫与厚重。透过密叶的缝隙，南岗上，传习坊内，银光散射，宛然人间天上。

◎ 秤湾之歌

王延庆

行走青石铺就的小巷，
仿佛时空的隧道里徜徉。
虬枝盘桓的老树，
将岁月的年轮深深掩藏。
雕刻榴莲的窗格，
诉说着曾经炫美的时光。
铁锤叮当洗练的石墙，
把人生的过往，喜怒哀乐，
全部嵌入记忆的行囊。
孤独的石碾，
围绕着乾坤的行迹，
展现当年的雄壮。
小米饭，南瓜汤，

盛在时光的饭碗，
散发出醇厚的清香。
爹娘的呼唤，
憨厚的乡音在街头传响。
……
啊！秤湾。
你是田旁的枯井，默默守候，
迎接未来清澈的向往。
啊！秤湾！
你是寒冬的梅花，傲寒迎霜，
散发出沁人心脾的芳香。

◎ 风雨孔庄

王延庆

任何一个民族都有自己独特的史诗传承。任何一个国家，甚至任何一个省份一个村庄，也都有自己别具一格的发展历程和人文特色。民族如此，国家如此，而位于沙河市西部的孔庄村更是如此。因为它经历了数千年来的历史风雨，承载了太多的文化积淀，在历史的长河中，任何一次风吹浪打都在她的躯体烙下了深深的印记。通过这些斑驳零碎的历史遗迹，我似乎看到了孔庄在五千多年的发展历程中所经受的失落、悲怆、痛苦、辉煌以及荣耀……

请跟随我一起走进那历史的风雨中，去重新感受一下那激动人心的时刻吧！

首先就从位于孔庄村后的孔庄峡里说起，在那平凡的悬崖峭壁之下，除了堆满零碎的人骨化石外，还遗留有大量的石刀、石斧等远古人的生存工具。这足以证明五千年前的远古时期，就已经出现人类居住的踪迹，因为他们傍河而居，上山可打猎，下河可捕鱼。想必从那里冒出的第一缕炊烟起，似乎就已经向世人宣告了孔庄的诞生了。

由于孔庄扼山川之口，交通便利，物产丰富。因此到了奴隶制时代的殷商时期，这里俨然已经成了一方圣土，一个自称窦王的人在这里建立属于自己的自由王国。当我们走到位于孔庄东北的插旗瑙，气喘吁吁地爬到山顶，看到那硕大的插旗孔时。耳际边吹刮着呼呼的风声，风儿似乎在向我们诉说几千年前的激动人心的战争经过。我们隐约间也听到了几千年前那震天撼地的杀伐之声，眼前似乎重现了威武雄壮的阅兵场面。而位于插旗瑙的下方，则明显留有斧凿痕迹的大方孔，据说那是用来修建战船藏兵的地方。跨过孔庄川，与插旗瑙相对应的位置，是牛神口。在那个时期，整个孔庄川江水滔滔不绝，碧波万顷。而牛神口则成了进出孔庄村的唯一一道关口。这里地势险要，大有一夫当关万夫莫开之势。最后，殷商王朝是决不允许有人在自己的心腹之地建立国号称王，于是战争便开始在狭窄的孔庄川口上演……

又过了一千多年后，人类进入了封建社会，孔庄也迎来了历史上最辉煌的时期。

唐宋时期，位于孔庄西南，有一座与泰山齐名的山，当地人称小西天。山上建有号称"天下第一祠"的圣母祠。并且这里还是沙河八景之一——西山赏雪的重要观赏地。每当庙会时节，周围五个省府的香客商人都会赶着骡马，成群结队地聚集在孔庄大街，不同地域的方言在这里形成了一道独具一格的风景线。并且在孔庄村还建有专供香客商旅歇脚的旅馆堂所。那时候孔庄大街的两旁楼房林立，旗幡迎风招展，骡马嘚嘚的脚步声与驼铃声回响在整个孔庄村的上空，并且成群结队的商旅香客摩肩接踵地走过大街，蜿蜒盘旋在通往小西天的山道上。如今的街道上还遗留有当年繁华落尽后的痕迹，上马石、拴马孔等文物遗迹。

而在离孔庄不远的东北方向，则是宋代邢窑的重要遗址。而在西南方向则是宋代铁冶的中心地带。我时常在想，在中国历史上最出名也是对封建统治者最重要的两种产品，邢窑瓷器和綦阳铁器，却正好位于孔庄的周围。这些产品会不会正好是依附于那繁盛的庙会而流布到全国各地，流传到全世界呢？

遐想之余，漫步间，我们不知不觉间来到了一户农家。当向他们询问当地的历史时，老人却兴奋地说道，他们是孔庄村最古老的姓氏，是经历过明朝燕王扫北后幸存下来的，这里就是孔庄峡谷。此时我才明白，原来孔庄的地下布满了通道，并且连接千家万户，每当遇到战争或土匪抢劫时，孔庄人都能顺着自家的地道安全逃生，地道就通往村后的孔庄峡里。而如今所有的地道都已经废弃，并且我们在村口的一个宅基地下，发现了地道的一处出口，是用青石砌成，并且拱的上方还雕刻有龙首的图案，和孔庄村原来的进村通道完全吻合。所有的这些历史遗迹，似乎在向人们诉说着孔庄几千年来的风雨兴衰以及悲欢离合。

走出通道，我们便来到了村外，位于村口的地方正好是沙河市的一大景点，八步三眼井典故的发生地。如今这里却只剩下一口井水。而在水井的上方，却是一座巍然屹立的石桥。走近一看，原来这就是名垂青史的普渡桥！

看到普渡桥，我们的思绪不由又被眼前的景象带回到了抗战年代。由于孔庄村地理位置优越，易守难攻。抗战初期，八路军先遣支队最先来到了孔庄村，并且在孔庄村建立了沙河县第一个抗日政府。抗日政府的建立，带动孔庄村涌现出大批以王新宽、王志民为代表的抗日英雄。在那饱受外患的年代里，孔庄人率先点燃了胜利希望的火把，鼓舞了其他村庄人的抗日士气。随后抗日战争在沙河县如火如荼地开展了，并且以燎原之势迅速蔓延到大沙河南北两岸。正当我们为此而骄傲自豪时，"孔庄惨案"发生了，它瞬间让我们陷入到了巨大的伤悲之中。1938年3月11日清晨，日本鬼子为了报复孔庄人的抗日义举，在汉奸特务的带领下偷偷包围了孔庄村，并且随后逮捕了大多数村民。日本人在村中烧杀抢掠奸淫无恶不作，尤其把那历经沧桑的商贸繁盛的老街，烧了个精光。从此街道两旁的店铺楼群消失了，而"孔庄楼多"的典故也只能成为过去的历史了。并且鬼子从周围村庄抓来了数百村民，集中赶到一个叫车网地的地方，在那里制造骇人听闻的"3·11"惨案。面对死神降临的村民们，没有惧怕，没有惊慌，更没有哭哭啼啼，几百人面对日本鬼子的刺刀和机枪，他们出奇的冷静。除了保守抗日机密外，在死神降临的前几刻，即使双手被捆绑，却义无返顾地冲向了敌人。他们用嘴咬用脚踢用身体撞击敌人，他们在临终前用自身的行动再一次向世人证明了民族精神的可敬与可贵。我想这应该和孔庄所经受的风雨历程有莫大的关系吧。

回来的路上，我们经过惨案遗址时，透过车窗，默默注视着那片被鲜血浸染的土地，以表达我们对先烈们的崇敬之情。

风雨孔庄，衷心祝愿孔庄在未来的历史长河中，告别凄风苦雨，永远风调雨顺，兴旺昌盛。

◎ "变脸"红石沟

王延庆

喜欢戏剧，尤喜川剧，川剧更以变脸令人拍手叫绝。然变脸只可在舞台上演，现实生活几乎就没有那么精彩的生活瞬间。可是，大千世界，无奇不有，自从红石沟游览归来，我觉得红石沟的"变脸"美景真是太令人惊讶叫绝了，难怪被誉为冀南最闪耀的生态观光旅游之地。去过的人赞叹不已，说起红石沟，那表情，那神态，仿佛刚刚去天宫游历归来一般，余味无穷，还想再去。没去过的，无需听人言，只需观人神貌，视其表情，揣其心态，早已对它垂涎三尺。此时无声胜有声，人们又说，看景不如说景。而对于真正的美景，那其中的妙处，那其中的新奇，那其中的刮目相迎，它早已抓住你的心魂，你还顾得上说什么？从红石沟归来的人都是这样的感受。

红石沟的"变脸"，变得美艳无比，变得妙趣横生。一年四季，春来百花盛开，红石沟跟随着季节的脚步，不仅变脸，而且变身了。红杏盛开，粉面含笑。红衫绯裙，脸庞透露出几分娇羞，几分多姿。放眼全沟，犹如长虹卧波，红绢云织，蜂围蝶阵。仔细看，不出一周时间，桃花争艳，红朵芬芳。粉红变大红，娇羞的小女人变成了红妆待嫁的新娘。等到梨花开放，那一树春雪，宛然白云铺地，神仙降临。身临其境，恍惚了人间天堂。夏季的时候，绿草如茵，香花合围，再加上绵绵细雨，叶亮果晶。红杏初成，使人不由联想到"红杏枝头春意闹"的繁华。六月桃笑，福寿迎人，看着那硕果满枝，总疑心孙悟空看守的蟠桃园也不过如此。金秋时节，葡萄采摘园里，人头攒动，摩肩接踵，珍珠攒缀，红黄蓝紫，耀人眼目。等到冬寒时节，红石沟的大棚内照样鲜花常开，绿果满枝。有人说，那么长时间的等待，也许变脸变得有点慢了。"变脸"以神速利索而闻名，下面我们就来看看红石沟真正的变脸之快。等你下榻到红石沟的宾馆里时，一觉醒来，启窗而观，昨天，还是遍地的香水百合，现在却是满眼的格桑花开。也许你不相信，觉得这像魔术一般的变幻完全是一种意外。于是你起身，洗刷完后，再回身观看，窗外早已是森林迷宫，硕果盈人了。真的不敢想象，此时你觉得自己可能有了七十二般变化点石成金的本领。你想凭窗观海，眨眼工夫，波浪喧哗，涛声吸人。你想过上幽静的田园生活，挥手之间，门外果蔬满地，新鲜爽滑。你想过上游乐园般的生活，冥思之余，抬首观看，门外滑梯，过山车应有尽有。

俗话说，看景不如说景。而在红石沟，我们说不尽其中的奥妙，道不尽其中的玄机。惟有惊讶地张开半晌的嘴巴，此刻不知道应该用怎样的词语来形容红石沟的变脸之妙。总之，一年四季，昼夜晨昏。红石沟的"变脸"，变的是景，变的是色，变得因人而异地打扮和装饰。而红石沟还有自己永恒如一的不变，那就是对游客细心周到地服务与呵护。力争让每一位来红石沟的人，惊讶！惊喜！惊奇！

◎ 功德汪的手工挂面

王延庆

看《西游记》，几乎每位神仙都有一件看家法宝。如来的一手遮天，托塔天王的多层宝塔，菩萨的玉净瓶，孙悟空的金箍棒……我总以为那是神话传说，和现实不沾半点边际的。直到有一天，深入功德汪村，亲眼看见并亲口品尝到村人制作的手工挂面，细若发丝，柔韧筋道，口感缠绵，味道鲜美，回味无穷。我才如梦初醒，恍然大悟。原来功德汪人利用祖先流传千年的技艺，练就了一双点面成丝的金手。

看功德汪人做挂面，从倒面、和面、揉面、醒面、开条、盘条、挂面，像看天女散花，潇洒，飘逸；那份自信和从容，像看魔术表演，神秘莫测。当你徜徉于微风帘动的挂面中时，你总觉得七仙女又一次下凡到了功德汪的某户农家。挥袖之间，各家院落银丝飘拂。

一袋面粉，遇水成团。经过巧手地揉和，变成了银丝缕缕，细若发丝，似一吹即折。然而，一切多虑，面的柔韧，经过村人的辛勤劳作后，它早已变得柔中带刚。看似无力，却伫立风中，傲岸伟直。之后，任你刀切，任你整装，依然根根直立。嗅上一口，香气扑鼻，即让人垂涎欲滴。

吃过机器挂面，仅仅从外表看，要比功德汪挂面光鲜亮丽多了。可是入口之后，那感觉即有天壤之别，味同嚼蜡，索然无味。功德汪的手工挂面，吃起来，入口即化，但是又筋道爽口，既能帮人充饥，又能让人心神愉悦。为此，功德汪手工挂面的大名，不胫而走。虽说价格不菲，依然供不应求。

为了揭开功德汪挂面的神秘面纱，我曾经深入到做手工挂面的农户家中。从外表上看，他们都是勤劳善良朴实厚道的农民。我仔细审视他们的脸庞，皱纹道道，布满纵横沟壑。我让他们伸开双手，觉得他们的手一定与众不同。伸开后，却发现，皲裂的大手，皮肤粗糙。我更加百思不得其解了，这样粗糙的大手也能做出那样柔韧美味的食物？

直到我在功德汪村住下来，看了一遍做面的流程后，我才如梦初醒。村民们虽说生活艰辛，在日常生活中，他们粗茶淡饭，穿戴普通，毫不讲究。但是在做挂面上，他们却像换了一个人似的。房屋虽旧，室内却通风明亮，干净整洁。从进屋的那一刻起，他们先在屋外，换上干净的衣服，穿戴整齐。即使炎热的夏季，也要戴上口罩，手指套上塑料膜。之后沉思片刻，心平气和，长吁一口气。就像电视上百米赛跑的运动员一样，预备之前，做好心理准备。

在做挂面的时候，首先要选料精，是做出挂面口感好坏的前提之一。在购买面粉的时候，他们往往买最高档的面粉。甚至有时候，他们觉得厂家的面粉做出来的挂面口感并不好。于是他们自己种植小麦，磨面，这样他们才做的放心，做的无愧于心。下一步和面的时候，那一双双平时看似僵直的手指，这时却像弹奏钢琴般灵动起来。或叉，或按，或揉，或戳。有时候，面出现疙瘩不均，狠起来的时候，像打人，一拳下去恨不得将它击得粉碎；温柔起来的时候，像春风吹拂大地，轻起轻落；有时候，又像抚摸婴儿，哄人入眠。的确，此时他们眼中只有面，从晚上七点开工，到第三日凌晨四点。这期间，他们必须时刻保持警觉，甚至眨眼的工夫都能让他们前功尽弃。因为面在他们的催化感召之下，也变成了有生命有灵性的物体，变化迅速。因此他们要把握火候，适时进行下一步操作，引导面朝自己想要的方向发展。之后开条、盘条等等十八道工序都要在48小时内有条不紊地完成。此时，我想，对于一个生产机器挂面的厂家来说，他们能走完这么多工序，能经历这么长的时间等待吗？这就是功德汪挂面的第二个特点，做工细。

黎明，晨光熹微中。等我起床后，做挂面的老伯，早已笑容满面地站在院子里的挂面架下，欣赏自己的杰作了。而买挂面的主顾早已恭候多时。原来凌晨四点的时候，挂面已上架。我一直在想，为什么非要凌晨上架，黑咕隆咚的？白天不是更好吗！老伯不语，像一位智者一样，似乎在点化着我的悟性。百思不得其解时，我蓦然间意识到，面是地产，长在天宇，日月朗照，吸取天地日月之精华，加上人力的操作。原来功德汪挂面的最大的优点，就是注重天时地利人和的协调搭配。

这一刻，我终于明白了功德汪挂面之所以美名远扬的原因了。挂面做好后，功德汪人没有漫天要价，奇货可居，他们得到的回报仅仅能够养家糊口。因为他们知道，凡是吃这挂面的人，都是需要浆养身体的老人幼儿以及孕产妇等。因此，他们特别注重产品的质量。他们没有把做挂面当成一种赚钱的职业对待，而是把它当成一种济世救民的功德来做。

此刻，我终于明白了功德汪村名的"功德"含义了。

◎ 一个人的村庄（葛村）

王延庆

每当外出旅游，看惯了山水的繁琐，听腻了婉转的鸟鸣，处处都是非高山即流水的景观。无论从北国的渺茫风光，到海南的海角天涯。无非看的是景，感受的是异域情调。没有什么能让人了然于心，记忆深刻的。而真正让人牢记于心，铭刻于忆的，则是那里的人文景观。潮州的韩愈；黄州的苏东坡；漂浮江畔的李白；还有绍兴的鲁迅；邯郸的毛遂；邢台的郭守敬；沙河的张文谦……

说到张文谦，蓦然间精神为之一震。幸亏，还有您张文谦，沙河人物之冠。如果没有您的存在，我们也许还在文化昌盛的现在，为如何给子孙讲述前人的历史而大费周折。如果没有您，我们也许还在和周围的兄弟县市为某一历史名人而争论得不可开交。（当然，作为历史文化名人，您也被别人抢走，而后出生地写上人家的地名。对于这种情形，我们是百分之一万的高兴，因为那是他们仰慕您的声望。）总之，因您而存在，我们顿时可以长呼口气，呷口茶水，润润喉咙，为将来的侃侃而谈做准备了。在上级视察或学界拜访时，我们终于可以挺直腰杆，与他们针锋相对，大谈自己历史文化了。每当提到您的大名时，他们不由惊讶地目瞪口呆，半响无语。因为您作为历史文化界的大腕，您的出场会给人以晴天霹雳的威慑。是啊！自古至今，哪个人不知道您的大名啊！哪个人不仰慕您的才学！哪个人不羡慕您丘壑般的宽广胸怀啊！

沙河市自古以来人杰地灵。我们说人杰的最主要的原因，就是因为您的杰出才能，"杰"字放在您的身上那是当之无愧的。元蒙铁蹄踏进中原，民不聊生，饿殍遍野。是您，挺身而出，劝说外族，禁圈地畜牧，实行农桑稼穑，兴修水利，编《农桑辑要》；是您，置生死于度外，用儒家仁的学说打动皇族，严惩贪腐，不惧威慑；又是您，推荐郭守敬，参与制定《授时历》，保护了邢襄大地的百姓，使得他们免受战火纷扰……天上的那一颗以郭守敬名字而命名的小行星，我似乎看到在它的闪耀光辉里，其中有一束就来自您燃烧自己而散发出来的啊！

沙河，燕赵之藩篱，邢襄之屏障。千年后的今天，更是国泰民安，物阜民丰。听闻您家住葛村，于是我从太行大街，一路骑车北行，穿集市，过道口，终于来到了葛村。道路虽说蜿蜒，但是宽敞。新农村建设正在如火如荼地开展。走过几道街巷，拐过几家老门楼，在一处废旧的土堆旁，看到了久违的碾盘，还有门口的石兽。巧遇到一位耄耋的老人，自称是您的后代的人，他说您的祖坟就在这一带。以前的时候，坟地里的石虎石羊，昂首挺立，他说他们经常去玩。而现在呢！您生前幻化为石器的余威，被村民摆放在自家门前，他们也希望借您的光，家里能再走出一位声名显赫的大人物来。老人说，记得上辈子人流传是说，您的墓盗墓贼盗过，人很清贫，一文钱也没有陪葬。看着那被风雨侵蚀的神道碑，眼前荒草一片。我不禁感慨万千，和风细雨亦能摧毁风化岩石，更何况裹在人身上的外衣，以及埋葬在土里的棺木呢。一阵风吹，草木颔首，恍惚间，我听到您站在时空的某个角落说，人只有在众人心中树起一块碑，那才叫真正的丰碑！

◎ 口上村行

王延庆

没到过口上，却一心向往。多次擦肩而过，却没有想到这就是口上：绿树成行，秋风送爽，雁阵翩翩，泉水叮咚，果园飘香。

口上，比众人口耳相传美上千倍。就凭那丹霞岩石的红墙，还有那石板的屋脊；就凭那横跨涢水的拱桥，还有桥下那淙淙的流水；就凭身后那巍峨的武当雄峰，还有那覆盖山岭的板栗果园。对了，再加上村里人的勤劳善良，免费吃一顿父辈们原生态酿制的午餐，口上美！美在眼里！甜在心里！醉在骨子里！

古时的口上，扼川口，守良田，两省咽喉，三县锁钥。因为处川谷之上游，加上土地肥沃，水源丰沛，光照充足，得天之时，占地之利。犹如口含至宝，因此获得了口上的美誉。

口上的山很神奇！神奇到给你带来意想不到的惊喜。听说过在石头上种树吗？不要认为这是天方夜谭，神话传说。现实中，整个北川都像口上一样，板栗树十有八九都是生长在石头上的，并且成活率高，而且生长旺盛，果实营养价值高，口感好。这究竟是这么回事？难道口上村有仙人指路？还是有人会点石成金？奇哉！怪哉！

因为这里的山不同于其他地方的山，这里的岩石不同于其他地方的岩石。口上的山上全部是片麻岩石，外表看起来，坚硬无比，实际上，质地松软。岩石中含有板栗等树需要的镁铁等丰富的矿物质。并且片麻岩石不仅养树，还能存水，是一个天然的蓄水池。雨季到来时，片麻岩就像那山中的海绵一样，把所有的水分一概吸收进来，到了旱季，再慢慢释放。怪不得，口上村的沟谷间，溪流潺潺，泉水叮咚，鱼虾鳖蟹，常年游走。神奇吧！大自然的鬼斧神工岂是常人所能及的。口上村如是也！

奇特的山水，养育了勤劳善良的人们。如今口上村以及整个北川板栗，闻名华夏，成为人民大会堂的特供果品。并且，走出国门，声播全球，连老外品尝之后，都伸出大拇指"very good！"地赞不绝口。

承蒙老乡盛情，我接过一枚刚炒熟炙热的紫红色板栗。攥在掌心，那温度就像老乡的热心，虽说秋风晚凉，但是整个身心却暖融融的。刚掰开，那一缕幽香，沁入心脾，便觉得整个身体飘荡起来。金黄的果瓤，放入口中，酥！软！香！甜！有香蕉的稚嫩，有桃李的香甜……天下水果之精华，都蕴藏在了这小小的壳窠之内了。

惊叹的同时。老乡说，他们这里的苹果比板栗更出名，可惜，刚一成熟，就被收购商抢摘一空，甚至连地下落的，也都被他们以高价收购走了。

老乡惋惜着……看来，对于苹果，我是连品尝的机会都没有了。

其中的色香味，那还用说吗！

蓦然间，我才明白了口上的真正含义，一个与"口"相关的村庄，并且还要"上"待。能不让人大饱口福，涎水泗流！

◎ 风云南汪

王延庆

翻阅沙河历史，纵观全市，仔细品味。蓦然间，觉得南汪村与众不同，并且是大不同。尤其民国以来，南汪村可以说在冀南大地声名鹊起，令人叹为观止。

江山代有才人出，各领风骚数百年。历史的车轮行进到民国这一阶段的时候，南汪村开始崭露头角了。农耕之家的村人，从村边呼啸而过的平汉铁路上的火车，似乎让他们意识到，男耕女织的田园生活，在现代化的进程中似乎要告别了。工业文明的崛起要狠狠地给中国落后的传统农耕文明以巨大撞击。历史上，每当改朝换代之际，受到伤害最深的往往是社会底层的人。

世代耕读传家的南汪人，看出了历史的发展轨迹。这一次说什么他们也要紧跟时代步伐，再也不做那历史车轮碾压之下的冤死鬼了。以往的时候，他们怀疑、猜测、踌躇犹豫不决之际，机遇转瞬即逝。如今，从清朝灭亡的那一刻起，他们开办私塾，诗书礼仪，传播知识。因为他们知道，山雨欲来之时，只有知识才可以充当他们的保护伞。

终于，从刘培绪和刘文翰背着的行囊中，以及身后村人那密密交错的期盼目光来看，他们是不达目的誓不罢休，大有壮士兮一去不复返的悲壮情怀。果然不负众望，他们终于在父老乡亲的殷勤期盼下，成为沙河市融入中国近现代史的先驱人物。竹有节而贵直，无论他们担任北京卫戍司令，还是担任中将师长，卧底伪国民政府中央，伺机刺杀汪精卫。民族大义，常存心中。他们用自己戎马倥偬的人生岁月，亲力亲为，为后世子孙保家卫国唱了一出高亢悲凉的报国戏。

南汪，按照中国地图的标识，正好位于华北平原的中部，土地肥沃，一望无垠，再加上汪汪的水源，勤劳朴实的村民。春来，站在村口，远眺天边，麦浪翻滚，犹如绿毯铺垫。那景色，那气势，那场面，那境界，天底下除了南汪村外，不会再有第二个了。因此，新中国成立后，南汪村凭借得天独厚的农业优势，每年交公粮的时候，都是优先超额完成任务。我通过发黄的老照片，曾经看到，大马车的粮食，排成队，穿过褡裢大街。从赶车人那响亮的一记鞭影来看，那份荣耀，那份自足，那份潇洒，是任何人所感受不到的。

转眼间，春潮涌动，改革的暖风吹遍原野，也吹醒了习惯于站在历史长河里弄潮的南汪人。筹建工厂，开办企业，创办公益协会……南汪村率先出现了全市第一家上市企业等等。高歌凯旋，和平年代，如今的南汪人，在各行各业成为弄潮好手，为全市经济和社会发展做出了巨大贡献。期冀在未来的道路上，南汪村人，再接再厉，勇创佳绩，再续辉煌。

◎ 妲己故里话美女——苏庄

王延庆

苏庄，商周时期，古苏国所在地。因为一个苏妲己而闻名于世。苏妲己美女一枚，当之无愧。凭名字，如雷贯耳，说起来，令人咬牙切齿。可是真实的历史上，苏妲己绝非《封神演义》中所述，说什么狐狸精附体？纯属诽谤；说什么祸国殃民，纯属造谣。

如果要重新评选历史上的十大美女时，苏妲己一定当选。不仅当选，有可能跻身前五强。

在当地的传说中，古时的苏妲己，秉

闭月羞花之貌，具沉鱼落雁之容。从气质行为看，知书达理，学富五车，针黹女红，俨然一位大家闺秀。自古燕赵多慷慨悲歌之士，而妲己兼备了燕赵女人的温柔漂亮，同时又具备了男人的孤胆雄心。历史上，往往昏君当道的时候，必然要有一个女人来为其背黑锅。周幽王，讨美女一笑，点燃烽火，最后众叛亲离。难道和笑的女人有关，还是和那个昏庸的君王有关？隋炀帝亡国，也说荒淫无道，幸运的是没有人来当替身。而妲己则没有那么幸运了，硬是被人推到误国的前台，接受世人无情地嘲讽和唾骂，难道她真的祸害了这个国家吗？

　　一个人美得可以让刽子手放下屠刀，一个人美得可以让全国的老百姓甚至王侯将相臣服裙摆。最后，在大家都对她的生死去留感到无可奈何的时候，他们被迫搬出愚弄世人的神仙晓谕，来为自己处死无辜的女人打气壮胆。玉山倾倒，从此一代佳丽委身黄土，留给后世那些嫉妒才貌学识的市侩小人们任由评论吧。周武王在讨伐纣王的罪状中，只有第六条说他听信妇人之言语，并没有指名道姓地说要处死她。而那些觊觎她美貌的君子将军们，在得不到她的时候，只能让她一死了之，免得再次引起国内动乱。

　　说她倾国倾城，一点也不过分！正因为举世无双的美貌，让她落入了红颜薄命的悖论。难道像这样的女人也能祸国殃民？外貌上看，孱弱身姿，手无缚鸡之力，甚至有些像林黛玉，被人吹一口气就能倒地。古代的四大美女，除了王昭君奉诏和亲外，肩负政治使命，用自己的如花美貌换取了一个软弱王朝暂时的安宁和和平。我觉得中国的史学家都是欺软怕硬，讨好君王的软骨头。把一个国家的沉沦归咎到一个女人的身上，不觉得有点龌龊做作吗？杨贵妃诱发唐朝的衰败，西施导致了吴国的灭亡，貂蝉背信弃义离间英雄。美女误国，英雄失路！究竟是谁之罪？

　　女人的力量究竟有多大？尤其美女的力量，一笑一哭，举手投足，足以让整个帝国土崩瓦解。此刻，我才明白，讲了几千年的男尊女卑，说了几千年的孔孟伦常。所谓大丈夫，还不如一个小女子。正因为弱势，所以才能无情地打击，生怕她们再生变故；正因为恐惧，所以才不厌其烦地说教警告，生怕她们羞煞这些大老爷们。

　　走在苏庄的街道，也许是因为苏妲己的原因，觉得这里的土地是一块盛产美女和壮士的土地。屋舍俨然，土地平旷，树木修长，池水清澈。街道满是兰花芳香的味道，榆花照墙，柳树弄影。就连核桃园里的核桃树，微风过处，娇羞动人……

　　千年飞逝，物是人非，但是这里处处却散发着美女归来兮的芳香……

　　苏庄村的人，整日在做着与自家女儿相会的美梦！在美女出生的故土上，他们辛勤劳作，栽种果蔬，希冀能通过泥土的馨香，与从自家走出的女儿朝夕相伴，共话晨昏，笑看夕阳！甚至他们喝着苏庄村的甘甜井水，瞬间，你也会觉得他们容光焕发，青春不老，韶华永驻，像美女一样，靓丽无比，绰约于世。

◎ 兴固之美

王延庆

　　到过兴固，为那千亩惊艳的油牡丹而陶醉；走过街巷，为那整齐干净的住宅样式而吸引；学过历史，更为它那深邃的历史文化所折服。

　　邢台，一个历史悠久文化灿烂的五朝故都，居然因一个村庄而闻名于世。从此，名定千秋，大行于世，这个村庄就是沙河市的兴固村。

邢台古名檀台，寓意言必信，行必果。檀台旧址在洺河之滨，兴固村南。谁能想到，一个王朝的兴衰，居然也和这个村庄产生千丝万缕的联系。两千年前的春秋时代，战马嘶鸣，诸侯争霸。魏侯献椽，乃修檀台。赵武灵王在南易水（洺水）之北，修建檀台，登台瞭望，臣属排兵布阵。赵武灵王在这里宣布胡服骑射的命令，从此，赵国兵强马壮，位列五霸之首。仰望苍穹，斗转星移，时过境迁。在易阳城建造的檀台，因为地处洺水北岸，隔河与聪明山（茗山）相望，山下是碧波万顷的澄湖，在夕阳的映衬下，远山苍松翠柏以及四周的亭台楼榭、廊桥古堡倒影在静静的湖面，形成了一幅浓墨重彩的山水画。置身于这幽静的山水间，怎不令人心旷神怡？从此，这一象征赵国崛起的军事兼政治建筑，变成了一处绝佳的赏景去处，这就是古时洺州十景之一——檀台返照。同时，由于地域疆界划分更迭，兴固村划入邢台境内，等烟雨蒙蒙之时，登临檀台，西望太行，群峰矗立，云雾缭绕。东视华北，一望无垠，紫气升腾，于是又被列为邢台十二景之一的檀台烟雨。引得李白杜甫等无数文人雅士慕名而来，吟哦赋诗。

不学历史，不知兴固村的历史文化之悠远、之厚重、之惊人。可谓，卧虎藏龙，地利占尽，兵家必争。兴固得地之利，又占天时。古时，大旱，颗粒无收，民有饥馁。夜里，流星闪烁，照澈天宇，听闻咚的一声，地动山摇。村民起身观看，只见被砸之地，甘泉涌冒。村民见状，喜不自禁，以为是上天垂赐，挖出陨石，洗成石像，建立庙宇，千秋祭祀。井曰星星井，庙曰星星庙，神曰星星神。星垂天宇，独兴固承之，天地不能不灵。

兴固村地灵人杰，"文化大革命"时，知识分子上山下乡，天南海北。青春少年，集合兴固，在这里辛勤劳作，接受教育。20年后，他们重返旧地，目睹村庄建设，旧貌换新颜。从千亩牡丹园到西湖垂钓，放眼洺河，风光无限。并且他们还深切感受到了千百年来村里人对孝道文化传承和坚持。看后，感慨激昂，他们争把这里作为自己的第二故乡。

兴固之美！美在历史！美在环境！美在人心！

◎ 瞻仰范子侠将军墓地有感

王延庆

那一天，
我们轻轻地走到墓碑旁边。
没有长歌当哭，
没有激情满怀，
一种深沉的思念充塞了我们的心。
此刻，
我们才真正感受到：
青山永久屹立的伟大，
河水万古长流的深情。

◎ 小仓村的前世今生

王延庆

穿过法国梧桐相拥的太行大街，往东，左拐，上东环大道。目视前方，遥见天际，白云升腾，楼脊高耸，车水马龙。蓝天映衬之下，景色美不胜收。让人忽然觉得，仿佛看到人间天堂的真正美丽。说是蓬莱仙境，绝对可信；说是海市蜃楼，并不过誉。这就是魅力四射的小仓村。

多次站在东环路南头，向北眺望。只见天边，小仓村里，楼脊丛生，犹如雨后春笋，直指天际。一直感叹，如果麦哲伦站在这里，也许不会有环球航行的壮举了。因为只需从这里穿过，日月星辰，天地万物，尽收眼底。尤其到达小仓村时，眼前的景色会让你为之一振，欧美风情的建筑风格，宽阔干净的街道，园区内，绿树成行，翠草茵茵。健身设施，样样俱全。电梯洋房，入驻其中，一年四季，春光常在，乐享其中。用流行的词语来形容，小仓村太"潮"了！

出门不远处，荷花湖里，清风送爽。花蕾含苞待放，田田的荷叶，簇拥点缀，叶子之下，游鱼嬉戏。偶尔有几只水鸟，浮空掠影！鱼鸟相欢……天光，云影，高楼，倒影水中，妩媚相和。小仓村太美了。即使是丹青妙手也难以描摹出它的神韵来。

有人也许会质疑，小仓村不是在秦王湖上吗？你说的是哪个小仓？

我说的小仓就是五指山下，秦王湖上的小仓！不过那是小仓村的前身，而这里叙说的却是小仓村的今生。就像一个人的前世今生一样，通过时光隧道，可以把两个时代交叉并列在一起。

小仓村的前身在西部山区，秦王湖边，五指山下。那里湖光山色，田园美景，高山瀑布，同样美得令人目不暇接。与现在的小仓村相比，可谓各有千秋，各有其妙。

村里一座座石板房屋，透露着古朴典雅，散发着庄重馨香，蕴含着乡音乡情。巷口的老树，虬枝盘桓，见证着时光变迁。

初次拜访小仓村的前身，却总觉得有一种似曾相识的感觉。石磨，仓廪，街道，土炕，深林，清泉，高山，明月……也许从陶渊明的《桃花源记》中见到过它的踪影；也许从杜甫的"公私仓廪俱丰实"的真情咏叹中听到过它的大名；也许从王维的"独坐幽篁里，弹琴复长啸"的诗歌中领教过它的妩媚；也许从苏轼的"东边日出西边雨，道是无晴却有晴"的真情道白中感受过它的魅力。

总之，太熟悉了，似故友重逢，既有相见恨晚的怅然；又有一见钟情的激动。

我不知道人有没有前世今生，但是小仓村绝对有，并且小仓村是唯一能将两个时代完美保留下来的村庄。前身古朴、典雅、清幽、飘逸、潇洒；今生壮观、雄伟、大气、磅礴、时尚、潮流。

想要体验穿越时空，感受时代变迁的人们，不妨到小仓村看一看。绝对会给你奉上一份视觉享受的艺术盛宴，看过之后，会让你流连忘返，终生难忘。

◎ 卓文君祖籍沙河小考

王延庆

卓文君，中国历史上著名的四大才女之一。才华惊人，品貌出众，声播九州，名贯寰宇。月夜抚琴，慧眼识君，当垆卖酒等典故至今警醒世人，无论在官方传记还是民间野史被广泛传唱。"愿得一人心，白首不相离"的真诚与期盼，与人私奔的果断和决绝，挽救爱情危局的智慧与贤淑，才情与真情，感化了千百年来多少痴男怨女。一个有情、有义、有才、有胆、有识、敢作敢当、敢爱敢恨的弱肩女子，让多少人在真爱面前踌躇不前，最后只能抱憾终生惭颜羞愧。让李白、杜甫等多少后世大家名家望其项背，匍匐裙裾，钦佩不已，让整个中国文学史为之倾倒为之痴迷。的确，她是整个中国历史文化界中久盛不衰的常青树。在中国诗歌的舞台上，她罗袖善舞，惊鸿一现，是穿越千古时空永远熠熠生辉的恒星，她的表演打破了亘古未有之千年格局，成为经典中的经典，神话中的神话。任凭崇拜者如何声嘶力竭地呼号，她微微一笑，转身离去，留给舞台的却是经久不息的掌声和喝彩。因为她叫卓文君，特立独行的生活轨迹，创造了历史上的唯一。

　　作为崇拜者之一，我曾经多次在梦里，在文学的典籍里与她擦肩而过，读《白头吟》，让感情敏锐的我激动不止；听琴诉说，让才疏学浅的我叹息良久；当垆卖酒让自负持重的我终于明白了什么叫真爱永恒。

　　我曾经觉得我与两千年前的这位美女前辈之间并没有什么特殊的关系，就像我在文学的典籍里常遇到李白杜甫老子孔子司马迁等文学大家一样。我一直怀着一颗敬仰膜拜的心去对待他们。而直到有一天，我在读邢台市著名学者苗庭宽先生著的《邢台历史大事件》时，我在其中一篇章节里，又一次与她相遇，这次相遇不同于往昔，对我来说不是简单的擦肩而过，绝对是震撼人心。这次相遇终于确定我们之间的关系，因为我们是故人，是老乡。并且凭借自己多年的学术研究，再结合当地的文物挖掘，我忽然醍醐灌顶，恍然大悟，在卓文君曾祖父生活的地方，我也在此度过了人生中十五年的光阴。沙河市册井乡全呼村，一个注定因为卓文君的大名而又一次惊艳于世的村庄。许多人听后，也许会说我是崇拜名人疯狂了，就像那些失去理智的追星族一样，而我却不一样，我有证据，保证让人心服口服。

　　首先，在被鲁迅誉为"史家之绝唱，无韵之离骚"的《史记》中，司马迁满怀敬仰之心，用他那如椽的巨笔对卓文君大书特书。而且还有她的先祖卓文君的祖爷爷和祖奶奶是赵国人，这是毋庸置疑的，以冶铁成为富商，掌管着赵国的经济命脉——冶炼业。古代社会盐铁历来为国家所垄断。公元前228年，秦破赵。秦始皇采取了大规模的迁徙移民的措施，不仅对赵国宗室，而且对富豪也一并迁徙，为的是使这些人脱离原有的社会基础，便于秦国的统治。作为赵国的座上宾，冶铁技术的掌管者，自然也在迁徙之列。卓文君的祖爷爷和祖奶奶保持着某种程度的自信。他们相信：如果说他们所从事的产业在赵国能够大获成功，那么在蜀地也一定能够重放异彩。这时的卓氏家庭树倒猢狲散，只有夫妻二人徒步推着辇车，在秦吏的监押之下，同其他许多的亡国之人，一起奔赴蜀地。

　　大多数的人走到葭萌，也就是今天四川广元的时候停了下来。既然已经到了蜀地，那么，他们自然想在离故土近一点的地方安顿下来。于是他们用剩下的不多的钱财，争着去贿赂秦吏，要求就地安置。惟独卓氏夫妇不这样想，他们一路上不停地打探了解蜀地的情况，他们不仅不想停下来，而且还要求继续远迁。这个想法一定会为许多人所嘲笑，但卓氏讲了这样一段话："此地狭薄。吾闻岷山之下，沃野下有蹲鸱（一种可充粮食的大芋），至死不饥。民工于市，易贾。"（见《史记·货殖列传》）于是他们到达了新的生息之地临邛。临邛有铁矿，卓氏大喜，于是即山鼓铸，也就是说他们的铁业公司再度开张，很快就发展到远远超过赵国的时代。史书说："倾滇蜀之民，富至僮千人，田池射猎之乐，拟于人君。"机遇是为有头脑的人准备的。我不知道这句话是哪位名人说的，按照通常的惯例，却特别适合这对亲自推着人力车从赵国一直走到临邛的卓氏夫妇，也就是卓文君的太祖父母，也就是她的父亲卓王孙的爷爷和奶奶。六十七年后，卓文君出生了，闭上眼，我们都能想到，有其祖必有其孙。从小富有基因遗传的卓文君，一曲《凤求凰》，于是两耳便听出了未来的如意郎君。那位从小就开创自谦称呼"犬子"引得后世竞相膜拜效仿的大文豪，尽管那是一个说话结巴并且患有糖尿病的人，但是在如潮的文学界和卓文君一样足以引领潮流。一旦当真爱来临，所有身体上的苦难和缺点，都会变得微不足道，因为他们追求的是精神上的共鸣，所谓志同道合，夫唱妇随，用在他们身上也许最合适不过了。于是他们私奔了，留给史学界和文学界以及世人一个巨大的惊叹号。恐怕现在害得好多人，想起来，张开嘴巴，都不知道怎么合上。

其次，历史证明了卓文君祖籍赵国，家族搞冶炼的。沙河市古属赵国地。并且冶炼业闻名全国，沙河市在历史上唯一有记载并且以冶炼业而闻名的磬口山，究竟位于什么地方，却成了一大历史之谜，几千年来，众说纷纭，争论不休。唐《元和郡县图志》载："磬口山，在县西南九十八里，汉魏时旧铁官地。"宋《太平寰宇记》中也载："磬口山在县西南九十八里。"卢毓《冀州论》："淇汤磬口，冶铸利器，即汉时旧铸官也。"《明史·地理志》沙河县条目中也有："西南有磬口山，产铁。"

春秋时期，全国盛行铜冶铜铸的年月，沙河人就已经知道了"山上有赭者，其下有铁"，发明了铁冶——用赭石炼铁的方法。"坑冶之利"，使这一行业日益兴旺，历经四五百年的发展，甚至到了以铁代铜的地步。

史学家、地质学专家杨中强、程在廉在《论邢台的铁矿资源与历史冶炼》一文中说："从大量的考古材料和文献记载可知，邢台的铁矿资源早在两千年前即已被人所知，并对易于开采和冶炼的铁矿进行了开采和冶炼。"据20世纪60年代河北大学历史系教授宝志强考证："沙河冶铁是汉武帝时三大冶铁基地之一。"就是说，到西汉时，从技术到规模，沙河铁冶已经成为全国著名的冶炼基地。沙河大规模的铁冶场，几百年经验技术的积累，丰富优质的铁矿石，也为后来冶铁、冶钢业的快速发展打下了坚实的基础。1984年省文物专家在册井乡考古时，发现一处古代冶铁遗址，东西长约500米，南北宽约100米，还挖掘出残存的冶铁炉。据陶瓷标本分析，该遗址是春秋时代的。而在綦村直到现在还没有找到汉魏或更早的冶铁证据。根据以上情况，古代冶铁"皆依山川，近铁炭"，而全呼村地表就散布有大量的铁矿石，而山上木材充足，为冶铁提供了充分的条件。而等到煤炭被广泛应用于冶炼之后，也就是宋代，地处丘陵的綦村一带，钢铁冶炼业才得到快速发展。

根据史料记载，早在春秋战国时期政府就设置了"铸铁官"，来专门管理这里的冶铁业。在西汉初期，这里已经是制造刀枪剑戟的兵工厂。卢毓《冀州论》"淇汤磬口，冶铸利器，即汉时旧铸官也"，说的即这种情况，并且在以后历朝历代的史料典籍中，都可以查找到有关沙河冶铁业发达的记载。隋唐时，这里设置了"铁冶司"，以后各朝各代沿袭旧制。并且全呼村至今还遗留有铁水口等地名，在拱瑙一带残存有大量的铁琉璃（未冶炼成功的铁块）。在过去的二十多年间，全呼村挖掘出残存的冶铁炉多座，以及古代矿井等。2007年，全呼村出土了一块明朝显应寺碑，碑文记载："本村名曰丛鹄镇，去顺德府沙河县治西南七十里许，故老相传，旧有'铁冶司'，贸易市，人烟广大，居民富足。"并且被誉为沙河司马迁的文学泰斗张月民老师，生前也曾经撰文论证，全呼村的崿山或瑭山即为磬口山。再加上此碑的问世，正好结束了史学界近四百年来关于磬口山的争论。

现在我们终于可以下论断了。从《史记》以及《战国策》等文献知道。卓文君的祖爷爷奶奶是赵国人，且掌管冶炼技术，家境富裕。沙河的磬口山，史书记载是全国最大冶炼基地，否则不会特地写在历史上。而经过古碑文以及考古等历史事实，证明全呼村就是春秋时代的冶炼基地。卓氏家族就是受赵国贵族所托专门管理并开发这里的冶炼业。因此才有了古碑中"旧有铁冶司，故老相传"的说法，也就论证了卓文君祖籍沙河市全呼村的历史事实。

相传司马相如和卓文君结婚后，两人到了临邛，开了个小酒店来维持生活。

后来卓王孙不忍女儿受苦，于是资助了很多财物和田地，两人于是过上了富足的生活。

过了几年，司马相如的文章受到汉武帝的赏识，一跃升至中郎将，飞黄腾达。

在京城任上的日子里，逐渐冷落了卓文君，并且准备背叛初衷，娶茂陵女为妻子，后来干脆写了一封信留给临邛的卓文君。

卓文君打开信件，发现上面写着一行数字：一二三四五六七八九十百千万。一到万全是数字，但是唯独缺少"亿"，即是"无意"的意思。

卓文君读了以后伤心欲绝，于是回信一封，全信如下：

一别之后，二地悬念，只说是三四月，又谁知五六年，七弦琴无心弹，八行书无可传，九连环从中折断，十里长亭望眼欲穿。

百思想，千系念，万般无奈把郎怨，万言千语说不尽，百无聊赖十依栏，重九登高看孤雁，八月中秋月圆人不圆，七月半烧香秉烛问苍天，六月伏天人人摇扇我心寒，五月石榴如火，偏遇阵阵冷雨浇花端，四月枇杷未黄，我欲对镜心意乱，急匆匆，三月桃花随水转，飘零零，二月风筝线儿断，郎呀郎，巴不得下一世你为女来我做男。

全诗上阕以一开头以万结束。下阕又以万开头，以一结束。以惊天地泣鬼神的才华抒发了自己对司马相如的爱和思念。司马相如读了后惭愧万分，打消娶茂陵女为妾的念头，自己亲自前往临邛迎接卓文君。

读卓文君的书信，蓦然间，我悟得了，至简才是大真。一首数字诗，成就了经典，成就了永恒。大道至简，才不会给别人轻易去复制的机会，就像李白的《静夜思》，白居易《琵琶行》等历史名篇。可是就这样，千年之后的唐朝，才华横溢的诗仙李白，读到《白头吟》后，连写两首《白头吟》，觉得自叹不如。杜甫居住草堂时，读到《白头吟》，在思索三四日后，才敢附笔题咏。

智慧的人，写下了智慧的诗歌，留下了智慧的永恒。一个敢爱敢恨敢做敢为心情细腻委婉，能够宽容待人处世的绝代旷世才女，让我们终于知道了什么叫生活的艺术。

写到这里，我蓦然间明白了世界上所有的人合起来分类的话，其实只有两种人：一种是供人来仰望的，就像卓文君，去后千年，人们谈论起来，音容宛在，栩栩如生；一种人就是被掩埋的，去后千年，默默无闻，湮灭荒野。就像臧克家在纪念鲁迅先生的诗歌《有的人》中一样。"有的人死了，他还活着。"卓文君就属于那种永远活在大众后昆儿女心中的巾帼英雄，让人膜拜，让人仰慕。

◎ 相约沙河

王延庆

相约沙河，
秦王湖水灵秀气；
五指山巍然屹立；
北武当谛听天语；
广阳山老子寻迹；
桃花源风光旖旎；

西域长城宛如游龙腾起；
……
九百九十平方公里的土地，
散发出无穷的魅力。
相约沙河，
天下宾朋为你心醉神迷。

相约沙河，
玻璃城繁花似海；
古村落游人如织；
宋璟碑天人合一；
漆泉寺昭示友谊；
九龙沟风景秀丽；
映雪湖上招展胜利旗帜；
……
一千四百年的历史，
创造无数人间奇迹。
相约沙河，
一览梦境的绝美与真实。

相约沙河，
京畿重镇居要冲九州咽喉地；
燕赵锁钥当关口制衡天下事；
千年古村蕴藏着历史的神秘；
万亩银杏园打造出新的第一；
……
相约沙河，
冀南明珠红石沟演变脸古戏；
传统村落绿水池品光影流离；
群山纳诚恭迎八方豪杰赏析；
百川含笑邀四海宾朋商国事；
……
相约沙河，
和你一起。
聆听英雄的故事和传说；
共赏山水的烂漫与神奇。

相约沙河，
和你一起，

携手奋进共话未来，
创造新的历史奇迹。

王延庆，沙河市王瑙村人。热爱古诗词，澧水诗社会员、河北省作家协会会员、河北省民俗文化协会会员。

◎ 踏访沙河的"红旗渠"

胡英军

河南省林州市的红旗渠闻名遐迩，人人皆知。然而，静卧在沙河市西部山区渡口、孔庄两川的水渠同样建在悬崖峭壁上，同样凝聚着沙河人民的智慧、血汗和奉献，却鲜为人知，她默默地服务着沙河人民，静静地输送着清冽的渠水，浇灌并滋养着沙河干涸的土地。

戊戌年仲夏，我与摄影师高山、涵雪一起，利用周末和节假日，沿着崎岖的山路，爬上水渠、登上渡槽、钻进隧洞，把渡口川的东石岭干渠和孔庄川的南干渠完完整整地行走了一趟。"沙河人民太了不起了！"我不由地发自内心地为这两项工程点赞，为沙河人民不畏艰难、勇于奋进的精神所折服！可以说，这是沙河人民用丹心在两川之间建起的两座历史丰碑！

（一）

梳理历史找寻源头。提起东石岭水库干渠，不能不说东石岭水库，这座水库因大坝建在东石岭村附近而得名。1969年11月始建，1978年主体工程建成，大坝高81米，坝顶海拔高383米，2005年实施除险加固，最大坝高增加到82.2米，坝顶海拔高384.2米，巍然屹立在沙河市刘石岗乡东石岭村西1公里处的渡口川。雄伟的大坝矗立在莽莽太行山之间，人们用人定胜天的力量，遏止西山云雨，拦腰截断"黄龙",高峡出平湖。

东石岭水库建成后,相应的水利配套工程——东石岭灌区也同时兴建,要想让深山中的水资源得到充分的利用,还需要进行建渠、挖洞、搭桥等一系列的工程建设。东石岭水库管理处处长范中民介绍,整个干渠全长17.328公里,渠系工程有分干渠3条,支渠11条,全长69公里。包括87条斗渠,渠系总长230公里。总干渠上建有太行等6个渡槽,有群英等12个遂洞。渡槽、隧洞与水渠相连,构成了四通八达的网络,通向了村庄与田间地头。在这些水利工程的建设过程中,人们风餐露宿,披荆斩棘,栉风沐雨,夜以继日地忘我劳作,涌现出了许多惊心动魄的感人故事。"历尽天华成此景,人间万事出艰辛。"终于建造了一段又一段干渠,创造了一个又一个奇迹。

东石岭水库管理处的霍玉峰,虽然年纪轻轻,但在管理处工作多年,熟知每座渡槽、每个隧洞、每个放水口的具体位置,在他的带领下,我们从东风隧洞开始了干渠的行进。

时值仲夏,阳光虽然不太强烈,但很闷热,汗滴不时地吧嗒吧嗒顺着脸和身体往下流淌。每个隧洞,我们既要拍摄进水口,又要出水口。每个渡槽,既要远景,又要近景,还要细观渡槽上的水流场景。拍摄是艰辛的,上上下下、进进出出,有时还要在山沟沟、山坡坡上行走三四里才能到达拍摄地点。由于准备不充分,没有穿长衫和长裤,胳膊上、腿肚上被荆棘刮出一条条伤痕,血都浸了出来。有的悬崖峭壁根本上不去,我们只好借助航拍器,才能拍摄到她的雄姿。

我们现在的拍摄尚且如此辛苦,可以遥想到当年的建设者们吃了多少苦、流了多少汗。那时没有现代化的机器,靠人力、靠毅力,运料石,砌石块,浇筑混凝土,靠钢钎、铁锤,一钳、一锤地在山壁上开挖。随行的小霍说道:悬崖刀削直立、崖下惊涛骇浪。在这如此险峻的绝壁上,凿洞开渠是怎样的难度?如壁虎,如蜘蛛,铁锤钢钎火星四射,稍有疏忽,葬身深渊。而三千米的隧洞,需要多少炮眼啊。他们用智慧用丹心,才在峭壁上修建了沙河的水利史上前无古人,后启来者的太行银河。

太行渡槽是东石岭干渠上一座标志性建筑,也是太行山上最大的一座典型的石拱型大渡槽,全长220米、单拱净跨90米、高53米、腹拱17孔。高山拍摄多年,太行渡槽各种雄姿他都拍摄过。走近她,高山开始给我们当上了讲解员。他说,修建太行渡槽,仅搭建模架就耗时一年多,土法烧制白石灰,人工手拉肩扛运送石料,标注拱石等。历时三年,勤劳勇敢的沙河人民终于用一座大渡槽,将两座山头连接起来,凌空飞架,水渠变通途。太行渡槽成功后,沙河人竟然用肩膀、用小车、用双手,将上万块精雕细刻的青石一块块无空隙地砌成,连续托起单拱净跨20米的洪山渡槽、27米的红旗渡槽、37米的五仓渡槽等6座渡槽,这种鲁班般的工匠精神感天动地。仰望巍巍的渡槽,仿佛在诉说着沙河水利建设难忘的历史。

拍摄途中,在刘石岗供水站,巧遇修建干渠的参与者殷起增老人。他今年已67岁,很健谈。老人从抽屉里拿出七八本泛黄的笔记本。上边记载着当年的学习笔记,一些渡槽、隧洞的长度,修建过程中难忘的经历。他介绍说,当年修干渠,有两大难点。一是渡槽,太行渡槽技术攻克后,其他渡槽就比较顺利;二是隧洞,共12处,全长3610米,群英、团结、胜利、建设、胜天、跃进、前进、渡口等隧洞1973年春完工,向阳隧洞1974年完工,反帝、反修、东风等隧洞1975年完工。东风隧洞最长660米,其次是反修隧洞

655米。他们用带有时代"符号"的名称，彰显了爱国奉献的战斗精神和为民造福的赤子情怀。老人不紧不慢、娓娓道来，我们眼中仿佛看到了当年宏大的修建场面，脑海里涌现的是沙河水利建设历史的不朽与神奇。

走在水渠上，渠水在山间静静地流淌，弯弯曲曲地流向下游，滋润着沙河大地，浇灌着人们的心田。观赏渠水飞溅时的浪花，激起我们对当年战斗者的深切缅怀和敬意。

（二）

朱庄水库位于孔庄川朱庄村西。1971年10月正式开工，1985年4月正式竣工验收。总长544米，高95米，其中河床以上高65米，总库容4.162亿立方米。

以朱庄水库为水源建设了两大灌区，即朱庄北灌区和朱庄南灌区。以河槽为界，大沙河南岸悬崖建有朱庄南灌区干渠，就是俗称的南灌区（南干渠），由沙河修建。她穿山过岭、逶迤千转，无愧为"沙河的人工天河"；在大沙河北岸建有朱庄北灌区干渠，俗称北灌区（北干渠），由邢台县负责修建，邢台县受益。朱庄南灌区管理处处长张勇军介绍，朱庄南灌区是对原先的孔庄灌区扩建整修而成的，其主干渠西起水库渠首，东至赞善办事处（原北掌公社）。全长46公里，矩形渠槽，底宽4.5米、深2.3米，设计流量每秒5.5立方米。较大支渠有綦村支渠、白塔支渠、新城支渠、葛泉支渠、油村支渠、王岗支渠、北掌西支渠、大掌支渠、赞善支渠等，共18条，长83.5公里，斗渠179条，长245公里。整个灌区干、支、斗全部加起来370多公里，超过从沙河市到郑州市的距离。当时沙河县调动23个公社、147个大队、3万名社员群众参加建设，投资达到1439万元（当时价格）。至今，在渠道的边沿上仍可看到某公社或某大队包建渠道段的石刻或标牌。这岂是普通的石刻和标牌？这石刻和标牌的背后是他们的忠诚写照和质量至上的崇高精神。

历史上，这些渠道脉络覆盖的灌溉面积东到京广铁路西侧平原，对应的是现在的綦村镇、白塔镇、新城镇、十里亭镇、赞善办和桥西办6个乡镇办、70多个村的土地面积，在农业生产和中西部群众饮水方面发挥过巨大作用。

当时修建南干渠确实不容易，其工程量也相当大。除干支渠道外，还有英雄洞、团结洞、工农洞、向阳洞、胜利洞、红旗洞等过山隧洞11处，合计长度达到6200米，其中位于西赵村村西的胜利洞最长，达到2300米，孔庄的团结洞长1084米。跨沟、跨河渡槽如前进渡槽、大治渡槽、左村渡槽、王窑渡槽等中型建筑物24座、长1049米，其中位于孔庄村西的前进渡槽长245米、高6米，俗称七孔桥；位于左村村南、红石沟最东北端的左村大渡槽长135米、高25米，结构雄伟，壮观大方，刘西公路从下面蜿蜒穿过。

现在的灌区大田农业灌溉面积大部分萎缩，新兴的各类现代化农业园区崛起，比如朋山、惠泽、康源、润垚、利多等成为灌区服务对象，企业用水也成为潜在力量。今年市政府打造故河道景观区域，去年实施了南灌区主渠道和故河道的连接沟通，"引朱济沙"成为可能，向市区故河道输送生态用水，赋予了南灌区新的历史使命。

在朱庄南灌区管理处副处长郝贵兴的带领下，我们从渠首开始拍摄。站在宽4米、高2米的水渠上，向前望：水渠在山壁间蜿蜒前行，有青山绿树相伴；往后望：雄伟的大坝巍然耸立，坝下水流潺潺，构成了一幅动人的画卷。高山说，有一年为了拍摄大坝美丽的画面,他背着相机爬上高处,带着5卷胶卷,抽了三包烟,拍摄了许多珍贵而美妙的照片,有的被悬挂在邢台市委的会议室,有的成了宣传历史记录常用的经典照片。

为了保证工程质量,当时修渠建设时,负责建设任务的公社、村、民兵连队等都把名称留刻在渠道渠墙上,有的至今还能看到。仿佛看到他们当年冒烈日、斗严寒的战斗身影,抚今忆昔,触景生情,令人浮想联翩、感慨万千。

在修建渡槽过程中,关键就是垒砌渡槽料石需要大量的白石灰,指挥部抽调部分民工组成专业烧白石灰的队伍,打眼、放炮、采石,烧制出重量轻、颜色白、渣料少、黏度大的白石灰。一堆堆的石灰石像小山一样堆满河床,满足了建设所需。

沧海桑田,旧貌新颜。2017年朱庄南灌区迎来了脱胎换骨式的、最大的发展机遇,南灌区管理处处长张勇军介绍说,市委、市政府高度重视朱庄南灌区发展,市水务局奋发有为,争取实施了朱庄南灌区提升改造项目,简单明了称之为"渠改管"项目,将渠道全部改为不间断供水有压管道。这是个宏伟的、科技含量高的项目。项目一开始,省厅领导就提出了"三一、六化"总思路和标准,既然搞就要搞成"一流的设计、一流的建设、一流的管理"的项目,"六化"就是"投入多元化、建设规范化、用水高效化、运行信息化、管护市场化、面貌园林化",建设成为华北第一、名排全国前列的现代化、智慧型灌区。这个项目总投资6.92亿元,铺设管道全长51.73公里,其中主干管1条长38公里,分干管4条13.6公里。2017年实施第一期工程,工程投资9473万元,铺设干管1条长9.47公里,分干管3条长11公里,涉及綦村镇的纸房、峪里、孔庄、西左村、西南沟5个村。6月15日召开的项目建设现场推进会议促进了工程实施进度。

历史赋予了新的使命,朱庄南灌区必将在新时代,闪耀出更加灿烂的光芒,泽惠沙河大地。

(三)

在沙河两大灌区渠道上行进、拍摄的过程中,我们深深感到修建这两项工程的不易和艰辛。从中看到了那个时期沙河人民不怕艰难困苦、百折不挠、战天斗地的奋斗精神,我们建设的宏伟的水利工程完全可以与红旗渠媲美。我们也深深为沿途的风光所吸引,拍摄这几天每天早六点出发,晚上八点钟才返程,就是为多拍摄更多的照片。东石岭水库已开发为秦王湖省级名胜风景区,朱庄水库已变成映雪湖水利休闲度假区,朱庄南灌区将成为示范性水利工程,华北的一颗明珠。希望不久的将来,这两大干渠不仅成为沙河人民美丽的家园、旅游的景区,也能成为传播沙河红色基因的一个重要力量。期待着。

胡英军,第一中学副书记,常务副校长。爱好文学。

◎ 九家一夜

贾志英

当月光初升在北方隆冬的麦田里,这巨大的绸缎般的软软的黑色便迅速拥抱了我驱车前行的山路。黄昏以自己独特的方式见证着自然的消融和重生。枯竭的落叶在晚风里守候着被夜露清洗过翅膀的飞鸟,几经辗转、盘旋着、挣扎着,趁着夜色,默默的欢喜。沿着落日的方向,我对所有到来的空旷和时节,顺从着命运和道路无尽的延伸。

我几乎每隔一段时间都要来看望我帮扶的贫困户：一位痛失丈夫，独自带着两个孩子的腊梅姐。冗长的道路因为亲切而变得咫尺之遥。星光顺着夜风跌落而下，远远望去，天真的让人感觉到了崇高和神圣。每次来，我都忘了是来看望我的帮扶对象，早已把她当成了我生命里熟悉而陌生的亲人。沉寂的夜晚，撒尽俗世烟火里的盘盘盏盏，荡漾着安静的涟漪。

一

三年前，接到单位下乡扶贫的通知后，我来到了位于西部太行山区一个叫九家的小山村。这里有悠久的历史和灿烂的文化，清《顺德府志》云："相传尉迟敬德救驾秦王于此，故名救驾，后改为九家。"拔去浮华热闹的风尘，走进这个饱经岁月沧桑的村子，因老因病致贫，是贫困群落的普遍现象。安静的午后，我来到了腊梅姐家。墙上一幅略有泛黄的对联在岁月中沉浮着茫然。走进院子，打了招呼，没有人回应，院子里一堆孩子的衣服，凌乱的家设，狼藉一片。一只孤独的斑鸠在高大的梧桐树上独自低吟着，邻家大叔告诉我，她到山后坡去了，离这里没有多远，我沿着小路一直向山后面寻去。

初春时节，万物爆发出细致轻柔的破裂声，碎金子般的油菜花撒满了动荡多情的人间。被这金灿灿花香环绕的山坡上，桃花和梨花也盛开着。在一泓春水中，投影着一个陌生的身影。大片大片盛开着雪白的梨花中，我初次见到了腊梅姐：她大半个身子扑倒在潮湿的新坟上，风吹过她干裂的嘴唇，凌乱的短发，碎花衬衫里单薄的身影似乎也要被风刮跑。说是嚎啕，却没有哭出声音，她用嘴紧紧咬着自己的衣裳袖子，眼泪顺着脸颊滴滴淌在了新鲜的泥土里。呜咽着，抽泣着，扑簌簌的白色的花瓣落在她的头发上、衣服上。不知何故，当我在明亮得让人几乎晕眩的阳光里看见她，难以自禁，身体里再次涌起了剧烈的哽咽之感。说明了来意，她庄重而羞涩地望着我，渐渐停止了呜咽。微微起伏的胸口仍在啜泣着，我的手被她的手一把攥住，汗津津的，她全然不知地拉着我，跌跌撞撞地小跑回到家中，空落落的院子里只剩下初春时节巨大的寂寞，我们没有多说话，一切都在沉默中随着黄昏的到来而离去。我留下了人社局的具体帮扶措施、就业扶智政策和我带给腊梅姐的书，扉页上写着我的诗句：

抱膝于午夜
醒着的那颗心在听
雁儿依偎在枝丫
袅袅而至的雪覆盖着昨天的花黄
就这样下去，把悲伤撕成碎片
作为药引
熬尽最后的苦涩

初春第一场毛毛雨，绵密悠长地洒落在碧绿的青草上，她美丽善良的大眼睛送我走出了村子，我深知黑夜到来的如此艰难，月光下模糊幽深的山影，让我感到恐惧和生命的脆弱。层层叠叠的山，以初始的姿势伫立在村口，渐渐湮没了我的视线。

二

我再次来到腊梅姐家，阳光充裕、春暖花开，院子里种了几样家常的菜，长得郁郁葱葱，架上的黄瓜和豆角也打理得枝繁叶茂。她正拿着书，准备去村委会参加人社局组织的就业扶贫车间学习。初中毕业的腊梅姐勤奋好学，年轻时会裁剪，全村子的人都找她做衣服。我带来了爱心人士给她的女儿和儿子捎来的衣服和书包。

房间的逆光里，我微微怔了一下，她端庄秀丽的目光时而甜蜜时而悲戚的神色留存在我的记忆中。她没有拒绝我带来的礼物，我知道那些被泪水浸泡的日子已经远走了。

许多话不知从何说起，也不知道说些什么好，所有的安慰都没有任何药效。中午她要留我吃饭，便开始准备和面烙饼，我从院子里摘了黄瓜和豆角，在一旁帮她收拾。灶膛里烧的是柴禾，火势燎燃，一股人间烟火的气息顿时从竹铲翻炒中升腾起来。随意的闲聊中，她才说出丈夫在外地干活出了事故，也没有赔付多少钱，两个孩子上学还有老人都需要她一个人独自支撑着。她麻利熟稳地翻着饼，丝毫不敢懈怠，脸上淌着汗和泪水，说："市领导给咱这么好的条件，贫困户在家门口就能创业，聘请的老师亲自到村里来教课，学技术还给补贴，自己还年轻，要迅速走出来，不能辜负这么好的政策，过去的事情就让它过去吧！"

我心里一震，顿感无言。心沉静下来，一个普通的农村女人承受着中年丧夫的巨大创伤和悲痛，应该说她的苦楚是现实的，也是无奈的，但还是从她调侃的话语中听出了她对生活乐观和积极的态度。铁锅里的饼偶尔冒着泡泡，彼此拥抱裂变，像是在升腾呼喊，又像是在拯救一个落难的灵魂，携带着岁月的风尘春风般扑面而来。从种子发芽、抽穗成熟到磨成面粉，完成了从量变到质变的过程。她从锅里抓起一张饼，捏了捏递给我，"你先吃吧！"然后用手指指屋后影影绰绰的山凹说："就是那片地里的麦子。"我懂她话里的意思。

也许，生活中的这种光亮和温情，促使我与这片土地、与这个姐姐和这两个孩子有了紧密的联系，与这个村庄有了瓜葛、与这片山脉有了牵挂。

三

我眼中的腊梅姐发生了翻天覆地的变化，有一次我刚到门口，她从外面风尘仆仆地回来，手里提着电脑和设计的图纸，喜悦悦地告诉我说，明天人社局聘请省里的农林专家要来村里讲林果修剪、畜禽养殖，就业扶智车间在村里引进了灯笼制作技术，让全村人不出家门就能脱贫致富，她要带头创业，引导大家走脱贫致富的新路子。我看着她乌黑的大眼睛闪烁着亮晶晶的光芒。我顿时发现，这个山里的农村姑娘原来那么漂亮，虽饱经风霜但仍然是山岩上一朵傲霜斗雪的腊梅。

车停在路边，我拿着她要的几本关于色彩设计的书，沿着弯弯曲曲的小路，向腊梅姐家走去。月亮在寂静的山村悄然升起，我几乎忘记了月光竟如此清丽如水，黑夜真正的黑和月光干净的白，与这沉睡的冬天，让生命越来越贴近真切的大地。

这么晚了，腊梅姐没有在家，能去哪里呢？不会又去山后坡吧！我动了念头，顿时感觉到自己的渺小和卑微，忽然想到她上次说到的就业扶智车间的事儿，转身向村委会走去。

月光同样也可以照亮任何一扇窗户的。走近村委会，远远的看见就业扶智车间内灯火通明，来到窗下，踮起脚尖，眼前的景象既惊讶又新奇，大堂中间炉火正旺，灿烂的火苗儿欢快地跳动着，舞蹈着。有三四十个中年男女热火朝天地在各自忙碌，有的在扯红布、有的在弄龙骨、有的在熨图案。仔细搜索后才看见，腊梅正在电脑前设计灯笼的图案——中国梦。她那么年轻饱满、有活力，像春日里鹅黄褪尽的嫩柳，盎然的生气中涌动着活力之美。屋子里摆满了各式各样、大大小小的纱灯、宫灯，腊梅姐洁净如初的明眸，神色端凝，手握着鼠标，像饱蘸深情的笔尖，在一顷顷安分的良田上规划着内心的情愫。外面的工人正在小心翼翼地打包运往全国各地。难以描述的愉悦瞬间涌过四肢，欣慰的心情湿润了眼底。

一个普通女人经历了重创，反过身来还能创造一个艺术的天堂。中国梦，让千千万万个渴求幸福、向往美好生活的平头百姓，终究拥抱了属于自己的世界。原本单调的山村在月白风清的鸟鸣中，透射出人间的自在与安怡，我看到时光纷纷倒退，一阵寒风吹来，异样的天空下，无比真诚温暖的人生况味，倒映在明月的情怀之中。

归来途中，星子满天，无垠的大地在视野里铺展开来，我对夜幕里近似枯萎的庄稼，饮尽阳光和白露后很快死去，获得大地的认领，顿生敬畏之心。突然，在山凹的转弯处，空旷的夜幕里出现了一盏燃红苍穹的灯笼，两盏、三盏、五盏、九盏，我停车伫足良久，远远地，像燃烧的火把，像舞动的巨龙呼啸而来，冲过遥远的绿色的村庄和彩色的城镇。道路仍然在延展着，我顿时明白了道路的尽头不再是道路，道路的尽头是望眼欲穿的家。

想到来年定是个国泰民安、风调雨顺的丰收年，正是由这些平凡、向死而生的生命，像一朵朵转世的桃花，装扮着自然的静美。此刻，就像女儿躺在母亲的身旁，就像大雪落在山河沟壑，就像万千生灵回到了忽明忽暗的人间！

明长城遗址横亘眼前，青砖在目，不舍昼夜，风云在这片斑驳的记忆上剪碎春秋。幸好，有此良辰收留我的脚步，我顺着那些青苔、黑土、白砖，看到了积雪下喃喃自语的嫩芽！

贾志英，女，笔名莴子，1970年出生，河北沙河市人，邢台市作家协会副主席、中国作家协会会员，供职于河北省沙河市人力资源与社会保障局。20世纪80年代末开始发表作品，在《星星诗刊》《散文百家》《诗神》《中国劳动保障报》等全国多家报刊发表诗歌、散文和论文，出版诗集《烛语·恋歌》《落英缤纷》，其中诗集《落英缤纷》获得2016年邢台市文艺创作繁荣奖。

◎ 我的家乡我的城

宋爱亲

自从上学，参加工作，然后出嫁，到后来父母搬家，我与生我养我的村庄越来越远。直到父母最后叶落归根，那根断了的乡情才又续接起来。

父母去世后，每年的清明都要回老家上坟。在这十多年回家的路上，越来越感觉到家乡的变化，翻天覆地，日新月异。

想起儿时的村庄，贫穷落后，集体耕种，日出而作，日落而息，一年到头，有限的口粮让日子捉襟见肘。"贫穷"是儿时记忆里最深的印迹。

改革开放后，分田到户。人们的精气神被调动起来，人勤地不懒，沉睡的田地一下子如唤醒一般，用最慷慨的收成回报辛勤劳作的父辈们。家里的日子一下好起来，家家有余粮，已经不是一件稀罕事。

随着改革的深化，从不愁吃喝，到腰包鼓起来。经济的迅速发展，从"一部分人富起来"到"大部分人富起来"也就是短短几年的事。当地政府对个体企业的大力扶持，使我村以"玻璃"为核心的各种产业，以雨后春笋般迅速崛起，带动了整个村庄经济的提升。村里除了上学的孩子，几乎家家无闲人，人民的生活水平迅速得到改善。

以往除了农忙时忙一阵，农闲时东阴凉到西阴凉的大姑娘小媳妇，开始到附近的工厂打工。就连赋闲在家的老人也老骥伏枥，发挥余热，加入了为家庭创收的大军。农忙时忙田里，农闲时就近打个零工。锯响就有末，干活就有钱。过日子不再靠省，而是靠挣。

好日子一旦开了头，便如芝麻开花节节高。俗话说，人勤地不懒。勤劳善良的乡亲们在好政策的带领下，辛勤劳作，勤劳致富。

腰包鼓了，家家户户下一步要做的是改善居住环境。当初低矮的房子不见了，取而代之的是一排排整齐的二层小楼。当初一下雨就拔不出脚的街道，而今已被硬化为干净宽敞的水泥路。以往的晴天满身土，雨天两脚泥的羊肠小道不见了，取而代之的是宽阔笔直的水泥大马路。当初落后的村庄变得越来越时尚。

最蔚为壮观的是，和村里一墙之隔的废弃厂地，已经发展成本地一座入住率极高的住宅小区。每次路过，看到当初坑坑洼洼的田间地头，已经被一幢幢林立的高楼取代。恍惚间总觉得，当初的青苗像科幻片里的镜头，一夜之间长啊长，长成了一丛楼林。若闭上眼，轻轻的嗅一下，似乎能闻到麦苗的清香呢！

我的家乡变了，变得楼高了，路宽了，人富了。以往通往县城的路，那么远，骑着自行车，骑啊骑，总是骑不到头，好像隔着山长水远的距离。现在通往老家的路，这么近，小电车车把一扭，转眼间就到。作为70后，从小小少年到而今的中年，见证了改革开放四十年的变化。想想小时候缺吃少穿，房矮巷窄，到现在的丰衣足食，楼高路宽。真的是变化太大了。

管中窥豹，略见一斑。从小小的一个村庄的改变，拉远镜头，俯瞰整个沙河这座小城，当某一日绕着这座小城转一圈，会惊喜地发现，不知不觉中，小城处处都在发生着翻天覆地地变化。全城覆盖的绿化工程，让这座小城无论走在哪条街道，都有花看，有园游。整个小城俨然已经成为一座花园城市。

近几年来，国际自行车赛事的举办，以及旅发大会的召开，让这座小城西部沉寂的山区，如花般绽放。一路向西，一路风景，小桥流水，亭台楼阁，精致的造型，优美的壁画。既散发着这座小城悠久的历史文化，又彰显着时代发展的时尚气息。

秦王湖的山水，王硇的古石楼群，红石沟集观赏与采摘为一体的田园风光，塔子峪的老粗布，利多的生态园等等，无论是花园式居住环境的大力改善，还是旅游胜地的不断开发，以及非物质遗产的申报与传承，处处彰显着沙河这颗太行明珠的熠熠光辉，魅力十足，璀璨明亮。

改革开放还在日益深化，无论是我的家乡，还是沙河这座小城，我相信，一定会建设得越来越好。

宋爱亲，沙河市常庄村人。在《邢台日报》《小小说》《银河阅读》等省市报刊发表散文小说数百篇。

◎ 探问王硇

宋秋梅

王硇村名声大噪，是近几年才有的事情。曾经和一位师友探讨这个问题，王硇村建于明代，为什么几百年来它就悄无声息地待在那里，"养在深闺人未识"，近几年人们才开始了解它呢？带着这些想法，我们一行人走进了王硇村。

王硇村现在可以一路驱车到达，但是作为一座山寨式的村庄，我想王硇村的初建者一定不想它被人们发现，一定不希望受到尘世喧嚣的打扰，所以它才建在那么偏僻的地方。隐藏在高山之巅，隐藏在密林深处，"白云生处有人家"是隐士的择居标准之一吧。

村口有一座戏楼,台上大屏幕滚动播出的是关于王硇村的宣传纪录片,给古老的村庄增加了一些现代气息。旅游业的发展,给寂静的山村带来了热闹和喧嚣。几个年老的妇女在街边摆上一些核桃、柿饼、红薯干等山货,供来往的游客选择。

村庄十分干净整洁,虽然有整修过的痕迹,但是却保留了更多的古意。我不大喜欢只有建筑,而没有人生活迹象的旅游景点,就像一些新建的古镇,房屋修得古色古香,商铺林立,却没有普通人家,少了许多烟火气,有矫揉造作之嫌。而王硇村是一座真正的村庄,门前一小畦葱茏的绿菜,探出墙外的一枝繁花,爬上矮墙的一串瓜蔓,无不显示出山村人家对生活的热爱!

走进红石小巷中一扇半开着的门,这是一个红石建筑的四合院,院子不大,西面的墙上挂着三两把锄头等农具,斑驳了;一支扁担靠在墙角,两端的锁链也已锈迹斑斑,这让我想到了自己多年前在农村生活的日子。院子里有一个压水的水井,显得那么古朴;院子正屋是一座三间的二层石楼,走进去,屋里采光并不好,正中是一张八仙桌,两把椅子,墙上是一幅松鹤延年的中堂画,有些年头了;东边是一座土炕,炕边是老式的垒砌的炉灶,炕上铺着老粗布的被单,倒也整洁;西侧靠北有一架老旧的木梯,可以通往二楼,我和木木小朋友带着好奇心,攀了上去,二楼其实是一间大的储藏室,几袋粮食堆放在那里,一些不用的盆盆罐罐、木凳摆在角落处。

主人是一对年过六旬的老夫妇,我们攀谈起来。老人说,现在村子搞旅游开发,日子好过多了,他和老伴一起种着几分山地,每年核桃、板栗的收入也不少,只是儿子和儿媳不愿意在山里生活,住到县城去了,打工的收入也挺丰厚的。

谈话中既有对生活的满足感,也不无担忧,孙子孙女已经在县城上小学了,以后这房子谁来住?我默然了,现在好多偏远地方的自然村几乎成了空心村,除了一些留守老人还生活在村子里,年轻人都不愿回来了。这么美丽的山村,又该走向何方?

我走在红石板铺就的街道上,能感受到这里浓厚的文化氛围,许多人家门板上都书写着古朴的对联,黑色底漆的木门上面,红漆的底子,黄漆的上下边缘,黑漆的大字,三色相配,拙朴而充满古韵。

对联字体古拙苍劲,历经岁月沧桑,墨痕入木三分。有些内容表现了王硇人诗书传家的文化传统,蕴含着人们以诗书为乐事,不求闻达,只为提升修养的恬淡的人生追求;有些对联读之使人如同看见一幅清新美丽的画卷,闻到桂花的清香,感觉生活如此美好。这些对联既有对自身修养的期许,更寄寓了当地百姓对美好生活的赞美、热爱与追求。

在这里,可以感受田园淳朴之美,享受山居之静,生活简单到极致;可以看松间明月朗照,听泉流石上之声,心灵净化到极致。

宋秋梅,沙河市人。沙河市第一中学教师,擅长散文,有多篇作品在省市报刊发表。

◎ 湡水风情千古长

郑力

国有诗文则文明能继雅；邑有诗文则民风可化淳。然国之文渊乃九方气象之混同；邑之涓流乃天下风云之泽被。是故一邑之诗文选粹自有其不凡之价值矣。观各地方志中大体皆有艺文专属，则邑以史传，史以文襄，艺文存史之事古来不可废也。

近百年来，纵观历史，社会发展，经济强盛，民殷国富，政治清明。民众由温饱而继雅事，品味文化，行走观光，休闲养生，日成潮流，成为助力经济一大引擎。民建邢台市委带领民建诸公，广开言路，全方调研，使得会员各尽其力，各尽其职，积极参政议政。专门就挖掘历史文化、服务全域旅游为主题特设论坛，邀专家学者切磋共商。于时，以邢台市旅游发展大会为契机，与会人员纷纷建言，考虑到沙河市委、政府领导对旅游文化重视有加，文化战线人士觉悟高尚，文化旅游资源丰富，沙河又是冀省第一批全域旅游示范县，可谓天时地利人和，因此众议把沙河市作为调研重点，定会取得不世之功。调研重点以撷湡水上下千年之诗文，汇为一集，曰《情醉湡水——古今诗文初录》。以推广本邑自然人文之胜景，宣传改革开放四十年以及新中国成立七十周年之成就为宗旨，同时做为民建调研之成果，广之于众，为经济搭台，为社会发展助力。

吾友延庆嘱吾为记，吾观其书稿，选粹精当，体例严明，内容丰富，文藻谐美，故欣然应允。

湡，沙河之古称也，因湡水而来。其地东接沃野千里之华北平原；西抵晋冀分野之太行主脉；南北与古城邢台邯郸毗邻；处于太行山东麓文明黄金带上。北武当山、广阳山、红枫山等名山辉映表里；王瑙、大坪、渐凹等古村落点缀其间。自古人杰地灵物产丰饶，更有本土名贤和播迁官宦之文人骚客写下大量诗文。如：北宋陈荐；元代王恽；明代朱裳，方豪，"前七子"领袖何景明，著名文学家杨慎，郭谏臣，袁宗道，宋琰，史与禄，张时，陈荩等；清代有杨思圣，申涵光，王祖庚，励宗万，爱新觉罗·弘历，张盖，鲁杰等人。

二十一世纪以降，沙河市文学作者群体蹈厉奋发，众志成城，积极反映社会经济建设和精神文明建设成果，讴歌新时代的精品力作层出不穷，散文、诗歌、词赋等文学体裁异彩纷呈。统览是编，年轻一代如杨献平、张军昱、闫春英等人的散文；张富民、岳连婷、郭振英、王军平、元巨超等人的诗词；许蓝翔、李保江等人的诗歌皆可谓金玉琳琅，风雅咸集。一编在手，把三千年湡水烟云尽收眼底。一编在手，看四十八万沙河儿女共铸风流。释卷之余，不禁为沙河市主管领导以及民建邢台市委之远见击节，为沙河市委、政府行修文教化之功凝心聚力共话发展而由衷感佩。文章千古事，得失寸心知。《情醉渌水——古今诗文初录》定会为弘扬社会正能量，为激发广大沙河人民建设美丽家乡的干劲助力！正是：继往开来更创大业，不负风景这边独好！诗曰："古郡数沧桑，千秋寄慨慷。风流今更看，儿女谱华章！"

郑力，邢台市人。中国民主建国会会员、承社、邢雅诗社社长，"兴雅杯"全国近体诗大赛创办人。参与编辑出版有《国诗》第一辑，第二辑。诗作曾经入选《2017年诗词日历》《2018年诗词日历》等。

◎ 问渠哪得清如许 为有源头活水来
——《情醉渑水》后记

王清海

　　年届古稀，欣逢盛世，又巧遇经济转型，旅游业异军突起。国家将旅游部和文化部合并，可见其用意之深。欣闻沙河市要承办邢台市旅游发展大会。内心不免激动，虽说老骥伏枥，志在千里，但是对诗词、对家乡的热爱之情还是非常强烈的。邢台市诗词协会经常和中华诗词学会、省诗词协会与沙河市诗词协会组织沙河采风活动。沙河市委、政府积极配合，比如为《百泉诗词》创刊十周年组织的沙河采风活动，联系时，沙河市市委书记刘果芳同志就提议让我们参观并多写一些国际自行车赛沙河赛道建设和新农村建设的诗词，并在采风那天赶到沙河市的红石沟亲自给我们讲解和介绍沙河市的经济建设、新农村建设和旅游发展情况。其中参加的有中华诗词学会《中华诗词》编辑部主任潘虹，河北省诗词协会驻会名誉会长、原省作协主席尧山壁，省诗词协会会长王学新，常务副会长兼秘书长梁剑章，副会长兼《燕赵诗词》主编国印周；邢台市诗词协会驻会名誉会长任征，会长范峻海，常务副会长杜福贞，副会长兼秘书长王富友，副会长蔺东光、刘国震，副秘书长杜荣升、郑力、翟利军等；当地诗词界则有沙河市诗词协会会长赵素英，渑水诗社社长岳连婷及郭振英、元巨超、李保江、王军平、韩翠萍等数十人，可见沙河市委、政府对诗词文化和旅游文化的重视。

　　此后，我们还多次组织各地诗词协会以及散文诗歌学会到沙河进行文学采风活动，如河北省《燕赵诗词》编辑人员沙河采风活动、河北省散文协会沙河采风活动、清河县诗词协会沙河采风活动等。通过这些活动，创作了大量吟咏沙河的诗词和散文佳作，为成书选稿打下了很好的基础。偶然一天，沙河市煤矿工程师郭振英诗友给我打电话说，沙河市这边有一位叫王延庆的老师，想出一本书。题材内容都是以歌咏沙河的人文山水为对象。这是我第一次听到王延庆的名字，经过打听，知道年龄还不大，并且王延庆是中国民主建国会会员，而且说他们准备对书的编写出版事宜进行商榷，特邀我来参加，想法倒是和我不谋而合。于是出于感动和责任，当晚亲自驾车赶往沙河，约定在一家餐馆见面。其中来了五六个诗友，有胡运增、赵素英、岳连婷、郭振英、元巨超、韩翠萍、石增印等。王延庆到来后，我们互赠作品，寒暄数语，很快认识。没想到经过交谈，原来小伙子早已是有备而来：作品已经搜集得初具规模，其中不乏名家，甚至包括我自己的作品都已收录其中。并且就书的出版事宜进行了介绍，他说这本书的编写初衷是为了配合民建邢台市委关于"挖掘文化资源，服务全域旅游"的主题调研而编著，民建邢台市委把这项调研列入市委会五年工作计划，以2018年邢台市第二届旅游发展大会为契机，因此选定沙河市作为调研试点，沙河市委、政府也大力支持民建调研。邢台市政协副主席、民建主委刘勇和专职副主委傅五魁等就旅游文化多次主持召开了专题会议，邀请邢台市各界文化战线以及相关人士就工作部署安排做出详细指示。鼓励民建会员利用自己的关系和社会力量，积极配合调研，进行专题创作，争取为邢台市的旅游开发再谱新篇。同时，沙河市委、政府大力支持民建调研，成立了专门的领导小组，以配合2018年召开的旅游发展大会，力争为旅游发展大会增光添彩。专门负责搜集整理有关沙河市历史文化方面的素材，这样很大程度上就作品内容编纂以及商榷，提供了很大方便。

因此，今天的会议就是邀请大家就进一步就完善作品内容以及制定出版章程征求意见，争取出一本意义非凡造福子孙的经典著作。于是我多方与作者沟通、协商，就作品使用转载做了大量工作，最终征得邢台市诗词协会以及河北省诗词协会的大力支持，并向省、市及全国各地有影响的诗人再次征集咏沙河的诗词新作。同时，民建会员郑力也通过承社向全国各地的诗词爱好者发布征稿启示。一时间，作品质量和社会影响力大大提升。王延庆这边，则在沙河市诗词协会赵素英会长、承社邢雅诗社郑力社长、渒水诗社岳连婷社长、三人行诗社王日照社长、银河悦读太行山文学网站闫春英主编等文学社团的大力支持下，大家踊跃投稿。马佩荣副书记组织领导相关部门，就文化挖掘、创作采风、开会研讨等开展工作，鼓励全市文化战线的作家诗人学者们踊跃撰稿大力支持。并且多次通读稿件，稿件内容和数量提出了中肯的意见和建议。岳杰副市长等领导，邀请文化界人士多次召开专题会议，商讨部署，提供了大量人文典籍。我们利用晚上夜深人静的时候，阅读典籍，搜罗整理，使得许多关于沙河的古诗词终于重见天日。很快，书稿便完成了。在刘果芳书记和王文玉市长以及马佩荣副书记等领导的亲自过问下，书稿经过反复讨论、论证，分成上下卷。并且在书中加入古代名家散文，像刘禹锡的《献权舍人书》和于成龙的《重修沙河县志序》，以及归有光的《跋广平宋文贞公碑》等名篇。同时，邢台市政协副主席民建主委刘勇和专职副主委傅五魁就书籍出版以及内容修订等方面，邀请邢台市文化界相关专家学者就本书编纂进度多次召开文化旅游研讨会。这样真正做到了统编总览，达到完美无缺的效果。

总之，在沙河市委、政府以及民建邢台市委的大力支持下，在社会各界人士的关心下，书稿得以顺利付梓。我们算是了却了为邢台当地旅游文化发展奉献余热，尽一点绵薄之力的愿望。每当回想出书的过程，我总是在想，是什么支撑我们各界人士，不惧风雨，不为名利，不畏艰险地勇往直前呢？那就是对祖国大好山河无限热爱之情。在此，我要向所有关心和支持本书编纂工作的各位领导和同仁以及社会各界人士表示由衷的感谢！由于时间仓促，经验不足，工程浩繁，任务艰巨，条件所限，难免挂一漏万，有遗珠之憾，错误之处也在所难免，还望各位方家不吝赐教。

2018年8月8日

王清海，沙河市人。民建邢台市委特邀文化顾问、中华诗词学会会员、河北省诗词协会理事、散曲研究会顾问、邢台市诗词协会副会长兼《百泉诗词》主编，《燕赵诗词》责任编辑，沙河市文化研究会顾问。

主编简介

王延庆，中小学教师，河北省作家协会会员，沙河市作协副主席，河北省民俗文化协会会员，河北省和谐文化研究会会员，中国民主建国会会员，邢图讲座特邀"讲师"。毕业于邢台学院中文系。出版有《古楼英豪》《抗日名将范子侠》等多部作品。曾经获得2012年度全国散文作家论坛征文大赛一等奖，河北省全民阅读大赛"万和宫"杯二等奖，我的读书故事"赵州桥杯"三等奖，邢台市文艺创作繁荣奖，歌颂祖国七十周年二等奖等十多奖项。其中《抗日名将范子侠》入选新华社评选的抗战七十周年主题图书（共10本）。迄今为止创作出版有近二百多万字。百度百科、搜狗百科、中国作家网、新民网、燕赵都市报等数十家国内新闻网站对其创作事迹作过详细报道。